KB275469

몽유병자들

몽유병자들

몽유병자들 ^하

Die Schlafwandler

헤르만 브로흐 장편소설   김경연 옮김

DIE SCHLAFWANDLER - EINE ROMANTRILOGIE
by HERMANN BROCH (1931~1932)

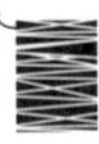

이 책은 실로 꿰매어 제본하는 정통적인 사철 방식으로 만들어졌습니다.
사철 방식으로 제본된 책은 오랫동안 보관해도 손상되지 않습니다.

세 번째 소설

1918·후게나우 혹은 즉물주의

1

후게나우, 그의 조상은 아마도 엘자스 지방이 1682년 콩데[1]의 사단에 점령되기 이전엔 하게나우라고 불렸을 것이다. 그는 철두철미 부르주아 알레만족[2]의 풍채를 지니고 있었다. 비대하고 땅딸막했으며, 어릴 때부터, 혹은 정확히 말해 슐레트슈타트 실업 학교에서 공부하던 시절부터 안경을 꼈다. 전쟁이 터질 무렵 그는 서른 살에 가까워지고 있었으며 젊은이다운 특징은 그의 표정과 태도에서 사라지고 없었다. 그는 바덴과 뷔르템베르크에서 사업을 했다. 한편으로는 아버지의 사업체(앙드레 후게나우 섬유 상사, 콜마/엘자스)의 지점을 경영했고, 또 한편으로는 나름의 계산에서, 그리고 엘자스 공장들의 대표로서 공장 생산품들을 그 지역에서 팔았다. 이 지역권에서 그의 명성은 근면하고 신중하고 견실한 상인이라는 것이었다.

그의 상인적인 품성은 분명 군직의 덕택이라기보다는 오

1 Condé(1621~1686). 튀렌과 함께 17세기 프랑스 최고의 장군.
2 독일인을 약간 경멸하여 부르는 말.

히려 보다 시대에 적합한 암거래의 덕택이었을 것이다. 그렇지만 그는 1917년 사람들이 그의 고도근시를 고려하지 않고 이른바 무기를 들라고 그를 소환하자 더 반항하지 않고 그것을 받아들였다. 풀다에서의 훈련 기간 동안에도 이런저런 담배 장사를 해보았지만, 그러나 곧 그만두었다. 복무 때문에 다른 일을 하기에 피곤해졌거나 냉담해져서만이 아니었다. 단지 다른 것에 더 신경 쓸 필요가 없는 것이 편안했기 때문이다. 아득히 먼 학창 시절이 상기되었다. 아직도 후게나우(빌헬름) 학생은 슐레트슈타트 학교의 졸업식을 기억하고 있었다. 당시 교장은 얼마나 감명 깊은 말로써 상업학교의 학도들을 인생의 심각한 문제 속으로 떠나가게 했던가. 그는 그런 심각한 문제에 아주 잘 대처해 왔지만, 이제 새로운 수업 시대를 위해 다시 그 문제들을 포기해야 했다. 이제 사람들은 오랫동안 아주 잊고 지내던 온갖 의무에 다시 구속을 받았다. 그들은 학생처럼 취급되었고, 큰 소리로 호명되었으며, 소년 시절과 비슷하게 공중변소라는 공간과 그 공유에 애착을 갖게 되었다. 다시 먹는 일이 관심의 중점이 되었고 존경의 증명과 야심적인 경쟁에 얽혀 들어가게 됨으로써 모두들 어린애처럼 유치한 인상을 주었다. 그 밖에도 사람들은 어느 학교 건물에 수용되어 있었으므로 취침 전엔 위에 매달린 백록색 갓을 쓴 두 줄의 램프와 교실에 그대로 둔 칠판이 보였다. 이 모든 것으로 인해 전쟁 시대와 소년 시절은 분리할 수 없는 하나로 얽혀 버렸다. 그래서 이윽고 보병 대대가 유치한 노래를 부르며 깃발로 치장하고 원시적인 숙소를 쾰른과 뤼티히로 이동하면서 전선으로 떠났을 때에도 역시 경보병 후게나우는 학교 소풍이라는 생각에서 헤어나지 못했다.

어느 날 저녁 그의 중대는 전선에 투입되었다. 그것은 길고 안전한 교통호를 통과해야만 접근할 수 있는 요새화된 참호였다. 지하 참호들은 예를 들 수 없이 더러웠다. 바닥은 도처에 말라 버린 담배꽁초와 금방 뱉은 담배꽁초가 버려져 있었고 벽에는 오줌 자국이 그려져 있었다. 악취가 분뇨 냄새인지 시체 냄새인지 구별되지 않았다. 후게나우는 자기가 보고 느끼는 것을 현실이라고 그려 보기에는 너무 지쳐 있었다. 그들이 한 사람 한 사람 뒤이어 교통호를 통해 그곳으로 들어왔을 때 이미 모두들 동료애라든가 연대감 같은 것의 보호에서 쫓겨난 듯한 느낌이 들었다. 그들이 정결의 결여에 대해 대단히 무감각해졌을지라도, 그들이 죽음과 사멸의 냄새를 격퇴하려는 문명적인 도구를 전혀 가지지 않은 것은 아니었을지라도, 이런 구토의 극복이 영웅심의 최초의 전(前) 단계일지라도 ― 이를 통해 사랑과의 기이한 관계가 발생하는데 ― 그들 중 많은 사람에게 공포가 오랜 전쟁 기간동안 익숙한 환경으로 되어 버렸을지라도, 그럼에도 불구하고 그가 고독한 삶과 고독한 죽음에 직면한 고독한 인간이라는 것, 제압할 수 없는 무의미성, 이해할 수 없는, 혹은 기껏해야 개똥 같은 전쟁이라고밖에 표현할 수 없는 무의미성에 처해 있음을 모르는 사람은 하나도 없었다.

당시 여러 참모부의 보고에 의하면 플랑드르 지구는 아주 평온하다 했었다. 교대된 중대도 아무 일이 없었다고 단언했었다. 이런 모든 말에도 불구하고 어둠과 더불어 시작된 양

쪽의 포격은 어쨌든 새로 도착한 사람들에게서 잠을 깡그리
앗아가 버릴 만큼 충분히 성가신 일이었다. 후게나우는 일종
의 침상 위에 앉아 있었는데 몸에 통증을 느꼈다. 상당한 시
간이 흐른 후에야 비로소 그는 관절이 전부 벌벌 떨리고 딱
딱 부딪치고 있음을 알아차렸다. 다른 사람들도 더 나을 것
이 없었다. 어떤 사람은 흐느껴 울고 있었다. 나이 든 사람
들, 그들은 웃어 댔다. 그들은 이미 그런 것에 익숙했다. 마치
그것이 아무 의미도 없는, 밤마다 일어나는 전포대(戰砲隊)
의 농담인 양. 그들은 변변치 못한 사람들을 더 염두에 두지
않고 몇 분도 채 안 되어 금방 코를 골았다.

후게나우는 전부 약속과 다르다고 하소연하고 싶었다. 너
무도 불쾌하고 끈적거리는 기분이었으므로 공기가 그리웠
다. 무릎이 덜덜 떨리는 것이 좀 덜해졌을 때 그는 마비된 다
리로 참호의 입구로 기어갔고, 그곳의 궤짝 위에 웅크리고
앉아 공허한 눈길로 불꽃놀이를 하는 것 같은 하늘을 쳐다
보았다. 오렌지빛 구름 속에서 팔을 높이 쳐들고 승천하는
주님의 모습이 자꾸 눈앞에 어른거렸다. 콜마가 생각났다.
언젠가 박물관에 견학 갔을 때 설명이 지루했던 생각이 났
다. 그러나 제단처럼 한가운에 있던 그림은 두려웠었다. 십
자가에 못 박힌 예수였다. 십자가에 못 박힌 예수의 상을 그
는 좋아하지 않았다. 1~2년 전이었던가, 그가 두 가지 사업
상의 방문을 해야 했었다. 그사이 어느 일요일을 뉘른베르크
에서 보내야 했는데, 그때 그는 고문실을 구경 갔었다. 그건
흥미로웠다! 그곳엔 많은 그림들도 있었는데, 그중 한 그림
은 어떤 남자가 일종의 널빤지 위에 쇠사슬로 묶여 있는 것

572

이었다. 설명에 의하면 그는 작센의 사제를 단도로 여러 번 찔러 살해한 사람이었고 그 때문에 널빤지 위에서 환형이 집행되기를 기다리고 있다고 했다. 환형의 진행 과정에 대해선 다른 전시물들로부터 상세한 시사를 받을 수 있었다. 그 남자는 아주 호인다운 모습이었으므로 사제를 자살(刺殺)하여 환형에 처해진 인물이라고는 상상할 수 없었다. 마찬가지로 사람들 자신이 널빤지 위 시체의 악취를 배겨 낼 수 있었는지도 상상할 수 없었다. 틀림없이 그 남자 역시 몸에 고통을 느꼈고 쇠사슬로 매여 있는 이상 몸이 더러워졌을 것이다. 후게나우는 침을 뱉고 프랑스어로 〈빌어먹을〉 하고 말했다.

그렇게 후게나우는 참호 입구에서 보초처럼 앉아 있었다. 머리를 기둥에 기대고 외투 깃을 높이 세우고. 그는 이제 춥지 않았으며 자는 것도 깨어 있는 것도 아니었다. 고문실과 방공호가 점점 깊이 저 그뤼네발트[3]가 그린 제단 그림의 좀 더럽지만 밝게 빛나는 색깔 속으로 잠겨 들었다. 바깥의 대포의 꽃불과 조명탄의 번득이는 불빛 속에서 벌거벗은 나뭇가지가 팔을 하늘로 쳐들고 있는 동안, 팔을 든 남자 하나가 빛을 발하며 휙 그려지는 원 속에 아른거렸다.

첫 번째 잿빛 아침이 차갑고 창백하게 동터 올랐을 때 후게나우는 참호 가장자리에 덤불과 봄에 피었던 몇 개의 야생 국화가 있음을 알아차렸다. 그때 그는 기어 나와 도망을 쳤다. 그는 알았다. 그가 영국 전선으로부터 즉시 총알 세례를 받을 수도 있음을. 또한 독일 측으로부터도 마땅한 성가심

3 Grünewald(약 1470/75~1528). 독일의 화가, 건축가, 광산·수력 기계의 기사. 풍부한 환상과 종교적인 정열에 찬 화풍을 지님.

을 각오해야 함을. 그러나 세상은 진공 같았다. 후게나우는 종 모양으로 생긴 치즈 덮개를 생각지 않을 수 없었다. 세상은 잿빛이었고, 구더기가 득실대며, 완전히 죽어서 굳건한 침묵 속에 널려 있었다.

2

봄을 준비하는 맑은 공기에 둘러싸여 탈영병이 무기도 없이 벨기에의 시골을 통과하고 있다. 서둘러 봤자 소용없을 것이다. 조심스러운 신중함이 더욱 도움이 된다. 무기도 그를 보호하지 못할 것이다. 그는 말하자면 벌거숭이 인간으로서 폭력 사이를 통과하고 있다. 그의 사심 없는 얼굴이 무기라든가 성급한 도주, 또는 가짜 증명서보다 더 나은 방패이다.

벨기에의 농부들은 의심이 많은 사람들이다. 4년 동안의 전쟁으로 그들의 성격은 고상해지지 않았다. 그들의 곡식, 그들의 감자, 그들의 말과 소들도 그렇게 생각하지 않을 수 없다. 탈영병이 숨겨 주기를 원하면 그들은 두 배로 의심하며 바라본다. 그가 언젠가 개머리판을 꼬나 쥐고 마당의 문으로 저벅저벅 걸어 들어오던 놈이 아닌가 하는 듯이. 그 사람이 어지간한 프랑스어로 자신이 알자스인임을 자칭한다 해도 십중팔구 별로 도와주지 않는다. 슬프구나, 단지 도와주길 애원하는 도망자로서 마을을 방황하는 사람은. 그러나 후게나우처럼 적절한 재담을 재빨리 입에 바를 수 있는 사람, 화사하고 친절한 표정으로 마당에 들어오는 사람, 그런

사람은 쉽게 건초 바닥 위의 자리를 차지할 수 있으며 저녁
에는 가족들과 어두운 밤 속에 앉아 엘자스에서처럼 프로이
센의 폭력 행위에 대해 즐겨 이야기할 수도 있다. 그러면 그
는 박수를 받고 또한 아껴서 감추어 둔 저장물에서 자기 몫
을 얻는다. 운이 좋으면 처녀가 건초 더미 속의 그 이방인을
찾아오기도 한다.

물론 사제관에 드는 편이 더 유리하다. 후게나우는 고해가
도움이 된다는 것을 즉시 간파했다. 그는 프랑스어로 능숙
하게 군인의 서약을 깨뜨린 죄를 통탄할 만한 자기 운명의
이야기와 결합시켜 고해를 했다. 물론 언제나 유쾌한 결과만
있는 것은 아니었다. 한번은 우연히 마르고 키가 큰 신부를
만났다. 그는 저녁에 고해를 하러 사제관을 찾았다고 감히
말을 꺼내 볼 용기가 나지 않을 만큼 금욕적이고 정열적으로
생긴 남자였다. 과수원에서 봄 일에 바쁜 그 엄격한 남자를
보았을 때 그는 다시 도망가고 싶은 마음이 굴뚝같았다. 그
런데 사제가 재빨리 그에게 걸어왔다. 「따라오게.」 그가 거칠
게 명령하며 그를 집으로 안내했다.

지붕밑 방을 제공받은 후게나우는 빈약한 식사를 하며 거
의 일주일을 그 사제관에서 머물렀다. 그는 푸른 저고리를
입고 정원에서 일했다. 그는 미사에 참여하라고 깨워졌고 말
없는 신부와 함께 부엌에서 식사하도록 허락받았다. 그의 탈
영에 대해선 전혀 언급되지 않았지만 후게나우로서는 거의
편치 않은 시험 기간과 같았다. 심지어 그는 그곳이 상대적
으로 안전한 피난처이긴 하지만 그곳을 떠나 위험한 방랑을
계속할 마음까지 들었다. 그때는 — 그가 도착한 지 여드레

째였다 — 그의 방에 평복이 마련되어 있었던 것이다. 받아도 괜찮으이, 신부가 말했다. 가든 더 있든 자네 마음대로 하게. 다만 빵이 충분치 않아 자네를 더 오래 먹여 줄 수 없을 것 같네. 후게나우는 방랑을 계속하기로 결심했다. 그가 감사의 능변을 늘어놓기 시작하자 신부가 그의 말을 막았다. 「프로이센과 성스러운 신앙의 적을 미워하시게. 그리고 신의 가호가 있기를 비네.」 그는 두 손가락을 들어 축복하며 십자가 모양을 만들었다. 그의 뼈대 굵은 농부 같은 얼굴 속의 눈이 증오에 차서 프로이센과 프로테스탄트들이 있다고 짐작되는 곳을 바라보고 있었다.

후게나우는 사제관을 나오면서 이제 합법적인 도주 계획을 구상해 보는 것이 중요함을 분명히 깨달았다. 일찍이 그가 자주 상위 사령부 가까이에서 돌아다녔더라면 많은 군인들 속으로 잠적할 수 있었으련만, 이제 그것은 불가능해졌다. 근본적으로 평복이 그를 압박했다. 마치 평화와 일상적인 생활로 돌아가라는 경고 같았다. 신부의 명령에 따라 평복을 입은 것이 이제 어리석게 생각되었다. 그것은 그의 사생활에 대한 월권적 침해였다. 이런 사생활을 구입하는 데 값이 정말 비싸게 먹혔었다. 그는 자신을 황제 군대의 일원으로 간주하지는 않았을지라도, 탈영병으로서 그 군대와 독특한, 즉 부정적이라고 말할 수 있을 방식으로 연결되어 있었다. 분명 그는 전쟁의 성원(成員)으로서 전쟁을 시인하는 사람이었다. 매점이나 식당에서 사람들이 전쟁과 신문에 욕을 퍼붓거나 전쟁을 연장시키려고 크루프[4]가 신문을 매수했다고 주장해도 그는 그것을 조금도 유감스럽게 생각지 않았을 것이다. 왜냐하면 빌헬름 후게나우는 탈영병일 뿐만 아니라 상인이었으므로 다른 사람들이 취급하는 물건들을 생산하는 공장주들이 감탄스럽게 여겨졌기 때문이었다. 또한 크루프와 탄광주들이 신문을 매수했다 해도 그들은 자신이 행동하는 바를 알고 있었을 것이며, 그것은 그가 원하는 한 군복을 입는 것이 그 자신의 권리인 것처럼 그들의 당연한 권리였다. 그렇다면 그에게 평복을 입힘으로써 신부는 분명 그를 후방에 보내려 했겠지만, 그가 그곳으로 돌아간다는 것은 동의할 수 없었고, 휴가란 존재하지도 않고 그저 그만그만한 일상생활을 의미할 뿐인 고향으로 돌아간다는 것도 동의할 것이 없었다.

따라서 그는 병참 지대에 머물렀다. 그는 남쪽으로 향하여 도시들을 피해서 조그만 마을들을 찾았고, 헨네가우를 지나 아르덴 산악 지대에 이르렀다. 당시 전쟁은 이미 정확성을 상실했으므로 탈영병들은 이제 전처럼 바짝 쫓기지는 않았다. 그들은 너무 많았고 사람들은 그것을 인정하지 않으려 했던 것이다. 그렇다고 해서 후게나우가 방해받지 않고 벨기에로부터 이곳에 이르렀다고는 아직 말할 수 없다. 오히려 그가 이런 위험 지대를 계속 전진해 나갈 수 있었던 것은 그것이 몽유병자의 안전한 전진과 같았기 때문이라고 할 수 있을 것이다. 그는 이른 봄의 맑은 대기 속을, 세상과 분리되어 있지만 세상 안에 있는 유리종 속을 걷듯이 무사태평으로

4 Krupp(1812~1887). 독일의 제강업자, 병기 공장의 경영자. 그의 병기 공장은 독일 제국주의와 손잡고 커져서 2차 대전에 이르기까지 20~30년 동안에 세계에서 가장 큰 공장으로 발전했다.

걸어 나갔다. 그는 아무 생각도 하지 않았다. 아르덴 지방에서 독일로 들어갔고 검은 고원 지대 아이펠로 갔다. 그곳은 아직 겨울이었고 걷기가 힘들었다. 주민들은 그를 아랑곳하지 않았다. 그들은 무뚝뚝하고 폐쇄적이었고, 그들에게서 한 조각의 음식을 뺏어 먹으려는 어떤 입이든 증오했다. 후게나우는 철도를 이용해야 했으므로 이제껏 아껴 왔던 돈에다 손을 대어야 했다. 생의 심각한 문제들이 새롭고 변화된 형식으로 그에게 다가왔다. 그가 휴가 기간을 보장하고 연장하려면 무슨 일인가 있어야 했다.

3

포도원에 둘러싸인 그 작은 도시는 모젤 강 지류의 계곡에 위치하고 있었다. 포도원들은 이미 손질되어 나무 한 그루 한 그루 똑바르게 정돈되어 있었고 노출된 불그레한 바위들에 의해 여기저기 끊겨 있었다. 후게나우는 많은 소유주가 토지의 잡초를 방치해 두었고, 그렇게 소홀히 내버려 둔 정원이 다른 불그스레한 회색 땅 사이에서 네모반듯한 노란 섬처럼 두드러져 보이는 것을 발견하고 그들에 대한 비난이 일었다.

아이펠의 겨울은 막바지로 며칠 계속되다가 갑자기 진짜 봄이 되어 버렸다. 상실될 수 없는 질서와 안녕의 신호인 양 태양이 가슴을 향해 명랑하고 유쾌하며 가볍고 보호자 같은 미소를 퍼부었다. 혹시 불안 같은 것이 있더라도 내보낼 수 있을 지경이었다. 후게나우는 만족스럽게 도시 앞의 근사한 지구 병원을 바라보았다. 건물의 긴 정면이 부드러운 오전의 그림자 속에 놓여 있었다. 창문이 요양소처럼 전부 열려 있는 모양이 쾌적해 보였고, 가벼운 봄 공기가 하얀 병원의 복도를 통과한다고 상상하니 기분이 유쾌했다. 또한 병원의 지붕에 커다란 붉은 십자가가 장식되어 있는 것도 적절하게 여겨졌다. 그는 지나가면서 회색의 헐렁한 가운을 걸친 군인들에게 호의적인 시선을 던졌다. 그들은 한편으로는 그늘 속에서 한편으로는 태양 속에서 회복되어 가는 중이었다. 강의 저쪽에 병사(兵舍)가 있었다. 그것이 병사임을 통례적인 국가 소유 건물 양식으로 알아볼 수 있었다. 그리고 수도원과 비슷한 건물이 있었다. 후게나우는 그 건물이 형무소임을 들어 알았다. 그러나 거리는 친절하고 유쾌하게 시내로 비탈져 내려갔다. 그가 중세풍의 시문(市門)을 통과하면서 옛날 견본 가방처럼 천으로 된 가방을 들고 들어가는 데서 언젠가 ─ 벌써 얼마나 오래전의 일인가 ─ 고객을 방문하기 위하여 뷔르템베르크 지방에 들어가던 때가 회상되는 것도 결코 불쾌하지 않았다.

또한 고색창연한 거리를 보자 저 억지로 가졌던 뉘른베르크에서의 휴가가 연상되지 않을 수 없었다. 이곳 쿠르트리에르에선 여타 라인 서부 지역에서처럼 팔츠 전쟁[5]이 가차 없이 격심하지 않았던 것이다. 15세기와 16세기의 건물들이 무사하게 그대로 있었고 광장 위에 르네상스식 구조와 탑을 지닌 고딕식 시청이 있었고 그 앞에 죄인을 매달아 놓았던

5 1688~1697.

기둥이 있었다. 후게나우는 사업상의 여행으로 이미 여러 번 아름다운 고도(古都)를 방문한 바 있었으나 그때는 한 번도 깨닫지 못했던 어떤 감정에 사로잡혔다. 그 알지 못할 느낌은 무어라 형언할 수도, 어떤 근원을 찾을 수도 없는 것이었지만, 기이하게도 고향에 온 듯한 느낌이었다. 만약 누가 그것이 미적 감정이라고, 혹은 그 근원이 자유에 근거하는 감정이라고 말해 주었더라도 그는 믿지 못하고 웃어 버렸을 것이다. 마치 결코 세상이 아름다우리라는 예감에 감동받아 본 일이 없는 사람처럼 웃어 버렸을 것이다. 영혼으로 하여금 아름다움에 눈뜨게 하는 것이 자유인지, 혹은 바로 아름다움 자체가 영혼으로 하여금 자유에의 예감을 느끼게 하는 것인지 아무도 단언할 수 없는 한, 그의 웃음은 정당한 것인지도 모르겠다. 그렇다고는 하지만 그 역시 보다 심원한 인간적인 지(知), 인간적인 자유에의 동경을 가지고 있다 할 때 어쨌든 그는 부당한 것이다. 그 자유 속에 모든 세상의 빛의 근원이 있으며, 그 자유로부터 안식일이면 생명의 성스러움이 싹터 오르는 법, 그렇기 때문에, 또한 그럴 수밖에 없기에 후게나우가 참호에서 기어 나와 처음으로 인간적인 결속에서 빠져나온 순간, 자유가 숭고한 광휘로서 그에게 엄습하고 베풀어졌으며, 그 순간 처음으로 안식일이라는 선물을 받았다고 할 수 있을 터이다.

후게나우는 그런 종류의 심사숙고 따위는 멀리 밀어 버리고 광장 위의 호텔에 방을 구했다. 그는 휴가를 다시 한 번 잘 향유해야 한다는 듯이 멋진 저녁을 보내는 데 착수했다. 모젤 포도주는 생활필수품 배급표 없이도 구입할 수 있었고 전쟁에도 불구하고 훌륭한 것이 남아 있었다. 후게나우는 자신이 세 병이나 해치우는 걸 용인한 동시에 밤늦도록 앉아 있었다. 여러 테이블에 시민들이 앉아 있었으나 후게나우는 그들과 어울리지 않았다. 여기저기서 의아한 눈초리가 번뜩이며 그에게 건너왔다. 그들 모두는 나름의 용무와 사업이 있었으나 그 자신은 아무것도 없었다. 그런데도 그는 유쾌하고 만족스러웠다. 그는 자기 자신에게 놀랐다. 일이 없는데도 만족스러워하다니! 너무 행복하여 그는 기꺼이 그리고 오랫동안 자신과 마찬가지로, 신분 증명서도 없고 연고도 없는 남자가 낯선 도시에서 사업의 토대를 마련하고 신용을 찾으려고 할 때 불가피하게 마주칠 온갖 어려움을 곰곰이 숙고했다. 그리고 그런 난처한 상황을 되새겨 보는 일도 단연코 유쾌했다. 포도주에 그 책임이 있었을 수도 있다. 어쨌건 후게나우가 먹먹한 머리로 침대를 찾아들었을 때 자신이 걱정으로 짓눌린 채 사업상 출장을 나온 여행자가 아니라 유쾌하고 가볍게 날아갈 듯한 관광객으로 느껴졌다.

4

미장이이며 후비군(後備軍)인 루트비히 괴디케가 무너진 참호 속에서 다시 파내어졌을 때 비명으로 열린 그의 입은 흙으로 가득 차 있었다. 그의 얼굴은 검푸르죽죽했으며 심장의 고동은 찾아볼 수 없었다. 만약 그를 손에 넣은 위생병 두 사람이 그의 생사에 대해 내기를 걸지 않았더라면 그는 즉시 다시 파묻혔으리라. 그가 태양과 환한 세상을 다시 보게 된 것은 내기에 이긴 사람이 받게 될 열 개비의 담배 덕분이었다.

비록 두 위생병이 몹시 애를 썼고 땀을 흘렸다 하더라도 인공호흡으로 그가 살아났다고는 할 수 없었다. 그러나 그들은 그를 데려와 정성껏 간호했다. 가끔 그에게 욕을 퍼붓기도 했다면, 그것은 그가 여기서 죽음의 수수께끼이기도 한 삶의 수수께끼를 도무지 밝히려고 하지 않았기 때문이다. 그들은 단념하지 않고 그를 의사들에게 들이밀었다. 이렇게 그들 내기의 대상물은 나흘간이나 야전 병원에 누워 있었다. 꼼짝도 않고 거무죽죽한 피부를 하고, 그동안 어렴풋이 졸고 있던 마지막 조그마한 생명의 느낌이 희미하게 타고 있었는지, 그 미미한 생명의 고통과 악몽 속에서 육체의 폐허 사이로 쫓기고 있었는지, 혹은 조용하고 황홀한 심장의 고동이 커다란 심연의 가장자리에 있었는지의 여부를 우리는 알지 못하며 후비군 괴디케도 그것을 알려 줄 수 있는 처지가 아니었을 것이다.

왜냐하면 이제 단편적으로, 말하자면 눈곱만큼씩 생명이 그의 육체 속으로 들어왔기 때문이다. 이런 느릿느릿한 신중함은 조그마한 움직임도 있어선 안 되는 으깨어진 육체에 합목적적이며 합당한 것이었다. 여러 날 동안 루트비히 괴디케는 40년 전처럼 갓난아이로 간주될 수 있었고, 알지 못할 강제의 끈으로 죄어 있으면서 그 속박만을 느꼈을 뿐이다. 그럴 수 있었다면 그는 어머니의 젖가슴을 보채며 응아응아 울었을 것이다. 사실 곧 뒤이어 그는 찔끔찔끔 울기 시작했다.

그 울음은 옮겨지는 동안 시작되었는데 신생아의 서럽고 줄기찬 울음 같았다. 아무도 그의 옆에 누우려 하지 않았고 심지어 어느 날 밤 어느 옆 침대의 이웃이 그에게 무엇을 던지는 사태까지 발생했다. 그때는 그가 배가 고파졌으리라고 생각될 수 있는 시간이었다. 의사들로서는 그에게 영양분을 주입시킬 수가 없었기 때문이다. 그가 계속 살아 있다는 것은 불가해한 일이었다. 군의(軍醫) 소령 쿨렌베크의 의견으로는 피부 밑에 멍으로 으깨어져 있는 피가 육체를 살리는지도 모르겠다고 했지만, 그것은 의견이라고 할 가치가 없었고, 이론이라고는 더더욱 말할 수 없었다. 특히 하체가 나쁜 상태였다. 냉찜질을 해주었지만 진통이 되었는지는 알 수 없었다. 어쩌면 그는 이제 그렇게 심하게 고통스럽지 않았을지도 모른다. 왜냐하면 흐느낌이 점차 수그러들었기 때문이다. 며칠 후 다시 울음이 더욱 세차게 터졌을 때까지는 말이다. 그때 루트비히 괴디케는 정신의 단편들을 오직 하나하나씩 되찾고 있는 듯했고, 모든 하나하나의 단편들이 고통의 파도 위를 헤엄쳐 그에게 다가가고 있는 듯했다. 또는 그렇게 상상해 볼 수 있다. 그리고 사실 다시 합일로 강요되는 쪼개어지고 분산된 영혼의 고통은 다른 모든 고통들보다 크고, 새롭게 경련의 파문이 이는 뇌의 고통보다 더 심하며, 그 과정에 수반되는 다른 모든 육체적 고통보다 더 지독할지도 모르지만, 이 또한 증명될 수는 없는 일이다.

그렇게 후비군 괴디케는 침대에서 공기로 부풀린 둥근 고무 쿠션 위에 누워 있었다. 그리고 어떻게 달리 해볼 수 없던 그의 수척한 육체에 서서히 영양분을 흘러 들어가게 하는 동안, 그의 영혼이 모여들기 시작했다. 그것을 군의 소령 쿨렌베크도, 군의 중위 플루르쉬츠도 이해할 수 없었다. 간호사 카를라도 이해할 수 없었다. 그러나 그의 영혼은 고통스럽게 자아를 중심으로 모여들었다.

5

후게나우는 일찍 잠을 깼다. 그는 부지런한 사람이었다. 괜찮은 방이었다. 사제관에서처럼 머슴방이 아니었다. 좋은 침대였다. 후게나우는 허벅다리를 긁었다. 그리고 해야 할 바를 정해 보려 했다.

호텔, 광장, 저 위에 시청이 있다.

정말 많은 것이 그가 찢겨져 나왔던 저곳의 생활과 다시 이어지라고 요구하는 것 같았다. 많은 것이 그더러 상인의 의무를 실현하라고, 버터와 직물류의 중개업자로서 길에서 돈을 주워 모으라고 설득하는 것 같았다. 그럼에도 불구하고 버터 통, 커피 자루, 직물에 대한 생각을 그토록 역겹게 느끼며 제쳐 버리는 자신이 기이했다. 그런 것은 소년 시절부터 말과 생각의 내용이 돈과 사업 이외에는 없던 사람에게는 정말 이상하게 느껴질 수 있는 일이었다. 그리고 놀랍게도 방학 때같다는 생각이 다시 일었다. 후게나우는 자신이 있는 도시에 대해 생각하고 싶은 것이다.

도시 뒤에는 포도원들이 있다. 정말 많은 포도원에 잡초가 무성하다. 남자는 죽었거나 포로가 되어 있지. 여자 혼자서는 어떻게 할 수가 없는 거다. 아니면 다른 사내놈하고 어울려 다니겠지. 게다가 포도값은 국가가 통제한다. 뒷거래를 이해하지 못하는 사람은 포도원을 가질 자격이 없는 거야. 더욱이 포도주 질이 그만이다! 조금만 마셔도 기분이 거나해지니.

전쟁 미망인은 그런 포도원을 분명 헐값으로 팔지 않으면 안 될 것이다.

후게나우는 어떤 구매자가 모젤 포도원들을 염두에 두고 있을지를 숙고해 보았다. 그들을 찾아내야 할 것이다. 이익이 적어서는 안 되리라. 포도주 거래상들이 고려될 수 있을 것이다. 쾰른의 프리드리히 상회, 프랑크푸르트의 마터 상회 같은. 일찍이 그들과 암거래를 한 적이 있었다.

후게나우는 침대에서 벌떡 일어났다. 계획은 짜여졌다.

거울 앞에서 그는 매무새를 가다듬었다. 머리를 뒤로 빗어 넘겼다. 중대의 이발소에서 수염을 깎았는데 많이 길었다. 그것이 언제였던가? 그것은 좀 오래된 옛날이었던 것 같다. 머리털이 겨울에 천천히 자라지 않았다면 지금쯤 정말 훨씬 더 길어졌으리라. 시체의 머리털과 손톱은 계속 자란다. 후게나우는 앞머리를 잡아 이마 위로 늘어뜨렸다. 거의 코끝까지 닿았다. 안 되지, 이런 상태로 사람들 사이를 돌아다닐 수는 없지. 축제 전날에 사람들은 머리를 깎는다. 물론 지금이 축제일은 아니다. 하지만 그와 비슷한 때이기도 하다.

아침은 맑았다. 약간 서늘했다.

이발소에 검은 가죽 쿠션의 누르스름한 안락의자 두 개가 있었다. 휘청거리는 노인 이발사가 후게나우에게 아주 깨끗하지는 않은 이발 가운을 입혔다. 위로부터 그의 칼라에 종이를 끼웠다. 후게나우는 턱을 약간 이리저리 움직여 보았다. 종이가 거치적거렸다.

구석에 걸려 있는 신문에 후게나우는 손을 뻗었다. 그 도시에서 발행하는 「쿠르트리에르셰 보테」[6]였다(신문의 부록은 〈모젤 지방의 농업과 포도 재배〉였다). 이것이다, 그가 필요했던 것은.

그는 가만히 앉아 지면을 세심히 읽으면서 거울 속의 자신을 관찰했다. 그는 지방의 유지로 간주될 수도 있을 정도였다. 머리는 이제 원하던 대로 깎였다. 짧고 견실하고 독일적으로 머리의 둥근 봉우리 위에 일부 조금 긴 머리카락이 가르마를 위해 남아 있었다. 다음은 면도였다. 이발사가 엷은 거품을 내었다. 차갑고 넉넉지 않게 얼굴에 칠했다. 똥 같은 비누였다.

「비누가 아무 쓸모 없군요.」 후게나우가 말했다.

이발사는 대꾸하지 않고 면도칼을 가죽 혁대에 쓸었다. 후게나우는 감정이 상했지만 잠시 후 사과를 했다. 「전시 물품이니까요.」

이발사가 면도를 해주기 시작했다. 단번에 쓱쓱 밀었다. 솜씨가 엉망이었다. 그렇지만 면도는 유쾌한 것이다. 직접 면도하는 것도 전시의 일이다. 하지만 더 싸게 먹혔다. 허나, 예외적으로 서비스를 받는 것도 유쾌했다. 축제일처럼. 벽에 가슴을 잔뜩 노출시킨 소녀가 있었고 그 밑에 〈우비강 로션〉이라고 씌어 있었다. 후게나우는 고개를 젖히고 나른한 손으로 신문을 붙들고 있었다. 남자가 이제 그의 턱과 목을 면도

6 *Der Kurtriersche Bote*. 쿠르트리에르의 사자(使者)라는 뜻.

했다. 어쩌면 영원히 끝나지 않을지도 모른다. 아무튼 후게 나우는 트집 잡을 생각이 조금도 없었다. 시간이 있으니. 그리고 그 일을 더 연장시키기 위하여 그는 〈우비강 로션〉을 요구했다. 그리고 퀼른 향수[7]를 얻어 발랐다.

상쾌한 면도. 면도한 말쑥한 남자는 코에 향수 냄새를 느끼며 호텔로 활보하면서 돌아갔다. 모자를 벗으며 그 안의 냄새를 맡아 보았다. 포마드 냄새가 났고 그것도 만족스러웠다.

식당은 비어 있었다. 후게나우는 커피를 시켰고 여급 아이는 한 장을 떼어 낸 빵 배급표를 가지고 왔다. 버터는 없었다. 단지 거무죽죽하고 시럽 같은 잼뿐이었다. 또한 커피도 커피가 아니었다. 후게나우는 뜨거운 액체를 홀짝이면서 제조업자들이 커피 대용물에서 얼마를 벌어들일까 계산해 보았다. 시기하는 마음에서 계산한 것은 아니었다. 그는 그것을 당연하게 생각했다. 물론 모젤 지방의 포도원을 염가로 구매하는 일 역시 나쁜 사업이 아니라 멋진 투자였다. 아침 식사를 끝내고 그는 광고를 내기로 결정했다. 그다음 그는 광고 문안을 들고 「쿠르트리에르세 보테」 사로 갔다.

6

지구 병원은 완전히 군사 병원이 되었다. 군의 중위 프리드리히 플루르쉬츠 박사가 병실을 돌아다니고 있었다. 그는 하얀 의사 가운에다 군모를 쓰고 있었는데, 야레츠키 소위는

7 오데콜롱으로 알려져 있다. 퀼른은 향수로 유명하다.

그 모습이 우스꽝스러운 인상을 준다고 주장했다.

야레츠키는 장교 병실 3호실에 유숙하고 있었다. 그것은 행운이었다. 두 개의 침대가 있는 방은 참모 장교를 위한 것이었지만, 그가 먼저 왔으니 그곳에 그대로 머물렀던 것이다. 플루르쉬츠가 들어갔을 때 그는 침대 가장자리에 앉아 있었다. 입에는 담배를 물고 붕대를 감지 않은 팔은 침대 옆 탁자 위에 올려놓고 있었다.

「그래 좀 어떤가, 야레츠키?」

야레츠키는 팔을 가리켰다. 「군의 소령님이 벌써 다녀가셨습니다.」

플루르쉬츠는 팔을 바라보며 신중하게 이곳저곳을 만져 보았다. 「언짢은 일이군…… 더 올라갔나?」

「네, 다시 1~2센티미터쯤…… 노인네가 절단하겠답니다.」

팔이 거기 있었다. 불그죽죽했다. 손바닥은 팽팽한 쿠션이었고, 손가락은 붉은 소시지 같았으며, 손목 관절 주위엔 노란 고름 주머니의 테가 둘러 있었다.

야레츠키가 팔을 바라보며 말했다. 「저런 꼴로 있다니 불쌍한 녀석이죠.」

「마음 쓰지 말게, 왼쪽 아닌가.」

「네, 선생님들이야 잘라 버리면 그만이니까요.」

플루르쉬츠는 어깨를 으쓱했다. 「무슨 소리야, 이 시대는 외과 의학의 세기가 아닌가. 그 왕관은 대포로 싸우는 세계 대전이 씌워 준 거지만…… 이젠 선병(腺病)에 대해서 다시 배우고 있다 할까, 그러면 다음 전쟁에선 이 저주받을 가스 해독 문제를 멋지게 처치하게 되겠지…… 당장은 잘라 버리

588

는 것 외에 다른 방법은 정말 없어.」

야레츠키가 말했다. 「다음 전쟁요? 선생님은 이번 전쟁이 끝나리라고 생각진 않으시겠지요.」

「비관은 말게, 야레츠키. 러시아는 벌써 그만두었다네.」

야레츠키가 기분 나쁘게 웃었다. 「하느님이시여, 선생님껜 선생님의 어린아이 같은 믿음을 지켜 주옵시고 우리에겐 담배를 선사하옵소서…….」

그는 건강한 바른손으로 침대 탁자 밑의 열려 있는 서랍에서 담뱃갑을 꺼내어 플루르쉬츠에게 내밀었다.

플루르쉬츠는 담배꽁초가 수북한 재떨이를 가리켰다. 「그렇게 많이 피우면 안 되네…….」

마틸데 간호사가 들어왔다. 「그럼 다시 감아 볼까요…… 어떻게 생각하세요, 박사님?」

마틸데 간호사는 세수를 한 것처럼 보였다. 이마 부분에 주근깨가 있었다. 플루르쉬츠가 말했다. 「가스라니, 비열한 일이야.」

그는 간호사가 팔을 감는 것을 지그시 바라보았다. 그다음 그는 회진을 계속했다. 넓은 복도의 양 끝에 창문이 열려 있었지만 병원의 악취는 날아가지 않았다.

7

건물은 피셔 가(街)에 있었다. 강으로 내려가는 꼬부랑 골목 중의 하나였다. 그것은 목조 건물로서 척 보아 수세기 동안 온갖 손질이 가해졌음을 알 수 있었다. 건물 문 옆에 금이 간 검은색 양철 간판의 희미한 금박 글씨가 〈쿠르트리에르세 보테, 편집 및 출판사(구내)〉임을 보여 주었다.

좁은 복도 같은 마루를 통과하다가 그는 어둠 속에서 지하실로 내려가는 뚜껑문에 걸려 넘어졌다. 주거지로 향하는 계단 입구를 지나자 후게나우는 놀랍게도 넓은 말굽 모양의 마당에 이르렀다. 마당과 정원이 연결되어 있었다. 몇 그루의 벚나무에 꽃이 피어 있었고, 그 뒤의 시야는 아름다운 산악 지대까지 확대되었다.

전체적인 구조로 보건대 이전 소유자가 농부다운 성격을 갖고 있었음이 증명되었다. 양 옆의 두 건물은 아마 창고와 외양간이었을 것이다. 왼쪽 건물은 2층으로서 외부 벽 닭사다리같이 좁고 위태로운 나무 계단이 있었다. 아마 전에는 그곳에 머슴방이 있었을 것이다. 바른편의 외양간 건물은 2층은 아니었지만 높은 건초 저장용 다락이 있었고 외양간 문 하나는 크고 멋대가리 없는 철창으로 대체되어 있었다. 그 뒤에 인쇄 기계가 작동되는 것이 보였다.

인쇄 기계 옆에 있던 남자가 후게나우에게 에슈 씨는 2층에서 만나 볼 수 있다고 말해 주었다.

후게나우가 닭사다리를 기어 올라가자 바로 〈편집부〉의 표찰이 붙은 문에 닿았다. 바로 그곳에서 「쿠르트리에르셰 보테」의 소유주이며 발행자인 에슈 씨가 그의 신문을 관장하고 있었다. 그는 수염이 없는 비쩍 마른 남자였다. 연극배우처럼 잘 움직이는 입술이 두 개의 길고 날카로운 주름살 사이에서 냉소적으로 씰룩이며 길고 누런 이빨을 드러내었다. 어찌 보면 배우 같기도, 어찌 보면 목사 같기도, 어찌 보면 말 같기도 했다.

건네준 광고 문안이 예심 판사 같은 표정과 함께 마치 소송 서류처럼 검토되었다. 후게나우는 지갑을 잡고 5마르크 지폐를 꺼냈다. 말하자면 그가 그 금액을 광고비로 지불하겠음을 암시한 것이다. 그러나 남자는 그것에 주의를 기울이지 않고 다짜고짜 물었다. 「그렇다면 당신은 이곳 사람들을 착취하겠다 이 말씀입니까? 우리 포도 재배 농부들이 곤궁하다는 소문이 벌써 좌악 퍼져 있단…… 말입니까, 네?」

그것은 예기치 않은 공격이었다. 후게나우는 그것이 광고비를 높이려는 수작 같다는 인상을 받았다. 그래서 그는 1마르크를 더 꺼내 보였다. 그러나 결과는 정반대였을 뿐이다. 「감사합니다……만 광고는 실리지 않을 거요…… 분명 당신은 돈으로 마음대로 할 수 있는 신문이 어딘지 잘 모르는 모양이구려…… 이보십시오, 나는 6마르크를, 10마르크를, 아니 100마르크를 준다 해도 매수되지 않을 거요!」

후게나우는 점점 더 약아 빠진 장사꾼을 대하고 있다고 확신했다. 그러나 바로 그 때문에 넘어가면 안 되었다. 이 작자는 동업 관계를 개척할 의향이 있을지도 몰랐다. 그것도 그리 불리하게 보이진 않았다.

「흐음, 이런 광고의 취급은 건당 몇 퍼센트라는 식으로 행해진다는 말도 있습니다…… 0.5퍼센트의 이익 배당은 어떻겠습니까? 그렇다면 적어도 세 번은 광고를 내주셔야 합니다만…… 그 이상의 횟수는 당신 마음대로입니다. 호의를 제한할 수는 없으니까요…….」 그는 성패를 걸고 동의를 표하는 미소를 지으며 에슈 씨가 작업 장소로 사용하는 거친 부엌용 탁자 옆에 앉았다.

에슈는 그의 말에 귀를 기울이지 않고 침울하게 찡그린 표정으로 방 안을 이리저리 거닐었다. 그의 무겁고 어색한 걸음걸이는 그의 마른 몸집과 어울리지 않았다. 반질반질한 마룻바닥이 그 무거운 발걸음 밑에서 삐걱거렸다. 후게나우는 마루청 사이의 구멍들과 벽의 토사를, 또한 에슈 씨의 무겁고 검은 단화를 관찰했다. 그것은 이상하게도 신발 끈으로가 아니라 마구를 연상시키는 버클로 죄어져 있었고 위쪽 가장자리엔 회색 털실로 짠 양말이 둥글게 부풀어 있었다. 에슈가 혼잣말을 하고 있었다. 「이젠 독수리가 가난한 사람들을 덮치고 있군…… 하지만 사람들의 곤궁에 주목시키는 여론을 불러일으키면 검열을 받게 되니.」

후게나우는 다리를 포갰다. 그는 탁자 위의 물건들을 구경했다. 갈색 얼룩이 말라 붙어 있는 빈 커피 잔, 뉴욕 자유의 여신상의 청동 모사품(아하, 문진이로구나!), 석유 등잔. 유리병 속의 흰 심지가 멀리서 보기에 분명하진 않았지만 3개월 이후의 태아 혹은 알코올 속의 촌충을 연상시켰다. 방의 어느 구석에서 에슈의 목소리가 울렸다. 「검열 당국은 비탄과 곤궁을 방관하고 있어…… 그런데 사람들은 내게 오지…… 바로 그것은 배신과 같아, 만약…….」

건들건들하는 서가 위에 원고들이 신문 뭉치와 함께 끈으로 매여 있었다. 에슈가 다시 거닐기 시작했다. 노랗게 칠해진 벽 한가운데 예기치 않게 작고 빛바랜 그림 「언덕 위에 성이 보이는 바덴바일러」가 검은 액자에 걸려 있었다. 아마 오래된 그림엽서일 것이다. 후게나우는 곰곰이 생각했다. 저런 그림이나 청동 조각상을 사무실에 두면 상당히 근사하겠군. 그는 기억을 모아 사무실과 그곳에서 했던 일을 회상해 보려 했지만 성공하지 못했다. 그것은 너무 아득하고 낯설게 되어 버린 일들이어서 그는 시도를 포기하고 눈으로 다시 흥분한 에슈 씨를 탐색하기 시작했다. 그의 갈색 비로드 상의와 밝은 천의 바지는 거친 신발하고 너무 어울리지 않았다. 마치 부엌용 탁자 위의 청동상처럼. 에슈가 그의 시선을 느꼈는가 보았다. 그가 소리쳤다. 「제기랄, 왜 여태 여기 앉아 있는 거요?」

물론 후게나우는 나가 버릴 수도 있었을 것이다. 하지만 어디로? 새로운 계획이 쉽사리 잡히지 않았다. 후게나우는 어떤 알지 못할 힘에 의해 즉각, 그리고 고통 없이 떠날 수 없는 궤도 위에 앉혀져 있음을 느꼈다. 그래서 그는 조용히 앉아 안경을 닦았다. 그가 어려운 담판을 할 때 흔히 태연한 척 보이려고 취하는 행동이었다. 이번에도 효과가 없진 않았다. 왜냐하면 격앙된 에슈가 그의 앞에 우뚝 서서 다시 말을 터뜨렸기 때문이다. 「당신은 어디서 왔습니까? 누가 당신을 보냈나요…… 당신은 이곳 사람이 아닙니다. 여기서 댁이 포도원 농부가 될 생각이라고 나를 속일 수는 없습니다…… 당신은 이곳을 염탐하려는 것이 분명합니다. 당신을 감옥에 처넣어야 할 게요!」

에슈가 그의 앞에 서 있었다. 가죽 혁대가 갈색 비단 조끼 아래에서 비죽이 나와 있었다. 바짓가랑이 한 짝 색이 더 밝게 바래어 있었다. 드라이클리닝도 소용없겠군, 후게나우는 생각했다. 바지를 검은색으로 염색해야겠어. 정말 원하는 것이 무엇인지 물어봐 주어야 하겠지? 나를 정말로 내쫓으려 한다면 먼저 싸움을 걸어올 필요가 없는 건데……. 그렇다면 그의 속셈은 내가 그대로 있기를 바라는 거지. 뭔가 좀 정리가 안 되었다. 후게나우는 이 남자와 어떤 동료 의식을 느꼈으며 동시에 뭔가 이익이 있으리라는 낌새를 챘다. 그는 양보하며 자신의 생각을 확인하려고 했다. 「에슈 씨, 나는 선생께 정직한 사업을 가져왔습니다. 만약 선생이 그것을 물리친다 해도 그건 당신 일이지요. 하지만 선생이 단지 나를 모욕하고자 하는 거라면 우리의 회담은 더 계속할 까닭이 없습니다.」

그는 안경을 찰칵 접고는 엉덩이를 약간 쳐들었다. 그런 몸짓으로 그 역시 가버릴 수 있음을 암시하면서. 말해 보시죠, 하는 뜻과 함께.

에슈는 대화를 중단시킬 기분이 아닌가 보았다. 그가 호의적으로 손을 들었으므로 후게나우는 상징적인 자세를 다시 제자리로 바꾸었다. 「그렇습니다. 제가 직접 여기서 포도를 재배할지의 여부는 물론 확실하지 않습니다. 그 점에선 선생이 옳습니다. 하지만 그것도 배제할 수는 없겠지요. 사람은 안정을 동경하니까요. 하지만 아무도 착취하려는 사람은 없습니다.」 그는 열띤 연설조로 말했다. 「중개업자도 다른 사람처럼 존경할 가치가 있는 겁니다. 그리고 그가 일을 중개하여 쌍방을 만족시키게 된다면 그것도 그의 기쁨인 것이지요. 그 밖에도 바라건대 염탐이니 뭐니 하는 표현을 좀 삼가해 주셨으면 합니다. 그 말은 전쟁 때엔 위험이 없지는 않으니까 말입니다.」

에슈는 부끄러워졌다. 「자, 자, 나는 당신을 모욕할 생각은 없었습니다…… 하지만 누구나 때때로 구역질이 목에 치밀어 오를 때가 있는 법입니다. 그러면 토해 버려야 하고요…… 쾰른의 건축 청부업자, 말하자면 사기꾼이 토지를 암거래 값으로 사버렸습니다…… 사람들이 집에서 쫓겨났지요…… 그리고 약방 주인이 여기서 그 짓을 흉내 냈습니다…… 대체 약방 주인 나리가 파울이란 사람의 포도원이 무슨 필요가 있단 말입니까? 당신은 그걸 말해 줄 수 있습니까?」

후게나우는 감정이 상해 반복했다. 「염탐이란……」

에슈가 다시 움직이기 시작했다. 「사람들은 쫓겨나야 했습니다. 어디로든, 언제나, 미국을 향하여. 내가 좀 젊다면 모든 것을 던져 버리고 처음부터 시작할 겁니다만……」 그가 다시 후게나우 앞에 멈추어 섰다. 「하지만 당신, 당신은 젊습니다. 그런데 어째서 전선에 있지 않습니까? 어떻게 그것을 끝마치고 이곳에 온 겁니까?」 격하게 그는 다시 공격적으로 되었다. 후게나우는 그 주제를 다루고 싶지 않았다. 그는 피했다. 이해할 수 없습니다. 명망 있는 자리, 신문의 정상에 서 있는 사람이, 아름다운 지방과 동료 시민들의 존경에 둘러싸여 있는 사람이, 이제 때늦은 시기에 이민 계획을 품고 있다니 말입니다.

에슈가 냉소적으로 상을 찌푸렸다. 「동료 시민의 존경이라, 동료 시민의 존경…… 그들은 개새끼들처럼 내 뒤에서……」

후게나우는 언덕 위에 성이 보이는 바덴바일러를 쳐다보았다. 그리고 말했다. 「믿을 수 없습니다.」

「글쎄, 아마 당신도 그들과 한패이겠지요. 놀랍게 생각하진 않으오만……」

후게나우는 배를 안전한 곳으로 조종했다. 「또 그런 모호한 비방을 하십니다그려, 에슈 씨. 나를 비난해야만 하시겠다면 적어도 정확한 표현을 써주십시오.」

그러나 에슈 씨의 비약적이고 신경질적인 생각은 쉽사리 억제될 수 없었다. 「정확한 표현, 정확한 표현이라, 말은 쉽지…… 마치 모든 것의 이름을 바로 부를 수나 있는 듯이……」 그는 후게나우 얼굴에다 버럭 고함을 질렀다. 「젊은 양반, 이름이 전부 거짓임을 모르기 전엔 당신은 아무것도 모르는 것이오…… 지금 당신의 의복은 결코 당신 몸에 마땅한 것이 아니오.」

후게나우는 섬뜩했다. 이해하지 못하겠는데요, 그가 말했다.

「물론 당신은 이해하지 못할 거요…… 하지만 약제사가 토지를 헐값으로 매점한다는 것, 그래, 그것은 이해하시겠지…… 그리고 사물을 정확한 이름으로 부르는 사람이 박해받는 것도 이해하시겠지. 그 사람을 공산주의자라고 소문을 퍼뜨린다는 것도…… 검열관이 목 위로 기어오른다는 것, 그것이 당신이 옳다고 말하는 것이겠지…… 당신은 아마 우리가 법치 국가에 살고 있다는 의견이시겠지?」

정말 어여쁘게 봐주지 못할 상황들입지요, 후게나우가 말했다.

「어여쁘게 봐주지 못할 상황들이라고! 이민을 가버려야 할 거요…… 나를 그렇게 두들겨 대는 것에 난 질렸다오…….」

후게나우는 에슈 씨가 신문사를 어떻게 하실 생각인지 물었다.

에슈가 내던지는 듯한 손짓을 했다. 내가 벌써 여러 번 아내에게 말했듯이 전부를 팔아 버렸으면 제일 좋겠소. 건물은 소유할 수도 있지요. 서점을 차릴까도 생각하고 있으니.

「반대자들이 신문사를 상당히 곤란하게 하는가 봅니다, 에슈 씨? 내 말은 판매 부수가 이제 별 볼일이 없어진 것 같다는 건데요?」

아니, 그건 아니오. 「보테」지는 선술집, 이발소, 특히 변두리 마을 사람들을 고정 독자로 갖고 있소. 적대자들의 범위는 이 도시의 일부에 제한되어 있습니다. 하지만 그들과 실랑이를 하는 데 이젠 질려 버렸습니다.

에슈 씨께서는 가격을 생각해 보셨겠지요?

물론 해보았지요…… 인쇄소가 딸린 신문사라면 형제들 사이에 2만 마르크의 값어치는 확실합니다. 그 밖에도 상당한 기간 동안, 말하자면 약 5년 동안 이 건물을 신문 일에 무료로 마음대로 쓰도록 하고 싶소이다. 그건 구매자에게도 이점이 될 것입니다. 그것이 내 생각이었소. 훌륭한 제안일 것입니다. 나는 무리한 요구는 하고 싶지 않아요. 난 단지 일에 질렸을 뿐이니까. 아내에게도 물론 이런 말을 해두었지요.

「그럼,」 후게나우가 말했다. 「단순한 호기심에서 질문하는 것은 아닙니다…… 제가 중개업자라고 말씀드렸지요. 어쩌면 선생을 위해 일을 할 수 있을지도 모릅니다. 두고 보십시오, 친애하는 에슈.」 ── 그는 신문 소유주의 뼈가 불거진 등을 보호자처럼 토닥거렸다 ──「그렇다면 작은 일을 서로 같이 해보십시다. 사람은 절대로 너무 서둘러 내쫓으려 해선 안 되는 법입니다. 하지만 2만이란 액수는 머리에서 내쫓아 버리십시오. 오늘날 그런 환상적인 가격을 지불하는 사람은 없으니까요.

자신감을 가지고 후게나우는 쾌활하게 닭사다리를 내려왔다.

인쇄소 앞에 계집아이가 앉아 있었다.

후게나우는 어린아이를 뜯어보고 인쇄소 입구를 뜯어보았다 〈외부인 출입 금지〉라는 간판이 걸려 있었다.

2만 마르크라, 그는 생각했다. 그리고 저 어린 계집아이는 보너스렸다.

그는 낯선 사람이었지만 그가 들어가는 것을 금지할 수는 없었다. 판매를 중개하려는 사람은 물품을 먼저 알아야 하는 법이다. 에슈가 인쇄소를 보여 주어야 할 책임이 있었을 텐데. 후게나우는 그를 불러 내려오게 할까 생각했다. 그러나 그만두었다. 하루나 이틀 후면 어쨌든 다시 이곳에 오게 될 것이다. 어쩌면 구체적인 계약 서류까지 가지고. 후게나우는 계약이 이루어질 것을 전적으로 믿었다. 게다가 지금은 식사 시간이었다. 그리하여 그는 호텔로 갔다.

8

한나 벤틀링은 잠이 깨었다. 그녀는 눈을 뜨지 않았다. 아직까지는 달아나는 꿈을 붙들어 둘 가능성이 있기 때문이었다. 그러나 그 꿈은 서서히 사라지기 시작하여 마침내 느낌만이 남았다. 꿈이 완전히 가라앉아 버린 느낌만이. 그 느낌조차도 새어 나가기 시작했으므로 아주 사라지기 직전 한나

는 자발적으로 그것을 버리고 잠시 눈을 가늘게 떠서 창문
을 바라보았다. 블라인드 틈새로 희뿌연 햇빛이 새어 들어왔
다. 아직 이른 아침이거나 비가 오는 날씨일 것이다. 아마 아
무런 소리 없이 새어 들어와서일까, 줄기진 빛살이 꿈의 계속
인 것 같았다. 한나는 아직 이른 아침이 분명하다고 단정했
다. 블라인드가 열린 창문 사이로 소리 없이 그네를 뛰었다.
이른 새벽의 바람일 것이다. 그 냉기를 들이마시기 위하여
그녀는 가볍게 코를 킁킁거렸다. 마치 그렇게 함으로써 시간
의 냄새를 맡을 수 있다는 듯이. 그런 다음 눈을 감은 채 그
녀는 왼쪽 옆 침대로 손을 뻗쳤다. 자리가 들쳐지지도 않은
채였다. 베개, 깃털 이불, 담요가 단정하게 층층이 깔려 있었
고 보풀이 긴 비로드의 가운이 개켜 있었다. 드러난 어깨를
다시 미지근한 담요 속으로 들어가게 하려고 손을 다시 끌
어 오기 전에 그녀는 다시 한 번 부드럽고 약간 서늘한 비로
드 위를 쓰다듬어 보았다. 그것은 혼자 있음을 확인하는 것
과 같았다. 엷은 잠옷이 엉덩이 위로 미끄러져 올라가 불편
하게 뭉쳐 있었다. 아, 또 불편한 잠을 잤구나. 그러나 일종
의 보상처럼 따뜻하고 매끄러운 육체 위에 놓인 오른손의 손
가락 끝이 거의 알아차릴 수 없이 부드럽게 피부 위와 가슴
의 솜털을 쓰다듬었다. 그녀 자신도 어떤 우아한 프랑스의
로코코풍 그림이 생각났다. 고야[8]가 그린 옷을 입지 않은 마
야가 떠올랐다. 그녀는 약간 그런 자세를 취하고 있었던 것
이다. 그녀는 속옷을 아래로 내렸다. 그리고 왼쪽으로 돌아
누워야 할지 오른쪽으로 돌아누워야 할지를 생각해 보았다.

8 Goya(1746~1828). 스페인의 화가, 판화가.

그녀는 오른쪽으로 결정했다. 이부자리가 포개어 놓인 옆 침대가 그녀에게서 공기를 빼앗아 가버릴 것 같았다. 그리고 잠시 거리의 정적에 귀를 기울이다가 새로운 꿈속으로 들어갔다. 밖에서 무슨 기척을 알아들을 수 있기 전에 새로운 꿈으로 도망쳐 갔다.

그녀가 한 시간 뒤에 다시 눈을 떴을 때 아침이 훌쩍 지나가 버렸음을 자신에게도 감출 수가 없었다. 너무 약하고, 누가, 혹은 자신이, 생이라고 부를 수 있는 것과 연결 짓는 끈이 거의 존재하지 않는 사람에게는 아침에 일어나는 일이 언제나 어려운 과제이다. 어쩌면 작은 폭력이기조차 하다. 피할 수 없는 낮의 생활에 다시 접근하고 있음을 느끼는 한나 벤틀링은 두통을 느꼈다. 뒷머리가 아팠다. 그녀는 손을 목덜미에 대었다. 부드럽게 손가락을 감아 오는 머리카락에 손이 닿는 순간 두통이 잊혔다. 그다음 그녀는 아픈 부위를 눌렀다. 귀 뒤에서 시작하여 등뼈 꼭대기까지 이어져 내려갔다. 그녀는 그것을 잘 알았다. 사람들 사이에 있을 때면 가끔 그 통증이 격렬히 엄습하여 몹시 아찔해지곤 했었다. 황급히 결단을 내리고 그녀는 이불을 내던지며 굽 높은 슬리퍼 속으로 발을 밀어 넣었다. 블라인드를 높이 끌어올리진 않고 조금만 벌려 놓았다. 그리고 손거울의 도움을 받아 아픈 목덜미를 커다란 화장 거울 앞에서 관찰해 보고자 했다. 왜 그곳이 아픈 걸까? 아무것도 알아차릴 수 없었다. 그녀는 고개를 이쪽저쪽으로 돌려 보았다. 척추가 피부 아래에서 이리저리 움직였다. 정말 아름다운 목이었다. 어깨도 아름다웠다. 그녀는 침대에서 아침을 먹고 싶었다. 그러나 지금은 전시였다. 사실 그녀는 아이를 학교에 데려다 주어야 했을 것이다. 매일 그녀는 그렇게 하려고 했다. 두 번은 성공했지만 다시 하녀에게 맡기고 말았다. 물론 아이를 오래전에 프랑스 여자나 영국 여자에게 맡겨야 했다. 영국 여자들이 교육 면에서 더 나았다. 전쟁이 끝나면 아이를 영국으로 보내야 할 것이다. 그녀가 그 아이만 할 때, 그래 일곱 살일 때 그녀는 독일어보다 프랑스어를 더 잘했다. 그녀는 화장수 병을 찾아서 목덜미와 관자놀이를 문지른 다음 찬찬히 거울 속의 눈을 들여다보았다. 눈이 황갈색이었다. 왼쪽 눈에 핏발이 보였다. 불편한 잠 때문이었다. 그녀는 어깨 위에 기모노를 걸치고 종을 쳐 하녀를 불렀다.

한나 벤틀링은 변호사 하인리히 벤틀링 박사의 부인이었다. 그녀는 프랑크푸르트 출신이었다. 하인리히 벤틀링은 2년 동안 루마니아나 베사라비아 혹은 그 아래 어떤 고장에 가 있었다.

9

후게나우는 식당에 자리를 잡았다. 옆 탁자에 백발의 소령이 앉아 있었다. 하녀가 그의 앞에 방금 수프를 가져다 놓는 참이었다. 늙은 신사가 이상한 몸짓을 보였다. 주름살투성이의 손으로 불그레한 얼굴을 경건하게 감싸고 탁자 위로 약간 몸을 구부렸다. 기도가 분명한 그런 몸짓을 끝내고 나서야 그는 빵을 뜯었다.

후게나우는 그런 익숙지 않은 광경에 눈을 뗄 수가 없었다. 그는 소녀를 불러 그 이상한 장교가 누구냐고 조금도 거리낌 없이 물어보았다.

하녀가 그의 귀 쪽으로 몸을 숙였다. 지구 사령관이에요. 서프로이센 출신의 귀족 영주인데 전쟁 기간 동안 다시 근무하게 되었대요. 부인과 아이들은 장원에 남아 있다는데, 날마다 편지를 주고받는다나요. 사령부는 시청에 있고요, 소령님은 전쟁이 시작된 후부터 여기 호텔에 묵고 있어요.

후게나우는 만족하여 고개를 끄덕였다. 갑자기 마비시키는 듯한 냉기가 위장에 느껴졌다. 돌연 그는 알았다. 저기 군대의 힘의 화신인 사내가 앉아 있다. 사내가 그를 없애 버리려 마음만 먹는다면 수프 숟가락을 든 손을 뻗치기만 해도 될 것이다. 그는 말하자면 자신의 형리와 문에 문을 이웃하고 사는 것이다. 입맛이 달아났다! 식사를 취소하고 달아나 버릴까?!

하지만 하녀가 그동안 수프를 가져왔다. 후게나우가 기계적으로 숟가락질을 시작한 동안, 마비시키는 냉기가 사라지며 거의 유쾌하고 시원하게 약해지더니 무방비 상태로 넘어갔다. 그는 도망가서는 안 되었다. 「쿠르트리에르셰 보테」지의 일을 청산해야 했다.

그렇다, 그는 거의 기분이 좋았다. 사람은 자신의 결단과 결심이 커다란 다양성 속에서 움직인다고 생각하지만, 실제로는 도피와 동경 사이를 왔다 갔다 움직일 뿐이며 모든 도피와 모든 동경은 죽음인 것이다. 극과 대극 사이에서 영혼과 정신이 진자 운동을 하는 가운데 후게나우는, 도망갈 태세가 되어 있는 빌헬름 후게나우는, 이상하게 저기 앉아 있는 노인에게 끌리는 것을 느꼈다.

기계적으로 그는 먹었다. 오늘이 생선밖에 나오지 않는 금요일임을 그는 알아차리지 못했다. 기계적으로 그는 마셨다. 벌써 몇 주째 그는 보다 극단적인, 이를테면 보다 투명한 현실에 참여하고 있었다. 사물들이 붕괴하여 극단까지 서로 밀쳐 내고 있는 현실에. 세계의 경계까지 밀쳐 내노라면 거기서 모든 분리된 것이 다시 하나가 되고 거리가 다시 지양되는 것이다. 공포는 동경이, 동경은 공포가 된다. 「쿠르트리에르세 보테」지가 기이하게도 저 백발의 소령과 연결되며 불가분의 통일성을 이루었다. 하지만 그 생각은 그리 적절하게 혹은 합리적으로 표현될 수 없었다. 후게나우의 행동 역시 저 거리감을 지양하는 가운데, 말하자면 짧은 추론 속에서처럼 비합리적으로, 그리고 숙고의 시간을 갖지 않은 가운데 이루어졌기 때문이다. 또한 소령이 식사를 끝마치기까지의 후게나우의 기다림은 진정한 기다림이 아니었다. 그것은 일종의 원인과 결과의 동시성이었다. 소령이 다시 말 없는 기도를 올리고 의자에 기대어 시가에 불을 붙인 순간 그는 자리에서 일어나 아주 스스럼없이 끈에 이끌리듯 소령에게 다가갔다. 소령 옆으로 다가가는 그의 태도는 그런 습격에 대해 아무런 비난도 할 수 없을 정도로 스스럼이 없었다.

그는 예의 바르게 자신을 소개하자마자 앉으라는 권유가 없는데도 냉큼 자리에 앉았다. 그리고 그의 입술에서 술술 말이 흘러나왔다. 감히 제 자신을 소개해 올리겠습니다. 저는 신문업에 종사하고 있으며 그 위임을 받아 여기 와 있습니다. 말하자면 이곳엔 지방지, 즉「쿠르트리에르셰 보테」란 신문이 있는데, 그것의 태도에 대해 여러 가지 의미심장한 뒷 공론이 분분하기에, 제가 전권을 위임받고 상황을 탐색하기 위해 이곳으로 온 것입니다. 그렇습니다, 그리고 ─ 이제 무슨 말을 해야 하지, 후게나우는 생각했다. 그러나 말이 강물처럼 계속 흘러나왔다. 마치 입에서야 비로소 형태가 이루어지는 것 같았다 ─ 그렇습니다, 그리고 검열 문제는 말하자면 어떤 의미에서 볼 때 지구 사령부의 관할에 속하기 때문에 저는 소령님을 방문하여 보고를 드리는 것이 제 의무라고 생각하는 바입니다.

이 말을 하는 동안 소령은 약간 갑작스럽게 정자세를 취하며 그런 일은 규칙에 맞는 방법으로 처리하는 것이 적당한 듯 보인다는 반론을 제기하려고 했다. 흐르듯 쏟아져 나오는 이야기를 멈출 수 없던 후게나우는 거의 그 말을 듣지 않고 다음과 같은 암시를 함으로써 즉시 그런 반대를 잘라 버렸다. 제가 소령님께 경의를 표하며 접근했던 바는 공적인 성격이 아니라 단지 반쯤만 공적인 성격에서입니다. 말씀드린 전권은 국가적인 차원이 아니라 오히려 애국적인 대기업체가 내린 것입니다. 그 이름을 들 필요는 없겠지만 어쨌든 누구나 알 만한 이름입니다. 그곳에서 저를 믿고 맡긴 사명은 그 의심스러운 신문이 의심스러운 이념을 사람들에게 주입시키는 것을 방지해야 할 경우 신문을 적당한 가격으로 매입하라는 것이었습니다. 그리고 후게나우는 〈의심스러운 이념을 국민에게〉라고 반복했다. 마치 출발점으로 돌아감으로써 모든 것이 확실하게 된다는 듯, 말이 잘 누워 있을 수 있는 좋은 침대라도 되는 듯, 그 말을 반복했다.

어쩌면 소령은 연설의 취지가 무엇인지 이해하지 못했을지도 모른다. 그러나 그는 고개를 끄덕였고 후게나우는 처음과 끝을 잇는 원운동을 다시 시작했다. 그렇습니다, 의심스러운 신문들이 문제입니다. 저 개인의 판단에 따르면, 대체로 인간적인 판단을 따르는 것과 마찬가지입니다만, 「쿠르트리에르세 보테」는 의심스러운 신문이며 따라서 무조건 매입할 것을 추천합니다.

그는 소령을 의기양양하게 바라보았다. 그의 손가락이 탁자 위에서 북을 치듯 두드렸다. 마치 성과에 대한 지구 사령관의 감탄과 칭찬을 기대하는 것 같았다.

「의심할 여지 없이 애국자이시오.」 소령이 마침내 동의했다. 「정보에 감사하오.」

후게나우는 그만 멀어질 수도 있었을 것이다. 하지만 그는 더 나은 결과를 노리지 않을 수 없었기 때문에 소령에게, 특히 그가 보여 준 호의에 감사하며 그런 호의를 보여 주시니 간단한 청원을 덧붙였으면 싶다고 말했다. 「저의 구매 의뢰자는 다소간 지방지라 불릴 수 있는 신문을 매입함에 있어 지방의 이해관계 역시 얽히리란 점에 중요한 가치를 두고 있습니다. 그것이 중요한 이유는 검열 등등의 문제가 있기 때문입니다…… 소령님께선 이해하시겠지요?」

이해하오. 그러나 소령은 이해하지 못했다.

자, 후게나우가 말했다. 제 청원은 이렇습니다. 소령님께서, 여기서 가장 명망 있는 분으로 간주될 수 있으시니, 몇몇 믿을 만하고 재력 있는 지방 유지들을 꼽아 주실 수 있을 겁니다. 물론 비밀을 지킬 수 있으면서 그 계획에 흥미를 가질 사람들을 말입니다.

소령이 말했다. 정말 이 사건은 민간 행정부의 관할이지 군사 사령부의 관할은 아니오. 하지만 후게나우 씨에게 금요일 저녁 이곳에 와보라는 충고를 해줄 수는 있소, 그날이면 언제나 몇몇 시의원과 다른 시민 대표들을 만날 수 있을 것이오.

「멋집니다! 하지만 소령님도 오시겠지요.」후게나우가 말했다. 그는 쉽사리 물러날 사람이 아니었다. 「멋질 겁니다, 소령님께서 일의 후원을 맡아 주신다면, 그러면 저는 좋은 성과를 승인받는 셈입니다. 왜냐하면 비교적 사소한 자본이 문제되기 때문입니다. 그리고 아주 많은 신사들은 흥미를 가지게 될 겁니다. 그런 대기업체와 접촉하고 모종의 동료 관계에 들어갈 것이니 말입니다…… 멋집니다. 정말 멋집니다…… 소령님, 담배를 피워도 되겠습니까……?」그는 의자를 더 가까이 끌어당기고 담뱃갑에서 시가를 꺼냈다. 그러고는 안경알을 닦고 담배를 피우기 시작했다.

소령이 말했다. 그런 일을 맡는 것은 정말 즐거운 일 같아 보이지만 사업에 대해 아무것도 모르니 유감이오.

오, 그건 상관없습니다. 후게나우가 말했다. 그것은 아무 상관 없는 일입니다. 그는 자신이 그린 원을 다시 한 번 더 돌고 싶었기 때문에, 아마도 노파심에서, 아마도 획득한 확실성을 확인하기 위하여, 그는 다시 한 번 의자를 소령에게 가까이 당기며 정보를 하나 더 덧붙이는 걸 허락해 달라고 청했다. 그러나 그 정보는 오직 소령님 개인을 위한 것입니다. 말하자면 저는 그 신문의 편집자 — 물론 소령님도 벌써 들으셨겠지만 에슈라고 하는 사람입니다 — 와 이제까지 대화를 해보면서, 그 신문 뒤에 어떤, 글쎄 어떻게 표현해야 할지, 의심스럽고 혁명적인 요소가 바다 속의 움직임처럼 진행 중인 듯한, 보다 확실한 인상을 받았습니다. 많은 이야기가 벌써 오가고 있는 듯이 보이더군요. 그러나 신문의 계획이 정말로 실현된다면 그런 응큼한 활동을 통찰할 수 있게 될 것입니다. 그러한 통찰은 국민 전체의 이해관계 속에서 추구되어야 하며, 또한 반드시 있어야 할 것입니다.

소령이 대답할 수 있기도 전에 후게나우는 일어나 그의 연설을 끝맺었다. 「제발, 오, 제발 소령님, 그건 오직 저의 애국적인 의무일 뿐입니다…… 이 말은 할 가치가 없습니다만…… 그럼 금요일의 명예로운 초대에 응하도록 하겠습니다.」

그는 발뒤꿈치를 탁 붙였다. 그리고 경쾌하게, 거의 춤을 추듯이, 자기 탁자로 돌아갔다.

10

아우구스트 에슈 씨가 편집실에서 그렇게 상을 찌푸리고 초조하게 일을 하고 있다는 것, 그리고 그 자리를 특히 기분 좋지 않게 느끼고 있다는 것은 그가 일생 동안 회계 일을 직업으로 삼았었고 심지어 여러 해 동안 그의 고향인 룩셈부르크의 대기업에서 회계 부장으로 근무했었다는 데 기인했다. 그리고 그것은 — 전쟁의 와중에 — 예기치 않았던 유산을 받게 됨으로써 「쿠르트리에르셰 보테」와 그것에 속한 부동산을 얻기 전의 일이었다.

회계사 특히 회계 부장쯤 되는 사람이면 아주 정확한 자신의 질서 속에서 살아가는 법이다. 어떤 다른 활동으로는 다시 제공될 수 없을 정도로 정확한 질서 속에서 말이다. 그런 질서에 의존하고 그것을 고수하는 그는 권력을 쥐고 있음에도 겸손한 세계에 사는 것에 버릇이 들어 있다. 그런 세계에서는 모든 사물이 제자리를 확보하고 있으며, 그 사람 자신도 언제나 그 속에서 자신을 재발견하기 때문에 그의 시선은 미혹되지도 혼란되지도 않는다. 주(主) 장부의 페이지를 넘기며 그것을 부(副) 장부와 차감 계정의 페이지와 비교한다. 하자 없는 연결이 넘어가고 넘어오며 삶과 일과를 확실하게 하는 것이다. 아침에 사환이나 어린 여사환이 통신국으로부터 회계 영수증을 가져오면 회계 부장은 그것에 서명을 하여 젊은 사람들이 장부에 기입하도록 하는 것이다. 이 일이 행해지고 나면 회계 부장은 보다 어려운 경우들에 대해 조용히 숙고할 수 있으며, 지시를 내리고 다른 경우를 찾아보도록 시킨다. 그가 정신 속에서 어려운 회계상의 경우를 정리하고 정돈하게 되면 새롭고 안전한 다리가 대륙에서 대륙으로 펼쳐졌던 것이다. 이렇게 얽혀 있는 계좌와 계좌 사이의 확실한 관계, 그 풀 수 없으면서도 그에게는 너무도 분명한, 매듭이 결여된 경우란 없는 그물은 마침내 유일한 숫자로 상징화된다. 이미 그가 예견하고 있는 그 숫자는 몇 달 후에야 대차대조표에 들어갈 수 있을 것이다. 오, 대차 대조표의 달콤한 흥분. 이익인가 손해인가는 상관없는 일이다.

회계사에겐 모든 일이 이익이며 만족이 되기 때문이다. 매월 있는 잠정 결산은 능력과 노련함의 승리이며 반년마다 있는 대결산에 어긋나는 것은 하나도 없다. 이런 시기엔 그가 배의 지휘자이며 그의 손은 조종간을 떠나지 않는다. 부서의 젊은 사람들은 맡은 자리에서 노를 젓는 노예와 같으며, 모든 계산이 완료되기까지는 침식을 잊는다. 그러나 그는 이익 계정, 손해 계정 결산을 자신의 몫으로 유보한다. 그가 결산을 끝내고 비스듬한 종결선을 그을 때 그는 서명과 함께 일을 마무리 짓는다. 그러나 슬프다, 결산이 1페니히[9]라도 일치하지 않으면. 새로운, 그러나 씁쓸한 쾌락. 수석 보조 회계사와 함께 그는 탐정의 눈으로 의심스러운 계정 계좌를 낱낱이 살핀다. 잘못이 발견되는 젊은 사람에겐 비탄할 만한 일이다. 그에게 가는 것은 분노이며 차가운 경멸이며, 그렇다, 해고이다. 그러나 잘못이 회계에서가 아니라 창고의 비품 목록 작성에 있는 것이면 회계 부장은 다만 어깨를 으쓱하고 입에 유감과 냉소를 담은 미소를 짓는다. 물품 목록의 작성은 그의 권한 밖의 일이기 때문이다. 게다가 그는 창고에선 일반적인 삶에서나 마찬가지로 장부에 갈무리해 놓은 질서를 얻을 수 없음을 알고 있기 때문이다. 그리고 하루하루가 평온해지면 회계 부장은 곧잘 모든 것을 운에 맡기고 이절판 장부 하나를 펴 들고 재빠른 엄지손가락으로 페이지를 넘기며 암호의 종단면을 시험 삼아 합산해 보면서 자신의 노련함에 기뻐한다. 그 노련함 덕택에 그는 기름을 친 듯이 매끄럽게 확실한 계산을 할 수 있음에도 불구하고 생각을 멀리 방

9 1페니히는 100분의 1마르크.

황시켜 계산의 기적이 불확실성의 세계에 확고한 암반처럼 존속하고 있는 것을 발견할 때 느끼는 놀라움, 기대한 바이긴 하지만 황홀한 놀라움을 향유하는 것이다. 그러나 그의 손이 장부에서 미끄러져 내려오는 일도 벌어진다. 비탄이 그의 마음을 엄습하며 새로운 체계에 대해 — 그 체계를 도입하는 것이 현대적 회계사의 의무이다 — 숙고하는 것이다. 묵중하고 커다란 장부 대신에 무미건조한 카드를 사용하고 개인적인 기술을 계산기로 대치시킬 것을 생각하노라면 그는 분노에 사로잡히고 만다.

그들 직업 밖에서 회계사들은 격앙한다. 왜냐하면 현실과 비현실 사이의 경계가 어느 곳에서도 분명하게 식별되지 않기 때문이다. 폐쇄된 결속의 세계에서 사는 사람은 그들이 결속을 이해할 수 없고 꿰뚫어 볼 수 없는 다른 세계가 어느 곳엔가 존재함을 인정하지 않는다. 확고히 짜인 세계에서 나오거나 그 세계에서 분리된 사람은 초조하다. 그는 금욕적이며 정열적인 광신자가 된다. 그렇다, 반도(叛徒)가 되는 것이다. 죽음의 그림자가 그의 위로 내리덮였다. 전직 회계사 — 그가 충분히 늙었다면 — 는 사실 모든 외부와 우연으로부터 폐쇄되어 정원의 잔디를 파헤치거나 과일나무를 기르는 데 제한되는 연금 생활자의 하찮은 일상의 일에 적합할 뿐이다. 그러나 그가 건장하고 근면하다면 그의 삶은 비현실적인 현실과 마찰을 일으키는 투쟁이 된다. 특히 운명이나 유산 때문에 신문 발행인 같은 노출된 위치로 끌려갔을 때 그러하다. 비록 그가 관리하는 것이 작은 지방지에 불과할지라도. 왜냐하면 집필가만큼 예측할 수 없고 불확실한 세상의 일에 종속되는 직업은 없을 것이기 때문이다. 특히 전쟁 때라면 말이다. 이때엔 소식과 대응 소식, 희망과 절망, 용기와 곤궁이 너무도 서로 병립하고 있으므로 질서 있는 장부 기입은 전혀 불가능한 일이 된다. 단지 검열의 도움으로만 참으로 간주되어야 할 것, 거짓으로 간주되어야 할 것이 정립될 수 있다. 그리고 전 국민은 각자 자신의 애국적인 현실 속에서 살아간다. 여기서 회계사라는 자리는 좋지 않다. 왜냐하면 그는 우리의 용감한 군대가 계속 행진하라는 명령을 기다리며 아직 마른 강 왼쪽에 있다고 쓰고 싶은 충동이 쉽사리 일기 때문이다. 실제로는 프랑스인들이 이미 오른쪽 강가로 돌진했는데도 말이다. 그리고 검열관이 그런 거짓을 문책하면 회계사는, 특히 그가 성급한 태도를 지닌 인간이라면, 화를 이기지 못하게 되고, 비록 총사령관이 왼쪽 강변의 교두보 설치를 통지했었지만, 그렇다고 결코 군대의 후퇴를 운위하지는 않았음을 증명할 것이다. 그것은 수백 가지라고 말할 수 있을 정도로 많은 예 가운데 하나에 불과하다. 그 예들에서 언제나, 사회 사건의 기록에 있어 제일의 무조건적인 규정으로 간주되는 저 정확성을 가지고 역사의 연감에 기록하는 일이 얼마나 불가능한지, 불확실하게 되어 버린 전쟁의 부정확성으로 인해 어떻게 반란이 키워지고 있는지가 다시 보인다. 심지어 평화 시에도 엄밀하고 정확한 사람은 반란에 대한 싹을 발견할 수 있을 것이다. 그러나 이때는 당국과 정의 사이의 필연적이며 불가피한 투쟁이 되며, 두 개의 비현실 사이의 투쟁이 되며, 두 개의 행정부 사이의 투쟁이 되며, 언제나 존재할 수밖에 없는 투쟁, 질서 정립적인 정신의 요구에 부응하려 하지 않는 세계에 대한 돈키호테의 십자군과 비교될 수 있을 투쟁이 된다. 언제나 회계사는 정의를 위해 싸우며 회계 장부가 요구할 경우에는 한 푼을 이유로 해서라도 모든 심급을 다 거치며 소송을 이끌어 갈 것이다. 그리고 그가 사실 착한 사람이 아니더라도 그는 왜곡된 권리의 변호자로 분연히 일어설 것이다. 그가 부정과 범법을 인식하고 발견하게 되는 순간 그는 자기 자리에서 굽히지 않고 분노하며 서 있으리라. 여윈 기사, 그는 세상에서 원활히 이루어져야 하는 계산의 명예를 위하여 창을 비껴 쥐고 공격, 또 공격을 위해 말을 달려야 하리라.

그처럼 에슈 씨의 편집 작업은 사람들이 생각할 수 있는 것만큼 간단한 일이 결코 아니었다. 물론 매주 두 번씩 발행되는 이 신문에 퀼른의 뉴스 및 문예 통신으로부터 온갖 자료가 전달되었다. 편집장이 해야 했던 일은 다름 아닌 타오르는 나날의 소식 가운데 가장 활활 타오르고 있는 것을 골라내는 일이었으며, 아름다운 정신의 소설과 기사 들 가운데서 단지 가장 아름다운 것만을 고르면 되었다. 기껏해야 그 자신이 마련해야 하는 난은 지방 소식이었는데, 어쨌든 대부분 그것은 〈투고〉로 이루어졌다. 이렇게 편집 일이 아주 간단한 일로 보였을지라도, 그리고 에슈가 「쿠르트리에르셰보테」에 (물론 미국식이 아니라 비용이 좀 덜 드는 이탈리아식으로) 새로이 설치했던 회계 운영에 자신의 일을 한정했을 적에는 근본적으로 대단히 간단한 일이었다. 하지만 그때까지의 편집인이 징집되는 바람에 에슈 씨가 몸소, 그의 천성적인 회계사적 절약 감각 때문에서만이 아니라 보다 어렵게 된 상황 때문에도 신문의 편집 일에 손대도록 몰리게 되었을 때, 온갖 복잡한 일이 일어났다. 투쟁이 시작된 것이다! 그는 세계의 엄밀한 증거를 위하여 사람들이 건네주려던 거짓되고 왜곡된 회계 문서에 대항하여 싸웠다. 당국과의 싸움이 시작되었다. 당국은 「쿠르트리에르세 보테」가 전장과 후방의 부정과 선원들의 반란, 군수 공장의 소요에 대하여 공공연히 보도하는 것을 참지 않았고, 심지어 그런 부정에 대한 효과적인 투쟁을 위한 신문의 제안에도 귀를 기울이려 하지 않았다. 오히려 에슈 씨가 그런 소식을 싣는다는 것을 — 비록 악의 있는 사람만이 의심스럽게 생각할 수 있었다 해도 — 의심스럽게 생각했으며, 외국 공민(룩셈부르크인)인 그에게 편집 일의 수행을 금하자는 논의를 이미 행한 바 있었다. 그는 여러 번 경고를 받았고 트리에르 검열 당국과의 교제는 주마다 점점 더 불쾌한 꼴이 되어 갔다. 그러므로 에슈 씨가 스스로 세계와 싸우면서 겸손하고 짓밟힌 인간에게 형제애를 느끼기 시작했고 반대자와 반란자가 되었음은 이상할 것이 없는 일이다. 그러나 그는 그것을 자인하지는 않았다.

11
베를린의 구세군 소녀 이야기(1)

전쟁 전에 충만해 있던, 오늘날 우리가 부끄럽게 여기는 것이 당연한, 많은 편협성과 우매성 가운데 하나는 완전히 합리적이라 생각된 세계의 외부에 단지 약간 존재하던 모든 현상에 대한 전적인 몰이해일 것이다. 당시 사람들은 서구 문화와 서구의 사상만이 가치가 있고 여타 다른 모든 것은 열등하다고 간주하게끔 길들어 있었기에, 합리적인 일의성 (一意性)에 상응하지 않는 모든 현상들을 간단히 유럽 이하 의 것, 열등한 것의 범주로 간주하려는 경향이 있었다. 그러 한 현상 가운데 하나를 예로 들면 구세군이다. 그들이 초라 한 평화의 의상을 걸치고 평화를 탄원하며 등장했을 때 조롱 은 끝이 없었다. 사람들은 일의적인 것, 영웅적인 것, 다른 말 로 하여 미적인 것을 보고자 했다. 사람들은 그것이 유럽인 의 태도여야 한다고 믿었다. 사람들은 곡해된 니체주의에 사 로잡혀 있었다. 비록 대부분의 사람들이 니체의 이름을 한 번도 들어 본 일이 없었다 하더라도 말이다. 그 허깨비가 종 말을 맞은 때는 비로소 세계가 오로지 영웅주의 때문에 그 허깨비를 감지할 수 없을 정도로 많은 영웅주의를 발견하게 되고서이다.

오늘 나는 길에서 우연히 만난 구세군의 집회에 참가해 본 다. 나는 기꺼이 자선냄비에 얼마인가를 넣는다. 종종 나는 구세군들과의 대화에 가담해 본다. 내가 어떤 원시적인 구원 의 교리에 의해 개종되었다는 뜻은 아닐 것이다. 그러나 나 로서는 우리가, 한때 편견에 사로잡혀 있던 우리가, 가능한 한 우리의 과오를 다시 정정해야 할 윤리적인 의무를 지고 있다고 생각한다. 비록 그런 과오들이 오직 미적인 비난이라 는 외견을 띠고 있었다 해도, 그 밖에 우리가 당시의 대단한 혈기 때문이었다는 변명을 끌어 댈 수 있다 해도 말이다. 물 론 그런 인식은 아주 서서히 나의 의식 속으로 밀고 들어왔다. 전쟁 동안 구세군인들을 만나는 일이 드물었던 만큼 더욱 그러했다. 나는 그들이 자선 활동을 널리 전개한다는 이야기를 듣긴 했지만 쇠네베르크 외곽 지대의 한 거리에서 구세군 소녀를 만났을 때 놀랍기까지 했다.

내가 아마도 초라해 보이고 도움을 필요로 하는 듯한 인상을 주었나 보다. 어쨌든 나의 호의적이고 놀라워하는 미소가 그녀더러 재치 있는 구실하에 내게 말을 걸도록 용기를 북돋우었나 보았다. 그녀가 내게 한 꾸러미 들고 있던 팸플릿을 내밀었던 것이다. 내가 그것을 단순히 사는 데 그쳤다면 소녀는 실망했을지도 모르겠다. 그래서 나는 말했다. 「유감스럽지만 돈이 없는걸.」 ─「괜찮아요.」 그녀가 대답했다. 「저희에게 오세요.」

우리는 여러 전형적인 변두리 거리를 통과했고, 건물이 들어서지 않은 빈터를 지나갔다. 나는 전쟁에 대한 이야기를 했다. 나는 그녀가 나를 징병 기피자, 혹은 일종의 고백을 강요받으며 그 주제에서 벗어나지 못하는 탈영병쯤으로 여기고 있었다고 생각한다. 왜냐하면 그녀는 눈에 띄게 대화를 다른 것으로 돌리려고 애를 썼기 때문이다. 그러나 나는 나의 주제를 고수했다. 어째서 그랬는지 지금도 전혀 말할 수가 없다. 그리고 나는 욕을 계속했었다.

갑자기 우리는 길을 잃었다. 우리는 좁은 길을 따라 공장 밀집 지대를 빙빙 돌았다. 우리가 모퉁이에 왔을 때 그 밀집 지대가 아직 끝나지 않았음이 보였다. 그래서 우리는 왼쪽으로 돌아 엉성하고 약간 처진 철사로 경계 지어진 좁은 골목으로 접어들었다. 이런 곳에 경계를 나타내는 것이 있다니 이해할 수 없었다. 그 뒤의 땅은 순전히 쓰레기와 고물들로 덮여 있었기 때문이다. 그릇 조각들, 찌그러진 통들, 대개는 여러 가지 그릇들이었는데 이 다다르기 어렵고 멀리 떨어진 지점에 그것들을 가져다 놓은 이유를 찾아낼 수 없었다. 마침내 이 골목은 탁 트인 밭에서 끝이 났다. 그것은 정확한 의미의 밭은 아니었다. 아무것도 자라고 있는 것이 없었으므로. 그러나 어쨌든 그것은 밭이었고 어쩌면 전쟁 전에, 혹은 지난해까지도 경작이 되었을지도 몰랐다. 그 증거로는 딱딱해진 밭고랑이 있었다. 그것은 마치 얼어 버린 진흙의 파도같이 보였다. 어쩌면 씨앗이 뿌려진 일이 전혀 없었는지도 모른다. 멀리서 기차가 천천히 들판 위를 달려갔다.

우리 뒤에 공장 지대가 있었다. 대도시 베를린이 있었다. 우리의 상황은 절망적인 것이 아니었다. 오후의 태양이 날카롭게 내리쪼여도 말이다. 우리는 어떻게 해야 할지 의논했다. 다음 마을까지 계속 가볼까요? 「어디서고 이런 몰골을 내보일 수는 없을 겁니다.」 내가 말했다. 그녀가 온순하게 검은 제복 상의에서 먼지를 털어 내려고 했다. 그것은 여차장들의 제복을 지었던 거친 천이었고 다른 헝겊 조각이 종이실로 기워져 있었다.

그때 나는 반점처럼 땅에 박혀 있는 작은 말뚝을 발견했다. 우리는 그쪽으로 가서는 말뚝의 좁은 그늘 속에서 교대로 앉아 있었다. 우리는 거의 말을 하지 않았다. 단지 목이 말라 죽겠다는 이야기만 했다. 날이 약간 선선해졌을 때 우리는 시내로 돌아가는 길을 찾았다.

12
가치들의 붕괴(1)

이 찌그러진 생에 아직도 현실이 있는가? 이 이상비대적(異常肥大的) 현실에 아직도 삶이 있는가? 거대한 죽음을 준비하는 비창한 몸짓은 어깨를 으쓱하는 사이에 끝난다. 그들은 모른다. 왜 그들이 죽는지. 현실성 없이 그들은 공허로 빠져 든다. 그럼에도 불구하고 그들은 그들의 것인 현실에 둘러싸이고 살해당한다. 왜냐하면 그들은 현실의 인과율을 이해하기 때문이다.

비현실적인 것은 비논리적이다. 이 시대는 비(非)논리성, 반(反)논리성의 정점을 더 이상 넘어갈 수 없는 듯이 보인다. 마치 전쟁의 끔찍한 현실이 세계의 현실을 지양해 버린 것 같다. 환상적인 것이 논리적인 현실로 된다. 그러나 현실은 아주 무(無)논리적인 망상으로 화한다. 비열하고, 지나간 어느 시대보다 더 고통스러운 시대가 피와 독가스에 젖어 있고, 은행원과 치부꾼의 대중들이 가시 달린 철조망에 몸을 던지고, 잘 조직된 인도주의는 아무것도 막지 못하고 오히려 적십자로 조직되어 의수(義手)를 달아 준다. 도시들은 굶어 죽고 그 굶주림 때문에 돈을 찍어 낸다. 안경 낀 학교 선생이 돌격대를 이끈다. 대도시의 인간들은 동굴에서 산다. 공장 노동자와 다른 시민들은 잠복 순찰대가 되어 포복한다. 그러다가 마침내 운이 좋아 다시 후방에 있게 되면 의수로 다시 치부를 하는 것이다. 모든 형식이 해체되고 유령 같은 세계 위에 희미한 불안의 어스름 빛이 퍼진다. 사람들은 길 잃은 아이처럼 그가 현실이라 부르지만 악몽에 불과한 꿈의 나라를 통과하는 어떤 작은, 천식에 걸린 듯한 논리의 실마리를 따라 더듬어 간다.

이 시대가 미쳤다는 표지인 비창한 경악, 이 시대가 위대하다는 표지인 비창한 만족, 그것들은 외견상 그들 현실을 이루는 사건들의 이상비대적인 불가해성과 비논리성이란 점에서 인정될 수 있다. 외견상이다! 왜냐하면 시대란 미쳤다거나 위대하다고 할 수 없기 때문이다. 그렇게 말해질 수 있는 것은 언제나 개개인의 운명뿐이다. 그러나 우리 개개인의 운명은 언제나처럼 정상적이다. 우리의 전체 운명은 우리 개개인의 운명의 총합이다. 이러한 개개인의 생은 철두철미하게 〈정상적〉으로, 소위 속옷의 논리에 따라 전개되고 있다. 우리는 전체 사건들을 미쳤다고 느끼지만 우리 개개의 운명에 대해서는 어떤 논리적인 동기를 경쾌하게 보고할 수 있는 것이다. 우리가 미치지 않게 되었기에 우리는 미쳐 있는 것일까?

커다란 문제. 어떻게 개인이 — 보통 때 같으면 그의 이데올로기는 참으로 다른 것에 향해 있었을 것이다 — 죽음의 이데올로기와 현실을 이해하고 그것을 좇을 수 있단 말인가? 이렇게 대답할 수도 있을 것이다. 대중은 어쨌든 그런 행동을 하려던 것이 아니라 다만 그렇게 강요되었을 뿐이라고. 전쟁에 지쳐 있는 지금은 그 말이 옳을지도 모른다. 하지만 진정한 전쟁에의 열광과 사격에의 열광이 존재했고 존재한다. 오늘날조차 존재하고 있다! 이렇게 대답할 수도 있을 것이다. 여물통과 침대 사이를 누비며 생활하는 보통 사람들은 대개 이데올로기를 가지고 있지 않다고, 따라서 증오의 이데올로기를 위하여 — 그것이 국가의 증오이든 계급의 증오이든 가장 명백한 이데올로기이다 — 형편에 따라서 이용될 수 있었을 것이라고. 그렇다. 그런 가엾은 인생은 비록 몰락을 초래하는 일일지라도 외견상 사회적 삶의 가치를 지닌 듯이 보였을, 개별을 초월한 일에 나서도록 되었을 것이라고. 그 말이 옳을 수도 있다. 하지만 이 시대는 그 가엾은 보통 인간 개개인이 다른 모든 것에도 불구하고 참여한 바 있던, 어딘가 다른, 보다 높은 가치를 소유하고 있었다. 이 시대는 어떤 식으로든 순수한 인식 추구를 가지고 있었고, 어느 구석엔가 순수 예술 의지를 가지고 있었으며, 아무튼 정확한 사회 감정을 지니고 있었다. 그런데 어떻게 이러한 모든 가치의 창조자이며 참여자인 인간이, 어떻게 전쟁의 이데올로기를 〈이해〉하고 저항 없이 그것을 받아들이고 시인할 수 있단 말인가? 어떻게 그가 무기를 손에 들 수 있었으며, 어떻게 그가 미치지 않고도 거기서 죽으려고 혹은 다시 그곳에서 나와 익숙한 일에 돌아가려고 참호 속으로 갈 수 있었을까? 어떻게 그런 적응이 가능했을까? 어떻게 전쟁 이데올로기가 그런 사람 일반에게 존재할 수 있었으며, 이러한 인간들이 어떻게 그런 이데올로기와 현실 영역 일반을 파악할 수 있었을까? 전적으로 있음 직한 찬성, 열광적인 찬성은 말할 것도 없이 말이다! 그들이 미치지 않게 되었기에 그들은 미쳐 있는가?

남의 고통에 대한 무관심? 가까운 감옥의 뜰에서 한 사람이 기요틴 아래에 놓여 있거나 기둥에 목매달려 있을 때에도, 시민들을 편히 잠들게 할 수 있는 저 무관심? 저 무관심이 제곱되기만 하면 수천의 사람들이 가시 달린 철삿줄에 매달려 있더라도 집 안에 고이 있는 사람은 불안해지지 않으리라! 확실히 그것은 글자 그대로 무관심이다. 그럼에도 불구하고 그 이상의 것이다. 왜냐하면 이제는 한 현실 영역이 낯설고 무관하게 다른 현실 영역에 대해 닫혀 있다는 점이 문제가 아니기 때문이다. 중요한 것은 어떤 유일한 개인에게 형리와 희생자가 함께 존재한다는 점, 또한 어떤 유일한 영역이 자체 내에서 가장 이질적인 요소들을 결합시킬 수 있다는 점, 그럼에도 불구하고 이러한 현실의 담당자인 개인은 아주 자연스럽고 절대적으로 당연하게 그 안에서 활동하고 있다는 점이다. 서로 대립하고 있는 것은 전쟁 찬성자와 전쟁 반대자가 아니다. 또한 4년간의 영양 공급 부족으로 인해 다른 유형으로 〈변화〉되어, 이제 소위 자기 자신과 낯설게 마주 서 있는 개인 내부에서의 변화도 아니다. 그것은 전체 생활과 체험의 분열이다. 개개인에 따른 구분보다 더 깊이 미치는 분열이다.

아, 우리는 우리 자신의 균열을 알지만, 그러나 그 의미를 알 수는 없다. 우리는 우리가 사는 시대를 책임지고 싶다. 그러나 시대가 너무 위압적이다. 그래서 우리는 우리의 시대를 파악하지 못하고 미쳤다거나 위대하다고 부르는 것이다. 우리 정신의 균열에도 불구하고 우리 속의 모든 것이 논리적인 동기에 따라 진행되기 때문에, 우리는 우리 자신을 정상이라고 생각한다. 만약 한 사람이 있어, 그 사람에게서 이 시대의 모든 사건이 의미 있게 나타나고, 그 사람 자신의 논리적인 행위가 이 시대의 사건이라면, 그렇다면, 그렇다면 이 시대 역시 더 이상 미치광이가 아닐 것이다. 그래서 우리는 〈영도자〉를 동경하는지도 모른다. 그리하여 그가 없다면 다만 미쳤다고밖에 말할 수 없는 어떤 사건의 동기를 우리에게 알려 주기를 바라는지도 모른다.

13

외부에서 보면 한나 벤틀링의 생활은 질서 있는 상황에 있는 한가로운 사람의 생활로 보일 것이다. 이상한 것은 내부에서 보아도 그러했다. 그녀 자신도 다르게 생각하지 않았으리라. 그것은 아침에 일어나서 저녁에 잠자리에 들 때까지 마치 축 늘어진 비단 끈처럼 드리워 있는 생활이었다. 축 늘어지고 팽팽함을 상실한 주름이 잡힌 생활이었다. 삶이란 차원이 다양한 것이다. 그러나 이런 특수한 경우의 생활은 한 차원에 이어 다른 차원을 잇달아 상실했다. 그렇다, 그 생활은 거의 공간의 삼차원 이상을 채우지 못했다. 한나 벤틀링이 꾸는 꿈들이 그녀가 깨어 있는 상태보다 더 구체적이며 더 피가 용솟음치는 것이라고 말해도 당연할 수 있었다. 그리고 그것이 한나 벤틀링 자신의 의견이기도 하지만, 그럼에도 불구하고 그 의견은 사태의 핵심에 부합하지는 않는다. 왜냐하면 그 의견은 다만 젊은 부인이 존재하는 대우주적인 상황을 조명하는 것에 불과하기 때문이다. 반면 그녀 혼자에게 문제가 되는 소우주적 상황에 대해선 거의 짐작도 못 하고 있는 것이다. 누구도 자기 영혼의 소우주적 상황이니 구조에 대해 알지 못하며 그렇기 때문에 분명 그것을 알아서도 안 될 것이다. 여기서는 생을 영위하는 데 있어 눈에 보이는 느슨함 아래에 개개 요소들의 일정한 긴장이 있다고 할 수 있겠다. 충분히 작은 조각을 외견상 부드러운 실 가닥으로부터 잘라 내려 한다면, 거기서 끔찍한 비틀림, 소위 미분자의 경련을 발견할 것이다. 거기서 밖으로 나타나는 것은, 가장 통상적인 말로 표현하면, 신경 쇠약이라는 말로 윤곽이 지어질 수 있으리라. 그 말이 극히 짧은 순간마다 자아가 아주 미소한 경험의 부분, 자아의 표면이 접촉하는 부분들에 대항하는 소모적인 게릴라전으로 이해되는 한에서 말이다. 그러지만 비록 이것이 한나 벤틀링에게도 적용된다고 할지라도, 그녀 본질의 독특한 긴장은 생의 우연성을 기다리는 신경질적인 초조에 있는 것이 아니다. 설령 이러한 우연성을 래커 가죽 구두 위의 먼지라든가 손가락에 낀 반지의 압력, 혹은 단지 설익은 감자 속에서 알아차릴 수 있게 되더라도 말이다. 아니다, 그런 것에 있는 것이 아니었다. 왜냐하면 그런 모든 것은 심지어 반짝이는 작은 움직임까지 지니고 있었고 마치 태양 속에서 가볍게 일렁이는 수면의 반짝임 같은 것이었기 때문이다. 그녀는 그것을 놓치고 싶지 않았을 것이다. 그것은 지루함을 막아 주었다. 아니다, 그런 것에 있는 것이 아니었다. 어쩌면 그것은 그렇게 여러 가지 음영이 어린 표면과 그녀 영혼의 요지부동한 바다의 심연, 쳐다볼 수도 결코 꿰뚫어 볼 수도 없이 모든 것들 아래 깊숙이 펼쳐진 심연 사이의 불일치에 있을지도 모른다. 그것은 가시적인 표면과 불가시적인, 아무 경계도 없는 표면과의 불일치였다.

그것은 영혼의 가장 긴장된 유희가 연출되는 무한한 불일치였다. 그것은 어스름 빛 앞뒷면 사이의 측량 불가능성이었다. 평형이 없는 긴장이었다. 요동치는 긴장이었다고 말할 수도 있으리라. 왜냐하면 한 면에는 생이, 다른 한 면에는 영혼과 생의 바다 밑바닥인 영원이 있기 때문이다.

그것은 광범위하게 모든 실체가 상실된 생이었다. 아마 그렇기 때문에 중요하지 않은 생이기도 했을 것이다. 그것이 어느 중요하지 않은 지방 변호사의, 그다지 중요하지 않은 부인의 생이었다는 것, 그것 또한 그리 비중이 주어질 수 있는 점도 아니다. 왜냐하면 인간 운명의 의미란 그리 특별하게 다르지 않기 때문이다. 비록 전쟁의 참혹함이 가득한 시대의 한가운데에 서 있는 어느 무위도식하는 여자의 윤리적인 의미가 아무리 하찮게 평가될 수 있다고 해도, 잊어서는 안 된다. 자유의사에서였건 아니면 강요에서였건 간에 전쟁의 영웅적인 의무를 실현했던 사람들 중에 거의 모두가 자신의 윤리적인 운명을 어느 무위도식하는 여인의 비윤리적인 운명과 기꺼이 바꾸었으리라는 것을. 그리고 아마도, 단지 아마도라는 가정일 뿐이지만, 전쟁이 진척되고 확대됨에 따라, 한나 벤틀링이 빠졌던 마비 상태는 바로 다름 아닌 인류 자신이 몸을 내맡겼던 것으로 보이는 공포에 대한 극히 윤리적인 경악의 표현일 것이다. 그리고 아마도 그런 경악은 한나 벤틀링 자신도 더 알 수 없을 정도로 그녀 내부에서 너무도 크게 자라 있었을 것이다.

14

그 뒤의 어느 오후에 후게나우는 다시 에슈 씨에게 갔다.

「자, 에슈 씨, 일이 잘되어 가는데요, 어떻게 생각하십니까!」

에슈는 인쇄지를 교정하며 고개를 들었다. 「무슨 일 말씀이시오?」

숙맥 같으니, 후게나우가 생각했다. 그러나 그는 말했다. 「그, 신문 일 말입니다.」

「내가 어떻게 할 건지를 먼저 물어봐야 할 겁니다.」

후게나우는 의심이 났다. 「자, 들어 보십시오. 제 옷을 몽땅 벗기시면 안 됩니다…… 아니면 벌써 다른 쪽과 교섭하셨는지?」

그때 그는 전에 인쇄 기계 앞에서 보았던 계집아이가 있음을 알아차렸다. 「따님입니까?」

「아니오.」

「그렇군요…… 말씀해 주십시오, 에슈 씨. 제가 당신의 신문을 팔아 준다면, 제게도 어떻게 경영되는지를 보여 주셔야 하지 않습니까……?」

에슈는 방을 가리켰다. 후게나우는 그의 기분을 돋우려고 시도했다. 「꼬마 아가씨도 포함되는 것이겠지요?」

「아니오.」 에슈가 말했다.

후게나우는 물러서지 않았다. 그 자신도 왜 이 일이 흥미를 끄는지 이해할 수 없었다. 「하지만 인쇄소, 그것은 포함되겠지요…… 그것을 보고 싶습니다…….」

「아무래도 좋소.」 에슈가 말하고 일어나서 아이의 손을 잡왔다. 인쇄소로 갑시다.

「이름이 뭐지?」 후게나우가 말했다.

아이가 말했다. 「마르그리트.」

「꼬마 프랑스 계집애로군요.」 후게나우가 말했다.

「아니오.」 에슈가 말했다. 「아버지만 프랑스인이오…….」

「재미있군요.」 후게나우가 말했다. 「어머니는요?」

그들은 닭사다리를 내려왔다. 에슈가 나지막이 말했다. 「어머니는 살아 있지 않습니다…… 아버지는 전기 기술자였소. 여기 종이 공장에서. 지금 그는 포로가 되어 있지요.」

후게나우가 머리를 흔들었다. 「슬픈 상황이군요, 아주 슬픈…… 그럼 당신이 아이를 맡았습니까?」

에슈가 말했다. 「모든 걸 그렇게 알고 싶소이까?」

「제가요? 아닙니다…… 하지만 아이란 어느 곳에서든 살아야 하지 않습니까…….」

에슈가 무뚝뚝하게 말했다. 「그 애는 이모와 살고 있소…… 이따금씩 점심을 먹으러 이리로 옵니다…… 불쌍한 사람들이지요.」

후게나우는 이제 모든 것을 알았으므로 만족했다. 「그럼 넌 프랑스 꼬마로구나, 마르그리트?」

아이가 그를 올려다보았다. 기억의 가물거림이 아이의 얼굴 위를 스쳤다. 소녀는 에슈의 손을 놓고 후게나우의 손가락을 잡았다. 그러나 소녀는 아무 대답도 하지 않았다.

「그 애는 프랑스어를 할 줄 모릅니다…… 아버지가 억류된 지 4년이 지났으니…….」

「그럼 지금 몇 살입니까?」

「여덟 살.」아이가 말했다.

그들은 인쇄소로 들어갔다.

「저것이 인쇄소요.」에슈가 말했다. 「기계와 식자기만 해도 몇 천의 값어치가 나갑니다」

「약간 구식이군요.」후게나우가 말했다. 그는 아직 한 번도 인쇄 기계를 본 적이 없었다. 오른쪽에 식자기가 있었다. 회색 식자함은 그의 흥미를 끌지 못했다. 그러나 인쇄 기계는 마음에 들었다. 여러 곳에 커다란 콘크리트 얼룩으로 땜질된 벽돌 바닥이 기계 언저리에서 기름이 배어 들어 갈색을 띠었다. 기계가 서 있었다. 육중하고 확고하게 거기 서 있었다. 주철엔 검은 래커 칠이 되어 있었다. 단철 지주에서는 윤이 났다. 그리고 조인트와 받침대에 노란 놋쇠 고리가 있었다. 푸른 셔츠를 입은 늙은 노동자가 윤이 나는 지주를 조마천으로 닦고 있었다. 그는 방문객들을 쳐다보지도 않았다.

에슈가 말했다. 「자, 저것이 전부입니다. 갑시다…… 이리 와라, 마르그리트.」그는 인사도 없이 손님을 그냥 세워 둔 채 멀어졌다. 후게나우는 그 무지한 사람을 용서했다. 그에게는 그것이 좋았다. 이제 여기서 일하는 모양을 한가하게 관찰할 수 있는 것이다. 편안하게 확고한, 안락한 분위기였다. 그는 담뱃갑을 꺼내 겉잎이 조금 손상된 시가를 골라서 기계 옆에 있는 남자에게 가져갔다.

인쇄 기술자가 그에게 물어보는 눈초리를 던졌다. 담배란 귀한 것이며 시가는 어쨌든 선물이기 때문이었다. 그는 푸른 옷에다 손을 문질러 닦고 시가를 받았다. 그는 어떻게 감사의 말을 해야 할지 잘 알지 못했으므로 이렇게 말했다. 「귀한

626

것인데요.」— 「물론이지요.」 후게나우가 대답했다. 「담배가 궁하니까요.」 — 「모든 것이 궁하지요.」 인쇄 기술자가 뒷받 침했다. 후게나우가 귀를 기울였다. 「그런 비슷한 말을 당신 사장도 하던데요.」 — 「누구나 그런 말을 합니다.」

그 말은 후게나우가 들으려던 대답이 아니었다. 「피우시 지요.」 그가 요구했다. 남자는, 약간 호두까기 인형처럼, 강 한 갈색 이빨로 시가 끝을 깨물고 불을 붙였다. 그의 작업복 과 셔츠가 벌어져 가슴 위의 하얀 피부가 엿보였다. 후게나 우는 시가에 대한 보답을 받고 싶었다. 남자는 무엇인가를 이야기해 주어야 할 것이다. 그는 그의 용기를 북돋웠다. 「좋 은 기계입니다, 그렇지요?」 — 「괜찮은 겁니다.」 인색한 대 답이었다. 기계와 공감하고 있던 후게나우는 이러한 빈약한 칭찬에 감정이 상했다. 그는 침묵을 깨뜨리는 것 외에 달리 할 일이 없었으므로 물음을 던졌다. 「성함이 어떻게 되십니 까?」 — 「린드너입니다.」 그러고 나서 그들은 결정적으로 침 묵했고 후게나우는 자기가 이제 가야 하는지를 생각했다. 그때 그의 손가락이 다시 어린아이의 손에 의해 붙잡혔다. 마르그리트가 맨발로 살금살금 아래로 내려온 것이었다.

「너,」 그가 말했다. 「그 사람에게서 도망왔구나.」

아이가 알아듣지 못하고 그를 올려다보았다.

「아, 넌 프랑스어를 못 하지…… 부끄러워해라. 넌 프랑스 어를 배워야 한다.」

어린아이가 내던지는 듯한 몸짓을 했다. 그것은 후게나우 가 에슈에게서 알아차렸던 것과 같은 몸짓이었다. 「저 위에 있는 사람도 프랑스어를 할 수 있어…….」

아이는 저 위에 있는 사람이라고 말했다.

후게나우는 만족했다. 그가 나지막이 말했다. 「그를 좋아하지 않는구나?」

어두운 표정으로 아이가 아랫입술을 내밀었다. 그때 아이는 린드너가 담배를 피우고 있음을 발견했다. 「린드너 씨가 담배를 피우네!」

후게나우가 웃으며 시가 갑을 열었다. 「너도 시가를 피울래?」

아이는 시가 갑을 밀더니 천천히 대답했다. 「돈 좀 주세요.」

「뭐라고! 돈을 갖고 싶다고? 대체 무엇에 쓰려고?」

린드너가 말했다. 「요즘 아이들은 조숙합니다.」

후게나우는 의자를 하나 끌어당겼다. 그는 마르그리트를 무릎 사이에 세웠다. 「너도 알다시피 돈은 바로 내게도 필요하단다.」

아이가 끈질기게 천천히 반복했다. 「돈 좀 주세요.」

「초콜릿 봉봉을 줄게.」

아이는 말이 없었다.

「돈을 뭐에다 쓰려고?」

후게나우는 〈돈〉이 아주 중요한 말임을 알았음에도 불구하고, 또 아이가 그를 놓아주려 하지 않았음에도 불구하고, 갑자기 아무런 상상을 할 수 없었으므로 긴장하여 곰곰이 생각하지 않을 수 없었다. 「사람들은 돈이 무엇 때문에 필요할까?」

마르그리트는 팔을 그의 무릎 위에 괴고 그의 다리 사이에서 아주 비스듬한 자세를 취했다.

린드너가 으르렁거렸다. 「아, 그 아이를 나가게 하십시오.」 그리고 마르그리트를 향해 말했다. 「나가지 못하겠니, 인쇄소는 아이들이 있을 곳이 아니야.」

마르그리트는 화가 나서 째려보았다. 아이는 다시 후게나우의 손가락을 잡고 문 쪽으로 끌어당겼다.

「서두르지 마라.」 후게나우가 말했다. 그는 일어나 있었다. 「조용히 할 수만 있으면 있어도 되지요, 안 그래요, 린드너 씨?」

린드너는 다시 잠자코 기계를 닦았다. 그때 후게나우는 갑자기 아이와 기계 사이에 설명할 수 없는 친연 관계, 말하자면 자매 관계가 생성되었음을 느꼈다. 그래서 그가 그렇게 함으로써 기계를 위로할 수 있다는 듯이 문으로 나가기 전에 아이에게 재빨리 말했다. 「20페니히를 줄게.」

아이가 손을 내밀자 다시 돈에 대한 기이한 회의가 그를 엄습했다. 그는 그들 둘만이 관계하고 아무도, 심지어 기계조차도 들어서는 안 될 것처럼 유쾌하게 아이를 가까이 끌어당겨 아이의 귀에 몸을 구부렸다. 「돈을 무엇에 쓰려고?」

아이가 말했다. 「주세요.」

그러나 후게나우가 그렇게 할 기미를 보이지 않자 아이는 어두운 표정으로 곰곰이 생각했다. 그다음 말했다. 「말해 줄게요.」 그러면서 그의 품에서 몸을 빼어 그를 문으로 잡아당겼다.

그들이 마당에 섰을 때, 이상하게도 서늘했다. 후게나우는 아직도 그가 온기를 느끼고 있는 작은 존재를 팔로 안아 주고 싶었다. 아이가 이런 계절에 맨발로 나돌아 다니게 두다니, 에슈는 너무했다. 그는 약간 당황하여 안경알을 닦았다. 아이가 다시 손을 내밀고 〈주세요〉라고 말했을 때에야 비로소 그는 20페니히가 생각났다. 그러나 그는 목적을 물어보는 것을 잊어버리고 지갑을 열어 쇠동전 두 개를 손가락으로 집어 내었다. 돈을 받은 마르그리트는 거기서 도망쳤다. 혼자 남은 후게나우는 다시 마당과 건물을 훑어보는 것보다 나은 일을 할 수가 없었다. 그리고 그 역시 떠났다.

15

후비군 루트비히 괴디케는 자기 영혼의 가장 필수적인 조각들을 자아에 집결시켰던 순간, 그런 고통스러운 조처를 그만두었다. 이에 대해 이의를 제기할 수도 있으리라. 괴디케라는 남자는 일생 동안 미개한 인간이었다고, 그 이상의 모색을 해본다 해도 그가 보다 풍부한 영혼을 얻도록 도와줄 수 없으리라고 말이다. 그에게는 한 번도, 생의 정점의 순간에서조차도, 그의 자아로서는 비교적 많은 구성 요소들을 마음대로 처리할 수 없었으니까. 그렇다고 해도 — 이 점이 그런 이의를 원래부터 반박하는 점이다 — 괴디케라는 남자가 미개인이라고 간주될 수 있음을 증명할 수는 없다. 또한 새로운 상태의 그를 미개인으로 일컬을 수도 없다. 아울러 미개인의 세계와 영혼을, 말하자면 건축 재료가 부족한 것으로, 도끼로 거칠게 조립된 것과 같으리라고 상상해서도 안 되는 것이다. 미개인의 언어가 문명 국민의 언어와 비교해 볼 때 얼마나 복잡하게 이루어져 있는가를 상상해 보기만 해도 그런 이의의 불합리성을 이해하게 될 것이다. 말하자면 후비군 괴디케가 그의 영혼의 구성 부분들 사이에서 맞게 된 선택이 비교적 좁은 것인지 넓은 것인지의 여부, 얼마나 많은 것을 자아의 신축에 대해 허용하고 얼마나 많은 것을 제외했는지는 전혀 결정을 내릴 수 없다. 다만 그는 그가 이전에 가지고 있었던 무엇인가가 결여되어 있다는 느낌을 지니고 돌아다닌다고 말할 수 있을 뿐이다. 그것은 그의 새로운 생에 무조건적으로 필요한 것은 아니며 그것 없이도 지낼 수 있지만, 그러나 그것이 그를 죽였을지도 모르기에 들어오는 것을 거부해야 하는 그런 것이다.

실제로 여기서 무엇인가가 결여되어 있음은 그의 삶의 표현의 절약성에서 쉽사리 확인할 수 있었다. 어렵긴 해도 그는 걸을 수 있었다. 식욕은 없어도 먹을 순 있었다. 그에게 아직도 심한 곤란을 주는 것은 소화뿐이었다. 그것이 그의 짓이겨진 하체와 관련된 모든 것처럼 그를 힘들게 했다. 아마 말하기가 어려운 것도 그중 하나로 간주될 수 있을 것이다. 왜냐하면 종종 그는 내장이 눌리는 것처럼 가슴도 짓눌리는 듯했고, 마치 그의 배를 죄고 있는 쇠테가 가슴 주위에도 감겨 있어 말하는 것을 방해하는 것 같았기 때문이다. 그러나 한마디도 짜내지 못하는 그런 불능과 무능이 근거하는 바는 분명 바로 저 절약성, 그가 자아를 구축할 때 동반했던 절약성일 것이다. 바로 그 절약성이 그에게 가장 빈약하면서도 가장 적합한 신진대사를 허락했지만, 그러나 더 이상의 출력은 설령 외마디 단어를 발하는 단순한 호흡에 제한된다

하더라도, 보상할 수 없는 손실을 의미하게 되었을 것이다.

그는 두 개의 지팡이에 의지하여 정원을 거닐었다. 온 얼굴에 난 갈색 수염이 가슴 위에 갈래갈래 놓여 있었고, 검은 머리카락이 우거진, 깊은 웅덩이 같은 뺨 위에 있는 갈색 눈은 허공을 응시하고 있었다. 그는 간호사가 미리 준비해 주는 대로 병원 가운이나 군복 외투를 입었다. 그는 분명 자신이 어느 병원에 있는지 몰랐을 것이며 혹은 자기가 알지 못하는 도시에 와 있는 것도 몰랐을 것이다. 미장이 루트비히 괴디케는 말하자면 자기 영혼의 집을 위한 골격을 세웠다. 그는 두 개의 지팡이에 의지하며 돌아다닐 때마다, 자신이 여러 기둥과 버팀대를 지닌 뼈대로 느껴졌다. 그러나 그는 결단을 내릴 수가 없었다. 혹은 보다 정확히 말해 그로서는 집을 위한 돌과 벽돌을 스스로 운반해 오는 것이 불가능했다. 오히려 그가 행했던 모든 행동, 혹은 보다 정확히 표현하여 그가 생각한 모든 것은 ― 왜냐하면 그는 아무 일도 하지 않았기 때문이다 ― 온갖 사다리와 연결대가 존재하는 뼈대의 건설 자체에 종사하는 것이었다. 그 뼈대는 나날이 더 뒤죽박죽이 되어 갔으므로 그 안전성을 염려하지 않을 수 없었다. 그것이 골격의 자기 목적, 그럼에도 불구하고 진정한 목적이었다. 왜냐하면 골격 중앙은 보이지 않았지만 지탱하는 부분들 하나하나에 집 짓는 사람 루트비히 괴디케의 자아가 매달려 있었고 또 어지러움에서 지켜지지 않으면 안 되었기 때문이다.

플루르쉬츠 박사는 종종 그 남자를 정신 병원에 인계할 것인지를 생각했다. 그러나 군의 소령 쿨렌베크에 의하면,

충격은 단지 매몰의 결과일 뿐이며, 유기적으로 규정된 것이 아니라고, 환자는 시간이 흐름에 따라 반드시 회복할 것이라고 했다. 그는 돌보는 데 조금도 어려움이 따르지 않는 얌전한 환자가 되어 있었기 때문에 그 후비군을 육체적인 파손이 완전히 치유될 때까지 오랫동안 지켜 줄 것에 사람들은 동의했다.

<h1 style="text-align:center">16</h1>
<h2 style="text-align:center">베를린의 구세군 소녀 이야기(2)</h2>

시로만 말해질 수 있지, 많은 것이,
산문으로만 말하는 자에겐 무의미하게 보이겠지만.
시는 많은 경직된 의무를 벗어던지고
노래로 말하고 슬퍼할 수 있어, 많은 것을,
대낮에도 밤을 머금은 나날, 대낮의 유령처럼
구세군의 노래처럼, 심장으로부터 터져 나오는 고뇌에 대해.
누가 웃겠는가, 그들이 탬버린과 북을 두들길 때에 ―
그렇게 마리는 부끄럼 없이 여러 골목을 누비고,
그렇게 베를린의 선술집을 누볐지.
구세군 군복은 보기 흉하고, 밀짚모자는 어울리지 않았어.
그녀도 소녀였지만 철 지난 꽃,
그녀의 노래는 가냘픈 노래,
노래는 무의미했어도 그녀에겐 날개가 있었지.
마리, 그것이 그녀의 이름, 구세군 숙사가 그녀의 집.

회색 복도에선 매캐한 냄새
그은 연통에선 매운 석탄 냄새
그래도 모든 틈바귀에서 청결의 내음이 풍기는 곳,
여름에도 어깨가 얼어붙는 곳,
노인들이 담화실에 앉아
입에선 악취를, 발에선 땀을 흘리고 있는 곳……
여기서 그녀가 살았고, 여기서 문으로 들어갔었지,
여기 갈색 나무 칸막이 속 침대가 있고,
그 침대 위엔 갈색의 십자가,
여기서 그녀는 무릎을 꿇고 괴로움에 감사드리며
위를 쳐다보며 운명을 기다렸지,
하늘에서 십자가의 남자가 내려 줄 운명을.
여기서 그녀는 잠들었지, 그녀의 밤은 울림이었지.
그래도 아침이면 찬물로 세수를 했지.
따뜻한 물은 이 집에선 금지되었으니.
하늘의 빛은 아직도 잿빛,
대기는 고요히 기다리고 있었지, 때로는
축축하고 부드러운 돛천 같았어,
드리워진 채 때때로 굉장히 울리는 돛천.
이런 때엔 많은 것이 절망스럽고 매서웠지.
누가 기쁨을 기대해도 될까, 그가
이 새로운 날을 영원케 하고 아름답게 한다는 것을?
그가 이 고독하게 동터 오는 날과
그가 동경하던 우애를 연결시킨다는 걸?
마리는 아무것도 몰라 — 그녀는 커피를 끓여야 하지,

쓸고 닦고, 그리고 창에 기대지.
잠시 기대어 있지. 그때 모든 것이 거의 이루어진 것 같고
축복이 거리로부터 사물들로부터 큰 숨을 내쉬는 것 같지.

17

한나 벤틀링이 시내에 가는 것은 아주 드문 일이었다. 그
녀는 길을 싫어했다. 먼지 이는 국도를 싫어하는 것이야 이
해할 수 있는 일이겠지만, 그러나 그녀는 강을 따라 있는 오
솔길도 싫어했다. 그곳까지는 25분도 채 걸리지 않았고 도
로까진 15분이면 되었다. 근본적으로 그녀는 길을 참아 내
지 못했다. 심지어 그녀가 날마다 관청으로 하인리히를 마중
나갈 때에도 그러했다. 나중에는 자동차가 있었다. 물론 불
과 몇 달 동안이었지만. 왜냐하면 전쟁이 시작되었기 때문이
다. 오늘은 케셀 박사가 그녀를 한 필 말이 끄는 마차에 태우
고 시내로 데려갔다.

그녀는 쇼핑을 했다. 그녀의 새 옷은 복사뼈까지만 내려
왔다. 그녀는 사람들의 눈이 발에 와 닿는 것을 느꼈다. 그녀
는 유행에 대한 세련된 감각이 있었다. 언제나 그러했다. 그
녀는 마치 일정한 시간에 눈을 뜨고도 시계를 쳐다볼 필요가
없는 사람처럼 유행을 감지했다. 그녀에게 있어 모드 잡지는
언제나 뒤늦은 확증을 해줄 뿐이었다. 그리고 사람들이 그녀
의 발을 쳐다보는 것, 그것도 마치 확인과 같았다. 물론 정각
에 일어날 수 있는 사람은 많이 있다. 또한 유행의 내재적 논

리에 좋은 감각을 지닌 여자들 역시 많다. 그러나 그런 능력을 지닌 사람들은 대개 자신이 그 방면에서 유일한 사람이라고 생각하는 법이다. 그래서 한나 벤틀링은 지금 약간 자랑스러운 기분이 들었다. 또한 그녀는 그 자랑스러움이 부당한 것임을 단지 막연하게 느낄 뿐이었지만, 그래도 빵 가게 앞에 줄지어 선 초췌한 여자들을 볼 때면 얼핏 양심의 가책을 알아차릴 수 있는 태도를 취했다. 그러나 그런 여자들 각자가 유행에 대한 감각을 조금만이라도 지녔다면 치마를 짧게 할 수도 있음을 생각해 볼 때, 왜냐하면 그것은 거의 비용이 드는 일이 아니었으니까 — 가장자리 단을 새로 만들었음에도 불구하고 하녀는 한 시간에 그 일을 마무리지었던 것이다 — 다시 그 자랑스러움은 부당하지 않았다. 그리고 자랑스러움은 좋은 기분을 낳는 법이므로 한나 벤틀링은 야채 장수의 손톱이 새까만 데에 화를 내지 않았고 가게 안을 춤추며 돌아다니는 파리에 대해서도 화를 내지 않았다. 그리고 그 순간엔 자신의 구두가 더러워지는 것도 거의 개의치 않았다. 그렇게 거리를 돌아다니며 한 번은 이 쇼윈도에 한 번은 저 쇼윈도에 하는 식으로 멈추어 서는 모습을 볼라치면 의심할 여지 없이 그녀는 — 전쟁 때 흔히 관찰할 수 있듯이 — 오랫동안 남자들과 떨어져 있어도 그들에게 정절을 지키고 있는 여자들에게서 보이는, 저 소녀다운 혹은 수녀다운 모습을 띠고 있었다. 그렇지만 한나 벤틀링은 지금 약간 자랑스러웠기 때문에 얼굴에서 베일이 걷혔다. 어스름해져 가는 나이의 전조처럼 얼굴을 덮을 수도 있는 형언할 수 없이 부드러운 베일이 보이지 않는 손에 의해 벗겨진 것이다. 얼굴이 아주 오랜 겨울 다음에 온 첫 번째 봄날인 양 환하게 빛났다.

시내 방문을 끝내고 병원까지 올라가 보아야 하는 케셀 박사는 그녀를 다시 집에 내려 주겠다고 했다. 그녀는 그와 약국에서 만나기로 약속했었다. 그녀가 그곳에 갔을 때 한 필 마차가 이미 와 있었다. 케셀 박사는 약사 파울젠과 담소를 나누고 있었다. 약사 파울젠에 대해 어떻게 생각해야 하는지를 한나 벤틀링에게 말해 줄 필요는 없었다. 그녀는 아마도 자기 부인에게 속고 있음을 아는 모든 남편들이 다른 여자들에 대해서 특별한 아첨, 특히 천박한 아첨을 공공연히 드러낸다는 사실, 이것이 개별적인 경우를 넘어서는 일반적인 경우라는 사실을 인식하고 있었을 것이다. 그렇지만 그가 〈아름다운 봄날과 같이 너무도 매력적인 방문객이군요〉라는 말을 하며 와락 달려들 듯이 그녀를 맞았을 때 그녀는 기분이 좋았다. 여느 때 같으면 한나 벤틀링은 그런 사람들을 싸잡아 철저히 거부하고 배척해 버렸을 터이지만 오늘은 해방되고 자유로운 듯이 느껴졌기에 그녀 자신이 천박한 약사의 찬사에 귀를 기울였다 ── 그것은 한 극단에서 한 극단으로의 진자 운동, 완전한 폐쇄와 완전한 이완 사이의 진자 운동이었다. 발작적인 인간에게서 흔히 일어나는 그런 태도의 무절제성, 그것은 르네상스 교황들의 무절제는 아니지만, 그러나 가치 본능이 결여된 부르주아의 불안정이며 무의미라고 할 수 있을 것이며, 적어도 가치 본능의 결여라고 주장할 수 있을 것이다. 그로 말미암아 지금 약국 안의 붉은색 긴 보풀 비로드 의자 위에 앉아 있는 한나 벤틀링은 약사 파울젠에게 친절한 눈길을 보내고 있으며, 그의 시는 그녀가 믿는 동시에 믿지 않는 내용을 부여받는 것이다. 그렇다, 병원에 가야 할 의무가 있는 케셀 박사에게 그녀는 분명 화가 났을 것이다. 박사는 출발해야 한다고 경고하지 않을 수 없었기 때문이다. 그녀가 마차 속에서 그의 곁에 앉았을 때 다시 그녀의 얼굴 위로 베일이 드리워졌다.

길에서 단 한마디, 집에서 단 한마디. 그녀는 어째서 자신이 전쟁이 계속되는 동안 프랑크푸르트에 있는 아버지의 집으로 돌아가기를 그토록 거부하고 있는지 다시 이해할 수 없었다. 작은 도시에 사는 것이 비용이 더 적게 든다는 것, 별장을 비워 두어서는 안 된다는 것, 이곳의 공기가 아이에게 더 이롭다는 것, 그것들은 표면상의 이유였다. 그것은 단지 부정될 수 없는 소외라는 기이한 상황을 은폐하기 위한 것이었다. 그녀는 사람이 두려웠다. 그녀는 그 말을 케셀 박사에게도 한 적이 있었다. 「사람이 두려워요.」 그녀가 반복했다. 그녀가 그 말을 입 밖에 내는 동안 마치 그에 대한 책임이 하인리히에게 있을 수 있는 듯이 여겨졌다. 금속 징발 때문에 놋쇠 절구를 부엌에서 넘겨주었을 때 그를 비난했듯이 말이다. 아이에게조차 그런 은밀한 이화감이 확대되었다. 그녀가 밤에 눈을 뜰 때, 아이가 옆방에서 자고 있고 그가 자기 아이라는 것을 생각하는 데는 노력이 필요했다. 그녀가 피아노를 몇 소절 두드릴 때면 그것을 치는 것은 그녀의 손이 아니라 낯설고 움직이지 않는 손가락이 되었다. 그녀는 심지어 음악까지도 잃어버렸음을 알았다. 한나 벤틀링은 시내에서 보낸 오전을 씻어 버리기 위해 욕실로 갔다. 그리고 주의 깊게 거울 속의 자신을 살펴보았다. 그곳에 아직 그녀의 얼굴이 있는지 찾으면서. 얼굴이 있었다. 그러나 그것은 기이하게 그늘이 드리워져 있었다. 그 얼굴은 정말로 그녀의 마음에 들었지만, 어쨌든 그녀는 그 책임을 하인리히에게 돌렸다.

게다가 이제는 자주 그의 이름을 생각해 낼 수 없게 되었다. 그녀는 하인 앞에서 남편을 부르듯이 그녀 자신에게도 벤틀링 박사라고 부르게 되었다.

18
베를린의 구세군 소녀 이야기(3)

나는 구세군 소녀 마리를 몇 주 동안 보지 못했다. 베를린은 그때와 같았다. 그렇다, 그것이 누구와 혹은 무엇과 같았던가? 날은 뜨거웠고 아스팔트는 물렁거렸다. 종종 구멍투성이였다. 아무것도 나아진 것이 없었다. 여자들은 호언장담하여 차장이니 하는 따위의 정부 일을 맡았다. 거리의 나무들은 봄인데도 시들어 애늙은이 같은 표정을 짓고 있었다. 바람이 불면 먼지와 신문 조각들이 소용돌이를 치며 휘몰아쳐 올라왔다. 베를린은 시골의 마을같이, 말하자면 자연답게 되어 버렸다. 그러나 바로 그렇기 때문에 자연답지가 않았다. 이른바 자기 자신의 복사물 같았다. 내가 세 들어 있던 집에는 로츠 지방에서 도망온 유대인들이 방을 두셋인가 차지하고 있었다. 나는 정말 그들이 얼마나 되며 어떤 관계에 있는가 도저히 물어볼 수 없었다. 러시아식 장화를 신고 잠옷을 걸친 노인들이 있었다. 한번은 내가 그들 중 한 사람을 만났다. 그의 카프탄[10]에서 하얀 무릎 양말과 죔쇠가 있는 구두가 내다보이는 사람이었다. 18세기 사람 같은 차림새였다. 상의를 단지 좀 길게 재단하여 카프탄처럼 보이게 입은 남자들도 있었다. 그리고 젊은 남자들이 있었는데 그들은 이상하게 우윳빛 안색을 지녔고 연극배우의 수염처럼 철썩 달라붙은 솜털 같은 금빛 수염을 기르고 있었다. 그중 한 사람은 암회색 제복을 입고 있었는데, 그것은 마치 군복조차도 그 자체로 카프탄의 성격을 지닌 것 같았다. 그리고 때때로 나이를 알 수 없는, 도회지풍의 옷을 입은 남자가 왔다. 그의 갈색 수염은 옴 크뤼거의 수염처럼 틀 모양으로 다듬어져 있었다. 다만 관자놀이 부근엔 면도가 되어 있지 않았다. 그는 언제나 구식 손잡이가 달린 지팡이를 들고 있었고 검은 끈에 코안경을 달고 다녔다. 금방 나는 그를 의사라고 생각했다. 물론 부인들, 아이들, 가발을 쓴 노부인, 유행하는 의상을 괴상하게 걸친 아가씨들도 있었다.

시간이 지남에 따라 나는 그들이 말하는 이디시 독일어[11]의 몇 마디를 주워들었다. 사실을 말하면 물론 나는 조금도 이해하지 못했다. 그러나 그들은 그렇게 생각할 수 없는 것 같았다. 내가 그들 가까이에 갈라치면 그들은 품위 있는 노인의 입으로부터 기이하게 발성되는 후음의 재잘거림을 중지했기 때문이다. 그들은 겁을 먹고 나를 쳐다보았다. 밤이면 그들은 대개 불을 켜지 않은 방에 앉아 있었다. 내가 아침에 현관으로 들어가면 그곳은 언제나 온갖 의상으로 가득

10 셔츠 모양의 긴 상의.
11 유대투의 독일어.

차 있었고 하녀가 신발을 닦고 있었다. 그때면 종종 창가에 좀 나이 든 남자들 중 하나가 서 있는 것이 보였다. 그는 이미와 손목에 경패[12]를 두르고 상체를 구두 닦는 박자에 맞추어 흔들면서 여기저기 기도용 외투의 술에 입을 맞추며 광기 어린 시든 입술로 광기 어린 시든 말들을 창밖에다 대고 기도하고 있었다. 아마도 그 창이 동쪽으로 향해 있기 때문일 것이다.

나는 유대인의 분망함에 사로잡혀 있었기 때문에 하루의 많은 시간을 그들을 조용히 관찰하는 데 바쳤다. 대청에는 로코코 시대의 장면을 보여 주는 두 개의 유화식으로 채색된 석판화가 걸려 있었는데, 나는 그들이 우리와 같은 눈으로 그 그림들과 다른 많은 것들을 인식하고 바라볼 수 있는지에 대해 숙고했다. 그런 관찰에 몰두해 있던 나는 비록 이 모든 것과 그녀 사이에 어떤 관계가 있으리라는 생각을 했음에도 불구하고 구세군 소녀 마리를 완전히 잊고 있었다.

19

야레츠키 소위의 팔은 절단되었다. 팔꿈치 윗부분이었다. 쿨렌베크는 일을 하면 철저하게 하는 사람이었던 것이다. 야레츠키의 나머지 부분은 병원의 정원에 앉아 있었다. 정원의 작은 숲에 앉아 꽃 피고 있는 사과나무를 바라보고 있었다.

지구 사령관의 순회 감찰이 있었다.

12 유대인이 기도할 때에 쓰는 것으로 성서의 글귀를 쓴 가죽 조각.

야레츠키는 일어나서 아픈 팔을 잡았다. 허공이었다. 그는 차렷 자세로 섰다.

「어떤가, 소위, 경과는 좋은가?」

「예, 소령님, 좋은 부분은 하나 없어졌습니다만.」

폰 파제노 소령은 마치 야레츠키의 팔에 책임을 느끼는 듯이 보였다. 그가 말했다. 「고약한 전쟁일세…… 앉게나, 소위.」

「예, 소령님.」

소령이 말했다. 「어디를 다쳤었나?」

「전 다치지 않았습니다, 소령님…… 가스 때문이었습니다.」

소령이 야레츠키의 몽당팔을 쳐다보았다. 「이해할 수 없군…… 가스는 질식시킨다던데…….」

「가스의 영향이 이럴 수도 있습니다, 소령님.」

소령은 잠시 생각했다. 그리고 말했다. 「비열한 무기로군.」

「물론입니다, 소령님.」

두 사람은 독일 역시 그런 비열한 무기를 사용한다는 것을 생각했다. 그러나 그들은 입 밖에 내어 말하지 않았다.

소령이 말했다. 「자네 나이가 몇인가?」

「스물여덟입니다, 소령님.」

「전쟁이 시작됐을 땐 아직 가스가 없었지.」

「그렇습니다, 소령님, 저도 그렇게 생각합니다.」

태양이 병원의 길고 노란 담을 비추었다. 흰 구름 몇 점이 푸른 하늘에 떠 있었다. 정원 길의 자갈이 검은 땅에 굳게 박혀 있었다. 그리고 잔디의 가장자리에서 지렁이가 기어갔다. 사과나무가 커다랗고 화사한 꽃다발 같았다.

건물에서 흰 가운을 입은 군의 소령이 나왔다.

소령이 말했다. 「곧 치유되기를 바라네.」

「감사합니다, 소령님.」 야레츠키가 말했다.

20
가치들의 붕괴(2)

아마도 이 시대의 경악은 건축 구조물의 체험에서 가장 두드러지는 것 같다. 거리를 산책하고 나면 항상 나는 끔찍하게 피곤해져서 집에 돌아온다. 특별히 건물 정면을 바라볼 필요도 없다. 거기에 시선을 돌리지 않아도 그것들은 나를 불편하게 한다. 때때로 나는 대단히 칭찬받는 새 건물들에게로 도망가 본다. 그러나 의심할 나위 없이 위대한 건축가인 메셀[13]의 백화점은 고딕식이라는 점에서 — 분명 부당한 일이지만 — 나에게는 약간 희극적으로 보인다. 그것도 분노를 치밀게 하고 피곤하게 만드는 희극인 것이다. 그 건물은 나를 너무도 피곤하게 만들었기 때문에 나는 고전주의적인 건물을 보아도 거의 마음을 진정할 수가 없다. 하지만 나는 쉰켈[14]의 건축에서 보이는 너그러운 명료성은 아주 좋아한다.

나는 확신한다. 이전의 어떤 시기에도 인간이 건축 구조물의 표현 형식을 이토록 역겹고 반감을 느끼며 본 적은 없었

13 Messel(1853~1909). 〈베르트하임 백화점〉으로 근대적 백화점 양식을 창조한 것 외에 노동자 주택의 건축에도 종사한 독일의 건축가.
14 Schinkel(1781~1841). 아름다움과 합목적성을 연결시키고자 노력했으며 독자적 양식을 보여 준, 베를린에서 활약한 건축가.

으리라고. 그것은 우리 시대를 위하여 유보되어 있었던 것이다. 의고전주의 시대까지 건축은 자연스러운 기능이었다. 사람들은 새로 심은 나무를 거의 인식하지 못하는 것처럼 새로운 건축물을 거의 알아보지 못했다고 할 수도 있을 것이다. 만약 그것을 알아보았다면, 어떤 좋은 것, 자연스러운 것이 발생하여 있음을 알아보았을 것이다. 괴테도 자기 시대의 건축물을 그런 식으로 보았다.

아니, 나는 유미주의자가 아니다. 그래 본 적도 결코 없다. 설사 많은 점에서 그런 인상을 주었을지는 모르지만 말이다. 그것은 지난 시대를 동경하는 감상이 아니며, 지난 시대를 변용시키는 회고도 아니다. 내가 역겹게 느끼고 피곤하게 느끼는 이면에는 매우 깊게 뿌리박힌 인식, 한 시대에 있어 양식보다 더 중요한 것은 없다는 인식이 있는 것이다. 인류의 어떤 시대이든 다름 아닌 그 시대의 양식, 특히 건축 양식으로 특징지어지리라는 생각이다. 뿐만 아니라 그 시대는 양식을 소유하는 한에서만 시대라고 일컬어질 수 있을 것이다.

나의 권태와 격분이 영양 불량에 기인할 수 있다면서 나를 반박할지도 모르겠다. 이 시대는 매우 정확한 기계의 양식, 대포의 양식, 철근 콘크리트의 양식이 있다고 말해 주는 사람도 있을 것이다. 미래의 세대만이 이 시대의 양식을 파악할 것이라고 말해 주는 사람도 있을 것이다. 글쎄, 어느 시대나 어떤 양식이 있다. 그것이 성립되는 시기 역시 온갖 절충주의에도 불구하고 그 시대의 양식이 있는 법이다. 그리고 심지어 나는 다음과 같은 점들까지 인정한다. 테크닉이 양식 의지를 지체 없이 앞질렀다고. 새로운 건축 소재로부터 그 적절한 표현 형식을 아직 쟁취하지 못했다고. 이 모든 불안스러운 불균형이 바로 제압될 수 없는 목적이라고. 어쨌거나 아무도 내 말을 부정할 수 없을 것이다. 재료가 새로운 것이어서이든, 개인적인 무능에서이든, 새로운 건축 표현에는 무엇인가 상실되어 있다는, 그렇다, 그 새로운 건축 표현을 그것이 대단히 의식적으로 비난하고 있고 또 비난하는 것이 마땅한 그 이전의 모든 양식과 철저히 구별시키는 어떤 것은 장식의 특징이리라는 내 말을. 물론 사람들은 그것을 미덕으로 찬양하고, 이제야 비로소 재료에 어울리는 건축법을 이해하여 장식이라는 부속물을 없애 버릴 수 있던 것이라고 주장할 수도 있다. 하지만 〈재료 적합성〉이란 용어는 단지 현대의 표어만은 아니지 않은가? 이를테면 고딕 시대나 그 밖의 어떤 시대는 재료에 적합하지 못하게 건축했던가? 장식을 부속물로 관찰하는 사람은 건축의 내적 논리를 이해하지 못하는 사람이다. 〈건축 양식〉이라는 것은 논리이다. 전체 건축 작업을 관통하고 있는 논리이다. 설계에서 시작하여 스카이라인에 이르기까지, 그러한 논리 내에서 장식이란 최종의 것이며, 전체의 통일적인 그리고 통일성을 부여하는 기본 사상을 위하여 작은 부분에서의 구별을 나타내는 표현인 것이다. 그것이 장식에 대한 무능에서이든 거부에서이든, 여기서는 같은 의미, 다름 아닌 이 시대 건축 구조상의 표현 형식이 모든 이전의 양식과 대단히 첨예하게 구별됨을 의미하는 것이다.

그렇지만, 이런 통찰이 무슨 소용이 있는가! 장식적 형식은 절충주의를 통해 성립된 것도 아니고, 반 데 벨데[15]같은 사람의 희극적인 형태가 되지 않고는 인위적으로 새로운 형

식을 획득할 수도 없는 것이다. 남아 있는 것은 깊은 불안이
다. 이러한 건축 양식은 전혀 건축 양식이 아니며, 다만 하나
의 징후를, 비시대의 비정신임에 틀림없을 정신 상황을 경고
하는 징후에 불과할지도 모른다는 불안과 지(知)이다. 아,
나는 그것을 보는 것이 피곤하다. 할 수만 있다면 나는 이제
집을 떠나지 않으리라.

21

　호텔에서의 식사 비용은 상당하며, 새로운 벌이를 발견한
다음에야 비로소 그런 식사를 하려고 했다는 점을 제외하고
라도 후게나우는 만약 그가 극히 자주 소령의 눈에 띄게 된
다면 앞에 두고 있는 일을 위태롭게 할 수도 있으리라는 점
을 확실하게 느꼈다. 계속 교섭을 한다고 해도, 그것은 단지
손해일 뿐이며 얻는 것이 거의 없을 터였다. 그리고 소령이
금요일에 만날 때까지 자기를 잊어 주는 편이 더 유리한 것
으로 생각되었다. 그리하여 후게나우는 좀 검소한 식당에서
식사를 했고 금요일 저녁에야 호텔의 식당에 나타났다.
　그는 잘못 생각하지 않았다. 소령이 그곳에 앉아 있었고
그가 재빨리 마음에서 우러나오는 양 다가오며 다시 친절하
고 영예로운 초대에 감사하자 소령은 큰 놀라움을 표시했다.
「그렇지.」 소령이 이윽고 기억해 내고 말했다. 「그렇지, 당신

　15 Van de Velde(1863~1957). 벨기에의 건축가이자 공예가. 신예술(아르
누보)의 창시자 중 한 사람.

을 신사들에게 소개하겠소.」

후게나우는 다시 한 번 감사를 표하고 겸손하게 다른 탁자에 앉았다. 그러나 소령이 저녁 식사를 마치고 바라보자, 후게나우는 그에게 미소를 보내며 소령이 명하는 대로 따르겠음을 보이려고 몸을 약간 일으켰다. 그들은 함께 작은 옆방으로 들어갔다. 거기서 부르주아 신사들의 금요일 모임이 열리고 있었다.

신사들은 전부 모여 있었다. 심지어 시장까지 있었다. 후게나우는 신사들 전부의 이름을 알 수 있었다. 그는 들어가면서 이내 그가 따뜻한 공감을 일으키며 환영을 받으리라는 느낌이 들었고 굉장한 성공을 얻으리라는 예감이 들었다. 느낌은 거짓이 아니었다. 신사들의 대부분이 이미 그가 그 도시에 출현하여 호텔에 묵고 있음을 알고 있었다. 그는 분명 이미 대화의 주제였던 것이다. 그리고 그가 나중에 에슈에게 이야기했듯이 그들은 그의 설명에 대단히 따뜻한 관심을 보여 주었다. 저녁은 몹시 긍정적인 결과로 끝났다.

결국 그것은 기적이 아니었다. 신사들은 은밀한 경건주의자의 기도회에 참가하는 듯한 인상을 주었고, 그것은 동시에 반란자 에슈에 대해 거행되는 일종의 비밀 재판 같았다. 그리고 후게나우가 청중에게서 그렇게 기분 좋게 그의 이야기를 들어주는 청중을 발견했다는 것은 그런 청중을 얻으려는 그의 강한 의지에만 기인하는 것도, 그의 꿈에 취한 듯한 확신에만 기인하는 것도 아니었다. 아울러 그것은 그가 반란자가 아니라 오히려 자신과 자신의 지갑을 염려하는 사람이었고, 따라서 그가 사용하는 언어를 다른 사람이 이해할 수 있었다는 데서 오는 것이기도 했다.

후게나우는 신사들로 하여금 쉽사리 에슈가 요구한 2만 마르크를 기부하게 할 수도 있었을 것이다. 그러나 그는 그렇게 하지 않았다. 어떤 은밀한 불안이 모든 것을 임시적인 위치이자 확실하다고 할 수 있는 위치에 머무를 것을 명했던 것이다. 참된 확실성이란 현실의 바깥이나 위에 떠 있는 것이며 너무 큰 확실성은 어떤 설명할 수 없는 부담처럼 위험한 것이기 때문이다. 그것은 어리석게 보일 수도 있다. 그러나 모든 불합리성에는 합리적이라 자처할 수 있는 점이 있는 법이다. 따라서 후게나우가 그렇게 생각한 것도 전적으로 이성적이었으며, 또 이상스럽게도 바로 그러한 결과로 나아갔다. 만약 그가 신사들로부터 너무 많은 돈을 요구하거나 받는다면 그중 한 사람 정도는 신분 증명서 따위를 물어볼 생각을 할 수도 있었을 것이다. 그러나 그가 거만하게 너무 높은 참여를 거부하며 기부 서명의 주요 부분을 그 자신의 (전설적인) 회사에 유보시킨다면 의심할 여지 없이 누구나 그가 실제로 제국에서 가장 자본 능력이 강력한 산업체(크루프)의 대표자라고 생각할 것이다. 그리고 실제로 아무도 의심을 하지 않았고 종국에는 후게나우 자신도 그렇게 생각했다. 그는 존경하옵는 신사분들께 문제가 되고 있는 2만 마르크의 3분의 1, 다시 말해 총 6천 6백 마르크 이상의 배당을 맡아 낼 수 있는 처지가 아니라고 설명했다. 그렇지만 그는 자신의 그룹이 주식의 3분의 2를 차지하는 대신 다만 51퍼센트로 만족할 것인지의 여부에 대해 타협해 볼 의사가 있다고 말했다. 그러면서 그는 나중의 자본 증액을 위해 미리 기장해 주신다면, 그것은 받아들이겠노라고, 물론 신사분들께선 당장 이 순간에는, 저로서는 유감이지만, 사소한 금액으로 만족하셔야 한다고 말했다.

신사들은 그것을 유감으로 생각했다. 하지만 반대가 있을 수는 없었다. 그리하여 후게나우가 「쿠르트리에르세 보테」지를 매입하게 되자마자 잠정적인 배당 증서에 대한 지불이 이루어져야 하며, 또한 중앙 그룹과 계속 접촉을 가진 후 사업이 확장되면 유한 책임 회사의 형식으로든지 혹은 주식회사의 형식으로든지 회사를 발족해야 한다는 데 의견의 일치를 보았다. 사람들은 미래의 중역 회의를 생각하며, 동맹군과 황제 폐하를 위한 건배로써 저녁을 마쳤다.

22

눈을 뜨자 후게나우는 베개 밑에 손을 넣었다. 그는 잠잘 때 그곳에다 지갑을 넣어 두는 버릇이 있었다. 2만 마르크를 소유한다는 것은 기분 유쾌한 일이었다. 비록 지갑에는 6천 6백 마르크 — 그 금액은 그가 「보테」지를 산 다음에야 비로소 지방 유지들로부터 얻게 될 것이었다 — 가 아니라 185마르크에 불과한 잔금이 들어 있음을 알고 있었지만, 그러나 2만 마르크가 있다고 해도 될 것이었다. 그는 2만 마르크를 가지고 있었고 그것으로 충분했다.

평소와는 달리 그는 아직도 침대에 누워 있었다. 설령 그가 2만 마르크를 가지고 있다고 해도 에슈가 그 거지 같은 신문에 그만큼 요구한다 해서 그만한 액수를 주는 것은 미친 짓일 것이다. 값이란 깎는 것이다. 그리고 그는 에슈가 믿을 만한 것으로 협상하여 깎을 것이다. 1만 4천 마르크를 주어도 여전히 너무 많이 지불하는 것이리라. 그것은 6천 마르크의 이익을 남겨 주겠지. 능숙한 조처로써 에슈가 2만 마르크를 전부 얻게 하진 않으리라. 예비 자본이라고 해도 좋다. 그룹이 잠정적으로 결정적인 3분의 2의 주 대신에 단순히 과반수를 조금 넘게 차지하는 것으로 만족한다고 할 수도 있다. 혹은 그런 비슷한 이야기를, 곧 무슨 생각이 떠오르겠지! 그리고 후게나우는 만족스럽게 침대에서 뛰쳐 일어났다.

그가 신문사로 갔을 때는 상당히 이른 시각이었다. 그는 어안이 벙벙해 있는 에슈에게 그건 지독한 중상이 아니냐고 격하게 비난하며 을러대었다. 빌헬름 후게나우라고 하는 자신이 사실 에슈 씨에 대한 책임이 있는 것도 아닌데 이 며칠 동안 신문에 대해 들어야 했던 말들은 소름이 끼치는 것이었다고. 저야 중개인이므로 물론 그것은 아무 상관이 없을 수도 있지만 그 말은 내 가슴을 찢어 놓았습니다. 그래요, 좋은 사업이 부당하게 몰락해 가는 걸 함께 보는 것은 정말 가슴을 찢는 것 같았습니다. 신문의 생명은 평판입니다. 신문의 평판이 파산하면 신문도 파산하는 것입니다. 사정이 그러하다 보니 에슈 씨가 「쿠르트리에르셰 보테」를 팔리지 않을 나쁜 매물이 되게끔 만든 거나 매한가지입니다. 「친애하는 에슈, 당신은 신문의 인수자에게 돈을 더 요구하기보다 오히려 뭘 지불해야 할 형편임을 명백히 아셔야 합니다.」

에슈는 상을 찌푸리고 있었다. 그다음 그는 경멸하는 표정을 지었다. 물론 후게나우는 그렇다고 당황할 사람이 아니었다. 「상을 찌푸리실 필요는 없습니다. 친애하는 친구 에슈, 일이 굉장히 심각합니다. 아마 당신 자신이 생각하는 것보다 훨씬 더 심각할 것입니다.」 수익성에 대해선 언급할 수도 없습니다. 그럼에도 불구하고 그것을 얻으려 한다면, 들어 보지 못한 희생, 그렇지요, 친애하는 에슈 씨, 희생을 치르고야 가능할 것입니다. 제가 기꺼이 믿고 싶고 기대하고 싶듯이, 제 친구들 사이에서 희생하고자 하는 사람들, 이 완전히 무의미한 ─ 왜냐하면 이상적이니 말입니다 ─ 사업을 해볼 태세를 갖춘 사람들을 발견했다면, 에슈 씨는 운이 좋았다고 말할 수 있을 것입니다. 이런 행운은 아마 일생에 단 한 번 있는 것일지도 모릅니다. 왜냐하면 특히 유리한 상황과 저라는 수완 있는 중개인의 활약 덕분에, 경우에 따라 에슈 씨에게 1만 마르크의 이익을 안겨 드릴 터이니 말입니다. 만약 에슈 씨가 이 기회를 이용하지 않는다면, 그렇게 남을 생각해서 에슈 씨의 일에, 내 일이 아닌데도요, 정말 상관없는 일 아닙니까, 내가 관계했음을 유감으로 생각할 것입니다.

「그렇다면 그대로 두구려.」 에슈가 소리를 지르며 책상을 쾅 쳤다.

「제발, 물론 전 그대로 둘 수 있습니다…… 하지만 당신의 환상적인 가격의 관념을 덜컥 받아들이지 않는다 해서 그렇게 화를 내는 이유를 알 수 없군요.」

「난 허황된 것은 요구하지 않소…… 신문은 형제들 사이에서라면 2만의 값어치가 있소.」

「그렇습니다. 당신의 평가를 받아들인다는 걸 꿰뚫어 보지 못하시겠습니까? 신문의 발전을 위해서 1만이 더 투자되어야 함을 인정하실 텐데요…… 그러면 3만이 되는 셈인데, 그것은 너무 과한 값이 아니겠습니까?」

에슈가 곰곰이 생각해 보게 되었다. 후게나우는 자기가 길을 옳게 잡았음을 느꼈다. 「자, 자, 이제 이성적으로 생각해 보십시오…… 물론 당신을 몰아붙이지는 않겠습니다…… 이 일을 밤새 생각해 보셔도 됩니다…….」

에슈는 방 안을 이리저리 거닐었다. 그리고 말했다. 「아내와 한번 상의해 보겠소.」

「좋으실 대로 하십시오…… 너무 오래 생각하지는 마시고요…… 돈이란 미소를 보내지만, 친애하는 에슈 씨, 기다려 주지는 않습니다.」

그는 일어섰다. 「내일 다시 한 번 더 여쭈러 오겠습니다…… 그동안 귀하신 사모님께 안부를 전해 주십시오.」

<h2 style="text-align:center">23</h2>

플루르쉬츠 박사와 야레츠키 소위는 병원에서 시내로 나갔다. 거리는 고무가 없는 관계상 쇠바퀴로 달리는 트럭에 의해 구덩이와 웅덩이가 잔뜩 패어 있었다. 조용히 서 있는 루핑[16]공장이 가느다란 검은 연통을 고요한 허공속으로 내밀고 있었다. 숲에선 새들이 지저귀었다. 야레츠키의 소매는 안전핀으로 군복 상의 주머니에 고정되어 있었다.

16 지붕을 이는 데 쓰는 타르 칠된 마분지.

「이상하군요.」야레츠키가 말했다.「왼쪽 팔을 잃은 후부터 오른쪽 팔이 늘어져 있는 듯 무게가 느껴집니다…… 그것도 잘라 버렸으면 싶습니다.」

「자네가 바로 대칭적인 사람이군…… 기술자는 대칭에 대한 감각이 있지.」

「아십니까, 플루르쉬츠, 저는 때때로 제가 그런 직업을 가졌었다는 것을 완전히 망각해 버립니다…… 박사님은 몰라요. 박사님은 자기 직업에 그대로 머물러 있으니까요.」

「글쎄, 꼭 그렇게 주장할 수는 없겠지…… 난 의사가 아니라 생물학자였으니…….」

「전 아에게[17]에 신청서를 냈어요. 지금 도처에서 사람이 부족하니까요…… 하지만 제가 다시 제도판 앞에 앉게 된다는 것은 상상할 수 없습니다…… 전부 얼마나 많은 사람이 죽었다고 생각하십니까?」

「잘 모르겠군, 5백만, 천만…… 아니 2천만이 될지도 모르지. 전쟁이 끝날 때까지 말이야.」

「저는 전쟁이 끝날 수 있으리라고는 결코 믿지 않습니다…… 영원히 계속될 겁니다.」

플루르쉬츠 박사는 멈추어 섰다.「말해 보게, 야레츠키, 여기서 사람들이 이렇게 편안하게 산책한다는 것, 대개 인생이란 그렇게 편안하게 계속된다는 것, 그런데 여기서 몇 킬로미터 떨어진 곳에서는 앞뒤를 헤아리지 않는 총질이 있다는 것을 이해할 수 있겠나?」

「글쎄요, 전 많은 것을 이해할 수 없어요…… 게다가 우리

17 AEG. 일반 전기 회사라는 뜻. 독일의 큰 전기 회사의 이름.

두 사람은 밖에서 우리 몫을 배당받았으니까요…….」

플루르쉬츠가 기계적으로 군모 차양 아래의 총알이 관통한 상처를 어루만졌다. 「난 그렇게 생각하지 않아…… 그렇게 해야 했던 것은 처음뿐이야. 부끄러워서 우르르 몰려갔던 거지…… 아니, 이젠 법률상으로 미쳐 버리게 될 거야.」

「그것으로는 아직 모자라지요…… 고맙습니다. 차라리 곤드레만드레 취해 버렸으면…….」

「처방을 철저히 따르게.」

바람이 조용한 루핑 공장에서 타르 냄새를 그들에게 실어 왔다.

마르고 구부정한, 금발의 뾰족 수염에 외알안경을 낀 플루르쉬츠 박사는 제복을 입은 모습이 약간 어색하게 보였다. 그들은 잠시 침묵했다.

거리가 비탈져 내려갔다. 비교적 최근에 이곳 도시의 문 앞에 건설된, 여기저기 흩어져 작은 단층집들이 줄지어 있었고 평화로운 인상을 주었다. 앞뜰의 정원마다 초라한 채소가 자라고 있었다.

야레츠키가 말했다. 「1년 내내 타르 냄새 속에서 사는 건 유쾌한 일이 아니겠는데요.」

플루르쉬츠가 말했다. 「난 루마니아와 폴란드에 있었지. 보게나…… 저렇게 집들은 어디서나 마찬가지로 도처에 평화롭게 서 있다네…… 똑같은 표지판들, 우두머리 미장이, 제조공 등등이 붙어서…… 아르망티르 근처의 지하 방공호에는 나무 받침대의 널빤지 사이에 〈귀부인 양장점〉이란 간판이 있더군…… 어리석은 일일지도 몰라. 하지만 거기서 처음으로 모두가 미쳤다는 말이 옳다는 생각이 들더군.」

야레츠키가 말했다. 「이제 저는 한쪽 팔로도 엔지니어로서 어떤 군대 일을 맡아 볼 수 있을 것 같습니다.」

「아에게가 더 좋다고 생각하지 않나?」

「별로, 제겐 더 좋다든가 하는 것이 없습니다…… 이 팔 하나를 달고 다시 한 번 군 복무 신청을 할지도 모릅니다…… 수류탄을 던지는 데는 한 팔로도 충분하니까요…… 담뱃불을 붙이는 데 도와주시겠습니까.」

「야레츠키, 오늘 벌써 전작이 있는 것 같은데?」

「저요? 말해서 뭘 합니까. 하지만 전 포도주만 보면 말짱해진다고요. 그래서 또 마시자고 당신을 모시고 가는 것입니다.」

「그럼, 아에게는 어떻게 하고?」

야레츠키가 웃었다. 「솔직히 말하면 시민으로 돌아가기 위한 감상적인 시도지요. 경력을 쌓는다는 것. 하지만 성교나 결혼은 안 되죠…… 당신도 그렇게 생각진 않으실 겁니다.」

「왜 내가 그렇게 생각하지 않는다는 건가?」

야레츠키는 담배를 물고 띄엄띄엄 말했다. 「왜냐하면…… 전쟁이…… 결코…… 끝…… 날 수가…… 없으니까요…… 대체 얼마나 이 말씀을 들려 드려야 하겠습니까!」

「그것도 해답의 하나이지.」 플루르쉬츠가 말했다.

「그건 유일한 해답입니다.」

그들은 시의 성문에 도착했다. 야레츠키는 발을 방충석(放衝石) 위에 올려놓고 장갑을 주머니에서 꺼냈다. 그리고 담배를 비스듬히 입에 물고, 지방 도로의 먼지를 구두에서 털어 냈다. 그다음 그는 검은 구레나룻을 부드럽게 쓰다듬었

다. 그들은 서늘한 성문의 아치를 통과하여 좁고 조용한 골
목으로 들어갔다.

24
가치들의 붕괴(3)

한 시대의 특징을 나타내는 것 중에 건축 양식이 수위를
차지한다는 것은 기이한 일 가운데 하나이다. 대체로 역사
내에서 이렇게 기이한 수위를 차지했던 것은 조형 예술이었
다! 조형 예술은 물론 한 시대를 충만케 하는 인간의 활동
중에서 아주 사소한 단편에 불과하다. 분명 그것은 결코 전
적으로 정신적인 단편이 아니지만, 그러나 한 시대의 성격을
두드러지게 하는 면에서는 다른 모든 정신적 영역보다 우월
하다. 다시 말해 문학보다 우월하며, 심지어 학문보다 우월
하며, 종교보다도 우월하다. 바로 조형예술이 수천 년간 지
속된 것이며, 시대와 시대 양식의 지수(指數)이다.

그것은 재료의 지속성에서만 기인하는 것이 아니다. 지난
몇 세기 동안 글이 쓰인 종이가 무더기를 이루었지만, 그래도
모든 고딕의 조각이 모든 중세 문학보다 더 〈중세적〉이다.
아니, 이것은 아주 빈약한 설명인 듯싶다. 설명이 가능하려면
그것은 〈양식〉 개념 자체의 본질성에서 찾아져야 할 것이다.

왜냐하면 양식은 분명 건축이나 조형예술에 한정되는 그
런 것이 아니기 때문이다. 양식이란 한 시대 모든 삶의 표출
을 동일한 방식으로 관통하고 있는 어떤 것이다. 예술가를

예외적인 인간으로 평가하는 것, 다른 사람들은 제외시키는 반면 그를 양식 내의 일종의 특수한 존재자로, 양식을 창조하는 사람으로 평가하는 것은 불합리하게 여겨진다.

아니다, 양식이란 것이 존재한다면, 모든 삶의 표현은 양식에 의해 관철되는 것이며, 따라서 한 시대의 양식은 그 사유에서뿐만 아니라, 그 시대의 인간이 정립한 모든 행위에서 존재하는 것이다. 바로 그렇기 때문에 다만 그렇게 될 수밖에 없다는 사실에서, 바로 공간에 현시되는 모든 행위들이 그토록 특별한, 글자 그대로 가시적인 의미를 지니고 있다는 놀라운 사실에 대한 설명이 찾아져야 할 것이다.

그 뒤에 모든 철학적 사유를 정당화시키는 문제, 즉 무(無)에 대한 불안, 죽음으로 이끄는 시간에 대한 불안이라는 문제가 숨어 있지 않다면, 그에 대해 숙고하는 일은 쓸모가 없을 것이다. 조악한 건축물이 야기시키는, 나로 하여금 방에 숨어 버리게 하는 모든 불안은 아마도 그런 불안과 다르지 않을 것이다. 왜냐하면 항상 인간이 행하는 것은 시간을 부정하기 위해, 시간을 지양하기 위해서이며, 이러한 지양을 공간이라고 일컫기 때문이다. 오직 시간 속에 있으면서 시간을 충만시키는 음악조차도 시간을 공간으로 변화시킨다. 모든 사유는 공간적인 것에서 발생한다는, 사유 과정은 말할 수 없이 뒤엉클어지고 다차원적인 논리적 공간의 혼지(混知)를 묘사한다는 이러한 이론은 대단히 커다란 개연성을 지니고 있다. 그렇다면, 직접적으로 공간과 관련되어 있는 저 모든 현시물들에게 어떤 다른 인간의 행위에게보다도 더욱 어떤 의미와 중요성이 부가된다는 점 또한 분명하다고 하겠다. 여기서 또한 장식의 특별한 상징적 의미가 명백해진다. 왜냐하면 장식이란 비록 그 목표 형식으로부터 자라났다 하더라도 모든 목표 형식과 분리되어 추상적 표현이, 전체 공간적 사유의 〈공식〉이 되기 때문이며, 양식 자체의 공식이 되고, 따라서 전 시대와 그 삶의 공식이 되기 때문이다.

이 점에 내가 마술적 의미라고까지 표현하고 싶은 의미가 있는 듯이 여겨진다. 그리고 죽음과 지옥에 완전히 사로잡혀 있는 어떤 시대는 어떤 장식도 야기시킬 수 없는 양식 속에서 살아야 한다는 말이 함축성을 지니게 될 것이다.

25

그 당시 집을 짓는다는 전망이 없었더라면 한나 벤틀링은 아마 청년 지방 변호사와 사랑에 빠지지 않았을지도 모른다. 그러나 1910년 비교적 좋은 시민 계급의 처녀들은 『스튜디오』니, 『실내 장식』이니, 『독일의 예술과 장식』이니 하는 따위들을 읽었고, 『영국의 유행 가구』 같은 것을 가지고 있었다. 그들의 결혼에 대한 에로틱한 관념들은 건축 문제와 아주 밀접하게 얽혀 있었던 것이다. 벤틀링의 집 혹은 지붕 위에 바로크풍 서체로 씌어 있듯이 〈장미의 집〉은 두드러지지 않는 정도에서 그런 이상과 부합했다. 그것은 가파르게 경사진 지붕을 가지고 있었고, 현관 옆의 마졸리카 동자상(童子像)이 사랑과 다산(多産)의 상징을 보여 주었다. 생벽돌 벽난로가 있는 영국식 홀이 있었으며 벽난로 선반 장식 위에는 황동으로 만든 잡동사니들이 있었다. 모든 가구들을 제자리에 둠으로써 건축 구조상 균형이 지배할 수 있도록 하는 것이 기쁨과 노고의 보상이었다. 그리고 이 모든 것이 끝났을 때 한나 벤틀링은 자기 혼자만이 그 균형의 완전성을 안다는 느낌을 가졌다. 비록 하인리히가 그렇게 하는 데 참여했더라도, 그렇다, 그들 결혼의 행복의 멋진 단편들이 존재하는 지점이 가구와 그림을 배치할 때의 은밀한 조화와 대위법에 대한 그들 공동의 지식에 있었더라도 말이다.

가구들은 나중에 옮겨지기는커녕, 반대로 원래 계획에서 1밀리미터도 변화되지 않도록 엄격한 주의가 기울여졌다. 그런데도 무엇인가가 달라져 있었다. 무슨 일이 있었던가? 균형이 소모될 수 있는가? 조화가 닳아 버릴 수 있는가? 그 뒤에 불감증이 숨어 있음이 처음 그녀에겐 의식되지 않았었다. 긍정적인 것이 지체 없이 중성적인 것으로 후퇴했고 그것이 부정적인 것으로 변화하고서야 비로소 변화가 의식되기 시작했다. 집이라든가 가구의 배치가 그녀에게 갑자기 역겨움을 일으켰는데 그 역겨움은 가구들의 위치를 바꾸는 응급처치로 보상될 수 있는 성격의 것이 아니었다. 아니, 그것은 더 깊은 곳까지 닿아 있는 어떤 것이었다. 그것은 사물들 위에, 사물들이 서로 마주 보고 있는 위에 퍼져 있는 저주, 우연과 함께 휘몰아치게 된 어떤 것의 저주였다. 그것에는 어떤 배치도 생각해 낼 수 없었고, 그것을 배치한다 해도 이미 존재하고 있는 배치처럼 우연적이거나 자의적인 것이 될 터였다. 그것은 의심할 여지 없이 어떤 혼돈, 어떤 암흑이었다. 그렇다, 그 모든 것에 놓여 있는 위험이라고 할 수 있었다. 특히 어째서 건축 구조적인 것에서의 불안이 감정의 다른 문제들, 혹은 심지어 유행의 문제 앞까지 막아서고 있어야 하는가의 이유를 통찰할 수 없었기 때문이다. 그 점이 사람을 기이하게 불안스럽게 했다. 한나 벤틀링 역시 훨씬 중요하고 어려운 것이 존재함을 잘 알고 있었다 하더라도, 심지어 유행 잡지가 어느날 매력을 상실할 수도 있다는 것, 이 4년 동안의 전쟁 시기에는 구독해 보지 못하고 지내야 하는 영어판 『보그』지를, 그 『보그』 잡지를 어느 날 아무런 감탄 없이, 흥미 없이, 이해 없이 볼 수도 있으리라는 것, 그런 상상만큼 불안스럽게 하는 것은 없었을 것이다.

그녀가 그런 종류의 상념들에 사로잡힐 때면 그녀는 그것들을 환상적인 생각이라고 불렀다. 비록 환상적이라기보다는 깨어난 생각이었어도 말이다. 일종의 각성으로 채워진 그런 생각이 환상적인 경우는 다만 여기서 도취가 깨어지는 게 아니라 오히려 본디 깨어나 있던 거의 정상적인 상황이 그 뒤의 제2의 각성에 종속됨으로써 이를테면 도취 상태가 더욱 정상적인 상황이 되고 부정성 속에 안착하게 될 경우뿐이다. 그런 평가들은 물론 언제나 어느 정도까지는 상대적이다. 각성과 도취 사이의 경계는 언제나 확고부동한 것이 아니다. 러시아적인 인간애를 도취라고 할 수 있을지, 아니면 그것을 인간과 인간 사이의 정상적인 사회적 관계에 적용시킬 수 있을지, 사물의 개관을 도취로 받아들일 수 있을지, 각성으로 받아들일 수 있을지 등의 문제는 결국 미결 상태로 둘 수밖에 없다. 그럼에도 불구하고 각성에 대하여 엔트로피의 상황, 혹은 절대적인 제로 지점이 존재할 수 없는 것은 아니다. 필연성과의 관계들이 끊임없이 추구하는 절대적 제로 지점의 존재는 불가능한 것이 아니다. 한나 벤틀링이 그러한 노상에 있음은 매우 있음 직한 일이며 원칙적으로는 아마 유행을 앞서 가려는 그녀의 서두름과 다르지 않을 것이다. 인간의 엔트로피는 인간의 절대적 고독화이다. 그리고 인간이 이전에 조화 혹은 균형이라고 불렀던 것은 어쩌면 모사에 불과할지도 모른다. 인간이 사회 구조에서 만들어 내었고 그가 그 일부인 한 만들지 않을 수 없던 모사. 인간이 고독해지면 해질수록 더욱 그에게는 사물들이 붕괴하고 고립되며, 사물들의 관계들이 더욱 상관없는 것으로 되고, 이윽고 그는 그 관계를 더 이상 볼 수가 없게 되는 것이다. 이리하여 한나 벤틀링은 그녀의 집을, 정원을, 영국식 모델에 따라 조각 석판으로 포장한 길을 거닐었다. 그녀는 더 이상 건축 양식을 보지 않았고 하얀 길이 꼬불꼬불한 것도 보지 않았다. 설령 그것이 아주 고통스러웠다고 할지라도, 그것은 필연적이었으므로 이제는 거의 고통스럽지 않았다.

26

후게나우는 이제 날마다 피셔 가에 있는 에슈 씨의 집에 들렀다. 종종 숙달된 사업상의 관습에 따라 그는 목적하고 온 일을 한마디도 꺼내지 않고 상대편이 말을 시작하기를 기다리며 날씨나 수확, 전쟁의 승리에 대한 이야기를 했다. 그는 에슈가 승리에 대해선 아무 이야기도 듣고 싶어 하지 않음을 깨달았을 때 승전보의 이야기는 제쳐 두고 날씨 이야기에 한정했다.

마당에서 때때로 그는 마르그리트를 만났다. 아이는 친밀감을 표시하며 그의 손가락에 매달려 다시 인쇄소로 같이 가고 싶어 했다.

후게나우는 말했다. 「아하, 또 20페니히를 벌려고 생각하는가 본데, 하지만 이 후게나우 아저씨는 아직은 충분히 부자가 아니란다. 모든 것은 시간이 필요한 법이야.」

그런데도 그는 저금을 하라고 10페니히를 주었다.

「자, 우리 두 사람이 부자가 되면 뭘 할까……?」

아이는 대답하지 않고 땅바닥을 쳐다보았다. 마침내 망설이며 말했다. 「떠나요.」

후게나우는 어떤 이유에서인지 그 말이 유쾌했다. 「그래서 넌 돈이 필요한 게로구나…… 우리가 부자가 되면 같이 떠날 수 있을 거야…… 내가 널 데리고 가지.」

「네.」 마르그리트가 말했다.

그가 에슈에게로 올라가면 대개 아이가 뒤에서 따라 기어올라왔고 바닥에 앉아 그들의 대화에 귀를 기울였다. 아니면 적어도 문에 서서 안쪽을 향해 웃어 보였다.

아이가 대화의 주제였으므로 후게나우는 말했다. 「나는 아이들을 좋아합니다.」

에슈는 그 말이 흡족한 듯했다. 그가 빙그레 웃었다. 「꼬마 악당이지요…… 저 애는 사람을 죽일 수도 있을 거요.」

프로이센인을 증오하라. 후게나우는 생각하지 않을 수 없었다. 비록 에슈는 프로이센인이 아니라 룩셈부르크인이었지

662

만. 에슈가 계속 말했다. 「난 종종 저 꼬마 악당을 양녀로 삼을까 생각하오…… 우리는 아이가 없으니.」

후게나우가 놀랐다. 「외국 아이를…….」

에슈가 말했다. 「외국 아이든 우리나라 아이든…… 마찬가지요…… 그렇지 않으면 견디기 어렵지요.」

후게나우가 웃었다. 「글쎄, 자기 아이들이 있다면 그런 마음은 절대 모를 겁니다.」

에슈가 말했다. 「아버지는 억류 중이오…… 아내에게 그 애를 양녀로 삼을 수 있다고 말했었소…… 그 애는 거의 고아와 같으니까.」

후게나우가 말했다. 「흠, 그렇다면 저 아이를 염려하고 계신 게로군요.」

「물론이오.」 에슈가 말했다.

「만약 당신이 자유롭게 처분할 수 있는 자본 같은 것이 있거나 얻게 된다면, 예를 들어 갖고 있는 것을 처분함으로써 말입니다, 그러면 당신은 가족을 위해 생명보험에 들 수 있을 것입니다…… 나는 다양한 사람들과 관계를 맺고 있습지요.」

「그렇겠지요.」 에슈가 말했다.

「다행스럽게 난 아직 총각입니다. 이렇게 어려운 시대에는 말할 수 없는 이점이지요…… 언젠가 내가 가정을 이루게 된다면 난 자본으로든지 아니면 어떤 방법으로든지 가족에게 보장을 해놓으려 합니다…… 아무튼 선생은 정말로 그렇게 할 수 있는 부러운 상황에 있습니다…….」

후게나우는 자리를 떴다.

마당에서 마르그리트가 그를 기다리고 있었다.

「넌 여기서 언제까지고 있고 싶니?」

「어디요, 여기서요?」 아이가 물었다.

「그래 여기, 에슈 아저씨 집에서.」

아이가 적의 어린 눈길로 그를 쳐다보았다.

후게나우는 눈을 찡긋하고 고개를 저었다. 「아니라고?」

마르그리트도 웃었다.

「그럼 넌 좋아하지 않…….」

「그래요, 난 싫어요.」

「넌 그를 좋아하지 않는구나…… 네게 정말로 엄격한가 보지?」 그리고 후게나우는 후려치는 몸짓을 해보였다.

마르그리트가 경멸적으로 입을 일그러뜨렸다. 「싫어요…….」

「그럼…… 에슈 아줌마……는?」

아이는 어깨를 으쓱했다.

후게나우는 만족했다. 「그럼, 넌 여기 있지 않겠구나…… 우리 두 사람이 떠나 버릴까, 벨기에로…… 이리 오너라. 이제 인쇄소에 있는 린드너 씨에게 가보자.」

두 사람은 의좋게 인쇄 기계 앞으로 가서 린드너 씨가 종이를 가져다 놓는 것을 바라보았다.

27
베를린의 구세군 소녀 이야기(4)

유대인들이 나를 관찰한다는 느낌은 옳았음이 증명되었다. 나는 이틀간 몸이 조금 불편하여 아침을 거의 손대지 못했고 오직 반 시간 동안만 밖에 나갔었다. 이틀째 되는 날 저녁 누가 방문을 노크했다. 그리고 놀랍게도 내가 늘 의사라고 생각했던 작은 남자가 들어왔다. 그리고 정말 그렇다는 것이 판명되었다.

「어디가 편찮으시다고요.」 그가 물었다.

「아닙니다.」 내가 말했다. 「그렇다고 해도 누구에게 폐를 끼치고 싶지 않습니다.」

「돈은 필요 없습니다. 돈 때문은 아니니까요.」 그가 수줍게 말했다. 「사람은 서로 도와야 합니다.」

「고맙습니다.」 내가 말했다. 「저는 아주 건강합니다.」

그가 내 앞에 섰다. 그는 지팡이를 가슴에 꼭 껴안고 있었다. 「열은?」 그가 부탁하는 듯이 물었다.

「없습니다, 전 건강합니다, 이제 나가 보려고 합니다.」

나는 일어섰고 우리는 함께 방에서 나왔다.

대청에서 젊은 유대인 중 한 사람, 뺨에 복슬복슬한 분장 수염을 기른 사람이 기다리고 있었다.

의사가 자신을 소개했다. 「저는 리트바크 박사라고 합니다.」

「저는 베르트란트 뮐러입니다. 철학 박사입니다.」 나는 그에게 손을 내밀었다. 젊은 유대인도 내게 손을 내밀었다. 그 손은 건조하고 차가웠다. 그리고 그의 얼굴처럼 매끄러웠다.

그들은 나와 합류했다. 그것이 세상에서 가장 자명한 일인 양. 나는 아무 목적도 없었지만 아주 빨리 걸어갔다. 두 사람은 나의 좌우에서 보조를 맞추었고 서로 이디시어로 대화를 나누었다. 나는 진심으로 화를 냈다. 「저는 반 마디도 알아듣지 못하겠습니다.」

그들이 웃었다. 「알아듣지 못하신다고 하시는데.」

잠시 후. 「정말로 이디시어를 모르십니까?」

「모릅니다.」

우리는 라이헨베르크 가(街)로 나왔고 나는 릭스도르프로 방향을 잡았다.

그때, 우리는 마리를 만났다.

그녀는 가로등 기둥에 기대어 있었다. 벌써 상당히 어두웠지만 사람들은 가스를 아끼고 있었다. 그럼에도 불구하고 나는 즉시 그녀를 알아보았던 것이다.

게다가 맞은편 식당의 창문에서 약간의 빛을 비쳐 주었다.

마리도 나를 알아보았다. 그녀는 내게 미소를 보냈다. 그녀가 물었다. 「친구분들이세요?」

「이웃이오.」 내가 말했다.

나는 식당으로 들어가자고 제안했다. 마리가 피곤한 듯이 보였고 뭘 좀 먹을 것이 필요하다고 생각되었기 때문이다. 그러나 두 사람은 식당에 들어가는 것을 반대했다. 어쩌면 그들은 돼지고기를 억지로 먹어야 할 것이 두려웠는지도 모른다. 그들은 조롱이라든가 그런 어떤 것이 두려웠는지도 모른다. 어찌 되었건 그들과 헤어져야 할 계기로 받아들일 수도 있었다.

그때 이상한 일이 발생했다. 마리가 유대인들의 편을 들어 자기는 조금도 배가 고프지 않다고 말한 것이었다. 그리고 전혀 다르게 될 수는 없다는 듯이 그녀는 젊은 유대인과 앞서 가고, 나는 리트바크 박사와 함께 뒤를 따라 걸었다.

「누구입니까?」 나는 의사에게 젊은 유대인을 가리키며 물었다. 그의 회색 코트가 내 앞에서 팔락거렸다.

「누헴 주신이라고 합니다.」리트바크 박사가 말했다.

28

군의 소령 쿨렌베크와 케셀 박사는 수술을 했다. 쿨렌베크는 보통 케셀 박사를 아꼈다. 그는 위수(衛成) 병원에서 보조 근무를 맡고 있긴 했지만. 민간인 진료와 건강보험 회사의 진료로도 너무 과중했기 때문이다. 그러나 지금은 공격이 개시되어 새로운 환자들이 보내졌기 때문에 피할 수가 없었다. 비교적 가벼운 경우가 할당된 것이 오직 다행이랄까. 하지만 사람들이 비교적 가벼운 경우라고 부르는 것이 무엇인지.

그들은 진정한 의사들이었으므로 나중에 쿨렌베크의 방에 앉아 그 경우들에 대하여 이야기를 나누었다. 플루르쉬츠도 나타났다.

「자네가 오늘 같이 없었던 것이 유감이네, 플루르쉬츠. 자네가 기뻐했을 텐데 말이야.」쿨렌베크가 말했다. 「굉장했다네, 얼마나 배울 것이 많은지…… 우리가 수술하지 않았더라면 그 남자는 일생 동안 불구자가 되었을 거야…….」그가 웃었다. 「이제 6주일이 지나면 그는 다시 총알받이가 될 수 있지.」

케셀이 말했다. 「내가 원하는 것은 오직 우리 불쌍한 건강보험 회사 환자들도 여기 사람들처럼 조건이 좋았으면 하는 거네.」

쿨렌베크가 말했다. 「이런 이야기를 아시는지요. 다음 날 아침에 교수형을 집행할 수 있도록 생선 가시를 삼킨 죄수를 수술했던 이야기를. 말이 났으니 말이지 그것이 우리의 일이랍니다.」

플루르쉬츠가 말했다. 「전쟁을 하는 모든 사람들의 의사들이 스트라이크를 일으킨다면 전쟁은 곧 끝날 텐데요.」

「와우! 플루르쉬츠, 자네가 시작해 볼 수도 있네.」

케셀 박사가 말했다. 「나는 리본을 돌려보내고 싶은 마음이 굴뚝 같아…… 부끄러워 말게, 쿨렌베크, 늙은 동료에게 그런 짓을 했다고!」

「내가 어떻게 할 수 있겠습니까. 박사님께 드려야 했지요…… 민간인들은 백색과 흑색으로 표준화되어 있습니다.」

「그래요, 박사님도 검은 옷과 흰옷을 입고 돌아다니시고요…… 게다가 이미 오래전부터 자네 차례일세, 플루르쉬츠.」

플루르쉬츠가 말했다. 「근본적으로 여기 모여 앉아서 다소간 흥미 있는 경우들을 논하는 데 문제가 있습니다. 달리 생각해 보지 않고서 말입니다…… 우리는 다른 것을 생각할 시간이 없지요…… 일반적으로 그렇습니다. 사람들은 자기 행동에 의해 잡아먹힙니다…… 지체 없이 잡아먹히고 맙니다.」

케셀 박사가 말했다. 「저런, 나는 쉰여섯일세. 뭘 아직도 생각해야 하겠나…… 난 저녁에 잠자리에 들 때가 기쁠 뿐이네.」

쿨렌베크가 말했다. 「연대의 비용으로 뭘 마시지 않겠습니까…… 두 시엔 다시 20명을 상대해야 합니다…… 그들을 인수하기 위해 여기 남아 계시렵니까?」

그가 일어나서 창 옆의 약장으로 걸어갔다. 거기서 그는 코냑 한 병과 유리잔 세 개를 꺼냈다. 창 옆에 서 있는 그의 윤곽이 약장의 선반으로 솟았을 때 수염이 불빛을 받아 더 뚜렷하게 도드라졌다. 그가 거대하게 보였다.

플루르쉬츠가 말했다. 「우리는 바로 우리가 몸담고 있는 직업 때문에 모두 텅 비어 버렸습니다…… 군대와 애국주의도 이런 직업과 다를 바가 없습니다…… 사람들은 이제 자신의 영역과는 다른 영역에서 무슨 일이 벌어지는지를 이해하지 못하게 되었을 따름입니다.」

「감사하게도,」 쿨렌베크가 말했다. 「의사들은 철학자가 될 필요가 없지.」

마틸데 간호사가 들어왔다. 그녀는 비누 냄새를 풍겼다. 혹은 그런 냄새를 풍기고 있다고 생각했거나. 그녀의 기다란 코와 좁은 얼굴이 붉은 하녀의 손과 대조를 이루었다.

「군의 소령님, 역에서 화물 열차가 도착했다고 전화가 왔습니다.」

「그래, 좋아. 이별을 위한 담배를 한 대 피우고…… 간호사, 같이 갈 텐가?」

「카를라 간호사와 에미 간호사가 벌써 역에 가 있습니다.」

「좋아…… 그럼 가볼까, 플루르쉬츠.」

「실이 가면 바늘이 가야지.」 케셀 박사가 말했다. 그러나 그리 내키는 음성은 아니었다.

마틸데 간호사가 문에서 기다렸다. 그녀는 의사실에서 머무르기를 아주 좋아했다. 그리고 그들이 전부 나갈 때 플루르쉬츠는 재빨리 그녀의 하얀 목덜미에 어린 윤기를 보았고 머리카락 경계선에 있는 주근깨를 보았다. 그리고 약간 감동을 느꼈다.

「안녕, 간호사.」 군의 소령이 말했다.

「안녕, 간호사.」 플루르쉬츠도 말했다.

「신이 우리와 함께하시기를.」 케셀 박사가 말했다.

29

나무들과 집들이 미장이 괴디케의 눈앞에 있었다. 기후가 변했다. 낮이 있었고 밤이 있었다. 사람들이 움직이며 돌아다녔다. 그는 그들이 말하는 소리를 들었다. 대개는 둥근 양철 쟁반이나 사기그릇 위에 음식물이 날라져 그의 앞에 놓였다. 그는 이 모든 것을 알았으나, 그런 것들에 다가가는 길, 혹은 그것들이 그에게 다가오는 길은 고통스러운 길이었다. 지금 미장이 괴디케가 그런 일을 행하는 것은 그의 활동적이던 생활에서 행했던 것보다 더 어려웠다. 왜냐하면 스푼을 입으로 가져가는 일은, 그렇게 함으로써 진정 누구를 먹이고 있는지가 분명하지 않을 경우에는, 전혀 자명한 일이 아니었기 때문이다. 또한 그것을 분명히 알아야 한다는 끔찍한 강제 때문에 절망적인 작업과 충족될 수 없는 의무의 고통이일었다. 누구에게도, 괴디케라는 남자에게도 당연히, 동일한 괴디케의 영혼을 나타내는 건축의 구성 요소에 대한 이론을 세우는 것이 불가능했기 때문이다. 따라서 예를 들어 괴디케라는 사내가 여러 종류의 괴디케로부터 합성될 수 있다는 주장, 이를테면 거리에서 놀고 친구들과 함께 수음(手淫)을 하고, 방앗간과 모래밭에서 굴을 만들던 소년 루트비히 괴디케, 어머니가 식사하라고 불렀을 때 그와 마찬가지로 미장일을 보던, 작업 중인 아버지에게 식사를 가져가던 소년 괴디케로부터 합성될 수 있다는 주장은 오류일 것이다. 또한 그 소년 루트비히 괴디케가 현재 자아의 구성 요소 가운데 하나이리라고 주장하는 것과 마찬가지로 청년 괴디케, 함부르크 목수들이 차양 넓은 모자와 알록달록한 조끼를 입은 모습이 너무도 부러워 그들 모두에게 못된 장난을 하고, 강가에서 목수 귀르츠너의 신부에게 덤벼들기 전에는 진정하지 못했던, 단순한 청년 미장이 괴디케에게서 어떤 다른 구성 요소를 볼 수 있다는 주장도 그릇된 것이리라. 그리고 스트라이크가 있었을 때 북소리의 유혹에 따라 콘크리트 혼합 기계를 사용할 수 없게 만들었으면서도, 하녀 람프레히트가 아이 때문에 몹시 눈물을 흘렸다는 이유로 그녀와 결혼하고서 조직에서 탈퇴했던 저 사내가 또한 다른 부분이라고 주장하는 것도 잘못된 것이리라. 그런 식의 인격의 종단, 그런 식의 잘못된 역사적인 분할은 결코 인격의 구성 요소들을 제공하지 못한다. 왜냐하면 그런 것은 전기사(傳記史)를 넘어서지 못하기 때문이다. 또한 괴디케라는 사내가 투쟁해야 했던 난점들은 분명 그가 이러한 일련의 인물들이 자기 내부에 살아 있다고 느낀다는 데 있기보다는 오히려 그러한 일련의 열이 갑자기 파열되었다는 데, 전기가 어떤 특정한 지점에서 이어지지 않았다는 데, 그러한 연쇄의 최종 부분이어야 할 그와 어떻게든 연결되지 않았다는 데, 그런 식으로 그가 이제 자신의 생이라고는 거의 일컬을 수 없는 어떤 것과 분리

됨으로써 자신의 현존을 상실했다는 데 있을 것이 분명했다. 그는 그 모습들을 그을음이 낀 유리를 통해서 보듯이 보았다. 그리고 그가 스푼을 입으로 가져가면서 귀르츠너의 신부와 함께 덤불 속에서 자던 남자를 먹여 살리는 일이 즐겁게 여겨졌을지라도, 그렇다, 그것이 아주 기쁜 일이었을지라도, 끊어진 다리가 연결될 수는 없었다. 말하자면 다른 해변에 남아 저 위의 남자를 붙잡을 수는 없었다. 하지만 이 모든 것에도 불구하고 다리가 연결될 수 있었으리라. 만약 귀르츠너의 신부를 정말로 기억해 내는 사람이 누구인지를 분명히 알기만 했다면 말이다. 당시의 강변 덤불을 눈앞에 떠올리는 두 눈은 이곳 가로수들을 바라보는 눈과 동일한 것이 아니었다. 또한 이곳 방에서 두리번거리는 눈과도 전적으로 동일한 눈이 아니었다. 분명 괴디케는 존재했다. 여전히 귀르츠너의 신부와 잠잘 태세를 갖춘 남자, 그 남자를 먹여 살리는 일을 견디지 못하고 금지하는 괴디테가. 그리고 하체의 고통을 견디어야 했던 괴디케가 그 금령을 반포하는 사람일 수도 있으며, 그것을 지켜야 할 사람일 수도 있다. 그러나 또한 전혀 다른 사람일 수도 있었다. 그것은 아주 복잡한 상황이었으므로 미장이 괴디케는 어떤 식으로든 통찰을 할 수가 없었다. 그런 상황이 발생한 것은 아마도 의식으로 되돌아가는 괴디케가 그의 영혼의 조각들을 다시 부르려고 하지 않았기 때문일지도 모른다. 그러나 상황이 또한 그가 그렇게 할 수 없는 원인일 수도 있는 것이다. 물론, 그가 지금 자신의 내부를 직시할 수 있다면, 그가 허용받은 그의 자아의 각 단편들로부터, 이를테면 흡사 그 단편 하나하나가 자신의 주위에 독자적인 영역을 형성하는 것처럼, 고유한 괴디케를 인식하는 일이 거부될 수는 없을 것이다. 왜냐하면 사람들이 절단을 통해 세포핵의 집합을 산출하고, 그리하여 독자적으로 온전한 자신의 생명의 영역을 산출할 수 있는 원형질에서처럼 영혼에서도 그리 될 수 있을 것이기 때문이다. 그런 일이 있을 수 있다면 언제나 그런 일은 발생할 수 있다. 괴디케의 영혼에는 온갖 종류의 독자적이며 온전한, 분할된 생명이 살아 있었으며, 그 생명 각각을 괴디케라 불러도 좋을 것이기에. 그 생명 전부를 하나의 보호 아래로 가져오는 작업은 너무도 고통스럽고 거의 제어할 수 없는 것이었다.

그 작업을 미장이 괴디케는 오직 혼자서 완수해야 했다. 그를 도와줄 사람은 아무도 없었다.

30

후게나우가 이틀의 유예 기간 후에 다시 에슈의 집에 나타났을 때, 그는 에슈의 책상 옆에 있는 버들 의자 속에 엉덩이가 넓은, 매력도 성의 특징도 없는, 나이가 불분명한 인물이 앉아 있음을 발견했다. 에슈 부인이었다. 그리고 후게나우는 이제 자기가 게임에서 이길 것을 알았다. 그는 그녀에게 호의적인 인상을 줄 필요가 있었다. 「오, 사모님께서 우리의 이 어려운 거래를 도와주시겠지요…….」

에슈 부인이 약간 뒤로 물러섰다. 「난 사업 일은 모릅니다. 그건 남편의 일입니다.」

「네, 바깥양반께서는 더할 나위 없는 사업가이시지요! 말하자면 산전수전 다 겪은 분이어서 잘못 건드렸다간 큰코다치기 십상입니다.」

에슈 부인이 희미하게 미소 지었다. 후게나우는 용기가 북돋워짐을 느꼈다.

「형편을 이용하여 신문에서 몸을 빼려는 남편 분의 생각은 뛰어나십니다. 신문 일은 그분에겐 다만 성가시고 염려스러운 일이니까요. 사업은 점점 더 나빠질 뿐입니다.」

에슈 부인이 공손하게 말했다. 「네, 남편은 신문 일이 아주 성가신가 봅니다.」

「하지만 난 포기하지 않을 거요.」 에슈가 말했다.

「하지만, 하지만, 에슈 씨, 선생께는 선생의 건강이 아무것도 아닌가 보지요. 사모님께서도 한 말씀을 해주셔야겠군요……게다가.」 후게나우는 곰곰이 생각했다. 「……만약 선생이 조금도 활동에서 멀어지길 원하지 않으신다면, 계속 같이 일하실 것을 계약에 넣을 수 있습니다. 제가 능력이 있는 귀중한 사람을 보장한다면 구매자들은 환영할 것입니다.」

그 일은 서로 이야기가 되겠지. 에슈가 말했다. 하지만 1만 8천 마르크 이하로는 될 수가 없소. 그 가격이 방금 아내하고 상의했던 가격이오.

자, 좀 냉정하게 생각해 보십시오. 에슈 씨는 약간 황당한 가격을 단념하시는 것이 어떨까요. 만약 선생이 사업에 참여하고 싶으시다면 그것도 계산에 넣어야 하지 않겠습니까.

얼마나, 에슈 씨가 물었다.

후게나우는 구체적인 사항이 요구됨을 느꼈다.

「가장 간단한 방법은 아마도 우리가 시험 계약을 설정하고 동시에 개별 조항을 상의하는 것이 아닐까요.」

「그러지요.」 에슈가 말하고 종이를 가져왔다. 「구술하시오.」

후게나우는 준비를 했다. 「그렇다면 좋습니다. 제목, 계약 체결서.」

이렇게 하여 설왕설래하면서 오전 전부가 소요되었다. 계약 내용은 이렇다.

§ 1. 빌헬름 후게나우 씨는 합병 이익 그룹의 전권 대리인이자 실행자로서 합명 회사 「쿠르트리에르세 보테」 신문사에 공식 사원으로 참여한다. 따라서 회사 자산은 다음과 같이 분배된다.

10퍼센트는 아우구스트 에슈 씨의 소유로 남는다.

60퍼센트는 후게나우 씨가 대표하는 〈그룹〉이 소유한다.

30퍼센트는 역시 후게나우 씨가 대표하는 지방 관계자가 소유한다.

에슈 씨가 원래 희망했던 반반의 참여는 후게나우에 의해 거부되었다. 「친애하는 에슈, 그것은 선생 자신의 이익에도 반대됩니다. 선생의 참여가 크면 클수록 선생의 현찰은 줄어드니까요…… 보십시오, 제가 선생의 이익을 잊지 않고 있음을.」

§ 2. 회사 자산은 출판권 및 기타 권리, 사무실 및 인쇄소 시설 전부로 구성된다. 새로운 소유 분배는 잠정적인 주권(株券)에 의한다.

자유의 여신상과 바덴바일러의 그림엽서는 에슈 씨가 사유물이라고 주장했으므로 회사 자산에서 제외되었다.「그러시지요.」후게나우가 대범하게 말했다.

§ 3. 순이익금은 예비 기금으로 적립되지 않는 한 관계자들 사이의 주권 소유 상황에 따라 분배된다. 손실은 동일한 관계로 부담한다.

손실에 대한 규정은 에슈 씨의 요구에 따라 조항에 삽입되었다. 왜냐하면 후게나우 씨는 손실에 대해서는 전혀 언급하지 않았기 때문이다. 예비 기금 또한 에슈의 구상이었다.

§ 4. 후게나우 씨는 새로운 주주들의 전권 대리인이자 대표로서 2만 마르크의 자본(말하자면 일금 이만 마르크)을 회사에 투자한다. 자본의 3분의 1은 즉시 지불되어야 하며 나머지 3분의 1은 불입자들의 희망에 따라 반년 후 또는 사정에 따라 1년 후 만기로 지불될 수 있다. 지체된 불입금에 대해서 회사에 반년마다 4퍼센트의 배상이 행해져야 한다. 주권은 불입의 정도에 따라 인수된다.

주권은 불입에 따라 인수되며 4퍼센트라는 높은 이자는 충분히 위협 수단이 되었으므로 후게나우는 지방의 주주들이 분할 지급의 권리를 사용한다 해도 별로 두렵지 않았다. 그럼에도 불구하고 그들이 그렇게 한다면 일을 협상할 방도가 틀림없이 발견될 것이다. 또한 자신이 전설적인 그룹의

분할 불입금을 조달해야 한다는 점도 후게나우는 거의 염려
하지 않았다 — 다음의 분할 불입금은 어쨌든 반년 후, 새해
인 1919년에 만기가 될 것이며 그때까지는 상당한 기간이 남
아 있고 그사이 여러 가지 일이 생길 수도 있는 것이니까. 전
쟁의 상황은 여러 가지로 혼란을 야기하고 있으며 어쩌면 평
화 조약이 체결될지도 모를 일이다. 그러면 신문이 그 액수
자체를 벌어들일 수 있을지도 모르며, 심지어는 그 수입을
가상적 손실로 은폐하여 사라지도록 할 수밖에 없게 될지도
모른다. 또한 그때에 이르면 에슈가 죽어 있을지도 모르는
일이다 — 필경 무슨 수가 생길 것이며 세상의 거센 물결과
싸워 이기게 될 것이다.

　§ 5. 빌헬름 후게나우 씨의 총 2만 마르크의 지불액은
두 가지 계정으로, 즉 〈후게나우 그룹〉의 계정으로 1만 3천
마르크를, 〈지방 단체〉의 계정으로는 6천 6백 마르크를 기
장한다.

이 항목이 거래에서 가장 어려웠다. 왜냐하면 에슈는 그의
1만 8천 마르크를 고집한 반면 후게나우는 그 금액에서 에
슈가 계속 참여하느니만치 우선 10퍼센트를, 아울러 회사
자본 증액에 참여하기 위하여 2천 마르크를, 그리하여 도합
4천 마르크를 공제해야 한다고 주장했기 때문이다. 그가 말
했다. 에슈의 평가를 받아들인다 하더라도 에슈는 다만 1만
4천 마르크만 받게 될 것이다. 그러나 그것도 여전히 너무
많은 액수이다. 중개인은 객관적이어야 한다고. 그리고 그는

결코 그 가격을 그의 그룹에 관철시킬 수 없을 것이다. 그가 아무리 에슈와 경애하는 사모님께 그렇게 해드리고 싶어도, 결코 가능하지 않다. 그는 심각한 제안을 가지고 그의 위임자에게 가서 조소받을 기분은 안 나기 때문이다. 이 일에서 그는 결코 편파적이지 않으며 객관적이다. 그리고 객관적인 평가자로서 볼 때 그는 팔린 90퍼센트에 대하여 1만 마르크를 제안할 수는 있지만 그 이상은 한 푼도 안 된다.

안 되오, 에슈가 소리쳤다, 1만 8천을 원하오.

「어떻게 저리 말귀가 어두우실 수 있습니까.」 후게나우가 에슈 부인에게 향했다. 「제가 선생의 계산에 따른다 해도 다만 1만 4천을 요구할 수 있다고 금방 말씀드렸는데도 말입니다.」 에슈 부인이 한숨을 쉬었다.

마침내 1만 2천 마르크로 낙착되었다. 또한 합의된 근무 조항은 이렇다.

§ 6. 아우구스트 에슈 씨는 이제까지의 단독 소유자로서

a) 낙착가 1만 2천 마르크를 받는다. 그중 3분의 1인 4천 마르크는 즉시 지불되며 잔액은 4천 마르크씩 1919년 1월과 7월에 회사로부터 에슈 씨에게 지불된다. 미회수 불입금은 기별로 4퍼센트의 이자가 지불된다.

b) 2년간 월봉 125마르크를 받으며 편집자이자 회계 부장으로 근무할 것을 약정한다.

에슈는 분명 아직 항복하고 싶지 않았을 것이다. 또한 후게나우가 능숙하게 언쟁을 분할금 이자라는 부주제로 돌려

격렬한 거짓 싸움을 끝낸 후 4퍼센트를 쟁취하게 했을 때도 그러했을 것이다. 또한 기대되는 복잡한 회계 일에 눈이 멀어 아무런 생각도 할 수 없을 정도로 황홀하지 않았더라면 항복하지 않았을 것이다. 그는 그 분할금이 — 그런 불입 방식이 기적에 불과하리라는 생각을 그는 조금도 하지 않았다 — 전혀 보증된 것이 아니라고도, 그리고 그 분할금이 좀 부당하다고도, 혹은 1만 2천 마르크와 2만 마르크 사이의 차액이, 온갖 매혹적인 회계 일을 조망하게 해줌에도 불구하고, 교활하게 입 벌리고 있는 후게나우의 주머니로 흘러갈 수 있으리라고도 전혀 생각할 수 없었다. 물론 후게나우는 그렇게 추악한 것을 생각지 않았을뿐더러 지방 이익 단체의 지불로 「쿠르트리에르세 보테」지가 공명정대하게 그에게 주어졌다는 사실도 의식하지 못했다. 그는 온갖 정직함을 다해 가상적인 위임자의 이해를 위하여 투쟁했고 지친 듯이 말했다. 「아이고, 그렇다면 할 수 없이 1만 2천 마르크와 선생이 원하는 4퍼센트로 결정짓기로 하지요. 제가 책임을 지겠습니다…… 하지만 이제 저도 뭔가 좀 얻어야지요…….」

§ 7. 쌍방의 권리 및 의무

a) 후게나우 씨는 발행자의 직무를 맡는다. 사업의 상업 및 재정상의 지휘는 오로지 그에게 일임한다. 또한 그는 자신의 생각에 따라 신문 기사를 채택하거나 거부할 권리가 있다. 이 일을 위하여 회사는 그에게 월당 적어도 175마르크의 소득, 다시 말해 1년에 2천 1백 마르크의 소득을 인정한다.

b) 에슈 씨는 근무 조약 기간 사업의 회계를 다스릴 권

리와 의무를 지니며 제2의 편집자의 직책을 맡는다.

에슈가 편집자로서의 권한을 제한하는 것에 동의하지 않을 수 없었던 이유는 그룹을 고려해야 했기 때문이다. 회계사의 권리는 일종의 보상이었다.

§ 8. 신문사가 이제까지 사용해 온 에슈 씨의 집에 있는 방들을 회사가 3년간 더 사용한다. 아울러 에슈 씨는 같은 기간 동안 발행자로 하여금 상술한 집에서 가구 시설이 잘 갖추어진 방 두 개를 아침 식사와 더불어 이용할 수 있도록 한다. 에슈 씨는 그 대가로 회사로부터 월 25마르크의 사례를 받는다.

§ 9. 합명 회사가 나중에 유한 회사로, 또는 주식회사로 바뀌는 경우에도 상기 규정들은 존중되어야 한다.

계획된 대로 공적인 인가를 받은 회사로 바꾼다면 물론 공중누각은 와해될 것이다. 그러나 후게나우는 조금도 염려하지 않았다. 그로서는 전체가 완전히 합법적인 사업이었으며, 그가 작은 장난이라 느꼈던 일은 단지 자유로운 숙소와 아침 식사를 번 것이었고, 그는 그 장난이 진심으로 즐거웠다. 에슈가 열 번째 조항이 없음을 트집 잡았다. 그들은 잠시 생각한 다음 그것을 찾았다.

§ 10. 이 계약에 어떤 논란이 발생할 때에는 공적인 법정에서 재판될 것이다.

이리하여 후게나우는 놀라우리만치 짧은 기간에 ― 5월 14일이라고 기록되었다 ― 담판이 매끄럽게 마무리지어졌음을 보고할 수 있었다. 유지들은 6천 6백 마르크라는 자본 출자를 완수하는 데 주저하지 않았다. 이 중에서 4천 마르크는 계약에 따라 에슈 씨에게 영수되었고 1천 6백 마르크는 신중하고 견실한 상인, 후게나우 씨의 판공비 충당금으로 정해졌다. 한편 기밀비로 준비된 1천 마르크는 자신이 착복했다. 잠정적인 주식이 주주에게 교부되었다. 그리고 며칠 지나지 않아 신문이 7월 1일부터 새로운 주필하에 새로운 모습으로 발행된다는 공고가 적절한 형식으로 행해졌다. 후게나우는 소령을 움직여 사설을 쓰게 함으로써 새로운 시대를 열 수 있도록 조처했다. 뿐만 아니라 기념호는 일부는 애국적인, 일부는 국가 경제적인, 그러나 대개는 애국적인 동시에 경제적인 글들로 장식될 것이며, 이는 신문에 관여하는 유지들의 펜으로 쓰일 것이라고 했다.

그러나 후게나우는 새로운 시대를 축하하기 위해 그를 위하여 단장된 에슈의 집에 있는 두 개의 방으로 이사했다.

31
가치들의 붕괴(4)

분명 시대의 양식은 예술가에게만 영향을 끼치는 것이 아니다. 분명히 양식은 당대의 모든 행동을 관통한다. 양식은 분명 자신의 몰락을 예술 작품에서만 체험하는 것이 아니라,

한 시대의 문화를 형성하는 모든 가치에서도 체험한다. 예술 작품은 가치들 중에서 사소한 부분에 불과하다. 그럼에도 불구하고 양식이 어느 정도로 보통 사람, 예를 들어 빌헬름 후게나우 같은 중개인에게서 실현되고 있는가라는 구체적인 문제 앞에서 사람은 상당히 무력하다. 파이프나 직물을 다루는 사람은 메셀의 백화점 건물이나 페터 베렌스[18]의 터빈 공장에서 보이는 양식 의지와 어떤 공통점을 지니는가? 그의 개인적인 취향은 뾰족탑이 있고 장식이 주렁주렁 달린 별장을 선호할 것이며, 그가 그렇지 않다고 해도 어쨌든 항상 그렇듯이 예술가와 심연으로 분리되어 있는 대중의 한 사람으로 남을 것이다.

그렇지만 후게나우와 같은 사람을 더 가까이에서 관찰해 보면, 그와 예술가 사이의 심연은 전혀 문제되지 않음을 발견한다. 확고한 양식 의지의 시대에는 예술가와 당대인 사이의 몰이해가 오늘날보다 더 두드러지지 않았다는 점, 제발두스 교회에 있는 뒤러[19]의 새로운 그림은 그 시대의 후게나우들에게도 일반적인 기쁨과 감탄을 일으켰었다는 점을 받아들일 수 있을 것이다. 왜냐하면 당시의 예술가와 당대인들은 전혀 다른 생활 공동체의 일원이었고, 재단사와 박차 제조공들에 대한 화가의 이해가 적어도 그들이 그의 그림들을 바라볼 때 느꼈던 기쁨만큼 철저했다는 점을 시인할 만한 것들이 많기 때문이다. 물론 이것은 사람의 힘으로는 통제될 수 없는 일이다. 그리고 그림에 들어 있는 많은 혁명성이 당대인

18 Peter Behrens(1868~1940). 독일의 건축가.
19 Dürer(1471~1528). 독일의 화가, 판화가, 조각가.

에게서 거의 인정받을 수 없었다는 점을 이야기할 수도 있다. 예를 들어 그뤼네발트의 경우가 그러했다. 그러나 그런 식의 예외는 본질적인 것이 아니며, 중세에 예술가와 당대인 사이의 이해가 있었는지 없었는지의 문제는, 이해나 몰이해가 예술 작품 자체 또는 당시 다른 행위와 마찬가지로 바로 전설적인 〈시대 정신〉의 표현이라는 사실에서 볼 때, 별로 중요한 것이 아니다.

그렇다며 후게나우 같은 유형의 중개인의 건축 구조적 취미나 여타 취미가 무엇을 지향했는가의 문제는 별로 중요하지 않으며 후게나우가 기계에 대해 어떤 미적인 만족을 느끼는가 하는 문제 또한 중요하지 않을 것이다. 오직 중요한 문제는 그의 그 밖의 행동, 그 밖의 사유가 동일한 법칙에 의해 움직이는가의 여부이다. 생의 다른 자리에서 장식적 양식을 산출하거나, 상대성 이론을 야기하거나, 신칸트학파의 사유 과정으로 나아간 법칙 말이다. 다른 말로 하여, 중요한 문제는 한 시대의 사유 역시 양식을 내포하고 있는가, 예술 작품에서 파악할 수 있는 현상으로 나타나는 양식에 종속되어 있는가의 여부, 말하자면 사유의 궁극적 산물로서의 진리가 그 시대의 다른 모든 가치들과 꼭 같이 진리가 발견되고 또 그것이 유효한 시대의 양식을 담당하지 않는가의 여부이다.

사실 그것은 전혀 다를 수가 없다. 왜냐하면 어떤 관점에서 볼 때 진리는 다른 모든 가치들의 하나이기 때문이다. 뿐만 아니라 또한 인간의 행위는 진리의 인도하에서 정립된다. 말하자면 진리에 의해 삼투되는 것이다. 언제나 인간이 행하는 것은 그 순간 그에게는 언제나 그럴듯한 것이다. 그는 그가 진리라고 생각하는 근거들에 의해 동기화된다. 인간은 논리적인 증명의 연쇄 아래 행위를 정립하여 — 적어도 그것이 일어나는 순간에는 — 항상 정당하게 행동했다. 만약 인간의 행위가 양식에 종속된다면 그의 사유 역시 행위이어야한다. 여기서 (실천적으로 또 인식론적으로) 행위가 사유에 선행하는지의 여부나 사유가 행위에 선행하는지의 여부, 생의 우월성이 이성의 우월성에, 존재가 인식에, 인식이 존재에 선행하는지의 여부는 결정될 필요가 없다. 다만 사유의 합리적인 논리가 파악될 수 있을 뿐이며, 반면 모든 양식을 형성하는 행위의 비합리적인 논리는 오직 창작품에서, 오직 결과물에서 인식될 수 있는 것이다.

논리적 사유의 본질과, 행위에서 야기된 가치 및 무가치 사이의 그렇게 밀접한 관계와 더불어 사유 도식이 생성된다. 후게나우 같은 사람을 지배하고 다름 아닌 바로 그렇게 행동하도록 강요하는, 그에게 사업적인 성찰을 명령하고 그로하여금 다름 아닌 바로 그러한 계약을 구상시키는 사유 도식이 말이다. 후게나우 같은 사람의 모든 내적인 논리는 시대의 전체 논리로 편입될 것이며, 시대의 생산적 정신과 시대의 가시적인 양식을 관철하는 논리와 본질적인 관련을 맺게 될 것이다. 이러한 합리적 사유가, 이러한 합리적 논의가 다만 생의 다차원성을 휘감을 수 있는, 가느다란, 이를테면 일차원적인 실마리에 불과하더라도, 그럼에도 불구하고 사유는, 논리적 공간의 추상성 속을 부유(浮遊)하는 가운데, 물체 공간에서의 장식이 가시적인 양식 결과물의 축약인 것과 별반 다름없이, 사건과 사건의 전체 양식의 다차원성에 대한

684

축약이며, 양식을 담고 있는 모든 작품의 축약이다.

후게나우는 합목적적으로 행동하는 인간이다. 그는 합목적적으로 그의 나날을 분할했고, 합목적적으로 사업을 운영했고, 합목적적으로 계약을 구상하고 체결했다. 이 모든 것에는 전적으로 장식으로부터 자유로운 논리가 근거한다. 그리고 그러한 논리가 곳곳에서 장식으로부터의 자유를 요한다는 결론은 결코 무리가 아닌 듯하다. 그렇다. 그것은 심지어, 모든 필연적인 것이 선하며 정당한 것처럼, 선하며 정당한 듯 보이기조차 한다. 그러나 이러한 장식으로부터의 자유와 더불어 무가 존재하며, 그와 더불어 죽음이 결합되어 있고, 그 뒤에 죽음의 괴물이 숨어 있으며, 그 속에서 시대가 붕괴되어 있는 것이다.

32

반도(叛徒)는 범죄자와 혼동되어서는 안 된다. 비록 사회가 반도들에게 종종 범죄자의 낙인을 찍더라도. 비록 범죄자가 자기 행위를 고상하게 하기 위하여 때때로 반도를 사칭하더라도. 반도는 홀로 서 있다. 그의 반대와 거부의 목표인 공동체의 가장 충실한 아들. 반도에게 투쟁의 대상은 다만 악마적인 악을 통하여 혼란스럽게 되어 버린, 생생한 전체 관계이다. 그 혼란을 수습하고 자신의 보다 나은 계획에 따라 정렬하는 것이 그의 사명이 된다. 그리하여 루터는 교황에게 저항했고 에슈는 당연히 반도로 일컬어질 수 있는 것이다.

그러나 이에 반해 후게나우를 범죄자라고 욕할 이유는 아직 없다. 그렇게 한다면 그를 모욕하는 것이 될 뿐만 아니라 진정 부당함을 범하게 될 것이다. 군대의 입장에서 보면 탈영병은 당연히 범죄자이다. 분명 탈영병을, 농부가 예를 들어 닭 도둑을 혐오하는 것과 동일한 강도로 혐오해야 한다고 믿는 군인들이 존재한다. 그들은 농부처럼 오로지 사형만을 범죄에 대한 합당한 징벌로 여길 것이다. 그럼에도 불구하고 여기에는 원칙적이며 객관적인 차이가 있다. 범죄의 본질은 반복 가능성에 있다. 그러한 반복 가능성이라는 점에서 범죄는 시민의 직업과 다름이 없다. 범죄는 아주 느슨한 형식으로만 사회를 겨누고 있다. 설령 시민성에 대한 투쟁이 미국식 형태를 취한다 하더라도 그렇다. 도둑과 어음 위조인은 공산주의 선언을 시작할 수가 없을 것이다. 저녁에 소리 없는 고무 신발창 위에서 손일을 수행하러 가는 가택 침입 강도는 다른 수공업자와 다를 바가 없다. 그는 여느 수공업자처럼 보수적이다. 심지어 칼을 물고 불편한 담을 기어오르는 살인자의 직업조차도 전체 사회에 반대하는 것이 아니고 오히려 살인자가 희생자와 더불어 수행해야 하는 개인적인 사업에 불과하다. 기존의 것에 반대하는 행위는 아무것도 없다. 형법의 개선이나 완화를 제안하는 사람은 결코 범죄자가 아니다. 그만큼 그런 제안은 다른 사람과 관계하는 것이다. 범죄자에 관한 한 여전히 사람들은 도둑과 화폐 위조범을 교수대에 매달 것이며 결코 살인과 고살(故殺)을 구별할 수 없을 것이다. 비록 범죄자는 보통 그들 직업의 뉘앙스에 세련된 감각을 지니고, 법의 집행관이 그들의 세련된 뉘앙스와 요구들에 부응하는 것을 기꺼이 보고 싶어 하더라도 말이다. 그러나 그들의 욕구라고 하는 것이 바로 어떤 행위에 대해서는 교수대가, 어떤 행위에 대해서는 바퀴와 번쩍이는 집게가, 어떤 행위에 대해서는 채찍이나 감옥이 마련되는 그런 것이기에, 바로 배우지 못한 사람의 말더듬기와 다를 바 없는, 정확하게 표현될 수 없는 무기력한 희망, 말하자면 그들의 심장에 있으나 거의 포착할 수 없는 어떤 것의 작은 부분에 불과한 것을 단지 상징을 통해서 어렵사리 요구할 수 있는 희망을 통하여 그들의 소망이 어디로 향하고 있는지가 분명해진다. 그것은 그들이 사는 이 나라, 선한 질서로 가득한 어떤 세계와 접해 있는 이 나라, 그 나라가 변화를 필요로 하지 않는, 보다 크고 선하고 거의 사랑스러운 질서에 편입되기를 바라는 소망이다. 범죄자가 이러한 편입과 연결을 다만 질서가 잘 잡힌 혹독한 형벌이라는 구조를 통해서만 생각할 수 있다면, 그로부터 그들은 사회적이며 동경적인 존재라는 점이 보일 수 있을 것이다. 그들은 다만 경계 분쟁을 피하려는, 그들의 직업을 평온히 쫓아가려는, 그리고 전체 질서와 기존하는 것에 관계되는 직무에 더욱 불평 없이, 소리 없이, 더욱 섬세하게 순응하려는 욕망에 가득 차 있을 뿐이다.

반도와 범죄자, 그들 둘 다 그들의 질서, 그들 자신의 가치상을 기존의 것에 가져다 댄다. 그러나 반도는 기존의 것을 억누르려 하는 반면 범죄자는 순응하는 것이다. 탈영병은 전자의 영역에도 후자의 영역에도 속하지 않는다. 또한 그 양쪽에 속한다. 후게나우는 그렇게 느꼈을 수도 있다. 왜냐하면 지금 그는 그 자신의 작은 세계와 현실을 보다 큰 질서의 가장자리에 수립하고 그것에 적응시켜야 하는 사명을 눈앞에 두고 있었기 때문이다. 그가 비록 탈영자를 총살형에 처하는 판결에 찬성한다 할지라도 그 일은 당분간 미루어졌으며 그것 또한 무의미한 일이 아니었다. 그의 꿈들의 언어보다 무의미하지 않았다. 그의 꿈들 ── 「쿠르트리에르셰 보테」가 마치 거대한 기계의 일부분인 양, 목책을 서로 접합시킨 놋쇠 링크인 양, 그의 법칙의 나라가 그가 존중하고 사랑하는 법칙을 지닌 나라, 그가 뚫고 들어가 살고 싶은 나라와 인접해 있는 지점인 양 나타나는 꿈들. 그리고 이 모든 동기들이 후게나우가 지독하게 필연코 「쿠르트리에르셰 보테」를 점취하게끔 한 것들이며, 또한 그만큼 지독히 운이 좋게 그의 행동을 성공시킨 이유가 설명될 수 있는 것이다.

33
1918년 6월 1일의
「쿠르트리에르셰 보테」의 사설

독일 국민의 운명의 전환
지구 사령관 요아힘 폰 파제노 소령의 고찰

이에 마귀는 예수를 떠나고 천사들이
나아와서 수종드니라. 「마태복음」(4:11)

본 신문의 주필 교체가 우리가 지금 곧 머지않아 네 번째로 맞이할 수 있을 국경일이라는 막강한 사건 옆에서는 단지 경미한 사건에 불과하다고 할지라도 본인은, 흔히 그렇듯이, 우리가 여기서 비교적 작은 사건을 보다 큰 사건의 거울로서 관찰해야 할 것이라고 생각하는 바이다.

왜냐하면 우리 역시 신문과 더불어 전환점에 처해 있으며, 우리의 의도 또한 진리에 보다 가까이 다가갈 수 있는, 새롭고 보다 나은 길로 나아가려는 것이기 때문이다. 아울러 우리가 믿는 바는 이것이 우리에게 인간의 능력의 한도 내에서

세상에서 쫓아내어야 할 악마가 어디에 있는가, 우리가 도움을 청하려는 천사는 어디 있는가? 노군인답게 자기 의견이 때대로 시대에 적합한 말이 아니라는 위험을 무릅쓰고 단도직입적으로 의견을 표명하노

적국의 포위에서 해방되는 것, 또한 조국과 더불어 전 세계를 치욕적인 정신에서 구원하는 것, 그 정신은 기구를

국민들이 수백 가지 불화와 수천 가지 분열의 벌을 받고 있음은 놀랄 일이 아니다. 왜냐하면 바로 당신이 죄를 범했던 성원의 한 사람이기에, 벌을 받아 마땅한 것이다.

본인은 우리가 그런 식으로 단순히 벌을 감내한다는 것, 그런 징벌을 견딘다는 것, 고문자에게 두 번째 뺨도 내민다

는 것, 그런 것에 대해 이의를 제기하는 소리를 듣는⋯⋯⋯⋯
⋯⋯⋯⋯⋯⋯⋯⋯⋯⋯⋯⋯⋯⋯⋯⋯⋯⋯⋯⋯⋯⋯⋯⋯⋯⋯⋯⋯⋯⋯
⋯⋯⋯⋯⋯⋯⋯⋯⋯⋯⋯⋯⋯⋯⋯⋯⋯⋯⋯⋯⋯⋯⋯⋯⋯⋯⋯⋯⋯⋯

썩어 버린 교황권에 대항한 루터의 투쟁처럼 정당한 투쟁이
었다. 그러나 우리의 대장 클라우제비츠가 우리에게 가르치
기를, 전쟁의 무기에 속하는 것은 정의의 정신이라고⋯⋯⋯⋯
⋯⋯⋯⋯⋯⋯⋯⋯⋯⋯⋯⋯⋯⋯⋯⋯⋯⋯⋯⋯⋯⋯⋯⋯⋯⋯⋯⋯⋯⋯
⋯⋯⋯⋯⋯⋯⋯⋯⋯⋯⋯⋯⋯⋯⋯⋯⋯⋯⋯⋯⋯⋯⋯⋯⋯⋯⋯⋯⋯⋯

우리의 싸움은 이렇게 불리리라. 〈공포에서 그의 적은 그에
게서 도망치며, 모든 사악한 자는 멸망되었고 구원은 그의
손에 있도다.〉(마카베오[20]상 3:6). 그러므로 도망가는 적을
쫓는 것을 문제 삼아서는 안 되며, 구원을, 적국민뿐만 아니
라 자기 국민의 구원을 문제 삼아야 한다. 우리는 근시안적
일지도 모른다. 그리고 사실 그러하다. 모든 희생이 헛될 경
우는 그런 것이 경박스럽고 신의⋯⋯⋯⋯⋯⋯⋯⋯⋯⋯⋯⋯
⋯⋯⋯⋯⋯⋯⋯⋯⋯⋯⋯⋯⋯⋯⋯⋯⋯⋯⋯⋯⋯⋯⋯⋯⋯⋯⋯⋯⋯⋯
⋯⋯⋯⋯⋯⋯⋯⋯⋯⋯⋯⋯⋯⋯⋯⋯⋯⋯⋯⋯⋯⋯⋯⋯⋯⋯⋯⋯⋯⋯

우리가 쟁취해야 할 저 외적인 자유를 가질 때는 오직 내적
인 동시에 보다 지고하며 진정 신적인 자유가 그에게 선사될
때이다. 그리고 이러한 자유는, 우리가 아무리 이 전쟁에서
승리한다 하더라도, 전장에서 얻는 것이 아니라, 오히려 우
리의 가슴속에서만 발견하는 것이다. 왜냐하면 내적인 자유
란 세상이 잃어버리기 시작하고 있는 신앙과 동등한 것이기
때문이다. 따라서 이 전쟁은 결코 다만⋯⋯⋯⋯⋯⋯⋯⋯⋯⋯

20 기원전 2세기의 유대의 영웅족.

글에 따르면? 〈선하고 경건한 행위라고 해서 결코 선하고 경건한 인간을 만들지는 않는다. 오히려 선하고 경건한 인간이 선하고 경건한 행위를 창출하는 것이다〉라고 루터는 언명한다. 그리고 계속하여 말하기를, 〈따라서 행위는 어느 누구도 경건하게 할 수 없고 인간이 행위를 창출하기 전에 경건해야 한다. 따라서 그리스도를 통한 순수한 은총으로부터의 믿음만이 ……………………………………………………………………………

그리고 사도 요한이 이르되(3:30), 〈그는 흥하여야 하겠고 나는 쇠하여야 하리라〉 하였다. 따라서 흥해야 하는 것은 전쟁이었다. 왜냐하면 믿음이 쇠하였기 때문이다. 그리고 믿음이 새로이 태어나 꽃피기 전에 이 전쟁도 끝을 발견할 수 없을 것이다. 악을 위한 악 ………………………………………………

거의 그것은 우리의 마음을 기쁘게 한다. 마치 검은 군대가 이제야 전 세계 위로 쏟아져 들어와 묵시록의 불[火]로부터 새로운 형제애와 공동체가 생길 수 있도록, 다시 그리스도의 나라가 건설되고 새롭고 찬란한 ………………………………………

비기사적인 무기로 치장한 검은 군대가 우리에게 대항하기 위하여 소집된다. 그것은 단지 전위대에 지나지 않는다. 왜냐하면 백인종이 감정의 타성을 극복하지 못하는 한⋯⋯⋯

⋯⋯⋯⋯⋯⋯⋯⋯⋯⋯⋯⋯⋯⋯⋯⋯⋯⋯⋯⋯⋯⋯⋯⋯⋯⋯⋯⋯⋯⋯⋯⋯⋯⋯⋯⋯⋯⋯

⋯⋯⋯⋯⋯⋯⋯⋯⋯⋯⋯⋯⋯⋯⋯⋯⋯⋯⋯⋯⋯⋯⋯⋯⋯⋯⋯⋯⋯⋯⋯⋯⋯⋯⋯⋯⋯⋯

명예를 받아들인다. 그것은 잃어버린 세대이다. 그리고 그것은 그들을 에워싼 무시무시한 어둠이 될 것이며, 아무도 도와주러 오지 않을 것이며 그들의⋯⋯⋯⋯⋯⋯⋯⋯⋯⋯⋯⋯⋯⋯

⋯⋯⋯⋯⋯⋯⋯⋯⋯⋯⋯⋯⋯⋯⋯⋯⋯⋯⋯⋯⋯⋯⋯⋯⋯⋯⋯⋯⋯⋯⋯⋯⋯⋯⋯⋯⋯⋯

⋯⋯⋯⋯⋯⋯⋯⋯⋯⋯⋯⋯⋯⋯⋯⋯⋯⋯⋯⋯⋯⋯⋯⋯⋯⋯⋯⋯⋯⋯⋯⋯⋯⋯⋯⋯⋯⋯

신을 부정하는 사람과 모험가의 독, 그것은 적의 오만한 수도에 병독을 만연시킬 뿐만 아니라 우리의 조국이라고 해서 가리지도 않는다. 독소가 풀 수 없는 그물처럼 보이지 않게 우리 도시들 위를 덮고 있⋯⋯⋯⋯⋯⋯⋯⋯⋯⋯⋯⋯⋯⋯

⋯⋯⋯⋯⋯⋯⋯⋯⋯⋯⋯⋯⋯⋯⋯⋯⋯⋯⋯⋯⋯⋯⋯⋯⋯⋯⋯⋯⋯⋯⋯⋯⋯⋯⋯⋯⋯⋯

⋯⋯⋯⋯⋯⋯⋯⋯⋯⋯⋯⋯⋯⋯⋯⋯⋯⋯⋯⋯⋯⋯⋯⋯⋯⋯⋯⋯⋯⋯⋯⋯⋯⋯⋯⋯⋯⋯

분열된 독일 민족을 하나로 하기 위하여 서기 1870년 십자군이 도래해야 했었던 것처럼 이 훨씬 크고 끔찍한 전쟁의 명성 또한 그렇게 될 것이다. 민족을 형제처럼 하나로 할 뿐만 아니라, 마찬가지로⋯⋯⋯⋯⋯⋯⋯⋯⋯⋯⋯⋯⋯⋯⋯⋯⋯

⋯⋯⋯⋯⋯⋯⋯⋯⋯⋯⋯⋯⋯⋯⋯⋯⋯⋯⋯⋯⋯⋯⋯⋯⋯⋯⋯⋯⋯⋯⋯⋯⋯⋯⋯⋯⋯⋯

⋯⋯⋯⋯⋯⋯⋯⋯⋯⋯⋯⋯⋯⋯⋯⋯⋯⋯⋯⋯⋯⋯⋯⋯⋯⋯⋯⋯⋯⋯⋯⋯⋯⋯⋯⋯⋯⋯

믿음과 자유의 은총이 다시 우리의 것이어야 한다. 그러면 이러하리라. 〈그리스도교적인 인간은 모든 사물에 봉사할 수 있는 시종이며 모든 사람의 신하이고〉 마찬가지로 〈그리스도교적 인간은 모든 사물 위에 군림하는 자유로운 주인이

692

며 아무에게도 예속되지 않는다.〉 모든 것이 그 양자에 똑같이 해당한다. 그리고 그 아래에서 우리는 참다운 자유를 생각해야 하는 것이다.

내가 여러분을 잘 이해시킬 수 있었는지는 잘 모르겠다. 그러나 나 자신은 이런 인식에 도달하기 위해서 오랫동안 싸워야 했다. 진정코 나는 이러한 인식이 단편적임을 확신하는 바이다. 그러나 여기서도 클라우제비츠 사령관의 말이 타당할 것이다. 「가슴이 찢어지며 위험과 고뇌를 보는 것은 감정으로 하여금 쉽사리 오성을 과도하게 믿게 한다. 그리고 모든 현상의 미명 속에서는 그것들의 변화를 파악하고 용서할 수 있는 깊고 명료한 통찰을 얻기가 너무 어렵다. 언제나 다만 진리의 예감과 감지가 있을 뿐이다. 그리고 인간은 그에 따라 행동하는 것이다.」

◆

이렇게 폰 파제노 소령은 전쟁과 독일 미래의 문제를 논했다. 그것은 그에게 어려운 문제였다. 전쟁, 그 일을 위하여 그는 교육을 받았었다. 전쟁, 그것을 위하여 그는 청년 시절 동안 제복을 입었고, 그것을 위하여 4년 전 다시 제복을 걸쳐야 했다. 전쟁, 그것은 이제 갑자기 제복의 문제라든가 푸른색 바지나 붉은색 상의의 문제, 기사같이 칼날을 교차시키는 적군 등등의 문제가 아니었다. 전쟁은 제복을 입은 삶의 대관식이나 실현이 아니었다. 오히려 전쟁은 알지 못하는 사이에, 그러나 더욱 절실하게 느낄 수 있을 정도로 이 생의 근거를 진동시켰으며, 생의 도덕적 응집력을 닳아서 올이 드러나

게 했다. 그 조직의 그물코를 통하여 죄가 비죽이 웃어 보이고 있었다. 죄지은 자의 주인이 되기에는 쿨름의 사관학교에서 배운 정신적 능력이 미치지 않았다. 그러나 그것은 더 이상 놀랍지 않았다. 왜냐하면 교회 자신도 보다 나은 도구를 가졌음에도 불구하고 인간 타락의 이율배반을 남김없이 정복하는 법을 알지 못했기 때문이다. 그러나 아우구스티누스가 현세의 구원으로 눈앞에 그렸던 것, 그보다 앞서 스토아학파가 이미 꿈꾸었던 것, 즉 인간의 용모를 지닌 모든 것을 받아들이는 신국(神國)의 이념, 그 숭고한 이념, 그것이 가슴이 미어지는 듯한 위험과 고뇌의 상을 통하여 조명되었다. 그 이념이 ― 오성의 확신보다는 감정이, 깊고 명료한 통찰보다는 여명이 ― 노장교의 영혼에서도 싹터 있었던 것이다. 그리하여 비록 모호하고 때로는 왜곡되기도 했지만, 그럼에도 불구하고 어쨌든 제노와 세네카[21]로부터, 어쩌면 심지어 피타고라스학파로부터 이을 수 있는 선이 폰 파제노 소령의 사고 과정에까지 그어졌던 것이다.

34
가치들의 붕괴(5): 논리적 부설(附設)

    쿨름의 프로이센 황립 사관학교에서는 이를테면 로마 가톨릭의 사제 세미나에서와는 다른 사유 양식이 지배적이었

21 Zeno(B.C. 335~263). 제논이라고도 함. 그리스의 철학자. 스토아학파의 시조. Seneca(B.C. 4?~A.D. 65). 로마의 스토아학파 철학자.

음을 인정한다. 그렇지만 〈사유 양식〉이란 개념은 너무도 〈직관〉이란 단어에 방법론적 난점을 둔, 저 철학적·역사적 경향의 모호성을 연상시킨다. 왜냐하면 사유와 로고스의 선험적 일의성은 어떤 양식적 뉘앙스도 허락하지 않으며, 또한 정신의 선험적인 자기 이해 이외의 어떤 다른 직관을 필요로 하지 않기 때문이다. 그리고 그것은 여타의 모든 것이 경험적 편차를 지닌 영역임을, 철학적 연구가 아닌 심리학적·의학적 연구에 위임된 병리학적 편차를 지닌 영역임을 시사한다. 자아의 절대적 논리 앞에서, 신의 절대적 논리 앞에서, 인간 두뇌의 경험적·현세적 사유의 불충분함이라니.

◆

혹은 이의가 제기될 수도 있다. 절대적인 형식 논리는 존속하며, 또한 인간의 두뇌에 대해서 불변적이다. 변하는 것은 오직 사유 내용이며, 세계의 본질에 대한 통찰뿐이다. 그것 또한 기껏해야 인식론적 문제이지 결코 논리적인 문제가 아니다. 논리는 수학처럼 언제나 〈무양식적〉이다라고.

◆

논리의 형식이 실제로 내용과 아무 관계가 없는가? 어느 구석엔가 논리의 형식은 기이한 방식으로 내용 자체이다. 그것은 소위 형식적 증명 사슬을 추적해 보면 가장 명확해질 것이다. 왜냐하면 이 사슬들의 마디들은 공리이거나 공리적인 명제 ─ 이를테면 모순율 ─ 이다. 말하자면 넘어설 수 없는 그럴듯함[박진성(迫眞性)]의 한계를 이루는(그 한계는

예를 들어 제외된 제3의 명제에 의해 어느 날 극복될 것이다)
진술이다. 그 진술의 명증성은 내용적으로 파악되지만 형식
적으로는 증명될 수 없다. 그것을 넘어서, 초논리적인, 그리
고 형식적인 경계를 아무리 앞당겨 놓더라도, 결국은 형이상
학적이며 내용적인 원칙들이, 그 적용에 있어 전체 메커니즘
을 작동시킬 원칙들이 존재하지 않는다면, 결코 그런 식의
논리적 사슬이 수립될 수 없을 것이며 추론과 증명의 전체
논리적 메커니즘이 숨어 버릴 것이다. 형식 논리의 구조는 내
용을 토대로 한다.

◆

직관적·심리학적 관념론은 〈진리 감정〉을 전제로 삼았다.
그 명증에 있어 모든 물음의 사슬은 〈그것은 무엇인가?〉라
는 의아해하는 질문으로 시작하여, 항상 반복되는 〈왜?〉라
는 질문으로 이어지다가, 마침내 휴지부, 최종적인 공리적
그럴듯함, 〈그것은 그런 것이지 다른 것이 아니다〉에 이른
다. 선험적이며 순수 형식적 로고스의 불변성이라는 점에서
볼 때 진리 감정을 도입하는 일이 불필요하다고 할지라도,
논리의 내용적 요소라는 점에서 볼 때, 그것은 새롭고 보다
정당한 명예를 얻는다. 왜냐하면 물음의 사슬과 증명의 사슬
의 종국에 있는 증명 상황은 형식적 불변성과 분리되어 있기
때문이다. 그럼에도 불구하고 논리적 증명 과정 자체와 그
형식은 특정 영향을 받아야 하는 것이다. 여기서 야기되는
문제는 〈어떤 방식으로 내용들이, 논리적·공리적 성격을 띠
든 논리 외적 성격을 띠든 간에, 형식적인 불변성을 고수함

에도 불구하고 사유 양식의 가변성이 등장할 정도로 형식적 논리성을 간섭하는가?〉이다. 이 문제는 이제 심리학적 문제나 경험적 문제가 아니라, 방법론적이며 형이상학적인 문제이다. 왜냐하면 그 문제 뒤에는 대단히 선험적으로 모든 윤리적인 것의 원초적 물음, 어떻게 신은 오류를 허용할 수 있는가, 어떻게 신의 세계에 미치광이가 살아도 되는가? 하는 물음이 있기 때문이다.

●

물음의 사슬이 결코 결론에 도달할 수 없다고 생각할 수도 있다. 모든 존재적 물음의 사슬은 분명 그런 특성을 지닌다 — 물질의 문제, 그것은 기본 개념으로부터 기본 개념으로, 원소에서 원자로, 원자에서 전자로, 전자에서 에네르기 양자로 계속 이전되다가 언제나 다시금 다만 잠정적인 휴지 지점에 이른다. 그 문제가 그런 무한한 물음 사슬의 한 예이다.

●

어떤 지점에서 그런 물음 사슬이 끊어지는가 하는 것이 이제 진리 감정과 명증 감정의 요건이다. 말하자면 효력이 있는 공리주의의 일이다. 탈레스[22]의 학설에 따라 이러한 존재적 물음 연쇄에 대한 그럴듯함의 지점이 〈물〉이라는 실체로 정립될 수 있었다면, 이것이 시사하는 바는, 탈레스에게 있어한 공리 체계, 그 안에서 물질의 물[水]이라는 질이 〈증명 가

22 Thales(B.C. 624?~547). 그리스의 철학자. 모든 존재의 근본 물질 〈아르케〉를 〈물〉로 파악함.

능〉하게 보였던 공리 체계가 타당성을 얻었다는 것이다. 여기서 물음의 사슬을 끊어 버리는 것은 내용적 공리들이지 형식적·논리적 공리들이 아니다. 즉 유효한 우주론의 공리들인 것이다 — 그러나 이러한 내용적 공리들은 형식적인 공리들과 어떤 관계, 적어도 모순이 없는 관계에 있어야 한다. 왜냐하면 증명의 내용적 진행이 형식적 진행과 일치하지 않는다면, 그럴듯함은 존재하지 않을 것이기 때문이다(그럼에도 불구하고 내용적 공리들과 논리적 공리들이 모순에 빠질 수 있음은 이중 진리의 학설에서 간파할 수 있다). 그러나 사람이 완전한 회의를 가지고 불가지(不可知)의 입장에 선다고 할지라도, 그리고, 우주론적 그럴듯함과 그 공리주의의 현존재를 부정하면서, 물음의 사슬을 끊을 수 없는 것으로 가정하고 그 절단을 순전히 합목적적인, 그러나 허구적인, 자의성으로 가정한다고 할지라도, 분명히, 불가지론 자체 역시 그럴듯함의 성격을 소유하고, 이 성격 역시 특정 논리성과 특정 논리적 공리주의에 의해 밑받침되는 것이다.

◆

이러한 상황의 순수 직관성의 테두리를 넘어서는, 모종의 합리적인 표상은 아마도 어떤 세계상에 내포된 유효한 공리들의 집합을 전달할 수 있을 것이다. 이 집합이 제시될 수도, 남김없이 다 세어질 수도 없음은 자명하다. 공리의 풍부함이나 빈곤은 다만 극단적인 경우에만 보일 수 있다. 예를 들어 원시인의 우주관은 극히 복잡한 성격을 띠고 있었다. 세상의 모든 사물이 자신의 독자적인 생을 영위하며, 말하자면 인과적 존재이며, 모든 나무에는 그 자신의 신이 거주하고 모든 것에는 그 자신의 정령이 거주한다는 것이다. 그것은 무한히 많은 공리들의 세계이며, 세계의 사물들에 관계하는 물음들 각각의 사슬이다. 각 물음의 사슬들은 몇 걸음 나아가면, 아니 어쩌면 첫걸음을 내딛자마자 즉시 그러한 공리 중의 하나와 부딪치게 된다. 짧은, 거의 단항적인 존재론적 사슬들의 그런 다양성에 반하여, 일신론적 세계에서는 그 사슬이 아주 멀리 나아간다. 비록 무한히 이끌어지는 것은 아닐지라도, 이를테면 유일한 근원인 〈신〉에게서 합쳐질 때까지 멀리 나아가는 것이다. 따라서 오직 존재론적·우주론적 공리들만을 고려한다면 — 이를테면 순수 논리적 공리들과 같은 다른 공리들은 배제한다면 — 원시적인 마술과 일신론의 대극적인 우주론으로 표현되는 극단적인 두 경우에 있어서는 무한한 공리들의 수가 하나로 내려앉아 있는 것이다.

◆

언어가 논리의 표현인 한, 논리가 내재적으로 언어의 구조에서 나타나는 한, 언어에 의한 역추론은 존재론적 공리들의 수로, 논리의 성질과 그 〈양식〉의 가변성으로 나아가게 될 것이다. 왜냐하면 바로 원시인의 복잡한 존재론적 체계가, 바로 그들의 넓은 공리 체계가, 그들 언어의 몹시 비상하게 복잡한 구조와 구문론에서 반영되기 때문이다. 그리고 형이상학적 세계상의 변화가 합목적성의 근거들로 소급될 수 없는 것처럼 — 서양의 형이상학이 예를 들어 적어도 같은 정도의 발전 단계의 수중에 있는 중국의 형이상학보다 〈더 합목

적적〉이라고 주장할 수 있는 사람은 아무도 없을 것이다 ─
마찬가지로 언어 내에서의 단순화와 근본적인 양식 변화가
(비록 그것이 관용상 닳아 버린다는 점을 의심할 수는 없을
지라도) 오로지 합목적성의 사상 아래서만 정립되어서는 결
코 안 될 것이다. 목적이 변화와 구문론적 속성들의 전체에
충분한 설명이 되지 못한다는 점을 전적으로 무시하더라도
말이다.

◆

　존재적이든 논리적이든 간에 공리 체계가 독자적인 논리
구조에 대하여 어떠한 기능을 할 수 있는가, 그것이 어떠한
방식으로 형식적인 것의 불변성 속에서 그럼에도 불구하고
〈양식〉으로 일컬어질 수 있는가, 하는 문제는 어쨌든 하나의
상징을 통해서 표상될 수 있다. 어떤 기하학적 구조에 있어
무한히 먼 점이 자의적으로 유한한 기호 수준으로 가정되고,
그다음 마치 이 허구적인 무한성의 지점이 사실상 무한히 먼
곳에 있는 듯이 구성된다. 개개 구성 부분의 위치가 그러한
구성 속에서 서로 마치 그 점이 정말 무한히 먼 곳에 있는 것
과 마찬가지의 위치에 머무른다. 다만 모든 척도가 왜곡되고
함께 전이된 것에 불과하다. 그와 유사하게 논리적인 그럴듯
함의 지점이 무한한 것으로부터 유한하고 현세적인 것으로
향하게 될 때 그 논리적 구성들이 겪는 변화를 상정해 볼 수
있을 것이다. 형식 논리 그 자체, 그 추론 방식, 심지어는 그
내용적 연상의 상린 관계까지도 존속하는 것이다 ─ 변하는
것은 그 〈척도〉이며, 그 〈양식〉이다.

일신론적 우주론을 넘어서 내디뎌야 했던 걸음은 거의 알아차릴 수 없는 것이었다. 그리고 그 걸음은 지나간 모든 걸음보다 더 큰 중요성을 지니고 있었다. 그 원초적 근원이 어쨌든 아직은 의인적인 신의 〈유한한〉 무한성으로부터 진정 추상적인 무한성으로까지 전이되어 가는 것이다. 물음 사슬은 이제 그러한 신의 관념에 이르는 것이 아니라, 사실상 무한성으로 달려간다(물음 사슬들은 말하자면 이제 한 점을 추구하는 것이 아니라 평행하게 되었다). 우주론은 이제 신을 근거로 하지 않는다. 그것은 물음의 영원한 전진 가능성, 정점은 어느 곳에도 존재하지 않는다는, 언제나 계속 질문될 수 있으며 질문되어야 한다는 의식, 근원 물질도 원초적 근원도 제시될 수 없다는 의식, 모든 논리의 뒤에는 여전히 초논리가 존재한다는 의식, 모든 해답은 중간 해답일 뿐이며 남아 있는 것은 물음 자체의 행위 이외에는 없다는 의식을 근거로 한다. 우주론은 철저하게 과학적으로 되었고 그 언어와 구문론은 〈양식〉을 탈피하여 수학적 표현으로 화한 것이다.

35

6월 4일 화요일, 에슈와 후게나우는 광장을 건너갔다. 비가 오는 날씨였다. 비대하고 둥글둥글한 후게나우는 상의 단추를 열어젖히고 건들거리며 걸었다. 승리자 같군, 에슈는 악의를 품고 생각했다.

시청으로 접어들었을 때 그들은 슬픈 호위대와 마주쳤다. 독일의 병사 한 명이 총검을 곧추세운 두 명의 남자에게 포박되고 호위되어 — 아마도 역이나 법원으로부터 오는 것일 거다 — 감옥으로 끌려가고 있었다. 비가 오는 날씨였다. 물방울들이 남자의 얼굴을 때렸다. 그것들을 피하기 위하여 그는 때때로 서로 묶인 손을 올려 얼굴을 닦아야 했다. 그것은 옹색한 동시에 감동을 주는 몸짓이었다.

「무슨 일일까?」 에슈가 마찬가지로 약간 당황하고 있는 후게나우에게 물었다.

후게나우가 어깨를 으쓱했다. 그리고 강도 살인이나 어린이 추행 같은 것이겠지요,라고 중얼거렸다. 「아니면 목사를 찔러 죽였거나…… 식칼로 말입니다.」

에슈가 따라 했다. 「칼로 찔러 죽였다고.」

「만약 탈영병이라면 그는 총살당했을 것입니다.」 후게나우가 단언했다. 에슈는 잘 알고 있는 배심 재판소에서 군사 재판이 열리는 것을 보았다. 도시 사령관이 재판관임을 보았다. 그의 동정 없는 판결을 들었다. 그리고 그 남자가 후려갈기는 빗속에서 감옥의 마당으로 인도되는 모습도 보았다. 그리고 그가 사형을 집행하는 소대 앞에서 포박된 손으로 빗물과 눈물과 식은땀이 함께 흐르고 있는 그의 얼굴을 마지막으로 훔치는 것을 보았다.

에슈는 성급한 태도의 인간이었다. 그에게 세계란 흑백으로 구별되었고 선과 악의 힘의 유희에 의해 지배되고 있는 듯이 보였다. 그러나 그의 성급한 성질이 종종 일보다 인물

을 앞에 두게 하였으므로, 그는 그 불쌍한 탈영병에게 수행
될 비인간성에 대한 책임을 잔인한 군사주의가 아니라 소령
에게 돌릴 뻔했다. 그는 소령이 돼지 새끼라고 말하고 싶었
다. 갑자기 그 말이 옳지 않아 보였을 때 갑자기 뭐가 뭔지
알 수 없었다. 왜냐하면 갑자기 소령과 그 논설의 필자가 같
은 사람임을 이해할 수 없었기 때문이다.

소령은 돼지가 아니었다. 소령은 좀 나은 사람이었다. 소
령이 돌연 세상의 검은 쪽에서 하얀 쪽으로 돌아섰다.

에슈는 논설문을 아주 분명히 눈앞에 떠올렸다. 비록 전적
으로 명료하지는 않았지만, 그래도 고귀한 소령의 사상이 그
에게는 명료하고 위대하게, 세계의 자유와 정의를 염려하라
는 지시의 일부로 생각되었다. 그리고 그것은 그가 거기서
그 자신의 사명의 일부와 목적을 재발견했을 때 더욱 괄목할
만하게 너무도 고양되고 밝고 이완된 표현으로 변화되면서,
자신이 생각했던 모든 것이 어리석고 좁고 일상적이며 근시
안적이라는 느낌이 들 정도였다. 에슈가 멈추어 섰다. 「대가
는 치러져야 해.」 그가 말했다.

후게나우는 불편해졌다. 「선생은 쉽게 말하시는군요. 선
생이 총살당하진 않을 테니까.」

에슈는 머리를 저으며 내던지는 듯한 그리고 약간 절망적
인 손짓을 했다. 「다만 그것이 중요하다면야…… 중요한 것
은 공평한가 하는 점이오…… 아시겠소. 내가 어느 자유 사
상가 협회에 가입하려 했던 때가 있었음을!」

「그러셨겠지요.」 후게나우가 말했다.

「그렇게 말해선 안 되오.」 에슈가 말했다. 「성서에도 그런

말이 있소. 소령의 논설을 한번 읽어 보시오.」

「멋진 글이던데요.」 후게나우가 말했다.

「그래서?」

후게나우는 곰곰이 생각했다. 「그가 논설 한 편을 더 써 보내진 않을 겁니다…… 지금은 무언가 다른 것이 실려야 합니다…… 그러나 그것을 할 사람은 물론 나 혼자일 것입니다. 선생에겐 전혀 생각이 떠오르지 않을 테니까요. 그런 선생이 신문을 발행하려 했다니…….」

에슈는 절망에 가득 찬 눈초리로 그를 응시했다. 이런 고깃덩어리하고는 분명 일을 더 계속할 수 없다. 이 작자는 이해하지 못하고 있거나, 혹은 이해하려 하지 않는 거야. 에슈는 그를 두들겨 패주고 싶었다. 그는 그에게 소리쳤다. 「만약 당신이 봉사하기 위해 그에게 다가가는 천사라면, 난 차라리 악마인 편이 좋겠소.」

「우리는 모두 천사가 아닙니다.」 후게나우가 철학자연하게 말했다.

에슈는 단념했다. 어쨌건 그들은 벌써 집에 당도하였다.

현관에서 마르그리트가 이웃의 몇몇 소년들과 함께 놀고 있었다. 아이는 방해를 받았기에 악의를 품고 쳐다보았다. 그러나 에슈는 개의치 않고 아이를 잡아 목말을 태우고 아이의 다리를 꽉 붙잡았다.

「문을 조심해라.」 그는 소리치면서 몸을 구부려 문지방을 넘었다.

후게나우가 뒤에서 따라 들어갔다.

그들이 계단을 올라갈 때, 난간 위에서 높이 흔들거리던 마르그리트는 이상하게 커다랗게 변한 마당과 흔들리는 정원을 바라보면서 불안을 느꼈다. 아이는 딴딴한 어린아이의 주먹으로 에슈의 이마를 잡고 그의 눈구멍을 할퀴려고 시도했다.

「가만히 있거라.」 에슈가 명령했다 「문을 조심하고.」 그러나 그가 몸을 구부려도 아무 소용이 없었다. 마르그리트가 몸을 꼿꼿이 하여 상체를 뒤로 젖히다가 머리를 위쪽 문틀에 부딪히고는 울부짖기 시작했던 것이다. 오래전부터 우는 여인들을 육체적인 애무로 달래는 버릇이 있던 에슈는 입을 맞출 수 있는 높이로 아이를 끌어내렸다. 하지만 아이가 발버둥을 치며 다시 그의 눈을 찔렀으므로, 그는 좋든 싫든 아이를 바닥에 내려놓고 달려 나가도록 두지 않을 수 없었다. 마르그리트는 재빨리 도망치려고 했다. 그러나 그곳에 서 있던 후게나우가 아이를 붙잡을 태세를 취했다. 그는 만족스럽게 소녀가 에슈에게서 도망치는 모습을 응시했었다. 소녀가 에슈가 아니라 그와 함께 남아 있으려 했다면 그는 대만족했을 것이다. 물론 그때 그는 아이의 어두운 얼굴을 보았으므로 감히 정지시키려고는 하지 않고 두 다리를 벌리고 말했다. 「여기 골대가 있다.」 아이는 이해했고, 웃으며 네 발로 기어서 골문을 통과했다.

에슈의 눈이 아이를 쫓았다. 「저 녀석은 사람을 아무것도 아닌 듯이 죽일 수 있을 거요.」 그 말은 감동처럼 들렸다. 「그런 검둥이 꼬마 악당이라오.」 후게나우는 그와 마주 앉았다. 「아이가 당신 구미에 꼭 맞는 모양입니다…… 이제 여기다 제 책상을 즉시 들여놓아야 하겠습니다.」 — 「내가 막을 순

없지.」에슈가 으르렁거렸다. 「아무튼 당신이 편집 일을 염려할 때가 닥쳤으니.」후게나우의 생각은 아직 어린아이에게가 있었다. 「어린아이는 언제라도 여기 앉아 있을 수 있습니다.」에슈가 가볍게 미소 지었다. 「어린아이는 축복이며 천벌이오, 후게나우 씨, 하지만 당신은 그것을 이해하지 못합니다.」— 「선생이 아이에게 빠져 있음을 나는 벌써 알아차렸습니다…… 그렇지 않다면 어째서 선생이 남의 아이를 양녀로 삼으려 하시겠습니까.」— 「제 자식이든 남의 자식이든 상관없는 일이오. 벌써 언젠가 말한 적이 있을 텐데요.」— 「어떤 다른 사람이 즐거워한다면 그것은 전혀 상관없는 일이 아니지요.」— 「당신은 이해하지 못하오.」에슈가 소리를 지르며 자리에서 벌떡 일어섰다.

그는 몇 번 방 안을 이리저리 거닐었다. 그러고 나서 신문 꾸러미를 쌓아 놓은 구석으로 걸어가 신문을 꺼내 왔다. 그것은 기념호였다. 그리고 소령이 쓴 논설을 세심히 읽기 시작했다.

후게나우는 흥미진진하게 그를 응시했다. 에슈가 두 손으로 머리를 받쳤다. 그의 짧은 회색 머리가 손가락 사이로 뻣뻣하게 서 있었다. 그는 정열적인, 거의 고행자 같은 모습을 하고 있었다. 어둡고 불유쾌하게 솟아오르는 기억을 방어하려던 후게나우는 쾌활한 목소리로 말했다. 「조심하십시오, 에슈, 우리가 어떻게 신문의 난국을 타개해야 할지를.」에슈가 대답했다. 「소령은 좋은 사람이오.」— 「예.」후게나우가 말했다. 「하지만 신문을 어떻게 해야 할지 숙고해 보시는 편이 더 좋을 겁니다.」그는 에슈에게 다가갔다. 그리고 마치 격려하려는 듯이 그의 어깨를 토닥거렸다. 「〈쿠르트리에르세 보테〉는 베를린과 뉘른베르크에서도 보도록 해야 합니다. 또한 프랑크푸르트의 주요 카페에서도, 당신은 프랑크푸르트를 아시겠지요, 그곳에서도 이 신문이 놓여 있어야 합니다…… 세계적 신문이 되어야 하는 것입니다.」

에슈는 주의하지 않았다. 그가 손가락으로 논설의 한 부분을 가리켰다. 「행위는 어느 누구도 경건하게 할 수 없고 인간이 행위를 창출하기 전에 경건해야 한다…… 당신은 아시오, 이 말이 무슨 뜻인지? 그것은 어린아이가 중요한 것이 아니라 사고방식이 중요하다는 뜻이오. 남의 아이든 제 아이든 상관없다는 뜻이오, 듣고 있소, 그것은 상관없는 것이란 말이오!」

후게나우는 다소 실망했다. 「내가 아는 건 선생이 아직 바보이고 선생의 그 사고방식 때문에 신문사를 개새끼한테 주어 버렸다는 것이오.」 그는 그 말을 하고 방을 나가 버렸다.

문은 이미 오랫동안 닫혀 있었지만 에슈는 여전히 그곳에 앉아 문을 응시하며 골똘히 생각하고 있었다. 분명하진 않았지만 어찌 되었건 사고방식의 문제는 후게나우가 옳을 수도 있었다. 그럼에도 불구하고 이제 질서가 이루어질 수 있을 듯이 생각되었다. 세계는 선과 악으로, 당위와 소유로, 흑과 백으로 분리되어 있었다. 그리고 회계상의 오류가 스며드는 일이 생긴다 해도, 그 오류는 근절될 수 있는 것이며, 또 근절될 것이었다. 에슈는 평온해졌다. 평화롭게 그의 손이 무릎 위에서 쉬고 있었다. 그는 편안하게 앉아서 닫힌 눈꺼풀을 통해 문을 바라보았다. 닫힌 눈꺼풀을 통해 방 전체를 바라보았다. 그것은 이제 이상하게도 풍경으로 변하고 있었다 ─ 아니 그것은 그림엽서였던가? ─ 그리고 이제 초록빛 나무들 사이에 있는 매점을, 바덴바일러의 성이 있는 언덕의 나무들을 바라보았다. 그는 소령의 얼굴을 보았다. 그것은 어떤 보다 크고 높은 것의 얼굴이었다. 그렇게 오랫동안 에슈는 앉아 있었다. 그리하여 몹시 기이하게도 그는 어디에 와 있는지를 더 이상 알지 못했다. 아주 애를 쓴 뒤에야 비로소 그는 읽던 신문으로 돌아갔다. 비록 그가 논설을 구절구절 욀 수 있을 정도로 읽었음에도 불구하고 억지로 계속 읽어 갔다. 이제 다시 그는 자신이 이 세상에서 어디에 속하는지를 알았다. 왜냐하면 독일 국민을 향한 소령의 고찰이 비록 국가의 중요한 부분은 아니라 하더라도 어느 부분에는 그 영향력을 행사할 수 있었기 때문이다. 그리고 그 부분이 바로 에슈 씨였다.

36

네 여자가 병실을 청소하고 있었다.

군의 소령 쿨렌베크가 들어와 일순간 그들을 응시했다. 「어떻게들 지내시오?」

「어떻게 지내야 하겠습니까, 군의 소령님…….」

여자들은 한숨을 쉬고 청소를 계속했다.

한 여자가 고개를 들었다. 「제 남편이 다음 주에 휴가를 옵니다.」

「굉장하군, 틸덴…… 그날은 침대가 흔들흔들하겠군…….」

틸덴 부인은 얼굴의 갈색 피부 아래를 붉게 물들였다. 다른 여자들이 웃음을 흩뿌렸다. 틸덴 부인이 같이 웃었다.

갑자기 어느 침대에서 컹컹 짖는 듯한 소리가 울렸다. 그건 진정한 컹컹 소리가 아니었다. 숨가쁘고 무거우며 아주 고통스럽게 쥐어짜 나오는 소리였다. 그건 목소리가 아니었다. 아주 깊은 곳에서 울려 나오는 무엇이었다.

후비군 괴디케가 침대 위에 앉아 있었다. 그의 표정이 고통스럽게 일그러져 있었다. 그는 그렇게 독특하게 웃는 사람이었다.

그것이 그가 운반되어 온 이래 그에게서 들을 수 있었던 첫 번째 소리였다(처음의 신음 소리를 계산에 넣지 않는다면).

「망나니 같으니라고.」 군의 소령 쿨렌베크가 말했다. 「저 사람도 웃을 수 있군그래.」

37

베를린의 구세군 소녀 이야기(5)

냉혹한 법칙의 메마른 봄,

유대 신부의 메마른 봄,

흡사 아무 소리도 없는 듯, 보이지 않는

그물 속에 누워 있는, 도시의 메마른 소음,

따스함이라곤 조금도 머금지 않은, 돌로 이루어진 여름날,

메마른 하늘이 아스팔트 광장을 말끄러미 쳐다보고

도시의 골짜기마다 상처들처럼
잿빛 대지의 살결 위에 돌멩이가 널려 있다.
오, 거짓된 빛으로 가득 찬 도시,
오, 거짓된 아우성으로 가득 찬 도시, 속죄자는 나무들을
보고 싶지 않다.
그는 동경한다, 속죄자의 동굴 속에서
율법으로부터 신성한 장소가 소생하기를,
분수처럼 솟구치며 생각으로부터
성스러운 책으로부터, 회의로부터, 동요로부터 소생하기를.
이것은 방랑자의, 불안의 속죄자의, 고행자의 도시,
신이 선택한 민족의 도시,
욕정 없이 늘어나며 다만 아들들을 헤아리는 민족,
창가에서 기도하는 노인의 민족,
냉정한 축제로써, 혁대로써, 제기(祭器)로써
늘 신과 결합되어 있는, 수도승 같은 수염을 기른 민족,
그동안 부인들은 통통한 수도원 빵을 반죽한다
계절마다 창백한 석유 불꽃이 그은다.
그 민족은 여인들을 취해 침대에서 낳는다
분장 수염을 기른 창백한 청년들을
천사가 절하는 야곱의 청년들을.
그 청년에겐 진리가
천사가 내려앉는 샘으로 가는
라헬의 양이 마시는 샘으로 가는
항해의 인도자가 된다.
오, 잿빛의 도시, 창백한 유목민의 역,

신으로 이끄는 시온의 길로 가는 도중에 있는,
신을 상실한 도시, 텅 빈 그물 속에 묶인
저주와 고통을 지고 있는 텅 빈 돌의 공간,
그곳에서 구세군이 가느다란 북소리를 울린다.
죄지은 자가 그의 죄를 떠나,
그 역시 은총에 가득한 진리의 길을 찾도록,
사람이 선택한 시온의 길로 가도록 —
이 베를린이라는 도시에서, 저 봄날에
누헴 주신은 성스러운 마리를 만났다네.
잠시 달콤한 망설임이 있은 후
그들의 영혼이 무릎을 꿇었다네.
그들은 운명의 혹심한 재앙을 느끼지 않았으며
그들은 시온을 보았네. 그들의 존재는 감사였네.

38

거의 2년 동안이나 하인리히 벤틀링은 휴가가 없었다. 그런데도 하인리히가 집에 돌아온다는 소식을 알리는 편지가 도착했을 때, 한나는 깜짝 놀랐다. 마치 이해할 수 없는 비합리적인 사건이 터지기라도 한 듯이 놀랐다. 살로니키로부터의 여행은 적어도 엿새가 걸렸다. 어쩌면 그보다 더 길어질 수 있었다. 그렇지만 그것은 어쨌든 날짜의 일에 불과한 것이었다. 한나는 그의 도착이 두려웠다. 마치 비밀스러운 정부를 그의 눈앞에서 숨겨야 하는 것 같았다. 그녀는 지연되는 나날이 선물처럼 느껴졌다. 그렇지만 매일 저녁 여느 때보다 더 세심하게 밤치장을 했다. 아침마다 여느 때보다 더 오래 침대에 누워 있었다. 더럽고 면도도 안 한 귀향자가 곧 그녀를 점유할 것을 기다리며, 두려워하며. 그녀가 그런 종류의 상상을 정말 부끄럽게 여겼고, 그런 이유에서 어떤 공격이나 다른 불행이 이 휴가를 취소시키기를 희망했을지라도, 그녀는 그동안 달려오는, 점차 훨씬 강해지는 아주 이상한 희망을 느꼈다. 그것은 하나의 예감이었다. 그것을 조금도 알고 싶지 않았으며 또한 알지도 못했지만, 그것은 힘든 수술에 앞서 느끼는 것과 같은 감정이었다. 여느 때 같으면 끊임없이 추구했던 어떤 불변의 것으로부터 보호되기 위하여 수술을 받아야 했다. 그것은 끔찍한 마지막 도피와 같았다. 그 수술의 전망이 아무리 어두울지라도, 그럼에도 불구하고 보다 깊은 어둠으로부터의 구원과 같았다. 그런 태도, 그 희망하는 공포와 끔찍한 기다림을 마조히즘으로 평가하려 한다면, 그것은 다만 영혼의 가장 외적인 표면에 머무는 것에 불과할 것이다. 그리고 한나가 자신의 상황에 대해, 그녀가 그 상황을 알고 있는 한, 허용할 수 있는 설명은 본질적으로 저 바보 같은 늙은 부인들의 의견, 즉 결혼을 유일한 구원의 수단으로 보고 어린 처녀의 고뇌 전체를 단 한 번에 바로잡으려는 의견에서 벗어나지 않는다. 아니, 그녀는 감히 그것을 더 숙고해 보려 하지 않았을 것이다. 그것은 그녀가 들어가고 싶지 않은 덤불이었다. 그리고 그녀가 하인리히의 등장으로 자연스러운 질서가 재수립되기를 기대했다면, 그녀는 그와 똑같은 강도로 그런 질서가 결코 다시는 발견되지 못할 것을 예감하고 있었다.

정말 여름이 되었다. 〈장미의 집〉은 그 이름에 어울렸다. 시대를 계산에 넣어 볼 때, 꽃을 보살피는 일을 채소 재배보다 뒷전에 두었고, 또 그렇게 하기에도 병든 보조 정원사로는 역부족이었다고 하더라도 말이다. 그렇지만 진홍색 덩굴장미는 전쟁이 지나가는 동안에도 억제되기는커녕 현관문 옆의 아기 천사상까지 뻗어 나갔다. 작약꽃 무더기들은 희고 붉었다. 그리고 잔디밭 가장자리를 선처럼 두르며 헬리오트로프와 아라세이도가 만발했다. 초록의 풍경이 쾌적하게 집 앞에 놓여 있었다. 계곡의 넓게 팬 비탈이 시선을 붙들고 숲 가장자리까지 이끌어, 그리 가보면 그 위에 산지기의 집이 있었다. 그것은 겨울이면 어느 창문에서나 다 보였지만, 지금은 다시 초록 속으로 사라지고 없었다. 포도원들이 다시 푸르렀고, 숲은 검었다. 산 위에 검은 구름이 드리워져 있어 더욱 검어 보였다.

한나는 오후에 긴 의자를 집 앞에 갖다 놓고 상수리나무들 밑에 누워서 드리워진 구름을 쳐다보았다. 들판 위로 나아가는 구름의 그림자가 밝고 맑은 초록을 거무스레하고 기이하게 조용한 보랏빛 초록으로 변화시켰다. 그 그림자가 이제 정원 위에 놓이자 갑자기 서늘하고 스산해졌다. 그때 꽃들이, 이제까지 열기에 짓눌렸던 꽃들이 갑자기 향내를 발하기 시작했다. 마치 숨구멍이 트인 것 같았다. 혹은 어쩌면 갑작스러운 서늘함이 한나로 하여금 지금 향내를 느끼게 했을는지도 모른다. 그러나 그것은 너무 갑작스러웠고, 일회적이었고, 격렬한 것이어서, 그 터져 나오는 향내의 파도는 흡사 남쪽 나라 정원의 저녁처럼, 티르헨 바다의 어느 암벽 해안의 황혼처럼 서늘하고 마력을 지니고 있었다. 이렇게 대지는 파도를 밀어 보내는 구름의 기슭에 놓여 있었다. 부드러운 소나기가 내렸다. 한나는 열린 베란다의 문에 서서 남쪽의 내음을 맡았다. 그녀는 서늘하고 신선하게 코끝에 느껴지는 부드러운 습기를 흠뻑 빨아들이고 싶은 욕망을 느꼈다. 그럼에도 불구하고 그 냄새의 기억과 더불어 불안이 다시 나부껴 왔다. 그것은 밀월 여행을 하는 동안 어느 비 오는 저녁에 시칠리아의 해안에서 처음 느꼈던 불안이었다. 그녀는 자기 옆에 서 있는 남자가 누구인지 알지 못했었다. 그는 벤틀링 박사라는 이름의 남자였다.

그녀는 깜짝 놀랐다. 정원사가 정원에 놓인 가구를 들여놓으려고 서둘러 길을 건너오고 있었다. 그녀가 소스라쳐 놀란 까닭은 침입자를 생각하지 않을 수 없었기 때문이다. 물론 그녀는 남자가 무엇을 하려고 하는지를 잘 알고 있었다. 만약 아들 발터가 나오지 않았더라면 그녀는 방으로 도망쳐 문을 잠갔으리라. 발터는 문지방에 앉아 맨다리를 빗속으로 내놓고 무릎 위의 마른 딱지를 신중하게 벗겨 내는 일에 열중했다. 그렇게 한 다음 새로운 붉은 피부를 만족스럽게 쓰다듬었다. 한나도 문지방에 앉았다. 그녀는 다리를, 아름답고 날씬한 다리를 손으로 얼싸안아 고정시켰다 — 그녀도 집의 정원에 있을 때면 양말을 신지 않았다 — 매끄럽고 곧은 다리가 서늘한 느낌으로 가득 찼다.

이제 빗방울은 처음 그것이 일깨웠던 꽃향기를 가라앉히고 축축한 대지의 냄새만을 풍기게 했다. 정원사 집의 갈색으로 얼룩진 벽돌 지붕이 윤기로 빛났다. 정원사가 다시 길 위로 걸어가자 자갈이 건조함에서 오는 달그락 소리가 아니라 단단하고 매끄럽게 찰그락 소리를 내었다. 한나는 아이의 어깨에 팔을 얹었다. 어째서 그들은 영원히 이렇게 순수하고 서늘한 세계에 아늑하게 편입되어 앉아 있을 수 없단 말인가! 그녀는 거의 불안을 느끼지 않았다. 그럼에도 불구하고 그녀는 말했다. 「만약 오늘 밤 이렇게 비가 쏟아지면 내 곁에서 자도 돼, 발터야.」

39

군의 소령 쿨렌베크와 케셀 박사가 호텔 식당에 들어섰을 때 소령은 늘 앉던 자리에 앉아 있었다. 그는 방금 도착한 쾰른의 신문을 읽고 있었다. 두 신사가 인사를 하자 소령은 일어나 신사들에게 자기 자리에 앉기를 청했다.

군의 소령이 눈치 없이 신문을 가리켰다. 「당신의 글을 다른 신문에서 읽을 수 있는 기쁨을 우리가 가지게 되었습니까, 소령님?」

소령은 단지 고개를 저었다. 그리고 군의 소령에게 신문을 건네주며 전쟁 소식 부분을 가리켰다. 「나쁜 소식입니다.」

군의 소령은 뉴스를 홀깃 훑어보았다. 「여느 때보다 더 나쁜 소식은 아닌데요, 소령님.」

소령은 묻는 눈초리로 쳐다보았다.

「좋은 소식뿐이지 않습니까, 소령님. 그건 말입니다, 평화를 말하는 겁니다.」

「당신 말씀이 옳습니다.」 소령이 말했다. 「하지만 영예로
운 평화이어야 합니다.」

「그렇고말고요.」 쿨렌베크가 말하며 잔을 들었다. 「그럼
평화를 위하여.」

다른 두 신사가 그와 잔을 부딪쳤다. 소령이 반복했다. 「영
예로운 평화를 위하여…… 그렇지 않다면 무엇을 위해 모든
희생이 있겠습니까?」 그는 더 말하고 싶은 것이 있는 것처럼
잔을 붙들고 있었으나 침묵했다. 이윽고 그가 침묵을 깨뜨
리며 말했다. 「명예는 단순한 인습이 아닙니다…… 예전 같
으면 독가스가 무기로 사용되는 일은 금지되었겠지요.」

신사들은 말 없이 포도주를 마셨다.

그다음 케셀 박사가 말했다. 「전쟁을 배양하는 이론이 아
무리 아름다운들 무슨 소용입니까…… 내가 저녁에 집에 돌
아가면 나는 거의 두 다리로 서 있을 수 없을 지경입니다. 나
이 든 사람에게는 그렇게 하기에도 힘이 듭니다.」

쿨렌베크가 말했다. 「케셀 박사님은 패전주의자입니다. 당
뇨병은 널리 알려진 바대로 최소치로 줄어들고 있습니다. 암
역시 그런 것처럼 보입니다…… 박사님이 당뇨병 환자가 아
닌 것은 단순히 개인적인 불행일 뿐입니다…… 게다가, 친애
하는 박사님, 만약 박사님이 박사님의 다리를 느끼신다면……
우리는 더 젊어지지 않을 테니까요.」

폰 파제노 소령이 말했다. 「명예는 감정의 타성이 아닙니다.」

「잘 이해하지 못하겠습니다, 소령님.」 쿨렌베크가 말했다.

소령은 허공을 바라보았다. 「아, 아무것도 아닙니다……

716

아십니까…… 내 아들 녀석이 베르됭에서 죽었습니다…… 이제 곧 스물여덟이 될 아이가…….」

「하지만 가족은 있겠지요, 소령님?」

소령은 곧 대답하지 않았다. 그는 그 질문을 실언으로 느꼈을지도 모른다. 마침내 그가 말했다. 「그렇습니다. 더 나이 적은 사내아이와 두 계집아이가 있습니다…… 사내아이…… 그 녀석도 곧 징집될 것입니다…… 왕의 것은 왕에게 주어야 하니까……」 그는 멈추었다가 말을 이었다. 「보십시오, 신의 것을 신에게 주지 않는 것, 그것이 화의 근원이랍니다.」

쿨렌베크 박사가 말했다. 「사람은 한 번도 사람의 것을 사람에게 준 일이 없습니다…… 제 소견으론 그것이 우리가 시작해야 할 일이라고 생각합니다.」

「먼저 신이 시작해야 합니다.」 폰 파제노 소령이 말했다.

쿨렌베크가 턱을 치켰다. 그의 검은 회색의 수염이 허공으로 뻗쳤다. 「우리 의사들은 보잘것없는 유물론자라서요.」

소령이 위로하면서 방어했다. 「그렇게 말씀하시면 안 됩니다.」

케셀 박사 역시 그 견해에 동의하지 않았다. 정말 의사라면 언제나 이상주의자입니다. 쿨렌베크가 웃었다. 「그렇지, 난 박사님의 구호 병원 일을 잊고 있었소이다.」

잠시 후 케셀 박사가 말했다. 「다시 절반의 가능성이라도 있다면 난 실내악을 다시 시작할 겁니다.」

그러자 소령이 자기 부인도 음악을 좋아한다고 말했다. 그는 잠시 생각하다가 덧붙였다. 「슈포어, 그는 능력 있는 작곡가입니다.」

괴디케가 웃었다는 소문이 퍼지고부터 병실 동료들은 그를 다시 웃게 하려고 온갖 가능한 시도를 했다. 그에게 가장 추잡한 음담패설을 들려주기도 했다. 그가 침대에 누워 있을 때면 기대에 가득 차 그를 집적대지 않고 지나간 사람은 거의 없을 지경이었다. 하지만 아무 결실도 없었다. 괴디케는 더 웃지 않았다. 그는 여전히 침묵을 지켰다.

어느 날 카를라 간호사가 군사 엽서를 가져왔을 때까지는 그랬다. 「괴디케, 부인이 편지를 보냈군요……」 괴디케는 꼼짝도 하지 않았다. 「당신에게 읽어 드리겠어요.」 그리고 카를라 간호사는 그의 앞에서 읽었다. 그의 충실한 부인은 오랫동안 그에게서 소식을 듣지 못했다고, 그녀와 아이들은 잘 있으며, 그들 모두 그가 곧 돌아오기를 바라 마지않는다고. 「당신을 위해 내가 답장을 쓰겠어요.」 카를라 간호사가 말했다. 괴디케는 알아들었다는 표시를 조금도 하지 않았다. 사실상 사람들은 그가 아무것도 이해하지 못한다고 생각할 수도 있었을 것이다. 그리고 어쩌면 그 역시 그의 영혼 속의 폭풍을 저 관찰자들로부터 숨기는 데 정말 성공했을지도 모른다. 그의 자아의 부분들을 송두리째 뒤흔들어 급속히 표면으로 떠오르게 하는 폭풍을. 그리고 그것들을 다시 그만큼 재빨리 어두운 파도 속으로 잠기게 했을 것이다. 그는 폭풍을 진정시켜 점차로 다시 평온한 상태에 이르게 하는 데 성공했을 것이다. 만약 그 순간에 병실의 익살꾼, 용기병 요제프 자틀러가 지나가지 않았더라면, 그리고 항용 하는 대로 좀 집적거리기 위하여 침대 발치에 걸터앉지 않았더라면 말이다. 그때 후비군 괴티케는 고함을 쳤다. 그것은 사람들이 기대했던, 그리하여 그가 그렇게 해야 할 의무가 있었던 웃음이 결코 아니었다. 그는 무섭고 성난 고함 소리를 내지르며 벌떡 일어나 앉았다. 여느 때 그가 하던 버릇처럼 느리고 힘들게가 아니었다. 그는 카를라 간호사에게서 군사 엽서를 빼앗더니 갈가리 찢어 버렸다. 그런 다음 그는 다시 누웠다. 재빠른 동작이 그에게 고통을 야기시켰던 것이다. 그는 복부를 움켜쥐었다.

그렇게 그는 누워 있었다. 천장을 쳐다보며 자신의 생각에 필수적인 질서를 수립하고자 시도했다. 그는 올바르게 행동했어야 했음을 깨닫고 있었다. 그가 침입자를 방어한 것은 아주 정당한 일이었다. 그 침입자가 하녀 안나 람프레히트 더하기 세 아이였다는 것은 거의 아무 상관 없는 일이었고, 재빨리 다시 잊어버릴 수 있는 일이었다. 그는 하녀 람프레히트와 결혼했던 남자를 재빨리 다시 진정시키고 어두운 울타리 뒤의 제자리를 가리켜 줄 수 있어서 정말 기뻤다. 그는 그곳에서 그가 불려질 때까지 기다려야 했다. 그럼에도 불구하고 그것으로 끝나지 않았다. 한번 왔던 사람은 다시 올 수 있는 법이다. 비록 호출받지 않았더라도 말이다. 그리고 한번 문을 열었던 사람은 다른 문도 전부 스스로 열 수 있는 것이다. 그는 공포로 가득 참을 느꼈다. 비록 영혼의 어떤 부분이 침입을 받으면 다른 모든 부분도 연루된다는 것을, 그렇다, 그 부분들 전부가 그 때문에 변화될 수 있다는 것을 말로 나타낼 수는 없었을지라도. 그의 귀에 천둥이 울리는 것 같았다. 영혼의 천둥, 자아의 천둥, 그것은 너무도 꽝꽝하여 온몸으로 느껴졌다. 그러나 그것은 또한 숨 막히게 하는 재갈이었고, 모든 생각을 변화시키는 것이었다. 어쩌면 전혀 혀아래의 재갈처럼 다른 것일 수도 있었다. 그러나 어쨌든 그것은 자신이 내맡겨진 듯이 느껴지는 어떤 위압적인 것이었다. 그것은 마치 흙손에서 이미 굳어져 버린 모르타르를 벽돌 사이에 바르려는 것과 같았다. 그것은 흡사 여기 십장이 있어 부당하고 불가능한 재촉을 하며 아주 서둘러 벽돌을 골격 위로 쌓아 올리라고 하는 바람에 벽돌이 높이 쌓이기는 하지만 일이 끝나지는 않는 것과 같았다. 만약 그 공사를 중지시키기 위하여 제때에 벽돌 착공기와 콘크리트 혼합 기계의 사용을 중지시키지 않는다면 뼈대는 무너져 버릴 것이었다. 최선책은 눈을 다시 감고 귀를 다시 막아 버리는 것이리라. 괴디케라는 남자는 보아서도 들어서도 안 되리라. 아무것도 먹어서는 안 되리라. 만약 지금 그렇게 혹독한 고통이 없었다면 그는 정원으로 나가 한 줌 가득히 흙을 파서 구멍들을 막아 버렸을 것이다. 그가 어린아이들을 나오게 했던 아픈 복부를 고정시키고 있는 동안, 이빨을 서로 악물고 입술을 오므리고 있는 동안, 결코 고통의 한숨이 빠져나오지 않도록 하는 동안, 그때 그에게는 마치 그런 힘으로 말미암아 힘이 자라나는 것 같았다. 마치 자라나는 힘이 골격을 더욱 높이 점점 더 밝게 쌓아 올릴 수 있을 것 같았다. 마치 그 자신이 뼈대의 모든 층과 온갖 수평 위에 편재하는 것 같았다. 그리하여 마침내 뼈대의 꼭대기가 솟아 있는 가장 높은 층 위에 서 있을 수 있을 것 같았다. 서 있도록 허락될 것 같았다. 고통 없이 이완되어, 언제나 그 위에서 노래 불렀듯이 노래를 하며, 목수들은 그의 밑에서 작업할 것이며, 망치질을 할 것이며, 못을 두드려 박을 것이다. 그리고 그가 언제나 아래로 침을 뱉었듯이 그는 아래쪽으로 침을 뱉을 것이다. 넓은 포물선을 그리며 그들 위로 침을 뱉을 것이다. 그리고 그것이 아래에 부딪치며 찰싹하는 소리를 낼 것이다. 그곳에서 나무들이 자랄 것이다. 아무리 높이 자랄지라도, 그에게까지 이르지는 못할 것이다.

카를라 간호사가 대야와 수건을 가지고 왔을 때 그는 편안히 누워, 역시 얌전하게 자신을 습포로 감싸도록 두었다. 이틀 동안이나 그는 다시 음료와 식사를 거부했다. 그런 다음 곧 그가 말하기 시작하는 사건이 벌어졌다.

41
베를린의 구세군 소녀 이야기(6)

나 자신도 놀랄 만큼 나는 다시 가치 붕괴에 대한 역사 철학적 연구에 몰두하기 시작했다. 비록 거의 집 밖으로 나가지는 않았지만 연구는 다만 천천히 진척되었다. 누헴 주신이 때때로 내 방에 들어와 그의 프록코트의 잿빛 자락 위에 앉았다. 한 번도 그는 단추를 끄르지 않았다. 그의 그런 행동은 아마 일종의 부끄러움이었을 것이다. 나는 종종 자문했다. 어떻게 이 사람들이 짧은 저고리를 입고 그들의 모든 견해를 조소하는 리트바크 박사를 신뢰할 수 있는가 하고. 리트바크 박사가 지니고 다니는 산책용 지팡이가, 보다 긴 옷을 입지 않고 다니는 데 대한 일종의 보완물이 될 수도 있다는 점을 찾아내기까지는 말이다. 그러나 그것은 물론 짐작에 불과했다.

주신이 정말 원하는 것이 무엇인지 오랫동안 알아낼 수 없었다. 그는 자리에 앉을 때마다 〈자리에 앉도록 호의를 베풀어 주십시오〉라고 말하는 것을 한 번도 빠뜨리지 않았다. 당황스러운 침묵이 잠시 흐른 후에 어떤 법적인 문제가 제기되었다. 정부에게 식량과 음식을, 사람들이 이미 집이나 접시 위에 가지고 있는 식량과 음식을 압류할 권한이 있는지, 군인들의 부인들이 얻고 있는 생활비의 부조금을 사망 보험과 관련시킬 수 있는지……, 그의 질문의 의도가 무엇인지 정말 종잡을 수 없었다. 그것은 마치 운수에 맡기고 어떤 철사들을 서로 이어 보는 것 같았다. 그러나 또한 마치 거기서 진정한 문제가 발생한, 혹은 그의 내면에 그런 인공적이며 일그러진 망원경을 통해 탐색하도록 명령받은 어떤 법적인 풍경이 펼쳐져 있는 듯한 느낌을 받기도 했다.

그는 비록 손에 든 책을 시력 약한 눈앞에 들고 있기는 했지만, 마치 전혀 다른 것을 읽고 있는 것처럼 보였다. 그는 책에 대하여 측량할 수 없을 정도의 존경을 가지고 있었다. 그러나 그는 칸트의 어떤 구절에 대해서 억제하지 못하고 웃음을 터뜨릴 수 있었고, 내가 동조하지 않으면 놀라워했다. 그가 헤겔에게서 마술의 원칙은 수단과 결과 사이의 관련성이 인식되지 않는다는 것이라는 구절을 발견하자 그는 그것을 대단히 멋진 위트로 생각했다. 분명 그는 나를 경멸했을 것이다.

내가 사물들과 그 희극성을 그처럼 통찰하지 못하기 때문에. 기이하게도 나는 그가 보다 올바르게, 비록 보다 복잡하긴 하지만, 통찰하고 있음을 인정하고 싶었다. 어쨌든 그것이 그가 웃는 것을 볼 수 있는 유일한 유인(誘引)이었다.

그는 음악과 어떤 관계를 맺고 있었다. 내 방에는 끈이 많이 달린 라우테[23]가 걸려 있었다. 나는 그것이 여주인 아들의 것이라고 생각했다. 그 아들은 잡혀 있거나 행방불명이었다. 언제나 주신은 내게 요청했다. 「연주해 주십시오.」 그는 내가 그것을 연주할 수 없다는 것을 믿으려 하지 않았다. 그는 내가 너무 부끄럼을 탄다고 여겼다. 그러다가 마침내 그는 이런 방법으로 진정한 주제에 이르렀다. 「당신은 사람들…… 군복을 입은 사람들이 연주하는 것을 들어 보셨지요…… 아주 아름다워요.」

그가 뜻하는 것은 구세군이었다. 그리고 그것을 알아차린 나는 살짝 미소 지었다. 「전 오늘 밤 들으러 갑니다. 같이 가시겠습니까?」

42

신문에 대한 후게나우의 기쁨은 오래 지속되지 않았다. 한 달도 채 되지 않았다. 아직 6월이었지만 후게나우는 질려 버렸다. 최초의 충일감 속에서 그는 기념호와 기념 논설이라는 위대한 행위에 성공했다. 그러나 다시는 그처럼 새로운 착상

23 Laute. 현악기의 일종.

이 떠오르지 않았으므로 그는 일할 기분을 잃었다. 그것은 마치 장난감을 내던지는 것과 같았다. 그는 이제 그것을 좋아하지 않았다. 지방지로는 어떤 위대한 신문이 만들어질 수 없다는, 보다 명료한 통찰이 그 뒤에 있었다고는 해도, 정말은 다만 지겨웠을 뿐이다. 간단히 말해 그는 더 알고 싶지 않았고 신문을 경영한다는 현실 때문에 방해받는 듯한 느낌이 들었다. 침대에서 뭉그적거리고 있다가 아침 식사를 지나치게 오래 끌고는 아주 마지못해 뒷집으로 가는 길을 떠났다. 그렇다, 가끔 그는 에슈 부인의 부엌에 머물러 있는 일조차 있었다. 그녀와 생활비를 상의하기 위하여라고. 그리고 결국 그가 편집실에 간다고 하더라도 대개 금방 다시 아래로 내려와 슬그머니 인쇄 기계로 갔다.

마르그리트가 정원에서 놀고 있었다. 후게나우는 마당 너머로 아이를 소리쳐 불렀다. 「마르그리트, 내가 인쇄소에 있다.」

아이가 달려왔다. 그리고 그들은 함께 들어갔다. 「좋은 아침입니다.」 후게나우가 짤막하게 말했다. 왜냐하면 린드너와 조수가 그의 고용인이 되고부터 그는 가능한 한 그들과 짧게 있으려고 노력했기 때문이었다. 두 사람은 물론 그것에 별로 신경 쓰지 않았다. 그는 다시 기계에 대해서 아무것도 모르는 자신을 그들이 상당히 경멸한다는 느낌을 받았다. 이제 그들은 식자 기계에서 작업하고 있었다. 후게나우는 아이의 손을 잡고 그들의 어깨 너머로 전문가연하며 바라보았다. 그러나 그가 식자 기계에서 다시 밖으로 나와 인쇄 기계 옆에 있게 되자 그는 기뻤다.

여전히 그는 인쇄 기계를 사랑했다. 일생 동안 기계가 생산한 물품을 팔아 왔던 남자, 그러나 그로서는 공장과 기계 소유주들이 고급의 서열, 정말 도달할 수 없는 서열에 있는 듯이 느껴졌던 남자, 그런 남자는 분명 그 자신이 갑자기 기계의 소유자가 되었다는 사실을 특별한 체험으로 느낄 것이며 그의 내부에서 기계에 대해 사랑 가득한 관계, 소년과 젊은이들에게서 거의 언제나 발견되듯이, 기계를 영웅화하고 그것을 자신의 욕망과 막강한 영웅적 행위의 드높고 보다 자유로운 수준으로 투영시키는 관계를 이룰 수 있기 때문이다. 소년은 몇 시간이고 역에서 기관차를 관찰할 수 있다. 그것이 차량들을 한 교차점에서 다른 교차점으로 옮길 수 있음에 몹시 기뻐하며, 몇 시간 동안이라도 빌헬름 후게나우는 인쇄 기계 앞에 앉아 진지하고 공허한 눈길로 안경알을 통하여 그것을 사랑스럽게 바라볼 수 있었다. 기계가 움직이며 종이를 삼키고 다시 토해 놓는 것을 끊임없이 기뻐하며. 그리고 그의 이 생동하는 존재에 대한 지나친 사랑이 너무도 그를 가득 채우고 있었으므로 어떤 질투도 그에게서 싹트지 않았고, 또 심지어는 이 이해할 수 없고 놀라운 기계의 기능을 이해하려는 시도조차 일어날 수 없었다. 그는 감탄하며 부드럽게, 거의 불안스럽게 기계를 그 자체로 받아들였다.

마르그리트는 종이 뭉치 위에서 기어 다녔고 후게나우는 거기 놓인 거친 벤치 위에 앉아 있었다. 그는 기계를 바라보았고 아이를 바라보았다. 기계는 그의 소유물이었다. 그것은 그의 것이었고 아이는 에슈의 것이었다. 그들은 한동안 서로 신문 뭉치를 던지며 놀았다. 그러다가 후게나우는 공놀이에 지쳤다. 그가 다리를 포개고 안경을 닦으며 말했다. 「광고 면에서 나올 게 좀 있을 거야.」

아이는 신문 뭉치를 가지고 놀았다.

후게나우는 계속 말했다.「이렇게 나쁘리라고는 상상도 못했단다. 신문에 너무 비싼 값을 치렀어…… 어쨌든 우리는 인쇄소가 있으니까…… 너는 인쇄 기계를 좋아하겠지?」

「네, 우리 인쇄 기계하고 놀아요, 후게나우 아저씨!」

마르그리트가 신문 뭉치에서 내려와 그의 무릎 위로 기어 올라왔다. 그다음 그들은 서로 팔을 끼고 상체를 박자에 맞추어 앞뒤로 흔들거리며 동작을 소리와 맞추었다.「품, 품.」

후게나우가 제동을 걸었다. 마르그리트가 말 타듯이 그의 무릎 위에 앉아 있었다. 후게나우는 약간 숨이 찼다.「신문을 너무 비싸게 샀어…… 일이 잘되면 부수가 4백까지 오를 텐데…… 하지만 우리가 두 면을 광고로 한다면 그것은 좋은 사업이 될 거고 우리는 부자가 될 거야. 그렇지 않니, 마르그리트?」

마르그리트가 그의 무릎 위에서 펄쩍 뛰었다. 후게나우는 아이를 덜컹덜컹 말을 태웠다. 아이가 웃었다. 왜냐하면 그가 그렇게 함으로써 아이의 단어가 서로 뒤흔들렸기 때문이다.「네, 아저씬 부자가 돼요, 부자가 돼요.」

「그것이 기쁘냐, 마르그리트?」

「그럼 제게 돈을 많이 주세요.」

「그럴까?」

「돈을 많이.」

「알겠니, 마르그리트, 우리는 광고를 모아 올 사람을 채용하자꾸나…… 마을에서…… 사방팔방에서. 수수료를 받고 말이다.」

아이가 진지하게 고개를 끄덕였다.

「난 벌써 생각해 봤다. 결혼 광고, 판매 광고 등등…… 린드너 씨의 견본을 한번 볼까.」 그리고 그는 식자실에 소리를 쳤다. 「린드너, 광고 견본.」

아이가 달려가 견본을 가져왔다.

「한번 보자, 이런 견본을 중개인에게 가져가 보자…… 어떻게 될지 보고 있거라.」 그는 아이를 다시 무릎에 올려놓고 같이 견본을 연구했다. 그리고 후게나우는 말했다. 「그럼 넌 돈을 가지고 그들에게서 도망치겠지…… 그래, 어디로 갈 거니?」

마르그리트는 어깨를 으쓱했다. 「앞으로.」

후게나우는 곰곰이 생각했다. 「아이펠을 지나 벨기에로 가거라. 그곳에는 좋은 사람들이 산단다.」

마르그리트가 물었다. 「같이 가요?」

「어쩌면…… 어쩌면 나중에, 그럼.」

「나중 언제요?」

아이가 그에게 애교를 부렸다. 그러나 후게나우는 갑자기 무뚝뚝하게 말했다. 「그만.」 그는 아이를 잡아 인쇄 기계 위에 앉혔다. 기이하게도 다시 저 살인자의 모습이, 나무 침대에 묶여 있던 어린아이 강간범의 모습이 뚜렷이 떠오르며 그를 불안스럽게 했다. 「모든 것은 때가 있는 법이다.」 그가 말하며 아이를 살폈다. 견고하게 움직이지 않는 기계 위에서 아이가 가볍게 흔들흔들거렸다. 그렇지만 아이는 기계의 일부처럼 생각되었다. 기계가 작동된다면 마르그리트를 종이처럼 삼켜 버릴 것이다. 그는 피대(皮帶)가 정말 벗겨져 있는

지 확인했다. 거의 그는 공포스럽게 다시 한 번 말했다. 「모든 것은 때가 있다. 때는 오게 마련이지…… 하여간 그가 여기 있는 우리를 방해하진 않아.」

어째서 때가 오게 마련인가에 대해 곰곰이 생각하는 동안 말같이 튼튼한 이빨을 지닌 에슈가, 그 여위고 성급한 훈장께서 자기를 편케 하지 않는다는 생각, 계약을 증거로 언제나 다시 자신에게 편집 일을 매달아 두려고 한다는 생각이 떠올랐던 것이다. 그는 계약을 내세우며 그가 온종일 자기 옆에 앉아 일해야 한다고 요구한다. 어쩌면 그에게 푸른 작업복을 입으라고 요구할 수도 있다. 계약서에 의거한다면 그럴 수도 있다. 하지만 이념 같은 건 그에게 한 푼의 값어치도 없다! 이제 후게나우는 비상한 유쾌함으로 가득 찼다. 왜냐하면 훈장 나리로서는 단 한 번도 그가 일을 하도록 강요하는 데 성공할 수 없었기 때문이었다.

광고안을 정리하면서 그는 말했다. 「훈장 나리께 우리가 꼭 앙갚음을 하게 될 거야 ─ 그렇지, 마르그리트?」

「내려 줘요.」 아이가 말했다.

후게나우는 기계로 갔다. 그러나 소녀가 팔로 그의 목을 감았으므로 그는 잠시 생각하며 서 있었다. 자신이 비밀리에 훈장 나리의 머리 위에 앉아 있음을 발견했기 때문이다! 그는 바로 그 의심스러운 사람을 감시하고 염탐하는 일을 하는 사람이라 나선 바 있었고 소령은 그것을 좋은 일이라고 했었다! 그때 후게나우에겐 마치 여기서만 자신의 진정한 생의 목적을 찾는 데 실패한 것 같았고 만약 에슈의 비밀 결사를 남김없이 폭로하는 데 성공한다면 생이 남김없이 충일해질 것 같았다. 그렇다, 그런 것이 있었다. 후게나우는 인쇄 검 댕에 더럽혀진 마르그리트의 뺨에 진정 어린 입맞춤을 했다.

그러나 에슈 씨는 위층 편집실에 앉아서 자기 일을 계속하며 그것을 후게나우에게 넘겨주지 않아도 되는 것을 만족스럽게 생각하고 있었다. 왜냐하면 다른 무엇보다도 그는 후게나우가 소령이 지시했던 방향에 맞추어 신문을 이끌어 갈 능력이 결코 없으리라고 확신하고 있었기 때문이다. 소령과 선한 일에 봉사하기 위하여 그는 자신이 신문을 돌보고 싶었다.

43

플루르쉬츠 박사는 수술실에서 야레츠키의 몽당팔을 조사했다. 「훌륭하군…… 군의 소령이 내일이라도 자네에게 퇴원을 명할 걸세…… 자네에겐 잘된 일이지…… 어느 요양소로 가보게나.」

「물론 제겐 잘된 일입니다. 여기서 나갈 절호의 때가 된 것은.」

「나도 그렇게 생각하네, 그렇지 않으면 우리는 자네의 헛소리를 계속 들어야 할 테니까.」

「퍼마시는 일 이외에 무얼 해야 하겠습니까…… 그것이 여기서 비로소 제가 정말로 잘할 수 있게 된 것입니다.」

「전에는 전혀 마시지 않았나?」

「전혀…… 아니지요, 약간은. 다른 사람들이 마시는 만큼은…… 아십니까, 저는 브라운슈바이크 공과 대학에 있었습니다…… 박사님은 어디서 학위를 하셨지요?」

「에를랑겐이오.」

「그렇습니까, 거기서 선생님은 자기 시절을 퍼마셔 버렸겠군요…… 소도시에선 다들 그러지요…… 여기서처럼 둘러앉았다 하면 저절로 재현되는 일이지요……」 플루르쉬츠가 여전히 몽당팔을 이리저리 검사했다. 「……보십시오, 더러운 곳은 치유되지 않기를 원하고 또 원한답니다…… 제 의수는 어떻게 되었습니까?」

「벌써 주문했네…… 의수도 없이 자네를 내보내지는 않아.」

「거 좋군요. 그럼 그렇게 하십시오. 만약 선생님 직업이 여기서 일하는 것이 아니라면 선생님 역시 다시 퍼마시게 될 겁니다.」

「모르지…… 다른 곳에서도 할 일이 몇 개쯤은 있을 테니까…… 책으로는 자네를 절대 만나 보지 못했을 거야, 야레츠키.」

「한번 말해 주십시오. 하지만 정직하게 말해 주십시오. 선생님은 정말로 방에 둘러 놓여 있는 책 무더기를 읽으십니까?」

「그럼.」

「이상하군요…… 그것이 어떤 의미나 목적이 있습니까?」

「전혀 없지.」

「그러면 안심입니다…… 아십니까, 플루르쉬츠 박사님…… 그렇습니다. 나는 진정되었다고요…… 박사님은 정말 많은 사람들을 삶에서 죽음으로 재촉하셨습니다. 그 일을 위해 박사님이 있지요. 하지만 만약 사람이 그렇게 합법적으로 둘쯤 죽였다면…… 보십시오, 그렇다면 아마 전 생애 동안 책을 단 한 권도 손에 들 필요가 없을 겁니다…… 그것이 저의 느낌입니다. 그 때문에 전쟁 역시 그치지 않을 거고요……」

「대담한 생각의 비약이군, 야레츠키. 자네 오늘 벌써 좀 마셨나 보군?」

「아니요, 난 젖먹이처럼 말짱합니다……」

「그래, 되었네…… 적어도 14일이 지나면 의수를 달아 볼 수 있을 거야…… 자네는 학교에 다녀야 할 것 같으니…… 설계를 하고 싶어 하니까……」

「네, 나는 사람들이 어떻게 받아들일지 상상할 수 없을 뿐입니다.」

「아에게는 어떤가?」

「그럼 나를 위해 의수 학교는 어떤가요…… 때때로 나는 박사님들이 나더러 그것을 달고 다니라고 하는 게 아주 쓸모없는 일처럼 여겨집니다…… 소위 정의감에서 당신들은 그렇게 했겠지요. 왜냐하면 내가 당시 프랑스인의 다리 사이에 수류탄을 밀어 넣었으니 말입니다……」 플루르쉬츠가 주의 깊게 그의 눈을 응시했다. 「조심하게, 야레츠키. 정신 차리게나. 자넨 정말 사람을 불안스럽게 만드는군…… 정말 오늘 얼마나 마셨지?」

「말할 가치도 없습니다…… 박사님의 정의 감각에 감사합니다. 그리고 선생님의 수술은 훌륭했고요…… 지금 전 이 세상에서 훨씬 행복합니다…… 끔찍이도 행복합니다. 모든 것이 멋지게 끝장났지요…… 그리고 아에게가 오직 저만을 위하여 기다리고 있고요.」

「진담일세, 야레츠키, 자네는 그곳에 들어가야 할 거야.」

「하지만 선생님이 아는 것은 오직…… 선생님이 붙잡을 팔

이 가짜라는 겁니다…… 거기 그것 말입니다.」 야레츠키는
두 손가락으로 의료 기구대의 유리판 위를 두들겼다. 「거기
그것으로 나는 수류탄을 던졌더랬습니다…… 아마 그 때문
에 여전히 납처럼 무겁게 내 몸뚱어리에 매달려 있는 건지도
모릅니다.」

「잘될 거야, 야레츠키.」

「어쨌거나 벌써 모든 것이 잘되어 있습니다.」

44

가치들의 붕괴(6)

군인들의 논리에 속하는 것은 적군의 다리 사이에 수류탄
을 내던지는 것이다.

군대의 논리에 속하는 것은 대체로, 군대의 권력 수단을
아주 수미일관하게 철저히 이용하는 것이다. 그리고 필요하
다면 사람들을 말살시키고, 사원을 부수고, 병원과 수술실을
사격하는 것이다.

경제 지도자의 논리에 속하는 것은 경제적 수단을 극히 철
저하고 절대적으로 이용할 대로 다 이용하는 것이며, 모든
경쟁을 제거하여, 그것이 상점이든 공장이든 콘체른이든 아
니면 어떤 경제적 기관이든간에 자신의 경제 단위가 단독으
로 지배하도록 도와주는 것이다.

화가의 논리에 속하는 것은 화가의 원칙들을 극히 철두철
미하게 끝까지 밀고 나가는 것이다. 아주 비교적인 형상, 생

산자에게만 이해되는 형상이 나타날 위험을 감수하고라도 말이다.

혁명가의 논리에 속하는 것은 혁명적인 돌진을 극히 철두철미하게 전진시켜 혁명 자체를 확립하는 것이다. 마치 정치적 목표를 절대적 독재로 이끌어 가는 것이 대체로 정치인들의 논리인 것처럼.

부르주아 사업가의 논리에 속하는 것은 절대적으로 철두철미하게 부자가 되라는 표어를 유효하게 하는 것이다. 이런 식으로, 그렇게 절대적으로 철저함을 지니고, 서양의 세계적인 업적이 이루어진 것이다. 자기 자신을 지양하고 마는 이러한 절대성, 그것은 결과적으로 불합리하게 된다. 전쟁을 위한 전쟁, 예술을 위한 예술, 회의란 존재치 않는 정치, 사업을 위한 사업 — 이 모든 것이 진술하는 바는 동일하다. 이 모든 것은 동일한 공격적인 철저성을 띠고 있으며, 형이상학적인 무분별이라고 말하고 싶을 정도의 저 끔찍한 무분별성을 띠고 있고, 일을 지향하는, 다만 일만을 지향하는 저 섬뜩한 논리성을 띠고 있다. 오른쪽을 쳐다보지도, 왼쪽을 쳐다보지도 않는 논리성을. 오, 이 모든 것이 이 시대의 사유 양식이다!

사람들은 이 시대의 모든 가치들과 무가치들에서 야기되는 이 짐승 같은 공격적인 논리에서 빠져나올 수가 없다. 비록 그가 어떤 성이나 유대인 집의 고독 속으로 기어 들어가 숨었다 하더라도 말이다. 그러나 인식을 두려워하는 자는 낭만주의자이다. 그에게 중요한 것은 세계상과 가치상의 완결성이다. 그는 과거에서 꿈꾸던 모습을 찾아본다. 그가 중세를 바라보는 데는 좋은 구실이 있다고 하겠다. 왜냐하면 중세는 결정적으로 중요한, 이상적인 가치 중심을 소유하고 있었고, 모든 다른 가치들이 종속했던 최상위 가치를 지니고 있었기 때문이다. 그것은 그리스도교 신에 대한 믿음이었다. 우주론이 이 중심 가치에 종속했었던 것처럼(아니, 그 이상이다. 우주론은 스콜라적으로 그것으로부터 연역될 수 있었다) 인간 자신도 그러했다. 인간과 그의 행동 전부가 저 세계 질서, 다만 절충주의적 위계의 반영일 뿐인, 영원하고 무한한 조화의 모사, 그 자체로 완결되고 유한한 모사일 뿐인 세계 질서의 일부였다. 중세의 상인에게는 〈사업은 사업이다〉라는 말이 타당하지 않았다. 경쟁은 그에게는 금지된 것이었다. 중세의 예술가는 예술을 위한 예술을 알지 못했다. 그가 아는 것은 오직 믿음에의 봉사였다. 중세의 전쟁은 유일한 절대 가치에의 봉사에서, 신앙에의 봉사에서 이끌어지고 난 다음에야 비로소 절대성이라는 존엄을 요구했다. 그것은 오로지 신앙 속에서 안식하는 어떤 궁극적 세계 전체였지, 원인적 세계 전체는 아니었다. 전적으로 존재를 토대로 했지 생성을 근거로 한 세계가 아니었다. 그 세계의 사회 구조, 예술, 사회적 결속, 요약하여 세계의 전체 구조들이 포괄적인 신앙의 생의 가치에 종속했던 것이다. 신앙이 바로 모든 물음의 사슬이 끝나는 그럴듯함의 지점이었다. 바로 신앙이 논리를 관철시키며, 저 특수한 색채와 양식을 형성하는 힘을 부여했다. 그리고 그 힘은, 신앙이 살아 있는 한, 언제나 다시 사유의 양식으로서만이 아니라 시대의 양식으로 표현되게 한다.

그러나 사유는 일신론적인 사유에서 추상적인 사유로 나

아갔다. 삼위일체의 유한한 무한성 속에서 가시적이며 인성적이던 신은 이제 그 이름을 부를 수도 없고 어떠한 형상도 만들 수 없는 그런 신이 되었다. 절대성의 무한한 중립성 속에서 부침(浮沈)하며 안식할 수도 없고 도달할 수도 없는 잔혹한 존재로 화한 것이다.

철저화, 그렇다, 논리적인 것의 해방이라고 말할 수도 있겠다. 철저화가 담당한 그러한 전복의 힘 속에서, 그럴듯함의 지점이 새로운 무한성의 지점으로 옮겨지면서, 신앙이 지상의 활동으로부터 등을 돌리면서, 존재자이며 안식자가 지양된 것이다. 현세의 공간에서의 양식의 형성력이 소진한 것처럼 보인다. 칸트식 건물이 무성하고, 혁명의 불꽃이 타오르며, 이와 나란히 여전히 로코코가 우아한 모습으로 존재하고, 금방 비더마이어[24]로 변질된 바 있던 제국 양식[25]이 병존한다. 왜냐하면 제국 양식과 곧 그 뒤를 이은 낭만주의가 아무리 정신적인 전복과 지상적·공간적 표현 형식 사이의 모순을 인식하고 회고적인 눈초리로 고대와 고딕을 구난자로서 불러대었을지라도, 그것은 그 발전을 더 이상 저지시키지 못했기 때문이다. 존재는 순수 기능성으로 대치되고, 물리학적인 세계상마저 두 세대가 흐르면 공간 자체도 약탈할 수 있을 정도의 추상성으로 대치된다. 이미 순수 추상을 위한 결정이 내려진 것이다. 무한히 먼 곳에 있는 지점 ― 그곳의 도달 불가능한 본체적인 거리를 향하여 이제 모든 물음

24 Biedermeier. 특히 19세기 전반의 독일 미술 및 풍속, 문학의 양식을 일컬으며 극단적으로 간소하고 실용적인 것을 지향했음.
25 특히 나폴레옹 1세의 제정 양식을 뜻함.

사슬과 그럴듯함의 사슬이 추구해야 한다 — 에 직면하여 개개 가치 영역이 한 중심가치와 결속하는 것은 일격에 불가능하게 되어 버렸다. 추상성이 아무 동정 없이 모든 개별 가치 활동의 논리를 관통하고, 내용의 결핍으로 말미암아 그것이 건축의 목적 형식이든 혹은 어떤 다른 활동의 목적 형식이든 간에, 목적 형식과의 어떤 편차도 금지될 뿐만 아니라, 그로 인해 너무도 개별 가치 영역들이 철저화되어, 이들 가치 영역들은 스스로 정립되어 절대화되면서, 서로 분리되고 서로 평행하게 된다. 그리고 공동의 가치 세계를 형성하지 못하고 서로 동등함을 주장하게 되는 것이다. 그것들은 이방인처럼 서로 병립한다. 〈상행위 자체〉의 경제적 가치 영역, 그 옆에 예술을 위한 예술이라는 예술가의 가치 영역, 군사적 가치 영역, 그와 나란히 기술 혹은 스포츠의 가치 영역, 이렇게 각자가 자율적으로, 각자가 〈즉자적으로〉 각자가 그 자율성 내에서 〈해방되어〉 각자가 자기 논리의 철저함을 다하여 최종 결론을 이끌어 내기 위하여, 그리고 자신의 기록을 깨기 위하여 애를 쓰는 것이다. 슬프도다, 막 균형을 취한 가치 영역들의 이러한 싸움에서 하나가 과중하게 되어 다른 모든 가치 위로 솟아오른다면, 마치 지금 전쟁 중인 군대처럼, 또는 전쟁까지 밑에 예속시킨 경제적 세계상처럼 솟아오른다면 — 슬프도다! 왜냐하면 그것은 세계를 얼싸안아, 다른 모든 가치들을 얼싸안아, 들판 위에 퍼지는 메뚜기 떼처럼 그것들을 절멸시키기 때문이다.

그러나 인간, 신의 닮은 꼴인 인간은 일찍이 세계 가치의 거울이며 세계 가치의 담당자였건만, 이제는 그렇지 않다.

그가 예전과 같은 보호를 받고 있으리라고 아직은 예감하고 있더라도, 어떤 상위 논리가 그의 감각을 비틀리게 했는가 자문해 본다 할지라도, 그가 낭만주의와 감상주의로 가득 차 있다 하더라도, 그가 신앙의 비호를 동경하고 있다고 하더라도, 그럼에도 불구하고 그는 어쩔 수 없이 독립적이 되어 버린 가치들의 톱니바퀴 속에 머무를 것이며, 그가 자신의 직업이 되어 버린 개별 가치에 종속하는 이외의 방도는 남아 있지 않을 것이며, 그 가치의 기능이 되는 이외의 길은 남아 있지 않았을 것이다 ── 그 가치의 손아귀에 잡혀 있는, 그 가치의 철저한 논리성에 의해 잡아먹힌 직업 인간이여.

45

후게나우는 점심을 하숙에서 먹기로 에슈 부인과 합의했다. 그것은 모든 면에서 합목적적이었으므로 에슈 부인이 온갖 노력을 다하는 것을 막을 수가 없었던 것이다.

어느 날 식사를 하러 올라간 그는 에슈가 차려진 식탁에 앉아 검게 장정된 책에 몰두하고 있음을 보았다. 호기심을 가지고 그는 어깨 너머로 그것을 들여다보았고 곧 그것이 성서의 목판 인쇄본임을 알았다. 그는 누가 어떤 사업에 있어 자신을 속이는 데 성공한 경우가 아니라면, 그러나 그런 일은 거의 없었다, 어떤 것에도 좀처럼 놀라는 사람이 아니었기 때문에 그는 단지 〈아하〉라고 말하고는 식사가 운반되기를 기다렸다.

펑퍼짐한 엉덩이에, 매력도 여성도 상실한 채, 에슈 부인이 방을 통과했다. 약간 금발인 그녀의 머리채가 단정치 못하게 하나로 묶여 틀어 올려져 있었다. 그러나 그녀가 지나가면서 느닷없이 그리고 쓸데없이 남편의 딱딱한 등을 쓰다듬자 후게나우는 돌연 그녀가 밤마다 결혼 생활을 상당히 잘 이용할 줄 알리라는 느낌이 들었다. 그 생각이 그에겐 유쾌하지 않았으므로 그는 물었다. 「아니, 에슈, 수도원에 들어갈 준비를 하십니까?」

에슈가 책에서 눈을 떼고 그를 쳐다보았다. 「문제는 도망갈 수 있는가 하는 거요.」 그리고 버릇대로 무뚝뚝하게 덧붙였다. 「하지만 당신은 이해하지 못할 거요.」

에슈 부인이 수프를 날라 왔다. 그러나 후게나우는 불쾌한 생각에서 헤어나지 못했다. 두 사람은 아이 없는 연인들처럼 사는군. 아마 그래서 그 소녀, 마르그리트를 양녀로 삼아 그것을 감추려고 하는 것이렷다. 사실 그는 아들이 앉아야 할 자리에 앉아 있었다. 그는 단순한 기분에서 농담을 다시 시작하면서 에슈 부인에게 그녀의 남편이 수도사가 되겠다고 한다고 이야기했다. 그에 대해 에슈 부인은 모든 수도원에서 수도사 양반들 사이에 불미스러운 관계가 지배적이라는 이야기가 있던데 참말이냐고 물었다. 그러면서 그녀는 자신에게 일어나는 천한 상상을 하며 커다랗게 웃었다. 그러나 그녀의 눈은 천천히 그리고 의심하며 남편에게로 향했다.

「당신은 믿어도 되겠지요.」

에슈 씨는 어색한 것이 분명했다. 후게나우는 그의 얼굴이 붉어지며 성난 눈초리로 응수하는 것을 알아차렸다. 그렇지만 에슈는 부인 앞에서 태연함을 잃지 않으려고, 그렇다, 자신을 높이려고 애를 쓰면서, 중요한 것은 결국 다만 관습이라고, 하여간 일반적으로 알려진 바처럼 수도사 생활에서는 동성연애자가 될 필요가 전혀 없으며, 오히려 자기 생각으로는 자기가 수도사로도 상당히 적합한 남자이리라고 설명했다.

에슈 부인의 표정이 아주 심각하게 굳어졌다. 그녀는 기계적으로 그녀의 머리를 매만졌고 마침내 이런 말을 했다. 「맛이 어때요, 후게나우 씨?」

「굉장한데요.」 후게나우가 수프에 숟가락질을 하며 말했다.

「한 그릇 더 드시겠는지요.」 에슈 부인이 한숨을 쉬었다. 「오늘은 어쨌든 옥수수 과자뿐이니까. 더 특별한 것은 없답니다.」

그녀는 후게나우가 다시 한 그릇을 가득 채우도록 한 데 만족하여 고개를 끄덕였다. 그러는 사이 후게나우는 자기 주제를 계속 고수하고 있었다. 아마 에슈 씨는 전쟁 음식에 벌써 싫증이 나버린 것 같습니다. 수도원에는 고기 배급표나 곡식 배급표가 없다지요. 거기서는 여전히 가장 평화롭게 살고 있습니다. 승려들은 토지를 가지고 있으니 전혀 놀랄 일이 아니겠지요. 그곳에서는 여전히 뱃속이 두둑할 겁니다. 제가 마울브론에 있었을 때, 그곳 수도사의 고용원이 말해 주었는데…….

에슈가 말을 중단시켰다. 만약 세상이 다시 진실로 자유로워진다면 세상은 감옥의 음식을 씹어 먹을 필요가 없어질 것이오…….

「채소와 무 말이지요.」 에슈 부인이 말했다.

「말라 빠진 채소겠지요.」 후게나우가 말했다. 「선생이 말하는 진정한 자유가 뭡니까?」

에슈가 말했다. 「그리스도교적 인간의 자유요.」

「저로서는,」 후게나우가 말했다. 「그것이 말라 빠진 채소와 어떤 관계가 있는지 알고 싶은 겁니다.」

에슈가 성서를 잡았다. 「내 집은 기도의 집이로다. 그러나 너희가 그것을 살인자의 구덩이로 만들었도다.」

「흐흠, 살인자가 말라 빠진 채소를 얻는다고요.」 후게나우가 빈정거렸다. 그다음 그는 진지해졌다. 「그럼 전쟁이 일종의 살인자라는 말씀이군요. 말하자면 사회주의자들이 말하듯이 강도 살인이라는 말씀이군요.」

에슈는 그를 주목하지 않았다. 그는 계속 책장을 들추었다. 「역대기에 계속되지…… 역대하…… 제6장, 제8절…… 여기 있군. 네가 내 이름을 위하여 전(殿)을 건축할 마음이 있으니 이 마음이 네게 있는 것이 좋도다. 그러나 너는 그 전을 건축하지 못할 것이요 네 몸에서 네 아들 그가 내 이름을 위하여 전을 건축하리라 하시더니.」 에슈의 얼굴이 상기되었다. 「이 말씀은 정말 중요하오.」

「그럴 수도 있지요.」 후게나우가 말했다. 「왜 그렇지요?」

「살인과 대응 살인…… 많은 사람이 희생해야 하오. 구원자가 태어나기 위해선 말이오. 집을 지을 수 있는 아들이 태어나기 위해서 말이오.」

후게나우가 신중하게 물었다. 「미래의 나라를 의미하시는 겁니까?」

「노동조합만으로는 그렇게 되지 않지.」

「그래요…… 그 말이 소령의 논설에도 있습니까?」

「아니오. 그 말은 성서에 있소. 한데 아무도 아직 그 말을 간파하지 못하고 있을 뿐이지.」

후게나우가 손가락으로 에슈를 위협했다. 「당신은 아주 약아 빠진 사람이군요, 에슈…… 그 노인네, 소령이 지금 선생이 뒤에서 행하는 바를 눈치 채지 못하리라고 생각하십니까?」

「무슨 말이오?」

「그, 그 공산주의적인 선전 말입니다.」

에슈가 누렇고 튼튼한 이빨을 내놓으며 상을 찡그렸다. 「당신 천치로군.」

「거친 말을 하는 건 누구에게나 쉽지요…… 그렇다면 대체 선생의 미래의 나라는 무엇을 뜻합니까?」

에슈는 긴장하여 곰곰이 생각했다. 「당신을 납득시킬 수는 없겠소…… 하지만 하나는 말해야겠소. 만약 사람들이 다시 한 번 성서를 읽는 법을 이해하게 된다면, 공산주의나 사회주의는 필요하지 않을 것이오…… 프랑스 공화국이나 독일 황제도 존재하지 않을 것이오.」

「아니, 그렇다면 우리는 혁명을 겪을 것입니다…… 그 말을 어디 한번 소령에게 설명해 보시지요.」

「얼마든지 그에게도 조용히 설명하겠소.」

「그러면 그가 아주 기뻐하겠군요…… 만약 당신이 황제를 제거한다면 무슨 일이 일어나겠습니까?」

에슈가 말했다. 「모든 인간을 구원자가 지배하는 거요.」

후게나우는 에슈 부인에게 눈을 찡긋해 보였다. 「그럼 선생 아들이 지배하는 겁니까?」

에슈도 부인을 바라보았다. 그는 거의 놀란 것 같았다. 「내 아들의?」

「우리는 아이가 없어요.」 에슈 부인이 말했다.

그러나 그것은 에슈에게 너무 심한 일이었다. 「이봐, 당신은 모독을 하고 있어…… 너무 어리석어 모독을 하거나 사람의 말을 목구멍에서 일그러뜨리는 거야…….」

「그의 말은 그렇게 나쁜 말이 아녜요.」 에슈 부인이 달래었다. 「당신들이 싸우는 동안 식사가 다 식어 버리겠어요.」

에슈는 입을 다물고 옥수수 케이크 앞으로 몸을 굽혔다.

「저, 나는 말 없는 신부하고 식사를 같이 한 적이 자주 있답니다.」 후게나우가 말했다.

에슈는 여전히 응수하지 않았다. 후게나우가 다시 시작했다. 「그렇다면 구원자의 지배가 무슨 중요성이 있습니까?」

에슈 부인이 기대에 찬 눈초리를 했다. 「그에게 말해 주세요.」

「상징이오.」 에슈가 퉁명스럽게 말했다.

「재미있군요.」 후게나우가 말했다. 「그러면 그건 목사들입니까?」

「성스러운 신, 그분과 같은…… 당신에게 알아듣게 설명하는 것도 절망적인 사명이겠소…… 교회의 지배에 대해선 아무 말도 들어 본 적이 없겠지…… 그러고도 신문 발행인이 되려 하다니!」

이제 후게나우 편에서 상당히 격분했다. 「그렇다면 선생의 공산주의가 그런 모습이겠군요…… 정말 그런 모습이라면…… 목사들에게 당신은 모든 것을 가져다 드리겠군요. 그래서 선생은 수도사가 되려나 보지요…… 수도사들이 더 배뚱뚱이로 살도록 말입니다…… 그리고 우리에겐 말라 빠진 채소조차도 남아 있지 않게 되고…… 어렵사리 번 돈을 이 사회의 아가리에 내던지려는군요…… 안 되지요. 나의 성실한 사업이 내게는 정말로 당신의 공산주의보다 더 사랑스럽습니다.」

「제기랄, 그럼 당신은 사업을 하시구려. 하지만 당신이 아무것도 배우려 하지 않는다면 그 제한된 — 그렇소, 제한된이라고 말했소! — 견해로 신문을 발행하려고 해선 안 될 거요. 그럴 수 없고말고!」

그에 대해 후게나우는 의기양양하게 통고했다. 자기를 찾아낸 것이 기쁜 일이 될 수 있으리라고. 에슈 씨라는 아무개가 했던 광고업으로는 「쿠르트리에르세 보테」지가 손으로도 꼽을 수 있을 정도의 기간, 즉 1년 안에 몰락했을 거라고. 그러면서 그는 에슈 부인이 이 실천 분야에서 그를 따라 주리라고 가정하며 그녀에게 기대에 찬 시선으로 눈을 찡긋했다. 그렇지만 에슈 부인은 옥수수 케이크를 식탁에서 치우며 부드러운 태도를 취했다. 후게나우는 다시 그녀가 손을 남편의 어깨 위에 올려놓았음을 알아차리고 거부감을 느끼지 않을 수 없었다. 그녀는 그의 연설에 귀를 기울이지 않았다. 단지 우리, 친애하는 후게나우 씨와 나는 그렇게 쉽사리 배울 수 없는 것들이 존재하는 것 같다고만 단언했을 따름이다. 에슈는 승천하듯이 식탁에서 일어서며 토론을 끝맺었다. 「배워야 하오. 젊은이, 눈을 크게 뜨고 배우시오.」

후게나우는 방을 떠났다. 목사의 설교이군, 그는 생각했다. 성스러운 신앙의 적을 증오하라, 그렇다, 빌어먹을, 허풍쟁이 같으니. 그는 벌써 증오할 태세가 되어 있었다. 하지만 누구를 증오해야 하는가를 정할 수가 없었다. 게다가 난 그런 건 무시하는 사람이지. 그릇들이 씻겨지며 나는 딸그락 소리와 부엌의 더러운 구정물 냄새가 그를 나무 층계 위까지 배웅했다. 이상하게도 그의 양친의 집과 부엌의 어머니가 뚜렷이 기억났다.

46

머칠 후 다음과 같은 글이 후게나우의 펜으로부터 흘러나왔다.

고귀하옵신
지구 사령관
요아힘 폰 파제노 소령 각하

비밀 보고 제1호

고귀하옵신 소령 각하!
제가 수행해야 할 영예를 누렸던 인터뷰와 관련하여, 어제 당해 인물 에슈 씨와 여러 분자들을 만났음을 정중히 보고드리도록 허락해 주시기 바랍니다. 알려진 바대로 에슈 씨는 일주일에 여러 번 혁명적인 분자들을 〈팔츠〉라는 식당에서 만나고 있는데, 어제 친절하게도 같이 가자고 저를 초대했던 것입니다. 리벨이라고 하던가, 제지 공장의 직공장 이외에도 상기 공장의 노동자가 있었습니다. 그의 이름은 그가 의도적으로 불분명하게 발음했으므로 잘 알아듣지 못했습니다. 그 밖에도 외출증을 지닌 군사 병원 소속의 사람이 둘 있었습니다. 바우어라는 이름의 하급 장교와 폴란드 이름의 포병이었습니다. 조금 늦어서 박격 포대 지원병이 한 사람 더 왔습니다. 그는 베트거, 베츠거, 그런 비슷한 이름이었습니다. 그에게 상기의 에슈가 박사와 함께 말을 걸었습니다. 대화의 주제를 전쟁 사건으로 향하게 하는 데는 저의 요구가 결코 필요하지 않았으며, 무엇보다도 종전(終戰)의 가능성이 언급되었습니다. 특히 상술한 지원병은 오스트리아인이 전력을 상실하게 했으므로 전쟁이 끝나리라는 의견을 표명했습니다. 그가 장갑 열차를 타고 통과한 우리의 연맹 형제들에게서 듣기로는 빈 근처의 가장 큰 화약 공장이 이탈리아의 비행기 혹은 배반에 의하여 공중으로 산산조각이 되어 날아갔고, 오스트리아 함대가 그들 장교들을 살해한 후 적에게 넘어갔으며, 이들은 바로 독일 잠수함들에 의해서 비로소 교란되었다고 했습니다. 포병은 이에 대해 자기는 그 말을 믿을 수 없다고, 왜냐하면 독일 해병들도 이제는 같이 행동하고자 하지 않기 때문이라고 했습니다. 어디서 그것을 알았느냐는 저의 물음에 그가 말하기를 해군 경리 주임이 휴가차 묵었던, 이곳에 설치된 어느 쾌락의 집에서 일하는 아가씨에게서 들었다고 했습니다. 그 여자의 보고에 따르면, 즉 회계 주임 장교에 따르면, 다시 말해 그 포병에 따르면, 소문이 자자한 슈카게락의 전투 후에 해병들은 복무를 거부했고, 또 대원들의 식량도 입수할 수 없었다고 말했습니다. 이에 대해 직공장이 강조하기를 전쟁은 대자본가 이외에 이익이 되는 사람이 아무도 없노라고, 러시아인이 이것을 깨달은 최초의 사람들이라고 했습니다. 이러한 파괴적인 이념들은 에슈 씨에 의해서도 표명되었습니다. 그는 여기서 성서를 끌어들였지만 제가 에슈 씨를 겪은 바에 의하면 그렇게 함으로써 그는 외견상 성스러운 목적을 추구하는 듯 보이지만 그에게는 교회의 재산이 눈엣가시라는 점을 결정적으로 단언할 수 있다고 생각하는 바입니다. 그는 분명 사전에 준비되어 있는 음모를 은폐하기 위하여 성서 모임을 만들자고 제안했습니다만 그것은 모여 있는 사람들 대부분의 비웃음을 자아냈습니다. 병원에서 온 두 사람과 공장 노동자가 가버린 후에, 한편으로는 그에게서 다른 한편으로는 회계 주임 장교에게서, 더 많은 정보를 듣기 위하여 저는 쾌락의 집을 방문하자는 제안을 했습니다. 그러나 저는 거기서 회계 장교에 대해 그리 많은 이야기를 얻어들을 수 없었습니다. 이에 반해 제게는 에슈 씨의 태도가 더욱 의심스러워졌습니다. 그 집의 단골이 분명한 의사는 나를 이와 같은 말로 소개했습니다. 이분은 너희들이 무료 봉사해야 할 정부의 신사이다,라고. 여기서 저는 에슈가 저에 대해 어떤 의심을 품고 있으며 따라서 그의 칭찬이 저를 경계하도록 주의시킨 것을 알아차릴 수 있었습니다. 따라서 저는 에슈 씨가 그의 조심성을 버리도록 할 수가 없었습니다. 그가 제 초대와 비용으로 곤드레가 되었음에도 불구하고 그는 방을 수색해 보자는 권고에 꿈쩍하지 않았으며, 겉보기에는 아주 말짱한데도 취한 상태를 이용하여 그런 유흥장의 비그리스도교성과 타락에 대하여 시끄러운 연설을 했습니다. 지원병 의사가 이런 집들은 군대의 위생 목적을 위하여 군사 행정상 장려되었고 또 군사 시설로서 존중되어야 한다고 깨우쳐 주니까 비로소 그는 대립적인 입장을 포기하는 것이었습니다. 물론 그는 집에 가는 길에 다시 한 번 대립적인 입장을 취했습니다.

금일의 보고로는 더 계속할 것이 없사옵고 특별한 존경을 표하오며 계속 봉사할 태세가 되어 있음을 선언하는 바입니다.

돈수재배하오며
빌헬름 후게나우 드림.

추신. 〈팔츠〉 식당에서의 모임 동안 에슈가 이곳 감옥에 총살될 탈영병 몇 명이 있다고 말했음을 추신으로 보충하도록 허락해 주십시오.

이에 관하여 역시 그를 필두로 하는 일반적인 견해가 표명되었습니다. 전쟁의 종국을 앞둔 지금 ─ 그들은 그렇게 확신하고 있었습니다 ─ 또 탈영병들을 총살한다는 것은 의미가 없다고 했습니다. 피는 충분히 흘려졌기 때문이라나요. 에슈 씨의 의견은 행동을 도입해야 하리라는 것이었습니다. 그 말이 뜻하는 바가 폭력적인 행동인지 혹은 어떤 다른 행동인지 그는 말로 나타내지 않았습니다. 제가 다시 한 번 보충하며 강조하고 싶은 바는 상기 에슈가 파괴적인 본질을 경건한 대화로 숨기고 있는, 양 우리 속의 늑대로 사료된다는 점입니다.

다시 한 번 경의를 표하며
이만.

보고서를 끝낸 후 후게나우는 거울 속을 들여다보면서 에슈가 그를 그렇게 자주 화나게 했던 것과 비슷한 아이로니컬하게 찌푸린 표정이 나타나는지를 자기 얼굴에서 시험해 보았다. 그렇다, 그 편지는 대가다운 업적이었다. 에슈의 흠을 잡은 것은 잘한 일이었다. 후게나우는 그 유쾌한 생각에 너무도 감동하여 소령이 보고서를 받으며 느낄 기쁨을 그려 볼 정도였다. 그는 자기가 직접 전해 줄까 하고도 생각했지만 소령이 우편의 형식을 통해 손에 넣는 것이 더욱 합당한 듯이 여겨졌다. 그는 겉봉의 〈친전〉 밑에 커다랗게 밑줄을 세 번 긋고서야 비로소 편지를 등기로 부쳤다.

한데, 후게나우는 잘못 생각했었다. 소령은 책상 위의 서류들 사이에서 편지를 발견했을 때 전혀 기뻐하지 않았다.

우중충하게 비가 내리는 아침이었다. 비는 관청 창문을 타고 흘러내렸고 공기에서는 아황산 냄새 또는 그을음 냄새가 풍겼다. 편지 뒤에는 좀 추악하고 폭력적인 것, 어떤 드러나지 않은 것이 숨어 있었다. 자신의 현실을 다른 사람의 현실과 관련시켜서 그 속을 뚫고 들어가려는 시도를 하는 것은 언제나 폭력이며 능욕임을 소령은 알지 못했을지라도, 그는 〈올빼미〉라는 단어가 떠올랐다. 그리고 마치 그가 자신을, 부인과 아이들을 어떤 것, 세상이 아니라 수렁이라 할 수 있는 어떤 것으로부터 보호해야 할 것 같았다. 그는 망설이며 다시 한 번 편지를 잡았다. 근본적으로 그 사내를 비난할 것은 없었다. 그자의 폭력 행위는 말하자면 알아차릴 수 없는 것에 불과하며, 그는 단지 애국적인 의무를 실행했고 또 보고했을 뿐이었다. 선동가의 역겹고 비열한 술책과 관계되는 일이었다면 그 교양 없는 사내에게 책임을 맡겨서는 안 될 일이었다. 그러나 이 모든 것이 정말로 이해할 수도 파악할 수도 없었으므로 소령은 단지 저열한 정신의 소유자에게 신뢰를 보냈었다는 데 수치를 느꼈을 뿐이다. 백발 밑의 얼굴이 부끄러움으로 약간 더 붉어졌다. 그럼에도 불구하고 지구 사령관은 서류를 쓰레기통에 가차 없이 던져 버리는 일을 정당하다고 간주해서는 안 되는 것이다. 직무상의 의무가 내리는 명령은 오히려 혐의자를 적절하게 불신하는 눈초리로 바라보고, 말하자면 멀리서 그를 미행하여 에슈 씨의 행동으로 말미암아 조국에 닥칠지도 모르는 어떤 불행을 방지하라는 것이었다.

47

군의 소령 쿨렌베크가 케셀 박사와 전화를 했다. 「박사님, 오늘 세 시에 수술하러 오실 수 있습니까? 작은 총알 제거 수술인데요……」

케셀 박사는 거의 가능하지 않을 것 같다고, 시간이 꽉 찼다고 말했다.

「그 작은 총알을 도려내는 것이 박사한테 너무 쉬운 일이라면 내게도 그렇습니다…… 하지만 사람은 너무 많은 요구를 해서는 안 되지요…… 결국 이런 건 삶도, 일도 아닙니다. 난 조만간 일자리를 옮기려 합니다…… 그러나 오늘은 아무 도움도 안 됩니다…… 나는 박사가 올 것을 명령합니다. 자동차를 보내겠습니다. 반 시간이면 끝납니다.」

쿨렌베크가 수화기를 놓고 웃었다. 「자, 두 시간 동안 그는 끙끙 앓을 거야.」

플루르쉬츠가 그 옆에 앉아 있었다. 「그런 사소한 일 때문에 케셀을 오게 한다는 것에 좀 놀랐습니다.」

「그 착한 케셀은 언제나 다시 내게 속아 넘어가지. 크네제의 부속물은 우리가 같이 다루어 보세.」

「그를 정말로 수술하시려는 겁니까?」

「왜 안 되겠나? 사람은 오락이 있어야 하고…… 나도 그러하네.」

「그가 수술을 받겠다고 하겠습니까?」

「자, 플루르쉬츠, 지금 자네도 필경 우리의 늙은 케셀만큼이나 순진하군. 내가 언제 누구한테 물어보고 수술하던가? 나중에 그들 모두 감사해했네. 그리고 4주간의 병가, 그것을 나는 누구에게나 마련해 주었지…… 자, 알겠나?」

플루르쉬츠가 무슨 말을 하려고 했다. 쿨렌베크가 눈짓으로 물리쳤다. 「아, 나를 자네의 분비선 이론으로 만족시키려는군…… 친애하는 친구, 만약 내가 어떤 사람의 뱃속을 들여다볼 수 있다면 내겐 이론이 필요 없네…… 나를 따르게. 그러면 자네는 외과 의사가 될 거야…… 젊음을 유지하는 유일한 가능성이지.」

「그러면 저의 선(腺) 연구를 전부 그만두어야 한단 말입니까?」

「편안한 마음으로 그만두게…… 자네는 정말 수술을 아주 잘하고 있어.」

「야레츠키에게 무슨 일이 일어날 것이 틀림없습니다. 군의 소령님…… 그 남자는 끝장입니다.」

「개두술(開頭術)을 시험해 보지.」

「선생님은 그를 벌써 퇴원시키셨습니다…… 그는 신경 전문 치료를 받아야 합니다.」

「나는 크로이츠나흐에 그가 가도록 신청해 두었네. 거기서 그는 정신을 차리게 될 거야…… 자네들은 내게 있어 같은 세대일세! 조금 퍼마시고는 힘없이 쇠약해져서 신경 치료소에 가야 한다고…… 오르도난츠!」

오르도난츠가 문틀에 나타났다.

「세 시에 수술이 있다고 카를라 간호사에게 말해 주시오…… 그렇지, 그리고 2호실의 마르비츠와 3호실의 크레제는 오늘 아무것도 먹어서는 안 되오…… 좋소…… 말해 보게, 플루르쉬츠, 우리는 사실 그 불쌍한 케셀이 전혀 필요하지 않을 거야. 우리는 우리끼리만으로도 매우 멋지게 해내거든…… 케셀은 어쨌든 그렇다는 걸 인정하지 못하면서도 다리가 아프다고 한탄만 하지. 그를 폭파해 버리는 것이 바로 나의 사디즘이라네…… 자, 어떻게 생각하나, 플루르쉬츠?」

「실례합니다만, 군의 소령님, 저에게는 괜찮습니다. 하지만 오래 계속되지는 못할 겁니다…… 그러면 의학이 그저 수술이나 하라고 명령하는 것은 불가능해질 겁니다.」

「불복종인가, 플루르쉬츠?」

「단순히 이론상으로입니다, 군의 소령님…… 아니, 아주 머지않은 시대에 의학은 아주 전문화되어, 내과 의사, 외과 의사 혹은 피부과 의사들 사이의 입회 진찰은 결코 결론에 이를 수 없게 되리라고 생각합니다. 왜냐하면 간단히 말해 전문화가 이루어질 때 그 사이에 어떠한 이해 수단도 존재하지 않게 될 것이기 때문입니다.」

「틀렸어, 전적으로 틀렸어, 플루르쉬츠. 얼마 안 가서 외과 의사만 있게 될 거야…… 그것이 이 막강한 의학 전체에 유일하게 남아 있게 될 걸세…… 인간은 도살자야. 도처에서 도살자로만 머물러 있을 거야. 그 밖의 다른 것을 그는 이해하지 못하게 되고…… 하지만 그것만은 충분히 이해하지.」 쿨렌베크 박사는 그의 노련한 털투성이 손과 아주 짧게 깎인 손톱을 살펴보았다.

그다음 그는 의미심장하게 말했다. 「알겠나, 이런 사실에 만족하지 않는 사람은 정말 미쳐 버릴 수밖에 없으리라는 것을…… 사람은 사물을 있는 그대로 받아들이고 거기서 기쁨을 찾아야 하네…… 자 그럼, 플루르쉬츠, 충고를 받아들여 말을 옮겨 타고 외과 의사가 되게.」

48

에슈는 배달받기를 원하는 신문지 뭉치를 위하여 싸우지 않을 수 없었다. 비록 「쿠르트리에르셰 보테」에 필요한 종이 분량을 위한 관청의 증서를 손에 넣었었다 하더라도, 그는 매주 제지 공장으로 나가 보아야 했고 거의 매번 늙은 켈러 씨나 공장장과 마찰이 있었다.

에슈가 공장을 떠날 때 막 작업이 끝났다. 거리에서 그는 직공장 리벨과 기술자 펜드리히를 따라잡았다. 밀짚색 금발의 뾰족한 상판에다 이마엔 굵은 혈관이 있는 리벨을 그는 정말 참을 수 없었다.

그가 말했다. 「안녕하시오.」

「안녕하십니까, 에슈, 당신은 그 늙다리와 열심히 기도하셨습니까?」

에슈는 무슨 말인지 이해하지 못했다.

「아, 그래서 그는 당신에게 종이를 주는 게 아닙니까.」

「농담이 과하군.」 에슈가 말했다.

펜드리히가 멈추어 서더니 그의 구멍 난 신발창 앞부리를 가리켰다. 「6마르크나 듭니다…… 임금이 오른다고 이득 볼 것은 없습니다.」

에슈에게 그 말은 접합점이었다. 「임금만으로는 안 되지. 그것이 모든 노동조합의 오류입니다.」

「어떻습니까, 에슈, 펜드리히의 장화[슈티벨]도 성서[비벨]로 기우시면……」 그는 발견했다. 「비벨, 슈티벨 운이 맞군요.」

「농담이 과하군.」 에슈가 다시 말했다.

펜드리히의 눈이 열기 있는 구멍 속에서 어둡게 반짝거렸다. 그는 폐병이 있었지만 얻을 수 있는 우유는 너무 적었다. 그가 말했다. 「신앙이란 어쩌면 부자들만이 누릴 수 있는 사치인지도 모릅니다.」

리벨이 말했다. 「소령이나 신문 발행인 같은.」

에슈가 사과하는 것처럼 말했다. 「나도 신문사의 고용인에 불과합니다.」 그러나 그는 흥분했다. 「마치 노동조합이 빈곤의 서약을 한 듯이 말하는 것은 어리석은 일이오!」

펜드리히가 말했다. 「사람이 신앙이 있다는 건 필경 아주 좋은 일일 테지요.」

에슈가 말했다. 「내가 찾아낸 것이 있습니다. 신앙 역시 개선되어야 하며 신앙을 위해서도 새로운 생이 와야 한다는 겁니다…… 성서에 이르기를, 아들이 비로소 집을 지을 수 있으리라 하였소.」

리벨이 말했다. 「물론 다음 세대는 더 나아지겠지요. 그것은 새로운 말이 아닙니다…… 나는 이제 140마르크로는 살아갈 수 없습니다. 보너스를 계산에 넣는다 해도 말입니다…… 그것을 그 늙다리는 알지 못합니다…… 게다가 난 소위 직공장이란 말입니다.」

「나 역시 그 이상은 없습니다.」 에슈가 말했다. 「집을 계산에 넣는다 해도…… 나에겐 두 사람의 임차인이 있지만 그들에게서 이익을 구할 수는 없는 일이오. 불쌍한 사람들…… 집세는 내게 들어오지 않는 것과 마찬가지요.」

저녁 바람이 선선했다. 펜드리히가 콜록거렸다.

리벨이 말했다. 「그럼 이제.」

에슈가 고백했다. 「신부에게 갔었소…….」

「무엇 때문에요?」

「성서 구절 때문이오. 그 천치는 귀를 기울이지 않더군…… 기도와 교회에 대해 허튼 소리를 늘어놓았소. 그것이 전부였소. 어리석은 사이비 성직자…… 사람은 스스로를 도와야 합니다.」

「그럼요.」 펜드리히가 말했다 「아무도 돕지 않습니다.」

리벨이 말했다. 「단결하면 서로 돕지요…… 그것이 조합의 장점입니다.」

「의사가 저보러 산에 가야 한다고 했습니다. 벌써 열 번을 구호 기관에 신청했고요…… 하지만 전장에 갔다 오지 않은 사람은 지금 기다려야만 한답니다. 나는 더 기침을 하고요.」

에슈가 아이로니컬한 표정을 지었다. 「당신이 조합과 구호 기관에 가서 내가 사이비 성직자를 찾아간 것보다 성공하지는 않을 겁니다…….」

「사람이 혼자서 뒈져야 한다니.」 펜드리히가 말하며 기침을 했다.

리벨이 물었다. 「당신이 원하는 바는 정말 무엇입니까?」

에슈가 숙고했다. 「전에 나는 사람은 다만 떠나야 한다고 생각했었소…… 미국으로…… 배를 타고 대양을 건너…… 새로운 생을 시작할 수 있도록…… 하지만 지금은…….」

리벨은 말이 이어지기를 기다렸다. 「그런데 지금은?」

그러나 에슈는 느닷없이 말했다. 「아마 신교도들이 훨씬 나을지도 모르겠소…… 소령도 신교도이지…… 하지만 우선 스스로 그것에 대해 곰곰이 생각해 봐야 하겠지…… 모여서 성서를 읽으면 뭔가 분명해질 거야…… 사람이란 혼자일 때 언제나 회의 속에 있는 거니까. 비록 아주 많이 생각한다 해도.」

「친구가 있다면 더 쉽지요.」 펜드리히가 말했다.

「내게 오시오.」 에슈가 말했다. 「당신에게 성서 구절을 보여 드리겠소.」

「그러지요.」펜드리히가 말했다.

「그럼 당신은요, 리벨?」에슈는 물어보아야 할 책임을 느꼈던 것이다.

「우선 당신들이 서로 생각해 낸 것이 무엇인지 이야기해 주어야 합니다.」

펜드리히가 한숨을 쉬었다. 「누구나 제 눈으로만 보는 법이지요.」

리벨이 웃으며 멀어졌다.

「저 사람은 틀림없이 올 겁니다.」에슈가 말했다.

<h1 style="text-align:center">49</h1>

<h2 style="text-align:center">베를린의 구세군 소녀 이야기(7)</h2>

내가 누헴 주신과 구세군에 같이 갔던 저녁에 대해서는 그리 많이 기억나지 않는다. 나는 더욱 중요한 것에 몰두했다. 철학적인 활동을 좋을 대로 평가해도 좋다. 그러나 외부 세계는 하찮게 되며 주목할 만한 가치가 없게 된다. 게다가 주목할 만한 것들이라고 해도 체험하는 동안에는 시시한 것이다. 요약하면 내가 기억하는 것은 누헴 주신이 꼭 잠근 회색 프록코트와 너무 짧아서 나부끼는 바지를 입고 너무 작아 우스꽝스러운 비로드 모자를 쓰고 내 옆에서 걸어갔던 것뿐이다. 이 유대인들은 전부 검은 챙 달린 모자를 갖추지 않을 때면 그 너무 작은 비로드 모자를 쓴다. 심지어 소위 유행을

좇는 리트바크 박사까지 그러하다. 그래서 나는 그런 모자를 어디서 얻었느냐는 교양 없는 질문을 누헴에게 하지 않을 수 없었다. 「구입합니다.」 그것이 대답이었다.

또한 그 사건들도 전혀 언급할 가치가 없었다. 중요한 뉘앙스를 띠게 된 것은 어제 내게 왔던 리트바크 박사를 통해서였다. 그는 다짜고짜 들어오는 불편한 습관을 가지고 있었다. 말한 바 있듯이 내가 병이 들어 있었을 때에도 그는 그렇게 했었다. 그는 그렇게 장의자 위에 누워 있는 내 앞에 다시 나타났다. 그는 손에 필수품인 산책 지팡이를 들고 우스꽝스럽게 작은 비로드 모자를 머리에 쓰고 있었다. 말하자면 그 모자는 전혀 작은 것이 아니라 테가 넓게 접힌 것이었지만, 너무 높게 얹혀 있는 바람에 두개골을 덮지 못하고 있었다. 게다가 리트바크 박사도 청년 시절에 우윳빛 안색을 지니고 있었을 것이 분명하다는 생각이 불현듯 떠올랐다. 지금 그는 흠 없이 노란 크림을 연상시키니 말이다.

「주신에게 무슨 일이 있었는지 선생은 제게 말씀해 주실 수 있으시겠지요.」

나는 말했다. 그것이 진실과 상응한 말이었기 때문이다. 「그는 나의 친구입니다.」

「친구라고요. 좋습니다…….」 리트바크 박사는 의자 하나를 끌어당겼다. 「……사람들이 걱정하고 있습니다. 나를 오라고 부르더군요…… 이해하시겠습니까?」

나는 근본적으로 그를 이해해야 할 하등의 책임이 없었다. 그러나 나는 진행 상황을 단축시키고 싶었다. 「그는 자기가 가고 싶은 곳에 갈 권리가 있습니다.」

「아니, 권리가 있는 사람은 누구이고 권리가 없는 사람은 누구입니까…… 당신을 비난하는 것은 아닙니다…… 하지만 그는 유대인이 아닌 여인과 무얼 하고 돌아다녀야 한단 말입니까?」

이제 비로소 나는 그날 저녁 마리와 누헴을 함께 내 방에 데려온 일이 생각났다. 돈이 없는 사람은 여관에 눌러앉아 있을 수가 없으니 말이다.

나는 웃지 않을 수 없었다.

「당신은 웃으십니다그려. 하지만 부인은 저 위에 앉아 눈물을 흘리고 있습니다.」

물론 그 말은 처음 듣는 소리였다. 어쨌든 이 유대인들이 열다섯에 이미 결혼한다는 것을 내가 알 수 있었더라면, 누가 누헴의 부인이었는지라도 알았더라면. 맵시 있는 아가씨들 중의 하나? 아니면 가리마를 탄 귀부인 중의 하나? 나중의 생각이 더 그럴듯하게 여겨졌다.

나는 리트바크 박사의 외알 안경의 끈을 잡았다. 「아이도 있습니까?」

「아니 그럼 뭐가 있어야 하지요? 고양인가요?」

리트바크 박사는 내가 그의 성 앞의 이름을 묻지 않을 수 없었을 만큼 성난 표정을 지었다.

「짐존 리트바크 박사요.」 그가 새삼스레 자신을 소개했다.

「그럼 들어 보십시오, 짐존 박사님. 박사님이 진정 내게서 원하는 것이 무엇입니까?」

그는 잠시 생각했다. 「나는 깨인 사람입니다…… 하지만 그건 좀 너무합니다…… 선생은 그를 말려야 합니다.」

「무엇으로부터 그를 말려야 합니까? 그가 시온으로 가겠다는 것을? 그가 해 없는 즐거움을 누리도록 그냥 두십시오.」

「그는 영세를 받게 될 겁니다…… 선생은 그를 말리셔야 합니다.」

「그가 유대인으로서 예루살렘에 오든지, 그리스도교인으로서 오든지 아무 상관 없는 일입니다.」

「예루살렘이라고요.」 그는 사탕을 입에 문 사람처럼 말했다.

「자 그럼.」 나는 말했다. 그가 이제 나가 주기를 바라면서.

그는 아직도 그 이름을 빨아먹고 있는 것이 분명했다. 「나는 깨인 사람입니다…… 하지만 서투른 노래를 부르거나 북을 치면서 그곳에 간 사람은 아직 없습니다…… 다른 종류의 사람들이지요…… 나는 누구에게나 가야 합니다. 의사이니까요. 그가 유대인이든 그리스도교인이든 나에게는 상관없는 일일 수도 있습니다…… 착한 사람들은 도처에 있습니다…… 그를 말려 주시겠습니까?」

그런 기대가 나의 신경을 건드렸다. 「나는 위대한 반유대주의자입니다.」 그가 믿지 못하겠다는 듯이 미소 지었다. 「나는 구세군의 대리인입니다. 예루살렘의 보급 부장입니다…….」

「농담은,」 그가 유쾌하게 말했다. 그래도 그는 그 농담이 불쾌한 것이 틀림없었다. 「농담이라도, 그건 유감스럽습니다.」

물론 그가 옳았다. 농담이라도, 그 말은 유감이었다. 말이 난 김에 말하자면 그것이 생에 대한, 내가 빠져 들어 있는 생에 대한 나의 태도였다. 누가 그에 대한 책임을 져야 하는가? 전쟁? 나는 몰랐다. 아마 오늘날도 모를 것이다. 비록 그 이후 많은 것이 변했다 해도.

나는 여전히 리트바크 박사의 외알 안경의 끈을 붙들고 있었다. 그가 말했다. 「당신도 깨인 사람이겠지요……?」

「그래서요?」

「왜 선생은 사람들의……」 그가 아주 힘들여서 말을 끌어내었다. 「……사람들의 편견을 내버려 두지 않는 겁니까?」

「그렇군요. 박사님은 그걸 편견이라고 하시는군요!」

이제 그는 완전히 당황했다. 「사실 그것은 편견은 아닙니다…… 편견이란 무엇이겠습니까…….」 마침내 그가 진정했다. 「그건 정말로 편견은 아닙니다.」

그가 밖으로 나가자 나는 구세군의 저녁을 곰곰이 생각해 보았다. 이미 말했듯이 그날 밤은 나에게 전혀 인상을 준 바 없었다. 나는 여기저기 누헴 주신을 관찰했었다. 그가 그곳에 앉아 있었던 것, 우윳빛 얼굴 속의 둥근 유대인 입술 주위에 어떤 멍한 미소를 담고 노래를 경청하던 것을. 그러고 나서 나는 두 사람을 나의 방으로 데려왔었다. 혹은 보다 정확히 말해 단지 마리만을 데려왔었다. 누헴은 어쨌든 이곳에 살고 있는 사람이니까. 그때, 그리고 그다음, 방에서 그들 두 사람은 내 옆에 앉아 내 말을 들으며 잠자코 있었다. 누헴이 다시 라우테를 가리키며 말했을 때까지 말이다. 「켜주십시오.」 그러자 마리가 라우테를 들고 노래를 불렀다. 「시온의 문으로 들어섰나니/양의 피로 몸을 씻은/몹시도 강한 군대가 ―/그곳은 또한 너를 위한 곳.」 누헴은 약간 얼빠진 미소를 띠고 귀 기울여 듣고 있었다.

50

후게나우는 여드레 동안이나 기다렸다. 소령에게서 어떤 칭찬이나, 아니면 적어도 답장이 오리라고. 그는 열흘을 기다렸다. 그러다가 조금씩 불안해지기 시작했다. 그 보고서가 소령을 만족시키지 못했음이 분명했다. 하지만 그 백치 에슈가 아무런 자료도 제공하지 않은 것이 그의 책임이란 말인가? 후게나우는 두 번째 보고서가 이어져야 할 것인지에 대해 곰곰이 숙고했다. 그렇지만 무엇이라고 써야 한단 말인가? 에슈가 여전히 포도원 농부들 및 노동자들과 돌아다닌다는 것, 그것은 새로운 일이 아니었다. 그것은 소령을 지루하게 할 것이 분명했다!

소령을 지루하게 해서는 안 되었다. 후게나우는 소령에게 어떤 것을 제공할 수 있을까의 문제로 골치를 썩였다. 무조건 무슨 일이든 일어나야 했다. 편집실에서는 에슈가 지배했다. 그는 마치 발행인은 존재하지 않는 듯이 행동했다. 그리고 인쇄소에서는 지루하여 더 견딜 수가 없었다. 후게나우는 큰 신문들로부터 자극거리를 찾았고 그것을 발견했다. 그가 도처의 저널에서 발견한 바로는 그것들이 조국의 안녕에 봉사하며 일하는 반면 「쿠르트리에르셰 보테」는 아무것도 하지 않았을뿐더러 시도조차 하지 않았다는 것이었다. 바로 거기서 에슈 씨의 착한 마음이 보였다. 착한 마음, 포도원 농부들의 비참함을 구경하고 참지 못하는 착한 마음이. 이제 그는 자신을 위해 무슨 일을 해야 하는지를 안 셈이었다.

금요일 저녁 그는 오랜 시간 후에 다시 호텔에 나타나서 곧바로 귀빈실로 갔다. 그 역시 그곳의 일원이었기 때문이다. 소령이 식당 앞쪽 자기 식탁에 앉아 있었다. 후게나우는 지나가며 의연하고 짤막하게 인사를 했다.

다행스럽게도 신사들이 상당수 모여 있었다. 후게나우가 그들을 만나 기쁘다고 설명했다. 그건 그가 어떤 중요한 것을 상의해야 하기 때문이며, 그것도 소령님이 들어오기 전에라도 빨리 행해져야 한다고 말했다. 그다음 그는 비교적 기다란 연설을 늘어놓았다. 도시가 정당한 자선 협회를 하나도 가지고 있지 않다고, 그런 것이 전쟁의 해악을 완화시키기 위하여 몇 년 전부터 도처에 존재한다고 들었는데, 가슴 아프게도 이곳에는 없다고, 따라서 즉시 그런 것을 창설하자고 제안하는 바라고. 그런 협회의 목적으로 말씀드리자면, 여러 다른 것도 많겠지만 전몰 장병의 묘를 유지하고, 장병 미망인과 고아들을 돌보는 등등을 꼽아 보고자 합니다. 나아가 이러한 고귀한 목적을 위한 수단도 육성돼야 할 터입니다. 예를 들어 10페니히에 못을 받도록 하는 〈철혈 재상 비스마르크〉 상[26]을 광장 위에 세울 수 있을 것입니다. 이곳에 그런 입상이 없다는 것은 정말 치욕입니다. 그리고 마지막으로 여러 종류의 자선 기획으로, 공공 모금은 말할 것도 없고, 재단 기금을 영구히 보충하게 될 것입니다. 그리고 이 협회의 후원자로 — 협회명을 〈모젤당크〉로 제안하는 것을 삼가 허락해 주시옵고 — 지구 사령관을 모셔도 좋을 것입니다. 그러면서 그 자신과 「쿠르트리에르셰 보테」를 — 물론 자신

26 목상으로서, 사람들은 이 나무가 못으로 뒤덮일 때까지 못을 두드려 박는다.

의 미약한 능력의 범위 내에서 — 협회와 그 고귀한 목적에 언제나 무료로 사용해 주십사고 하였다.

그 계획이 만장일치의 환호를 받고 이구동성으로 논란 없이 채택되었음은 언급할 필요조차 없는 일이다. 후게나우와 약방 주인 파울젠이 소령에게 제안을 전달하는 사람으로 정해졌다. 그들은 상의를 바로 가다듬은 다음 엄숙하게 식당의 홀로 들어섰다.

소령은 좀 의아해서 쳐다보았다. 그리고 가볍게 정자세를 취하고 두 신사의 관용구들을 주의 깊게 경청했지만 이해하지는 못했다. 관용구들이 교차하고 반복되었다. 소령은 철혈 재상 비스마르크, 전쟁 미망인과 모젤당크에 대한 이야기를 들었지만 내용을 파악하지 못했다. 마침내 후게나우는 약사 파울젠 씨에게 말을 위임할 만큼 충분한 통찰력이 있었다. 그렇게 하는 것이 그에게도 더욱 겸손하게 여겨졌던 것이다. 그는 조용히 앉아 벽에 걸린 시계를, 〈그라베로테 전투 후의 프리드리히 황태자〉의 그림을, 그리고 그 옆에 끈으로 드리워진 〈슈파텐브로이〉[27]의 간판(삽이 그려진)을 바라보았다. 대체 지금 어디서 슈파텐브로이를 구할까! 그동안 소령이 약제사 파울젠의 말을 알아들었다. 그는 후원직을 받아들이는 데 반대할 어떤 군사적 이유가 있을 수 없으리라고 생각한다고 말했다. 그는 애국적인 행위를 환영하며 오직 아주 뜨거운 감사를 보낼 수 있을 뿐이라고 했다. 그러고는 자리에서 일어나 옆방에 남아 있는 신사들에게 감사의 말을 전하러 갔다. 파울젠과 후게나우가 완전한 성공에 우쭐하여 그의

27 Spatenbräu. 맥주 이름.

뒤를 따랐다.

사람들은 약간 오랫동안 같이 있었다. 그것은 말하자면 일종의 발족 축하연이었기 때문이다. 후게나우는 소령에게 접근할 기회를 엿보았고, 그 기회는 곧 생겼다. 그때 새로운 협회와 그 후원자의 안녕과 성공을 위한 건배가 있었는데, 동시에 당연히 그 아름다운 사상의 제창자, 후게나우 편집장님을 잊지 않았기 때문이다.

후게나우는 손에 잔을 들고 식탁을 따라 원을 돌았고, 그렇게 하여 폰 파제노 소령에게 이르렀다. 「소령님께서 오늘 제게 만족하시기를 바랍니다.」

자리는 결코 불만스러워할 이유가 없었다고 소령이 대꾸했다.

「있고말고요, 소령님. 제 보고는 지나치게 빈약한 결과가 되고 말았습니다…… 하지만 상황은 아주 심각한 것이므로 저를 용서해 주시길 청하옵니다. 게다가 신문을 새로 만든다는 과중함이 있기도 하였고요. 청하건대 의무를 망각한 것으로 여기지는 말아 주십시오. 제가 두 번째 보고서를 이을 수 없었던 것은…….」

소령이 물리쳤다. 「그 일을 더 계속한다는 것은 별 쓸모없는 일이라고 생각하오. 선생은 자기 의무를 완전히 만족스럽게 행한 것이외다.」

후게나우는 당황했다. 「오, 아직은 아닙니다. 아직은 아닙니다.」 그는 중얼거리며 이제 정말 감시 활동을 계속하겠다고 다짐했다.

소령이 그에 대해 아무 말이 없자 후게나우는 계속했다.

「우리는 내일 즉시 모젤당크를 위한 호소문을 인쇄하겠습니다…… 소령님께서 이 기회에 그렇게 호의적으로 대부가 되어 주신 우리 사업을 방문하는 영예를 베풀어 주시지 않으시겠습니까…… 분명 새로운 협회에 대해 가장 멋진 선전이 될 것입니다.」

소령이 정말 아주 기꺼이 방문하겠노라고 말했다. 내일 낮의 일과는 이미 정해졌지만 어느 날이라도 상관없다고.

「빠르면 빠를수록 좋습니다, 소령님.」 후게나우가 모험을 했다. 「소령님께선 아무 특별한 것도 발견하지 못하실 터이지만…… 전부가 아주 평범하니까요…… 그리고 조직 개편이 있었다고 해도 외부인으로서는 거의 알아차릴 수 없을 겁니다. 하지만 인쇄실은 완벽하게 질서 정연합니다. 아주 겸손하게 말해…….」

갑자기 새로운 생각이 떠올랐다. 「인쇄소는 예를 들어 군대 행정의 인쇄물을 위해서도 탁월하게 해낼 능력이 있다고 생각합니다.」 그는 열기를 띠었다. 어쩌면 소령의 상의 단추를 붙잡고 싶었을 것이다. 「보아 주십시오, 소령님, 보아 주십시오. 얼마나 에슈가 일을 태만히 하는가를…… 제가 오고서야 비로소 그런 생각을 하게 된 것입니다. 우리는 군사 보급품을 얻어야 합니다. 바로 지금 신문이 소령님의 직접적인 후원하에 있고, 또 우리가 그렇게 많은 돈을 투자했으니 말입니다…… 그렇지 않다면 대체 제가 어떻게 주주들을 위한 이익 배당을 얻겠습니까…… 제가 사업을 발견했던 상황에서 말입니다!」 그는 한탄했고 노골적으로 격분했다.

소령이 좀 난처해하며 말했다. 「그것은 나의 관할이 아니오…….」

「물론, 물론, 소령님. 하지만 소령님께서 간절히 원하신다면…… 소령님께서 인쇄를 보시게 된다면. 틀림없이 원하시게 될 것입니다…….」

그는 소령을 홀리듯이, 유혹하듯이 그러나 동시에 절망적으로 응시했다. 그렇지만 그다음 그는 정신을 차리고 안경알을 닦고 모인 사람들을 둘러보았다.「그것은 또한 여기 모인 분들 모두를 위한 것입니다…… 물론 모든 신사분들께서 이 사업의 시찰에 초대된 것입니다.」

자, 어쨌든 대부분이 에슈의 공장을 잘 알고 있었다. 그러나 그들은 말하지 않았다.

<h1 style="text-align:center">51</h1>

하인리히 벤틀링이 휴가를 기별한 지 3주 이상이 지났다. 여전히 그녀가 아침에 오랫동안 침대에서 늦장을 부리더라도 한나는 이제 하인리히가 정말 오리라고는 거의 믿지 않았다. 그런데 갑자기 그가 왔다. 저녁도 아침도 아닌 밝은 대낮에, 그는 밤의 절반을 코플렌츠의 역에서 보냈고 그다음 군사 열차로 천천히 올라왔던 것이다. 그리고 그가 이 이야기를 하는 동안 그들은 돌이 깔린 정원 길에서 서로 마주 보고 서 있었다. 잔디밭 한가운데 붉은 정원용 양산이 빛났고 그 옆에 펼친 의자가 있었다. 그 위에 그들은 누웠다. 뜨겁고 붉은 목면 냄새가 났다. 그는 그녀의 얼굴을 꼼짝도 않고 뚫어

지게 바라보았다. 그리고 그녀는 그가 2년 이상 같이 보냈던 어떤 모습을 찾는다는 것을 알고 있었기에 찾아 더듬는 눈길 아래에서 조용히 있었다. 그다음 그녀도 자신을 향하고 있는 얼굴을 쳐다보았다. 그녀도 역시 찾으면서. 그러나 그녀가 가지고 있었던 형상을 찾지는 못했다. 그녀에겐 이제 형상이 존재하지 않았기 때문이다. 그녀는 특징을 찾고 있었다. 그녀가 언젠가 그 얼굴을 사랑하지 않을 수 없었던 특징을. 이상하게도 그녀에겐 그 얼굴이 변하지 않은 듯이 보였다. 그녀는 이 얼굴을 알고 있었다. 그녀는 입술의 선을, 이의 위치와 모양을 다시 알아보았다. 턱 위쪽의 주름살이 같은 자리에 있었다. 그리고 눈 사이 코 위쪽의 공간이 넓은 이마로 인해 약간 너무 커보였다. 「당신의 옆모습을 볼래요.」 그녀가 말했다. 그가 순순히 고개를 돌렸다. 다시 그곳에 동일하게 곧은 코가 긴 윗입술 위에 있었다. 다만 부드러움이 전부 사라지고 없었을 뿐이다. 그를 정말 잘생긴 남자라고 부를 수 있으리라. 그럼에도 불구하고 그녀는 이전에 자신을 너무도 황홀케 하고 제압했던 것을 발견하지 못했다. 하인리히가 물었다. 「아이는 어디 있소?」 ― 「학교에…… 당신, 집으로 들어가지 않겠어요?」 그들은 집으로 들어섰다. 그러나 지금도 그는 그녀를 어루만지지 않았고 입 맞추지도 않았다. 단지 물끄러미 쳐다보았을 뿐이었다. 「우선 몸을 깨끗이 씻어야겠소…… 빈에서부터 목욕을 안 했다오.」

「그래요. 목욕물을 받아 놓으라고 할게요.」

하녀 두 사람 다 주인에게 인사하기 위하여 들어왔다. 한 나는 그것이 아주 편케 느껴지지는 않았다. 그녀는 그와 함게 욕실로 올라갔고, 손수 목욕 수건을 준비했다.

「하인리히, 모든 것이 옛날 그대로지요.」

「오, 모든 것이 옛날 그대로군.」

그녀는 욕실을 떠났다. 지시할 것, 정돈할 것이 갖가지였다. 그녀는 그렇게 했고 피곤했다.

점심 식탁을 위하여 정원의 장미를 잘랐다.

얼마 후 소리 없이 욕실로 돌아오자 그가 안에서 철벅 소리를 내고 있었다. 그녀는 뒤통수에 다가오는 통증을 느꼈다. 계단 난간에 몸을 의지하고 다시 홀로 내려갔다.

마침내 소년이 학교에서 왔다. 그녀는 아이의 손을 잡았다. 욕실 앞에서 그녀는 소리쳤다. 「들어가도 돼요?」 —「그럼.」 좀 놀란 듯한 목소리가 되울렸다. 그녀는 문을 빠끔히 열고 틈새로 들여다보았다. 하인리히가 반나체로 거울 앞에 서 있었다. 그녀는 장미 한 송이를 마지 못해 벌린 아이의 손에 들려서 그를 안으로 밀어 넣고 자신은 그곳을 떠났다.

식당에서 그녀는 두 사람을 기다렸다. 그들이 들어왔을 때 그녀는 흘깃 쳐다보지 않을 수 없었다. 그들은 우스꽝스러울 정도로 비슷했다. 넓게 떨어져 있는 같은 눈, 같은 동작, 같은 갈색 머리털의 머리형. 단지 하인리히가 지금은 아주 짧게 깎고 있을 뿐이었다. 마치 그녀는 그 아이에게 관여한 부분이 아무것도 없는 것 같았다. 그것은 끔찍한 메커니즘이었다. 오, 사랑에 빠졌었다니, 그것은 끔찍하다. 그 순간 그녀의 생은 오로지 무능인 것처럼 보였다. 절망적인 무능. 그것을 결코 없앨 수 없을 것 같았다.

하인리히가 말했다. 「다시 집에 왔군.」 그리고 그의 옛 자리에 앉았다. 아마 그 자신에게도 그 말은 어리석게 들린 것 같았다. 그가 모호하게 미소 지었다. 소년은 그를 주의 깊게 그리고 의아한 눈으로 관찰했다.

거기에 그는 가장처럼 앉아 있었다. 그러나 그는 훼방꾼이었다.

하녀도 그에게서 시선을 뗄 수 없었다. 그 속에는 어떤 수줍은 감탄과 같은 것, 질투 같은 것이 있었다. 하녀가 다시 들어오자 한나는 아주 큰 소리로 말했다. 「뢰더스에게 전화할까요…… 저녁을 위하여?」

변호사 뢰더스는 벤틀링의 관청 동료였다. 오십이 넘은 병역 면제자였다.

영국식 마호가니 케이스 속에서 시계가 깊은 소리로 땡땡 울렸다.

한나는 작은 손가락으로 그의 손등 모서리를 스쳤다. 마치 그 애무로써 뢰더스와의 저녁을 생각한 데 대한 용서를 구하려는 듯이. 그러나 동시에 그들이 육체적인 접촉을 피하려 했음을 알려 주려는 듯이.

하인리히가 말했다. 「물론 뢰더스네 집에 가봐야지…… 곧 그렇게 하겠소.」

한나가 말했다. 「오후에 우리 아빠와 함께 산책을 하며 우리가 어떻게 지냈는지 보여 드리자꾸나.」

「그래, 그러자.」 하인리히가 말했다.

「아빠가 다시 우리와 함께 앉아 계시는 것이 좋지 않니?」

「좋아요.」 아이가 조금 망설이다가 말했다.

「당신, 그 애의 학교 공책을 구경하셔야 해요…… 이제 글씨를 쓸 줄도 계산을 할 줄도 안답니다. 편지도 혼자 썼다니까요.」

「정말 굉장히 근사한 편지들이었다, 발터.」

「그건 엽서였을 뿐인데요.」 발터가 수줍게 말했다.

그들이 아이를 사이에 앉혀 놓고 아이의 갈색 머리 너머로 서로를 찾는다는 것은 두 사람 다 아이에 대한 모욕으로 생각했다. 분명 이렇게 말하는 편이 더 옳았을 것이다. 우리의 그리움을 참을 수 없게 되었을 때 비로소 입맞춤을 합시다, 하고. 그러나 그 그리움은 그리움이 아니었고 참을 수 없는 기대에 불과했다.

그들은 아이 방으로 갔다. 방바닥에 어린아이의 재미있는 프레스코화가 그려져 있었다. 그리고 과도한 기대에서 혹은 옥죄어 오는 두통에서 야기될 수 있는, 약간 밝고 뒤틀린 제2의 지성으로써 한나는 깨달았다. 이 연마용 니스 가구와 이 모든 하얀 빛들 또한 아이에 대한 모욕임을. 그것은 아이 자신의 존재와 본질과는 무관하며 여기에는 하나의 상징이 설치되고 배치되어 있음을 알았다. 그녀의 하얀 가슴과 그들이 효과 만점의 포옹 후에 주어야 했던 하얀 젖의 상징이. 그녀는 통증이 느껴지는 목덜미에 손을 올려놓았다. 그런 생각은 아주 아득하고 아주 불분명한 것이었다. 그렇지만 그녀가 결코 아이 방에 머무르고 싶지 않았던 원인, 차라리 소년을 자신에게 오도록 했으면 하고 바라던 원인이 거기 있었다. 그녀가 말했다. 「아빠한테 새 장난감도 보여 드려야지.」 발터가 새로운 집짓기 상자와 초록빛 병정들을 가져왔다. 스물세 명의 병사와 장교 한 명이 있었다. 그는 무릎을 구부리고 군도를 번쩍이며 적을 가리키고 있었다. 세 사람 중 누구도 하인리히 벤틀링 박사 역시 장교 제복을 입고 있음을 깨닫지 못했다. 물론 그것을 알아차리지 못한 데는 각기 다른 동기가 있었다. 발터는 아버지를 틈입자라고 느꼈기 때문이며, 하인리히는 납 병정의 영웅다운 태도를 자신의 군인 정신과 동일시할 수 없었기 때문이며, 한나는 자신도 놀랍게도, 그 남자가 벌거벗은 모습을, 그 벌거숭이 속에서 벌거벗고 고립된 모습을 떠올렸기 때문이다. 그것은 가구들이 벌거벗은 채 그 주위와 고립되어, 서로 관계없이 낯설고 거리감을 보여주며 그녀 주위를 에워싸고 있는 것과 동일한 고립감이었다.

그도 그것을 느낀 것이 틀림없었다. 그들이 산책을 나갔을 때 그들은 아이를 가운데에 두었다. 그것은 분리였다. 비록 한나가 팔을 흔들흔들 저으며 소년의 팔을 즐겁게 인도하고, 하인리히가 자주 소년의 바른손을 잡았을지라도. 그들은 서로를 쳐다보지 않았다. 그들은 똑같이 부끄러움에 사로잡혀 있었다. 그들은 똑바로 앞을 보거나 초원에 시선을 두었다. 그곳에선 민들레, 보랏빛 토끼풀, 들패랭이꽃, 등꽃색 체꽃 등이 풀 사이에서 자라고 있었다. 따뜻한 날이었다. 한나는 오후의 산책에 익숙하지 않았다. 그럼에도 불구하고 집에 돌아가 목욕을 하고 싶은 거센 욕구는 더위 때문만은 아니었다. 온갖 욕망이 이제 기이하게도 어느 깊숙한 층에서 피어올랐다. 마치 물 속에 잠긴 육체를 둘러싸고 있는 거대한 고독처럼. 그것은 고독한 사람이 물을 통해 경험하는 마법적인 재탄생에의 상상들이었다. 물론 그런 생각들보다 더 분명한 것은 저녁에 하인리히가 있는 앞에서 욕실로 찾아 들어가야 하는 두려움이었다. 어쨌건 대낮에 목욕을 한다면 하녀의 눈에 뜨일 것이다. 그녀는 저녁을 위해 옷을 갈아입어야 한다는 구실을 대며 하인리히에게 그사이에 마차를 대절하고 발터를 돌보아 주었으면 한다고 요청했다. 그다음 그녀는 적어도 샤워라도 하기 위해 욕실로 갔다. 그러나 샤워기가 내려져 있는 바람에 여전히 물이 몇 방울 붙어 있는 욕탕으로 올라갔을 때 그녀의 무릎에서 힘이 빠졌다. 그리하여 그녀는 찬물이 오랫동안 그녀의 몸 위로 흐르도록 두었다. 그녀의 피부가 유리처럼 되고 젖꼭지가 아주 딱딱해졌다. 그다음은 좀 견딜 만했다.

그들은 느지막이 뢰더스에게 갔다. 아주 아름다운 밤이었다. 하인리히는 마차를 보내 버렸다. 한나는 걸어서 귀가하는 것을 감사하게 생각하며 동의했다. 늦어질수록 더 좋으리라. 그리고 그들이 뢰더스의 집을 떠났을 때는 정말 한밤중이었다. 그들이 조용한 광장을 가로지를 때 거기에는 사령부 앞의 보초 외에는 아무도 볼 수 없었다. 광장은 거의 불빛이 켜져 있지 않은 어두운 집들로 둘러싸여 있어 마치 고독의 분화구처럼 그들 앞에 놓여 있었다. 언제나 새로운 고요함의 파도를 잠자는 도시 위로 퍼붓는 고독의 분화구처럼. 그때 하인리히 벤틀링이 부인의 팔뚝을 잡았다. 그리고 이 첫 번째의 육체적 접촉 속에서 그녀는 눈을 감았다. 어쩌면 그 역시 눈을 감았을지도 모른다. 그는 무거운 여름의 밤하늘도, 국도의 — 그들 앞에 펼쳐진 그 길의 먼지 속을 그들은 걸어가고 있었다 — 하얀 선도 보지 않았을 것이다. 어쩌면 그들 각자가 다른 창공을 바라보았을지도 모른다. 그들 두 사람은 고독 속에 있는 누구나처럼 눈을 감았다. 그렇지만 육체를 재인식하자 하나가 되었다. 그들 육체는 마침내 유한한 입맞춤으로 이어졌고, 드러난 얼굴을 재확인했다. 성의 명확성 속에서 육욕적으로, 그럼에도 불구하고 결코 끝나려 하지 않는 낯섦의 고통 속에서 순결하게. 어떤 부드러움에 의해서도 제거될 수 없는 낯섦.

<h1 style="text-align:center">52</h1>

잠발트의 장례식 이후 괴디케라는 남자는 말을 하기 시작했다.

지원병 잠발트는 시계 제조공 프리드리히 잠발트의 동생이었다. 그는 뢰머슈트라세에 가게를 가지고 있었다. 질풍 같은 연속 속사가 있은 후 어린 잠발트는 갑자기 기침을 하기 시작했고 고꾸라졌다. 그는 열아홉 살의 깨끗하고 용감한 청년이었고 누구나 호감을 품었었다. 그리하여 그는 아버지 도시의 병원으로 보내져 그곳에 이를 수 있었다. 그는 결코 들것에 실려온 것이 아니라 마치 휴가병처럼 혼자 왔다. 군의 소령 쿨렌베크는 말했었다. 「자, 자네, 젊은이, 자네를 곧 고쳐 주겠네.」 그리고 케셀 박사가 잠발트를 위해 대단히 애를 썼다 해도, 그리고 잠발트는 아주 건강하게 보이긴 했지만, 갑자기 다시 대출혈을 했고 사흘 후 그곳에 누워 생명을 빼앗겼다. 하늘에서 미소 짓는 아름다운 태양에도 불구하고.

가벼운 경우를 다루는 병원이었으므로 죽음은 큰 병원에서처럼 덮어지지 않았다. 그 반대로 죽음은 장중한 사건의 모습을 띠었다. 그를 묘지로 운반하기 전 사람들은 관을 병원 입구 앞으로 운반했고, 여기서 장례식이 행해졌다. 병원 환자들은 침대에 누워 있어야 하는 사람이 아닌 한 군복 상의를 입고 대오를 지어 서 있었고, 한 무리의 사람들이 시내에서 왔다. 군의 소령이 영웅을 애도하는 추모사를 했고 신부가 관 앞에 서 있었다. 하얀 덧옷이 달린 붉은 성직자의 통상복을 입은 젊은이가 향로를 흔들었다. 그다음 여자들이 무릎을 꿇었고, 남자들 중 많은 사람들도 그렇게 했다. 그리고 다시 한 번 로사리오[28]가 암송되었다.

괴디케는 정원에 있었다. 그가 그 모임을 알아차리고 그는 지팡이를 짚고 다가와 함께 그곳에 서 있었다. 그의 앞에서 일어나는 광경은 아주 친숙한 것이었다. 그렇기 때문에 그는 그것을 피해야 했다. 그는 곰곰이 생각했다. 이 광경을 박살 내고 싶다. 종잇조각이나 판지 조각을 찢어발기듯이 갈기갈기 찢고 싶다. 그는 예리하고 세심하게 숙고해야 했다. 여자들이 청소부들처럼 털썩 무릎을 꿇었을 때 그의 목구멍에서 웃음이 올라왔다. 그러나 거기서 소리를 나오게 하는 것은 그에겐 금지 사항이었다. 그는 양쪽 지팡이에 의지하고 거기 서 있었다. 무릎을 꿇고 있는 여자들 한가운데, 마치 뼈대처럼 그는 그곳에 서서 그의 의지물을 땅에 박고 목구멍에서 나오려는 소리를 눌러 막았다. 그러나 여자들이 주기도문과 세 번의 아베마리아를 끝내고 이 구절에 이르렀다. 「지옥으

28 Rosenkranz. 가톨릭의 묵주 기도.

로 내려가, 세 번째날 다시 죽은 자들로부터 부활하니.」 그때, 뼈대의 어느 깊은 층에서처럼, 그가 언젠가 들어본 적이 있는 복화술사에게서처럼, 너무도 고통스럽게 서로 오그라붙은 복부의 위쪽에서 단어가 형성되었다. 그러나 그것은 컹컹 짖는 소리가 아니었다. 너무도 저 안 깊숙이 틀어박힌 소리였기에 어쩌면 들을 수조차 없는 것일지도 몰랐다. 그때 미장이 괴디케는 말했다. 「죽은 자들 가운데서 부활하여.」 그는 뼈대의 저 아래층에서 연출된 이 사건에 너무도 놀라 즉시 다시금 입을 다물었다. 사람들은 그를 주목하지 않았다. 사람들이 관을 들었다. 관을 든 사람들의 어깨 위에서 그 위에 묶여 있는 십자가와 함께 관이 흔들거렸다. 키가 작고 약간 구부정한 시계 제조공 잠발트가 다른 친척들 한가운데서 운반자들에 가담했다. 그다음 의사들이 따랐다. 그다음 다른 사람들이 갔다. 그뒤를 환자복을 입은, 양 지팡이에 의지한 미장이 괴디케가 절룩거리며 따라갔다.

가도 위에서 마틸데 간호사가 그를 알아보았다. 그녀는 그를 향해 사람들을 헤치고 나아갔다. 「괴디케, 당신은 함께 갈 수 없어요…… 생각 좀 해보세요, 환자복을 입고…….」 그러나 그는 그녀의 말을 듣지 않았다. 그녀가 원군으로 군의 소령을 데려왔을 때에도 그는 동요되지 않고 똑바로 자기 앞을 쳐다보며 똑바르게 자기의 길을 계속 갔다. 마침내 쿨렌베크가 말했다. 「아, 그냥 두시오. 전쟁은 전쟁이니…… 그가 피곤해지면 그를 데려갈 사람이나 그의 옆에 있게 하시오.」

그런 식으로 루트비히 괴디케가 걸어 나간 길은 긴 거리였다. 그를 둘러싼 여자들이 기도를 했고 거리의 가장자리엔 수풀이 우거져 있었다. 한 무리가 아베마리아를 끝내면 또 다른 무리가 시작했다. 그리고 숲에서는 뻐꾸기가 울었다. 많은 남자들이, 시계 제조공 잠발트 역시 목수들처럼 검은 양복을 입고 있었다. 많은 사람들이 자리를 좁혔다. 특히 길 모퉁이에서 대열이 느려지며 몸들이 밀집되었을 때, 여인들의 치마가 자신이 입은 환자복 같았다. 걸어가면서 치마들이 다리에서 펄럭거렸다. 앞에 가는 여자 한 명이 고개를 숙이고 손수건을 얼굴 앞에 대고 있었다. 괴디케라는 남자 역시 그것을 쳐다보지 않고 요지부동으로 시선을 차바퀴 자국에 고정시켰음에도 불구하고, 심지어 종종 눈을 감으려 시도했을지라도, 다른 아닌 그가 이를 악물고 그의 영혼의 부분들을 더욱 밀접히 응축시켜 그의 자아를 억누르려 했을지라도, 그렇다, 멈추어 서서 지팡이를 땅바닥에 박고 싶었을지라도, 그리고 이 모든 사람들을 침묵시키고 멈추어 서도록 하고 싶었을지라도, 그들을 사방의 바람의 방향으로 흩뿌려 버리고 싶었을지라도, 그럼에도 불구하고 그는 계속 이끌려 갔고, 계속 운반되었고, 헤엄치듯 흔들거렸다. 그 자신이 흔들리는 관이었던 것이다. 그를 동반하며 되풀이되는 기도의 물결 위에 있는 관이었던 것이다.

시신이 묘지에서 다시 한 번 축복을 받고, 그것이 내려놓일, 열린 대지 위로 다시 한 번 〈죽은 자들 가운데서 부활하여〉라고 연도(連禱)가 올려졌을 때, 그리고 작은 시계 제조공 잠발트가 의연하게 무덤 속을 들여다보며 흐느끼는 동안 각 병사들이 흙을 떠 붓고 시계 제조공의 손을 쥐기 위하여 무덤으로 다가갔을 때, 그때 ── 이젠 누구나 볼 수 있었다 ──

두 개의 지팡이에 의지하고, 온 얼굴의 수염을 나부끼며, 기다란 잿빛의 병원복을 입은 괴디케라는 남자가 무덤의 가장자리에 있는 작은 시계 제조공 잠발트 앞에 위압적으로 서 있었다. 그는 자신에게 내민 손에 주목하지 않고, 몹시 애를 써서, 그렇지만 누구나 들을 수 있는 소리로, 그의 첫 번째 말소리를 발했던 것이다. 그는 말했다. 「죽은 자들 가운데서 부활하여.」 이어서 그는 지팡이를 옆에 놓았다. 그러나 삽을 잡고 흙을 퍼 부으려던 것은 아니었다. 아니, 그는 그렇게 하지 않았다. 어떤, 아주 다르고 예기치 않은 일이 벌어졌다. 그 스스로가 무덤 속으로 들어가려고 했다. 아주 수고롭고 힘들게 아래로 내려가려 했다. 운이 좋게도 그는 벌써 다리 하나를 가장자리 위로 내몰았던 것이다. 물론 그의 의도를 눈치 챈 사람은 아무도 없었다. 사람들은 지팡이 없이는 움직이지도 못했던 그가 힘없이 주저앉은 것이라고들 생각했다. 군의 소령과 문상객 두세 사람이 달려와 그를 묘지에서 끌어내어 벤치로 날라 갔다. 어쩌면 괴디케라는 남자는 이제 정말 힘을 상실했는지도 모를 일이다. 그는 더 이상 반항하지 않았다. 그는 이제 아주 조용히 그곳에 앉아 두 눈을 감고 있었다. 그의 고개가 옆으로 늘어뜨려져 있었다. 그러나 같이 달려가 기꺼이 그를 운반하는 일을 돕고 싶었을 잠발트가 그의 곁에 남아 있었다. 그리고 커다란 고통은 사람의 영혼을 부드럽게 열 수 있게 하는 것이므로, 잠발트는 여기서 일어난 사건이 좀 특별한 것임을 예감했다. 그는 그의 옆에 앉아서 고뇌하는 사람에게 하듯이 위로를 하며 미장이 괴디케에게 말을 걸었다. 가장 혹독한 아픔을 견뎌야 하는 사람에게 하듯이 말을 걸었고, 아름답고 젊고 고통 없이 죽어 간 동생에 대하여 이야기했다. 그러자 괴디케라는 남자는 눈을 감은 채 그 말을 경청했다.

그사이에 지방 유지들이 묘소에 당도했다. 그들 가운데, 당연지사로 후게나우가 있었는데 그는 푸른 옷을 입고 한 손엔 빳빳한 검은 모자를, 다른 손엔 화환을 들고 있었다. 후게나우는 아주 화가 나서 사방을 둘러보았다. 왜냐하면 죽은 자의 형이란 자가 그 화환에 감탄을 표하기 위해 그 자리에 있어야 하는데 없었기 때문이다. 〈모젤당크〉 협회에서 마련한 그 아름다운 떡갈나무 화환에 말이다. 그 정말 아름다운 꽃다발엔 띠가 둘려 있었고 그 위에서 이런 말을 읽을 수 있었다. 〈조국이 용감한 병사에게 드림.〉

<h1 style="text-align:center">53
베를린의 구세군 소녀 이야기(8)</h1>

미래의 거울 바다의 싹이야
무지개 은빛 거품 속에서 머무르는,
촉촉한 공간 위의 숨결이
금빛 햇살 다발을 바르르 떨게 한다.
저 아득히 먼 가장자리
하늘이 자신을 잉태하고
거울 바다의 거울이 되어
아프로디테의 꿈속으로 내려앉을 때.

그때였던가, 그 일이 그에게 일어난 것은?
그때였던가, 그가 그것을 경험한 것은?
내던져진 채 괴로워하며 비탄 속에서
어느 달콤한 강제의 부자연을 경험한 것은?
초원을 에워싸고 있던 것,
저주받을 자의 발밑에 가라앉던 것,
그것은 숲이었던가?
튀는 불꽃 속에서 그는
굉굉히 울리는 목소리에 재촉받으리라.
그의 눈이 섬뜩하게 밝아지리라.
노란 협곡의 바위가 작열하는 가운데
몸부림치며 쓰러지며
격정 속에서 허물어지며 부서지며,
불의 세계에서 도망치려는,
사이프러스 숲으로, 물결에 잠긴 수풀로,
돌아가는 길을 찾으려는,
마비된 노력을 할 때,
밤과 낮이 그림자 속에서 하나가 되고,
항내음과 항내음이 마주 숨쉬고
삿갓솔과 너도밤나무에 어스름 빛이 깃들 때 —
영원히 그는 이 시간을 찾으리라
영원히 그가 이 시간을 잊었기에,
그가 목소리에 깜작 놀라 일어설 때,
갑자기 깨어난 그의 지(知)가
머리 꼭대기까지 그를 채우고

비존재가 그의 존재로부터 목적을 앗으며
회의를 배태시키리라, 황량하고 끝없이.
그것은 바다였던가? 그것은 사이프러스였던가?
그러나 그것을 목소리가 뒤덮었다,
그를 높이 내던진 목소리가,
그가 굴복했던 저 목소리가.
그가 그것을 다시 발견할 때 그는 정화되리라,
잊었던 것이 다시 시작되리라,
짙은 바다 내음 속에서 초원의 숲이,
그리고 너도밤나무가 해안에 반사하며 솟아오르리라 ―
그러나 그의 내부에서 새로이 태어난 지가
그를 회의로부터 새로운 회의의 고통 속으로 몰고
황무지로 몰아 대느니
그는 영원히 잃어버린 목소리를 따라
그것을 갈구하며 영원히 쫓으리라,
그가 언젠가 선택했던 유일자에게
그가 거짓 맹세했던 맹세를 하며,
배반자. 그의 입술은 비명을 지르리라,
비명이 되리라, 지를 덮어 버리는 비명,
비명이 되리라, 협곡에서의 시원(始原)의 울부짖음,
비명, 황무지의 광휘 속에서 산산이 흩어지는,
비명, 벌거숭이 짐승의,
불의 골짜기에서의 원시인의 비명,
오, 경악의 비명! 시련받는 자의 비명!
그 경악을 나는 느낀다! 경악의 놀라움?

혹은 나의 자아가 경악하는가?
어느 끝에서 너는 오는가,
생각, 아주 깊은 우연, 너는?
죽음의 공간에서 나 아하스베르[29]
떠돌며 절규하노니, 영원히!
불면의 노란 핏빛 지옥불 속에서
나의 손이 말라비틀어진다, 내 얼굴이 말라비틀어진다,
절규하도록 태어난, 나, 아하스베르!
근원으로부터 쫓겨나, 계곡으로부터 쫓기어,
지 속에서 숭고해지고, 회의 속에서 부식되어
돌을 씨 뿌리며, 먼지를 먹고살며,
지에 단련되고, 그리움에 여위며
목소리에 축복받고, 목소리에 저주받고,
금단의 열매를 씨 뿌리는 축복받은 사람.

54

전령이 편집장 에슈 씨의 방문을 알렸을 때 소령은 약간 불편한 느낌이 들었다. 이 신문사 사람은 후게나우가 보낸 사람일까? 수령과 지하에서 온 사자일까? 소령은 후게나우 자신이 그와 소위 정치적으로 의심스러운 에슈 사이에 분리 선을 그어 놓았음을 잊을 뻔했다. 불쾌함의 순간이 지나고 어떤 결정적인 평계를 찾지 못했기에 마침내 그는 말했다.

29 Ahasver. 영원히 유랑하는 유대인.

「글쎄, 상관없겠지…… 들어오게 하게.」

어쨌든 에슈는 지옥의 사자 같은 인상도 정치적으로 의심스러운 인물 같은 인상도 일깨우지 않았다. 그는 자기 결단을 다시 후회하고 있는 사람처럼 당황하고 어색해했다. 「저 말이지요, 소령님…… 간단히 말해 소령님의 글은 제 가슴에 큰 감명을 주었습니다…….」

폰 파제노 소령은 자신의 문필가적 고찰의 영향을 믿을 수 있어서 너무도 행복했지만 그렇더라도 위선적인 말에 현혹되어서는 안 된다는 걸 알고 있었다.

「그리고 소령님께서 저를 내쫓아야 할 악마라고 말씀하신다면…….」

그에 대해 소령은 단언했다. 성서의 인용은 결코 개인적인 풍자나 암시를 내포하지 않으며, 그런 것은 심지어 성서의 격하를 의미할 수도 있다. 그리고 우리가 우리 생에서 어떤 전환점에 처했을 때 생이 더 나은 것이 되어야 한다면 악마적인 것의 단편을 능가해야 할 것이다. 만약 에슈 씨가 지금 뒤늦게 변명이나 명예 회복을 요구하려고 오셨다면 이런 설명으로 만족하실 수 있을 겁니다.

에슈는 소령이 말하는 동안 그의 확고함을 다시 찾았다. 「아닙니다, 소령님. 그것은 중요한 문제가 아닙니다. 저는 악마조차도 견디어낼 것입니다…… 물론 누가 몇 번 저의 신문을 압류했기 때문도 아닙니다.」 그는 내던지는 듯한 몸짓을 했다. 「아닙니다, 소령님, 누구도 저를 이러쿵저러쿵 말할 수는 없습니다. 이전의 저의 신문 활동이 지금보다 더 별 볼일 없었다고 뒷말을 하지는 못합니다. 저는 다른 일로 왔습니다.」 그는 더도 덜도 말고 소령이 그와 그의 친구들에게 ― 혹은 그가 흥분했을 때 표현하듯이 형제들에게 ― 믿음의 길을 교시해 주셨으면 좋겠다고 부탁했다.

그는 책상 앞에서 모자를 양손에 쥐고 서 있었다. 광대뼈가 흥분의 반점으로 붉어지며 움푹 팬 뺨의 갈색 피부 속으로 밀물져 왔다. 에슈의 그런 모습은 소령의 영지 관리인을 연상시켰다. 토지 관리인이 신앙에 대해 할 말이 무엇인가? 그리고 소령은 마치 신앙 문제에 관계하는 것이 장원 영주에게 유보된 권리 같은 느낌이 들었다. 익숙한 종교 생활의 모습들이 그의 내부에서 떠올랐다. 그는 교회를 보았다. 가족과 함께 여름의 먼지 속에서 바퀴 높은 마차를 타고, 겨울엔 가죽으로 덮인 낮은 썰매를 타고 그곳에 가곤 했었다. 그는 보았다. 그가 아이들과 하인들과 함께 성탄절과 부활절에 성서 시간을 열었던 것을. 그는 보았다. 붉은 머릿수건과 망토를 걸친 폴란드 하녀들이 이웃 마을의 가톨릭 교회로 가던 것을. 그 교회에 생각이 미치면서 에슈 씨가 로마 가톨릭 신앙의 일원임이 환기되는 동안, 그 사람은 소령이 느낄 만큼 폴란드인 영지 노동자와의 불편했던 관계 속으로 밀려 들어갔고 부분적으로는 개인적인 체험에서, 부분적으로는 그들의 정치 때문에, 부분적으로는 단순한 편견에서 폴란드 국민에게 붙여 두었던, 불쾌한 불신의 분위기 속으로 밀려 들어갔다. 그리고 동포의 양심 문제가 종종 불쾌감, 마치 여기 어떤 사람이 자기 입으로 표방하는 바대로 결코 그렇게 중요하게 여기지 않는 것을 과장하고 있는 듯한 불쾌감을 야기시키는 것은 사실이므로, 소령은 에슈 씨더러 앉으라고 청했지만 제기된 주제에 들어가지 않고 신문의 성공에 대해 물어보았다.

그러나 에슈는 그렇게 쉽사리 제 뜻을 굽히는 남자가 아니었다. 「소령님, 바로 신문이 소령님으로 하여금 제 말에 귀를 기울여야 할 책임을 부과한 것입니다.」 소령이 의아한 시선을 던졌다. 「……네, 소령님. 소령님께서 〈쿠르트리에르셰보테〉에게 새로운 것을 지시하셨습니다…… 저 자신도 언제나 말했었지요. 세상에 질서가 수립되어야 한다고, 편집자도 그것에 기여해야 한다고, 만약 그가 무정부주의자나 양심 없는 돼지가 아니라면 말입니다…… 소령님, 누구나 구원을 찾고 있습니다. 누구나 독을 두려워합니다. 누구나 구원이 도래하여 불의가 근절되기를 기다립니다.」

그의 목소리가 한결 높아졌다. 소령이 의아한 표정으로 그를 응시했다. 에슈는 다시 제 갈 길을 찾았다. 「보십시오, 소령님. 사회주의, 그것은 단지 여러 징후 중의 하나에 부과합니다…… 하지만 창간호에 논설이 실린 후…… 소령님, 세상에서의 자유와 정의가 중요합니다…… 사람의 생명을 노리개로 삼아선 안 됩니다. 무슨 일인가 일어나야 합니다. 그렇지 않으면 모든 희생은 헛된 일이 될 겁니다.」

「모든 희생이 헛되다…….」 소령이 마치 기억을 짜내려는 듯이 따라 말했다. 그러고 나서 그는 제정신으로 돌아왔다. 「에슈 씨, 선생이 원하는 것은 이를테면 신문을 사회주의의 수로(水路)로 옮기는 것입니까? 그래서 나의 도움을 원하시는 겁니까?」

에슈의 표정은 불손하고 경멸적이었다. 「사회주의는 문제가 아닙니다. 소령님, 중요한 것은 새로운 삶입니다…… 고상함입니다…… 신앙의 공동 추구입니다…… 저의 친구들과 저, 우리는 성서 시간을 마련했습니다…… 소령님, 소령님께서 기사를 쓰실 때 정말 소령님의 마음은 진지했습니다. 이제 우리를 뿌리치시면 안 됩니다.」

명백하게도 에슈는 그것이 비록 영혼에 관계되는 계산에 불과했을지라도, 계산서를 내민 것이다. 그리고 소령은 다시 사무실에서 계산서를 들고 마주 앉아 있는 관리인을 떠올리지 않을 수 없었다. 그는 또한 다시 자기를 속이려 드는 폴란드인 영지 노동자들을 생각했다. 그들 역시 사회주의를 가지고 을러대지 않았던가? 어쩌면 그것은 이미 잊힌 일이었을지도 모른다. 「언제나 우리를 배격하는 사람들이 있지요, 에슈 씨」라고 말했을 땐.

에슈는 일어섰다. 그리고 버릇대로 딱딱한 걸음으로 방 안을 이리저리 거닐었다. 입가의 예리한 세로줄이 여느 때보다 더 깊어 보였다. 슬픔 때문인지 대단히 수척해 보이는군, 소령이 생각했다. 이런 진지한 사람이 비어홀에나 가고 추잡한 술집을 방문한다니, 믿을 수 없어, 지하의 세계에서 온 사자라는 것도. 그는 그런 위선자일까? 그것은 그런 세계 자체만큼이나 상상할 수 없는 일이었다.

에슈가 느닷없이 그의 앞에 우뚝 섰다. 「소령님, 바로 숨김없이 말씀드리지요…… 프로테스탄트의 신앙으로 우리의 길을 가기가 쉬워질 수 있을지 없을지를 명확히 모르고서 어떻게 제가 제 직책을 완수할 수 있겠습니까…….」

그때 소령은 신학적 문제들의 해결은 결코 편집인의 의무에 속하는 것이 아니라고 대꾸할 수도 있었을 것이다. 그러나 그는 에슈의 단도직입적인 물음에 너무도 놀랐기에 대답을 찾을 수가 없었다. 그것은 군수품 공급을 바라는 후게나우의 청원과는 너무도 달랐다. 순간 두 남자의 모습이 다시 뒤섞이려고 했다. 소령은 가슴의 철십자 훈장을 잡으며 다시 정자세를 취했다. 그가, 노출된 위치에 있는 군인이, 개종자가 되는 게 적합한 일일가? 가톨릭 교회는 어떻게 보면 결국 동맹자로 간주될 수 있었다. 또한 그는 어떤 오스트리아인이나 불가리아인 또는 터키인더러 독일을 위하여 자신의 국가를 포기하라고 종용하는 행위도 받아들일 수 없을 것이었다. 이 에슈라는 사람이 가혹한 요구를 고집하고 있는 것에 상당히 분통이 터졌다. 그러나 다시 달콤하고 유혹적인 기분이 들었다. 바로 이러한 요구에 영원히 정화되고 항상 새로운 모습을 취하는 신앙의 은총이 있는 것이 아닐까? 그러나 여전히 소령은 거부했다. 프로테스탄트인 그는 신앙 문제에 있어 가톨릭교인들의 지도자가 될 자격이 없다고 느끼고 있음을 시사하지 않을 수 없다고 말했다.

에슈가 다시 내던지는 듯한 손짓을 했다. 그것은 아무런 상관이 없는 일입니다. 소령님의 글에도 있지요. 그리스도교인은 그리스도교인을 지지해야 한다고. 또한 가톨릭의 그리스도교 신앙과 프로테스탄트의 그리스도교 신앙 사이에는 하등의 차이가 없을 것입니다. 그리고 이 도시 가톨릭 신부는 그런 회의나 문제에 대해서는 훨씬 잘 모르고 있더군요.

소령은 대답하지 않았다. 그를 죄어 오는 것은 정말 그 자신의 말로 만들어진 그물인가? 그것으로 저 사람은 그를 수령과 어둠 속으로 끌어내리려는 것일까? 그럼에도 불구하고 그것은 마치 어느 부드러운 손길이 그를 조용히 흐르는 강물의 고요한 강변으로 끌어내는 것 같았다. 그는 요르단 강에서의 세례를 생각해 내지 않을 수 없었다. 그리고 그는 거의 자기 의지와는 달리 이렇게 말했다. 「신앙의 문제에는 어떤 규정도 존재하지 않습니다, 에슈 씨. 신앙이란 자연스럽게 용솟음치는 샘물이지요. 성서에 이미 그렇게 씌어 있는 것처럼 말입니다.」 그리고 의미심장하게 덧붙였다. 「은총은 누구나 홀로 체험해야 합니다.」

공손하지 못하게도 에슈는 소령에게 등을 돌렸다. 그는 창가에 서서 이마를 유리창에 누르고 있었다. 이제 그가 돌아섰다. 그의 표정이 진지했다. 그리고 거의 요청하듯이 〈소령님, 중요한 것은 규정이 아닙니다…… 중요한 것은 신뢰입니다……〉라고 말한 뒤 사이를 둔 다음, 〈그렇지 않다면 그 신문이 다른 모든 신문들보다 더 나을 것이 없을 것입니다…… 빌어먹을 신문…… 선동자들의 지껄임…… 소령님, 그러나 소령님은 어떤 다른 것을 원하시겠지요……〉 했다.

다시 폰 파제노 소령은 흐르는 물줄기의 달콤함을, 거기 실려 나아가는 달콤함을 느꼈다. 마치 봄날의 강물 위를 두둥실 떠 있는 은빛 구름이 그를 받아들이려는 것 같았다. 신뢰의 확실성! 아니, 저기 진지하게 그의 앞에 서 있는 저 남자는 모험가도, 배반자도, 믿을 수 없는 자도 아니다. 신뢰를 생의 다른 편으로 운반하여 거기서 부끄럼 없이 알몸 그대로 내보이는 그런 자가 아니다. 그리하여 이제 소령은 망설이며, 그러나 더욱 따뜻한 마음이 되어 가며, 루터의 영도에 대해 이야기하기 시작했다. 그를 따르면 누구도 절망할 필요가 없소, 누구도 말이오, 에슈 씨! 왜냐하면 누구나 영혼의 근저에 불꽃을 가지고 있기 때문이오. 그리고 — 오, 폰 파제노 소령 자신이 얼마나 그것을 감사하게 느끼고 있는가는 아무도 말할 수 없었다 — 어느 누구도 은총에서 제외된 사람은 없소. 은총 속에 있는 사람은 누구나 구원을 설교하기 위해 나아가도 되는 것이오. 자신의 내면에 침잠하는 누구나 진리를 인식하게 될 것이며 길을 깨닫게 될 것이오. 그리고 그 역시 빛으로의 길을 발견하게 될 것이며, 그 길을 걷게 될 것이오. 「위안을 받으시오, 편집자 선생.」 그가 말했다. 「모든 것이 최상의 것으로 향할 것이오.」 그는 편집장 에슈 씨가 바라고 자신의 빡빡한 시간이 허락한다면, 다시 그와 이야기를 할 태세가 되어 있노라고 말했다 — 소령은 일어났고 에슈는 책상 위로 손을 내밀었다 —. 그 이외에도 그는 곧 「쿠르트리에르세 보테」의 인쇄소에 한번 시찰차 들르겠노라고 하였다. 그가 에슈에게 고개를 끄덕여 보였다. 에슈는 엉거주춤하게 서 있었다. 소령은 감사의 말이 두려웠다. 그러나 감사가 이어지진 않았다. 에슈는 거의 무뚝뚝하게 물었다. 「그러면 저의 친구들은?」 소령은 다시 가볍게 정자세를 취했다. 「나중에, 에슈 씨. 나중에 아마도.」 그러자 에슈는 뻣뻣하게 절을 했다.

그럼에도 불구하고 에슈같이 철저하게 성급한 사람에게는 정지라는 것이 존재하지 않았다. 그가 며칠 후 — 그것을 안 사람들은 모두 놀랐고 곧 도시 전체도 놀랐다 — 신교를 받아들였을 때, 에쉬와 같은 추구하는 영혼에게 그것은 소령에 대한 경의의 표현이기도 했다.

55
가치들의 붕괴(7): 사적(史的) 부설

르네상스라고 불리는 저 범죄적이며 반란적인 시대, 그 시대에 그리스도교의 가치상은 가톨릭과 프로테스탄트 반반으로 분열되었다. 그 시대에 중세 오르가논[30]의 붕괴와 더불어 5백 년간의 가치 해체 과정이 수반되었으며 근대의 씨앗이 뿌려졌던 것이다. 파종의 시대이자 동시에 최초의 개화기, 그 시대는 프로테스탄티즘으로도, 개인주의로도, 내셔널리즘으로도, 감각적인 쾌락으로도, 또한 휴머니즘적이며 자연과학적인 개혁으로도 개괄될 수 없음이 명백하다. 시대는 양식 속에서 통일성으로 현현하고 하나의 전체로 응축된다. 시대가 이 통일성에 적합한 시대정신 및 양식의 담당자를 소유하고 있다면 이러한 시대정신은 다양한 현상들 가운데 임의의 한 현상을 통해 담당될 수는 없는 것이다. 설령 프로테스탄티즘처럼 대단히 깊은 혁명적인 힘을 지닌 현상이라고 해도 그렇다. 오히려 이 모든 현상들에 하나의 공통분모가 놓여야 한다. 그 현상들은 하나의 뿌리를 가지고 있어야 하며, 이 뿌리는 사유의 논리적 구조에, 시대의 모든 행위를 관통하고 충족시키는 특수한 논리에 있어야 한다.

사유 양식의 철저한 혁명은 — 모든 삶의 현상의 혁명화는

30 과학과 철학의 방법론적 원리.

사유에 있어 아주 완전한 급선회를 시사한다 — 언제나 사유가 무한성의 경계와 맞닥뜨리고 그 무한성의 이율배반을 옛 방법으로 해결할 수 없게 되어 여기서 그 자신의 원칙들을 수정할 필요가 있게 되고 나서야 비로소 수행된다는 주장은 어느 정도 정당한 주장이다.

그런 식의 사유 변혁은 현대 수학의 원리 연구에서 가장 분명히, 왜냐하면 직접적으로 가까이 있기 때문에, 드러난다. 그것은 무한성의 이율배반에서 출발하여 수학적 방법론의 혁명화에 이르고, 그 사정거리를 오늘날에도 아직 평가할 수 없는 변혁에까지 다다른다. 물론 여기서 중요한 것이 사유의 혁명인지 아니면 중세의 논리성의 최종적이며 궁극적인 액화(液化)인지(아마 양자가 다 해당될 것이다)는 결정을 내릴 수 없다. 왜냐하면 중세 가치상의 잔재들이 우리 시대에까지 솟아 들어와 있고, 거기 속하는 사유 잔재들이 아직도 효력을 지니고 있다는 추측에 여지를 남겨 주고 있기 때문이다. 그것이 바로 이율배반이다. 그리고 그것들이 연역의 지반 위에서, 그러나 그렇기 때문에 또한 신학의 지반 위에서 성장한다는 것, 이것이 무한성의 이율배반의 본질이다. 연역적이지 않은 신학적 가치 체계란 존재하지 않는 것이다. 즉 모든 현상을 전부 합리적으로 최상위 원칙, 말하자면 신으로부터 도출하려 하지 않는 신학적 가치 체계는 존재하지 않는다. 여기서 볼 때 모든 플라톤주의는 궁극적으로 연역적인 신학이다. 따라서 플라톤적·신학적 사상 내용이 현대 수학 체계에서 당장 보이지 않는다고 해도, 심지어 보이지 않은 채로 있어야 한다고 해도, 이 수학은 오랫동안 지배적인 논

리의, 그리고 수학을 지배하는 논리의 적절한 표현이 되어
왔다. 따라서 그럼에도 불구하고 수학의 무한성의 이율배반
과 스콜라 철학의 그것 사이에는 뚜렷한 유사성이 드러난다.
물론 중세의 무한성 논의는 수학에서 연출되지는 않는다(혹
은 다만 부수적으로 우주론적 고찰에서 일어났을 것이다).
그러나 〈윤리적〉 무한성은 — 아마 이렇게 불러도 될 것이
며 그것은 이를테면 신의 무한한 상징들을 에워싼 문제권에
서 드러날 것이다 — 현실적 무한성과 잠재적 무한성의 모
든 문제를 내포하며, 구조적으로 현대 수학의 이율배반과 난
점이 처하고 있는 것과 동일한 한계 영역을 제시한다. 두 경
우 다 이율배반적 사실 내용은 논리적 기능의 절대화에서 발
생하는데, 이런 절대화는 어떤 지배적인 논리가 스스로를 포
기하려 하지 않는 한 피할 수 없는 것이며, 이율배반적인 한
계에 도달하고서야 비로소 감지될 수 있는 것이다. 스콜라
철학은 무엇보다도 상징 해석에 있어 잘못된 절대화의 형태
를 취했다. 교회의 가시성, 말하자면 현세적이며 유한한, 그
럼에도 불구하고 절대성을 요구하는 정재[31] 형식, 무한히 먼
플라톤적·논리적 지점의 아리스토텔레스적인 〈유한화〉는
모든 상징 형식들의 유한화를 초래하지 않을 수 없었던 것이
다. 비록 그것이 경탄할 만한 상징 반영들의 체계로, 모든 것
을 비호하며, 성찬식이라는 숭고한 동시에 현세적인, 무한한
동시에 유한한 상징을 통하여 마술적인 통일성으로 결합되
었다고 할지라도, 무한성에서의 사유 변혁은 저지될 수 없었
다. 스콜라적 사유는 이 이율배반적이며 무한한 경계에서 변

31 Dasein. 특정 시간·공간에 처해 있는 존재.

전하지 않을 수 없었는데, 그것은 유한하게 된 플라톤적 이념을 변증법적으로 재환기시키기 위해서였다. 즉, 실증주의로의 전향을 준비하기 위해서, 교회의 아리스토텔레스적 형태화에서 이미 그 단초가 보이는 발전, 그러나 스콜라 철학 쪽에서의 다양한 시도(이중 진리의 학설, 유명론자와 실재론자의 논쟁, 오컴의 인식론의 새로운 규명)에도 불구하고 더 이상 저지될 수 없던 저 자동적인 발전을 받아들이기 위해서였다. 그러나 그 변전은 절대화에서, 무한성의 이율배반에서 실패하지 않을 수 없었다. 논리성이 지양되었기 때문이다.

그러나 모든 사유는 오직 자기 논리성에 대한 신뢰가 유지되는 한에서만 사실과 일치한다. 이것은 단지 연역적·변증법적 사유에만이 아니라 모든 사유에 타당한 말이다(어떤 사유 행위에 얼마나 많은 연역이 내포되어 있는가를 결정할 수 없는 만큼 더욱 그러하다). 연역에 대한 신뢰가 상실되었다고 말하는 것은 오류일 것이다. 왜냐하면 사람들은 사실들을 갑자기 다른 눈으로, 보다 나은 눈으로 관찰할 수 있는 법을 배웠기 때문이다. 바로 그 반대의 경우는 변증법이 붕괴되고 나서야 비로소 사실들을 달리 관찰하게 되는 경우이다. 이러한 붕괴의 탓을 현실 앞에서의, 그 교정이 오랫동안 지속될 현실 앞에서의 거부로 돌릴 수는 없다. 오히려 붕괴는 이미 논리의 독자적인 영역에서, 즉 무한성의 문제에 직면하여 감수되지 않을 수 없었던 것이다. 논리의 권위 앞에서의 인간의 인내는 실로 지칠 줄 모르건만, 그것은 기껏해야 의술에 대한 불변의 인내와 비교될 수 있다. 인간의 육체가 가장 무의미한 치료법을 신뢰하며 그것에 내맡겨지고, 동시에 심지어 건강해지기까지 하는 것과 마찬가지로, 현실은 또한 가장 불가능한 이론의 건물을 감당하는 것이다. 이론이 스스로 자신의 파멸을 설명하지 않는 한, 이론은 오랫동안 신뢰되고 현실은 그것에 종속된다. 파산이 선언되고 나서야 비로소 인간은 눈을 비비고, 그다음에야 현실에 다시 눈을 돌리며, 자신의 지(知)의 원천을 이성 추론의 영역으로부터 생동적인 체험의 영역으로 옮기는 것이다.

이러한 정신적 혁명의 양 국면은 중세 말에서 분명히 인식될 수 있다. 스콜라 철학의 변증법의 파산 설명과 이어서 — 진정 코페르니쿠스적인 — 직접적 대상으로의 전환이 그것이다. 또는 다른 말로 하여 플라톤주의에서 실증주의로의 전환, 신의 언어에서 사물의 언어로의 전환이다.

그렇지만 중앙 집권적·절충주의적 오르가논으로부터 직접적 인상의 다양한 가능성으로의 전환과 더불어, 중세의 신정국가에서 보이는 플라톤적 형상물로부터 경험적으로 주어지고 무한히 움직이는 세계에 대한 실증주의적 조망으로의 이행과 더불어, 이러한 옛날의 전체성의 원자화와 더불어, 필연적으로 가치 영역들은 대상의 영역과 일치하는 한 원자화되지 않을 수 없었다. 간단히 말하면, 가치 태도들은 이제 어떤 중심 위치에 의해 인도되는 것이 아니라 그 대상으로부터 각인을 얻는 것이다. 이제 중요한 것은 성서의 우주론을 고집하는 것이 아니라, 자연 대상의 〈과학적〉 관찰이며 그것과 관계될 수 있는 실험이 중요하다. 신국(神國)의 수립은 이제 중요하지 않으며, 중요한 것은 자주화된 정치적 대상, 마키아벨리즘 형태의 새롭고 적절한 정치적 방법론을 필요로 하는 대상이다. 십자군에서 구체화된 바 있던 절대적 전쟁이 기사의 의미와 부합하는 것이 아니라 오히려 새로운, 비기사적인 화포로써 종결된 현세적 싸움이 기사의 의미에 부합한다. 중요한 것은 이제 그리스도교도들이 아니라 외적인 언어적 특징을 통해 나라별로 집결된 경험적 인간 집단이다. 대두하는 개인주의의 관심은 절충주의적 오르가논의 성원으로서의 인간이 아니라 독자적인 의미를 지닌 인간 개인에 해당한다. 예술의 유일한 궁극적인 목적은 이제 성자들의 공동체와 그것의 찬양이 아니라 오히려 외부 세계의 충실한 관찰에, 르네상스의 자연주의를 이룩한 충실성에 있다. 그러나 이러한 직접적 대상으로의 전환이 아무리 세속적으로 보인다고 하더라도, 그 전환이 새로이 발견된 고대를 기쁜 마음으로 서약의 증인으로 불러낼 정도로 진정 이단적이라고 하더라도, 외적인 대상과 나란히 내적인 대상이 결코 작지 않은 힘을 지니고 밀려올 것이다. 그렇다, 르네상스의 직접성은 아마도 바로 이러한 내적 관조에서 가장 직접적일 것이다. 이제까지 다만 교회적·플라톤적 위계를 매개로 해서만 나타날 수 있었던 신, 그가 영혼의 내면을 관조함으로써, 영혼의 근저에 있는 불꽃을 발견함으로써, 직접적이며 신비주의적인 인식이 되었고, 재발견된 은총이 되었던 것이다. 이러한 극히 이단적인 세속성이 신비주의적 프로테스탄티즘의 아주 철저한 내면성과 공존한다는 것, 근본적으로 상이한 가치 경향들이 유일한 양식 영역 내에서 공생한다는 것, 그것은 아마도 직접성이라는 공통분모로 소급될 수 있지 않다면 전적으로 설명이 불가능할 것이다. 프로테스탄티즘은 르네

794

상스의 다른 모든 현상들처럼, 어쩌면 다른 모든 것보다 더욱 강하게, 직접성의 현상이 되었다.

그러나 이로부터 이 시대의 또 하나 아주 결정적인 구조적 특징이 규명될 수 있다. 르네상스의 모든 생활 현상에서, 특히 프로테스탄티즘에서 매우 현저하게 드러나는 〈행위〉의 현상이 그것이다. 저 언어에 대한 경멸의 시작. 언어적 표현을 가능한 한 시적·수사학적 자율성에 제한하기를 원하는, 그러나 여타의 영역으로 침투시키는 대신 행위하는 인간을 유일한 요소로서 설정하는 언어의 경멸. 전 세계의 침묵을 준비하게 될 침묵에의 노력. 이 모든 것이 오해할 여지 없이 세계를 개개 가치 영역으로 분산시킨 것과 관계하고 있으며, 사물 언어로의 전환에 의존한다. 그런데 사물의 언어는 상징으로 남아 있기 위해 침묵의 언어로 존재한다. 이리하여 마치 개개 가치 영역들 간의 의사소통이 쓸데없는 일이라고 성문화되어 버린 것 같다. 아니면 그런 의사소통이 있을 경우 사물 언어의 엄밀성과 명확성이 왜곡되어 버릴 것 같다. 근대의 합리적 의사소통의 두 거대한 수단, 즉 수학에 있어서의 학(學)의 언어와 회계에 있어 금전의 언어, 그들은 둘 다 르네상스에서 그 출발점을 찾았으며 그들 둘 다 독자적인 가치 영역 위에서의 저 배타적이고 일의적인 지향성에서, 엄격성의 면에서 거의 금욕적이라고 부를 수 있을, 표현의 비교(秘敎)에서 발생했던 것이다. 그럼에도 불구하고 그러한 감각의 방향은 가톨릭적·수도사적 금욕과는 거의 공통점이 없다. 왜냐하면 그것은 후자처럼 목적을 위한 수단이 아니며, 황홀한 〈도움〉이고자 하지 않기 때문이다. 그것은 오히려 장차 오로지 일의적인 언어로 간주되어야 할 행위, 그리고 오로지 그것에 언어가 종속되게 될 행위의 일의성에서 야기된 것이다. 이렇게 프로테스탄티즘은 그 근원과 본질에 의할 것 같으면 〈행위〉이다. 그것은 새로운 자연 탐구자의, 그렇다, 새로운 전사의 전형과 새로운 정치가의 속성이었던 것과 같은 행동성을 갖춘, 신에 봉사하며, 신을 추구하고 신을 찾는 인간을 전제로 한다. 루터의 종교성은 철두철미 행위하는 인간의 종교성이며 사변적인 것과는 근본적으로 다른 것이다. 그러나 또한 바로 그 〈행위〉에, 그러한 〈사실성〉에, 엄격성이, 범주적·정언적 의무 수행이, 모두 다른 가치 영역과의 차단이, 칼뱅 같은 사람의 글자 그대로 우상 파괴적인 금욕이, 에라스무스로 하여금 심지어 음악을 신에 대한 봉사로부터 배제해야 한다고까지 주장하게 한, 인식론적 금욕이라고 할 수 있는 금욕이 있는 것이다.

물론 중세도 행위를 알고 있었다. 새로운 실증주의가 스콜라주의적 플라톤 철학과 구별되기를 원하면 원할수록, 그것은 개인을 고독한 나[自我]로 지정함과 동시에 모든 플라톤주의적인 것의 〈실증주의적 뿌리〉를 노출시켰다. 새로운 그리스도교 정신은 반항을 했을 뿐만 아니라 개혁을 했으며, 자신을 철두철미 그리스도교 사상의 르네상스라고 느꼈다. 그리고 그것이 처음에는 신학을 대동하지 않고 등장했을지라도, 후에는 자율적이며 보다 좁은 토대 위에서 순수 플라톤주의적·관념론적 신학을 전개시킨 셈이었다. 왜냐하면 칸트 철학이 그러한 것으로 파악될 수 있기 때문이다. 〈가치 방향〉 즉 행위에 대한 윤리적 요구는 중세에 대해 변화되지도 않았고 변화되어서도 안 되었을 것이다. 왜냐하면 가치란 오직 가치에 대한 그리고 그것의 절대 성에 대한 행위의 의지에서만 규정되기 때문이다. 절대 가치들과 다른 가치들은 존재하지 않는 것이다. 변화되었던 것은 가치 정립 행위의 경계 설정이다. 즉 이제까지 절대화의 강도가 그리스도교적 오르가논의 전체 가치에 관련되었던 반면, 이제 자기 자신 위에 설정된 논리의 철저성, 그리고 그것의 자율성의 엄격성은 각 개별 영역에 따로따로 병속되었으며, 이러한 개별 영역 각개는 독자적인 가치 영역으로 절대화되었고, 그 절대화된 가치 영역들이 연계도 관계도 없이 나란히 병존해야 하는 치열함, 르네상스 시대에 독특한 색채를 부여했던 치열함이 탄생했던 것이다.

분명 반론이 있을 수 있다. 시대의 전체 양식은 이 모든 분리된 가치 영역들을 같은 정도로 포괄했었다고. 심지어 루터의 품성조차도 결코 금욕적으로 유일한 영역에 제한된 것이 아니며, 오히려, 바로 그에게서 종교적 계기들과 세속적 계기들이 독특한 방식으로 합일되었다고 말이다. 그러나 이렇게 말해 볼 수도 있는 것이다. 여기 그 완전한 개화에 5백 년이 필요했던 발전의 단초가 있다고. 그 시대는 아직 중세적인 총괄에 대한 동경으로 가득 차 있었다고. 그리고 비록 더 이상 논리적이진 않으나 그 인간적 풍부함으로 인해 분리된 가치 경향들을 자기 속에 총괄시켰던, 루터와 같은 품성을 지닌 인성이, 시대의 욕구와 상응하게, 시대를 자신의 시대로 만들었고, 〈보다 논리적인〉 칼뱅의 영향과는 비교가 안 될 만큼 클 수밖에 없던 영향을 시대에 수행했었다고. 그것은

마치 시대가 여전히 〈엄격성〉을 두려워하고 시작되고 있는
〈침묵〉을 두려워하는 것 같았으며, 마치 시대가 그 두렵게
다가오는 침묵을 묵살하려 하는 것 같았고, 그리고 아마 그
것을 위해 시대가 신의 새로운 언어의 탄생 시간, 새로운 다
음 합성적 음악의 탄생 시간이 되어야 하는 것 같았다. 그러
나 이것은 증명할 수 없는 추측들이다. 이에 반해 확실한 것
으로 간주될 수 있는 것은 시대의 이러한 상황, 시초의 이러
한 분규, 그것이 가톨릭의 반(反)종교 개혁을 가능하게 했고,
시작되는 고독과 고립에 대한 불안이 통일성의 재발견을 약
속하는 움직임의 준비를 환기시켰다는 것이다. 왜냐하면 반
종교 개혁은 거대한 사명, 프로테스탄티즘의 금욕적 종교성,
다만 그것뿐인 종교성에 배제된 가치 영역들을 새로이 집결
시키는 사명, 교회의 플라톤적 통일성이 모든 다른 가치 영
역 위에 최상 가치로서 군림하며 자신의 신적인 위치를 영원
히 지키도록 하기 위하여, 세계와 그 가치들 모두의 새로운
집결을 시도하여 새로운 예수회적 스콜라 철학의 지도하에
다시 한 번 중세적인 전체성을 획득하고자 노력하는 사명을
받아들였던 것이기 때문이다.

56

　시계 제조공 잠발트는 이제 자주 병원에 나올 수 있었다.
그는 동생이 보살핌을 받았던 곳을 방문했다. 마치 감사를
표하려는 듯이. 그리고 실제 그것을 행동으로 옮겼다. 그는

병원의 시계를 무료로 고쳐 주었을 뿐만 아니라 병원 사람 모두의 손목시계를 대가 없이 수선하겠다고 자청했다. 그다음 그는 후비군 괴디케를 방문했다.

괴디케는 정말 그의 방문을 고대했다. 장례식 이후 그에게는 많은 것이 더 명료해지고 편안해졌다. 그의 생의 세속적인 것이 농축되었던 것이다. 그럼에도 불구하고 그것은 확실성을 상실하지 않고도 보다 숭고해지고 가벼워진 듯 보였다. 그는 이제 어둠 앞에서, 그 뒤에 저 다른 괴디케가, 혹은 보다 정확히 말해 저 많은 괴디케들이 옛날부터 서 있었던 어둠 앞에서, 그 어두운 울타리 앞에서 더 이상 놀라 소스라칠 필요가 없음을 아주 명확하게 깨달았다. 왜냐하면 그 어둠은 그가 무덤 속에 누워 있던 시간에 불과했기 때문이다. 그리고 이제는 그에게 어떤 다른 것을, 그가 무덤에 파묻히기 전에 일어났던 것을 연상시키려는 사람이 온다고 해도 그는 이제 불안해할 필요가 없었다. 말하자면 어깨를 으쓱해 버릴 수가 있는 것이었다. 그것이 이제 더 이상 아무런 의미가 없음을 알기에. 그는 이제 철저히 기다리기만 하면 되었다. 왜냐하면 그는 이제 자기 주위에 집결되는 생을, 비록 그것이 아주 가까이 다가와 있다고 하더라도, 두려워할 필요가 없었기 때문이다. 그는 이미 죽음을 지나온 사람이며, 다가오는 모든 것은 단지 뼈대를 더 높이 구축하는 데 사용하기만 하면 되는 것이다. 비록 그가 여전히 아무 말도 안 하고, 간호사들이나 병실 동료들이 그에게 말을 걸어도 귀 기울이지 않는다고 할지라도, 그의 침묵과 귀먹음은 이제 자아와 그 고독의 옹호라기보다는 오히려 방해자에 대한 경멸이며 벌이었던 것이다. 오직 시계 제조공 잠발트만을 그는 견디어 냈다. 그렇다, 그는 그를 고대했다.

어쨌든 잠발트는 그의 기분을 가볍게 해주었다. 괴디케가 등을 구부리고 지팡이에 의지하여 걸어온다고 할지라도, 그는 키 작은 시계 제조공을 내려다볼 수 있었다. 그러나 그것은 결코 본질적인 것이 아니었다. 정말 더 중요한 것은 잠발트가, 누구를 앞에 두고 있는지를 아는 것처럼, 그에게 캐묻거나 그에게, 루트비히 괴디케에게, 유쾌하지 못한 어떤 것을 연상시키려는 시도를 조금도 하지 않는 것이었다. 정말이지 잠발트는 말이 많은 사람이 아니었다. 그들이 나란히 정원의 벤치에 앉아 있을 때면, 그는 그에게 수선을 위해 맡겨진 시계들을 가리키며 덮개를 열어 톱니바퀴를 볼 수 있게 해주었고 어디가 잘못되었는지를 설명해 주려고 했다. 또는 죽은 동생에 대해 말하기도 했다. 동생은 그의 말에 의하면 부러워할 만한 사람이었다. 이유인즉 죽어서 어느 아름다운 저세상에 있기 때문이었다. 그러나 시계 제조공 잠발트가 천국과 하늘의 기쁨에 대하여 말하기 시작하노라면 한편으로 그것은 거부되어야 했다. 왜냐하면 그것은 잊힌 소년 괴디케의 성서 강독[32]과 관계되는 이야기였기 때문이다. 그렇지만 다른 한편으로는 사나이 괴디케의 비위를 맞추는 것 같기도, 이미 저세상을 더 잘 알고 있는 그에게 질문을 하는 것 같기도 했다. 그리고 잠발트가 곧잘 방문하는, 많은 깨우침을 얻은 성서 모임에 대해 이야기할 때면, 전쟁의 비참함이 영혼의 보다 밝은 행복으로 이끌어져야 한다고 이야기할 때면, 괴디

32 견진성사를 받는 소년 소녀에게 과하는 수업.

800

케는 그리 오랫동안 귀를 기울이지 않았다. 그렇더라도 그것은 아득히 먼 곳으로부터의 재발견된 생의 확증과 같았으며, 이 생에서 어떤 마땅한, 말하자면 피안의 자리를 받아들이라는 요구와 같았다. 그리하여 그에게는 작은 시계 제조공이 미장이에게 벽돌을 날라다 주던 여자들 중의 한 사람, 또는 소년의 한 사람으로 생각되었다. 그들은 비록 언급할 가치가 없고 기껏해야 거칠어 보이는 사람들이었지만, 그럼에도 불구하고 필요한 사람들이었다. 어쩌면 그것이 언젠가 작은 시계 제조공의 이야기를 중단시키고 〈맥주를 가져다주시오〉라는 명령을 하게끔 만든 이유일지도 모른다. 그리고 그 명령이 당장 실행되지 못하자 그는 격분하여 이해력을 상실했고 자기 앞만 응시하고 있었다. 여러 날 동안 그는 잠발트에게 화가 나 있었다. 그는 그에게 조금도 시선을 주지 않았으므로 잠발트는 어떻게 괴디케의 화를 다시 가라앉힐 수 있을까의 문제로 골머리를 썩였다. 그것은 너무 어려운 일이었다. 왜냐하면 괴디케 자신은 잠발트에게 화가 나 있음을 정말 모르고 있었으며, 잠발트가 나타나자마자 알지 못하는 명령의 강요를 받아 얼굴을 돌려 버리지 않을 수 없음에 매우 고통받고 있었기 때문이다. 그는 잠발트를 바로 그런 명령을 내린 장본인으로 간주하지는 않았지만, 그 명령이 없어지지 않는 것은 그의 탓이라고 깊이 곡해했다. 두 남자 사이에서 힘들기 짝이 없는 일종의 〈서로 찾기〉가 일어났다. 어느 아름다운 날 그가 괴디케라는 남자의 손을 잡고 그를 이끌어 간 것은 시계 제조공의 거의 천재적인 발상이었다.

때는 따뜻하고 좋은 오후였다. 시계 제조공 잠발트는 한

때 미장이였던 괴디케의 군복 소매를 이끌었다. 한 걸음 한 걸음 신중하게. 그는 길 위의 뾰족뾰족한 현무암 자갈을 피하도록 주의시키기도 하였다. 때때로 그들은 쉬었다. 그들이 잠시 쉬었다 싶으면 잠발트는 괴디케의 소매를 잡아당겼다. 그러면 괴디케는 몸을 일으켰고 그들은 계속 걸어 나갔다. 그렇게 그들은 에슈가 있는 곳에 이르렀다.

편집실로 올라가는 사닥다리가 괴디케에게는 너무 가팔랐으므로 잠발트는 그를 정원 앞의 벤치 위에 앉혀 두고 혼자 올라갔다. 그는 에슈와 펜드리히와 함께 돌아왔다. 「괴디케입니다.」 잠발트가 말했다. 괴디케는 인사하지 않았다. 에슈는 그들을 정자로 안내하려 했다. 그러나 에슈가 가을 재배를 위해 씨를 뿌려 두었기 때문에 유리창을 열어 둔 양쪽의 온상 앞에서 괴디케는 멈추어 서서 갈색 흙이 놓여 있는 구덩이 속을 들여다보았다. 에슈가 말했다. 「왜?」 그러나 괴디케는 계속 온상 속을 뚫어지게 보고 있었다. 그리하여 그들 모두는 서 있었다. 모자를 쓰지 않고 검은 옷을 입은 그들은 마치 열린 무덤 주위에 모여 있는 것 같았다. 잠발트가 말했다. 「에슈 씨가 성서 시간을 만들었습니다…… 우리는 하늘을 찾으려고 합니다.」 그때 괴디케라는 남자가 웃었다. 거친 웃음은 아니었다. 아마 약간 시끄러운 미소에 불과했으리라. 그리고 말했다. 「괴디케 루트비히라는 사람이 죽은 사람 가운데서 부활하였도다.」 아주 큰 소리로 외친 것은 아니었다. 그다음 그는 의기양양하게 에슈를 응시했다. 그렇다, 그가 겸손하고 구부정한 자세에서 몸을 곧추 펴자 거의 에슈만큼이나 키가 컸다. 성서를 팔 아래에 끼고 있던 펜드리히가 폐병 환자의 열기 어린 눈으로 그를 주시했다. 그다음 그는 조용히 괴디케의 군복을 쓰다듬었다. 마치 괴디케가 육체를 가지고 존재하는가를 확인하려는 듯이. 괴디케라는 남자는 그러나 일을 완수한 것처럼 보였다. 그는 의무를 다했다. 그 것은 그렇게까지 긴장되는 일이 결코 아니었다. 그는 이제 휴식을 취해도 되는 것이다. 그리하여 그는 지체하지 않고 온상의 나무 가장자리에 주저앉았다. 잠발트가 그의 옆에 앉기를 기다리며. 잠발트가 말했다. 「그는 피곤합니다.」 에슈가 성큼성큼 마당으로 돌아가 부엌 창문을 향해 부인더러 커피를 가져왔으면 좋겠다고 소리쳤다. 그러자 에슈 부인이 커피를 날라 왔다. 그들은 인쇄소에서 린드너 씨도 데려왔다. 함께 커피를 마시기 위해서였다. 그리고 괴디케 주위에 둘러서서 그가 온상의 가장자리에 앉아 커피를 홀짝이는 모습을 쳐다보았다. 다만 괴디케만이 다른 어떤 것을 보고 있었다. 괴디케가 커피로 원기를 돋운 다음 잠발트는 다시 그의 손을 잡고 병원으로 돌아갔다. 그들은 조심스럽게 걸었다. 잠발트는 괴디케가 뾰족한 자갈을 딛지 않도록 주의했다. 때때로 두 사람은 쉬었다. 그리고 잠발트가 다른 쪽 사람에게 미소를 보냈을 때, 그 사람은 이제 시선을 피하지 않았다.

57

그렇다, 후게나우는 대단히 비위가 뒤틀려 있었다. 철혈 재상 비스마르크를 위한 호소들이 비탄스러운 상태에 빠졌던 것이다. 인쇄소가 비스마르크 상을 위한 스테레오판을 가지고 있지 않은 것, 그것은 용서할 수 있는 일이었다. 하지만 월계수를 두른 철십자 훈장이라고 할 만한 것도 없었다. 남아 있는 것이라고는 전사 장병의 사망 광고란을 장식하곤 했던, 호소문의 각 모서리마다 박아 넣는 철십자뿐이었다. 그가 만약 주머니에 좋은 소식을 가지고 있지 않았더라면 그런 휴지를 가지고 스스로 소령에게 가지는 않았을 것이다. 그는 기센에 있는 조각 공장의 광고를 발견한 즉시 전보를 쳤었는데 2주일 내에 비스마르크 동상을 보내 주겠다는 회답이 왔던 것이다. 그러나 소령은 당연히 아무 장식 없는 호소문에 대단히 실망했다. 그는 처음에 전혀 귀담아들으려 하지 않았다. 사과의 말은 불쾌하게도 단지 무관심한 〈상관없소〉라는 말로써 중단되었다. 이윽고 오늘 그의 방문 목적을 마지못해 들어주기는 했지만 에슈의 안부를 물어봄으로써 사람의 기분을 다시 망쳐 버렸다. 인쇄소에 훌륭한 스테레오판이 없는 것은 에슈의 책임인 만큼 더욱 부당한 일이었다.

바지 주머니에 두 손을 꽂고 후게나우는 마당을 이리저리 활보하며 소령을 기다렸다. 에슈에 관해서라면 어쨌든 아주 멋지게 처리했다. 어제 그가 종이 공장에 나가 보려 했을 때 약아 빠지게도 그를 만류했었다. 이제 오늘, 오늘은 이상하게도 창고에 종이가 거의 없는 불상사가 벌어졌고, 그는 편집자 선생을 공장에 보내 버린 것이다. 유감스럽게도 그 작자는 반드시 자전거를 타고 가야 한다고 생각했다. 소령이 오랫동안 사람을 기다리게 한다면 전체 스케줄은 허물어지고 두 사람은 여기서 만나게 될 것이다.

따뜻하고 우중충한 날이었다. 후게나우는 몇 번인가 시계를 보았다. 그리고 그는 정원으로 나가 아직 설익은 채 가지에 매달려 있는 과일을 보고 수확을 어림잡아 보았다. 무엇이든 이런 시대에는 익을 때까지 이르지는 못할 것이다. 그 전에 전부 도둑맞을 것이 뻔하다. 어느 날 아침 에슈는 정원이 깨끗이 청소된 것을 발견하리라. 오래 걸리지 않아서 말이다. 해를 받는 쪽은 이미 자두가 붉은 빛을 띠고 있었다. 후게나우는 손을 뻗쳐 손가락으로 과일을 조사했다. 에슈는 정원 주위에 철조망을 쳐야 할 것이다. 그러나 수확은 그만큼의 값어치가 없을 것이 분명했다. 전쟁이 끝나면 철사 값이 싸지리라.

기다림이란 내면의 팽팽한 철삿줄과 같은 것이다. 후게나우는 다시 나뭇가지를 쳐다보았다. 잿빛 구름이 엿보였다. 저기 태양이 숨어 있는 곳이 흰빛으로 밝았다. 그는 마르그리트에게 몇 번 휘파람을 불어 보았다. 그러나 소녀는 나타나지 않았다. 후게나우는 화가 났다. 틀림없이 아이는 다시 소년들과 함께 강가 아래쪽에 갔을 것이다. 그는 아이를 데려오고 싶었다. 그렇지만 그는 소령을 기다려야 했다. 갑자기 — 그가 다시 아이에게 휘파람을 불려는 참에 — 마르그리트가 그의 곁에 서 있었다. 그가 엄하게 말했다. 「대체 어디에 숨어 있었지! 손님을 맞아야 하는데.」 그다음 그는 아이의 손을 잡고 마당을 가로질러 현관을 통해 밖으로 나가 피셔가에서 소령이 오는가를 살펴보았다. 에슈를 너무 일찍 보냈나 봐, 후게나우는 자꾸 그렇게 생각하지 않을 수 없었다.

마침내 소령이 모퉁이를 돌아오고 있었다. 나이 지긋한 병참부 장교가 그를 수행하고 있었다. 그는 동시에 사령부에서 부관직을 맡고 있었던 것이다. 소령이 혼자 오리라고 예상했던 후게나우는 만족했다. 이렇게 되면 방문이 공식적인 형식을 띠게 되니까 말이다. 에슈를 떠나보낸 것은 정말 바보짓이었다. 사람이 모두 있어 양쪽에서 영접하고 흰옷을 입은 마르그리트가 꽃다발을 증정했더라면 좋았을 것이다. 어쩌면 이러한 실수 역시 에슈의 책임일 수도 있었다. 그러나 이미 엎질러진 물이었다. 후게나우의 의식은 몇 번의 절로 제한되어야 했다. 장교 두 사람이 이제 집 앞에 멈추어 섰기 때문이다.

다행스럽게도 부관이 작별을 했다. 그리하여 상황은 공식적인 것에서 사적인 것으로 변했다. 소령이 현관에 발을 내딛었을 때, 후게나우는 친밀한 순종의 빛으로 찬연히 빛났다. 「마르그리트, 무릎을 굽혀 인사해야지.」 그가 명령했다. 마르그리트는 낯선 남자의 얼굴을 쏘아보았다. 소령이 아이의 검은 고수머리를 쓰다듬었다. 「자, 안녕하십니까라고 하는 거야, 꼬마 타타르 아가씨.」 후게나우가 사과했다. 「에슈의 아이입니다……」 소령이 마르그리트의 턱을 치켰다. 「그래, 에슈 씨의 딸이냐?」 ―「그저 집에서 살 뿐입니다…… 양녀처럼 말이지요.」 후게나우가 정정했다. 소령은 다시 아이의 고수머리를 쓰다듬었다. 「작은 타타르 아가씨.」 그들이 복도를 걸어가는 동안 그가 다시 말했다. 「토박이 프랑스인입니다, 소령님…… 에슈는 경우에 따라 양녀로 삼으려 하지요…… 하지만 그건 쓸데없는 일입니다. 어쨌든 아이는 이모집에 있는 것이니까요…… 소령님, 당장 인쇄소를 보시지 않으시겠습니까, 여기 바로 오른쪽에……」 후게나우가 앞장섰다.「좋습니다, 후게나우 씨.」 소령이 말했다.「나는 우선 편집인 에슈 씨에게 인사하고 싶소이다.」 ─「에슈는 가능한 한 빨리 나타날 것입니다, 소령님. 저는 소령님이 우선 방해받지 않고 시설을 보시고 싶어 하시리라고 생각했습니다.」 ─「에슈 씨는 전혀 방해가 되지 않소이다.」 소령이 말했다. 후게나우는 약간 날카로운 어조에 당황했다. 그는 에슈의 어떤 음모가 있다는 낌새를 챘다…… 흥, 나는 틀림없이 에슈의 책략을 알아차리게 될 것이며, 그다음 맛있게 양념을 한 비밀 보고 제2호가 있게 될 것이다. 그런 것이 있게 될 것이기에 후게나우는 진정되었다. 왜냐하면 어떤 사람도 그의 내면의 사건이 외부에 의해 억제되거나 저지되는 것을 참지 못하는 법이기 때문이다. 그래서 후게나우는 침착하게 말했다.「유감스럽게도 에슈 씨는 제지 공장에 갔습니다…… 저는 신문을 배부할 준비를 해야 합니다…… 그동안 소령님께서는 인쇄소를 구경하실 수 있을 것입니다.」

기계가 소령에게 경의를 표하기 위해 작동되었다. 그리고 후게나우는 소령에게 경의를 표하기 위하여 쓸데없이 모젤 당크 호소문의 일부를 찍도록 시켰다. 그는 여전히 마르그리트의 손을 잡고 있었다. 린드너가 호소문의 첫 부분을 쌓아 올리자 후게나우는 제일 위의 낱장을 집어 소령에게 건네주었다. 그는 다시 사과하지 않으면 안 된다고 생각했다.「그건 아주 간단히 작성해 본 것입니다. 적어도 월계관을 두른 철십자 훈장이 찍혀 있어야 할 것입니다…… 소령님께서 친히 하시는 일이니만큼 말이지요!」

소령은 단춧구멍에 있는 철십자 훈장을 손으로 잡아 보고 그것이 아직 그곳에 걸려 있음에 안심하는 듯이 보였다.「아, 철십자 훈장이요 — 뭐하러 더 찍지요? 그건 정말 쓸데없는 일이오.」후게나우가 절을 했다.「네, 지당하신 말씀입니다. 이런 어려운 시절에는 간소한 장식으로 만족해야 하지요. 저는 소령님께 다만 의무감에서 동의할 수 있습니다만, 그리고 간소한 그림은 초과 비용을 초래하지 않을 터이니까요…… 에슈 씨에게는 물론 아무래도 좋은 일일 겁니다.」소령은 들은 것 같지 않았다. 그러나 잠시 후 말했다.「후게나우 씨, 선생은 에슈 씨에게 부당하다고 생각하오.」후게나우는 얌전하게, 또한 약간 경멸 어린 미소를 지었다. 그러나 소령은 그를 쳐다보지 않고 마르그리트를 보았다.「나는 저 아이를 슬라브인으로 생각했었소. 검은 타타르인 소녀라고.」후게나우는 다시 한 번 꼬마 소녀가 토박이 프랑스인임을 알릴 의무가 있다고 느꼈다.「그 애는 단지 이 집에 있을 뿐입니다.」소령이 마르그리트에게 몸을 굽혔다.「내 집에도 소녀 하나가 있지. 이 애보다 약간 더 클 거야. 열네 살이지…… 하지만 꼬마 타타르인처럼 검지는 않아…… 엘리자베트라고 하지……」그리고 잠시 후 그가 말했다.「그래, 꼬마 프랑스 아가씨라고.」— 「그 애는 독일어밖에 모릅니다.」후게나우가 말했다.「전부 잊었답니다.」소령이 물었다.「넌 양부모님을 아주 사랑하겠지?」—「네.」마르그리트가 말했다. 후게나우는 아이가 그렇게 거짓말을 할 수 있다는 데 놀랐다. 그러나 소령이 넋이 나간 듯이 보였기 때문에 그는 뚜렷하게 다시 말했다.「그 애는 친척 집에 사는 겁니다.」소령이 말했다.「아버지 집을 빼앗겼군……」 그 소리엔 정말 얼이 빠져 있는 것 같았다. 정말 늙다리 노친네군. 후게나우가 말을 뒷받침했다. 「바로 그렇습니다, 소령님. 아주 정확한 말씀입니다. 아버지의 집을 빼앗겼답니다……」 소령이 마르그리트의 얼굴을 유심히 보았다. 후게나우가 소령을 꾀었다. 「식자실, 소령님, 식자실을 아직 보시지 않았습니다.」 소령은 아이의 이마를 쓰다듬었다. 「그렇게 화난 얼굴로 사람을 빤히 쳐다보면 안 된다. 이마에 그런 주름살을 만들어서도 안 되고……」 아이가 심각하게 생각하더니 말했다. 「왜요?」 소령이 미소 지으며 손가락으로 가볍게 아이의 눈까풀을 쓰다듬었다. 그 아래에 안구가 딱딱하게 박혀 있었다. 그는 미소 지으며 말했다. 「꼬마 아가씨는 이마에 주름살을 지어서는 안 돼요…… 그건 죄란다…… 감추어진 것이든 보이는 것이든 마찬가지로 언제나 죄란다.」 마르그리트는 도망치려고 했다. 후게나우는 아이가 에슈에게서 버둥거리며 도망치던 모습이 떠올랐다. 아이가 옳아, 그는 생각했다. 소령은 이제 자신의 눈 위를 문질렀다. 「괜찮다……」 그리고 후게나우는 소령도 마찬가지로, 비록 약한 힘으로였지만, 도망가려 한다고 느꼈다. 그때 그는 너무 낮은 자전거를 타고 있어 다리가 O자 모양이 된 에슈가 마당으로 들어와 나무 계단 옆에서 뛰어내리는 것을 보았을 때 글자 그대로 기뻤다.

그들 모두 에슈를 맞기 위하여 마당으로 나왔다. 소령은 후게나우와 아이 사이에 서 있었다.

에슈가 닭사다리 밑의 벽에 자전거를 기대어 놓고 천천히 사람들에게로 걸어왔다. 그는 소령이 있다는 데 조금도 놀라움을 표시하지 않았다. 놀라움을 표시하지 않았을뿐더러 아주 당연한 듯이 손님에게 인사했다. 그래서 후게나우는 이 비쩍 마른 훈장 나리가 손님이 방문할 것을 이미 알고 있지 않았나 하는 의심이 들었다. 그는 불쾌함을 나타냈다. 「이 놀라운 영예에 대해 한 말씀 해보시지요?! 정말 조금도 놀랍지 않으십니까?」

「기쁩니다.」 에슈가 말했다.

소령이 말했다. 「선생이 제때에 오게 되어 나도 기쁩니다, 에슈 씨.」

에슈가 진중하게 말했다. 「아마 열두 시가 다 되었지요, 소령님.」

후게나우가 말했다. 「벌써 그렇게 되지는 않았습니다…… 소령님, 다른 곳을 더 구경하시겠지요. 사다리가 좀 불편합니다만.」

에슈가 말했다. 「길이 멀어서요.」

아이가 말했다. 「자전거를 타고 왔어요.」

소령이 의미 있게 말했다. 「먼 길이었지요…… 그런데 그는 아직 목적지에 도달하지 못했소이다.」

후게나우가 말했다. 「우리는 최악의 것을 이미 지났습니다…… 광고가 두 페이지가 됩니다…… 만약 우리가 육군 행정부의 주문을 얻을 수 있다면…….」

에슈가 말했다. 「광고는 문제가 아닙니다.」

후게나우가 말했다. 「우리는 철십자 훈장의 스테레오판이 없습니다…… 그것이 당신에겐 문제가 아니라고요!」

아이가 소령의 가슴을 가리켰다. 「여기 철십자 훈장이 있어요.」

소령이 말했다. 「명예의 표지는 언제나 눈에 보이지 않는 거요. 오직 죄만이 보이지요.」

아이가 말했다. 「거짓말이 가장 큰 죄예요.」

에슈가 말했다. 「보이지 않는 것은 우리의 뒤에 있단다. 우리는 거짓으로부터 나오지. 그리고 우리가 길을 찾지 못하면 보이지 않는 것의 어둠 속에서 길을 잃어버리는 거란다.」

아이가 말했다. 「거짓말을 해도 아무도 듣지 못하는걸요.」

소령이 말했다. 「하느님은 들으신단다.」

후게나우가 말했다. 「아무도 탈영병의 말을 듣지 않습니다. 그를 알아보지도 못합니다. 그가 하는 말이 모두 옳다고 할지라도 말입니다.」

에슈가 말했다. 「어둠 속에선 아무도 다른 사람을 보지 못하오.」

소령이 말했다. 「볼 수 있습니다. 그러나 누구나 다른 사람으로부터 숨어 버리는 것입니다.」

아이가 말했다. 「하느님은 듣지 않아요.」

에슈가 말했다. 「그분은 어린아이들의 목소리를 언젠가 다시 들으실 것이다.」

후게나우가 말했다. 「아무도 다른 사람의 말을 듣지 않는 편이 낫습니다. 사람은 혼자 헤쳐 나아가야 합니다…… 우리는 틀림없이 그렇게 할 것입니다.」

소령이 말했다. 「우리는 그분을 떠났고 그분은 우리를 홀로 내버려 두었소. 우리는 우리가 우리를 발견할 수 없을 만큼 혼자인 것이오.」

에슈가 말했다. 「고독 속에 갇혀 있는 것이지요.」

아이가 말했다. 「저를 찾을 수는 없을 거예요.」

소령이 말했다. 「우리가 떠났던 사람을 우리는 영원히 찾아다녀야 하지.」

후게나우가 말했다. 「넌 숨어 버리고 싶은 거지.」

「네.」 아이가 말했다.

젖빛 회색 하늘에서 틈이 벌어지기 시작했다. 많은 곳이 푸른색이 되었다. 아이가 맨발로 슬며시 그곳을 떠났다. 그다음 남자들 역시 떠났다. 각기 다른 방향으로.

58
베를린의 구세군 소녀 이야기(9)

어제 그들이 다시 나의 방에 왔었다, 누헴과 마리가. 그리고 우리는 함께 노래했다. 나의 제안으로 우리는 먼저 이 노래를 불렀다.

우리는 기쁘게 싸움터로 나가네.
밝은 신앙의 용기를 가지고,
우리는 사탄의 증오가 두렵지 않네.
그리고 그의 온갖 분노도.
군기가 자랑스레 앞에서 나부끼네.
언제나의 승리를 준비해 주며
언제나 앞서서 전장에 있으면서

우리를 싸움으로 이끌리라!
(합창)
그대에게 우리는 충실하리니,
죽음에 이르기까지 충실하리니,
그대에게 우리의 목숨을 바치리니,
청 황 적의 깃발이여.

우리는 그것을 안드레아스 호퍼[33]의 곡조에 맞추어 불렀다. 마리가 노래에 맞추어 라우테를 켰고, 누헴이 같이 허밍을 하며 부드럽고 매끄러운 손으로 박자를 두드렸다. 연주를 하는 동안 그들은 때때로 서로를 응시했다. 그러나 그것은 단지 내게 그렇게 보였던 것뿐일 수도 있었다. 왜냐하면 리트바크 박사의 말을 들었기 때문에 의심쩍다는 생각을 하게 되었으므로. 어쨌든 나는 고래고래 큰 소리로 노래했다. 그렇게 한 데에는 여러 이유가 있었다. 한편으로 그렇게 함으로써 가족을 안심시키려던 것이었다. 그들은 의심할 여지 없이 그동안 나의 문 앞에 모여 있을 것이었다. 필경 아이들이 제일 앞에 몰려 귀를 대고 있을 것이며 수염 하얀 할아버지가 상체를 앞으로 구부리고 손을 귓바퀴에 대고 있을 것이다. 반면 여인들은 뒤에 남아 있을 것인데, 남모르게 울고 있는 여인도 있을 것이다 ── 그들 모두는 천천히 앞으로 다가왔지만, 그럼에도 불구하고 감히 문을 열지 못했을 것이다 ──. 그렇다, 한편으로는 그들을 안심시키려고 했으며, 다른 한편으로는 그들이 밖에 있음이, 그들을 유혹하면서 배척하고 있

33 Andreas Hofer(1767~1810). 오스트리아 티롤의 자유 투쟁가.

음이 나에게 사디즘적인 기쁨이었던 것이다. 그러나 그렇게 고래고래 소리 지르며 노래함으로써 나는 누헴과 마리에게도 말해 주려 했다. 사양 말아라, 나의 아이들아, 너희들은 내가 나에게, 나의 목소리에, 열중하는 것을 알지, 너의 꼭 잠근 옷을 벗어라, 누헴, 너의 겉옷 자락을 걷고 아가씨 앞에 절을 하려무나, 그리고 그대, 마리, 더 이상 새침 떨지 말고 두 손가락으로 치맛자락을 잡아 쥐어라, 그리고 너희 둘이 춤을 추어라, 예루살렘을 향해 춤을 추어라, 나의 침대 속에서 춤을 추어라, 너희 집에 있는 양 행동하여라. 나는 결코 마리의 반주에 맞추어 노래한 것이 아니었다. 오히려 내 자신의, 보다 정확한 악보에 따라 노래한 것이었다. 「사슬에 묶인 채 충실한 호퍼가 만토바[34]에 누워 있네.」 유감스럽게도 나는 그 이상을 알지 못했으므로 소절을 변조한 것이었다. 그러나 적절하고 아름다운 변조 같았다.

이제 어쨌든 마리는 라우테를 위한 곡이 끝날 때면 울리는 저 뚱 소리로 노래를 끝맺었다. 그녀가 말했다. 「우린 아주 잘했지요. 이제 그 보답으로 기도를 하지요.」

벌써 그녀는 의자에서 미끄러져 내려와 손을 깍지 끼고 얼굴까지 끌어올렸다. 그리고 시편 122편을 낭송하기 시작했다. 「사람이 내게 말하기를 여호와의 집에 올라가자 할 때에 내가 기뻐하였도다. 예루살렘아, 우리 발이 네 성문 안에 섰도다. 예루살렘아, 너는 조밀한 성읍과 같이 건설되었도다. 지파들 곧 여호와의 지파들이 여호와의 이름에 감사하려고 이스라엘의 전례대로 그리로 올라가는도다.」

34 이탈리아의 도시 이름.

나는 그녀를 저지할 수가 없었다. 라우테를 그녀의 머리에다 박살을 내버렸다면 그렇게 할 수 있었을까. 그리하여 나역시 무릎을 끓고 팔을 벌리고 기도를 하였다. 「우리는 이스라엘의 딸들과 아들들에게 차를 끓여 주고 싶습니다. 우리는 럼주를 차 속에 부어 넣고 싶습니다. 전쟁의 럼주, 영웅의 럼주, 대용품의 럼주, 우리의 고독을 마비시키기 위하여 말이지요. 왜냐하면 우리가 시온에 있든 성스러운 도시 베를린에 있든 우리의 고독이 너무나도 크기 때문입니다.」 그러나 내가 그렇게 말하며 주먹으로 가슴을 치고 있는 동안 누헴이 몸을 일으켰다. 그는 내 앞에 서서 나에게 등을 돌리더니 기도하는 얼굴로 열린 창 쪽을 향하여 — 그 창 앞에 찢긴 더러운 판지 커튼이 마치 빛바랜 황 적 청의 깃발처럼 밤공기 속에서 팔락거렸다 — 상체를 흔들흔들거렸다. 오, 그건 예의가 아냐, 누헴, 그건 예의가 아냐. 그러나 그는 내 친구였다.

나는 문으로 달려들어 열어젖히며 소리쳤다. 「들어오라, 이스라엘이여, 우리와 함께 차를 마시라. 내 친구의 버릇없는 동작을 보라, 그리고 내 여자 친구의 베일 벗은 얼굴을 보라.」

그러나 복도에는, 복도에는 아무도 없었다. 얼마나 재빨리 그들은 가버렸던가. 얼마나 곤두박질치며 방으로 들어가 버렸던가. 여자들은 아이들을 건너뛰고, 똑바르게 설 수 없는 할아버지는 그들 사이에서 신음하며.

「좋아.」 나는 말했다. 문을 닫고 나는 다시 내 방의 유령들에게로 말했다. 「좋아, 내 아이들아, 이제 서로에게 시온의 키스를 하여라.」

그러나 두 사람은 서 있었다. 팔을 늘어뜨리고, 감히 서로

부여잡지도 춤추지도 않고. 멍청한 미소를 머금은 채 그들은 그곳에 서 있었다. 그리고 마침내 우리는 차를 마셨다.

59
심포지엄 혹은 구원에 대한 담화

자신을 전달할 능력이 없구나. 고독을 깨뜨려 버릴 능력이 없구나. 제기랄, 자기 자신의 역을 맡은 배우가 자신의 본질의 대리인이 될 능력이 없다니. 인간이 인간에게서 경험할 수 있는 것은 언제나 단순한 상징일 뿐이다. 이해할 수 없는 자아의 상징일 뿐이다. 상징의 가치를 넘어서지 못하고 말이다. 진술될 수 있는 모든 것, 그것은 상징의 상징이 된다. 제2의, 제3의, 제……의 등등으로 파생하는 상징이 된다. 그리고 단어의 진정한 이중적 의미에서 상상을 요구한다. 따라서 만약 에슈 부부가 소령, 후게나우 씨와 함께 무대에 있고 연극 배우의 역을 맡는 것을 피할 수 없는 프로그램 속에 얽혀 들어갔다고 상상해 보려 한다고 하더라도, 그것은 누구에게도 어려운 일이 아닐 것이며 기껏해야 이야기의 축약에 사용될 것이다.

◆

에슈의 정자에 있는 탁자 주위에 에슈 부인, 그녀의 오른쪽에 소령이, 왼쪽에 후게나우가, 그녀의 맞은편에 (관객에게 등을 돌리고) 에슈 씨가 앉아 있다. 저녁 식사가 끝나 간다. 식탁 위에 빵과 포도주가 있다. 포도주는 광고를 했던 포도원 소유주에게서 에슈 씨가 구입했던 것이다.

어두워지기 시작한다. 배경에 있는 산맥의 윤곽은 아직 알아볼 수 있다. 촛불 두 개가, 소위 바람막이용 유리 종 속에서 타오르고 있다. 모기들이 주위에서 춤을 춘다. 인쇄 기계가 천식에 걸린 양 덜컹거리며 작동하는 소리가 들린다.

에슈 한 잔 더 드릴까요, 소령님?

후게나우 굉장한 포도주입니다. 나무랄 데가 없군요. 우리 엘자스의 포도주와도 겨룰 수 있겠습니다. 소령님은 저희 엘자스의 포도주를 아십니까?

소령 (멍하게) 나는 그렇게 생각하지 않소.

후게나우 어쨌든 그것은 해가 없는 포도주입니다…… 우리 엘자스 사람들은 도무지 해가 없는 사람들이지요…… 소위 정직한 포도주라 할까요. 아무것도 속이는 게 없습니다. (웃는다) 기껏해야 나중에 소박하고 자연스럽게 만취하지요…… 실컷 마시곤 잠이 듭니다. 그게 전부입니다.

에슈 도취는 결코 자연스러운 것이 아니오. 도취란 독이오.

후게나우 예에, 보십시오, 이런 경우가 기억나는데요, 당신이 아주 기꺼이 한잔을 들이켜고 갈증을 진정시켰을 때가…… 예를 들어 볼까요…… 에슈 씨, 나는 단지 〈팔츠〉에서의 모임을 말할 뿐입니다…… 게다가 (에슈를 유심히 응시한다) 당신이 그렇게 해가 없는 사람이라고는 생각되지 않습니다.

소령 우리 친구 에슈에 대한 당신의 존경은 상당히 유감스럽소이다, 후게나우 씨.

에슈 내버려 두십시오, 소령님. 진담으로 한 말이 아닐 겁니다.

후게나우 아니, 진담이고말고요…… 저는 모든 것을 생각하는 대로 곧바르게 말합니다…… 우리 친구 에슈는 양가죽을 쓴 늑대입니다…… 네, 그렇게 주장하겠습니다…… 그리고, 실례입니다만, 그는 남모르게 술을 마신답니다.

에슈 (경멸 어린 어조로) 어떤 술도 나의 계획을 바꾸지는 못하오…….

후게나우 그렇겠지요, 그렇겠지요. 언제나 말짱하게만 보이니 말씀입니다, 에슈 씨. 비밀이 폭로되지 않으려고요.

에슈 ……내가 술을 마시는 일이 일어날 수도 있소. 그럼. 그러면 세상은 마치 순수한 진실로 이루어진 양 단순해질 수도 있지…… 마치 꿈속처럼 단순하게…… 단순하고도 수치스럽게 거짓 이름으로 가득하여…… 진짜 이름은 찾아볼 수가 없이…….

후게나우 미사의 포도주를 마셔 보시지 그러십니까. 그러면 선생은 선생의 이름을 재빨리 낚아챌 수 있을 것입니다…… 아니면 미래의 국가를, 생각하기에 따라서는 말이지요.

소령 농담으로라도 신성을 모독하여서는 안 되오…… 포도주와 빵은 비유요.

후게나우 (실수를 깨닫고 얼굴이 붉어진다.)

에슈 부인 아, 소령님, 후게나우 씨가 남편과 같이 있으면 늘 이렇답니다…… 정말 서로 사랑하는 사람끼리는 서로 조롱을 하는가 봅니다. 하지만 때때로 그가 나의 불쌍한 남편이 성스럽게 생각하는 모든 것에 흠칠하는 걸 가만히 듣고 있을 수가 없답니다.

후게나우 거짓된 성스러움입니다! (그는 다시 진정하고 꺼진 시가에 형식적으로 불을 붙인다.)

에슈 (자기 생각에 잠겨) 꿈속에서의 진리는 지팡이에 의지하여 옵니다…… (그는 탁자 위를 쾅 친다) 온 세계가 지팡이에 의지하여 갑니다…… 절룩거리는 불구자입니다…….

후게나우 (재미있다는 듯) 상이군인 말입니까?

에슈 ……세상에 오류가 하나 있다고 해도, 어느 한 곳에서 거짓이 참이어야 해도, 그렇다면…… 네, 그렇다면 온 세상이 거짓인 겁니다…… 모든 것이 비현실적이 되어 버렸습니다…… 악마의 마법에 걸려 버렸습니다…….

후게나우 수리수리 마하수리, 꺼져 버려라…….

소령 (후게나우의 말을 귀담아듣지 않고) 아니지요, 친구 에슈, 그 반대입니다. 수천의 죄인 사이엔 단 한 사람의 심판관이 필요한 법입니다…….

후게나우 ……위대한 마술사 에슈가…….

에슈 (거칠게) 당신이 마술에 대해 무얼 안단 말이오……. (그에게 고함을 지른다) ……오히려 당신이 요술쟁이, 곡예사, 칼 던지기 곡예사요…….

후게나우 에슈 씨, 당신은 지금 사교적인 모임에 있습니다. 자제하시지요.

에슈 (진정하며) 마술, 요술은 악마적이오. 그것은 악이오. 무질서를 더욱 크게 할 뿐이오…….

소령 인식이 결여된 곳에 악이 있습니다…….

에슈 ……오류를 근절시키고 질서를 이룩하는 사람이 오고

서야 비로소…… 세계를 새로운 무죄 상태로 구원하기 위하여 희생의 죽음을 감수하는 사람이…….

소령 시험을 감수하는 사람이…… (확고하게) 그분은 벌써 오셨더랬소. 그분은 거짓 인식을 없애고 마술사를 쫓아내셨소…….

에슈 ……아직도 암흑이 있으며 암흑 속에서 세계가 붕괴하고 있습니다…… 십자가에 못 박혀 최후의 고독 속에서 창으로 찔리신…….

후게나우 흠, 불쾌한 말이군요.

소령 무서운 어둠이 그분을 감쌌소. 투미한 불안의 어스름 빛이 그분을 감쌌소. 아무도 고독 속의 그를 돕고자 그에게 오지 않았소…… 그러나 그분은 악을 감수하셨소. 그분은 세계를 악으로부터 구하셨소…….

에슈 ……여전히 살인과 대응 살인이 존재합니다. 우리가 눈을 뜨고서야 비로소 질서가 있을 겁니다…….

소령 시험을 감수하는 것, 죄로부터 깨어나는 것…….

에슈 ……아직 아무것도 정해진 것이 없습니다. 우리는 다만 감금되어 있을 뿐입니다. 다만 기다려야 합니다…….

소령 ……우리는 죄악에 둘러싸여 있습니다. 그리고 정신은 비(非)정신, 즉 약이고요…….

에슈 ……우리는 심판을 기다리고 있습니다. 아직 우리는 집행 유예 중입니다. 그리고 우리는 새로운 생을 시작할 수가 있습니다…… 악은 아직 승리하지 못했으니까요…….

소령 ……비정신으로부터의 해방, 은총을 통한 해방…… 그러면 악은 사라져 결코 존재하지 않게 될 것이오…….

에슈 ……악한 마술, 썩은 마술이었습니다…….

소령 ……언제나 악은 세계의 밖에, 그 경계의 밖에 있습니다. 그 경계를 넘어서는 사람만이 악의 심연으로 추락하는 겁니다.

에슈 ……우리는 심연의 가장자리에 서 있습니다…… 어두운 골짜기의 가장자리에…….

후게나우 그곳은 우리에게 너무 높습니다, 안 그런가요, 에슈 부인?

에슈 부인 (머리를 뒤로 쓸어 넘긴다. 그다음 그녀는 손가락을 입에 대고 후게나우에게 침묵을 명한다.)

에슈 많은 사람들이 아직도 죽어야 합니다. 많은 사람들이 자신을 희생해야 합니다. 집을 새로이 지어도 될, 아들을 위한 자리가 생기도록…… 그런 다음에야 비로소 안개가 걷히고 새로운 생이 이룩될 것입니다. 밝고 죄 없는…….

소령 악은 단지 외견상으로만 우리 사이에 존재합니다. 갖가지 형상으로 변하지만, 그러나 결코 그것 스스로가 거기 있는 것이 아닙니다…… 무(無)의 비유지요. 은총만이 오로지 참된 것입니다.

후게나우 (그는 침묵하는 청중의 역을 맡으려 하지 않는다) 자, 만약 도둑질이나 어린아이 유괴, 탈영 혹은 위법적인 파산이 단지 외견상의 것이라면 그건 정말 위안의 소리로 들립니다.

소령 악은 존재하지 않소…… 은총이 세계를 악으로부터 구원했소.

에슈 화가 심할수록, 암흑이 깊을수록, 휙휙 나는 칼이 날카로울수록 구원의 나라가 가까운 거요.

소령 오직 선만이 진실하고 현실적이오…… 단지 죄가 존재할 뿐입니다. 선을 원하지 않는, 인식을 원하지 않는, 선의지를 지니지 않으려는 죄가…….

후게나우 (열렬하게) 그렇습니다, 소령님, 옳은 말씀입니다…… 저를 예로 들자면 저는 분명 천사는 아닙니다…… (곰곰이 생각하며) ……그렇지요, 그렇다면 벌을 내릴 수 없을 것입니다…… 탈영병을 예로 들어 볼 때 말이지요. 선의지를 지닌 탈영병을 총살해서는 안 될 겁니다. 다만 예로서 말씀드리자면 말입니다.

에슈 누구도 다른 사람을 심판할 정도로 고귀한 사람은 없소. 누구도 그의 영원한 영혼이 경외를 일으키지 못할 정도로 극악한 사람은 없소.

후게나우 물론입지요.

소령 악을 원하는 사람은 동시에 아직은 선을 원할 수 있을 것이오. 그러나 선을 원하지 않는 사람은 은총을 잃어버린 것이오…… 그것은 고집의 죄이며, 감정의 타성이오.

에슈 행위가 좋다든가 나쁘다든가는 중요하지 않습니다…….

후게나우 실례입니다만, 소령님, 그것은 전혀 옳은 말씀이 아닙니다…… 저는 로이틀링겐에서 언젠가 파산했을 때 600마르크를 잃었습니다. 상당한 액수이지요. 그건 왜 그랬겠습니까? 바로 그 남자가 종교적인 광기가 있었기 때문입니다. 물론 그것을 예측할 순 없었지요…… 그가 무죄 판결을 받고 정신 병원에 넣어진 것은 정당합니다. 하지만 제 돈은 날아가 버렸습니다.

에슈 무슨 뜻이오?

후게나우 자, 좋은 사람이 있었습니다. 그렇지만 나쁜 행위를 했단 말입니다…… (비웃으며) 그리고 만약 당신이 나를 죽인다면, 에슈 씨, 당신은 종교적인 광기 때문에 석방될 것입니다. 그러나 내가 당신을 죽인다면 내 머리는 동강 잘릴 겁니다…… 이제 무엇이라 하시겠습니까, 에슈 씨, 당신의 그 거짓 성스러움으로써? 네? (그는 동의를 기대하며 소령을 쳐다본다)

소령 미치광이는 몽상가와 같소이다. 그는 거짓 진리를 가지고 있소…… 그는 자신의 아이를 저주하오…… 벌을 받지 않고 신의 대변자가 될 수 있는 사람은 없소…… 그는 낙인 찍힌 자요.

에슈 그는 거짓된 현실을 가지고 있습니다…… 우리 모두는 아직 거짓된 현실을 가지고 있습니다…… 법률상 우리 모두는 미쳐 있음에 틀림없습니다! 우리의 고독 속에서 미쳐 있음에.

후게나우 네, 그러나 총살당하는 사람은 저이지 그가 아닙니다! 용서를 구합니다, 소령님, 거기에 바로 그의 거짓 성스러움이 숨어 있는 겁니다…… (흥분에 빠지며) 아, 제기랄, 단두대 옆에서 성스러운 종교와 주임 신부에게 굽실굽실하다니, 아, 제기랄, 그러면…… 저는 깨인 사람입니다. 그러나 그것은 너무 지나칩니다!

소령 하지만, 하지만, 후게나우 씨, 모젤 포도주는 당신의 기질에 정말 위험스러운가 보오…… (후게나우가 사과하는 몸짓을 한다) 우리가 시험과 벌을 기꺼이 감수하는 것, 마

치 전쟁을 감수해야 했던 것처럼, 왜냐하면 우리가 죄를
지었기 때문에…… 그것은 거짓 성스러움이 아닙니다.

에슈 (멍하게) 그렇습니다, 죄를 감수하는 것…… 최후의 고
독 속에서……

인쇄 기계가 작동을 중지한다. 덜커덕 소리가 멎는다. 귀
뚜라미 우는 소리가 들린다. 밤바람이 과일나무의 나뭇잎들
을 움직인다. 달 주위에 하얗게 빛나는 구름 조각이 몇 개 보
인다. 갑작스럽게 엄습한 정적 속에서 대화가 중단된다.

에슈 부인 얼마나 좋아요, 이 정적이.

에슈 때로는 마치 세계가 영원히 고요해지지 않을 유일한 기
계인 것만 같습니다…… 전쟁과 온갖 것들…… 사람이 이
해하지 못하는 법칙에 따라 움직이는…… 뻔뻔스러운 자신
감을 가진 법칙, 엔지니어의 법칙…… 누구나 그에게 정해
진 대로 행동해야 하는, 누구나 얼굴을 앞으로 향하고……
누구나 밖에서밖에 볼 수 없는 적대적인 기계…… 오, 기계
는 악이며 악은 기계입니다. 그것의 질서는 다가오지 않을
수 없는 무(無)입니다…… 시대가 다시 시작될 수 있기 전
의…….

소령 악의 상징이지요…….

에슈 그렇습니다. 하나의 상징입니다…….

후게나우 (인쇄소 쪽으로 귀를 기울이며 만족해한다) 이제
린드너가 신선한 신문을 내놓을 겁니다.

에슈 (갑자기 불안해서) 오, 하느님, 한 사람이 다른 사람에

게 갈 수 있는 가능성은 없습니다! 공동체는 존재하지 않습니다! 어떤 이해도 존재하지 않습니다! 누구나 다른 사람에 대해 다만 악한 기계가 되어야만 합니다!

소령 (위로하기 위해 손을 그의 팔에 얹는다) 하지만 에슈…….

에슈 누가 저에 대해 악하지 않은 겁니까, 하느님?!

소령 그대를 인식했던 사람이니라, 나의 아들아…… 인식하는 사람만이 낯섦을 극복하느니.

에슈 (얼굴에 손을 대고) 하느님, 당신이 저를 인식하는 분이어야 합니다.

소령 인식을 소유한 사람, 그 사람에게만 인식이 주어지오. 사랑의 씨를 뿌리는 사람만이 사랑을 거두는 것이오.

에슈 (여전히 손으로 얼굴을 감싸고) 오, 하느님, 제가 당신을 인식하기에, 이제 당신은 제게 노여워하지 않으시겠지요? 그러나 저는 당신의 사랑하는 아들, 절대 절애의 고독으로부터 구원받은 아들이옵나이다…… 죽음에 굴복한 자는 사랑 속에 있사옵니다…… 자신을 낯섦과 죽음의 무서운 극단으로 내던진 사람에게 비로소…… 그에게 합일이 있을 것이옵나이다.

소령 그리고 은총이 그의 위로 오며 그에게서 불안을 벗기리로다. 무의미하게 땅 위에서 방황하는 불안을, 깨우침 없이, 의미 없이, 도움 없이 무로 가야 하는 불안을.

에슈 그리하여 인식은 사랑이 되옵나이다. 그리고 사랑은 인식으로. 인식하는 은총의 그릇으로 정해진 모든 영혼은 불가침한 것이옵니다. 사랑 속으로 받아들여져 영혼의 공동체를 이루옵나이다. 그들 모두는 불가침하게 고독하지

만, 그렇지만 인식하며 합일되나이다 ─ 인식하나이다,
삶의 지고한 명령을 다치지 않기 위하여. 하느님, 제가 당
신을 인식한다면 저는 당신의 품에서 멸하지 않을 것이옵
니다.

소령 가면을 하나씩 벗어던져라. 너의 심장과 너의 얼굴이
온통 드러날 때까지, 영원의 숨결에 몸 바치어…….

에슈 제가 빈 그릇이 되오리니,
모든 것과 작별하고, 모든 욕망을 벗어던지고
무 속에서 멸하기 위해 벌을 감수하옵나니.
두려워라, 오 두려워라 그 불안은…….

소령 불안은 신의 은총이 싹트는 사자(使者),
불안은 구원의 문에서 오는 신의 명령 ─ 그곳을 통해 들
어가라고…….

에슈 저를 인식하소서, 오 주님이시여, 무서운 곤궁 속의 저
를 인식하소서,
죽음을 예감하는 꿈이 제 위에 내릴 때, 꿈속에서 방황하
는 제게로.
죽음의 불안이 제 위에서 서성이고, 저는 몸 바쳤으나 고
독하며,
저의 고독한 죽음 속에서 모든 것과 이별하오니…….
(후게나우는 이해하지 못한 채 경청하고 에슈 부인은 불
안스레 남편의 말을 듣고 있다.)

소령 그럼에도 불구하고 그대는 고독하지 않도다. 만약 무
속에서 죽는다 해도,
악을 피하면 두려움도 침묵하리니,

그대 여위더라도 성자께서 키우시리니,
그리하여 비로소 인식자를 그대가 인식하리라.
찬란하게 열린 세계의 막강한 전지전능자가 일어선 것을.

에슈 저를 사랑하시고 인식하시는 그분을 통하여 당신을 사
랑하고 인식한다면,
황야는 변하여 제게 영원한 빛의 낙원이 되고,
결코 태양이 지지 않는 초원이 무한히 펼쳐지리라…….

소령 은총의 낙원, 그 낙원이 세상을 뒤덮고,
봄의 숨결의 부드러움이, 불안 없이 안전한 고향이 뒤덮으
리니…….

에슈 저는 죄인이며 악한 자, 불안을 아는 악한 자였사옵나
이다.
거짓된 길을 알며, 심연의 가장자리를 달려가며
얼굴과 두 손은 말라비틀어지고, 황야의 골짜기에서 쫓기며
탄원하며 비수로부터 도망쳤사옵니다, 목덜미에는 아하
스베르의 불안이,
발 옆에는 아하스베르의 공포가, 눈동자엔 아하스베르의
탐욕이 있었사옵고,
영원히 잃어버렸던 유일자를 향하여, 제가 보지 못하는 유
일자를 향하여,
제가 배반하였고, 그럼에도 불구하고 저를 선택하신 유일
자를 향하여
폭풍우, 별 무리 속의 얼음 폭풍우에 몸을 맡기고 —
은총의 씨앗에 잠겨 발효한다, 오, 이제 그것이 싹터 오른다
나를 구원하기 위하여…….

소령 이전의 나의 형, 내가 잃었던 형
  형으로서 내게 가까이 오라…….

  두 사람은 교대로 노래한다. 구세군의 곡조와 비슷한 곡
(소령은 바리톤, 에슈 씨는 베이스로).

    주님이시여, 여호와시여.
    저희를 은총으로 받아들이시옵고,
    당신의 끈으로 저희를 함께 묶으소서.
    당신의 손으로 인도하소서,
    주님이시여, 여호와시여,
    비탄에서 은총으로
    약속의 나라로 인도하소서,
    주님이시여, 여호와시여.

  이제까지 탁자 위에서 박자를 맞추던 후게나우가 합세한
다(테너).

    우리를 도끼와 형차(刑車)에서 보호하소서,
    우리를 형리의 손에서 보호하소서,
    주님이시여, 여호와시여.

세 사람이 함께 주님이시여, 여호와시여.
에슈 부인 (합세하여, 목소리는 들리지 않는다).

당신을 저희 식탁으로 초대하옵나이다.
당신이 차려 주신 걸 제가 아옵나니.
주님이시여, 여호와시여.

모두 (후게나우와 에슈는 식탁을 두들긴다).

주님이시여, 여호와시여,
저의 영혼을 구하옵소서,
영혼을 죽음에서 구하옵소서,
고통받지 않게 하옵소서,
믿음으로 정결하게 하옵소서,
해악에서 지켜 주옵소서,
하찮은 것에 등 돌리게 하옵소서,
불꽃이 타오르게 하옵소서,
불꽃이 붉게 일게 하옵소서,
주님이시여, 여호와시여,
구하옵소서, 오 저를 죽음에서 구하옵소서.

소령이 팔을 에슈의 어깨에 얹고 있다. 여전히 식탁을 두
드리던 후게나우가 이제 천천히 주먹을 늘어뜨린다. 촛불들
이 타 내려앉는다. 에슈 부인이 똑같은 양이 되도록 세심하
게 주의하면서 남자들의 잔에 남은 포도주를 붓는다. 마지
막 남은 한 방울은 남편의 잔에 떨어뜨린다. 달빛이 좀 어두
워졌다. 어두운 풍경으로부터 불어오는 바람이 이제 더 서늘
해졌다. 마치 지하실의 문에서 불어오는 바람 같다. 이제 인

쇄 기계 역시 그 덜컥거리는 작동을 재개한다. 그리고 에슈 부인이 남편의 팔을 잡는다. 「자러 가지 않겠어요?」

(장면이 바뀐다)

에슈의 집 앞·소령과 후게나우

후게나우, 엄지손가락으로 에슈 부인의 침실을 가리키면서. 「이제 그들은 침대에 눕겠지요. 에슈는 아직 우리하고 같이 있을 수 있을 텐데요…… 하지만 그 여자는 자신이 원하는 것을 압니다…… 자, 소령님, 제가 소령님을 몇 걸음 바래다 드릴 것을 허락해 주십시오. 약간의 운동은 좋으니까요.」
그들은 조용한 중세풍의 거리를 걷는다. 집 문들이 마치 검은 구멍 같다. 어느 문 하나에, 문에 바짝 기대어 연인 한 쌍이 서 있다. 어느 다른 문으로부터 개 한 마리가 빠져나와 세 발로 거리 위를 달려간다. 모퉁이에서 개가 사라진다. 여러 창문들 뒤에선 아직도 희미한 불빛이 타오르고 있다. 그러나 불 밝혀 있지 않은 창 뒤에선 무슨 일이 벌어지고 있을까? 죽은 사람이 그 뒤에 있을 수도 있겠지. 침대 위에 길게 뻗어서 뾰족한 코끝을 허공으로 향하고. 그리고 위로 향한 발가락 위에 덮인 수의 천의 모양은 작은 텐트 같을 것이다. 소령도 후게나우도 창문들을 올려다본다. 후게나우는 소령님도 역시 시체를 생각하지 않을 수 없지 않느냐고 물어보고 싶다. 그러나 소령은 말 없이 걷기만 한다. 거의 슬퍼하고 있는 것 같다. 그의 생각은 아마도 에슈에게 가 있을 것이다,라고 후게나우는 생각했다. 그가 비난하는 것은 에슈가 지금 부인 옆에 누워 있음으로 해서 선량한 노인을 슬프게 하는 것이다. 하지만, 빌어먹을, 저 작자는 도대체 무엇이 슬픈 거지?! 에슈와 즉각 친구가 되었지 않나, 그 거짓 성스러운 말들의 뻔뻔함을 막는 대신에! 두 사내 사이에는 순수한 우정이 이루어졌다. 이 두 사내, 그들은 분명 그가 없었더라면 결코 서로 만나는 일이 없었을 것임을 잊고 있으리라. 그럼 누가 소령에게 우선권이 있겠는가? 그리고 만약 소령이 지금 슬퍼하는 거라면 그건 그에게 합당한 일이다. 아니 그 반대다. 만약 일이 권리와 정의에 따른다면 슬픔으로는 아직 너무 부족하다. 소령은 그의 친애하는 에슈 씨와 함께 특별한 배반의 벌을 받아야 할 것이다……. 후게나우는 갑자기 멈추었다. 모험적이고 매력적인 생각이 찬란한 빛 속에서 싹텄던 것이다. 소령과 새로운 모험적인 관계를 맺기 위해서, 말하자면 소령과, 부인과 침대에 누워 있는 에슈란 놈을 싸잡아 속이자는 생각이었다. 그렇게 되면 소령 자신도 굴욕적인 상황에 처하게 될 것이다! 그래, 탁월하고 전도유망한 생각이었다. 그래서 후게나우는 말했다. 「소령님께선 저의 첫 번째 보고서를 기억하시지요. 거기서 저는 제가 방문한 바 있던 창녀의 집……」 후게나우는 제 입술을 찰싹 때렸다. 「실례했습니다, 쾌락의 집을 방문한 데 대한 보고를 했었지요. 그 에슈 씨가 지금은 충실하게 부부의 침대에서 자고 있습니다. 하지만 당시 그는 우리와 보조를 맞추었었지요. 그동안 저는 그 일을 계속 추적했고 꼬리를 잡았다고 생각합니다. 저는 지금 다시 그 집에 가서 보고 싶습니다…… 만약 소령님이 그 일에 — 흥미 있는 환경이라 말씀드리고 싶군요 — 흥미가 있으시다면, 저는 기꺼이 소령님께서 지금 감찰을 나가셨으면 하고 제안하는 바입니다.」

소령은 다시 한 번 정면 위로, 집 문들 위로 — 그것들은 검은 지하실 구멍들의 입구처럼 보였다 — 시선을 보냈다. 후게나우는 놀랐다. 그가 반대하지 않고 〈갑시다〉라고 말했기 때문이다.

그들은 돌아섰다. 왜냐하면 그 집은 반대 방향에, 도시 바깥 쪽에 있었기 때문이다. 소령은 다시 후게나우 옆에서 말없이 걸음을 옮겼다. 어쩌면 이전보다 더 슬픔에 잠겼을지도 몰랐다. 그리고 후게나우는 너무도 유쾌하고 친밀한 어조가 목마르게 그리웠음에도 불구하고, 감히 이야기를 꺼내지 못했다. 그러나 어떤 더욱 불쾌한 놀라움이 그를 기다리고 있었다. 그들이 현관 위에 커다란 붉은 등이 빛나고 있는 그 집 앞에 이르렀을 때, 그때 갑자기 소령은 〈아니야〉라고 말하면서 그에게 손을 내밀었던 것이다. 그리고 후게나우가 그를 아연한 눈초리로 응시하는 모양에 그는 억지로 미소를 지었다. 「오늘 탐색은 선생 혼자서 하시는 게 좋겠소.」 늙은 남자는 다시 시내로 향했다. 후게나우는 분노와 울분으로 그의 뒷모습을 응시했다. 그다음 그는 물론 에슈를 생각했고, 어깨를 으쓱하며 문을 열었다.

한 시간쯤 지나 그는 그 집을 떠났다. 그의 기분이 나아져 있었다. 그에게 짐 지워져 있던 불안은 날아가 버렸다. 그는 어떤 것을 정리한 셈이었다. 그리고 그가 그것이 무엇인지 이름 부를 수 없었다 하여도, 그는 그가 다시 자기 자신으로,

그리고 그의 명료한 의식으로 되돌아왔음을 명확히 느꼈다. 다른 사람들은 자기들이 원하는 대로 하라지. 나를 배척하라면 하라지. 나에겐 아무래도 좋으니. 그는 활발하게 전진했다. 어디선가 분명 들은 적이 있던 구세군 노래가 떠올랐으므로 그는 걸음마다 지팡이로 바닥을 두들기며 〈주님이시여, 여호와시여〉 하고 운을 맞추었다.

60
〈모젤당크〉 협회의 승리 축하
비어홀 〈슈타트할레〉에서
탄넨베르크 전투를 기억하기 위하여

야레츠키는 〈슈타트할레〉의 정원을 배회했다. 홀에선 사람들이 춤을 추고 있었다. 물론, 외팔이도 같이 춤을 출 수 있었으리라. 하지만 야레츠키는 어색한 느낌이 들었다. 그가 어느 홀의 문에서 마틸데 간호사와 마주쳤을 때 그는 기뻤다. 「아니, 당신은 춤을 추지 않습니까, 간호사 아가씨?」

「아뇨, 추고말고요. 우리 한번 추어 볼까요, 야레츠키 소위님?」

「제가 그놈의 기구, 의수를 달기 전에는, 내가 할 만한 일이 없군요…… 퍼마시고 피워 대는 것 말고는…… 담배 태우시겠소, 마틸데 간호사?」

「아니 무슨 생각을 하시는 거예요, 전 여기서도 근무 중이랍니다.」

「그래요, 당신은 춤도 근무니까 추는군요. 그럼 불쌍한 외팔이 불구자를 보살펴 주시겠습니까…… 제 곁에 좀 앉으시지요.」

야레츠키가 약간 어렵게 옆 탁자에 앉았다.

「마음에 드십니까, 간호사 아가씨?」

「아, 아주 좋아요.」

「제 마음엔 들지 않습니다.」

「사람들이 정말 즐거워해요. 그들의 즐거움을 시샘해선 안 될 거예요.」

「아십니까, 간호사, 내가 취했을지도 모릅니다…… 하지만 상관없는 일이지요…… 당신에게 말하고 싶은 것은 이 전쟁이 결코 끝날 수 없으리라는 겁니다…… 당신 생각은요?」

「글쎄요, 결국 끝나지 않으면 안 될 거예요…….」

「전쟁이 없어진다면 대체 우리는 무엇을 하지요…… 만약 당신이 돌보아야 할 불구자가 제조되지 않는다면?」

마틸데 간호사가 곰곰이 생각했다. 「전쟁 후…… 그래요, 당신도 알고 계시잖아요. 당신이 무엇을 시작하고 싶은가를. 당신은 취직에 대해 말한 적이 있지요…….」

「내 경우는 좀 다릅니다…… 난 전쟁터에 있었지요…… 사람들을 죽였습니다…… 용서하십시오. 아마 좀 혼란스럽게 들릴지도 모르겠습니다. 하지만 일은 명명백백합니다…… 저에겐 다 끝장입니다…… 하지만 다른 많은 사람들이 있습니다…….」 그는 정원을 가리켰다. 「저 사람들은 이제 모두…… 러시아인들은 여자 전투원들 만들었다 하던데요…….」

「정말 불안스럽게 만드시는군요, 야레츠키 소위님.」

「제가요? 그럴 리가…… 저는 벌써 일을 끝냈습니다……
고향으로 갑니다…… 아내를 찾아서…… 밤이면 밤마다 똑같
은…… 끝장입니다…… 제가 좀 취한 것 같지요, 간호사……
하지만 보십시오, 사람이 혼자인 건 좋은 게 아닙니다, 사람
이 혼자인 건 좋은 게 아녜요…… 성서에도 벌써 그런 말이 있
더군요. 간호사, 당신은 성서를 굉장한 것으로 생각하지요.」

「어때요, 야레츠키 소위님, 이제 집으로 가고 싶지 않으세
요? 벌써 몇 사람이 떠나고 싶어 해요…… 소위님도 같이 갈
수 있을 거예요…….」

그녀는 그의 알코올 젖은 숨결을 얼굴에 느꼈다. 「나, 나는
말합니다. 간호사, 전쟁은 끝날 수가 없다고. 왜냐하면 저 바
깥에서 사람은 혼자가 되어 버렸으니까요…… 한 사람 또 한
사람 차례차례 오기 때문이니까요. 혼자 있으려고…… 그리
고 혼자인 사람은 누구나 다른 사람을 죽이지 않을 수 없습
니다…… 내가 너무 취했다고 생각하시지요. 간호사, 하지만
내가 끄떡도 않는다는 걸 아시겠지요…… 정말 나를 침대에
눕힐 이유는 없습니다…… 하지만 내가 당신에게 말한 것, 그
것은 진실입니다.」

그는 일어났다. 「웃기는 음악이지요, 그렇지요? ……무슨
춤을 추고 있는지 모르겠습니다. 구경 좀 하지 않겠습니까?」

◆

박격포 부대의 지원병 에른스트 펠처 박사는 분주한 후게
나우와 부딪쳤다. 「어이, 축하회장님…… 당신은 진짜 돌개
바람이군요…… 언제나 여자들 뒤만 따라다니시면서.」

후게나우는 조금도 귀를 기울이지 않았다. 그는 만족스러운 중요성을 과시하며 막 축제의 정원에 들어오는 프록코트 차림의 두 신사를 가리켰다. 「시장님이 오시는군요!」

「아하, 더 나은 짐승이 왔군요…… 그래, 그럼 계속 좋은 사냥을 하시기를. 그리고 사냥꾼의 행복이 있기를. 우훗, 오훗, 고귀한 사냥꾼이시여…….」

「고맙습니다, 고마워요, 박사님.」 한마디도 듣지 않은 후게나우는 어깨 너머로 소리치고 공식적인 환영사를 읊을 태세를 취했다.

◆

군의 소령 쿨렌베크는 마땅히 유지들의 식탁에 앉아 있을 사람이었다. 그러나 그는 그곳에 오래 머무르지 않았다.

「즐깁시다.」 그가 말했다. 「우리는 정복된 도시의 용병입니다.」

그는 일군의 소녀들을 향해 나아갔다. 고개를 치켜들고. 수염이 좀 수직으로 허공을 향해 뻗어 있었다. 그는 슬프고 지루한 듯이 나무에 기대어 있는 퓌질리어 크네제 옆을 지나칠 때 그의 어깨를 두드렸다. 「아니, 아직도 맹장을 애통해하십니까? 당신은 훌륭한 용병입니다. 여자들에게 어린아이를 만들어 주려고 여기 온 것 아니오…… 소심한 게 부끄럽소이다…… 전진, 늙은 졸장부여!」 —「복종, 군의 소령님.」 크네제가 말하고 차려 자세를 취했다.

쿨렌베크는 베르타 크링겔의 팔을 끼고 그녀의 팔을 그의 몸에 밀착시켰다. 「이제 아가씨들과 원무를 추겠습니다……

제일 잘 추는 사람에게 키스를 해줄 겁니다.」

소녀들이 소리를 질렀다. 베르타 크링겔이 몸을 빼려고 했다. 그러나 그가 그 부르주아 계급 아가씨의 뭉툭한 손을 부드러운 남자의 손으로 감싸쥐자, 그는 그녀의 손가락에서 힘이 빠지며 그의 살에 밀착됨을 느꼈다.

「그럼 아가씨들은 춤을 추고 싶지 않나 보군…… 모두들 내가 불안한가…… 좋아, 제비뽑기를 해볼까…… 어린아이들은 놀기를 좋아하니까.」

리스베트 뵈거가 소리쳤다. 「저희를 계속 놀리시는군요…… 군의 소령님은 춤을 추는 게 아녜요.」

「자, 리스베트, 내가 누군지 알게 될 거야.」

군의 소령 쿨렌베크가 리스베트의 팔을 재빨리 낚아챘다.

그들이 제비뽑기 탁자에 서·있을 때 약방 주인 파울젠의 아내, 파울젠 부인이 왔다. 그녀는 쿨렌베크의 옆자리에 버티고 서더니 창백한 입술로 속삭였다. 「부끄럽지 않아요…… 새파란 어린애하고.」

그 커다란 남자가 약간 불만스럽게 안경 너머로 쳐다보았다. 그리고 웃었다. 「오, 귀부인, 일등에 당첨되실 겁니다.」

「고마워요.」 파울젠 부인이 말했다. 그리고 멀어져 갔다.

리스베트 뵈거와 베르타가 머리를 맞대고 소곤거렸다. 「그 여자의 눈이 새파랗게 번쩍이는 걸 넌 봤니?」

◆

하인리히가 있음으로 해서 어느 정도 그녀의 은둔자적 생활은 구멍이 뚫렸다. 그렇기는 해도 한나 벤틀링이 기꺼이 연회에 온 것은 아니었다. 그러나 벤틀링 변호사는 도시의 훌륭한 시민이자 장교로서 그곳에 가야 할 책임을 느꼈다. 그리하여 그들은 뢰더스와 함께 그리로 온 것이었다.

그들은 홀에 앉아 있었다. 케셀 박사가 그들과 함께 있었다. 좁은 쪽에 귀빈용 식탁이 마련되어 있었다. 하얀 식탁보가 깔리고 꽃과 나뭇잎들로 장식되어 있었다. 그곳에 시장과 소령, 신문 발행인 후게나우 씨가 자리를 차지하고 있었다. 그가 새로 도착한 사람들을 알아보고 그들에게 다가갔다. 위원회의 표시가 단춧구멍에 꽂혀 있었다. 그러나 그의 이마가 더 밝게 그것을 나타내 주고 있었다. 어떤 사람도 후게나우 씨의 품위를 간과할 수 없을 것이었다. 누가 그의 앞에 나타났는지를 후게나우는 물론 알고 있었다. 변호사 부인 벤틀링은 충분히 자주 거리에서 그의 눈에 띈 바 있었고, 그 밖의 것은 쉽사리 얻어들어 알 수 있었다.

그는 케셀 박사에게로 방향을 잡았다. 「존경하는 박사님, 저를 친구분들께 친절하게 소개시켜 주실 영광을 청해도 되겠습니까.」

「좋습니다.」

「특별한 영광입니다. 특별한 영광입니다.」 후게나우가 말했다. 「굉장한 특권입니다. 귀부인께서는 정말 은거하고 계시더군요. 만약 주인장께서 휴가차 이곳에 오신 특별한 행운이 없었더라면 우리가 서로 인사를 나눌 수 있는 이런 기쁨은 누릴 수 없었을 것입니다.」

전쟁 때문에 사람 앞에 나서기가 부끄러웠어요, 한나 벤틀링이 말했다.

「그건 옳지 않은데요, 귀하신 부인. 이런 어려운 시기엔 기분 전환이 필요한 법입니다…… 여러분들께서 춤을 추기 위해 남아 주시기를 바라 마지않습니다.」

「아니, 내 아내는 약간 피곤합니다. 그래서 우리는 정말 유감스럽지만 곧 가야 합니다.」

후게나우는 솔직히 기분이 상했다. 「하지만 변호사님, 당신과 아름다운 부인이 우리에게 즐거움을 한번 선사해 주신다면, 이렇게 아름다운 부인이 우리 연회를 아름답게 해주신다면…… 그건 정말 박애적인 목적을 위해섭니다. 그러므로 중위님은 한번 예외적으로 눈을 감으시고 법 앞의 자비를 베풀어 주십시오.」

한나 벤틀링 부인은 그런 재잘거림의 천박성을 아주 명확히 알고 있었다. 그런데도 그녀는 얼굴이 밝아지며 말했다. 「글쎄요, 당신을 위하여, 편집장님, 잠시 더 남아 있을까요.」

◆

정원 한가운데 병사들을 위하여 긴 탁자가 마련되어 있었다. 〈모젤당크〉는 그들에게 맥주 한 통을 소비했다. 맥주통이 그 옆의 두 개의 받침대 위에 세워져 있었다. 맥주는 벌써 오래전에 동이 났지만, 몇몇 사람은 아지도 빈 탁자 주위에서 빈들거리고 있었다. 크네제 역시 다시 그들 패에 끼었고, 손가락 끝으로 널빤지 탁자 위의 맥주 웅덩이 속에다 그림을 그리고 있었다. 「군의 소령이 말하는데, 우리가 그들에게 아이를 만들어 주어야 한대.」

「누구에게?」

「여기 아가씨들에게.」
「그더러 시범을 보이라고 말하지.」
웃음소리.
「벌써 시범 중이야.」
「우리 마누라한테 보내 주는 게 더 좋은데.」
달아맨 등들이 밤바람에 흔들거렸다.

◆

야레츠키는 혼자 정원을 싸돌아다녔다. 그는 파울젠 부인을 만나자 절을 했다. 「아주 고독하시군요, 아름다운 부인.」
파울젠 부인이 말했다. 「당신도 마찬가지군요, 소위님.」
「제겐 아무 의미도 없지요. 벌써 모든 것이 끝났는걸요.」
「제비뽑기에서 우리의 행운을 시험해 볼까요, 중위님?」 파울젠 부인이 야레츠키의 건강한 오른쪽 팔을 꼈다.

◆

후게나우는 리스베트와 베르타와 함께 나무 사이를 산책하고 있는 군의 소령 쿨렌베크와 마주쳤다.
후게나우가 인사했다. 「즐거운 연회이기를, 군의 소령님. 즐거운 연회이기를, 젊은 숙녀분들.」
그리고 그는 가버렸다.
군의 소령 쿨렌베크는 여전히 뭉툭한 부르주아 소녀의 손을 그의 커다랗고 따뜻한 손으로 잡고 있었다. 「저 우아하고 젊은 남자가 너희들 마음에 드니?」
「에이…….」 두 소녀가 킥킥거렸다.

「그래? 왜 마음에 안 들지?」

「다른 사람이 있으니까요.」

「예를 든다면?」

베르타가 말했다. 「저 위에서 야레츠키 소위가 파울젠 부인하고 산책하네요.」

「그들은 조용히 두자고.」 군의 소령이 말했다. 「내가 너하고 산책을 할 테니.」

◆

음악이 요란하게 쾅쾅거렸다. 후게나우는 악단 위의 악장 옆에 서 있었다. 악단의 한편은 홀 쪽으로, 다른 편은 정자처럼 정원 쪽으로 나와 있었다.

후게나우가 손으로 나팔 모양을 만들어 탁자 너머로 정원을 향해 소리쳤다. 「조용히들 하십시오.」

정원과 홀이 쥐죽은 듯이 조용해졌다.

「조용히.」 후게나우가 다시 한 번 정적을 뚫고 빽 소리를 질렀다. 폐의 총상을 치료받은 4호실의 폰 슈나크 대위가 연단 위에 있는 그에게로 걸어가 신문 한 장을 폈다. 「아미앵의 승전보. 영국인 3,700명 포로, 적기 세 대 격추, 그중 두 대는 뷜케 대위에 의한 것임. 그는 이로써 스물세 번째 승리를 구가함.」

폰 슈나크 대위가 팔을 치켰다. 「만세, 만세, 만세.」 음악이 독일 국가(國歌)를 연주했다. 모두 일어섰다. 대부분이 따라 노래했다. 조용해졌을 때 그림자 진 한쪽 구석에서 소리가 들렸다. 「만세, 만세, 만세, 만세, 전쟁이여 만수무강하라!」

모두 몸을 돌렸다.

그곳에 야레츠키 소위가 앉아 있었다. 그는 샴페인 한 병을 앞에 두고 건강한 팔로 파울젠 부인을 안으려 했다.

◆

홀의 벽마다 동맹국의 사령관과 통치자들이 떡갈나무 잎과 종이 화환으로 장식되어 있었다. 깃발이 주위에 드리워져 있었다. 후게나우는 즐거움에 몸을 맡길 수 있었다. 그는 언제나 춤을 잘 추는 사람이었다. 비대하고 땅딸막했지만 보기 좋은 모습이라고 늘 자처할 수 있었다. 그렇지만 지금은 그 이상의 것이 있었다. 비대하고 작은 남자의 탄력성과 민첩성 이상의 것이 있었다. 그는 지금 사령관의 눈 아래서 승리를 축하하는 춤을 추게 된 것이었다.

그 춤추는 사람은 이 세상에서 멀리 있다. 음악에 젖어서 그는 자기의 자유로운 행동을 포기했지만, 그러나 더 높고 찬란한 자유 속에서 행동하고 있다. 그를 이끄는 엄격한 리듬 속에 그가 숨어 있다. 커다란 이완감이 숨어 있다가 그의 위로 다가온다. 이렇게 음악은 생의 혼란과 소용돌이 속에 통일성과 질서를 가져온다. 시간을 지양하며 죽음을 지양한다. 그럼에도 불구하고 죽음이 박자마다 새로이 소생한다. 여기 황량하고 기다란 혼성곡, 〈세계 음악 선곡〉이라 불리는 곡조가 울려 퍼진다. 조국의 선율이 스텝 댄스, 마츄슈,[35] 탱고와 같은 적국의 춤과 더불어 다채롭게 이어진다. 춤추는 사람의 여인이 콧소리로, 그러나 더욱 뜨거워지며 노래를 부

35 탱고 비슷한 브라질 댄스.

른다. 그녀의 정감적이고 닦이지 않은 목소리가 외국의 가사들을 — 그녀는 예외 없이 다 잘 부른다 — 그녀의 기분 좋은 숨결과 더불어 그의 얼굴을 스쳐 지나가게 한다. 왜냐하면 탱고를 추면서 그가 그녀 위로 몸을 구부리기 때문이다. 그러나 춤추는 사람은 다시 똑바로 서고, 안경알을 통해 완강하고 엄격하게 그의 자극된 기분을 바라본다. 먼 곳을 바라본다. 음악이 영웅적인 행진곡 템포로 쾅쾅거릴 때면 춤추는 남자와 여자는 적의 힘에 용감히 도전한다. 그러나 리듬과 더불어 그들은 교묘하게 흔들거리는 원 스텝을 밟기 시작한다. 기이하게 비틀거리며 뒤뚱거리며, 다시 탱고의 긴 파도가 밀려와 걸음이 다시 고양이처럼 부드러워지고 몸과 다리가 나긋나긋해질 때까지 한 지점에서 거의 움직이지 않는다. 그들이 꽃병을 앞에 놓고 소령과 시장이 함께 앉아 있는 귀빈석을 지날 때, 그때 춤추는 남자는 팔을 둥글게 벌리고 탁자의 잔을 집는다 — 그 자신도 그 식탁에 속하는 사람이기에 — 그리고 춤을 중단하지 않고, 공중에서 가볍게 미소지으며 맛있는 음식을 삼켜 대는 줄타기꾼처럼, 그는 앉아 있는 사람에게 잔을 권한다.

그는 춤추는 여인을 거의 리드하지 않는다. 우아하게 손수건으로 감싸인 한쪽 손만이 어여쁜 드레스의 등 이음새 아래에서 쉬고 있다. 왼손은 태만하게 늘어뜨려져 있다. 음악이 왈츠로 변하고서야 비로소 자유롭게 있던 손들이 서로를 잡는다. 뻣뻣하게 서로에게 내민 팔이 겹쳐진다. 그리고 손가락을 교차시키고, 그 한 쌍은 원 속에서 소용돌이친다. 그의 시선이 홀 안을 휩쓸어 보니, 대열이 성기어 있다. 그들이외에 아직 춤을 추고 있는 건 오직 한 쌍뿐이다. 가까워지며 거의 스쳤다간 멀어지고 벽을 따라 그곳을 떠난다. 나머지 사람들은 구경꾼들 사이에 들어가 있다. 적의 춤의 방식에는 못 당하겠군, 그들은 감탄한다. 음악이 그치자 구경꾼들과 춤추는 사람들이 박수를 친다. 그리고 음악이 다시 시작된다. 거의 무술 시합과 같다. 후게나우는 자기 여자 파트너를 보지 않는다. 그녀는 받아들이는 듯 고개를 젖히고 그의 힘센, 그러나 거의 보이지 않는 인도에 몸을 맡기고 있다. 그는 음악이 자기 여인에게서 보다 섬세하고 긴장된 성적 기교를 환기시킴을 알아차리지 못한다. 그것은 그녀의 남편도, 그녀의 애인도, 그녀 자신도 영원히 알지 못할, 들떠 있는 여성다움이다. 그는 또한 다른 여인이 그녀의 남자에게 잇몸을 드러내며 보내는 황홀한 미소를 보지 않는다. 그가 보고 있는 것은 오로지 그 상대편 남자, 그 적대적인 남자이다. 검은 넥타이에 철십자 훈장이 달린 연미복을 입은 여윈 포도주 중개업자, 그자가 단지 푸른색 옷만 입을 수 있는 그 자신보다 우아함과 영웅적 표지의 면에서 더 빛을 발하고 있으니 말이다. 그토록 마른 에슈도 여기서 춤을 출 수 있으리라. 그렇기 때문에 부인을 그에게서 빼앗기 위하여 후게나우는 이제 미끄러지듯 춤추며 지나가는 여자에게 시선을 고정시킨다. 그는 그녀가 시선에 응답할 때까지, 시선을 선사할 때까지 오랫동안 그렇게 응시한다. 그리하여 빌헬름 후게나우는 이제 두 여인을 소유한다. 그녀들을 범하지 않고도 소유한다. 왜냐하면 그에겐 여인들의 호의가 중요한 것이 아니기 때문이다. 비록 지금 그녀들에게 그가 구애를 하고 있을지라도. 그에겐 사랑의 쾌락이 문제가 아니다. 오히려 이 연회와 이 넓은 홀이 농축되며 저기 흰 식탁보가 깔린 식탁의 솟기만 하게 좁아진다. 그의 생각은 점점 무조건적으로 소령에게 향한다. 수염이 하얀, 꽃 뒤에 점잖게 앉아서 그를, 홀 한가운데의 빌헬름 후게나우를 바라보고 있는 소령에게. 그는 대장 앞에서 춤추고 있는 전사(戰士)이다.

그러나 소령의 눈은 점점 증대하는 놀라움으로 가득 찬다. 수치를 모르고 흔들거리고, 수치를 모르고 뛰어오르고, 같이 있는 여자들보다 더 수치를 모르는 두 남자가 있는 이 홀은 마치 추잡한 집 같았다. 이건 지옥이었다. 전쟁이란 것이 이따위 승리 축하연을 수반할 수 있다는 사실이 전쟁 자체를 피 어린 방종의 만화로 만들고 있었다. 마치 세계가 얼굴이 없어져 버린 것 같았다. 모든 얼굴에서 얼굴이 없어져 버린 것 같았다. 구별할 수 없는 것들의 수렁이다. 구원이란 이제 존재하지 않는 수렁이다. 공포에 사로잡혀, 소령은, 프로이센 장교인 그가, 깃발들을 벽에서 찢어발기고 싶다는 생각에 붙들려 있다. 깃발들이 축하연의 혐오에 의해 모독을 받았기 때문이 아니었다. 그것들이 그 혐오와 지옥 같은 모습과 이해할 수 없이 관련되어 있기 때문이었다. 이해할 수 없다는 것, 그 뒤에는 기사답지 못한 무기, 배신한 친구들, 파괴된 동맹들 등등의 온갖 비(非)기사성이 도사리고 있었다. 기이하게도 얼음처럼 차갑게 꼼짝하지 않는 가운데 그의 내부에서 무시무시한 희망이 인다. 저 악마 같은 패거리들을 제거하고 싶은, 말살시키고 싶은, 짓이기어 발 아래 쓰러진 것을 보고 싶은 희망이. 그러나 녀석들 위로, 우뚝 솟은 산처럼, 벽에 드리운 산의 그림자처럼, 움직이지 않고 거대하게, 친구의 모습이 — 어쩌면 에슈의 모습일지도 모른다 — 진지하고 엄숙하게 솟아오른다. 폰 파제노 소령에게는 친구를 위하여 악이 분쇄되어 무 속으로 던져져야만 할 것 같다. 폰 파제노 소령은 형이 그리워진다.

◆

마틸데 간호사는 군의 소령 쿨렌베크를 찾아다녔다. 그녀는 명망 있는 사업가들의 무리에서 그를 발견했다. 그곳에 상인 크링겔, 호텔 주인이자 훈제품 제조인 크빈트, 건축가 잘처 씨, 우체국장 베스트리히 씨가 앉아 있었다. 그리고 부인들과 딸들이 그 옆에 앉아 있었다.

「잠깐만요, 군의 소령님.」

「나를 노렸던 여자가 한 사람 더 있구먼.」

「잠깐만요, 군의 소령님.」

쿨렌베크가 일어섰다. 「무슨 일이지, 꼬마 아가씨?」

「야레츠키 소위를 보내야 할까 봐요…….」

「그래, 그는 절망 상태일 거야.」

마틸데 간호사가 동의하며 미소 지었다.

「그에게 좀 가볼까.」

야레츠키의 건강한 팔이 탁자 위에 놓여 있었다. 그는 머리를 그 안에 파묻고 자고 있었다.

군의 소령은 시계를 쳐다보았다. 「플루르쉬츠가 나와 교대할 거야. 금방 자동차를 타고 오겠지. 그럼 그를 같이 태워 보내기로 하자고.」

「여기서 잠자게 두어도 될까요, 군의 소령님?」
「다른 도리가 없지 않나, 전쟁은 전쟁이니까.」

　　　　　　　　　　◆

　플루르쉬츠 박사는 약간 달아오른 눈을 깜박거리며 정원을 바라보았다. 그다음 그는 홀로 들어갔다. 소령을 비롯해 그 밖의 훌륭한 인사들은 이미 연회장을 떠나고 없었다. 긴 식탁은 치워져 있었고 홀 전체가 춤을 추는 데 사용되었다. 춤을 빽빽이, 숨 막히게, 땀을 흘리며, 미끄러지듯 추고 있었다.
　그가 군의 소령을 찾아내기까지는 좀 시간이 걸렸다. 진지한 표정으로, 수염을 위로 뻗치고, 쿨렌베크는 약제사 파울젠의 부인과 함께 왈츠를 추고 있었다. 플루르쉬츠는 춤이 끝나기를 기다렸고, 그다음 자기가 온 것을 알렸다.
　「드디어 왔군, 플루르쉬츠. 자네는 자네의 늑장으로 말미암아 어린애처럼 즐거워하고 있는 훌륭한 상관을 만나고 있네…… 지금은 사과할 필요가 없어. 상관이 춤을 추면 부하도 추어야 하는 거야.」
　「군의 소령님, 불복합니다. 저는 춤을 추지 않습니다.」
　「그게 소위 젊은이인가…… 내가 자네들 모두보다 아직 더 젊은 것 같군…… 하지만 이제 난 가야겠어. 그다음 자네에게 자동차를 보내겠네. 야레츠키를 같이 태우고 오게. 지금 그는 곤드레만드레야…… 두 간호사 중 한 사람을 데리고 가겠네. 다른 사람은 자네와 함께 오도록 하게.」
　정원에서 그는 카를라 간호사를 찾아내었다. 「카를라 간호사, 내가 네 명의 다리 부상병하고 당신을 집에 데려다 주지. 그들을 모으시오, 서둘러서.」

그다음 그는 사람들을 실었다. 세 남자가 뒤에 탔고 카를라 간호사와 한 남자가 앞 좌석에, 그리고 그 자신은 운전수 옆에 자리를 잡았다. 목발 일곱 개가 검은 허공을 응시하고 있었다(여덟째 것은 차 바닥에 누워 있었다). 별들이 검은 창공에 걸려 있었다. 가솔린 냄새, 먼지 냄새가 났다. 그러나 때때로, 특히 커브를 도는 곳에선 숲이 가까이 있음을 느낄 수 있었다.

◆

야레츠키 소위는 몸을 일으켰다. 그는 기차의 칸막이에서 잠이 들었던 것 같은 느낌이 들었다. 이제 기차가 좀 큰 역에서 정차했나 보았다. 야레츠키는 뷔페로 가려고 했다. 많은 사람들이 플랫폼에 있었다. 불이 휘황찬란했다. 「일요일의 교통이란.」 야레츠키가 혼잣말을 했다. 그는 추위를 느꼈다. 위(胃) 부근께가 그러했다. 좀 따뜻한 것이 위에 좋은 것이다. 갑자기 왼팔이 없었다. 필경 그물 선반 위에 있을 것이었다. 그는 탁자와 사람들을 뚫고 지나갔다. 제비뽑기 대 옆에서 그는 멈추었다.

「그로그[36] 주 한 잔.」 그가 주문했다.

◆

「아, 여기 계셨군요.」 마틸데 간호사가 플루르쉬츠 박사에게 말했다. 「오늘 야레츠키하고는 일이 그리 간단할 것 같지

36 Grog. 럼주에 더운 설탕물을 탄 것.

가 않아요.」

「잘될 거요, 간호사…… 잘 즐겼습니까?」

「아, 네, 아주 재미있었어요.」

「당신에게도 약간 허깨비 같지 않았나요, 간호사?」

마틸데 간호사는 이해해 보려 애쓰느라 대답하지 않았다.

「전에도 상상할 수 있었느냐 말입니다?」

「정말이지 우리의 교회 헌당식 축하연이 생각났어요.」

「약간 히스테릭한 교회 헌당식이지요.」

「네, 약간은, 플루르쉬츠 박사님.」

「공허한 형식들, 그것들이 아직도 살아 있어…… 마치 교회당 헌당식처럼 보이면서. 하지만 사람들은 이제 자기들에게 무슨 일이 일어나는지 알지 못해…….」

「곧 본래 상태로 돌아갈 거예요, 박사님.」

그녀가 건강하고 곧바르게 그의 앞에 서 있었다.

플루르쉬츠는 고개를 저었다. 「결코 본래 상태인 적이 없었지요…… 최후의 심판의 날에도 그러할 겁니다…… 그 비슷하게 보이지 않나요. 그렇지 않습니까?」

「생각하고 싶으신 대로 생각하세요, 박사님! ……하지만 우리는 환자들을 모아야 해요.」

◆

악대가 있는 정자 옆에서 이리저리 방황하는 야레츠키를 지원병 펠처 박사가 붙잡았다. 「소위님, 무얼 열심히 찾으시는 것 같습니다.」

「네, 그로그 주를 한 잔.」

「그거 멋진 생각인데요, 소위님. 겨울이 시작하면 그로그 주를 가져오리다…… 하지만 그 동안 가만히 앉아 계시지요.」 그는 거기서 달려 나갔고 야레츠키는 탁자 위에 걸터앉아 다리를 흔들거렸다.

막 연회장을 떠나려는 벤틀링 박사 부부가 지나갔다. 「허락해 주십시오, 중위님. 야레츠키 소위, 헤센 저격대대 8대대, 황태자 군단, 아르망티르에서의 가스 오염으로 왼팔 상실, 충성스럽게 보고합니다.」

벤틀링이 의아하게 그를 쳐다보았다. 「매우 기쁘오.」 그가 말했다. 「벤틀링 중위요.」

「공학사 오토 야레츠키입니다.」 야레츠키는 보충 설명을 해야 한다고 느꼈다. 이제 그는 한나 앞에서 차려 자세로 섰다. 자기의 소개가 그녀에게도 해당되었던 것임을 보여 주기 위하여.

한나 벤틀링은 오늘 벌써 많은 놀라운 일들을 체험한 바 있었다. 그녀는 상냥스럽게 말했다. 「정말 당신 팔은 끔찍한 일을 당했군요.」

「그렇고말고요, 사모님, 끔찍하지요. 그러나 공정합니다.」

「아니, 아니, 여보게.」 벤틀링이 말했다. 「거긴 공정을 논할 데가 아니지 않나.」

야레츠키가 손가락 하나를 쳐들었다. 「법적인 정의는 아니지요, 중위님…… 우리는 새로운 정의를 얻었습니다. 사람이 혼자 있는데 인간에게 손발이 많아 봐야 무슨 소용이겠습니까…… 동의하시겠지요, 상냥하신 부인.」

「잘 있게.」 벤틀링이 말한다.

「유감입니다, 정말 유감입니다.」 야레츠키가 말한다. 「하지만 당연합니다. 누구나 자신의 고독에 책임이 있으니까요……안녕히 가십시오, 여러분.」 그리고 그는 다시 식탁을 향해 몸을 돌린다.

「이상한 사람이네요.」 한나 벤틀링이 말한다.

「술 취한 얼간이야.」 그녀의 남편이 대답한다.

지원병 펠처가 두 잔의 그로그 주를 가지고 지나가다가 똑바로 서서 경례를 한다.

◆

후게나우가 댄스홀에서 서둘러 나왔다. 이마의 땀을 씻고 손수건을 칼라에 꽂았다.

마틸데 간호사가 그를 붙들었다. 「후게나우 씨, 저희 환자들을 모으는 중인데 도와주실 수 있으시겠지요.」

「특별한 영광입니다, 아가씨, 나팔 취주를 불어 드릴까요?」 그는 벌써 음악대로 향하려 한다.

「아니, 아녜요, 후게나우 씨, 그렇게 주목을 끌 필요는 없습니다. 그럭저럭 될 거예요.」

「좋습니다…… 굉장한 연회였지요, 그렇지 않습니까, 아가씨? 소령님도 굉장히 호의적인 말씀을 하셨답니다.」

「물론이지요, 아름다운 연회였어요.」

「군의 소령님도 아주 만족스러워 보이시던데요…… 훨훨 나는 기분인 것 같았습니다…… 군의 소령님께 안부를 전해 달라고 청해도 되겠습니까…… 그분은 하도 서둘러 떠나 버려 배웅을 해드릴 수가 없었습니다.」

「그러지요, 후게나우 씨, 댄스홀에 있는 군인들에게 플루르쉬츠 박사와 제가 현관에서 기다리고 있다고 주의를 주시지 않으시겠어요.」

「그러지요, 곧 그렇게 하겠습니다…… 하지만 당신들이 그렇게 빨리 저희를 떠나려 하시다니, 옳은 일이 아닌데요, 아가씨…… 바라건대 당신이 즐겁지 않았다는 표시가 아니기를…… 정말 그것이 아니기를 바랍니다…….」

칼라에 손수건을 꽂은 채 후게나우는 서둘러 홀로 돌아갔다.

「장교들은 어떻게 되었습니까, 간호사?」 플루르쉬츠가 물었다.

「아, 그들을 더 염려할 필요는 없을 거에요. 아마 스스로들 타고 돌아갈 것을 마련했을 겁니다.」

「좋소, 모든 것이 원 상태로 되어 가는 것 같군…… 하지만 야레츠키가 아직 문제요.」

◆

야레츠키와 지원병 펠처 박사는 여전히 악단 아래의 정원에 앉아 있었다. 야레츠키는 갈색 그로그 주의 잔을 통하여 등불을 바라보려고 했다.

플루르쉬츠가 그들에게 가서 앉았다. 「자러 가는 게 어때, 야레츠키?」

「여자하고라면 자겠지만, 여자가 없으면 난 안 잡니다…… 일이 벌어지기 시작하는 건 남자들이 여자 없이, 여자들이 남자 없이 자러 가고부터이지요…… 그건 나쁩니다.」

「그 점에선 그의 말이 옳습니다.」 지원병이 말했다.

「그럴 수도 있겠지.」플루르쉬츠가 말했다.「금방 그런 생각이 떠오른 건가, 야레츠키?」

「네, 방금…… 하지만 오래전부터 저는 그걸 알고 있었습니다.」

「그 생각으로 자네는 분명 세상을 구하게 될 거야.」

「그가 독일을 구한다면 만족스러울 겁니다…….」지원병 펠처가 말했다.

「독일을…….」플루르쉬츠가 말하고 텅 빈 정원을 바라보았다.

「독일…….」펠처가 말했다.「당시 저는 지원병으로 전선 근무를 청했지요…… 지금은 여기 앉아 있는 것이 기쁩니다.」

「독일…….」야레츠키가 말했다. 그는 울기 시작했다.「……너무 늦었어…….」그가 눈을 닦았다.「플루르쉬츠, 당신은 멋진 사나이입니다. 당신을 사랑해요.」

「자네 멋지군. 나도 자네를 사랑해…… 이제 집에 갈까?」

「우린 이제 집이 없어요, 플루르쉬츠, 결혼을 해서 만들어 볼까 합니다.」

「그러기엔 오늘은 너무 늦었어.」지원병이 말했다.

「그래, 늦었어, 야레츠키.」플루르쉬츠가 말했다.

「그러기에 너무 늦는 법은 결코 없어.」야레츠키가 울부짖었다.「하지만 넌 그것을 내게서 잘라 버렸어, 너 돼지가.」

「자, 자, 야레츠키, 진짜 일어서야 할 시간이야…….」

「네가 그것을 내게서 잘랐으니, 네 것을 잘라 줄까…… 그렇기 때문에 전쟁은 영원히 계속되어야 하는 거야…… 너 수류탄을 써본 일이 있어……?」그가 진지하게 고개를 끄덕였다. 「……난, 난, 해보았어…… 멋진 달걀이야, 그 수류탄 말야…… 썩은 달걀.」

플루르쉬츠가 그의 팔 밑으로 손을 넣었다. 「그래, 야레츠키, 아마 자네가 옳을지도 몰라…… 그래, 아마 그것이 정말로 유일한 의사소통의 수단일지도 몰라…… 하지만 이제 가세, 친구.」

입구에서 병사들이 이미 마틸데 간호사의 주위에 모여 있었다.

「정지, 야레츠키.」 플루르쉬츠가 말했다.

「옛.」 야레츠키가 말했다. 그리고 그는 마틸데 간호사의 앞으로 다가가 차려 자세로 신고하였다. 「소위, 군의 중위, 그리고 열네 명의 사내들이 제 자리에…… 신고합니다. 그가 그것을 제게서 잘라 버렸습니다…….」 효과를 노리어 잠시 쉬었다가, 그다음 그는 빈 소매를 주머니에서 꺼내어 그것을 마틸데 간호사의 기다란 코앞에서 이리저리 덜렁거려 보였다. 「순결하게 텅 비어 있습니다.」

마틸데 간호사가 소리쳤다. 「타고 가기를 원하는 사람은 같이 타세요. 난 남은 사람들과 걸어가겠어요.」

후게나우가 엎어지듯 달려 나왔다. 「바라건대 모든 일이 잘되었기를, 아가씨. 우리 모두 결원이 없군요…… 무사하게 집에 도착하기를 빌겠습니다…….」

그는 마틸데 간호사, 플루르쉬츠 박사, 야레츠키 소위, 열네 명의 남자 전부와 하나하나 작별인사를 했다. 그는 누구에게나 자신을 〈후게나우〉라고 소개했다.

61

베를린의 구세군 소녀 이야기(10)

내가 마리에게 원했던 것은 정말 무엇일까? 나는 그녀를 초대한다. 그녀로 하여금 노래를 부르게 한다. 나는 순결하기 그지없는 그녀를 누헴에게 중매한다. 그 탈무드 학자에게, 아니 변절한 탈무드 학자라고 말할 수 있으리라. 그리고 나는 그녀를 다시 가게 한다. 그녀의 회색 수도원의 벽 속으로 사라지게 한다. 내가 그녀에게 하고자 하는 바는 무엇인가? 그리고 왜 그녀는 이런 놀이에 자신을 빌려주고 있는가? 나의 영혼을 구하려는가, 유대인의 탈무드의 영혼을 붙들어 예수에게 인도하려는 저 무한한, 근본적으로 불가능한 사명에 착수하기라도 한 것인가? 게다가 그 누헴은 무슨 생각이었나? 그때 나는 두 사람을 겉보기로야 완전히 장악하고 있었다. 그럼에도 불구하고 나는 그들에게서 아무것도 알아내지 못했다. 그들이 무엇을 생각하는지, 그들이 오늘 저녁 무엇을 먹을 것인지도. 사람은 너무도 고독하여 아무도, 심지어 그를 창조했던 신까지도 그를 알 수 없을 정도이다.

그 일은 나를 아주 불안하게 했다. 내가 마리를 점점 가장자리까지 노래와 성서 구절로 꽉 차 있는 인간으로 생각할 수 있게 될수록 더욱 그러했다. 그리고 불안 속에서 나는 수도원으로 길을 떠났다. 그녀를 만나기까지 나는 두 번이나 허탕을 쳤다. 그녀는 구호 병원에 있었고 언제나 밤이 되어야 돌아왔다. 그래서 나는 담화실에 앉아 벽에 걸린 성서 구절을 바라보고, 보트 구세군 사령관의 초상화를 바라보고,

다시 한 번 온갖 가능성을 곰곰이 생각해 보았다. 나는 마리와의 최초의 만남을 회상했다. 나아가 누헴과의 우연한 만남을. 그리고 그 이후 일어났던 모든 것을 떠올렸다. 나는 모든 것을 아주 세밀하게 기억에 새겨 두었는데, 찰나적인 상황도 예외는 아니었다. 나는 아주 주의 깊게 담화실을 살펴보았고, 방 안을 이리저리 거닐었다. 벌써 서서히 어두워지고 있었다. 날씨가 음산해졌기 때문이었다. 밖에선 세찬 비가 내리고 있었다. 그리고 어둠이 급속히 짙어졌다. 나는 자문했다. 나처럼 그 방에 앉아 있던 두 명의 노인들 역시 나의 기억 속에 관계시킬 수 있을까 하고. 그리고 그렇게 했다. 확실한 것은 확실한 법이니까. 그들은 아주 지쳐 있었다. 나는 그들의 생각을 간파할 수는 없었다. 나는 그들에게 공기에 불과했다.

이윽고 마리가 왔을 땐 이미 늦은 시각이었다. 그사이 두 명의 노인은 나가 버렸다. 그리고 사람들이 나를 그렇게 대우하는 데 하마터면 화를 낼 뻔했다. 조명이 좋지 못한 방이어서 그녀는 나를 즉시 알아보지 못했다. 그녀가 말했다. 「하느님께서 축복해 주시기를.」 내가 대꾸했다. 「그건 비유입니다.」 그때 나를 알아보며 그녀 쪽에서 응수했다. 「그건 비유가 아닙니다. 하느님께서 당신을 축복해 주시기를.」 이제 내 편에서 말했다. 「우리 유대인들에겐 모든 것이 비유입니다.」 그에 대해 그녀가 대꾸했다. 「선생님은 유대인이 아닙니다.」 그에 대해 나는, 「빵과 포도주는 비유와 마찬가지입니다. 게다가 나는 유대인과 함께 살고 있고요.」 그녀가 말했다. 「우리 집에선 언제나 주님이 같이하십니다.」 내가 그녀를 상상했던 것이 옳았다. 그녀는 모든 것을 성스러운 격언으로 말했다. 이제 나는 그녀를 다시 손에 넣었다. 나는 목소리를 드높였다. 「나의 유대 숙소에 다시 발을 들여놓는 것을 금하겠습니다.」 그러나 그 소리는 공허하게 울렸다. 내가 이성적으로 그녀와 이야기할 수 있으려면 그녀를 다시 나의 집으로 불러와야만 했다. 그래서 나는 껄껄 웃으며 말했다. 「농담이야, 유감스럽게도 농담이야.」 그렇지만 나는 〈유감스럽게도〉라는 말을 유대어로 함으로써 또한 나 자신의 말에서 이방인의 말로, 그렇다, 다른 종족의 말로 빠져나가고 싶었던 것이다. 나를 내가 모르는 신의 비호하에 두고 싶었다. 그러나 아무 소용이 없었다. 나의 확신을 회복할 수 없었으니 말이다. 이렇게 말할 수도 있다. 내가 정말은 기다림 때문에 극도로 녹초가 되었던 것이라고, 드디어 대기실에서 이끌려 나간 두 노인네처럼 늙어 버렸다고, 기다림으로 인해 나는 비천하게 되었다고, 창조주 대신에 피조물이, 왕좌에서 밀려난 신이 되어 버렸다고. 나는 거의 겸손하게 말하지 않을 수 없었다. 「나는 자네를 해악에서 지키고 싶어. 리트바크 박사가 나에게 위험에 대한 주의를 환기시켜 주더군.」 그때 물론 그것은 사실의 왜곡이었다. 왜냐하면 박사는 단지 누헴을 위해서만 위험을 두려워했기 때문이었다. 그런 우스꽝스러운 얼치기 자유 사상가를 맹세의 후원자로 끌어들이다니! 정말이지, 내가 내 자의식을 더 심하게 손상시키지 않을 수 있다면. 그녀가 주장했던 이의는 아주 천진난만한 것이었다. 그것은 훈계와 같았다. 「기쁨 속에 있는 사람은 해악에서 보호된답니다.」 그런 겸손함에 나의 참을성이 찢겨 나갔고 내가 이제 정말로 할아버지와 리트바크 박사가 해야 할 노릇을 하고 있음을 알아차리지 못했다. 「그 젊은 유대인과 더 이상 관계를 맺어선 안 돼. 그에겐 뚱뚱한 아내와 여러 아이가 있어.」 오, 내가 그녀의 영혼 속을 읽을 수 있었다면, 그런 말로 얼마나 내가 그녀를 다치게 하고 상하게 했으며 기쁨 속에 있다고 자칭하던 그 심장이 찢겼는지를 알 수 있었을 것이다. 그러나 그런 표시는 조금도 없었다. 어쩌면 그녀는 내 말을 전혀 이해하지 못했을지도 모른다. 그녀는 다만 이렇게 말했다. 「선생님께 가겠어요. 노래를 불러 드리겠어요.」 나는 한 방 얻어맞은 셈이었다. 「지금 당장 갈 수도 있지.」 내가 아직 그녀의 길을 정할 수 있으리라는 일루의 희망을 가지고 말했다. 그녀가 말했다. 「진정으로 가고 싶어요. 하지만 전 다시 한 번 환자들에게 가봐야 합니다.」

그리하여 나는 목적을 이루지 못하고 집으로 가지 않을 수 없었다. 비가 이제 부드럽게 내리고 있었다. 내 앞에서 아주 젊은 연인 한 쌍이 걸어갔다. 밀착되어 걷고 있었는데, 그들의 팔이 걸음의 박자에 따라 흔들거렸다.

62
가치들의 붕괴(8)

종교들은 종파들에서 발생하여 다시 종파들로 나뉜다. 전적으로 해체되기 전에 그 근원으로 돌아간다. 그리스도교 초기에는 개개의 그리스도 예배와 미트라스[37] 예배들이 있었으며, 종국에는 그로테스크한 미국의 종파들이 있게 되었다. 그리고 구세군이.

◆

프로테스탄티즘, 그것은 그리스도교가 붕괴하여 형성한 최초의 거대한 종파이다. 하나의 종파이지 새로운 종교는 아니다. 왜냐하면 새로운 종교의 가장 중요한 특징이 결여되어 있기 때문이다. 그 특징은 새로운 신학인데, 그것은 새로운 신의 체험과 더불어 새로운 우주론을 새로운 세계 전체에 합금시키는 신학이다. 그러나 프로테스탄티즘은, 비연역적이며 비신학적인 그 본질에 따라, 자율적이며 내적인 신의 체험 영역에서 탈출하기를 거부했다.

◆

후대의 프로테스탄트적 신학으로서의 칸트의 계획은 새로운 실증주의적·과학적 내용에 종교적·플라톤주의적 사상 내용을 부여하는 사명을 받아들이기는 했지만, 그러나 가톨릭의 범례에 따른 신학적인 가치 전체성을 꾀하기에는 역부족이었다.

◆

진전하는 종파 분열에 대한 가톨리시즘의 보호는 반종교 개혁의 예수회 교단에 의해 준엄한, 글자 그대로 군사적인 가치 집중화로 조직되었다. 그 시대에는 심지어 고대 이교도

37 페르시아의 태양신.

들의 민속적 관습의 잔재들이 교회의 의식에 편입되기까지 했고, 그 시대에는 민속 예술이 가톨릭으로의 전향을 체험했으며, 그 시대에는 예수회가 황홀한 통일성을, 철두철미 상징적인 고딕식 통일성은 아니었지만 그 영웅적·낭만주의적 반영으로서의 통일성을 목표와 목적으로 삼으며 전대미문의 장관을 펼쳤다.

◆

프로테스탄티즘은 계속되는 종파 분열을 막을 방도가 없을 수밖에 없었다. 종교 외적 가치 영역에 대한 프로테스탄티즘의 관계는 편입의 관계가 아니라 묵인의 관계인 것이다. 프로테스탄티즘은 종교 외적 〈도움〉을 경멸한다. 왜냐하면 그것의 금욕적인 요구는 신의 체험의 철저한 내면성에 따른 것이기 때문이다. 또한 프로테스탄티즘에는 황홀한 가치가 종교적인 것의 근원이며 최상의 의미였으므로, 그 가치는 절대적으로 엄격하게 순수하고 끊임없이 자율적으로 종교적 가치 영역 자체에서 얻어지지 않으면 안 되었던 것이다.

◆

엄격함의 관계야말로 프로테스탄티즘의 종교 외적·속세적 가치 영역들에 대한 그의 관계를 규정하는 것이다. 프로테스탄티즘 자신도 그런 관계로써 자기의 현세적이며 교회적인 존립을 확실하게 하고자 한다. 순수하게 한 뜻으로 신을 지향하며, 프로테스탄티즘은 필연적으로 유일하게 존재하는 신의 정신적·세속적 유출인 성스러운 글[聖書]에 의거하게 된다. 그 글과의 결속이 최고의 현세적 의무로 고양되는데, 이 의무에 프로테스탄트적 방법의 전체적인 철저성, 전체적인 엄격성이 전용(轉用)된다.

◆

가장 프로테스탄트적인 사상, 의무의 정언명령(定言命令). 가톨리시즘에 대한 완전한 반대 입장, 외적인 생활 가치들은 신앙에 편입되지 않으며, 신학적인 규준이 되지 않는다. 오히려 그것들은 다만 성서에 의거하여 엄격하고 거의 냉정하게 감시된다.

◆

프로테스탄티즘이 다른 길, 즉 가톨릭적인 길로 접어들어 스스로 프로테스탄트적인 가치 오르가논, 예를 들어 라이프니츠의 머리에 떠올랐던 것과 같은 가치 오르가논에 이르렀다면, 프로테스탄티즘은 아마 종파 분열이 진전하는 데서 가톨리시즘이 한 것처럼 성공적으로 자신을 보호할 수 있었을 것이다. 하지만 그렇게 되었을 때 또한 프로테스탄티즘은 자신의 본질성을 포기하지 않으면 안 되었을 것이다. 프로테스탄티즘은 국가의 권력 수단을 장악했을 때 자기가 투쟁하는 구(舊)국가와 동화되지 않으면 안 될 위험에 처한 혁명당과 같은 상황에 있었고, 또 지금도 그렇다. 라이프니츠에 대하여 위장 가톨리시즘이라는 비난이 제기된 것은 전혀 부당한 일이 아니었다.

◆

　불안이 뒤에 도사리고 있지 않은 엄격성은 존재하지 않는다. 그러나 종파로의 분열에 대한 불안은 프로테스탄트적 엄격성을 설명하기에는 너무 작은 계기일 것이다. 문자에 대한 충성으로의 도피, 글로의 도피는 저 신성한 불안에 의해 배태된 것이다. 루터의 후회로부터 야기된 불안, 절대자에 대한 〈절대적〉 불안에 의해. 그 불안을 키르케고르가 체험했고 그 속에서 신이 〈슬퍼하며 군림〉하고 있다.

◆

　마치 프로테스탄티즘은 성서와의 결속을 통하여 사물어 속에서, 침묵하는 세계에서, 절대자의 침묵과 잔혹성에 빠진 세계에서, 신의 말씀의 마지막 숨결을 유지하려는 듯하다. 신성한 불안 속에서 프로테스탄트적인 인간은 그것이 그가 두려워하는 유일한 목적임을 인식했던 것이다. 왜냐하면 모든 가치 영역을 배제시킴으로써, 자율적인 신의 체험으로 철저하게 후퇴함으로써, 최후의 추상화가 이루어지기 때문이다. 이 추상화의 논리적 엄격성은 명명백백 모든 현세적·종교적 신앙 내용의 지양으로 나아가며, 순수 형식, 〈종교 그 자체〉, 〈신비주의 그 자체〉라는 식의 순수하고 내용 없는 중립적인 형식 이외에는 남아 있지 않은 절대적 내용 상실로 나아간다.

◆

　눈에 띄게 유대 정신의 종교적 구조와의 일치가 나타난다.

862

아마도 여기서 신의 체험의 중립화, 모든 감정적·속세적인 것으로부터의 신비주의적 요소의 상실, 황홀한 〈외적〉 도움의 배제 등의 과정이 계속 진행될 것이며, 아마도 여기서 이미 현세적 인간으로서는 거의 참을 수 없는 절대자의 냉정함에의 접근이 이루어져 있을 것이다. 그렇지만 여기에는 현세적·종교적인 것과의 최종적인 결속의 잔재로서 율법의 완전한 엄격성과 엄준성이 존재하고 있다.

◆

내면화의 과정에서 이러한 일치, 신앙 형식들의 — 이들의 영향은 심지어 종종 정통 유대인의 어떤 성격 특징이 칼뱅교도 스위스인이나 청교도 영국인의 성격 특징과 일치한다는 주장에 이를 정도이다 — 일치, 이러한 일치는 물론 외적 상황의 어떤 유사성으로 소급될 수 있다. 프로테스탄티즘은 혁명적인 운동으로서, 유대교는 억압된 소수로서, 둘 다 대항적이었다. 심지어 소수 집단화되어 버린 카톨리시즘 자체도, 이를테면 아일랜드에서처럼, 같은 본질적 특성들을 보여 준다고 말할 수 있을 것이다. 그렇지만 그런 종류의 카톨릭 교리는 로마 가톨릭교와 거의 공통점이 없는데, 이는 본래의 프로테스탄트 사상이 고파(高派) 교회[38] 내부의 로마적 경향과 공통점이 없는 것과 같다. 단순히 징후의 진도가 이루어진 것이다. 그러나 그런 경험적 사실들을 아무리 늘어놓는다 하더라도, 그 설명 가치는 하찮은 것이다. 왜냐하면 그 사실들은 존재하지 않을지도 모르며, 그 사실 뒤에는 결정적

38 교의, 의식에 치중하는 영국 국교의 일파.

인 신의 체험이 존재하지 않을지도 모르기 때문이다.

◆

이러한 말 없고 철저하고 장식 없는 엄격성이, 또 다만 이 엄격성에만 굴복한 무한성이, 새로운 시대의 양식을 이루는 걸까? 신성(神性)의 그러한 엄격성에서 무한점으로 향한 그럴듯함의 지점이 보이는 걸까? 내용적·현세적인 것의 그러한 완전한 분쇄 속에서 가치 분열의 근원을 볼 수 있는 걸까? 그렇다.

◆

유대인, 그의 무한성의 추상적 엄격함에 따라, 진정한 의미에서 현대적인, 〈가장 진보된〉 인간. 그는 절대적으로 철저하게 선택된 가치 영역과 직업 영역에 헌신하는 사람이다. 그는 〈직업〉을, 그가 우연히 들어가게 된 생계의 직업을 이제까지 알려지지 않은 절대성으로 고양시킨 사람이다. 그는 어떤 다른 가치 영역과 관계하지 않고 무조건적인 엄격함 속에서 그의 행위에 몸 바쳐서, 가장 지고한 정신적 성취로 변용되고 물질적인 것 속에서 가장 짐승 같은 타락으로 비천해진 사람이다. 선하든지 악하든지 그는 언제나 극단에 머문다. 마치 2천 년 동안 거의 보이지 않던 게토의 작은 시냇물처럼 생의 커다란 조류 옆에 흐르고 있던 절대적 추상의 흐름이 이제 주요 물줄기로 화한 것 같다. 마치 프로테스탄트 사상의 철저성이 2천 년 동안 가장 눈에 띄지 않는 것의 비호를 받으며 최소치로 환원되어 있던 추상의 온갖 공포를 전염시킨 듯하다. 마치 순수 추상에, 단지 그것에만, 잠재하는 절대적 확장 능력을 프로테스탄트 사상이 폭발적으로 풀어놓는 바람에 시대는 폭파되고, 보이지 않는 사상의 수호자는 붕괴하는 시대의 모범적인 화신이 되는 듯하다.

◆

외견상 그리스도교 인간에게는 오직 두 가지 가능성만이 존재하는 듯이 보인다. 즉 잠정적으로 존재하는 가톨릭적 전가(全價)의 보호, 진실로 어머니 같은 교회의 품 속의 보호, 아니면 절대적 프로테스탄티즘으로써 추상적 신에 대한 공포를 감수하는 용기가 그것이다. 이러한 결단이 행해지지 않을 때, 거기서 도래하는 것에 대한 불안이 압박하여 온다. 그리고 사실 이 결단이 내려지지 않은 모든 국가에서 이 불안은 끊임없이 선회하고 잠재적으로 존재하고 있다. 그 불안은 단지 유대인에 대한 혐오로만 표현될 수도 있다. 그의 정신과 생활 영위의 방식이 도래하는 것의 상으로서, 비록 인식되지는 않으나 느껴지는 형상으로서 증오되기도 하는 것이다.

◆

프로테스탄트적인 가치 오르가논의 이념에는 분명 전체 그리스도교적 믿음을 재결합하려는 동경이 살아 있다. 라이프니츠 역시 얻고자 했던 재결합에의 동경이. 자기 시대의 모든 가치 영역들을 이해했던 그가 그것을 위해 매진했음은 거의 필연으로 느껴진다. 그러나 마찬가지로, 수세기를 앞서 논리의 보편 언어*lingua universalis*를 예견했던 그는 저 최후의 결합에서 또한 보편 종교religio universalis의 추상성을 직시하지 않을 수 없었다. 오직 그만이, 저 프로테스탄티즘의 가장 심원한 신비주의자인 그만이, 추상의 냉정함을 감수할 수 있었을 것이다. 그러나 프로테스탄트적인 방향은 모든 것의 분쇄를 필요로 한다. 프로테스탄트적 신학이 된 것은 라이프니츠의 철학이 아니라 칸트의 철학이었던 것이다. 그리고 라이프니츠의 재발견은 특기할 만하게 가톨릭 신학을 통하여 일어났다.

이러한 여러 종파의 형성, 그것은 결과적으로 프로테스탄티즘과 분리되었고 프로테스탄티즘은 모든 혁명 운동의 특성인 저 외견상의 관용으로 그것을 인내했다. 종파 형성은 동일한 방향에서 진행한다. 그것은 프로테스탄트적 가치 오르가논의 옛 사상의 모사, 축소화, 천박화이며, 〈반종교개혁적〉인 입장을 취한다. 그로테스크한 미국의 종파들은 말할 나위도 없다. 예를 들어 구세군을 보자. 그것은 반종교개혁의 예수회를 따르는 군사적 외관을 보여 주는 데 그치지 않고 또한 아주 분명하게 가치 집중화의 경향, 모든 가치 영역들의 집결의 경향을 보여 주며, 어떻게 유행가에까지 이르는 모든 민중 예술이 다시 종교적으로 이끌어져야 하는가, 〈황홀한 도움〉의 프로그램으로 설정되어야 하는가를 제시해 준다. 감동적이고 불충분한 노력.

◆

감동적이고 불충분한 노력. 프로테스탄트적 사상을 절대자의 공포로부터 구하려는 기만적인 희망. 도움에 대한 감동적인 부르짖음, 신적 공동체의 〈도움〉을 향한 부르짖음. 설사 그것이 다만 언젠가의 거대한 공동체의 모방으로서밖에 느껴지지 않아도 좋다. 왜냐하면 침묵, 참혹한 것, 중립적인 것이 그 완전한 엄격함 속에서 문 앞에 서 있고, 도움을 청하는 부르짖음이 더욱 절박하게, 다가오는 것을 감수할 능력이 없는 사람들에 의해 드높여지기 때문이다.

63

슈타트할레의 축제가 있은 다음의 일요일 오후에 폰 파제노 소령은 자신도 놀랍게 에슈의 초대에 따라 성서 시간을 방문하기로 결심했다. 그 결정은 이렇게 내려졌다. 사실 그는 조금도 에슈를 생각하지 않았었다. 그에 대한 책임은 어쩌면 오로지 산책 지팡이에 있었는지도 모른다. 그는 갑자기 어떤 방식으로인가 짐 꾸러미에 섞여 지금까지 분명 장롱에 넣어져 있었을 하얀 상아 목발이 달린 산책 지팡이가 옷걸이의 고리에 기대어져 있음을 발견했다. 물론 그는 그 지팡이를 오래전부터 알고 있었다. 그러나 그럼에도 불구하고 낯선 지팡이였다. 일순간 폰 파제노 소령은 필히 평복을 걸치고, 장교들이 군복을 입고 들어가서는 안 되는 저 외설스러운 오락장을 방문해야 할 것처럼 생각되었다. 그리고 말하자면 달고 갈 가치가 있는 것으로서 그는 군도가 아닌 지팡이를 손에 들고 호텔을 떠났던 것이다. 그는 약간 망설이며 집 앞에 멈추어 섰다가 그는 강쪽으로 방향을 잡았다. 그는 지팡이에 의지하여 느릿느릿 걸었다. 마치 휴양지에서의 부상당한, 혹은 병든 장교처럼 보였을 것이다. 그리고 잠시 그는 지팡이 끝에 고무 끼우개가 없음을 생각하지 않을 수 없었다. 그리하여 그는 느린 걸음으로 변두리에 이르렀고, 언제든지 돌아갈 수 있는 휴가 중인 장교가 가질 수 있는 작은 해방감을 느꼈다. 사실 그는 곧 돌아섰다. 그것은 마치 행복하고 안도감을 주는, 그럼에도 불구하고 불안스러운 귀향길 같았다. 그러고는 마치 바삐 해결해야 할 절박한 약속이나 있는 듯이 지름길로 하여 에슈가 있는 곳으로 갔던 것이다.

참가자가 늘고부터, 그리고 어쨌든 아름다운 계절엔 따스한 장소가 필요하지 않았기에, 회합은 이전 술집 건물의 빈 헛간에서 열렸다. 그 서클의 일원인 목수가 긴 의자들을 기부했다. 의자 하나가 달린 작은 탁자가 방 한가운데에 있었다. 창문이 없었으므로 대문을 열어 두었고, 그리하여 소령은 마당에 들어서자 곧 어디로 향해야 할지 알 수 있었다.

소령이 문틀 속에 나타나서 눈을 어스름 빛에 익숙해지게 하려고 잠시 멈칫했으므로, 그때 모두들 일어섰다. 마치 그들은 병영 감찰을 하러 온 상관을 기다리고 있었던 것 같았다. 그리고 이러한 인상은 모여 있는 군인들의 군복을 통해 강화되었다. 이런 식의 비교적 익숙한 존엄성으로부터의 복귀는 단지 비유적인 것에 불과했을지라도 소령에게는 상황의 충격을 완화시키는 것이 되었다. 흡사 가볍지만 확고한 손이 그가 어두운 길로 들어가는 것을 저지하는 듯했고, 흡사 거기 존재하고 있는 위험이 얼핏 예감되는 듯했다. 그는 경례를 했다.

에슈는 다른 사람들과 함께 벌떡 일어섰다가 이제 손님을 작은 탁자 뒤의 의자로 안내했다. 그 자신은 그 옆에 서 있었다. 이를테면 그에게 다가가 그를 호위하려는 천사처럼 말이다. 그런 비슷한 감정을 소령은 느꼈다. 그렇다, 마치 그가 방문한 목적이 그렇게 함으로써 충족되는 것 같았다. 마치 그를 보호의 분위기가 둘러싼 것 같았다. 고향에 있는 것처럼 그를 받아들이려는 단순한 생활 공간에 의해 둘러싸인 것 같았다. 그를 에워싼 침묵도 목적 자체인 것 같았다. 영원히 그렇게 지속되었으면 싶을 정도였다. 아무도 말을 하지 않았다. 침묵으로 충만된, 침묵으로 인해 기이하게 공허해진 공간이 마치 자신의 경계를 넘어 확대되는 것 같았다. 열린 문 앞의 노란 햇살이 영원하고 측량할 수 없는 강물처럼 흘러 지나갔다. 그 강가에 사람들이 앉아 있었다. 아무도 알지 못했다. 얼마나 오래 그 침묵하는 부동성이 지속될지를. 그것은 흡사 죽음에 임박한 인간의 일각이 응고되어 정지한 듯 싶었다. 소령은 자기 옆에 있는 사람이 에슈임을 알았음에도 죽음이 전적으로 형제 같은 느낌이 들었고 그의 위협이 달콤한 정지처럼 느껴졌다. 그리고 자신을 그에게 향하게 하려고 했을 때, 결정을 기다리지만, 그럼에도 불구하고 최후의 순간까지 형식을 지켜야 한다는 것을 알고 있는 사람처럼, 극도로 긴장하여 몸을 돌렸던 것이다. 그는 아주 애를 써서 그를 향해 말했다. 「부디 계속하십시오.」

그러나 아무런 일도 일어나지 않았다. 왜냐하면 에슈는 소령의 하얀 정수리를 보고 있었고, 소령의 나지막한 목소리를 듣고 있었기 때문이다. 마치 소령은 그에 대한 모든 것을 알고 있는 것 같았다. 그는 소령의 모든 것을 알고 있는 것 같았다. 그들은 서로에 대해 많은 것을 알고 있는 친구들 같았다. 그와 소령, 그들은 막이 오르고 불이 밝혀진 무대 위에서처럼 거기 서 있었다. 특별한 자리였다. 청중은 조용했다. 마치 종소리가 그들에게 침묵을 명하기라도 한 양. 에슈, 그는 감히 소령의 어깨 위에 손을 얹을 수 없었다. 그는 의자 등받이에 의지하고 있었다. 그것도 마땅한 위치는 아니었다. 그는 자신이 강하고, 확고하고, 강건하게 느껴졌다. 젊은 날의 전성기처럼 강하게 느껴졌다. 그런데도 그는 보호받는 듯이, 연약해진 듯이 느껴졌다. 마치 공간이 벽돌로 쌓아 올려져 이루어진 것이 아닌 것 같았다. 문이 톱으로 썬 판자로 이루어진 것이 아닌 것 같았다. 마치 모든 것이 신의 작품인 것 같았고, 그의 입 속의 말이 신의 말씀인 것 같았다. 그는 성서를 펴들고 사도행전 16장 중에서 읽어 나갔다. 「이에 홀연히 큰 지진이 나서 옥터가 움직이고 문이 곧 다 열리며 모든 사람의 매인 것이 다 벗어진지라/간수가 자다가 깨어 옥문들이 열린 것을 보고 죄수들이 도망한 줄 생각하고 검을 빼어 자결하려 하거늘/바울이 크게 소리 질러 가로되 네 몸을 상하지 말라 우리가 다 여기 있노라 하니.」

　손가락을 탁 접은 책갈피 사이에 놓은 채 주의 깊게 헛기침을 하면서 에슈는 기다렸다. 그는 기다렸다. 건물의 기초가 흔들리기를. 그는 기다렸다. 이제 크나큰 인식이 열리기를. 그는 기다렸다. 그 사람이 검은 깃발을 올리라고 명령을 내리기를. 그리고 그는 생각했다. 나는 그 사람의 자리를 마련해야 한다. 그가 온 다음에야, 시간이 계산될 것이다. 그는 그렇게 생각하며 기다렸다. 그러나 소령에게는 자기가 들은 단어들이 떨어지며 얼음으로 화해 버린 물방울들과 같았다. 그는 침묵했고, 그와 더불어 모두가 침묵했다.

에슈가 말했다. 「모든 도피는 무의미합니다. 자유로운 의사로써 우리는 구속을 감수해야 합니다…… 검을 든 보이지 않는 사람이 우리의 뒤에 서 있습니다.」

순간 소령이 상상한 것이 옳았다. 에슈는 성서 구절의 의미를 한편으로는 의미에 맞게, 한편으로는 아주 불명료하고 환상적으로 파악하고 있었다. 그러나 노신사는 그러한 숙고를 하느라고 지체하지 않았다. 오히려 그의 숙고는 한 형상으로 화했는데, 그 형상은 회상과 같았으나 거의 회상이 아니었다. 모든 것이 너무도 생생하게 눈앞에 보였기 때문이다. 늙은 국민군들과 젊은 신병들, 그들은 사도와 수제자들 같았다. 채소를 저장하는 지하실이나 어두운 동굴에 함께 있던 교구민들 같았다. 어둡고 낯선 언어, 그럼에도 불구하고 어린 시절에 알고 있던 언어처럼 이해할 수 있는 언어를 사용하며, 하늘의 은빛 구름으로 찬연히 빛나면서 그리고 단호한 정열로 충만하여, 그 자신처럼 신뢰를 바치며 사도들이 하늘을 우러러보고 있었다.

「찬송합시다.」 에슈가 말하고 시작했다.

주님이시여, 여호와시여,
우리를 당신의 은총에 받아들이사,
우리를 당신의 끈으로 함께 묶으사,
당신의 손으로 우리를 인도하소서,
주님이시여, 여호와시여.

에슈가 장화 밑창으로 박자를 두들겼다. 많은 사람들이 그와 동일한 행동을 했다. 그들은 박자를 맞추며 흔들거리며 노래했다. 그는 깨닫지 못했지만 소령 역시 함께 노래했을 것이다. 그것은 오히려 그의 내면에서의 찬송이었다. 그의 감긴 눈에서의 노래. 노래하며 구름으로부터 떨어지는 결정(結晶)된 물방울들, 그리고 그는 목소리를 들었다. 괴로워 말라! 우리가 모두 아직 여기 있으니!

에슈가 찬송의 물결을 물러가게 했다. 그리고 말했다. 「감옥의 암흑에서 도망치는 것은 아무 소용 없는 일입니다. 우리는 새로운 암흑 속에서 도망가는 것에 불과하니 말입니다…… 우리는 집을 새로이 지어야 합니다. 때가 오면 말입니다.」

어느 목소리가 다시 시작했다.

불꽃을 피우소서, 활활 타오르게 하소서,
불꽃을, 붉은 화염으로 타오르게 하소서,
주님이시여, 여호와시여.

「닥쳐.」 다른 목소리가 말했다.
아주 가까이에서 어느 목소리가 응답했다.

불의 세례를 내리소서, 예수 그리스도여,
불을 보내소서!
그 불은 우리가 마땅히 받아야 할 것,
불을 보내 주소서,
주님이시여, 당신께 탄원하오니,

불을 보내 주소서!
그 밖의 자비는 없사오니,
불을 보내 주소서!

「닥쳐!」 다시 다른 목소리가 말했다. 투박한 목소리였다. 그러나 지하실에서처럼 꿍꿍히 울렸다. 그것은 후비군 군복을 입은 사람의 목소리였다. 그는 수염이 길었고, 두 개의 지팡이에 의지하고 서 있었다. 그렇게 하기에는 노력이 필요했는데도 그는 계속 말을 이어 갔다. 「죽어 보지 않은 사람은 입을 닥쳐야 해…… 죽었던 사람은 세례를 받았어. 다른 사람들은 그렇지 않아.」

그러나 처음 노래하던 사람이 벌떡 일어섰다. 그의 목소리가 노래로써 대답했다.

구하소서, 오 저를 죽음에서 구하소서,
주님이시여, 여호와시여!

「불을 내리소서.」 그때 소령 역시 말했다. 아무리 조그만 소리로 말했을지라도 에슈가 몸을 아래로 굽혀 귀를 기울일 만큼은 충분히 알아들을 수 있는 소리였다. 말하자면 그것은 비육체적인 몸 굽힘이었다. 적어도 소령은 그렇게 느꼈다. 가벼운 확신이, 안심시키는 동시에 불안하게 하는 확신이 그러한 접근 속에 담겨 있었다. 그리고 소령은 앞의 조그만 탁자 위에 있는 지팡이의 상아 목발을 바라보았다. 군복 상의의 소매에서 내다보이는 하얀 커프스를 보았다. 그것은 말하자면 비육체적인 평온함이며, 이를테면 얇아진, 밝은, 거의 하얀 평온함이었고, 어두운 방 안에, 그리고 모든 소리의 혼돈 위에 펼쳐져 있는 평온함이었다. 마치 이상하게 추상적인 단순화 속에서 울려 퍼지는 투명한 그물 같았다. 밖에선 날카로운 불의 칼처럼 햇빛의 물결이 밀려 지나가고 있었다. 사람들은 어느 항구에, 어느 동굴에, 어느 지하실에, 어느 지하 납골당에 있었다.

어쩌면 에슈는 소령이 계속 말하기를 기다렸을 것이다. 소령이 흡사 찬송의 리드미컬한 박자에 맞추는 양, 흡사 그를 맞아들이는 양, 두 번 손을 쳐들었기 때문이다. 에슈는 숨을 멈추었다. 그러나 소령은 다시 팔을 내렸다. 그때 에슈가 말했다. 마치 그럼으로써 죽은 자 가운데서 산 자가 부활해야 한다는 듯이. 「자유의 횃불…… 타오르는 화염…… 진정한 자유의 횃불.」

소령에게 그것은 일종의 용해였다. 그가 밝게 빛나는 횃불 다발이 자신의 위에 있음을 보았는지, 또는 〈불을 내리소서〉란 후렴구를 자꾸 음창하는 남자의 목소리를 들었는지, 혹은 가늘게 배경에서 울려나오는 〈암흑에서 우리를 구하소서, 천국의 기쁨으로 인도하소서〉의 목소리가 에슈의 목소리인지 작은 시계 제조공 잠발트의 울음소리였는지 그는 말할 수가 없으리라.

그러나 헐떡이며 꼿꼿이 서서, 동시에 지팡이 하나를 흔들고 있던 후비군이 목쉰 소리로 울부짖음을 토해 냈다. 「죽은 자들로부터 부활하여…… 땅속에 있어 보지 않은 사람은 입을 닥쳐야 해.」

에슈가 그의 튼튼한 이빨을 내보이며 웃었다. 「너야말로 그 더러운 입을 닥쳐야 해, 괴디케.」

그것은 무례한 말이었다. 에슈 자신은 그 말을 하며 어찌나 크게 웃어야 했던지 자면서 웃는 사람처럼 목구멍이 마비되어 아팠다. 그러나 소령은 말의 무례함도 너무 큰 웃음소리도 알아차리지 못했다. 왜냐하면 그는 더 잘 아는 사람이었으므로, 표면의 무례를 꿰뚫어 보았기 때문이다. 그렇다, 그는 그 무례함을 전혀 알아차리지 못했다. 오히려 그에게는 에슈가 가벼운 손길로 모든 것에 질서를 부여할 수 있을 듯이 생각되었다. 마치 에슈의 용모가, 어스름 빛 속에서 거의 보이지 않았지만, 기이하게 흐릿한 풍경으로 화하며 방 전체와 함께 녹아 버리는 것 같았다. 그리고 꿍꿍하게 울리는 웃음을 통하여 그에게 한 영혼이, 이웃의 창으로부터 몸을 굽혀 미소 짓는 영혼이, 형의 영혼이 어른거렸다. 그럼에도 불구하고 그것은 어떤 개인의 영혼이 아니었다. 그럼에도 불구하고 그것은 이웃에 있는 영혼이 아니라 마치 무한히 먼 고향인 것 같았다. 그리고 그는 에슈에게 미소를 지었다. 에슈의 내부에서도 그것을 알았다. 마찬가지로 그는 두 사람이 함께 지은 미소가 그들을 함께 높은 곳으로 운반하였음을 이해했다. 그에게는 마치 그가 아주 멀리서부터 모든 과거의 것을 날려 버린, 살랑이는 바람에 실려 도착한 것 같았다. 마치 그가 붉은 불의 마차를 타고 여기 목적지에 도착한 것 같았다. 그의 이름이 어떻게 불려도 상관없고, 한 사람이 다른 사람과 뒤섞여도 상관없는 저 고양된 목적지, 오늘도 내일도 더 이상 존재하지 않는 목적지, 그는 이마를 스치는 자유의 입김을, 꿈속의 꿈을 느꼈다. 에슈는 조끼의 단추를 열어 놓은 채 거기 서 있었다. 마치 성의 옥외 계단에 발을 올려놓으려는 듯이 우러러보며.

물론 어찌 되었건 그가 루트비히 괴디케라는 남자를 위축시킬 수 없었다. 그 남자는 이제 거의 탁자 앞으로까지 비틀거리고 다가와 싸울 태세로 소리쳤다. 「말하고자 하는 자는 먼저 땅속을 기어 봐야 해…… 저기…….」 그가 자기 지팡이의 끝을 점토질 땅 위에 박았다. 「……저기…… 우선 자신이 저 속으로 기어 들어가 봐.」

에슈는 다시 웃지 않을 수 없었다. 그는 강하고, 확고하고, 강건하게 버티고 선 자신이 스스로 죽을 만한 가치가 있는 사내라고 느꼈다. 그는 팔을 뻗었다. 잠에서 깨어난 사람처럼 혹은 십자가에 못 박힌 사람처럼. 「아니 자네 나를 때려 죽이고 싶은가…… 그 목발로…… 넌 목발을 짚고 다니지, 너, 불구자 놈.」

몇몇이 부르짖었다. 괴디케를 내버려 두어야 한다고, 그는 성스러운 사람이라고.

에슈가 내던지는 몸짓을 했다. 「성스러운 사람은 없어…… 성스러운 삶은 집을 세우게 될 아들뿐이야.」

「내가 모든 집을 세우지.」 미장이 괴디케가 으르렁거렸다. 「내가 모든 집을 세웠어…… 높이, 더 높이…….」 그리고 그는 경멸적으로 침을 뱉었다.

「미국의 마천루를 세웠겠지.」 에슈가 비웃었다.

「그는 마천루도 지을 수 있습니다.」 시계 제조공 잠발트가 울면서 말했다.

「그래, 자기 몸이나 긁으시지…… 벽을 긁는 거야 못 하려고.」

「땅속에서부터 하늘 끝까지…….」

괴디케는 양 지팡이를 든 두 팔을 허공으로 올렸다. 그는 위협하는 듯이 보였고 위압적으로 보였다. 「……죽은 자들 가운데서 부활했도다!」

「죽어 버려.」 에슈가 소리쳤다. 「죽은 놈들은 자기가 강하다고 생각하지…… 그래, 그들은 강해. 그러나 그들은 어두운 집 속에 있는 생명을 일깨울 수는 없어…… 죽은 자들은 살인자야! 바로 그들이 살인자야!」

그는 말이 막혔다. 살인이란 단어에 놀랐다. 단어가 이제 검은 나비처럼 공기 속을 팔랑거렸다. 그러나 마찬가지로 소령의 행동 때문에 놀라기도 했다. 왜냐하면 소령이 몸을 일으키더니 이상하게 한 번 몸을 씰룩 하고는 그 말을 반복했기 때문이다. 딱딱하게 〈살인자〉 하고 반복했다. 그리고 경악스러운 것을 기대하는 것처럼 열린 문을, 마당을 바라보았다.

모두들 침묵하고 소령을 응시했다. 소령은 움직이지 않았다. 여전히 홀린 사람처럼 문을 응시하고 있었다. 에슈 역시 마찬가지로 그곳을 바라보았다. 아무 이상한 것은 보이지 않았다. 공기가 햇빛 속에서 바르르 떨고 있었다. 햇살의 흐름과 반대편 강가에 있는 집의 벽이 — 부두의 벽이라고 소령은 생각하지 않을 수 없었다 — 눈부셨다. 문과 문짝의 양쪽 갈색 상자 사이에 사각형의 하얀 틈이 있었다. 그러나 비유는 그 행복하게 하는 직접성을 상실해 버렸었다. 에슈가 잠시 침묵이 흐른 것을 이용하여 다시 한 번 성서 구절을 낭독했다. 「문이 곧 다 열리며.」 그때 소령에게 문은 다시 보통

의 헛간 문이 되었다. 저 바깥의 마당은 아득히 고향과 외양
간들 한가운데 있는 커다란 정원의 뜰을 환기시키는 것 이외
에는 아무것도 남아 있지 않았다. 그리고 또 에슈가 끝맺었
다. 「괴로워 말라! 우리가 다 아직 여기 있으니!」 그때 그건
이제 고요함이 아니었다. 불안이었다. 비유의 세계에서, 그리
고 대리의 세계에서 살아 있을 수 있는 건 오직 악뿐이라는
불안. 「우리 다 아직 여기 있으니.」 에슈가 다시 한 번 말했
다. 그러나 소령은 그 말을 믿을 수 없었다. 이제 그의 눈앞
에 있는 것은 사도들이 아니었다. 국민병과 신병들, 군대의
구성원들이었다. 그리고 그는 알았다. 에슈가 자기처럼, 자
기 자신처럼, 고독하고 불안에 가득 찬 눈초리로 문을 응시
하고 있음을. 그들은 그렇게 나란히 서 있었다.

그때, 검은 상자의 근저에서, 문틀 속에서 한 인물이 나타
나는 일이 벌어졌다. 둥글고 땅딸막한 모습, 그 모습이 마당
의 하얀 자갈 위를 움직였다. 태양이 어두워진 것이 아니었
다. 후게나우였다. 뒷짐을 진 행인, 그가 느릿느릿 걸어 들어
오고 있었다. 그는 마당 위를 산책하다가 문 앞에 정지하여
눈을 껌벅거리며 안을 들여다보았다. 소령은 여전히 움직이
지 않고 서 있었다. 에슈가 서 있었다. 그들에게는 영원처럼
여겨졌을지라도 그것은 몇 초에 불과했다. 후게나우는 거기
서 무슨 일이 벌어지는지를 확인하고 모자를 벗고 발끝으로
걸어 들어와 소령 앞에서 절을 하더니 겸손하게 벤치의 끝에
앉았다. 「악마.」 소령이 중얼거렸다. 「살인자…….」 아니 어
쩌면 그는 전혀 그렇게 말하지 않았을는지도 모른다. 왜냐하
면 그의 목구멍이 끈으로 졸라매어져 있는 것 같았기 때문이

다. 그는 거의 도움을 청하듯이 에슈를 응시했다. 그러나 에슈는 미소를 띠고 서 있었다. 거의 냉소적인 미소를. 비록 그 자신도 후게나우의 침입을 음흉한 기습처럼, 혹은 암살처럼 피할 수 없는, 그럼에도 불구하고 오기를 갈망했던 죽음처럼 느꼈을지라도, 비수를 쥔 팔이 경멸스러운 대리인의 팔에 불과하더라도, 에슈는 미소 지었던 것이다. 바로 죽음에 직면한 사람은 자유로 구원되는 것이기에, 그리고 그에게는 모든 것이 허용되는 것이기에, 그는 소령의 팔을 쓰다듬었다.「배반자는 언제나 우리 가운데에 있습니다.」소령 역시 마찬가지로 나지막이 응수했다.「그를 내보내야 합니다…… 그를 내보내야 합니다……」그리고 에슈가 고개를 저었으므로 그는 덧붙였다.「……송두리째 들켰구려…… 벌거벗은 그대로 우리는 다른 편에게 노출되었구려……」그러다가 마침내 그는 말했다.「……아무렴 어때……」갑자기 그의 내부에서 솟구치는 구토의 파도 속에서 무관심이 넓고 위압적으로 흘렀다. 피곤함이 흘렀다. 그는 지친 나머지 어렵사리 다시 탁자 옆에 주저앉았다.

에슈 역시 이제 아무것도 듣기 싫고 보기 싫었다. 그는 모임을 없애 버리고 싶었다. 그러나 소령과 그런 불협화음 속에서 헤어져서는 안 되었다. 그래서 그는 조금 어울리지는 않았지만 책상 위의 성서를 펴 들고 소리쳤다.「책을 봅시다. 이사야 42장 7절. 네가 소경의 눈을 밝히며 갇힌 자를 옥에서 이끌어 내며 흑암에 처한 자를 감옥에서 나오게 하리라.」

「아멘.」펜드리히가 받았다.

「아름다운 비유입니다.」소령 역시 말했다.

「구원의 비유이지요.」에슈가 말했다.

「그렇습니다. 속죄를 통한 구원의 비유입니다.」소령이 말했다. 그리고 가볍게 정자세를 취했다. 「아름다운 비유입니다…… 그럼 오늘은 이만 끝낼까요?」

「아멘.」에슈가 말했다. 그리고 조끼의 단추를 채웠다.

「아멘.」모인 사람들이 말했다.

그들은 헛간을 떠났고 사람들이 조용히 말을 주고받으며 어디로 갈지 결정을 못 내리고 있을 때 후게나우는 사람들을 뚫고 소령에게 돌진했다. 그러나 소령의 피하는 태도에 당황했다. 그런데도 그는 인사를 포기하려 하지 않았다. 인사를 위한 농담을 찾은 마당에 그럴 수는 없었다. 「소령님께서도 우리의 갓 구워 만들어진 목사님의 첫 예배를 축하하기 위해 오신 거군요?」짤막하고 서먹서먹한 끄덕임. 그것으로 연설은 중지되었다. 그것은 그에게 어두운 상황이 되었음을 가르쳐 주었다. 또한 그것은 소령이 몸을 돌려 눈에 띄게 큰 목소리로 말했을 때 더욱 두드러졌다. 「갑시다, 에슈. 시 바깥으로 좀 가보지 않으려오.」후게나우는 영문을 모르고, 노여움과 의아해하는 희미한 자책감이 뒤범벅된 채 그 자리에 남아 있었다.

두 사람은 정원을 통하는 길을 택했다. 태양이 이미 서쪽 구릉으로 기울어지고 있었다.

그해 여름은 도저히 끝나지 않을 것 같았다. 금빛으로 바르르 떠는 정적의 나날이 하루 또 하루가 같은 찬란한 빛 속에서 이어졌다. 마치 그 달콤한 고요함으로 인해 전쟁의 가장 피 어린 시기를 두 배로 무의미하게 느끼도록 하려는 것 같았다. 이제 태양이 산맥들 뒤로 사라졌다. 하늘이 더욱 부드러워진 푸르름으로 맑았다. 경치가 더욱 평화롭게 펼쳐져 있었다. 도처에서 생이 잠자는 자의 숨결인 양 나래를 접었다. 그때 저 고요함이 더욱 명백해지며 인간의 영혼을 포용할 태세를 갖춘 듯이 보였다. 그렇게 일요일의 평화가 조국 독일의 위에 덮여 있었다. 그리고 격렬하게 용솟음치는 그리움 속에서 소령은 아내와 아이들을 생각했다. 그는 해 지는 들판 위로 나타나는 그들의 모습을 보았다. 「이 모든 것이 끝나 버리기만 해도.」 에슈는 그를 위한 어떤 위로의 말도 찾을 수 없었다. 절망적으로 그들 두 사람은 각자의 생을 생각했다. 빈약하지만 유일한 소득이 되었던 것은 그들 두 사람의 눈이 멎어 있던 저녁 풍경 속에서의 산책이었다. 집행 유예 기간 같아, 에슈는 생각했다. 그렇게 그들은 말 없이 걸었다.

64

한나가 휴가의 끝을 그리워했다고 말한다면 맞는 말이 아닐 것이다. 그녀는 그것이 두려웠다. 밤이면 밤마다 그녀는 남편의 연인이었다. 그리고 그녀의 일과는 이제까지도 저녁이면 침대에서 어렴풋이 떠오르던 의식을 희미하게 붙드는 일뿐이었지만, 이제 훨씬 더 명확하게 그러한 목적을 향하고 있었다. 이제는 사랑에 빠져 있다고 일컬어서는 안 될 정도의 놀라운 명확함이었다. 그녀는 너무도 냉혹하게, 너무도 불행하게 여자의 존재와 남자의 존재가 무엇인지 알고 있었다. 미소 없는 쾌락, 글자 그대로 해부학적인 행복, 그것이 변호사 부부에게는 너무 신성한 것이기도, 너무 품위 없는 것이기도 했다.

정말 그녀의 생은 반수 상태였다. 그러나 그 반수 상태는 말하자면 단계적으로 진행되었고, 결코 의식을 상실하는 데까지 내려가는 법은 없었다. 오히려 의지의 마비를 고통스럽게 깨닫고 있는, 극도로 명확한 꿈이었다. 그리고 더욱 부자유스럽게, 더욱 진실로 음탕하고 화려하게, 그 일이 그녀를 얼싸안고 있으면 있을수록, 그 위에 드리운 인식의 층은 더욱 깨어났다. 다만 말할 수 없을 뿐이었다. 이를테면 그 일을 하는 동안 수치가 있었기 때문만이 아니었다. 오히려 언어로써는 낮으로부터 밤이 튀어나오듯이 행위로부터 튀어나오는 노출에 결코 이르지 못하기 때문이다. 말하자면 언어 역시 적어도 두 개의 층으로 구분되어 있는 것이었다. 밤의 언어, 그것은 더듬는 말이었으며 그 일에 종속되어 있었다. 그리고 낮의 언어, 그것은 그 일로부터 해방되어 커다란 원을 그리며 빙빙 도는 포위 방법을 준수했다. 그 방법은 비명 속에서 혹은 절망의 눈물 속에서 스스로를 포기하기 전에는 언제나 합리적인 방법인 것이다. 종종 그녀의 말은 그녀를 엄습한 병의 원인을 더듬어 찾았다. 「전쟁이 끝나면,」 하인리히는 거의 매일같이 말했다. 「그러면 모든 것이 달라질 거야…… 우리는 전쟁 때문에 약간 원시적이 되었나 봐…….」 ― 「난 이해할 수 없어요.」 그 말에 한나는 그렇게 대답하곤 했다. 또는 「전혀 간파할 수 없어요. 모든 게 상상할 수 없는 것이에요.」 동시에 그녀는 근본적으로 어떤 동등한 사람과 이야기하듯이 하인리히와 이야기하기를 회피했다. 그가 책임이 있는 사람이었기 때문이다. 사실 그는 사물 위에 군림하는 대신 자신을 방어하여야 했으리라. 거울 앞에서 엷은 갈색 머리로부터 황금빛 별갑(鼈甲) 빗을 빼내면서 그녀는 말했다. 「슈타트할레에서의 그 이상한 사람이 고독에 대해 말했었지요.」 하인리히가 물리쳤다. 「그자는 취해 있었소.」 한나는 머리를 빗었다. 팔을 올림으로써 가슴이 팽팽해졌음을 생각하지 않을 수 없었다. 그녀는 그것을 비단 속옷 아래에서 느꼈다. 천 위에서 가슴이 두 개의 뾰족한 천막처럼 봉긋했다. 그녀는 그것을 거울 속에서, 거울 옆에서, 좌우에서 보았다. 부드러운 모양의 장밋빛 갓 뒤에서 빛나고 있는 백열등의 불빛으로, 그다음 그녀는 하인리히의 말소리를 들었다. 「우리는 체로 치듯이 흔들려 버렸어…… 먼지처럼 흩어져 버렸어.」 그녀가 말했다. 「그런 시대엔 아이가 태어나서는 안 되지요.」 그녀는 하인리히와 너무도 닮은 소년을 생각했다. 그녀의 황금빛 육체가 그 남자의 한 부분을 받아들이기 위하여, 아내가 되기 위하여 준비되어 있었다니, 상상할 수 없는 일이었다. 그녀는 눈을 감지 않을 수 없었다. 그가 말했다. 「범죄자의 세대가 자라고 있을 수도 있어…… 우리나라에서도 러시아에서와 같은 일이 오늘 벌 새에 일어나지 않는다고 장담할 수 있는 건 하나도 없지…… 글쎄, 그렇지 않기를 바라지만…… 그것에 반대 발언을 하는 것은 다만 아직 존재하는 이데올로기의 끔찍한 지속성뿐이니…….」 두 사람 다 얼마나 그 말이 공허하게 증발해 버리는지 느꼈다. 〈오늘 날씨가 참 좋군요, 고귀하신 재판장님들〉 하고 피고인이 말하려 할 때와 다를 바가 없었다. 순간 한나는 말 없이 증오의 파도에 몸을 맡겼다. 밤들이 더욱 수치스러워지고 더욱 깊어지며 더욱 쾌락적으로 되는 증오의 파도 속에 그녀는 말했다. 「기다려 보아야 해요…… 전쟁과 관련이 있는지도 모르지요…… 하지만 그렇지 않아요…… 전쟁은 겨우 이차적인 것에 불과한 듯싶어요…….」 ─ 「어떻게 이차적일 수가 있소?」 하인리히가 물었다. 한나는 양미간에 주름을 잡았다. 「우리는 이차적인 것이에요. 그리고 전쟁도 이차적인 것이지요…… 일차적인 것은 어떤 보이지 않는 것, 우리에게서 나온 어떤 것이에요…….」 그녀는 밀월 여행이 끝나기를 고대했던 기억이 났다. 그건 ─ 당시 그녀가 생각했던 바로는 ─ 서둘러 그들 가정의 시설물로 돌아갈 수 있기 위해서였다. 어쨌든, 지금의 상황도 그때와 너무 비슷했다. 밀월 여행도 휴가이니까. 그 당시 그녀가 느꼈던 것은 바로 다름 아닌 고립과 고독에의 예감이었는지도 모른다. 어쩌면, 하고 그녀는 지금 어렴풋이 생각했다, 고독이 일차적인 것일지도 몰라. 고독이 병의 핵심일지도! 당시 결혼식 바로 다음부터 그것이 시작되었기 때문에 ─ 한나는 계산을 해보았다. 그래 스위스에 있을 때 이미 시작되었어 ─ 그리고 모든 것이 너무도 딱 들어맞았기 때문에, 하인리히가 당시 어떤 돌이킬 수 없는 잘못, 혹은 그렇지 않으면 어떤 부당한 짓을 그녀에게 범했음에 틀림없다는 의심이 날카롭게 들었다. 부당한 짓, 그것을 이제 와서 일어나지 않은 것으로 할 수는 없었다. 오히려 확대될 뿐이었다. 거대한 부당 행위, 그것이 전쟁을 풀어놓는 데 함께 기여했던 것이다. 그녀는 크림을 발라 손가락 끝으로 조심스럽게 문질렀다. 그리고 거울 속의 자기 얼굴을 신중하게 살펴보았다. 당시의 어린 소녀의 얼굴은 사라지고 없었고 여인의 얼굴이 있었다. 다만 그 얼굴을 통하여 젊은 소녀의 얼굴이 새어 나오고 있을 뿐이었다. 그녀는 어찌하여 이 모든 것이 서로 관련되는지를 알지 못했다. 그러나 그녀는 침묵하게 하는 이러한 생각의 과정을 결론짓고 말했다. 「전쟁은 원인이 아녜요. 그것은 이차적인 것에 불과해요.」 그러자 그녀는 알았다. 제2의 얼굴이 전쟁임을, 밤의 얼굴임을. 그것은 세계의 붕괴였다. 밤의 얼굴이었다. 차갑고 아주 가벼운 재로 흩뿌려지는, 이러한 붕괴를 그녀는 그가 그녀의 겨드랑이에 입을 맞추었을 때 느꼈다. 그가 말했다. 「물론, 전쟁은 특히 우리의 잘못된 정치의 결과이지.」 그는 어쩌면 더 깊은 원인이 존재하는 한 정치 역시 이차적인 것에 불과함을 이해할 수 있었는지도 몰랐다. 그러나 그는 자기 설명에 만족했고, 한나는, 이제 더 구할 수 없는 프랑스제 향수를 아껴서 토닥인 뒤 향내를 맡으며 더 이상 귀를 귀울이지 않았다. 그녀는 은빛 이마 위에 입맞춤을 받기 위해 고개를 젖혔다. 그러자 입맞춤이 있었다. 「더.」 그녀가 말했다.

65

에슈는 성급한 태도를 지닌 사람이었다. 따라서 모든 사소한 일이 그로 하여금 자기희생을 하게끔 할 수 있었다. 그의 희망은 일의성에 향해 있었다. 그는 세계를 만들고 싶어

했다. 마치 쇠기둥에 묶듯이 자기 자신의 고독을 단단히 묶어 놓을 수 있을 정도로 일의적인 세계를.

◆

후게나우는 코로 바람을 일게 할 수 있었다.[39] 설사 그가 진공의 방에 들어온다 하더라도, 그의 코에선 바람이 휙휙거리리라.

◆

자신의 고독으로부터 도망쳐 인도나 아메리카로 가버리는 사람이 있었다. 그는 고독의 문제를 현세적인 수단으로 해결하고자 했던 것이다. 그는 유미주의자였고, 따라서 자살을 하지 않을 수 없었다.

◆

마르그리트는 어린아이였다. 성행위에서 생겨난 어린아이. 원죄를 짊어지고 죄 속에 홀로 버려진 아이였다. 누군가 그 아이에게 고개를 끄덕이며 이름이 무엇이냐고 묻는 일이 있을 수도 있다. 하지만 그런 일시적인 동정으로는 그 아이를 구원하지 못한다.

◆

중세의 시. 일련의 비유는 신에게서 시작하여 신으로 돌아간다. 그것은 신 속에서 부유한다.

39 세상을 편력하여 온갖 경험을 한 사람이라는 뜻.

◆

한나 벤틀링은 사물의 질서를 원했다. 동요하는 질서의 균형 속에서 비유는 시에서처럼 자기 자신에게 돌아간다.

◆

어떤 사람은 작별을 하고 어떤 사람은 탈영을 한다. 그들 모두 카오스로부터 도망치는 것이다. 그러나 구속되어 본 적이 없는 사람만이 총살당하지 않을 것이다.

◆

어린아이보다 더 절망스러운 존재는 없다.

◆

정신적으로 고독한 사람은 아직도 낭만주의로 구원받을 수 있다. 그리고 영혼의 고독으로부터는 언제나 여성 또는 남성으로서의 당신으로 향하는 길이 있다. 그러나 자체에서는, 직접적인 고독에서는 이제 비유로의 구원이 발견되지 않는다.

◆

폰 파제노 소령은 온갖 열정을 다하여 고향의 친밀성을 동경하고, 볼 수 있는 것들 속에서의 보이지 않는 친밀성을 동경하는 사람이었다. 그리고 그의 동경은 너무도 강하여, 볼 수 있는 것은 층마다 보이지 않는 것이 되고, 반면 보이지 않는 것은 층마다 보이는 것이 될 정도였다.

◆

〈아〉 하고 낭만주의자는 말한다. 그리고 낯선 가치 체계의 옷을 입어 본다. 「아, 이제 나는 너의 것이며, 이제 나는 더 이상 외롭지 않아.」— 〈아〉 하고 유미주의자는 말한다. 그리고 같은 옷을 입어 본다. 「나는 여전히 외롭다. 그러나 이건 아름다운 옷이군.」 유미주의적 인간은 낭만주의적인 것 내부에 있는 악한 원칙을 표현한다.

◆

어린아이는 모든 것과 금방 친숙해진다. 사물은 아이에게 직접적인 것인 동시에 상징이다. 따라서 그것이 어린아이의 급진성인 것이다.

◆

마르그리트가 눈물을 흘리는 것은 단순히 분노에서였다. 그 아이는 결코 자기 자신에게도 동정을 품지 않았다.

◆

인간이 고독해질수록, 그가 있는 가치 체계가 느슨할수록 그의 행동은 더욱 분명하게 비합리적인 것에 의해 규정된다. 낭만주의적 인간, 어떤 낯설고 도그마화된 가치 체계에 고착된 인간, 그는 — 믿지 않아도 좋다 — 철두철미하게 합리적이며 순진하지 않다.

◆

비합리의 합리성. 후게나우처럼 외견상 절대적으로 합리
적인 인간은 선악을 구별할 수 없다. 절대적으로 합리적인
세계에서는 절대적인 가치 체계가 존재하지 않으며, 죄인도
없다. 기껏해야 해로운 인간이 존재한다.

◆

유미주의자 역시 선과 악을 구별하지 않는다. 따라서 그
는 매혹적이다. 그러나 그는 무엇이 선하고 무엇이 악한지를
알고 있다. 다만 구별하려 하지 않을 뿐이다. 그것이 그를 타
락시킨다.

◆

너무 합리적이어서 끊임없이 도망치지 않으면 안 되는 시대.

66
베를린의 구세군 소녀 이야기(11)

나는 가능한 한 유대인들을 멀리한다. 그러나 여전히 그들
을 관찰하지 않을 수 없다. 그리하여 나는 얼치기 자유 사상
가 짐존 리트바크가 그들에게서 차지하고 있는 신뢰의 위치
에 대해 언제나 새로이 놀라지 않을 수 없다. 분명 그 리트바
크는 공부를 시켰어야 할 멍청이이다. 이유라면 오로지 그가

올바른 일에 쓸모가 없다는 것이다. 달랑거리는 수염으로부터 이제 벌써 50년 넘게 세상을 내다보고 있는 그 매끄러운 맨얼굴이 필요할 때라면 단지 유대 노인의 고랑 진, 걱정으로 찌든 얼굴들과 비교할 때뿐이다! 그럼에도 불구하고 그들은 그를 기회가 있을 때마다 받으러 가는 일종의 신탁(神託)으로 여기는 듯이 보였다. 아마도 그것은 신의 전성관(傳聲管)으로 있던 주술사에 대한 신앙의 잔재일 것이다. 왜냐하면 그것은 학문에 대한 존경이라 할 수는 없으니 말이다. 그들은 자신이 더 나은 학문의 소유자임을 극도로 잘 의식하고 있다. 내가 잘못 생각하고 있다고는 거의 가정할 수 없는 노릇이다. 리트바크 박사는 틀림없이 그 사실을 은폐하려는 것이다. 하지만 그는 잘 성공하지 못한다. 그가 깨우친 인간이라는 이야기는 순전히 거짓말이다. 유대인들의 지(知)에 대한 그의 경외는 너무도 크다. 그리고 내가 그에게 아끼지 않는 나쁜 대우에도 불구하고 그가 여전히 나에게 친구처럼 인사를 한다면, 그것은 의심할 여지 없이 내가 유대 노인들의 탈무드적 세계관을 〈장점〉이라 부르기를 거부하는 덕택이다. 어쨌건 그는 분명 거기서 내가 누헴을 올바른 길로 데려오리라는 희망을 이끌어 내었을 것이다. 그렇기 때문에 내가 그를, 그의 친밀을 자꾸 거절해도, 그는 그것을 감수하는 것이다.

오늘 그를 계단 위에서 만났다. 나는 올라가고 그는 내려오고 있었다. 사정이 그 반대였더라면 그냥 지나쳐 버릴 수 있었을 것이다. 질풍처럼 내려오는 사람의 앞을 막기란 그리 쉽지 않을 테니까. 그러나 나는 너무 느릿느릿 올라가고 있었다. 대도시의 혼잡함과 영양 부족 탓이었다. 그는 짓궂게도 산책 지팡이로 가로막았다. 그는 아마 내가 푸들 강아지처럼 그 위를 뛰어넘게 하려고 했는지도 모른다(나는 그때 내가 요즈음 쉽사리, 극도록 쉽사리 감정이 상한다는 생각이 불현듯 들었다. 그것도 영양 부족에서 연유하는 것일지도 모르지만). 나는 통로를 만들기 위해 두 손가락으로 지팡이를 들었다. 아아, 친밀한 척 비죽이 웃는 얼굴이 거슬렸다. 그가 내게 고개를 까딱했다. 「지금 당신은 뭐라 말씀하시겠소? 사람들은 아주 불행합니다.」 「네, 날씨가 더우니까요.」

「더위 때문만이라면야!」

「그럼요, 그래서 오스트리아인들은 7연대에 처박혀 있는 걸요.」

「7연대를 농담으로 삼다니…… 하여간 당신은 그에 대해 뭐라 말씀하시겠습니까? 그는 기쁨이 가슴속에 있어야 한다고 말합디다.」

나의 상황은 당연히 가장 어리석은 토론으로 들어가지 않을 수 없는 처지였다. 「어쨌거나 그건 다윗 시편에 따른 말입니다…… 반대가 있으신지?」

「반대? 반대라…… 나는 단지 그 늙은 할아버지가 옳다고 말하고 싶은 겁니다. 늙은 사람들은 언제나 옳다고.」

「편견입니다, 짐존, 편견입니다.」

「나를 비난하지 마시오!」

「그럼, 그 할아버님이 무슨 말을 했습니까?」

「주의하시오! 유대인이라면 가슴으로 즐거워해서는 안 된다고 했습니다. 가슴으로가 아니라, 여기…….」 그는 손으로 이마를 두들겼다.

「그래, 머리로 말이오?」

「그렇소, 머리로.」

「그렇다면 당신들이 머리로 즐거워할 때 가슴으로는 무얼 하지요?」

「가슴으로는 섬겨야 하는 거요…… 우브콜 레보브코 우브콜 나브셰코 우브콜 메아우데코, 이 말은 온 가슴으로, 온 영혼으로 그리고 온 힘으로라는 뜻이오.」

「할아버지도 그렇게 말합니까?」

「할아버지만이 아니오. 사실이 그런 것이오.」

나는 그를 동정 어린 눈으로 바라보려고 했다. 그러나 잘 되지 않았다. 「그러고도 당신은 자신이 깨인 사람이라고 생각하시오, 짐존 리트바크 박사님?」

「물론 나는 깨인 인간이오…… 당신이 깨인 사람인 것처럼 …… 물론이고말고…… 그러나 그 때문에 당신은 율법을 위반하려는 거요?」 그가 웃었다.

「신이 당신을 축복하기를, 리트바크 박사.」 나는 그렇게 말하고 계속 올라갔다.

그가 대답했다. 「백 대까지.」 그가 여전히 웃었다. 「하지만 누구도 율법을 위반해서는 안 돼. 당신도, 나도, 누헴도 그래선 안 돼…….」

나는 프롤레타리아의 계단을 올라갔다. 거기 머무를 이유가 있겠는가? 구세군 숙소에서라면 나는 더 극진한 대우를 받았을 것이다. 벽에는 유화풍의 석판화 대신에 성서 구절이 있을 거고, 예를 들자면 말이다.

67

베를린의 구세군 소녀 이야기(12)

그는 말했다. 나의 버새[40]는 다각다각 잘도 달리오,

방울 목걸이에 자줏빛 재갈을 달고

우리 두 사람을 시온의 꿈속으로 싣고 간다오.

그가 말했다. 내가 그대를 불렀소.

그가 말했다. 내 가슴엔 커다란 직관이 있어,

사원을 보고 천 개의 계단을 보고

조상들이 일하던 도시를 본다오.

그가 말했다. 우리는 오두막집을 지읍시다.

그가 말했다. 이제까지 나 자신을 기다림에 낭비했다오,

기다림만이 있었다오, 책 속에 잠겨서.

그가 말했다. 나는 기다렸고 이제 기쁨이 왔소…….

그는 말하지 않았다. 그것은 가슴속의 말이었다.

그녀 역시 말이 없었다. 침묵에 잠겨

그렇게 그들은 걸었다. 그러나 취해 있었다,

그렇게 그들은 걸었다. 그러나 황홀했다,

침묵으로, 그리움으로, 숨겨진 기쁨으로,

그렇게 그들은 걸었다. 아무도 주의하지 않았다.

거리를, 아파트를, 초라한 술집을.

그녀가 말했다. 내 가슴 가장 깊은 골짜기에

작은 불꽃이 일어요, 일어서 밝은 불길로 타올라요,

빛이 될 거예요, 찬란한 장관이 될 거예요.

40 암나귀 또는 암노새와 수말 사이에서 난 잡종.

그가 말했다. 그대를 생각했소.

그녀가 말했다. 내 가슴은 활활 타버렸어요,

당신은 참회자의 온화한 얼굴을 사랑하시죠.

그가 말했다. 길이 밝게 빛나오, 경건한 사람의 시온의 길이.

그녀가 말했다. 우리를 위해 당신은 십자가에서 고통받는
군요.

그들은 아무 말도 하지 않았다. 말의 빛이 가리워졌다.

그들은 아무 짓도 하지 않았다. 행위는 이미 끝나 있었다.

68

「뭐라고요, 이런 시각에 밖에 나가겠다고요, 야레츠키 소
위님!」 마틸데 간호사가 병원 입구 옆에 앉아 있었다. 밝은
문틈 속에서 야레츠키가 담배에 불을 붙였다.

「더위 때문에 오늘은 아직 집 앞에도 안 나갔었습니다……」
그가 라이터를 찰칵 접었다. 「……좋은 발명품이야, 이 휘발
유 라이터는…… 다음 주에 내가 나간다는 것을 알고 있겠지
요, 간호사?」

「네, 말을 들었어요. 요양을 하러 크로이츠나흐로 간다고
요…… 소위님, 마침내 이곳을 나가게 돼서 정말 기쁘겠어
요…….」

「글쎄요…… 당신은 나를 내보내게 돼서 기쁠 거고요.」

「당신이 편한 환자였다고 말할 수는 없지요.」

침묵.

「산책 좀 하시겠습니까, 간호사, 지금은 시원합니다.」

마틸데 간호사가 망설였다.「곧 다시 들어가 봐야 하는데요…… 당신이 좋으시다면, 잠시 집 앞에서.」

야레츠키가 안심시키며 말했다.「전 술에 취하지 않았습니다, 간호사.」

그들은 거리로 나갔다. 불이 켜진 창문이, 두 줄로 붙어 있는 병원이 그들의 바른쪽에 있었다. 저 아래서 도시가 윤곽으로 식별되었다. 밤의 어둠보다 약간 더 검었다. 한 쌍의 등불이 그곳에서 타오르고 있었다. 언덕 위에도 이 불빛 저 불빛이 있어 외로운 농가가 있음을 보여 주었다. 시계들이 아홉 시를 쳤다.

「여기서 나가고 싶지 않은가 봅니다, 마틸데 간호사?」

「아, 아주 만족해요…… 제 할 일이 있으니까요.」

「당신이 이런 술주정꾼이며 예비병과 산책을 하시다니, 정말 끔찍이도 상냥하시군요, 간호사.」

「당신하고 산책해서는 안 될 이유가 있나요, 야레츠키 소위님?」

「그럼요, 왜 정말 안 되느냐 하면…….」 잠시 후. 「그럼 당신은 평생을 이곳에서 보내시렵니까?」

「그렇진 않겠지요…… 전쟁이 끝나면.」

「그럼 집으로 가시려나요? ……슐레지엔으로?」

「그걸 아세요?」

「아, 그런 것은 누구나 곧 알게 됩니다…… 당신은 그렇게 간단히 다시 고향에 갈 수 있으리라고 생각하십니까…… 마치 아무 일도 없었던 것처럼?」

「그에 대해 사실 전 조금도 생각해 보지 않았어요…… 하긴 모든 것이 변하는 법이지요.」

「아십니까, 간호사…… 전 아주 말짱한 정신입니다…… 하지만 저는 가장 깊숙한 내면에서 확신하고 있습니다. 이제 아무도 그렇게 당연하게 고향으로 갈 수는 없다고.」

「우리 모두는 다시 집으로 가고 싶어 해요, 소위님. 만약 우리 고향을 위해서가 아니었다면 대체 우리는 무엇을 위해 싸웠겠어요.」

야레츠키가 걸음을 멈추었다. 「무엇을 위해 싸웠느냐고요? 무엇을 위해 싸워느냐고요…… 묻지 않는 편이 좋습니다, 간호사…… 어쨌든 모든 것이 변한다는 당신의 말은 옳아요.」

마틸데 간호사는 잠자코 있었다. 그다음 말했다. 「당신 생각은요, 소위님?」

야레츠키가 웃었다. 「자, 당신은, 당신이 술 취한 외팔이 엔지니어와 산책하리라는 걸 생각해 본 적이 있는지…… 당신은 정말 백작 영양이시니까요.」

마틸데 간호사는 대꾸하지 않았다. 그녀는 백작 영양이 아니었다. 이름에 귀족의 표시인 〈폰〉이 붙기는 했다. 그리고 그녀의 할머니가 백작 부인이긴 했다.

「아마 그건 아무래도 좋은 일일 겁니다…… 내가 백작이라도 다를 것은 없지요, 역시 술을 퍼마실 게 틀림없습니다…… 아십니까, 우리는 각자가 너무 혼자 있어요. 마치 그렇게 함으로써 무엇인가 될 수 있다는 듯이…… 지금 제가 당신을 화나게 했습니까?」

「아뇨, 무엇 때문에……」그녀는 어둠 속에서 그의 얼굴의 윤곽선을 보았다. 그가 자기 손을 잡을 것이 두려웠다. 그녀는 반대편 길로 건너갔다.

「이제 돌아가야 해요, 소위님.」

「당신도 고독한 것이 분명해요, 간호사, 여느 때 같으면 그걸 참을 수 없을 테지요…… 전쟁이 끝나지 않는 것에 우리는 기뻐해야 할 겁니다……」

그들은 다시 병원의 격자 철문 옆에 있었다. 이제 대부분의 창문이 어두웠다. 병실들에서 약한 비상등 불빛이 보였다.

「자, 이제 전 뭘 좀 마셔야겠습니다. 아무튼…… 당신은 같이 있어 주지 않겠지요, 간호사.」

「들어가지 않으면 안 될 시각이에요, 야레츠키 소위님.」

「안녕, 간호사, 아주 고마웠습니다.」

「안녕, 소위님.」

마틸데 간호사는 약간 실망과 슬픔을 느꼈다. 그녀는 뒤에서 소리쳤다. 「너무 늦지는 말아요, 소위님.」

69

에슈와 함께 저녁 들판을 거닐던 때 이래로 종종 소령은 근무를 마친 후 피셔 가로 통하는 길을 잡았다. 그렇다, 그는 몇 구획을 채 못 가서 걸음을 중지하고 망설이며 섰다가 다시 돌아섰다. 그가 「쿠르트리에르셰 보테」 사 둘레를 배회했다고 말할 수도 있으리라. 만약 후게나우와 마주칠 게 두렵지 않았다면 어쩌면 그는 들어가 보기도 했을 것이다. 그렇다, 거리 위에서조차 그는 그를 만나고 싶지 않았다. 바로 그를 만나지 않을까 하고 불안스레 생각하지 않을 수 없었던 것이다. 그러나 이제 갑자기 후게나우가 아니라 에슈가 그의 앞에 나타났을 때, 그는 어쩌면 이 만남을 더 두려워한 것이 아닌지 알 수 없었다. 왜냐하면 군복을 입고 옆구리에 군도를 차고 있는 그가 평복을 입은 신문사 사람과 서 있었기 때문이다. 대로 상에서 군복을 입고 서서 그 남자에게 손을 내밀었다. 그리고 그것으로 끝내는 대신 그는 신중한 태도를 전부 망각하고 남자가 그와 동행할 태세를 취하는 것을 기쁘게 생각했던 것이다. 에슈는 존경을 표하여 모자를 벗었다. 소령은 주름 진 진지한 얼굴을 쳐다보았다. 짧게 깎은 뻣뻣한 회색 머리카락을 쳐다보았다. 마치 안도감 같은 것이 일었다. 마치 고향의 성서 시간에의 갑작스러운 회상 같았다. 동시에 그것은 그 옛날 오후의 형제의 친연성 같았다. 그와 아울러 거의 친구라 할 이 남자에게 무엇인가 좋은 말을 해주고 싶은 욕구도 일었다. 어쩌면 그렇게 함으로써 친구가 그에 대해 좋은 기억을 보존하기를 바랐던 것에 불과할지도 모른다. 그는 약간 더 망설였다. 그리고 말했다. 「갑시다.」

그 뒤로 이러한 산책이 반복되었다. 확실히 소령이나 또는 에슈가 원했던 만큼 자주는 아니었다. 시대가 더 격동적이 되었기 때문만은 아니었다 ─ 군대가 숙영했다가 다시 떠났고, 자동차 행렬이 거리를 질주했고, 많은 밤의 휴식을 지구 사령관은 근무에 바쳐야 했다 ─. 폰 파제노 소령은 「쿠르트리에르셰 보테」 사를 다시 찾아갈 엄두를 낼 수 없었다. 그리고 에슈가 그것을 추측하기까지는 얼마간의 시간이 필요했다. 그런 후 하여간 그는 그것에 적응하기 시작했다. 눈에 띄지 않게 그는 사령부 근처에서 기다렸다. 그리고 그렇게 하기 시작했을 때 그는 바로 마르그리트를 데리고 갔다. 「꼬마 악당이 무척 따라오고 싶어 해서요.」 그가 말했다. 소령은 아이의 붙임성을 깜직하다고 평가해야 할지 뻔뻔스럽다고 평가해야 할지 알 수 없었지만, 그러나 아이를 친절하게 맞았고 마르그리트의 고수머리를 쓰다듬어 주었다. 그다음 그들 셋은 들판을 거닐거나 혹은 강가 덤불을 따라 나 있는 오솔길을 걸었다. 그리고 때때로 작별의 그리움이, 가슴의 부드럽고 잔잔한 여울이, 소멸의 숨을 쉬는 물줄기가 깨어나는 듯했다. 그것은 마치 처음이 결정되어 있는 끝에의 확신 같았다. 어쨌든 그것이 아무리 부드러웠어도 소리 없는 불만이 섞여 들어왔다. 어쩌면 에슈가 그런 작별에 참여하지 않았기 때문인지도 모른다. 어쩌면 에슈가 그것에 참여했음을 믿을 수 없어서인지도 모른다. 그러나 어쩌면 에슈가 이러니저러니 알리지 않고 사람을 실망시키는 침묵 속에 머물러 있기 때문인지도 모른다. 그것은 어딘가 어두웠고 응큼했다. 왜냐하면 에슈가 말을 시작하기만 하면 모든 것이 좋고 단순한 모습이 되리라는 막연한 희망이 아직 살아 있었기 때문이다. 아, 그가 에슈의 말을 듣기를 기대하고 있음은 기이하게도 눈치 챌 수 없는 일이었다. 그렇긴 해도 에슈는 그것을 알아야 할 것이었다. 그렇게 그들은 잠자코 걸었다. 말 없이 석양 속으로, 커 가는 실망 속으로, 들판 위에 드리워진 빛은 거짓되고 지쳐 있었다. 그리고 에슈가 모자를 벗어 바람으로 하

여금 짧고 뻣뻣한 솔 같은 머리털을 스치도록 했다면, 그것
은 너무도 꼴사납고 허물 없는 태도라고 할 수도 있는 일이
었다. 따라서 소령은 아이가 그런 사람의 수중에 들어 있는
데 대해 아이를 동정할 지경이었다. 한번은 그가 〈꼬마 노
예〉라는 말을 했다. 그러나 그것도 피곤한 무관심과 섞여 버
렸다. 하지만 마르그리트는 앞서 달리며 두 남자를 염두에
두지 않았다.

그들은 계곡 언덕으로 올라갔다. 그리고 숲 가장자리를
따라갔다. 짧고 건조한 풀이 신발 밑에서 바삭거렸다. 계곡
위는 고요했다. 저 아래 거리에서 마차들이 삐그덕거리는 소
리가 들렸다. 그루터기만 남은 밭들이 갈색 땅을 드러내 보
였다. 바람이 나뭇잎의 깊숙한 곳으로부터 서늘하게 불어왔
다. 비탈에 있는 포도원들이 짙푸르렀다. 숲의 속삭임 속에
는 벌써 가을의 예리한 은빛 금속성이 섞여 들어 있었다. 검
붉은 포도를 달고 있는 숲 가장자리의 관목들이 가을에 말
라죽을 준비를 하고 있었다. 서쪽 비탈 위로 태양이 내려앉
고 있었다. 계곡에 있는 집들의 창문에서 불덩어리가 번쩍였
다. 집들이 각각 (동쪽을 향한) 긴 그림자의 양탄자 위에 서
있었다. 감옥 건물들의 검붉게 얼룩진 지붕이 보였다. 벌거
벗고 황량한 마당이 보였다. 또한 그곳에 드리운 음울하고
날카롭게 각이 진 그림자가 보였다.

작은 오솔길이 비탈 아래로 나 있었다. 그리고 형무소 근
처에서 거리로 향한 길이 있었다. 앞에 뛰어가던 마르그리트
가 그리로 길을 잡았다. 소령은 그것을 신의 지시로 받아들
였다. 「집에 가지요.」 그가 지친 듯이 말했다. 그들이 골짜기

의 중간쯤에 내려왔을 때 소령과 에슈는 걸음을 멈추고 귀를 기울였다. 이상하게 째지는 듯한 소리가 그들에게 치달아왔다. 어디서 나는 소리인지 말할 수도 없었다. 아무것도 보이지 않았다. 단지 자동차 한 대가 시내에서 달려오고 있었다. 모터가 보통 그렇듯이 윙윙 울렸고 매 순간 경적 소리가 있었다. 먼지구름이 뒤에서 길게 끌려갔다. 그러나 아까 그 섬뜩한 소리는 자동차와는 아무 관계가 없었다. 「불쾌한 소리였소.」 소령이 의아해하며 말했다. 「기계 소리였습니다.」 에슈가 말했다. 비록 전혀 기계 소리 같지 않았었지만. 자동차가 거리의 구불구불한 길을 따라 이제 격렬하게 경적을 울리며 형무소에 이르렀다. 눈을 더 날카롭게 뜨고 있던 에슈는 그것이 사령부의 자동차임을 단언할 수 있었다. 그리고 자동차가 건물 뒤에서 다시 나타나는 것이 보이지 않았으므로 그는 불안해졌다. 그는 아무 말 없이 걸음을 재촉했다. 소음이 더욱 거세지고 명확해졌다. 그들이 형무소 문을 볼 수 있게 되었을 때 자동차가 흥분한 사람들의 무리 한가운데 정지해 있었다. 「무슨 일이 일어났나 보오.」 소령이 말했다. 그때 그들은 창살과 나무로 막은 감옥의 창문들로부터 나오는 끔찍한 합창을 들었다. 그것은 잠시 사이를 두고 세 번씩 반복되었다. 「배고파, 배고파, 배고파…… 배고파, 배고파, 배고파…… 배고파, 배고파, 배고파…….」 그리고 때때로 그 합창은 도살장에서 보통 들을 수 있는 울부짖음으로 중단되었다. 운전병이 바삐 그들에게 달려왔다. 「신고합니다, 소령님, 반란입니다…… 소령님을 찾았지만 허사였습니다…….」 그 다음 그는 보초병을 불러오기 위해 다시 달려갔다.

사람들이 소령이 지나갈 수 있도록 자리를 터주었지만 그는 선 채로 있었다. 공기가 여전히 삼분된 합창 속에서 진동했다. 그때 마르그리트가 박자에 맞추어 같이 껑충거리기 시작했다.「배고파, 배고파, 배고파.」아이가 환호했다. 소령은 꿰뚫을 수 없는 끔찍한 창문을 지닌 건물을 쳐다보았다. 그는 껑충거리는 아이를 쳐다보았다. 아이의 미소가 기이하게 굳어 있었고, 기이하게 심술궂게 보였다. 공포가 그를 엄습했다. 피할 수 없는 운명, 피할 수 없는 시험! 운전병이 여전히 철로 된 종줄을 잡아채며 총검으로 대문을 내려치고 있었다. 마침내 빗장이 열렸고 대문이 신음 소리를 내며 둔중하게 돌쩌귀 위에서 돌았다. 소령은 나무에 기대어 입술을 달싹거렸다.「끝이야.」에슈는 그를 도와주려는 듯한 동작을 했다. 소령이 눈짓으로 물리쳤다.「끝이야.」그가 다시 말했다. 그러나 그는 똑바로 서서 가슴에 손을 가져가더니 철십자 훈장의 끈 위를 쓰다듬었다. 그다음 대검의 손잡이를 잡고 재빠르게 감옥 문을 향해 걸어 나갔다.

소령이 문에서 사라졌다. 에슈는 길 옆 작은 턱 위에 앉았다. 대기가 여전히 절분된 부르짖음으로 갈라지고 있었다. 총성이 한 방 울렸다. 다시 평상적인 부르짖음이 이어졌다. 그다음 마지막 부르짖음이 있었다. 마치 목 비틀린 오리가 내지르는 최후의 소리 같았다. 그다음 조용해졌다. 에슈는 소령의 뒤에서 닫혔던 문을 응시했다.「끝이야.」이제 그 역시 말했다. 그리고 기다렸다. 그러나 끝은 시작하지 않았다. 지진도 없었고 천사도 없었고 문도 들어 올려지지 않았다. 무대 배경처럼 감옥의 벽이 밝은 저녁 하늘을 향해 우뚝 솟아 있었다. 마치 구멍 난 이빨들 같았다. 그리고 에슈는 자신으로부터도 아득히 먼 곳에 있는 것 같았다. 지금 그가 옆에 있는 사건에서도 멀리, 모든 것으로부터 멀리, 그는 자기 위치를 변화시키기가 두려웠다. 이제 그는 자기가 어디에 있는지 알지 못했다. 문 옆에 글씨를 알아볼 수 없는 현판이 걸려 있었다. 물론 그 위에 적힌 것은 면회 시간이었다. 그러나 그것은 단순한 단어에 불과했다. 왜냐하면 사람들이 감금시켰던 선동자들, 살인자들, 불구자들은 감옥으로부터 걸어 나와 약속된 나라에서 새롭고 밝은 공동체를 향해 나아갈 것이기 때문이다. 그때 그는 아이가 말하는 소리를 들었다. 「저기 후게나우 아저씨가 있어요.」 그는 나는 듯한 걸음으로 행진해 가는 후게나우를 보았다. 그를 보고도 놀라지 않았다. 이 모든 것이 그렇게 아무런 소리도 없이 진행되고 있었다. 후게나우의 걸음도 소리가 없었다. 감옥 문 앞의 사람들의 움직임도 소리가 없었다. 음악이 그쳤을 때의 곡예사와 줄타기꾼의 동작처럼 소리가 없었다. 마치 퇴색해 가는 밝은 저녁 하늘처럼 소리가 없었다. 되찾을 수 없이 먼 옛날이 꿈꾸는 사람 앞에, 그럼에도 불구하고 꿈꾸지 않는 사람 앞에 있었다. 천애 고아, 그러나 결코 고향을 찾지 못할 사람 앞에. 그는 자기 고통을 기만했을 뿐 그것을 잊을 수는 없는 사람 같았다. 일등성들이 보였다. 에슈는 마치 그 자리에 온종일, 1년 내내 앉아 있었던 것 같았다. 유령 같은 그리고 두툼한 정적에 둘러싸여. 그러자 사람들의 움직임이 점점 적어지며 그림자 같아지다가 완전히 죽어 버렸고, 그러고는 소리 없이 문 앞에서 기다리는 덩어리로 화했다. 결국 에슈가 의식하고 있는 것은 오직 그의 양 손바닥 아래에 있는 축축한 풀밖에 없었다.

아이는 사라지고 없었다. 후게나우와 함께 갔을 것이다. 에슈는 그것에 주의하지 않았다. 그는 문을 응시하고 있었다. 마침내 소령이 나왔다. 그는 빠르게 걸어왔다. 여느 때와 다른 똑바른 자세가 약간 절룩거리는 듯이, 그러나 그것을 숨기려는 듯이 보였다. 똑바로 그는 자동차로 향했다. 에슈가 벌떡 일어섰다. 소령이 차 속에 서 있었다. 소령은 우뚝 서서 그의 머리 너머로 시선을 던졌다. 말 없이 차 주위에 모여 있는 사람들 위로 시선을 던졌다. 앞에 있는 하얀 길을 보았다. 저 너머, 이미 창에서 불빛들이 깜박이고 있는 도시를 보았다. 가까이에서 붉은 빛이 켜졌다. 에슈는 그것이 어디에서 켜졌는지를 알았다. 소령 역시 그것을 알아차렸다고 말할 수 있다. 왜냐하면 이제 그가 에슈를 내려다보았기 때문이다. 그가 진지하게 손을 내밀면서 말했다. 「아무 일도 아니오.」 에슈는 아무 말도 하지 않았다. 그는 재빠르게 사람들 사이를 뚫고 들판으로 가는 길로 접어들었다. 그가 돌아섰더라면, 그리고 그렇게 어둡지 않았더라면, 소령이 선 채로 밤 속으로 사라져 가는 그의 뒷모습을 바라보고 있음을 볼 수 있었으리라.

얼마 후 그는 자동차 시동이 걸리는 소리를 들었다. 그리고 차의 양쪽 불빛이 거리의 구불거리는 길을 따라가는 것을 보았다.

70

후게나우는 급행군의 속도로 형무소에서 돌아왔다. 마르그리트가 뒤따라 달려왔다. 인쇄소에서 그는 기계를 정지시켰다. 「실어야 할 중요한 뉴스가 있소, 린드너.」 그다음 그는 자기 방에서 문필가로서의 작업을 했다. 그 작업을 끝냈을 때 그는 〈예포 발사〉라고 말하며 에슈의 거실 쪽에다 침을 뱉었다. 부엌을 지나면서 그는 다시 한 번 〈예포 발사〉라고 말했다. 그다음 그는 린드너에게 심혈을 기울인 작품을 건네주었다. 「도시의 사건 난에 8포인트 활자로.」 그가 명령했다. 다음날 사람들은 「쿠르트리에르셰 보테」의 〈도시의 사건〉 난에서 8포인트 활자로 찍힌 기사를 읽을 수 있었다.

교도소에서의 돌발 사건

어제 저녁 교도소에서 약간의 불쾌한 장면이 연출되었다. 몇몇 죄수들이 식사가 통례적인 질로 제시되지 않는다고 불평을 제기했는데, 그것을 몇몇 비애국적인 분자들이 행정 당국에 시끄러운 욕설을 퍼붓기 위한 계기로 삼았던 것이다. 즉시 도착한 지구 사령관 폰 파제노 소령 각하의 그때그때 적절한 침착과 분별, 그때그때 적절한 용감한 공격에 힘입어 돌발 사태는 곧 진압되었다. 소위 그곳에 수감되어 정당한 판결을 기다리던 탈영병들이 문제를 일으켰다는 풍문은, 가장 믿을 만한 소식통에 의하면, 그런 사람들은 그곳에 수감되어 있지 않았으므로 완전히 근거 없는 것이었다. 부상자는 없었다.

그것은 다시 저 샛별처럼 빛나는 영감이었다. 후게나우는 너무 기뻐서 거의 잠을 이루지 못했다. 거듭 그는 자신에게 하나씩 열거해 보았다.

첫째, 소령은 탈영병들 때문에 화가 날 것이다. 그러나 또한 열악한 식사 이야기 역시 지구 사령관에게는 유쾌할 수 없는 것이다. 자업자득으로 속을 끓여야 할 사람이 있다면 그는 바로 소령이다.

둘째, 소령은 에슈에게 책임을 돌릴 것이다. 믿을 만한 소식통을 시사했기 때문에 특히 그러하다. 편집원 나리가 그것을 전혀 알지 못했다고 믿을 사람은 아무도 없을 것이다. 두 신사의 산책은 이제 끝장이 난 것이다.

셋째, 그 비쩍 마른 말상의 목사님이 이제 얼마나 격노할 것인지를 그려 보는 것도 혀끝에서 감칠맛이 살살 도는 일이다.

넷째, 그 일은 아주 합법적이었다. 그는 발행인이었으므로 그가 쓰고 싶은 것을 쓸 수 있는 것이다. 또한 그가 칭찬하는 말을 해준 데에 소령은 정말 감사하게 생각할 것이다.

다섯째, 여섯째, 그렇게 계속될 수 있으리라. 한마디로 말해서 그것은 탁월하고 성공적인 일이었다. 한마디로 말해서 교묘한 수단이었다. 게다가 이제 소령은 그에게 존경심을 가지게 될 것이다. 후게나우 같은 사람의 보고는 비록 사람들이 얕잡아보더라도 손발이 제대로 갖추어진 것이니.

다섯째, 여섯째, 그리고 일곱째, 그렇게 계속할 수 있었다. 그러나 그 속에는 그 이상의 것, 확실히 어딘가 불편한 것, 생각하고 싶지 않은 어떤 것이 도사리고 있었다.

아침에 인쇄소에서 후게나우는 기사를 읽어 보고 또 한 번 아주 만족했다. 그는 창밖으로, 편집실 너머로 시선을 던졌다. 그리고 아이로니컬하게 상을 찡그렸다. 그러나 그는 올라가지 않았다. 그가 저 위에 있는 목사님을 두려워해서는 아니었다. 다만 자기의 정당한 권리를 행사하는 것뿐이라면 두려워할 필요가 없는 것이다. 그리고 박해를 당할 때는 정당한 권리를 행사해야 한다. 그 박해로 인해 모든 것이 파멸해 간다면, 사람은 자기의 정당한 권리를 행사해야 하는 것이다! 그는 오직 평화 속에서, 그리고 방해받지 않는 질서 속에서 살고자 하는 것뿐이다. 오직 그에게 마땅한 자리를 차지하고자 하는 것뿐이다. 그다음 후게나우는 이발소에 갔다. 거기서 그는 다시 한 번 「쿠르트리에르셰 보테」지를 찬찬히 읽었다.

어쨌든, 점심 식사가 아직 문제로 남아 있었다. 비록 부당한 생각이긴 하지만 하여간에 속았다고 느끼고 있을 에슈와 함께 식탁에 앉는다는 것은 불쾌한 일이었다. 목사들의 문책하는 눈초리야 누구나 알고 있지 않은가. 그런 곳에서 식사가 잘될 리는 만무하다. 또한 그 목사 자신이 모든 것을 사회주의화하려는 공산주의자임에야, 그리고 어떤 다른 사람이 모든 것에 동의하지 않는다는 이유만으로도 마치 그가 세계질서를 전복시키려는 사람인 양 대하는 데야.

후게나우는 산책을 하며 곰곰이 심사숙고한다. 그렇지만 뾰족한 방도가 떠오르지 않는다. 누구나 원하는 대로 상상력을 동원해도 좋은 학생 시절 같다. 그러나 그때처럼 아프다는 핑계 이외에는 더 좋은 궁리를 짜낼 수가 없다. 그리하여 그는 돌아선다. 에슈보다 앞서 집에 가기 위해서다. 그리고 에슈 어머니에게 올라간다(얼마 전부터 그는 그녀를 그렇게 부르곤 했다). 한 계단 한 계단 오를 때마다 그의 아픈 표정은 진짜가 되어 간다. 어쩌면 그는 정말로 상태가 아주 좋지 않게 느꼈을지도 모른다. 아무것도 먹지 않는 편이 가장 좋을지도 모른다. 그러나 결국 그는 하숙비를 지불하는 사람이다. 에슈라는 놈에게 뭘 거저 줄 필요가 있을까.

「에슈 부인, 제가 병이 났습니다.」

에슈 부인이 쳐다본다. 그리고 후게나우의 아픈 표정에 마음이 움직인다.

「에슈 부인, 아무것도 먹지 않겠습니다.」

「아니, 하지만, 후게나우 씨…… 수프는 드셔야지요, 곧 좋은 수프를 만들어 드리지요…… 그 수프가 해를 끼칠 사람은 아무도 없으니.」

후게나우는 생각해 본다. 그리고 슬프게 말한다. 「고기 수프입니까?」

에슈 부인이 당황한다. 「하지만…… 집에는 수프를 끓일 고기가 없는데.」

후게나우는 더욱 슬퍼진다. 「그렇지요, 그럼요, 고기가 없지요…… 열이 있는 것 같아요…… 열이 얼마나 되는지, 에슈 어머니, 좀 만져보실래요…….」

에슈 부인이 가까이 다가온다. 망설이며 손가락 하나를 후게나우의 손 위에 놓는다.

후게나우가 말한다. 「오믈렛은 되겠지요.」

「차를 끓여 드리면 어떤지?」

후게나우가 절약의 낌새를 알아차린다. 「아, 오믈렛이 정말 좋겠습니다…… 집에 달걀이 있지 않습니까…… 아마 달걀 세 개면 될 겁니다.」

그는 다리를 질질 끌며 부엌을 떠나 올라간다.

그는 소파 위에 눕는다. 그렇게 하는 것이 병자에게 어울리니까. 또 한편으로는 어젯밤의 수면 부족을 보충하지 않으면 안 되니까. 그러나 잠은 편하지 않다. 신문 기사로 한 방 먹인 일이 성공한 데 대한 흥분이 여전히 바르르 남아 있다. 아마 침대에 누워야 할 것이다. 잠에 취해 그는 세면대 위의 거울을 바라본다. 창을 바라본다. 집 안에서 나는 소리에 귀를 기울인다. 여느 때의 부엌에서 나는 소리가 들린다. 고기를 두드리는 소리. 그렇다면 저 뚱보 에슈 계집이 나를 속였군. 사내에게 고기를 전부 주려고. 물론 그녀는 돼지고기로 고기 수프를 만들 수 없다는 핑계를 댈 것이다. 그러나 부드럽고 살짝 구운 돼지고기가 환자에게 해될 리 있겠는가. 그때 그는 도마 위에서 짧고 날카롭게 써는 소리를 듣는다. 그리고 그것이 채소를 써는 소리임을 인정한다. 그렇다, 그는 어머니가 재빠르게 파슬리나 셀러리를 토막 내며 써는 모양을 언제나 불안스럽게 쳐다보았었다. 그녀가 손끝을 같이 썰어 버리지 않을까 하고 불안했었다. 식칼은 날카롭다. 이제 채 써는 소리가 끝나고 어머니가 다치지 않은 손가락을 행주에 문지르는 것이 기쁘다. 잠을 이룰 수 있다면, 침대에 누워 있는 편이 더 좋을 것이다. 에슈의 계집이 그 옆에 앉아 뜨개질을 하거나 그에게 습포를 대주어야 할 것이다. 그는 손을 만져 본다. 손이 정말 몹시 뜨겁다. 좀 유쾌한 것을 생각해야 한다. 예를 들어 여자들을. 벌거벗은 여자들을. 계단이 삐걱인다. 누군가 올라오고 있다. 이상하다, 보통 때의 아버지는 이렇게 일찍 오지 않는데, 아, 그렇군, 우편집배원이로구나. 에슈 어머니가 그와 이야기를 한다. 전에는 언제나 빵 굽는 사람이 왔었다. 지금은 그를 절대 보지 못한다. 배가 고프면 잠들 수 없다는 것, 그것은 말도 안 되는 소리다.

후게나우는 눈을 깜박거리며 다시 창문을 쳐다본다. 밖에 콜마 산맥이 보인다. 높은 왕성(王城)의 성주는 소령이다. 황제가 친히 그를 임명했다. 프로이센과 성스러운 종교의 적을 증오하라. 누군가 후게나우의 귀에다 웃어 댄다. 그는 엘사스어로 말하는 소리를 듣는다. 냄비가 끓어넘친다. 아궁이 위에서 식식거린다. 이제 누군가 그의 귀에 속삭인다. 배고파, 배고파, 배고파, 너무 어리석다. 그가 다른 사람들과 식사해서는 안 될 이유가 무엇인가! 그는 언제나 부당하고 나쁜 대우를 받았다. 어쩌면 지금 저들은 그의 자리에 소령을 앉혔을지도 모른다! 계단이 다시 삐걱거린다. 후게나우는 덩달아 소스라친다. 아버지의 걸음 소리야. 아아, 하느님, 에슈로구나, 그 목사 나리로구나.

돼지 새끼, 에슈, 그놈이 화를 내는 건 당연하다. 네가 내게 한 것처럼 내가 네게 하는 것이다. 이제 그는 행복스럽게 프로테스탄트가 되었지. 그다음은 유대인이 되거라. 그래서 할례를 받아라. 그걸 마누라에게 이야기해야 한다. 손끝, 칼끝. 당장 일어나 그리 건너가 그더러 유대인이 될 거냐고 물어보는 것이 가장 좋으리라. 그를 두려워하다니 너무 어리석다. 아니, 난 다만 너무 게으를 뿐이다. 하지만 그 여자는 내게 먹을 것을 가져다주어야 한다. 그것도 즉시……. 목사가 사료를 얻기 전에. 에슈란 놈이 모든 것을 퍼먹어 버려 내가 점점 여위는 건 놀라운 일이 아니다. 그놈은 그런 놈이다. 목사도 배가 있는 법이니까. 사기꾼도 사제의 옷을 입는다. 사형 집행인도 검은 옷을 입는다. 사형 집행인은 많이 먹어야지, 힘이 있어야 하니까. 그들이 사람을 사형 집행장에 데려가려고 오는 건지 아니면 먹을 것을 가져오는 것뿐인지 아무도 모르는 일이다. 지금부터 호텔에 가서 소령의 식탁에서 고기를 먹자. 오늘 저녁에 바로. 오믈렛이 더 지체된다면 싸움이 있으리라. 오믈렛을 만들려면 5분이면 족하다!

에슈 부인이 조용히 방으로 들어와 달걀 요리가 든 접시를 의자 위에 놓고 소파 옆으로 민다.

「후게나우 씨, 차를 끓여 드릴 필요가 정말 없는지, 잎 차인데?」

후게나우가 쳐다본다. 그의 노여움은 거의 증발해 버리고 없다. 동정이란 좋은 것이다.

「열이 납니다, 에슈 부인.」

열이 얼마나 되나 그의 이마를 쓰다듬어 보아야 할 것이다. 그러나 그녀가 그렇게 하지 않았으므로 그는 화가 난다.

「침대에 누워야겠어요, 에슈 어머니.」

그러나 에슈 부인은 꼼짝도 않고 그냥 앞에 서 있다. 그녀는 그에게 차를 부어 넣어 주겠다고 주장한다. 정말 좋은 차라우. 아주 오래되었을 뿐 아니라 유명한 약재이기도 하고요. 비방을 아버지와 할아버지에게서 물려받은 약초 수집가가 굉장한 부자가 되었답니다. 그는 쾰른에 집을 가지고 있지요. 각지에서 사람들이 그를 찾아간답니다. 그녀가 단숨에 그렇게 많은 말을 하는 건 거의 없던 일이었다.

그럼에도 불구하고 후게나우는 동의하지 않는다.「버찌 브랜디, 에슈 부인, 그것이 좋을 것 같습니다.」

그녀가 구역질 난다는 표정을 지었다. 브랜디를? 안 돼요! 건강이 이제 아주 확실한 상태가 아닌 남편도 차를 마시는데 찬성했는데.

「그래요? 에슈가 차를 들어요?」

「그래요.」에슈 부인이 말했다.

「그럼, 맹세코, 제게도 차를 주십시오.」그리고 한숨을 쉬며 후게나우는 일어나 오믈렛을 야금야금 먹었다.

71

하인리히와의 작별은 이상스럽게 아무 고통 없이 진행되었다. 육체적 관심과 정신적 관심이 서로 구별될 수 있다고 할 때, 그것은 단지 육체적인 사건일 뿐이었다. 한나가 역에서 집에 돌아올 때, 그녀는 자기가 커튼이 내려진 빈 집 같다는 느낌이 약간 들었다. 그것이 전부였다. 그 밖에 그녀는 하인리히가 전쟁에서 다치지 않고 돌아오리라는 확신을 가지고 있었다. 그리고 하인리히가 순교자가 되지는 않으리라는 그러한 확신으로 말미암아 그녀가 두려워했던 불안한 감상적 태도를 다행히도 피할 수 있었을 뿐만 아니라 ── 작별의 슬픔을 넘어서 ── 하인리히가 돌아오지 않았으면 하는 희망도 은밀하고 안전한 곳으로 밀려 나갔다. 그녀가 소년에게

<아버지는 곧 돌아오실 거야>라고 말했을 때, 그들 둘 다 그녀의 말뜻을 알고 있었다.

육체적 사건, 그녀가 그런 것으로 그 6주일의 휴가 기간을 특징지은 것이 당연한 사건은 이제 그녀의 정신 속에서 그녀의 생의 조류의 축소처럼, 자아의 축소처럼 나타났다. 마치 육체성을 경계로 그녀의 자아의 둑이 쌓인 것 같았다. 마치 강물이 물보라치며 계곡을 통해 옥죄어 흐르는 것 같았다. 돌이켜 생각해 보면, 그녀는 언제나 그녀의 자아가 그녀의 피부로써 경계지어지는 듯한, 마치 침투할 수 있는 피부를 통해 몸에 걸치고 있는 비단옷까지 나아갈 수 있을 듯한 느낌을 가지고 있었다. 심지어 그녀의 옷들에 자아의 숨결이 깃들 것만 같았다(따라서 유행의 차림새 속에서 커다란 안전감을 느꼈을 것이다). 그렇다, 그것은 거의 자아가 육체의 아주 먼 바깥에 사는 것 같았다. 몸속에서 살기보다는 오히려 그것을 둘러싸고 있는 것 같았다. 그리고 자아는 이제 그녀의 머리에서 사고하는 것이 아니라 오히려 머리 바깥 어디에선가, 말하자면 어느 보다 높은 망루에서 사고하는 것 같았다. 그곳에서 보면 그녀는 자신의 육체성을, 그것이 아무리 중요하다 할지라도, 눈곱만큼도 소중하지 않게 여길 수 있었다. 그리하여 육체적 사건들이 6주일을 지속하는 동안, 계곡을 통해 돌진하며 통과하는 동안, 온통 혼란스러운 넓은 공간 중에 남은 것이라고는 반짝이는 안개뿐이었다. 미쳐 날뛰는 물 위에 서린 무지개의 광채, 이를테면 그것이 영혼의 마지막 피난처였다. 그러나 잔잔한 수면이 다시 펼쳐지며 흡사 질곡을 벗어 버린 것 같은 지금, 그러한 한숨과 잔잔한 심정

은 동시에 미쳐 날뛰는 협곡을 망각하고 싶은 희망으로 되었
다. 이러한 망각은 아주 단편적으로 일어났다. 모든 개인적
인 것이 비교적 빠르게 사라졌다. 하인리히의 동작, 그의 목
소리, 그의 말, 그의 걸음걸이, 이 모든 것이 아주 빠르게 가
라앉아 버렸다. 그에 반해 일반적인 것은 남아 있었다. 혹은
부적당한 비유를 써 보면 제일 먼저 그의 얼굴이, 그다음 그
의 옆구리에 달려 움직이는 모든 것, 손과 다리가 사라졌다.
그러나 움직이지 않고 응고되는 몸뚱어리, 가슴에서 허벅다
리가 달려 있는 곳에 이르는 토르소, 그 남자의 아주 음탕한
모습, 그것은 그녀의 기억 깊은 곳에 간직되어 있었다. 땅에
묻혀 버린, 혹은 티리아 해안의 파도에 덮여 버린 신 같은 모
습이. 그런 단편적인 망각이 넓게 진전될수록, 그리고 ― 이
것이 바로 끔찍한 점인데 ― 그런 신 같은 모습이 축소될수
록 그것이 주는 불쾌감이 더욱 집중적이고 독립적이 되어 갔
다. 점점 작아지는 조각들과 더불어 망각이 점점 느린 속도
로 그런 불쾌감에 다가가는 것이었다. 그 불쾌감에 무력해지
면서 말이다. 이것은 비유에 불과하다. 그리고 모든 비유처
럼 그것도 참된 사실을 천박하게 한다. 참된 사실이란 언제
나 그림자 속에 머문다. 그것은 불명료한 표상들의 뒤섞임이
다. 반쯤 회상된 회상, 반쯤 생각된 생각, 반쯤 의도된 의도,
그것들의 밀물이다. 은빛 안개가 뒤덮인 가없는 강물, 구름
까지 검은 별들까지 이르는 은빛 숨결이다. 이렇게 강물의
진흙 속에 있는 토르소는 토르소가 아니었다. 그것은 닳아
빠진 자갈이었다. 그것은 독립된 가구 한 조각이었다. 사건
의 흐름 속에 내던져진 가구였다. 혹은 쓰레기였다. 강가의

파도에 내동댕이쳐진 어떤 덩어리였다. 파도가 파도 주위를 굴렸다. 낮이 밤 주위에서 엮어졌다. 밤이 낮 주위에서 엮어졌다. 그리고 그 나날들이 서로 무엇에 이르렀는지는 알 수 없었다. 때때로 꿈보다 서로 이어지는 꿈들보다, 더 알 수 없었다. 그리고 때때로 무엇인가가 거기 있었다. 여학생의 비밀스러운 지(知)를 경고하는, 그럼에도 불구하고 어딘가 그런 어린 시절의 지로 도망가고 싶은, 개별적인 것의 세계로 도망가 하인리히의 얼굴을 다시 망각에서 빼내고 싶은 욕구를 일깨우는 것이. 그러나 그것은 욕구에 불과했다. 그것의 실현은 땅에서 발견해 낸 그리스의 토르소에게 존재하는 보수의 가능성만큼의 가능성이 허용될 수 있으리라. 요컨대, 그것은 실현될 수 없는 욕구였다.

처음 보아서는 한나 벤틀링의 기억 속에서 우세한 것이 개별성인지 일반성인지는 그리 중요하지 않은 것처럼 여겨질 것이다. 그러나 일반성이 아주 우세한 것으로 비약했음이 보편적으로 눈에 띄는 시대에는, 다만 개인에서 개인으로 펼쳐지는 인간들의 사회적 유대가 집합 개념으로는 이제까지 예감되지 못한 통일성을 위하여 해체되는 것이다. 이런 시대에는 잔혹성으로 가득 찬 탈개인화된 상황이 등장하는데, 이런 상황에 부응하는 것은 오직 어린 시절과 양로원뿐이다. 이런 시대에는 개인의 기억 역시 그러한 일반적 규칙에서 벗어나지 못하게 된다. 아주 평범한 여인의 고독화는, 그녀가 아무리 어여쁘고 파트너에게 좋은 동침자라 할지라도, 성적 만족을 완전히 빼앗겼기 때문이라고 설명될 수 없다. 오히려 그녀의 고독화는 전체의 일부를 형성하는 것이다. 그것은 모든 개별 운명이 그렇듯이 형이상학적인 섭리, 세계 위에 드리워져 있는 섭리를 반영하고 있다. 그녀의 고독화는, 원한다면, 육체적 사건이라 불러도 좋다. 그럼에도 불구하고 그 비극성에 있어서 형이상학적이다. 왜냐하면 그 비극성은 자아의 고독화라고 하는 것이기 때문이다.

72
베를린의 구세군 소녀 이야기(13)

이러한 시대, 이러한 붕괴하는 삶에 아직 현실성이 있는가? 나의 수동성은 나날이 증대한다. 내가 나보다 더 강할 현실에서 짓이겨졌기 때문은 아니다. 오히려 내가 도처에서 비현실적인 것과 충돌하기 때문이다. 나는 철두철미 오직 능동 속에서만 나의 생의 의미와 에토스가 찾아질 수 있음을 의식한다. 그러나 나는 예감하고 있다. 이 시대에 유일하게 참된 능동성을 위해선, 나는 철학을 하고자 한다. 그러나 어디에 인식의 존엄이 남아 있단 말인가? 그 존엄이 오래전에 죽어 버리지 않았다면 철학은 그 대상의 붕괴에 직면하여 단순한 말들로 분해되지는 않았을 것이다. 존재 없는 이 세계, 휴식 없는 이 세계, 점점 빨라지는 속도에서만 균형을 찾을 수 있고 유지할 수 있는 이 세계, 이 세계의 광포함은 인간의 거짓 능동성이 되어 버렸다. 인간을 무(無) 속으로 내던지는 능동성. 오, 더 이상 철학을 할 수 없는 시대의 체념보다 더 깊은 체념이 존재할까! 철학 자체가 탐미적인 유희가 되어

916

버렸다. 더 이상 존재하지 않는 유희가, 철학은 악의 공전에 빠져 밤이면 밤마다 지루해하는 부르주아의 소일거리가 되어 버렸다! 우리에게 남은 것은 숫자 이외에 아무것도 없다, 법 이외에는 우리에게 남아 있는 것이 없다!

종종 나에게는 나를 지배하고 나를 유대인의 이 거처에 붙잡아 두는 상황을 체념이라고 부를 수 없으며 오히려 도처에 편재하는 낯섦에 만족하는 법을 배우는 지혜 같다는 생각이 든다. 바로 누헴과 마리 역시 내게는 낯설기 때문이다. 나의 마지막 희망이었던 그들, 그들이 나의 피조물이길 바라는 희망, 내가 그들의 운명을 손에 넣고 결정했으면 했던 실현될 수 없는 달콤한 희망, 누헴과 마리, 그들은 나의 피조물이 아니며, 결코 그랬던 적도 없었다. 세계를 만들어도 되리라는 음흉한 희망이여!

세계는 독자적으로 실존하는가? 아니다. 누헴과 마리는 독자적으로 실존하는가? 분명 아니다. 왜냐하면 어떤 존재도 독자적인 생을 영위하지 않기 때문에. 하지만 운명을 결정하는 심급(審級)들은 나의 힘과 사유의 영역에서 아주 먼 바깥에 있다. 나 자신은 오직 나 자신의 법을 실행할 수 있을 뿐이다. 나 자신의, 내게 규정된 일을 할 수 있을 뿐이다. 그것을 능가할 능력은 내게 없다. 그리고 피조물인 누헴과 마리에 대한 나의 사랑이 꺼지지 않을지라도, 그들의 영혼과 그들의 운명을 위해 투쟁을 중단하지 않는다 할지라도, 그들을 좌우하는 심급들은 여전히 존재한다. 나는 그것에 다다를 수가 없다. 그것들은 내 앞에서 숨어 있다. 내가 때때로 대청에서 마주치지만, 내게는 영원히 닫힌 방에서야 비로소 진정한 모습을 지니는, 하얀 수염의 할아버지처럼 숨어 있다. 그는 오직 그의 사절 리트바크를 통해서만 나와 교제한다. 그 심급들은 구세군 숙소의 담화실에 초상화로 걸려 있는 하얀 수염의 보트 사령관처럼 내게로부터 숨어 있다. 그리고 내가 숙고한 바가 옳다면, 그건 전혀 투쟁이 아니다. 할아버지에 대한 투쟁도, 구세군 사령관에 대한 투쟁도 아니다. 오히려 나는 그들의 뜻대로 하려고 노력한다. 누헴과 마리에 대한 나의 구애는 그들에게도 해당하는 구애이다. 그렇다, 때때로 나는 내게 중요한 것은 오로지 나의 행동으로써 그 노인들의 사랑을 얻는 것이라고 생각한다. 그러면 그들은 나를 축복할 것이고 나는 외로이 죽지 않을 것이다. 왜냐하면 현실이란 법을 부여했던 이들에게서 존재하기 때문이다.

이것이 체념인가? 모든 미적인 것으로부터의 전향인가? 내가 예전에 서 있던 곳은 어디란 말인가? 나의 뒤에 있는 생이 흐릿해진다. 나는 모른다. 내가 살았던 것인지 아니면 이야기를 들었던 것인지를. 그것은 너무도 머나먼 바다 속에 가라앉아 버렸다. 배들이 나를 저 머나먼 동쪽과 머나먼 서쪽의 해안까지 운반했던 것인가? 내가 아메리카의 식민 농장에서 목화를 따는 사람이었던가? 내가 인도의 코끼리의 정글에 있던 백인 사냥꾼이었던가? 모든 것이 가능하다. 있음 직하지 않은 것은 없다. 공원의 성도 있음 직하지 않은 것이 아니리라. 높음과 깊음, 모든 것이 가능하다. 왜냐하면 그 자체를 위해 존재하는 이 역동성에 남아 있는 것은 아무것도 없기 때문이다. 외견상으로는 일에, 외견상으로는 고요와 맑음 속에 존재하는 듯이 보이지만, 그러나 아무것도 남아 있지 않다. 내던져졌다, 나의 자아는, 무 속으로 내던져졌다. 동경은 이룰 수 없다, 약속된 땅에는 다다를 수 없다, 더욱 커지지만 결코 잡을 수 없는 광휘는 보이지 않는다. 그리고 우리가 추구하는 공동체는 힘은 없으나 악한 의지로 가득 찬 공동체이다. 헛된 희망. 종종 근거 없는 교만. 세계는 낯선 적으로 남아 있었다. 아니 적보다도 못한 것, 그냥 낯선 것이었다. 어쩌면 내가 그것의 표면을 쓰다듬을 수 있었을지도 모르지만, 그 속으로는 결코 침투해 들어갈 수는 없었던 것이었다. 내가 결코 그 속으로 침투할 수 없을 낯선 것, 자꾸 증대해 가는 낯섦 속에서 낯설게, 자꾸 증대해 가는 눈멂 속에서 눈멀어, 고향의 밤의 기억 속에서 사라지며 붕괴하다가 마침내 붕괴하는 과거의 입김에 불과한 것. 나는 많은 길을 갔었다. 다른 모든 것들이 연유하는 유일자를 찾기 위해. 그러나 그 길은 자꾸 갈라지기만 했다. 그리고 신 자체도 내게 의해서가 아니라 선조들에 의해서 규정되었던 것이었다.

나는 누헴에게 말했다. 「너희들은 신뢰할 수 없는 종족이다. 사악한 종족이야. 너희들은 신조차도 늘 새로이 신 자신의 책으로 통제하고 있어.」

그가 대답했다. 「율법은 존속합니다. 사람이 모든 것을 율법으로부터 간파하고 나서야 비로소 신이 존재하는 겁니다.」

나는 마리에게 말했다. 「너희들은 용감하나 생각 없는 종족이다! 너희들은 너희들만이 선할 필요가 있고 음악을 켤 필요가 있다고 믿고 있어. 그렇게 함으로써 신을 끌어낼 수 있다고 믿고 있어.」

그녀가 대답했다. 「신에 대한 기쁨이 바로 신이며, 그분의 은총은 다하는 법이 없습니다.」

나는 나에게 말했다. 「너는 벽치이다. 너는 플라톤주의자이다. 너는 세계를 붙잡아, 너의 입장에서 세계를 형상화시킬 수 있다고, 너 자신을 신으로 구원하리라고 믿고 있다. 그 때문에 너는 피를 흘리며 죽어 가고 있음을 알아차리지 못하는가?」

나는 나에게 대답했다. 「그래, 나는 피를 흘리며 죽어 가고 있다.」

73
가치들의 붕괴(9): 인식론적 부설

이 시대에 아직 현실이 있는가? 그것의 생의 의미를 지켜 줄 가치 현실이 있는가? 비(非)-생의 비(非)-의미를 위한 현실이 존재하는가? 어디로 현실은 도망쳐 버렸는가? 학문으로? 율법으로? 의무로? 혹은 그럴듯함의 지점이 무한대로 사라져 버린, 영원히 물음을 던지기만 하는 논리의 회의 속으로? 헤겔은 역사에 〈정신적 실체의 해방으로의 길〉을, 정신의 자기 해방으로의 길을 약속했었다. 그것은 모든 가치들이 자기를 갈기갈기 찢어 버리게 되는 길이었다.

헤겔의 역사 구조가 세계 대전으로 인해 반박되었는지 아닌지는 중요하지 않다(그것은 이미 별들의 7의 수를 얻어 낸 바 있다). 왜냐하면 4백 년 동안의 과정에서 자율화되어 버린 현실은 어떤 상황에서도 어떤 연역적 체계에 굴복하고 싶어 하지도, 할 수도 없었기 때문이다. 더욱 중요한 것은 이러한 반(反)연역적 현실의 논리적 가능성에 대해, 그러한 반연역성의 논리적 원인에 대해 묻는 것이리라. 요약하면 이러한 정신의 발전이 등장해야 했던 〈가능한 경험의 조건들〉에 대해 물음을 던지는 것이리라. 모든 철학에의 경멸, 언어에의 권태는 바로 이러한 현실에 속할 것이며 이러한 발전에 속할 것이다. 그리고 언어의 설득력에 대한 전적인 불신과 더불어 다음과 같은 방법론적 문제들이 절박하게 제기된다. 즉, 사적(史的) 사건이란 무엇인가? 사적 통일성이란 무엇인가? 혹은 더욱 절박하게 물어, 사건 일반이란 무엇인가? 개별 사실들을 사건들의 통일로 응결시키기 위해 행해진 필수적인 선택은 어떤 것인가?

자율적인 생이 가치의 범주에 가지는 결속은 자율적 의식이 진리의 범주에 가지는 결속과 마찬가지로 풀 수 없이, 그리고 본질에 고유하게 주어져 있는 것이다. 가치나 진리 같은 현상들에 대해 다른 명칭을 찾을 수도 있다. 그러나 그럼에도 불구하고 그것들은 현상들로서 존속하며, 존재*Sum*와 인식*Cogito* 자체처럼 무조건적으로 존속한다. 존재와 인식은 자아의 연계를 상실한 자율성에 기인하며, 그것 둘은 자아의 행위일 뿐만 아니라 정립이기도 하다. 따라서 가치는 가치 정립적인, 가장 보편적인 의미에서의 세계 형성적 행위와 형성된, 공간적으로 보이는 세계 가시적 가치 산물로 분열했고, 가치 개념은 복합적인 범주들로 분열했던 것이다. 그 범주들은 행위의 윤리적 가치와 행동 결과의 미적 가치이다. 그것들은 같은 동전의 앞면과 뒷면이다. 그리고 그러한 합착(合着)에서 비로소 가치 범주들은 모든 생의 가장 보편적인 가치 개념과 논리적 지점을 산출한다. 그리고 사실상 역사에서는 언제나 그러했다. 이미 고대의 역사 서술은 그들의 가치 개념에 종속했으며, 18세기의 도덕적 사상을 표현하는 역사는 극히 의식적으로 그들의 가치 개념들을 적용했다. 헤겔의 개념에서 절대 가치는 〈세계 정신〉의 개념에서뿐만 아니라 〈역사의 법정〉 개념에서도 가장 분명히 드러난다. 따라서 가치 개념의 방법론적 기능이 헤겔 이후 역사 철학의 주요 테마가 되었음은 놀라운 일이 아니다. 물론 숙명적인 부산물이 있었다. 전체 인식이 자연 과학적·가치 중립적 인식과 정신 과학적·가치 관련적 인식으로 분열한 것이 그것이다. 원한다면, 철학의 최초의 파산 선고라 할 수 있다. 왜냐하면 사유와 존재의 동일성*Identität*의 논리적·수학적 영역에 제한되었고, 전체 여타 인식 영역에서는 이러한 철학의 관념론적 주요 과제가 무시되거나 혹은 직관의 모호성으로 밀려난 듯이 보이기 때문이다.

헤겔이 셸링에게 가한 (정당한) 비난은 그가 절대자를 〈피스톨에서 발사하듯이〉 세계 내로 투영시켰다는 점이다. 그러나 바로 그러한 비난이 헤겔 철학과 헤겔 이후 철학의 가치 개념에도 해당한다. 가치 개념을 단순하게 역사 내로 투영시키고, 역사에 의해 보존되는 모든 것을 당장 〈가치〉로 일컫는다는 것, 그것은 조형예술의 순수 미학적 가치들에나 여전히 가까스로 허용되고 있을까, 그 이상은 타당하지 않다. 반대로 사람들은 역사를 비가치들의 퇴적물로서 설명하고 역사 일반의 가치 현실을 부정하고 싶은 충동을 느끼는 것이다.

첫 번째 명제

역사는 가치들로 구성된다. 이유는 생이 단순히 가치 범주 안에서만 파악될 수 있기 때문이다. 그러나 이 가치들은 절대*Absoluta*로서 현실 속으로 도입될 수 있는 것이 아니라, 단지 윤리적으로 행동하는 가치 정립적 가치 주체와의 관련 속에서만 생각될 수 있다. 헤겔은 그러한 가치 주체를 절대적으로 객관화된 〈세계 정신〉으로서 현실 속에 정립했다. 그렇지만 그의 구조는 그 포괄적 절대성에서 불합리한 것으로 논증된다(여기서 다시 극복될 수 없는, 연역적 사유의 무한성의 한계가 제시된다). 존재하는 것은 오직 유한한 정립들뿐이다. 구체적인, 원래부터 유한한, 가치 주체가 존재하는 곳에서는, 말하자면 구체적 개인이 존재하는 곳에서는, 가치들의 상대화가, 소개된 주체들에 대한 가치들의 종속성이 아주 뚜렷이 드러난다. 한 개인의 전기는 그 자신에게 중요했던 모든 가치 내용들을 기록함으로써 발생하는 것이다. 개인은 그 자체로서는 아주 무가치할 수가 있다. 가치 적대적일 수 있는 것이다. 예를 들어 도둑 두목이 그렇다. 그러나 그가 속한 가치권의 가치 중심으로서 그는 그럼에도 불구하고 전기와 역사의 성숙한 주체이다. 가상적 가치 중심과의 관계도 마찬가지이다. 어떤 국가, 클럽, 국민, 독일 한자 동맹의 역사, 심지어 죽은 대상물, 이를테면 어떤 건물 같은 것, 이들의 역사는 사실들의 선별을 통해 형성되는데, 그 사실들은 해당 가치 중심이 가치 의지를 지녔었다면 그 자신에게도 중요했을 사실들이다. 가치 중심이 없는 사건은 안개 속으로 흩어져 날아가 버린다. 가령 쿠너스도르프의 전투는 거기 참여한 근위병들의 명단으로 이루어진 것이 아니라, 지휘관의 계획 하에 놓여 있던 현실의 형태화로 이루어진 것이다. 개개 역사적 통일성은 유효한 혹은 가상적 가치 중심에 종속한다. 만약 시대의 중심에 통일성을 창출하는 선별 원칙이 정립되지 않는다면 한 시대의 〈양식〉은, 심지어 사적 사건으로서의 시대 자체도 존재하지 않을 것이다. 〈시대의 정신〉, 그것에 가치 정립적이며 양식 형성적 힘이 분배되는 것이다. 혹은, 진부한 표현을 써보자면, 문화는 가치 형성체이며, 문화는 오직 양식 개념 아래에서만 생각될 수 있다. 문화 일반을 생각해 볼 수 있으려면, 문화를 제기하는 가치권의 중심에 위치하는 양식 정립적·가치 정립적 〈문화 정신〉이 필요하다.

이것이 모든 가치들의 상대화를 뜻하는가? 사유와 존재의 통일로써 로고스의 절대성이 현실에서 현시되리라는 희망에게 부여된 과제인가? 정신과 인간성의 자기 해방으로의 길을 언젠가 대략적으로나마 걸을 수 있으리라는 희망에게 부여된 과제인가?

두 번째 명제

가치 정립 행위의 역사적 성숙도, 전기적 성숙도는 로고스의 절대성에 의해 규정된다. 왜냐하면 가치 주제는 그것이 실제적인 것이든 가상적인 것이든 오직 그의 자아의 고독 속에서만 상상될 수 있기 때문이다. 저 지양될 수 없는, 연계 없는 플라톤적인 고독 속에서, 그 고독의 자랑은 오로지 논리적인 것의 규정에만 종속한다는 것이며, 그 고독의 억지는 행위를 그런 논리적인 그럴듯함하에서 설정하는 것이다. 그러나 이것이 의미하는 바는, 철두철미 칸트적인 의미에서, 행위를 행위 자체를 위하여 창출하는 〈선의지〉에의 요구일 뿐만 아니라, 또한 모든 추론을 자아의 자율적인 법칙성으로부터 이끌어 내라는 규정이기도 하다. 이는 행위를 모든 독단론에 영향받지 않고 자아와 법칙의 순수 독창성 속에서 창출하기 위해서이다. 환원하면, 순전히 자기의 고유 법칙성으로부터 생긴 것이 아니면 역사로부터 사라짐을 의미한다. 그러나 아무리 이러한 고유 법칙성이 시대 내에서 작용하고 있다 하더라도, 즉 시대 조건적이며 양식 조건적이라 하더라도, 그런 양식 조건성은 언제나 다시금 상위 로고스의 음영에 불과할 수 있는 것이다. 저 로고스, 그것은 오늘날에도 작용하고 있다. 그것은 사유이며, 확실히 오늘날에도 바로 현세적인 음영인 것이다. 그럼에도 불구하고 그것은 각 음영을 통해 새어 비치며 초월성에 대한 지속적인 요구를 하는 가운데, 양식 관련적 사유를 다른 자아 속으로 투영할 수 있게 한다. 이러한 형식적 기본 통일성은 창출된 행위에서, 보편적·미학적인 것의 비교적 좁은 범위, 즉 예술적인 것의 범위에서 새로이 그리고 아주 명료하게 보이며, 예술 형식의 불멸성 속에서 가장 명백하게 보인다.

이로부터 야기되는 총괄적인 명제는 다음과 같다.

세 번째 명제

세계는 예지적 자아의 정립이다. 왜냐하면 플라톤적 이데아는 상실되지 않았고 상실될 수도 없기 때문이다. 그러나 그 정립은 〈피스톨에서 발사된〉 것이 아니다. 그것은 언제나 다시 가치 주체들에 의해서만 정립될 수 있다. 가치 주체들, 그들은 그들 편에서 예지적 자아의 구조를 반영하며, 그들 편에서 그들 자신의 가치 정립, 그들 자신의 세계 형성을 시도한다. 세계는 자아의 직접적인 정립이 아니라 자아의 간접적인 정립이다. 세계는 〈정립의 정립〉이며, 〈정립의 정립의 정립〉이다. 정립은 무한히 계속된다. 이러한 〈정립의 정립〉 속에서 세계는 방법론적 조직화와 위계를 유지한다. 그것은 분명 상대주의적인 조직화이지만, 그럼에도 불구하고 — 형식에 따르면 — 절대적인 조직화이다. 왜냐하면 실제적이든 가상적이든 간에 가치 주체들에게 설정된 윤리적 요구는 줄지 않고 존속하기 때문이다. 그러나 그 윤리적 요구와 더불어 로고스의 내재적 가치 역시 만들어진 행위 내에서 존속한다. 즉 물(物)의 논리는 존속하는 것이다. 그리고 역사의 논리적 진전이 언제나 다시 전복된다 하더라도 곧 역사의 형이상학적 구조의 무한성의 경계에 다다르게 되는 것이다. 그리고 플라톤적 세계상이 언제나 다시 실증주의적 관점을 피해야 한다고 하더라도 플라톤적 이데아의 작용은 억제하기 어려운 것으로 남아 있다. 이 이데아는 모든 실증주의에서 언제나 새로이 어머니 대지를 어루만지며, 경험의 파토스에 이끌리어, 언제나 새로이 머리를 치켜드는 것이다.

개념적으로 파악된 세계 내의 모든 통일성은 〈정립의 정립〉이다. 모든 개념, 모든 사물은 〈정립의 정립〉이다. 그리고 아마도 통일성을 수립하는 인식, 사물을 오직 자율적이며 가치 정립적인 가치 주체로서 파악할 수 있는 인식의 방법론적 기능은 그런 식으로 수학적·자연 과학적 개념 형성과 경험적 개념 형성의 차이를 지양하면서 수학에까지 이를 것이다. 왜냐하면 방법론적으로 보아 〈정립의 정립〉은 관념적 관찰자를 관찰 영역으로 인도하는 것으로 제시되기 때문이다. 이것은 예를 들어 물리학적 상대성 이론 같은 경험적 과학들에 의해 인식론적 견해들과는 완전히 독립적으로 이미 수행된 듯 보인다. 나아가, 또한 〈수는 무엇인가?〉, 〈통일성은 무엇인가?〉라는 물음을 던지면서, 수학적 원리 연구는 바로 강제적으로 직관의 비상구를 시사받았던 지점에 다다랐기 때문이다. 그러나 〈정립의 정립〉 원칙을 통해 직관은 그 논리적 합법성을 쟁취한다. 왜냐하면 자아를 실체화된 가치 주체로 대입시키는 것은 당연히 직관 행위의 방법론적 구조로서 진술될 수 있기 때문이다!

〈정립의 정립〉 원칙이 오랫동안 알아차려질 수 없었던 이유는 아마도 자명성, 그렇다, 그 원시성으로 소급될 수 있을 것이다. 그렇다, 원시성이다! 원시적인 태도를 승인해야 하는 것은 인간의 교만으로는 감당할 수 없는 부담스러운 짐처럼 보일 것이다. 〈정립의 정립〉 과정을 통해 예지적 자아가 세계의 모든 사물로 침투하는 것이 보증된다면 — 이 플라톤적 배경을 잠깐 배제해 볼 때 — 그 과정 속에서 모든 자연의 영활화(靈活化), 모든 세계의 영활화가 전체적으로 총체성을 띠고 수행될 것이다. 영활화, 그것은 원시인의 사유에서 나타나는 세계의 영활화와 비교될 수 있다. 그것은 마치 논리적인 것의 전개에 일종의 개체 발생사*Ontogenese*가 존재하는 듯이 보인다. 이 개체 발생사는 극도로 발전된 논리적 구조 자체에서 이전의, 그리고 외견상으로는 사멸해 버린, 모든 사유 형식을, 또한 직접적 영활화의 사유 형식을, 단항적인 그럴듯함의 사슬의 원초적인 형식을, 생생하게 유지하며, 모든 사유 단계에, 원시적 형이상학의 내용은 아니더라도, 형식을 각인시킨다. 분명 합리주의자들에게는 모욕이 될 것이다. 그렇지만 범신론적 감정에는 위안이 될 것이다.

그럼에도 불구하고 그 위안은 합리적인 영역에서도 찾을 수 있다. 즉, 〈정립의 정립〉이 로고스와의 결속에 있어 직관적 행위의 논리적 구조로서 해석될 수 있다면, 여기서 그렇지 않으면 설명될 수 없는 사실, 즉 인간과 인간 사이의, 고독과 고독 사이의 이해라는 사실에 대한 〈가능한 경험 조건〉이 보일 수 있는 것이다. 말하자면 〈정립의 정립〉은, 비록 언어들이 아무리 서로 다르다고 할지라도, 인식론적 구조를 부여하며, 또한 나아가, 아주 멀리 나아가, 개념의 통일성에서 모든 인간 언어에 공통분모를 부여하고, 인간과 인간다움 ─ 그 존재의 자기 해체 속에서도 여전히 신의 닮은꼴로 남아 있는 ─ 의 통일성을 위한 보증이 되는 것이다 ─ 왜냐하면 그는 그자신의 거울이기에 그가 정립한 모든 개념과 모든 통일성 속에, 로고스가 인간에게 빛을 비추며 모든 사물의 척도로서의 신의 말씀이 마주 빛을 비추기 때문이다. 이 세계의 휴식자가, 이 세계의 미적 가치가 제거되어 기능으로 해체되었다 할지라도, 모든 법칙성에 대한 회의로 되었다 할지라도, 더욱이 질문과 회의에 대한 의무로 화했다 할지라도, 개념의 통일성은 다치지 않고 남아 있으며 윤리적 요구는 다치지 않고 남아 있다. 윤리적 가치의 엄격성은 다치지 않고 순수 기능으로서, 가장 엄격한 계율의 의무 현실로서, 그리고 그 자체로 여전히 세계의 통일성으로서, 인간의 통일성으로서 잔존하는 것이다. 그것은 모든 사물들 속에서 현현하고 시공을 넘어서 상실되지 않으며 상실될 수도 없다.

74

플루르쉬츠 박사는 야레츠키가 의수를 달 수 있도록 도와주었다. 마틸데 간호사 역시 그 옆에 서 있었다.

야레츠키가 가죽 끈들을 움직여 보았다. 「자, 플루르쉬츠, 이제 작별이 다가왔다 해서 당신의 마음이 찢어지는 것은 아니겠지요…… 마틸데 간호사는 말할 것도 없고!」

「글쎄, 야레츠키, 나는 정말 자네가 여기에 있어 내 감시를 받았으면 좋겠군…… 지금 자네가 좋은 시기에 처한 것은 아니니까.」

「모르지요…… 두고 보십시오…….」 야레츠키가 의수의 손가락 사이에 담배를 끼우려고 애를 썼다. 「……두고 보십시오…… 이것을 담배 끼우개로 만들면 어떨까요…… 아니면 고정 담배 물부리로 만들거나…… 아주 천재적인 착상이 아닙니까……?」

「좀 가만히 있어 보게, 야레츠키.」플루르쉬츠가 띠를 묶었다. 「……자, 기분이 어떤가?」

「새로 태어난 기계 같은데요…… 훌륭한 시대의 기계…… 담배가 더 좋은 것이라면 더 훌륭할 텐데.」

「자네, 흡연을 안 할 수는 없는가…… 물론, 다른 것도.」

「사랑 말씀이지요? 물론 기꺼이 안 하도록 하지요.」

마틸데 간호사가 쓸데없이 끼어들었다. 「아니에요, 플루르쉬츠 박사님 말씀은 당신이 음주를 그만두어야 한다는 뜻이에요.」

「아, 그래요, 제가 잘못 이해했나 보군요…… 술이 깨어 있는 사람은 언제나 말귀를 알아듣기가 힘이 들지요…… 이런 생각을 해본 적이 없습니까, 플루르쉬츠? 사람은 흠뻑 취해야 다른 사람을 이해할 수 있다고.」

「거 참 대담한 변호를 시도하는군!」

「자, 플루르쉬츠, 1914년 8월에 우리가 얼마나 멋지게 취했는지를 기억해 보십시오…… 그때야말로 사람이 정말 모두 함께 하나가 된 듯이 느꼈던 최초이자 최후였다는 생각이 듭니다.」

「셸러[41]도 그 비슷한 말을 했지…….」

「누구요?」

「셸러. 전쟁의 천재이지…… 좋은 책은 아니오.」

「아, 책이요…… 그건 아무것도 아니지요…… 말하고 싶은 게 있는데요, 플루르쉬츠, 이건 정말 진담입니다. 저에게 어떤 다른 것, 어떤 새로운 마취제, 이를테면 모르핀이나 애국

41 Scheler(1874~1938). 독일의 철학자.

주의, 공산주의, 혹은 인간을 잔뜩 취하게 할 어떤 다른 것을 주십시오…… 제게 무언가, 우리가 모두 함께 있음을 다시 느낄 수 있도록 해주는 어떤 것을. 그러면 퍼마시는 걸 그만 두지요…… 오늘부터 내일까진.」

플루르쉬츠가 생각했다. 그리고 말했다. 「상당히 옳은 말 이네…… 하지만 술에 취해 같이 있는 것을 느끼려면 간단한 처방이 있지, 야레츠키. 사랑을 하게.」

「의사 선생님의 명령이시니 그렇게 하지요…… 당신도 명령에 따라 사랑에 빠져 있나 봅니다, 간호사?」

마틸데 간호사는 얼굴이 빨개졌다. 주근깨가 난 그녀의 목 위에 두 개의 붉은 줄이 보였다.

야레츠키는 그쪽에 눈길을 주지 않았다. 「연애를 하기에 는 나쁜 때이지요…… 우리 모두가 때를 잘못 만나고 있다는 생각이 듭니다…… 사랑도 다 끝났어요…….」 그는 의수의 관절을 시험했다. 「……정말 사용 지침서가 첨부되어 있어야 하겠습니다…… 포옹을 위한 특별 관절이 틀림없이 어딘가 있을 터이니 말입니다.」

플루르쉬츠는 이상하게 감정이 상했다. 어쩌면 마틸데 간 호사가 그곳에 있었기 때문인지도 몰랐다. 마틸데 간호사는 얼굴이 더욱 빨개졌다. 「무슨 생각을 하시는 거예요, 야레츠 키 씨.」

「왜요? 아주 멋진 생각 아닙니까…… 사랑을 위한 의수…… 그건 아주 멋진 사업일 겁니다. 참모 장교들을 위한 특별 제 품. 연대장 이상…… 공장을 하나 세울까요.」

플루르쉬츠가 말했다. 「언제나 앙팡 테리블⁴² 흉내를 내야겠소?」

「아닙니다. 무기 산업을 위한 착상일 뿐입니다.」 야레츠키는 띠를 묶었다. 마틸데 간호사가 그를 도왔다. 그는 금속 손가락의 관절을 펴보았다. 「그렇지. 이제 장갑이 있어야 하겠습니다…… 약지, 결혼반지 끼는 무명지, 그리고 이건 자두를 따는 엄지.」

플루르쉬츠는 드러난 몽당팔의 상처들을 조사했다. 「잘 맞는 것 같은데. 처음엔 상처를 문지르지 않도록 조심하시오.」

「문지르는 건 용감한 청소부들이나 하는 겁니다…… 이건 자두를 딸 뿐이지요.」

「자네하곤, 야레츠키, 정말 말이 통하지 않는군.」

75

후게나우가 당시 점심 식사 때 에슈 앞에 나타나지 않았던 일은 물론 아무 소용이 없었다. 바로 그날 저녁에 무시무시한 장면이 벌어졌던 것이다. 어쨌든 에슈는 금방 무장을 해제했다. 후게나우가 기사의 임의적인 첨삭을 전적으로 자기 재량에 둔다는 문서상의 발행인의 권리를 주장했기 때문만은 아니라 에슈 자신의 논거를 이용했기 때문이다. 「친애하는 친구.」 그가 비웃었다. 「선생은 종종 사람들이 당신의 발 앞에 몽둥이를 던진다고 한탄해 마지않았습니까. 선생이 공적

---

42 enfant terrible. 〈무서운 아이들〉이라는 뜻으로 사회의 반항아들을 일컬음.

인 부정을 폭로시키려고 한다 해서 말입니다…… 이제 다른 사람 하나가 용기를 내어 실제로 행동에 옮기자 당신이 꽁무니를 빼는 건가요…… 물론, 지구 사령관님의 후원을 아깝게 놓치겠다는 건 아닙니다…… 외투 자락이 바람에 날리도록 두는 것이 좋은 거니까요, 안 그래요?」 그렇다, 에슈는 그런 연설을 경청해야 했다. 비록 그것이 비열하고 음흉한 배후 공격이긴 했지만 그는 괴츠를 인용하는 것 이외에 적당한 응수가 생각나지 않았고, 어쨌든 그 외에는 입을 다물었다.

그러나 후게나우는 능숙하게 키를 급회전시켜 즉시 에슈 부인에게로 갔다. 양심적인 동업자를 거칠게 취급하는 — 왜냐고? 순전히 그가 양심적으로 희생적으로 의무를 수행하는 사람이니까 — 남편에 대하여 하소연하기 위해서였다. 아주 효과가 없지는 않았었다. 에슈가 다음날 점심 식사를 하러 올라왔을 때 그는 부루퉁한, 감정이 상해 있는 후게나우를 발견했다. 또한 부인은 후게나우 씨의 결백을 온화한 말로 옹호했다. 그리하여 눈 깜박할 사이에 다시 함께 사람들은 의좋게 수프를 떠먹었고 에슈 부인은 아주 만족했다. 그녀는 손님을, 결코 칭찬을 아끼지 않는 손님을 잃어버릴까 봐 몹시 불안했던 것이다.

에슈에게도 후게나우를 쫓아내는 결정적인 불화를 피하게끔 했던 것은 상당히 좋은 일이었을 것이다. 그 사내가 소령에 대해 또 어떤 음모를 은밀히 꾀할는지는 알 수 없는 일이었으니까……. 어쨌든 그를 언제나 감시할 수 있는 곳에 두는 편이 좋았다. 그리하여 후게나우는 그대로 머물러 있게 되었다. 점심 식사가 그리 쾌적하게 진행되곤 했던 것은 아니지만 말이다. 그 이유는 특히 에슈가 이제 식탁 동료에게 접시 너머로 불신하는 눈초리를 던지는 습관을 채택했기 때문이다.

후게나우에게 경의를 표하기 위하여 이 말은 해두어야겠다. 그는 분위기를 붙돋우려고 굉장히 애를 썼다. 그러나 결과는 미적지근할 뿐이었다. 벌써 1주일이 지난 오늘에도 에슈는 다시 아주 참을 수 없는 면모를 보여 주었다. 부인의 겁먹은 질문에 대하여 그는 단지 퉁명스럽게 내뱉었다. 「미국으로의 이민을…….」

그리고 더 이상 아무 말도 하지 않았다.

그러나 마침내 배불리 먹은 후게나우가 의자에 기대고 유쾌하지 못한 침묵을 전도유망한 말로써 깨뜨렸다. 「에슈 어머니.」 그가 말하며 손가락 하나를 들었다. 「에슈 어머니, 우리에게 밀가루를 줄 농부 하나를 찾아냈습니다, 어쩌면 햄도 줄지 모르고요.」

「그래요?」 에슈가 의심스러운 듯이 말했다. 「어디서 또 그런 작자를 찾아내었소?」

물론 그런 농부는 전혀 존재하지 않았다. 그러나 없는 것은 생길 수도 있는 법이다. 후게나우는 자기의 착한 뜻이 조금도 인정되지 않는 것에 화가 났다. 그러나 그는 에슈하고 다시 티격태격하고 싶지는 않았다. 반대로 그는 그에게 무엇인가 친절한 말을 해주고 싶었다. 「에슈 어머니를 좀 수월하게 해드려야지요…… 네 식구라니…… 그 많은 입을 꾸려 나가는 것이 놀랍습니다…… 물론 아이까지 계산에 넣어야 하니까요.」

에슈가 미소 지었다.「그렇지, 아이까지.」

후게나우가 앞질러 말했다.「한데 아이는 지금 어디에 있습니까?」

에슈 부인이 한숨을 쉬었다.「당신 말이 옳아요. 오늘날 네 식구를 먹인다는 건 결코 작은 일이 아니지요…… 남편이 그 아이에 대한 염려의 짐을 우리에게 지우지 않았던 편이 더 좋았을지도 모르겠어요.」

「내 일에 참견하지 말아요.」에슈가 격분했다. 그는 화가 나서 부인을 노려보았다. 부인은 이상하게 딱딱한 미소를 지었다. 마치 죄의식이 있는 것 같았다. 에슈가 조금 진정되었다.「새로운 생명이 없다면 모든 것은 죽어 있는 것이오.」

「네, 그래요.」에슈 부인이 말했다.

후게나우가 말했다.「하지만 그 애는 온종일 거리를 싸돌아다닙니다…… 남자애들하고. 조심하십시오. 그 애가 당신들에게서 달아날지도 모릅니다.」

「아니, 그 애는 우리와 있는 것을 아주 좋아해요.」에슈 부인이 말했다. 에슈는, 거의 임신한 부인을 쓰다듬듯이 부드럽게 부인의 살진 팔죽지를 잡았다.「내가 하고 싶었던 말이 그거요. 그 애는 우리와 있는 것을 좋아하지, 그렇지 않소?」

후게나우는 그 부부에게 화가 났다. 그가 말했다.「나도 당신과 사는 것이 좋습니다. 에슈 어머니…… 나도 양자로 삼고 싶지 않으신지요?」그렇게 되면 에슈가 늘 뇌까리는 아들 집을 짓게 할 아들을 갖는 셈이라고 덧붙이고 싶었다. 그러나 어떤 이유, 그 자신도 알지 못하는 이유에서 그는 깊이 격분해 있었다. 전부가 그에겐 이제 농담거리로 생각되지 않았다. 에슈가 갑자기 벌떡 일어나 그를 위협했다 하더라도 후게나우는 놀라지 않았을 것이다. 방을 떠나 마르그리트를 찾는 편이 더 좋을 것임은 의심할 여지가 없었다. 그 애는 분명 저 아래 마당에 있을 거다. 마르그리트와 함께 여기서 나가 버리는 편이 가장 좋으리라.

에슈 부인도 후게나우의 무리한 요구에 깜짝 놀란 것 같았다. 그녀는 에슈의 뼈 굵은 손이 자기 팔을 움켜쥐고 있음을 느끼며 그사이 일어난 후게나우를 입을 벌리고 멍하니 쳐다보았다. 그가 문에 있게 되고 나서야 비로소 그녀는 더듬거리며 말했다. 「왜 안 되겠어요, 후게나우 씨…….」

후게나우는 그 말을 들었다. 그러나 에슈에 대한 그의 격한 노여움은 줄어들지 않았다. 아래에서 그는 마르그리트를 만났다. 그리고 그애에게 1마르크를 몽땅 주었다. 「여행을 위해서다.」 그가 말했다. 「하지만 그러려면 옷을 잘 입어야 한다…… 따뜻한 바지를 입어야지…… 어디 좀 보자…… 너 아주 벌거숭이로구나…… 가을엔 날씨가 추워지는데.」

76

케셀 박사의 집 초인종이 울렸을 때는 벌써 아홉 시가 지나 있었다. 쿨렌베크는 시가를 물고 소파의 한쪽 구석에 앉아 있었다. 「아이고, 케셀, 또 환자인가요?」— 「아니면 뭐겠소.」 케셀이 대꾸했다. 그는 자동적으로 일어났다. 「이게 뭔지…… 하룻밤도 조용히 잘 수가 없다오.」 그리고 그는 피곤하게 옆방으로 갔다. 가방을 가져오기 위하여.

그사이에 하녀가 올라왔다. 「의사 선생님, 의사 선생님, 소령님께서 아래에 와 계십니다.」 ― 「누구?」 케셀이 옆방에서 소리쳤다. 「소령님이오.」 ― 「나 때문일 겁니다.」 쿨렌베크가 말했다. 「빨리.」 케셀이 소리쳤다. 그리고 여전히 검은 가방을 손에 들고 손님을 맞기 위하여 서둘러 나갔다.

소령이 문에 서 있었다. 그는 약간 당황한 미소를 띠고 있었다.

「신사분들이 같이 있다는 것을 알았소이다…… 그리고 케셀 박사님, 당신이 하도 친절하게 초대를 해주시었기에…… 신사분들이 음악을 연주하는 게 아닐까 생각했소이다.」

「맙소사, 혹시 또 무슨 일이 터졌는가 하고 생각했더랬습니다.」 쿨렌베크가 말했다. 「……어쨌든 더욱 좋습니다.」

「아니오, 아무 일도 터지지 않았습니다.」 소령이 말했다.

「그럼 폭동은 다시 없었던 거군요?」 쿨렌베크가 여느 때처럼 남의 감정을 생각지 않고 말했다. 그리고 덧붙였다. 「대체 누가 천치 같은 기사를 〈보테〉지에 실었습니까? 에슈인가요 아니면 프랑스 이름의 그 바보인가요?」

소령은 대답하지 않았다. 그는 쿨렌베크의 질문이 불쾌했다. 그는 이곳에 온 것이 유감스러웠다. 그러나 쿨렌베크는 계속 말했다. 「어쨌건, 지배자들로서는 감옥에서 별일이 없어야 좋겠지요…… 하지만 그들은 전선에서 도망친 사람들이니 조용히 있어야 할 충분한 이유가 있을 텐데요. 정말 이젠 모르게 되어 버렸습니다. 산다는 것, 단순히 살아 있다는 것이 어떤 은총의 선물인지를. 설사 그것이 아무리 초라하더라도 말이지요…… 인간은 기억력이 나쁩니다.」

「신문사 사람들은.」 소령이 말했다. 그건 정말 옳은 대답이 아니었다.

「다시 호출당할까 봐 난 정말 두려웠습니다.」 케셀이 말했다. 「제발 오늘은 더 이상의 방해가 없었으면 좋겠습니다.」

쿨렌베크가 계속 말했다. 「지금 같은 시기에 형무소를 운영하다니 국가의 전례 없는 사치입니다…… 게다가 쓸데없는 일이고요…… 온 세상이 이미 형무소이니까요…… 어쨌든 오래 가진 못할 겁니다…… 형무소를 오래 전에 비워야 했을 겁니다…… 우리 모두가 이민을 가버린다면 그런 사람들과 무엇을 할 수 있겠습니까?」

「아직 그럴 정도는 아닙니다.」 소령이 말했다. 「그리고 그렇게 되지 않도록 신께서 도와주시겠지요.」 그는 그렇게 말했지만 믿지는 않았다. 오후가 되어서야 비로소 그는 다시 도시에서 있을 만일의 철수 사태를 위한 지령이 들어 있는 비밀 명령을 받았다. 명령과 대응 명령이 교차했다. 그리고 다음 시간엔 무슨 일이 벌어질지 아무도 몰랐다. 시궁창이었다.

쿨렌베크는 외과 의사의 크고 좋은 손을 바라보았다. 「프랑스인들이 넘어온다면…… 단언컨대 우리는 맨손으로 그들을 죽여야 할 겁니다.」

케셀이 말했다. 「때때로 나는 내 불쌍한 아내가 이런 시기를 같이 살지 않는 것을 다행으로 생각합니다.」 그는 사진을 쳐다보았다. 그것은 인조 화환과 검은 비단 상장(喪章)으로 장식되어 피아노 위에 걸려 있었다.

소령도 올려다보았다. 「부인께서도 음악을 좋아하셨나 봄니다?」마침내 그가 물었다. 피아노 옆 회색 리넨 자루 속에 첼로가 들어 있었다. 그 위에 붉은 칠현금과 두 개의 플루트가 엇갈려 꽂혀 있었다. 그는 왜 이곳에 왔던가? 어째서 그는 의사들에게 왔던가? 아프다고 느꼈던가? 그는 의사들을 참을 수 없었다. 그들은 모두 자유 사상가들이며 믿을 만한 사람들이 아니다. 그들은 명예가 무엇인지를 모른다. 저기 군의 소령은 소파 한쪽 구석에서 머리를 기대고 앉아 천장을 향해 담배 연기로 원을 날려 보낸다. 턱수염을 허공으로 치켜들고. 모든 것이 단정치 못하다. 어째서 그는 이곳에 왔던가? 그러나 고독한 호텔 방이나, 매순간 후게나우가 나타날 수도 있는 식당의 홀에 있는 것보다는 이곳이 더 낫다. 케셀이 또 한 병의 베른카스텔러를 가져오게 했다. 소령은 급히 한 잔을 들이켰다. 「나는 여러분들이 음악을 연주하리라고 생각했었소이다.」

케셀이 멍하게 미소 지었다. 「예, 제 아내는 음악을 아주 잘 했습니다.」

쿨렌베크가 말했다. 「어때요, 케셀, 당신의 베이스를 좀 끌어내 오면…… 그건 우리 모두에게 좋을 겁니다.」

소령은 쿨렌베크가 그런 말을 함으로써 그에게 친절함을 증명하려는 것을 느꼈다. 비록 그것은 좀 과한 친밀함이긴 했지만 말이다. 따라서 그는 단지 이렇게 말했다. 「그렇지요, 좋을 것 같습니다.」

케셀이 첼로로 다가갔다. 그리고 사진을 흘깃 쳐다보고 악기를 벗겨 꺼냈다. 그러나 그는 멈칫했다. 「그런데 누가 반주를 해주시겠습니까?」

「혼자서 해보시오, 케셀.」 쿨렌베크가 말했다. 「용기를 내서.」 케셀은 여전히 약간 주저했다. 「한데 뭘 연주하지요?」 ―「뭔가 편안한 것으로.」 쿨렌베크가 말했다. 케셀은 의자 하나를 끌어다가 피아노 옆에 앉았다. 마치 그에게 반주를 해줄 사람이 거기 있는 듯이. 그는 줄 하나를 띵 울려 보고 활줄을 쓰다듬은 다음 소리를 내보았다. 그다음 그는 눈을 감았다.

그는 브람스의 첼로 소나타 「E단조 Op. 38」을 연주했다. 그의 온화한 얼굴이 이상하게 안쪽을 향해 있었다. 틀어박힌 입술 위의 구레나룻은 이제 구레나룻이 아니라 회색 그림자였다. 뺨의 주름살이 전혀 다른 위치에 있었다. 그건 얼굴이 아니었다. 거의 보이지 않았다. 어쩌면 눈을 기다리고 있는 잿빛의 가을 풍경일지도 몰랐다. 그리고 눈물 한 줄기가 코를 따라 흘러내렸을 때, 그것은 눈물이 아니었다. 오직 손만이 아직도 손이었다. 그건 마치 활을 움직임으로써 온갖 생을 손으로 인도하는 것 같았다. 부드러운 강물 같은 짙은 갈색 선율의 파도에 따라 올렸다간 내리면서. 강물이 점점 넓어지며 거기 앉아 연주하고 있는 그를 얼싸안았다. 그리하여 그는 마치 홀로 따로 떨어져 있는 것 같았다. 그는 연주했다. 아마 그는 아마추어에 불과했는지 모른다. 그러나 그것은 그에게도, 소령에게도, 물론 쿨렌베크에게도 아무 상관이 없는 일이었으리라. 왜냐하면 이 시대의 시끄러운 침묵, 이 시대의 소리 없는, 꿰뚫을 수 없는 광란의 음향이 인간과 인간 사이에 우뚝 솟아 있었기 때문이다. 인간의 목소리가 넘어갈 수 없고 넘어올 수 없는 벽, 그리하여 인간은 전율하지 않을 수 없다. 시간의 경악스러운 침묵이 지양된 것이다. 시간 자체가 지양되었다. 시간이 공간으로 화했다. 공간이 그들 모두를 얼싸안았다. 케셀의 첼로 소리가 울리고, 음조가 고조되고, 공간을 쌓아 올리며, 방을 가득 채우며, 그들 자신을 가득 채울 때.

음악이 끝났을 때, 그리고 케셀 박사가 다시 케셀 박사가 되었을 때, 소령은 가볍게 몸을 추스려 정자세를 취함으로써 감동을 감추려고 했다. 그는 케셀이 이제 어떤 위안의 말을 해주기를 기대했다. 지금은 정말 그런 말이 듣고 싶었다! 그러나 케셀 박사는 고개를 숙이고 있을 뿐이었다. 그의 고수머리가 — 에슈처럼 뻣뻣한 회색 솔이 아니었다 — 떨리는 것이 보였다. 대머리를 살짝 덮고 있는 고수머리가. 그는 부끄러움에 악기를 거의 내던지듯이 리넨에 쌌다. 그것은 거의 무례한 인상을 주었다. 소파 구석에 앉아 있던 쿨렌베크는 〈햐아〉라는 소리 이외에는 아무 말도 하지 않았다. 어쩌면 세 사람 모두 부끄러웠는지도 모른다.

마침내 쿨렌베크가 말했다. 「햐아, 의사들은 정말 음악적 재능이 있다니까요.」

소령은 기억을 더듬었다. 젊었을 때 친구가 하나 있었다. 정말 친구였던가? 아무튼 그는 바이올린을 켰었다. 그러나 그는 의사가 아니었다. 비록…… 아니, 그는 의사였을지도 모른다. 아니면 의사가 되려 했는지도. 기억이 끊겼다. 기억이 굳어졌다. 동작이 굳어졌다. 소령은 오직 군복 바지의 검은 천 위에 놓인 자신의 맨손을 바라보고 있었다. 그의 의지에 반해 입술이 말을 했다. 「벌거벗은 채 노출되어……」

「소령님.」 쿨렌베크가 말했다.

소령은 그에게로 몸을 돌렸다. 「아, 아무것도 아니오……
나쁜 시대로구려…… 감사합니다. 케셀 박사님.」

이제 케셀 역시 말했다. 「그렇지요, 음악은 이 시대의 위안
입니다…… 그 이외에는 남아 있는 것이 별로 없지요.」

쿨렌베크가 책상을 쳤다. 「우리, 슬픔에 잠기는 일은 하지
맙시다…… 세상에 악마가 꽉 차 득실거린다 하더라도 살아
있는 사람은 절망해선 안 됩니다…… 평화가 오게만 해보자
고요. 우리 모두는 다시 일어설 테니까요!」

소령이 고개를 저었다. 「비참한 배반에 대해선 인간은 힘
이 없습니다.」 에슈의 모습이 떠올랐다. 도발적인, 그렇다,
도발적이란 말이 꼭 맞는 말이다. 미소를 띤 그의 누르께한
얼굴이 떠올랐다. 그 얼굴은 그럼에도 불구하고 어딘가 용서
를 구하는 듯했다. 그 얼굴은 놀란 말이 비난에 찬 표정을 하
고 있는 것같이 보였다.

「우리 독일인은 언제나 배신을 당합니다.」 쿨렌베크가 말
했다. 「그래도 우린 살아갑니다.」 그는 잔을 들었다. 「영원하
라, 독일이여!」 소령도 잔을 들었다. 그리고 생각했다. 「독일
이여.」 그는 생각했다. 좋은 질서를, 안전을. 이제까지 독일
은 그에게 질서였고 안전이었다. 그는 이제 독일을 보지 않
았다. 어떻든 그는 후게나우에게 조국의 불행에 대한 책임을
돌렸다. 군대가 행진하며 통과하는 데 대한 책임을, 군대 지
휘부의 모순적인 명령에 대한 책임을, 독가스라는 비열한 무
기에 대한 책임을, 증대해 가는 도처의 무질서에 대한 책임
을. 실로 그는 바랐을 것이다, 에슈의 모습이 후게나우의 모
습과 하나로 엉기며 뒤섞이어 그들 두 사람 다 악의 대리인

942

이며 모험가임을 증명하기를. 이해할 수 없는 사건과 얼굴로 가득 찬 뒤얽힌 톱니바퀴에서 솟아난 두 모험가, 둘 다 믿을 수 없고, 경멸스럽고, 죄를 지니고 있음을, 악마적으로 불행에 가득한 이 전쟁의 종말에 대한 죄를 지니고 있음을 증명하기를.

케셀이 말했다. 「나는 기대를 버렸습니다…… 의무는 다하지요. 그러나 기대는 버렸습니다.」

생이 풀 수 없이 엉클어져 있었다. 악의 그물이 세계 위에 덮여 있었다. 그리고 소리 없는 막강한 소음이 다시 시작되었다. 엄격한 개신교적 의무의 길을 회피하는 사람은 죄인이다. 은총이 지상에서 실현되리라는 희망은 죄악이었다. 친구의 목소리, 침묵과 갑옷의 딱딱함을 깨뜨리고 고독을 달콤한 흐름으로 구원한 목소리가 알린 희망은. 소령이 말했다. 「우리는 의무의 길을 회피했습니다. 따라서 벌을 감수해야 합니다.」

「오호, 소령님.」 쿨렌베크가 웃었다. 「동의할 수 없는데요. 하지만 집으로 가는 길에는 찬성하겠습니다. 그러면 우리의 피곤한 케셀이 자러 갈 수 있을 테니까요.」 그가 일어섰다. 군복 상의가 그의 비대한 몸 둘레에 좀 풍성하게 걸려 있었다. 군복으로 가장한 일반 시민, 그런 생각을 소령은 하지 않을 수 없었다. 그것은 왕의 제복이 아니었다. 폰 파제노 소령 역시 몸을 일으켰다. 왜 그는 여기에 왔던가, 왕의 제복을 입은 그가? 현세의 의무는 신의 명령의 모사이다. 그리고 인간 자신보다 위대한 어떤 것에의 봉사는 인간으로 하여금 보다 높은 이념에 종사할 의무를 부여하며 또한 그에게 필요하다면 개인적 자유의 마지막 좁은 끈을 포기할 것을 요구한다. 자유의지로 복종하라. 그렇다, 그것이 신이 정해 준 자리였다. 다른 모든 것은 존재하지 않는 것으로 간주될 수 있는 것이다. 소령은 윗도리를 매끄럽게 펴면서 철십자 훈장의 끈을 잡았다. 그리고 정자세를 취해 작별을 하면서 그는 의무와 제복이 인간에게 빌려준 저 명료성과 안전감으로 돌아갔다.

케셀 박사가 계단 아래까지 배웅했다. 문 앞에서 소령은 조금 형식적으로 말했다. 「우리가 예술의 기쁨을 누리도록 해주신 것에 감사드립니다, 케셀 박사님.」 케셀이 대답을 약간 망설이다가 나지막이 말했다. 「소령님, 감사합니다……내가 다시 음악을 한 것은 불쌍한 아내가 죽은 후론 처음이었습니다.」 그러나 소령은 그 말을 듣지 않았다. 다만 그에게 좀 딱딱한 태도로 손을 내밀었다. 그는 쿨렌베크와 함께 좁은 골목길을 걸었다. 그들은 광장을 걸어갔다. 엷은 가을비가 비스듬히 그들에게 내리쳤다. 그들은 두 사람 다 회색 장교 외투를 입고 있었고, 둘 다 장교 모자를 쓰고 있었다. 그럼에도 불구하고 그들은 왕의 제복을 입은 동료가 아니었다. 소령은 그것을 확인했다.

77

베를린의 구세군 소녀 이야기(14)

사순절의 단식과 고행을 통해 생겨난 인식들은 분명 논리적인 예리함이 없다. 나는 그 시기에 나의 인식 상황이 완전히 변화했다고 단정해도 좋으리라고 생각한다. 그러나 나는 극도의 불신을 품고 그 변화를 관찰했다. 왜냐하면 그 변화는 바로 지속적인 영양 부족과 손에 손을 맞잡고 온 것이기 때문이다. 그렇다, 나는 거의 리트바크의 견해에 동조하며 내가 병이 났다고 이야기할 지경이었다. 더욱이 그것은 나의 세계 인식의 예리함에서보다는 오히려 찬란한 몸의 감각에서 온 것이라고 말할 수 있는 것이었다. 예를 들어 나의 생이 아직도 의미 있는 현실을 지니고 있는가라는 오래된 물음을 내 앞에 던져 보노라면 대답을 했던 것은 나의 몸이었다. 그리고 그것은 내게 일종의 제2단계의 현실에 살고 있다는 확신을 주었다. 일종의 비현실적인 현실, 현실적인 비현실이 시작되었다는 그 대답은 나를 기이한 기쁨으로 전율케 했다. 그것은 일종의 아직-알지-못함과 이미-알고-있음 사이의 동요 상태였다. 그것은 다시 한 번 상징화된 상징이었다. 빛으로 인도하는 몽유였다. 지양되었다가 다시 자기 자신으로부터 소생한 불안이었다. 그것은 마치 죽음의 바다 위에서 부유하는 것 같았다. 파도를 스치지 않고 파도 위에서 날개 치는 상승이며 하강이었다. 그 정도로 나는 가벼워졌던 것이다. 내가 세계의 보다 높은 플라톤적 현실을 받아들였던 것은 거의 육체적인 인식이었다. 나의 내부의 모든 것은 그런 육체적 인식을 합리적 인식으로 변화시키기 위해선 조금만 걸음을 떼어 놓기만 하면 되리라는 확신으로 가득 차 있었다.

이렇게 부유하는 현실 속에서 사유들이 내게로 흘러왔다. 그것들이 나의 내부로 흘러 들어온 것이다. 내가 애써 그렇게 되도록 할 필요가 없었다. 이전에는 마치 수동성처럼 여겨졌던 것이 이제 그 의미를 찾았다. 예전에 내가 집에 머물러 있던 목적이 생각에 잠겨 철학적인 독백을 하고 그것을 때때로 요약하여 기입하려는 것이었다면, 지금 내가 방 안에 틀어박혀 있는 것은 의사와 병에 복종하고 있는 병자와 같은 이유에서였다. 모든 것이 리트바크 박사의 뜻과 부합했다. 그는 이제 지속적으로 나를 방문한다. 그리고 심지어 때로는 내 자신이 그를 불러온다. 그가 갑자기 생각을 바꾸어 이제 내가 아프지 않음을 깨닫게 하려고 〈당신은 빈혈 증세가 조금 있는 겁니다. 아니면 반쯤 미친 것이고〉라고 말한다면, 그것 역시 맞는 말이다. 왜냐하면 나는 피를 흘려 버린 느낌이었기 때문이다. 더 이상 생각하지 않으련다. 그럴 능력이 없어서는 아닐 것이다. 오히려 나는 그것을 경멸하기에 생각지 않는 것이다. 분명 나는 아직은 그렇게까지 현명해지진 않았다. 나는 지식의 최후 단계에 도달한 척하지는 않는다. 내가 지(知)보다 상위의 자리에 서 있어도 된다면, 아아, 나는 지보다 너무도 훨씬 아래에 서 있다. 그것은 오히려 부유하는 것을 상실했다는 불안이며, 말의 경멸 뒤에 숨겨진 불안이다. 혹은 갑작스럽게 눈을 뜬 확신, 사유와 존재의 통일성은 단지 가장 겸손한 영역에서 실현될 수 있다는 확신인가? 사유와 존재, 그 양자가 최소치로 축소되고 있다!

마리가 때때로 나를 찾아와 다른 환자들에게 하듯이 먹을 것을 갖다 준다. 그리고 나는 그것에 반대하지 않는다. 최근에 그녀는 나의 집에서 리트바크와 누헴을 만났다. 그녀는 그녀의 습관대로 그들에게 친절하게 〈신의 축복을〉 하고 인사했고 리트바크 역시 이번에도 〈백 대까지〉라고 응수하는 것을 잊지 않았다. 마리는 기침을 했다. 그가 염려스러운 표정을 지었다. 「조심해야지.」 그가 말했다. 그때 그의 말은 폐병이 있는 듯하다는 걸 의미했는지, 혹은 그가 누헴에게 노출되어 있다고 보는 전염의 위험을 의미했는지는 분명하지 않다. 그는 마리를 무료로 섬진해 주겠다고 제안했다. 그녀가 거절하자 그는 말했다. 「적어도 신선한 공기 속을 많이 산책하시오…… 그리고 저분과 같이 가도록 하시오. 그는 빈혈이니까.」 누헴이 그 옆에 서서 나의 책들을 뒤적이고 있었다. 그 밖에 리트바크는 내게 언제나 새로운 처방을 내려 주었다. 처방전을 건네줄 때마다 그는 웃었다. 「어쨌든 당신은 받아들이지 않겠지만, 그러나 의사라는 사람은 처방을 하지 않을 수 없으니.」 우리는 이를테면 좋은 상호간의 이해에 도달한 셈이었다.

우리의 이해의 지점은 어디에 있었는가? 어째서 나는 그들의 집에 머물러 있어야 했던가? 어찌하여 이 유대인 거처라는 임시 방편이 나에게는 지속적인 것이 되어야 했는가? 그곳을 떠나는 것을 나는 왜 조금도 상상할 수 없었는가? 왜 나는 이 유대인들에게 순종하는가? 모든 것이 일시적인 것이었다. 이 도망자들도 일시적이었다. 그렇다, 그들의 전(全) 실존도, 그리고 시대 자체도 일시적이었다. 자신의 종말을 넘어서까지 연장되고 있는 전쟁처럼 일시적이었다. 일시적인 것이 결정적인 것으로 되어 버렸다. 끊임없이 그것은 스스로를 지양하다가 다시 계속 존속해 간다. 그것은 우리의 등 뒤에서 따라온다. 우리는 그것을 대비하고 있다. 유대인의 거처에서, 구세군의 숙소에서, 하지만 그것은 우리를 기존의 것 위로 들어 올린다. 우리를 행복한, 거의 쾌적한 부유의 상황 속에 붙잡아 둔다. 그곳에 모든 미래가 있다.

마침내 나는 리트바크 박사에게 순종했다. 누헴과 마리가 나와 동반하는 한에서 산책을 간 것이다.

아주 아름다운 가을철이었다. 그리고 나는 마리와 함께 나무 아래에 앉았다. 모든 것이 밝은 솔직함 속에서 연출되고 있었다. 말이란 중요하지 않은 것이므로 나는 그녀에게 말했다. 「너는 타락한 여자인가?」

「그랬었어요.」 그녀가 말했다.

「그럼 지금은 순결하구나.」

「네.」

「네가 결코 누헴을 구원하지 못하리라는 것을 아는가?」

「압니다.」

「그럼 그를 사랑하는가?」

그녀가 미소 지었다.

자기 자신의 거울, 상징의 상징! 이 계속되는 비유가 우리를 인도해 줄 수 있는 경계가 죽음이 아니라면 무엇이겠는가!

「들어라, 마리. 나는 자살을 하고 싶다. 권총으로 쏘든지 국경 요새의 운하로 뛰어들든지…… 하지만 네가 나와 동반해 주어야 한다. 혼자서는 난 한 걸음도 갈 수 없으니.」 농담처럼 들렸으나 진심으로 한 말이었다. 그녀도 그것을 느꼈으리라. 왜냐하면 그녀는 웃지 않고, 말하자면 건조하게 대답했기 때문이다. 「아뇨, 전 그렇게 하지 못합니다. 그리고 박사님도 자살을 해서는 안 되시고요.」

「그러나 누헴에 대한 너의 사랑은 정말 희망이 없다.」

그녀는 거기서 아무런 결론을 끌어낼 수 없었다. 그녀는 단지 물어보는 눈초리를 내게 붙박고 있었다. 동의의 가능성을 찾으며. 그녀의 눈에는 생기가 없었다.

내가 그녀와 하고 있는 놀이는 좋은 것이 아니었다. 그러나 우리 사이에선 동의가 이미 오래전에 수립되어 있었다. 그 증거로 그녀는 말했다. 「우리는 기쁨 속에 있어요.」

내가 말했다. 「누헴은 자살을 하지 않을 것이다. 그렇게 해서도 안 되고. 그는 의무 속에 있으니까. 그러나 우리는 기쁨 속에 있지…… 우리는 그렇게 할 수 있지.」

아마도 누헴이 자살로부터 보호되어 있다는 점이 그녀를 안심시켰나 보았다. 그녀는 다시 미소를 지었다. 그렇다, 그녀는 숙녀처럼 한쪽 발을 다른 쪽 발 위에 걸쳐 놓았다. 그리고 마치 숙녀처럼 그녀의 얼굴에는 더 잘 알고 있다는 표정이 씌어 있었다. 「우리도 의무 속에 있습니다.」

나는 그녀가 쓰는 구세군의 상투어를 역겹게 생각할 수가 없었다. 일시적인 것 속에서는 모든 상투어가 그 의미를 상실하기 때문일 수도 있다. 그 상투어가 원래부터 새로운 의미를 얻어 그 의미에 부합하기 때문인지도 모른다. 말 역시 과거와 미래 사이에서 부유할 수 있는지도 모른다. 말 또한 법칙과 기쁨 사이에서 부유하며 그것들에 마땅한 경멸로부터 도망하며, 유전(流轉)하는 가운데 새로운 의미 속으로 도주하는지도 모른다.

그러나 나는 의무에 대한 말을 듣고 싶지는 않았다. 왜냐하면 그것은 나를 인식으로 소환할지도 모르는 일이었으니까. 나는 의무에 대해 아무 말도 들으려 하지 않았다. 나는 내 자신의 부유의 상황을 유지하려 했다. 나는 물었다. 「너는 불행한 사랑에도 불구하고 행복한가?」

「네.」 그녀가 말했다.

고향은 상실되어 되찾을 수 없다. 가까이 가기 어려운 아득한 거리가 우리 앞에 있다. 그러나 고통은 점점 이완되며, 점점 밝아지며, 어쩌면 보이지 않게 되어 간다. 이전에 있던 것의 고통스러운 입김 이외에는 남아 있는 것이 없다. 「세상의 재난은 큽니다. 그러나 기쁨은 더 크지요.」

내가 말했다. 「아아, 마리, 너는 낯섦이 무엇인지 알게 되었으면서도 행복하구나…… 너는 죽음만이, 그 최후의 순간만이 낯섦을 제거하리라는 것을 알고 있다. 그럼에도도 불구하고 너는 살고자 하는구나.」

그녀가 대답했다. 「그리스도 안에 있는 사람은 결코 외롭지 않아요…… 저희에게로 오십시오.」

「아니.」 내가 말했다. 「나는 유대인의 집에서 사는 사람이다. 나는 누헴에게 가겠다.」

그러나 그 말은 그녀에게 조금도 감명을 주지 않았다.

78

두 팔이 절단된 사람은 토르소이다. 한나 벤틀링이 다시 일반적인 것으로부터 개별적이며 구체적인 것으로 돌아가려고 애를 쓸 때면 그런 생각의 다리를 이용하곤 했다. 그리고 이 다리의 끝에 서 있었던 사람은 하인리히가 아니라, 약간 비틀거리며 서 있는, 빈 소매를 군복 주머니에 넣고 있는 야레츠키였다. 그녀가 이런 상념을 명확히 인식할 수 있기까지는 오랜 시간이 걸렸다. 또한 그녀가 이런 상념에 어디선가 실제 현실이 상응할 수 있음을 깨닫기까지는 더욱 오랜 시간이 걸렸다. 그다음 그녀가 케셀 박사에게 전화를 하겠다고 결심하기까지는 또 상당한 기간이 걸렸다.

이렇게 아주 느린 과정은 분명 한나 벤틀링의 특별한 도덕적 상황에 근거하는 것은 아니었다. 아니, 그건 그녀에게 단지 시간과 속도에 대한 감각이 전부 없어졌기 때문이다. 그것은 생의 조류가 천천히 흐르게 된 것이었다. 물론 생의 조류가 막힌 것은 아니었다. 오히려 무(無)로의 증발이었고 휘발이었다. 완전히 다공질인 땅 속으로 스며 없어진 것이었다. 바로 기억들의 소멸이었고 망각이었다. 케셀 박사가 그의 한 필 마차로 약속에 따라 그녀를 시내로 데려다 주러 왔을 때, 마치 그녀는 의사를 청한 이유가 아들에 대한 어떤 독특하고 규정지을 수 없는 염려 때문이었던 것 같은 생각이 들었다. 그리고 아주 힘을 들여서야 비로소 그녀는 기억을 회복했다. 그다음 물론, 다시 잊어버릴 것이 문득 두려워진 그녀는 당장 — 그들은 막 정원을 통과하고 있었다 — 병원에서 보았던 팔이 하나인 소위가 누구냐고 물어보았다. 케셀은 그가 누구인지 금방 떠오르지 않았다. 그러나 그가 그녀를 도와 마차에 태운 다음 약간 끙끙거리며 그녀의 옆에 자리를 잡았을 때 생각이 떠올랐다. 「물론, 야레츠키를 말씀하시는 거겠지요. 물론…… 불쌍한 청년입니다. 그는 지금 아마도 정신 병원에 보내졌을 겁니다.」 이리하여 한나에게 있어 야레츠키의 체험은 끝이 났다. 그녀는 시내에서 쇼핑을 끝내고 하인리히에게 소포를 부쳤고 뢰더스의 집을 방문했다. 그녀는 발터에게도 뢰더스네 집에 가 있으라고 일러두었었다. 그녀는 걸어서 집에 돌아오고자 했던 것이다. 발터에 대한 설명할 수 없는 염려가 단번에 사라졌다. 온화하고 쾌적한 가을 저녁이었다.

한나 벤틀링이 그날 밤 강바닥의 무른 진흙 속에 있는 그리스 토르소에 대한 꿈을 꾸었다 해도 놀랄 만한 일은 아닐 것이다. 혹은 대리석 덩어리에 대한 꿈을, 혹은 — 이것으로도 충분하겠지만 — 파도가 스치는 자갈에 대한 꿈을. 그러나 그녀는 그런 꿈을 기억하지 못했으므로 그에 대해 진술한다는 것은 좀 솔직하지 못하고 객관적이지 못한 일이다. 이에 반해 그녀가 불편한 밤을 보냈다는 것, 종종 잠을 깨어 열린 창을 바라보고, 블라인드가 들어 올려지며 어떤 침입자의 복면한 머리가 보이기를 기다린 것은 확실하다. 다음 날 아침 그녀는 정원사 부부에게 부엌 옆의 살림방을 치우게 하여 만일의 경우 도움을 청할 수 있는 남자가 집 안에 있도록 해야겠다는 생각을 했다. 그러나 그녀는 그 계획을 물리쳤다. 작고 허약한 정원사는 실로 전혀 보호자의 모습이 아니었기 때문이다. 다만 정원사의 집을 저택에서 그렇게 먼 곳에 설치했던 하인리히에 대한 반감의 강한 잔재만이 남아 있었다. 또한 창문에 창살을 치는 것을 빠뜨린 데 대해서도. 그러나 그녀 자신은 이런 모든 불쾌함이 진정한 불안과는 거의 상관이 없음을 인정하지 않을 수 없었다. 그것은 불안이라기보다는 외롭게 떨어진 별장의 위치에 대한 일종의 과도한 흥분이었다. 아무리 한나가 사람들과 보다 가까운 주거짓에 대해 분명 반감을 품고 있고 또 반감을 표명한다 하더라도 말이다. 텅 빈 공간, 그것이 가옥을 에워싸고 있었다. 너무도 텅 빈 공간이. 그리고 단편들로 다시 조성된 듯한 풍경은 너무도 죽어 있어서 흡사 공허의 가느다란 띠가 되어 버린 것 같았다. 더욱 좁아지며 고독한 여인의 주위로 압축되는 끈, 그 끈은 오직 폭력에 의해서만, 파괴나 폭파, 혹은 습격에 의해서만 다시 끊을 수 있을 것 같았다. 최근 신문에서 그녀는 〈아래로부터의 습격〉이라는 표제하에 러시아 혁명과 소비에트에 대하여 읽은 바가 있었다. 그 말이 밤중에 갑자기 떠오르며 유행가처럼 다시 그녀의 귀에 다가왔다. 어쨌든 철물공크룰에게서 창문의 창살 비용을 알아보는 것이 좋을 것이다.

밤이 점점 길어졌다. 그리고 차가운 달이 자갈처럼 하늘에 잠겨 있었다. 견디기 어려운 밤의 냉기에도 불구하고 한나는 창문을 닫기 위해 자리에서 일어날 수는 없었다. 소리 없는 침입자보다도 삐걱이는 소리가 더욱 무서웠다. 그것은 닫아 놓은 유리창에서 나는 소리이리라. 그리고 이러한 독특한 긴장은 진정한 불안은 아니었다. 그럼에도 불구하고 매 순간 공포로 화할 끄트머리에 서 있었다. 그 긴장으로 하여 그녀는 외견상으로는 낭만적인 자세를 취하게 되었다. 그리하여 이제 그녀는 거의 매일 밤 열린 창가에 앉아 죽어 있는 가을의 지대를 내다보았다. 이상하게 억류된 지대, 풍경의 공허에 의해 거의 흡수된 지대를. 바로 그것으로 인해 모든 불안을 벗어 버린 불안은 가벼운 거품이 되었다. 마음이 꽃잎처럼 가벼웠다. 그리고 경직되었던 고독이 호흡의 탁 트인 자유

속에서 주름이 퍼졌다. 그것은 거의 하인리히에 대한 행복스
러운 배반 같았다. 그것은 그녀가 어떤 다른 상황, 지나간 상
황과 정반대로 느끼는 상황이었다……. 그렇다, 어떤 상황인
가? 그러자 그녀는 깨달았다. 그것은 언젠가 그녀가 육체적
사건이라 명명했던 것과는 정반대의 것이었다. 그리고 순간
육체적 사건이 완전히 망각되었음은 좋은 일이었다.

79

　소령이 후게나우에게 계속 더 화를 당하리라는 에슈의 두
려움은 사실로 드러나야 했다. 어쨌든 후게나우는 처음엔 수
동적인 역할을 했다.
　8월 초에 소령의 책상 위에는 지휘부가 탈영의 혐의가 있
는, 혹은 그들의 파견 위치에서 실종된 군인을 추적하곤 했
던 명단 하나가 도착해 있었다. 그 이름들 가운데 제14연대
의 경보병, 콜마 출신의 빌헬름 후게나우라는 이름도 끼어
있었다.
　소령은 왠지 불안해져 명단을 다시 제쳐 두었었다. 그는
다시 한 번 명단을 손에 들고 원시 때문에 팔 길이만큼 멀리
뻗쳤다. 그리고 불빛을 향해서 다시 한 번 읽어 보았다. 「빌
헬름 후게나우.」 들어 본 적이 있는 이름이었다. 그는 물어보
는 눈초리로 부관을 쳐다보았다. 규정에 따르면 부관은 우
편물을 검토할 동안 방에 머물러 있어야 하는 것이다. 그는
다시 한 번 남자가 명령을 기다리며 차려 자세로 서 있음을

954

보았다. 아직 그에겐 〈나가도 좋아〉라고 명령할 힘이 있었다. 그러나 그곳에 혼자 있게 되자 그는 책상의 평면 위에 엎드려 얼굴을 두 손에 묻는다.

그는 무의식 상태에서 부관이 아직 문 옆에 서 있으며 그 사관이 에슈라고 생각하고 깜짝 놀라 일어선다. 그는 감히 바라볼 수가 없다. 그러나 마침내 정말은 아무도 그곳에 서 있지 않음을 깨닫고 텅 빈 방에다 대고 말한다. 「아무렴 어때…….」 그렇게 함으로써 마치 그 사건을 끝낼 수 있는 것처럼. 하지만 아무 소용이 없다. 에슈의 모습이 여전히 문 옆에 서서 그를 응시하고 있다. 에슈가 그를 응시하고 있다. 마치 낙인이 찍힌 그를 찾아낸 듯이. 벌하는 듯한, 비난에 가득 찬 눈길이 그에게 머문다. 소령은 후게나우가 춤추는 모습을 쳐다보았던 일이 부끄럽다. 그러나 생각이 가물거리며 사라진다. 돌연 에슈의 목소리가 들린다. 「배반자는 언제나 우리 가운데 있는 겁니다.」

「언제나 배반자는 우리 가운데 있다.」 이제 소령이 말한다. 배반자는 명예롭지 못한 인간이다. 배반자는 조국을 배반한 사람이다. 배반자는 조국과 동료를 기만했던 사람이다……. 탈영병은 배반자이다. 그렇게 그의 생각을 숨어 있는 대상에게 근접시키는 동안 갑작스럽게 덮개가 찢긴다. 그리고 그는 단번에 모든 것을 깨닫는다. 모든 것을. 그 자신이 배반자이다. 그 자신이 배반자였다. 지구 사령관인 그가 배반자였다. 탈영병을 불러들여 그가 춤추는 모습을 보고 있었던 그가. 탈영병을 불러들였던 그가 배반자였다. 그가 탈영병으로부터 편집실로의 초대를 받기 위해서. 탈영병이 그에게 일반 시민의 일에 관여할 길을 마련해 주도록 하기 위해서. 결코 동료가 아닌 친구들에게로 가는 길을……. 소령은 철십자 훈장을 잡고 끈을 잡아챘다. 배반자는 명예의 표지를 지녀서는 안 된다. 배반자는 명예의 표지를 떼어야 한다. 명예의 표지를 달고 상여에 타서는 안 된다……. 불명예성은 오직 피스톨의 탄환으로만 제거될 수 있다……. 벌을 감수해야 한다……. 소령은 마비된 채 얼어붙은 눈길로 말한다. 「기사답지 못한 종말이로군.」

그의 손이 아직 제복의 단추 위에 있다. 기계적으로 그는 그것이 전부 채워져 있음을 확인한다. 그것은 기이한 안도였다. 흡사 의무로의 회귀에 대한 희망 같았다. 진정 안전한 생으로의 회귀. 비록 에슈의 모습은 아직 사라지지 않았지만. 희미하고도 섬뜩한 모습, 그것이 저 세계에 서 있었다. 동시에 이 세계에. 선의 대리인인 동시에 악의 대리인. 그 모습은 아주 경쾌하고 확실했으나, 그렇지만 일반 시민적인, 낯설고 의심스러운 것이었다. 일반 시민. 조끼를 열어 셔츠를 보이게 하는 남자. 아직도 제복 단추에 손을 올려놓은 소령은 똑바로 일어서서 상의를 매끄럽게 편 다음 이마를 쓰다듬으며 말한다. 「허깨비야.」

그는 에슈를 불러오라고 하고 싶었다. 모든 것을 해명할 수 있을 에슈를……. 그는 그렇게 하고 싶었다. 그러나 그것은 의무의 길로부터의 새로운 회피, 일반 시민으로의 새로운 도피일 것이다. 그렇게 되어서는 안 된다. 게다가…… 혼자서 숙고해 봐야 한다. 의심 전체가 근거 없는 것으로 증명될 수도 있으리라……. 그리고 잘 생각해 보면 그 후게나우란 사람은 언제나 정확하고 애국적으로 행동했었다……. 아마도 모든 것이 저절로 밝혀져 좋은 쪽으로 향할 것이다.

여전히 가볍게 손을 떨며 소령은 다시 한 번 명단을 눈앞에 붙들었다. 그다음 그것을 던져 버리고 다시 남아 있는 우편물들로 향했다. 그사이 그는 생각을 다시 정리하려고 너무도 애를 써보았지만 그 노력은 모순적인 지령과 복무 지시 속에서 다시 좌절되었다. 그는 모순들을 해결할 수 없었다. 세계의 카오스는 도처에서 일어났다. 생각의 카오스, 세계의 카오스, 어둠이 올라왔다. 지옥과 죽음의 울림을 지니고 있는 어둠이, 그 소리 속에서 들을 수 있는 유일한 것, 확실한 유일한 것은 조국의 패배였다. 오, 어둠이 올라왔다. 카오스가 올라왔다. 그러나 유독 가스의 수렁 속 카오스로부터 후게나우의 낯이 찡그려졌다. 배신자의 낯, 신의 벌의 도구, 증대하는 불행의 장본인.

이틀 동안 소령은 미결정의 고통을 견디었다. 그러다가 밀어닥치는 외적인 사건들에 쫓겨 스스로 그 고통을 의식하지 못하게 되었다. 일반적인 무질서에 직면한 이때 사소한 탈영 사건 같은 건 물론 방치해 둘 수 있는 일이었다. 그러나 물론 지구 사령관에게는 그런 값싼 탈출구란 생각할 수 있는 영역의 것이 전혀 아니었다. 왜냐하면 의무의 정언명령은 거듭되는 불신을 견디지 못하기 때문이다. 그리하여 소령은 둘째 날 후게나우를 사령부로 소환하라는 명령을 내렸다.

그가 배반자를 눈앞에서 보았을 때 전부 뒤로 물러났었던 혐오가 다시 강해지며 소령의 앞으로 밀려왔다. 진심 어린 인사에 대해 그는 직무상의 형식적인 인사로 응수했고 책상 너머로 명단을 건네주면서 말 없이 붉은 줄로 표시되어 있는 〈빌헬름 후게나우〉 난을 가리켰다. 후게나우는 이제 전체가 문제가 있음을 알았다. 이 위협적인 위험을 맞이하여 그는 다시 자기를 이제까지 언제나 보호해 주었던 찬란한 확신을 되찾았다. 비록 그는 가벼운 어조로 시작했지만 번쩍이는 안경 뒤에서 엄격한 시선을 보냄으로써 소령으로 하여금 자기 피부를 상당히 잘 보호할 줄 아는 사람이 있음을 이해하게끔 했다. 「저는 오래전부터 이런 비슷한 일을 예기하고 있었습니다, 존경하옵는 소령님. 실례의 말씀입니다만 군대 위치에 있어서의 무질서는 바로 점점 더 창궐하고 있지 않습니까…… 네, 소령님은 고개를 저으십니다. 그러나 사실은 그러합니다. 유감스럽지만 생생한 예를 하나 들어 보겠습니다. 제가 중앙 보도국에 소위 연대에 알리겠다면서 출발 신고를 했을 때 근무 중인 하사관이 서류를 제게서 빼앗았었습니다. 그때 저는 곧 받아들여지기가 어렵지 않을까 하고 두려웠습니다. 왜냐하면 복무 의무가 있는 병사를 서류 없이 내보내어서는 안 될 일이었기 때문입니다 ― 이 점에선 소령님도 제 말에 동의하시겠지요 ―. 그러나 사람들은 서류를 나중에 보내 주겠노라고 하면서 저를 안심시켰습니다. 제게 교부되었던 것은 오직 트리에르로의 잠정적인 군사 여행 증명서뿐이었습니다. 소령님께선 이해하시겠지만 제가 여행 증명서 말고는 주머니에 지니고 있는 것은 아무것도 없었습니다. 그 밖에는 〈너 자신을 스스로 도와라!〉 하는 격언뿐이었지요. 어쨌든 저는 규정대로 역 사령부에 여행 증명서를 제출했습니다…… 네, 사건은 그러했습니다. 물론 저 자신에게도 비난해야 할 점은 있습니다. 그사이 해야 할 일을 전부 계속 잊고 있었다는 점 말입니다. 하지만 소령님이 제일 잘 아시지 않습니까, 얼마나 제가 괴로운가를. 관청에서 거부한 경우라면 단순한 조세 부담자나 국가 방어자가 비난을 들을 이유는 없지 않을까요. 그렇게 생각해야 할 것입니다. 그러나 자기 집으로 가는 것보다 훌륭한 사람에게 탈영병의 낙인을 찍는 것이 더 간단할 것은 당연합니다! 소령님, 저의 애국적 의무가 저를 막지 않는다면 이런 전대미문의 사건을 신문에서 기꺼이 폭로하고 싶을 지경입니다.」

모든 것이 그럴듯했다. 소령은 다시 불확실해졌다.

「소령님께 제안을 하나 해도 된다면 헌병대와 연대에 제가 여기서 반관(半官)의 성격을 지닌 지방지를 이끌고 있음을 사실에 충실하게 보고하고, 어쨌든 제가 갖추어야 할 결여 서류들을 가능한 한 빨리 보내도록 해주시기를 간청하고 싶습니다.」

소령의 불쾌함은 〈사실에 충실하게〉라는 말에 걸려 있었다. 이놈은 감히 무슨 말을 하고 있는가.

「나의 보고 양식에 대해 지시하는 것은 당신이 할 일이 아니오. 그 밖에도 완전히 사실에 충실하고자 해본다면 난 당신을 믿지 않소!」

「그래요, 소령님께서 절 믿지 못하신다고요? 소령님은 제 기사가 어떤 믿을 만한 소식통의 밀고에 의한 것이었는지 아마도 잘 조사해 보셨을 텐데요? 오로지 문제가 될 수 있는 것이 밀고임은 — 그리고 앞에 말했듯이 어리석고 악의적인 밀고임은 — 명약관화한 일이고요…….」

그가 의기양양하게 소령을 응시했다. 새로운 공격에 기습당한 소령은 그러한 고발 기사엔 하등의 밀고가 필요치 않으리라는 점을 전혀 깨닫지 못했다. 그리고 후게나우는 의기양양하게 말을 이어 갔다. 「얼마나 많은 사람들이 제가 서류를 갖추지 못했음을 알고 있겠습니까? 오직 한 사람뿐이지요. 그 유일한 자는, 소위 농담으로건 상징으로건 간에 그가 부르기 좋아하는 대로 하자면, 저더러 종종 배반자라고 욕을 했습니다. 소령님은 생각해 보실 수 있으시겠지요…… 저는 그런 거짓 성스러운 농담을 알고 있습니다…… 여러분은 그것을 종교적 광기라고 하십니다. 하지만 우리 같은 사람은 그 때문에 돈을 잃을 수 있는 겁니다. 설령 목까지 바치는 사태엔 이르지 않는다 해도 말입니다…….」

아주 뜻밖에도 소령이 그의 말을 가로막았다. 그는 심지어 종이 자르는 칼로 책상 위를 탕 치기까지 했다. 「당신은 편집자 에슈를 건드리지 않으면 성이 안 차는가 보오. 그는 존경할 만한 사람이오.」

어쩌면 후게나우가 이를 악물고 고집을 버리지 않은 것은 영리하지 못한 일이었을지도 모른다. 공중누각은 매 순간 무너지려고 했다. 그는 그것을 알았다. 그러나 어떤 것이 그의 내부에서 〈도박을 해보는 거야〉라고 말했다. 그리고 달리 어쩔 도리가 없었다. 「소령님께 공손히 주의를 드리겠습니다. 제가 아니라 소령님이 먼저 에슈 씨의 이름을 말했음을. 그러므로 제겐 잘못이 없습니다. 그 깨끗한 밀고자가 바록 그 사람입니다. 아, 만약 바람이 이런 쪽에서 불어 간다면, 그리고 소령님께서 에슈 씨와의 우정을 고려하여 일을 처리하시겠다면, 그럼 어쨌든, 저 자신이 저를 체포하시라고 청하겠습니다.」

명중이다. 소령이 손가락을 후게나우에게 뻗치고 심히 고통스럽게 중얼거렸다. 「나가시오, 나가시오…… 떠나시오.」

「제발, 소령님, 제발…… 당신의 뜻에 따르겠습니다…… 그러나 저는 알았습니다. 공산주의자들의 모임에서 나온 패전주의적인 연설들의 증인을 없애기 위하여 그런 수단을 붙잡는 프로이센 장교에게서 무엇을 기대해야 하는지를 알았습니다. 사람은 외투 자락을 바람에 날리도록 두는 것이 좋지요. 그러나 저는 바람잡이 역할을 할 기분은 없습니다…… 안녕히.」

후게나우가 단지 수사학적 장식으로 가져다 붙인, 말도 안 되는 마지막 말을 소령은 듣지 않았다. 그가 억양 없이 중얼거렸다. 「나가시오…… 그는 나가야 한다…… 그 배반자는…….」 그동안 후게나우는 벌써 오래전에 불손하게 문을 쾅 닫고 방을 나갔다. 종말이었다. 기사답지 못한 종말! 낙인이 찍혔다, 영원히 낙인이 찍혔다!

아직 탈출구가 있는가? 아니, 탈출구는 없었다……. 소령은 책상 서랍에서 군대의 권총을 꺼내 앞에 놓는다. 그리고 마찬가지로 종이를 꺼내 앞에 놓았다. 하직의 청원서가 될 것이다. 그는 수치스러운 파면을 청원하고 싶었다. 그러나 모든 것은 직무상에 따른 정식 절차를 밟아야 하는 것이다. 그가 질서에 맞게 근무 상황을 인계하기 전에는 자리를 떠나지 않으리라.

소령은 이 모든 실행을 신속하고 군인다운 정확성을 지니

고 수행해야 하리라고 생각했다. 그럼에도 불구하고 모든
것은 아주 느릿느릿 진행되었다. 모든 동작에 몹시도 큰 노
력이 필요했다. 그는 극도의 노력을 기울이며 글을 쓰기 시
작했다. 흔들리지 않는 손으로 쓰려고 했다. 아마도 그가 첫
문구를 넘어서지 못한 것은 그 과도한 긴장 때문이었으리라.
「존경하옵는……」 그는 종이 위에 글자를 그렸다. 철자들이
그 자신에게 낯설었다. 그다음 그는 꼼짝하지 않고 앉아 있
었다. 펜이 부러지며 종이를 긁어 보기 싫은 얼룩을 만들었
다. 펜대를 꽉 잡고, 아니, 경련을 하며 붙잡고, 소령은, 아니
이젠 소령이 아니다, 아주 늙은 노인이다, 그는 천천히 넘어
졌다. 다시 한 번 그는 부러진 펜을 바꾸려고 시도했다. 그러
나 성공하지 못했다. 그는 잉크병을 넘어뜨렸다. 잉크가 책
상 위로 좁은 시내가 되어 흘렀다. 바지 위로 뚝뚝 떨어졌다.
소령은 이제 그것을 주의하지 않았다. 그는 잉크로 얼룩진
손과 함께 앉아서 후게나우가 사라진 문을 물끄러미 바라보
았다. 그렇지만 문이 잠시 후 열리며 부관이 나타났을 때 그
는 똑바로 일어서 손을 명령하듯이 내뻗칠 수 있었다. 「나가
게.」 그가 좀 당황한 남자에게 명령했다. 「나가게…… 난 근
무를 계속하겠다.」

80

　야레츠키는 폰 슈나크 대위와 함께 떠났다. 간호사들이
아직 격자 문 앞에 서서 두 사람을 역으로 데려가는 마차의

뒤에다 손을 흔들고 있었다. 그들이 집 안으로 돌아왔을 때 마틸데 간호사는 성질이 뾰족한 노처녀처럼 보였다.

플루르쉬츠가 말했다. 「당신이 어젯밤 그를 그렇게 돌보아 주다니 정말 끔찍이도 친절하시더군요…… 그 사내는 정말 지긋지긋한 상태에 있었으니 말이오…… 대체 그자는 폴란드 화주를 어디서 꺼내 온 겁니까?」

「불행한 사람이에요.」 마틸데 간호사가 발했다.

「《죽은 혼》을 읽어 보았소?」

「생각 좀 해볼게요…… 읽어 본 것 같은데요…….」

「고골이 쓴 거지요.」 카를라 간호사가 빈틈 없는 교양을 자랑하며 말했다. 「러시아 농노들의 이야기지요.」

「야레츠키가 바로 죽은 혼이오.」 플루르쉬츠가 말했다. 잠시 후, 정원에 있는 군인들의 일단을 가리키며, 「……저들도 모두 죽은 혼이오…… 어쩌면 우리 모두가. 그것이 어디에서인가 각 개인을 움켜쥐고 있는 거요.」

「그 책 빌려 줄 수 있으세요?」 마틸데 간호사가 물었다.

「지금은 가지고 있지 않아요…… 하지만 어디선가 찾을 수 있을 겁니다…… 게다가 책을 읽는다는 것…… 당신도 아다시피, 난 이제 아무것도 읽을 수 없소…….」

그는 건물 입구 옆에 있는 벤치 위에 앉았다. 그리고 거리를, 산을, 밝은 가을 하늘을 쳐다보았다. 북쪽 하늘이 어두웠다. 마틸데 간호사가 약간 망설이다가 그 옆에 앉았다.

「아시지요, 간호사, 언어 이외에 새로운 이해 수단이 고안되어야 한다는 것을…… 언어로 쓰이거나 말해진 것, 그것은 완전히 귀머거리에 벙어리가 되어 버렸지요…… 무엇인가 새로운 것이 있어야 합니다. 그렇지 않으면 우리 군의 소령님이 자신의 외과 의술이 옳다는 주장을 관철시킬 겁니다……」

「잘 이해하지 못하겠어요.」마틸데 간호사가 말했다.

「아, 애쓰지 마십시오, 어리석은 소리이니까요…… 말하자면, 글쎄, 혼들이 죽어 있다면, 다만 외과용 칼만이 남아 있으리라는 생각입니다…… 하지만 허튼소리지요.」

마틸데 간호사가 숙고했다.「야레츠키 소위의 팔을 절단해야 했을 때 그가 그런 비슷한 말을 하지 않았나요?」

「그럴 수도 있지요. 그 역시 급진주의에 전염되었으니…… 물론 급진적이 아니고는 달리 어쩔 수도 없지만…… 모든 갇힌 짐승처럼……」

마틸데는〈짐승〉이란 표현에 충격을 받았다.「그는 단지 모든 것을 잊으려고 노력할 뿐이라고 저는 생각하는데요…… 그도 언젠가 그런 암시를 했어요. 술을 마심으로써 말예요……」

플루르쉬츠는 모자를 뒤로 젖혔다. 그는 이마 위의 상처를 느끼고 그것을 가볍게 문질렀다.「정말 난 놀라지 않을 겁니다. 만약 지금 인간들이 망각, 망각만을 목표로 삼는 시대가 왔다고 하더라도 말입니다. 자고, 먹고, 자고, 먹고…… 여기 사람들처럼…… 자고, 먹고, 카드놀이를 하고……」

「이상이 없다는 것은 정말 끔찍한 일이에요!」

「사랑스러운 마틸데 간호사, 당신이 체험하고 있는 것, 그것은 거의 전쟁이 아닙니다. 단지 전쟁의 소형판일 뿐입니다…… 당신은 4년 동안 내리 이곳에 있었지요…… 그리고 사람들은 모두 설령 부상을 당해도 침묵합니다…… 침묵하고 잊어버리지요…… 그러나 이상 같은 것을 지니고 집으로 간 사람은 아무도 없었습니다. 제 말을 받아들일 수 있겠지요.」

마틸데 간호사는 일어났다. 날씨가 이제 넓은 검은 구름의 벽처럼 밝은 하늘을 향해 서 있었다.

「나는 가능한 한 빨리 전방의 병원에 지원하려고 합니다.」 그가 말했다.

「야레츠키 소위는 전쟁이 결코 끝나지 않으리라고 말했어요.」

「그래요…… 아마 바로 그 때문에 내가 다시 나가려고 하는지도 모릅니다.」

「저도 그곳에 지원하겠다고 해야겠어요…….」

「아니, 간호사, 당신은 여기서도 충분히 일하고 있습니다.」

마틸데 간호사는 하늘을 쳐다보았다.「긴 의자를 들여 가야겠군요.」

「네, 그렇게 하십시오, 간호사.」

81

토요일이었다. 후게나우는 인쇄소에서 주급을 세어 놓았다.

생활은 평상시대로 계속되었다. 결코 한순간도 후게나우는 공적으로 수색받고 쫓기는 탈영병으로서 도망을 쳐야 하리라는 점을 마음에 두지 않았다. 그는 그저 거기 머물러 있었다. 그가 자신의 활동 영역과 극도로 묶여 있었기 때문만은 아니었다. 남의 돈이든 자기 돈이든 상당한 액수를 투자한 사업을 버리고 떠난다는 것이 상인의 양심으로서 견디기 힘들었기 때문만은 아니었다. 아니다. 오히려 그를 붙잡아 그가 다시 일하게끔 시키는 것은 사면팔방의 비완결성의 느낌 때문이었다. 그로 하여금 자기 현실을 다른 사람들의 현실에 대해 내세우지 않을 수 없게 한 느낌. 그리고 약간 안개 같기도 하고, 그럼에도 불구하고 아주 분명한 생각이 일어났던 것이다. 소령과 에슈가 뒤에서 서로를 재발견하고 그를 비웃으리라는 생각이. 그렇게 그는 떠나지 않은 채 에슈 부인과 함께 소비되지 않을 식비의 상황에 대해 협의했다. 그리하여 그는 이제 종종 물질적인 손해 없이 증오스러운 점심 식탁으로부터 멀리 있을 수 있었다.

물론 그는 사소한 엘자스 탈영병에 대해 세세한 조치를 아끼지 않을 만큼 상황이 호의적이지 않음을 알고 있었다. 그는 상대적으로 안전한 것이다. 게다가 그는 바로 공갈 협박으로 소령을 주물렀다. 그는 그것을 알고 있었다. 그러나 알려고 하기는커녕 반대로 그는 전쟁의 운이 다시 돌아와 소령이 다시 위대한 주인이 될 것이며, 소령과 에슈가 오직 그를 제거하기만을 기다리고 또 기다리고 있으리라는 생각을 이리저리 굴리고 있었다. 그렇다면 그런 계획들을 일찌감치 방해해야 할 것이다. 어쩌면 그것은 순전히 미신에 불과할 수도 있지만 수수방관해서는 안 될 것이다. 그는 때를 이용해야 했다. 그가 끝내야 할 극도로 절박한 일들이 아직도 많았다. 그는 이런 절박감이 그를 어디로 몰아가는지 자세히 알 수 없었으므로, 그가 내놓은 대항책은 그의 적들 스스로가 자초한 것이라는 생각으로 자신을 안심시켰다.

이제 그는 임금을 지불했다. 린드너가 돈을 받아 다시 한

966

번 세었다. 다시 한 번 돈을 검사하고 그것을 탁자 위에 내려 놓았다. 보조 식자공이 그 옆에 서 있었다. 그 역시 아무 말이 없었다. 후게나우는 이해하지 못했다. 「아니, 린드너, 어째서 가져가지 않소? ……그 돈에 반대할 것이 있소이까?」

마침내 린드너는 마지못해서 노골적으로 말했다. 「임금은 92페니히요.」

좀 뜻밖의 일이었다. 그러자 후게나우는 자신을 가다듬었다. 「그렇지, 물론, 대기업에서는…… 하지만 이런 소규모의 사업에서는…… 늙고 경험 있는 노동자인 당신은 우리의 상황이 어떤지 잘 알고 있겠지요. 사면팔방에서 적대시되고 있지 않소. 온통 적들뿐이오…… 만약 내가 신문을 그렇게 널리 다시 일으키지 않았더라면 오늘 임금은 없었을 것이오…… 그것은 감사해야 할 일이오. 아니면 당신은 내가 당신에게 두 배의 급료를 아끼고 안 주려 한다고 생각하는 거요…… 하지만 대체 그걸 내가 어디서 가져와야 하겠소? 당신은 우리가 보조받는 정부의 신문이라고 생각하는가 본데…… 그렇다면 어쨌든 조합에 들어가 임금을 요구하는 것이 분별 있는 일일 거요. 그러면 나 자신도 조합에 들어가지요. 그것이 내겐 더 좋은 일이오.」

「나는 조합에 가입하지 않았소.」 린드너가 으르렁거렸다.

「그렇다면 어디서 임금 소식을 얻어들은 거요?」

「그런 건 누구나 곧 알게 되는 거요.」

그사이 후게나우는 숙고했다. 틀림없이 노동조합의 선전을 한 리벨에게 책임이 있을 것이다. 그럼 그자 역시 적이었다! 그러나 리벨하고는 지금 관계를 끊을 수가 없다. 「자, 우리 조정을 해봅시다…… 11월부터는 새로운 임금률로 하지요. 그때까지 우리 양보합시다.」

두 사람이 만족을 표시했다.

저녁에 그는 리벨을 만나기 위해 〈팔츠〉 식당으로 갔다. 린드너와의 일은 구실에 불과했다. 후게나우의 기분은 그리 나쁘지 않았다. 그는 세상을 명료하게 보는 사람이었다. 사람은 적이 어디에 있는 알면 되는 것이다. 그러면 문제가 닥쳤을 때 전선을 변동시킬 수 있다. 자, 이제 그는 적이 어디 있는지 알고 있었다. 지금 그들은 창가(娼家)와 두 개의 선술집을 차단하고 있을 것이었다……. 그가 파괴 분자들에 대항하는 투쟁을 도와주겠다고 제의했을 때 소령은 그 제안을 되받아친 바 있으렷다. 자, 내일 그 늙은이는 다시 한 번 신문에서 찬양될 것이다. 이번에는 창가의 폐쇄를 위한 일로. 후게나우는 혼자 중얼거렸다. 「주님이시여, 여호와시여.」

〈팔츠〉에 리벨과 지원병 펠처 박사, 그 밖에 몇 사람이 앉아 있었다. 펠처가 즉시 물었다. 「에슈를 어디에 두고 왔습니까? 그는 전혀 볼 수가 없으니.」

후게나우가 비웃었다.

「성스러운 안식일의 성서 시간 아닙니까…… 이제 그는 곧 할례를 받을 겁니다.」

모두가 낄낄 웃었고 후게나우는 우쭐했다. 그러나 펠처는 말했다. 「어쨌건 에슈는 정말 훌륭한 사내요.」

리벨이 고개를 저었다. 「오늘 있었던 일은 아무도 말해선 안 됩니다…….」

펠처가 말했다. 「바로 이런 시대에는 누구나 자기 사상이 있는 겁니다…… 나는 사회주의자이며 당신도 그렇지요, 리벨…… 하지만 그래도 에슈는 훌륭한 사내입니다…… 나는 그 사람이 좋습니다.」

리벨의 탑 모양 같은 이마가 약간 붉어졌다. 그 위에서 혈관이 불쑥 솟았다. 「내 견해로는 그것은 민중을 백치화시키는 일이며 근절되어야 할 것입니다.」

「그렇고말고요.」 후게나우가 말했다. 「파괴적인 이념들이지요.」

탁자에 있던 누군가가 웃었다. 「아이쿠, 대자본가들께서 말하시는 소리 좀 들어 보시지!」

후게나우의 안경알이 번쩍이며 말하는 사람에게로 향했다. 「만약 제가 대자본가라면 이곳에 있지 않고 쾰른에 있을 겁니다. 베를린에 있지 않다면 말입니다.」

「자, 자, 그렇다고 당신이 공산주의자는 아니지 않소, 후게나우 씨.」 펠처가 말했다.

「물론 그것도 아니지요, 존경하옵는 박사님…… 하지만 난 무엇이 옳고 무엇이 그른지는 알고 있는 사람입니다…… 누가 제일 먼저 형무소의 부정을 폭로했습니까, 예?」

「아무도 당신의 공적을 부정하진 않습니다.」 펠처가 인정했다. 「당신이 아니었다면 아름다운 철혈 재상 비스마르크의 상을 어디서 얻었겠습니까.」

후게나우는 훌륭한 사람이 되었다. 그가 펠처의 어깨를 토닥였다. 「당신 할머니나 놀리시오, 친구!」

그리고 그는 욕지거리를 퍼부었다. 공적, 제기랄, 공적이라고. 분명 나는 언제나 훌륭한 애국자였소. 분명 나는 조국의 승리를 축하했었소. 그런데 그걸 이유로 누가 감히 나를 욕한단 말이오! 그러나 동시에 나는 알고 있었소. 그것이, 분명코 포획물을 느슨하게 자루에 넣어 두지 않은 부르주아지를 동요시켜 불쌍하고 영락한 프롤레타리아의 아이들을 위해 무언가 해주려던 유일한 수단이었음을 말이오. 내가 기억하는 한 나는 그것을 이루려고 해왔던 사람이었소! 그런데 그에 대한 감사는 무엇이지요? 이제 나를 잡으라는 비밀 명령이 내게로 떨어진다 해도 난 놀라지 않을 거요! 그러나 난 두려워하지 않소. 올 테면 와보라지. 내게는 아직 만일의 경우 나를 감옥에서 석방시켜 줄 친구들이 있으니. 어쨌든 그 비밀 재판 같은 건 없어져야 할 겁니다! 한 사람이 사라진다 해도 누가 알겠느냐 말입니다. 그리고 나중에야 그가 감옥 마당에 매장되었음을 알게 되지요. 누가 알겠소이까, 아직 감옥에서 썩고 있는 사람이 얼마나 되는지! 아뇨, 우리에겐 법이 없습니다. 우리에겐 경찰법이 없습니다! 그리고 가장 나쁜 것은 그 경찰 형리들의 거짓 성스러움입니다. 그들은 성서를 손에 들고 있지만, 목적은 단 하나, 그것으로 골통을 갈기려는 겁니다. 그리고 식사 전후에 기도를 하지요. 그러나 다른 사람들은 식사 기도를 하건 안하건 굶어죽습니다…….

펠처는 흡족하여 귀를 기울였다. 이제 그가 그의 말을 중단시켰다. 「후게나우, 당신은 선동자처럼 보이는구려.」

후게나우는 머리를 긁었다. 「그럼 내게 그런 제안이 아직 없었다고 생각하십니까? 내가 당신들에게 이야기하려고만 하면…… 아니, 그만둡시다…… 나는 언제나 정확했고 정확할 겁니다. 그리고 목숨이 걸린 일이라 하더라도…… 나는 다만 거짓 성스러움을 참지 못하는 사람입니다.」

리벨이 동의하며 말했다. 「성서 이야기는 사실 맞는 말이오…… 나리들은 성서 구절을 먹어 치우는 사람들을 좋아하지요.」

후게나우가 머리를 끄덕였다. 「그렇고말고요. 처음에는 성서 구절, 그리고 나중에는 총살…… 당시 감옥에서의 발사 소리를 같이 들은 사람들은 충분히 있을 겁니다…… 어쨌든, 나는 아무것도 말하지 않겠습니다. 그러나 나는 성서 시간 따위에 앉아 있기보다는 차라리 큰집[43]에 가겠습니다.」

이렇게 후게나우는 위와 아래 사이에 개시된 투쟁에서 자기 위치를 확립했다. 그리고 그에게는 볼셰비키적 선전 같은 건 아무 상관이 없는 일이었고, 또 그 자신의 소유와 재산이 문제가 되었을 때 제일 먼저 보호를 청했을 사람이라고 해도, 그가 증가하는 수의 습격 사건을 단지 굉장한 불쾌감으로써만 「쿠르트리에르셰 보테」에 실었다 해도, 이제 그는 정직한 확신을 가지고 말했다. 「러시아인들은 상당히 사려 있는 사람들이지요.」

그리고 펠처가 말했다. 「그 말을 믿고 싶소.」

그들이 술집을 떠날 때 후게나우는 리벨을 손가락으로 위협했다. 「당신 역시 내게는 거짓 성자요…… 저 선량하고 늙은 린드너를 선동하다니. 어쨌든 나는 다만 정말로 사람들을 위하여 일하고 있는데도 말이오…… 당신도 그걸 잘 알 것이오. 자, 우리 함께 불쾌한 일을 싹 씻어 버립시다.」

43 감옥을 뜻함.

82

혼자서 세상에 나가 돌아다닐 의도를 지닌 여덟 살배기 아이. 아이는 차바퀴 자국 사이에 난 좁은 잔디의 띠 위를 걸어간다. 아이는 이곳으로 길을 잘못 잡았던, 시들어 가는 창백한 라일락 빛 클로버 꽃봉오리를 본다. 그 틈 사이에 다시 풀이 자라고 있다. 아이는 양말에 매달려 쿡쿡 찌르는 가시를 알아차린다. 아이는 그 밖에도 온갖 것을 본다. 초원의 약용 식물 콜히쿰을 본다. 산비탈에서 풀을 뜯고 있는 두 마리 누르께한 회색의 암소들을 본다. 끊임없이 경치만 쳐다볼 수는 없는 일이기에 또한 아이는 자기 옷을 바라보고, 검은 캘리코 천에 찍힌 들장미를 본다. 활짝 핀 한 송이 꽃과 꽃봉오리 하나가 두 개의 초록 이파리 사이 밝은 초록빛 줄기에 붙어 있다. 활짝 핀 장미의 한가운데엔 노란 점이 하나 있다. 아이는 검은 모자가 갖고 싶다. 모자에 꽃봉오리와 두 개의 이파리가 달린 장미 한 송이를 꽂으면 무척 잘 어울릴 것이다. 그러나 아이가 가진 것은 두건 달린 회색의 거친 모직 외투뿐.

이제 아이는 강을 따라 나아간다. 한 손으론 허리를 받치고 다른 한손으론 노자 1마르크를 꼬옥 움켜쥐고. 아이는 그 지방을 아주 잘 알고 있다. 아이는 무섭지 않다. 집 안을 돌아다니는 가정주부처럼 아이는 풍경 속을 지나간다. 만약 유쾌한 기분 때문에 아이가 커다란 원을 그리며 잔디의 띠 위에 있는 돌멩이 한 개를 걷어찬다 해도, 그것은 질서를 깨뜨리는 것은 아니다. 주위는 아주 청명하다. 아이는 이제 숲을 바라본다. 나무들이 이른 가을 오후의 투명한 공기 속에서 조형적으로 서 있다. 풍경은 아이에게 감추는 것이 없다. 투명한 공기 뒤에는 밝은 푸른빛 하늘이 있다. 투명하게 초록빛 포도나무 사이에 하늘이 있다. 마치 그래야 할 것처럼 자꾸 다시 노란 잎들이 달린 나무가 서 있다. 또한 그 나무는 두드러지게 우뚝 하늘을 향해 서 있다. 그리고 때때로, 바람결이 없는데도 어디서부터인가 노란 잎사귀 하나가 팔락이며 천천히 뱅글뱅글 길 위로 내려앉는다.

아이가 눈길을 목초지와 덤불이 강변을 감고 있는 오른쪽으로 돌리면, 아이는 하상(河床)의 하얀 자갈들을 볼 수 있다. 아이는 강물도 본다. 가을이면 덤불의 잎사귀가 엉성해지며 갈색 가지를 드러내기 때문이다. 그것은 이제 여름날처럼 들어갈 수 없는 초록의 벽이 아니다. 그러나 아이가 눈을 왼쪽으로 돌리면 습지의 목장이 보인다. 무시무시하고 음흉하게 거기 있는 목장이. 그 풀 위에 발을 디디려면 물이 질퍽 신발을 적신다. 그런 초원은 통과해선 안 된다. 누가 알랴? 늪에선 구제의 여지 없이 질식할 수 있는 것이다.

아이의 자연 감정은 어른들의 것보다는 빈약하지만, 그럼에도 불구하고 더 집약적이다. 아이들은 아름다운 경치의 한 지점에 머무르지 않고 지역을 그 자체로 받아들일 것이다. 그러나 아이들은 머나먼 언덕에 서 있는 나무 한 그루에 강하게 끌릴 수 있기도 하다. 아이들은 그것을 입에 넣고 싶다. 그래서 그것을 만져 보려고 달려간다. 아이들은 그들의 발밑에 펼쳐진 커다란 골짜기의 풍경을 바라보고자 하지 않는다. 그들은 그곳으로 뛰어 내려가고 싶어 한다. 마치 그렇게 함으로써 자신의 두려움을 내던질 수 있다는 듯이. 그 때문에 아이들은 언제나, 때로는 아무 이유 없이, 움직이고 있는 것이다. 풀밭에서 구르고, 나무에 올라가고, 나뭇잎을 먹어 본다. 그러다가 마침내 나무 꼭대기나 덤불의 어두운 은신처에 숨어 버린다.

일반적으로 이상하게 지칠 줄 모르는 젊은이들의 힘과 그들의 무의미할 정도로 의미심장하게 끓어오르는 힘 탓으로 전가된 것 중 많은 것이 다름 아닌 죽음의 길을 가야 하는, 자신의 고독을 인식한 피조물의 벌거벗은 불안이라면, 아주 여러 면에서 아이들의 돌아다님이 인생의 시초에 있어서의 방황이라면, 어른들이 종종 동기 없는 것이라고 비난하는 그들의 미소가 고독의 엄습에 놀란 일이 있는 사람들의 미소라면, 그렇다면, 여덟 살배기 어린아이가 세상을 돌아다니겠다고, 그리하여 그런 이상한, 혹은 영웅적이며 마지막이라고 말할 수 있는, 힘을 다하여 자신의 고독을 긁어모으겠다고, 그 속에서 거대한 고독을 이겨 보겠다고, 무한성을 고독을 향해 던져 보겠다고 결심할 수도 있음은 이해할 수 있는 일이리라. 뿐만 아니라, 그러한 시도에는 통례적인 계기나 그 계기의 중요성이 문제가 되지 않는다는 점도 이해할 것이다. 오히려 여기서는 아주 다른 동기화가 중요함도 이해할 것이다. 이를테면 그것이 나비에 있을 수도 있다. 말하자면 어떤 방식으로도 저울판을 내려뜨리지 못할 만큼 가벼운 것이 사건의 과정에 결정적인 영향을 끼칠 수가 있는 것이다. 그렇다. 그것은 가능한 일이다. 예를 들어 오랫동안 아이 앞에서 나풀거리던 나비가 이제 길을 바꾸어 늪지 위로 사라지려 한다면, 그것은 어른의 눈에는 중요하지 않은 일로 보인다. 왜냐하면 어른들은 어린아이를 떠난 것이 나비 자체가 아니라 나비의 영혼임을, 아니 그럼에도 불구하고 나비 자체임을 볼 수 없기 때문이다. 그러나 아이는 거기서 멈추어 선다. 아이는 허리에서 손을 떼고 애초부터 실패로 판결 내려진, 붙잡으려는 동작을 하며 이미 도망가 버린 것을 잡으려고 한다.

이제 어린아이는 얼마 동안 본래의 길을 나아간다. 아이는 저 커다란 철교에까지 다다른다. 그것은 동쪽으로부터 도시로 나아가는 국도를 강 위에서 연결시키고 있다. 여기서 아이가 이제까지 따라온 강변의 오솔길은 국도의 비탈 위로 나아가 다시 저쪽에서 아래로 내려갈 것이다. 그러나 아이는 결코 그 지점에까지 가지 않는다. 왜냐하면 아이가 아주 잘 알고 있는 다리를 보자, 새까만 사각형으로 검은 전나무 숲이 내다보이는 — 아이는 그 경치가 언제나 두려웠었다 — 회색 격자 난간을 보자, 그리고 놀랍고도 무한히 친근해 보이는 그 지역을 보자, 갑자기 아이에겐 그 골짜기를 이제 떠나야겠다는 결심이 서기 때문이다. 생각한 대로 행하는 것. 그리고 집을 떠나온 아이가 어쩌면 고향처럼 친근한 것이 다만 느리게만, 말하자면 아픔 없이, 낯선 곳으로 나아가기를 희망했다 하더라도, 갑작스러운 작별의 아픔은 습지의 저편 가장자리, 나비가 사라진 저곳에 이르려는 강한 욕망에 의해 억눌린다.

그곳으로 오르는 길은 그다지 가파른 비탈은 아니다. 그럼에도 불구하고 아이에게는 산꼭대기에 있는 집의 지붕만, 그곳에 서 있는 나무들의 꼭대기만 보일 만큼 충분히 높았다. 국도에서 바로 올라가는 것이 가장 바람직했으리라. 그러나 그러기에는 아이는 너무 초조하다. 밝은 푸른빛 하늘 아래에서, 그 서늘하고 뜨거운 늦여름의 하늘 아래에서, 등 위에 타는 듯이 쏟아져 내리는 태양볕 아래에서, 아이는 달리기 시작한다. 습지를 따라 달린다. 야트막한 여울을, 혹은 좁은 판자 다리를 발견하려고. 아주 좁은 다리라도 발견하고 싶다. 그러나 그것을 찾는 동안 아이는 초원을 다 돌아 언덕의 발치에 서 있다. 마치 언덕이 아이에게 마주 다가온 것 같다. 사람더러 올라타라고 무릎을 꿇은 낙타 같다. 자신의 서두름과 언덕의 서두름. 이러한 이중의 서두름은 약간 무시무시하다. 평탄한 초원이 비탈로 옮아가는, 알아차릴 수 없는 경사 위에 발을 들여놓으려 할 때 아이는 이제 정말로 망설여진다. 아이가 고개를 들면 저 위의 농부의 집은 완전히 사라지고 몇 개의 나무 꼭대기만 보인다. 그러나 아이가 높이 오르면 오를수록 저 위의 거주지가 다시 점점 커지며 시야 속으로 다가온다. 마치 봄이 유혹하는 듯이 나무들이 짙푸르다. 그다음 지붕이 있다. 거기서 촛불처럼 연기가 곧바르게 오르고 있다. 드디어 나무 줄기 사이에서 집의 하얀 담이 나타난다. 정말 아주 짙푸른 정원 한가운데 있는 농가이다. 아이가 네 발로 기어오를 만큼 가파른 마지막 비탈 역시 마찬가지로 푸르다. 그래서 두 손으로 엉금엉금 기기만 하던 아이는 배를 깔고 엎드려 얼굴을 풀 속에 묻어 본다. 무릎이 아주 느릿느릿 따라 기어간다.

　이제 아이는 실제로 위에 와 있다. 집 지키는 개가 짖으며 사슬을 당긴다. 기대했던 봄은 없다. 분명 낯설고 알지 못하는 풍경. 아이가 시선을 던지고 있는 계곡조차도 이제 아이가 지나왔던 계곡이 아니다. 두 가지의 변화! 변화는 어쩌면 슬픔에 의해 배태되었을 것이다. 그럼에도 불구하고 결정적인 것은 아니다. 그 변화는 단순히 빛 때문이라고 할 수 있기 때문이다. 가을 특유의 재빠른 속도로 맑고 깨끗한 빛이 흐릿한 젖빛으로 화했던 것이다. 동시에 하늘의 하얀 방패에 대응하는 하늘이 발생한다. 계곡이 그만큼 하얀 안개로 채워지기 시작한 것이다. 아직 오후이다. 그러나 이미 낯선 밤이 시작되어 있다. 멀리 무한으로까지 길이 뻗어 있다. 그 길에 집들이 있다. 그리고 빠르게 올라오는 냉기 속에서 나비들이 죽는다. 그러나 그것은 결정적인 것은 아니다! 아이는 단번에 명백히 깨닫는다. 목적지란 존재하지 않음을, 목적지를 찾아 헤맨 것이 아무 결실도 맺지 못했음을. 기껏해야 무한 자체가 목적일 수 있음을. 아이는 그것을 생각지 않는다. 그러나 아이는 행동으로써 질문되지 않은 물음에 답한다. 아이는 낯섦 속으로 돌진한다. 아이는 길로 도망친다. 아이는 확대된 무한한 길로 도망친다. 아이는 분별을 잃는다. 정지해버린 듯 이제 조금도 움직이지 않는 안개의 벽 사이를 헐떡이며 달리는 가운데 울 수도 없다. 그러나 정말 저녁이 안개 속으로 스며든다. 달이 안개의 벽 속에서 밝은 얼룩으로 화한다. 안개가 소리 없이 탁 걷히며 온갖 별이 아치 모양으로 나타날 때, 움직이지 않는 땅거미가 응고된 어둠으로 대치될 때, 아이는 알지 못하는 마을에 도착한다. 조용한 골목길을 비틀거리며 지나간다. 여기저기 말이 매어 있지 않은 수레들이 서 있다.

마르그리트가 얼마나 멀리 갔었는지, 그 애가 다시 돌려보

내질지, 아니면 유랑자의 제물이 되었을지의 여부는 별로 중
요하지 않은 일이다. 그 아이에게 엄습했던 무한성의 몽유는
결코 그 아이를 풀어 주지 않을 것이다.

83
베를린의 구세군 소녀 이야기(15)

오, 새해, 배고픈 거리의 가을,

오, 가을을 따습게 하는 부드러운 별들,

오, 기나긴 하루의 불안! 오, 텅 빈 수확의 불안,

오, 작별의 불안, 이제 그들은 의연히

작별하였다, 슬픔으로 여윈

두 눈이 눈물 없이 서로를 붙들었을 뿐.

그들은 서로를 보내었다.

자동차가 시끄러운 도시에서,

길이 길을 잃고, 자취가 자취를 잃고,

마음이 마음을 잃었다, 피조물의 불안이 생겼다 ―

태양은 빛나지 않았다, 달은 하얀 돌멩이였다.

그러나 공포는 없었다, 영혼의 운명을 부리는

백발 노인의 은빛 광휘 속에선,

영혼의 불안은 가장 은혜로운 선물이기 때문!

그렇다면 그건 불안이 아니었던가, 그들을 끌어당겨

지친 나뭇잎처럼 서로를 향해 나부끼도록 하였던 것은?

그들 사랑의 불안, 그것은 끔찍한 불안의 작은 봉토(封土)가

아니었던가, 그 자주빛 언덕에서
그의 시선의 은빛 합창이 나부끼는?
수줍은 비둘기가 날아 내려온다.
어두운 노아의 홍수의 파도 위에 떠돌면서
모든 바다를 건너 맹약을 나른다.
신이 불안 속에 군림한다, 버림받은 정적 속에 군림한다,
그의 속에서 사랑이 불안으로 불안이 사랑의 의지로 된다,
시간과 현세에 관련된 시간 사이의 맹약이 된다,
고독의 모든 고독과의 맹약이 된다 —
신의 사랑 속에서 커다란 불안이 가라앉는다,
당신의 불안, 오, 신이시여, 거기서 당신의 존재가 사유로
되나이다.

84

성서 집회는 이제 방문자가 줄어들었다. 외적 사건들이 자기 자신의 영혼의 진행으로부터 다른 곳으로 시선을 옮기게 했던 것이다. 그리고 그것은 특히 타향 사람들에게 해당되었다. 그들은 귀향의 가능성을 점치게 하는 온갖 소문들에 귀가 솔깃해 있었다. 토박이들은 보다 지속적이었다. 그들에게는 성서 시간이 이미 전쟁이든 평화이든 관계없이 지켜지기를 원하는 익숙한 질서가 되어 버렸던 것이다. 그러나 근본적으로 누구에게나 평화 조약의 소문이 기쁘기보다는 오히려 방해가 되는 구석이 있었다.

펜드리히나 잠발트는 토박이였다. 그리고 그들이 가장 충실한 사람들에 속했다. 비록 후게나우의 주장으로는 펜드리히가 오는 이유가 다만 에슈 부인의 집에는 언제나 우유가 있기 때문이라는 것이었지만. 그렇다, 때때로 그는 에슈 부인이 우유를 기도회 형제들에게만 주려고 하기 때문에 자기가 아침 식사의 커피에 넣을 우유를 손해 본다고 주장하기까지 했다. 그는 그 견해를 철저히 비밀로 간직하지 않았다. 그 말을 들은 에슈 부인이 웃었다. 「그렇게까지 질투를 하시다니, 후게나우 씨.」 그리고 후게나우가 준비한 대답은 〈조심하십시오, 에슈 어머니, 부군의 기도 형제들과의 우애가 바로 당신을 더 가난해지도록 먹어 치울 것입니다〉였다. 그 외에도 후게나우의 비방은 부당했다. 펜드리히는 밀크 커피가 없다 하더라도 그곳에 왔을 것이다.

어쨌든, 이제 잠발트와 펜드리히, 그 두 사람은 다시 부엌에 앉아 있었다. 이미 밖으로 나갔던 후게나우가 다시 코를 들이밀었다. 「맛이 좋습니까, 신사분들?」 에슈 부인이 대신 대답했다. 「아, 집엔 아무것도 없는걸요.」 후게나우는 그들이 뭘 우물거리고 있지 않나 하고 두 사람의 입을 바라보고 식탁을 바라보았다. 그리고 음식이라고는 한 조각도 발견할 수 없자 만족했다. 「자, 그럼 전 조용히 떠나겠습니다.」 그가 말했다. 「당신은 정말 제일 착한 사람들과 함께 있군요, 에슈 어머니.」 그럼에도 불구하고 그는 남아 있었다. 그는 에슈 부인이 두 사람과 무슨 이야기를 나누는지 알고 싶었다. 그들 모두가 잠자코 있자 그가 대화를 시작했다. 「당신 친구는 오늘 대체 어디 있지요, 잠발트 씨? 그 지팡이를 짚은 사람 말이오?」잠발트는 가을 바람에 덜컹거리고 있을 창을 가리켰다. 「날씨가 나쁘면 그 사람은 아픕니다…… 그는 제일 먼저 그것을 느끼지요.」 ─ 「오호, 저런.」 후게나우가 말했다. 「류머티즘. 그렇지요, 그건 불편한 거지요.」 잠발트가 고개를 저었다. 「아닙니다. 그는 예감하는 겁니다…… 그는 아주 많은 것을 미리 압니다…….」 후게나우는 반밖에 듣지 않았다. 「풍기가 있어도 그럴 수 있습니다.」 펜드리히가 약간 몸을 떨었다. 「나 역시 사지에서 그걸 느낍니다…… 우리 공장에선 유행성 독감 환자가 스무 명이 넘습니다…… 늙은 페트리의 딸이 어제 죽었지요…… 병원에서도 죽은 사람이 있었나 봅니다. 에슈는 그것이 페스트라고 하더군요…… 폐 페스트라고요.」 후게나우가 역겨워했다. 「그 사람은 그 패배주의적인 연설을 삼가해야 할 겁니다…… 페스트라니! 하긴 그게 더 좋을지도 모르지요.」 잠발트가 말했다. 「괴디케, 그 사람에겐 이제 페스트가 해를 끼칠 수 없습니다…… 그는 부활한 사람이니까요.」 펜드리히가 그 이야기에 덧붙일 말을 조금 더 알고 있었다. 「성서에 의하면 이제 묵시록의 모든 시련이 올 것입니다…… 소령님도 그렇게 예언했습니다…… 에슈도 그렇게 말하고요.」 ─ 「빌어먹을, 이제 그만하지요.」 후게나우가 말했다. 「좋은 대화를 계속하시길 바랍니다. 안녕히.」

　층계 위에서 그는 에슈를 만났다. 「상당히 유쾌한 친구 둘이 저 위에 앉아 있더군요…… 온 도시가 페스트에 대해 이야기한다면 당신의 책임입니다…… 당신의 그 기도 형제들에 대한 우애로 말미암아 온 세상이 미치게 될 겁니다. 그건 정말 민중의 백치화입니다.」 에슈가 말 이빨을 드러내며 던지는 듯한 손짓을 했다. 그것에 후게나우는 격분했다.「목사님, 그렇게 얼굴을 일그러뜨리실 필요가 없을 텐데.」놀랍게도 에슈는 즉시 진지해졌다.「당신이 옳소. 웃을 일은 전혀 아니지…… 사람들의 말이 옳으니.」후게나우는 불안해졌다.「어째서 그들이 옳습니까…… 그럼 페스트가?」에슈가 조용히 말했다.「그렇소, 그리고 그게 당신에게도 더 좋을걸. 그래, 당신에게, 존경하옵는 당신에게. 마침내 당신이 우리가 불안과 시련 가운데 있음을 인식하려 한다면 말이오…….」—「내게 소용되는 것이라면 알고 싶습니다.」후게나우가 말했다. 그리고 그는 계단을 계속 내려가기 시작했다. 에슈가 훈장다운 어조로 말했다.「나는 물론 그걸 말해 줄 수 있지. 하지만 당신은 알려고 하지 않아…… 아는 것을 두려워하지…….」후게나우는 돌아섰다. 에슈는 그보다 두 계단 위에 서 있었다. 그는 거대하게 보였다. 그를 그렇게 올려다보아야 하는 것이 싫었다. 후게나우는 다시 한 계단 높이 올라갔다. 그는 좀 의심스러워졌다. 에슈가 말하려고 하지 않는 것은 무엇일까? 그자가 무엇을 알고 있을까? 그러나 에슈가 말을 시작했다.「불안한 사람만이 은총을 받을 수 있소…….」그때 후게나우가 가로챘다.「잠깐, 내가 그 말을 들을 필요는 전혀 없습니다…….」다시 에슈가 가증스럽고 냉소적인 비웃음을 보였다.「내가 말하지 않았던가? 그건 당신의 새로운 노선에는 맞지 않을 거라고…… 게다가 그것이 당신에게 맞은 적은 한 번도 없었고.」그리고 그가 계속 가려고 했다.

후게나우의 안경알 뒤에서 빛이 번쩍였다.「잠깐, 에슈 씨…….」

에슈가 멈추어 섰다.

「그렇습니다, 에슈 씨. 그렇지만 할 말이 있습니다…… 물론 그 허튼소리는 내게 맞지 않아요…… 당신이 이제 상을 찡그리든 말든, 그 말이 내게 맞아 본 적도 없지요…… 나는 언제나 자유 사상가였고 그것을 결코 숨기지도 않습니다…… 나는 당신과 당신의 기도 형제들을 방해한 적도 없습니다. 그렇다면 내가 나름대로 행복하도록 내버려 두는 것이 좋을 겁니다…… 새로운 노선이라 불러도 좋습니다. 그리고 심지어 당신더러 나를 추적해 보라고 요청하고 싶기까지 합니다. 분명 당신은 하고 있겠지만요. 그 밖에도 나는 당신처럼 민중의 호민관이 아닙니다. 또한 민중을 백치화시키는 사람은 더더욱 아닙니다. 나는 명예욕이 없습니다. 하지만 내가 사람들의 말, 물론 저 위의 당신의 기도 형제들의 말씀인데, 그들의 말을 경청해 보노라니, 일들이 당신, 목사님께서는 유쾌한 것과는 다른 방향으로 흐르는 성싶더군요…… 곧 뭔가 체험하게 되리라고 생각합니다. 난 가로등 기둥에 몇 사람이 매달린 것을 보게 될 거고요…… 소령님이 나에게 화를 내는 걸 삼간다면 나는 그에게 아주 공손하게 경고할 겁니다. 나는 좋은 사내니까요…… 그 변덕쟁이 늙은 바보는 당신에 대해서도 이제 좋게 말할 수 없을 겁니다. 어쨌든 나는 그에게 경고를 전달하라고 당신을 그냥 보내 드리겠습니다. 보십시오, 나는 내 카드를 보이면서 놀음을 할 수 있는 사람입니다. 난 다른 사람들처럼 뒤에서 찔러 넘어뜨리진 않습니다.」

그리하여 이제 그는 마침내 돌아서서 휘파람을 불며 층계를 내려갔다. 어쨌든 그는 나중에 자기의 친절에 화가 났다 ―

그는 파제노와 에슈 씨에 대하여 어떤 죄책감을 가질 이유가 없었던 것이다 ―. 그들에게 경고했던 것은 무엇이며 또 그렇게 한 이유는 무엇이었을까?

에슈는 서 있었다. 심장이 찔린 듯한 느낌이었다. 그는 혼잣말을 했다. 「자신을 희생하는 사람은 훌륭하다.」 그 남자가 온갖 악의를 지니고 있음을 믿을 수 있다 하더라도 그가 허풍을 떨어 대는 한은 좋다. 짖어 대는 개는 물지 않으니. 그놈이 술집에 들어가 아가리를 벌린다면 해는 더 적어진다. 소령에게는 거의 해가 없을 것이니. 에슈는 미소 지었다. 그는 강건하고 확고하게 두 다리로 버티고 서 있었다. 그리고 그는 팔을 뻗쳤다. 잠에서 깨어난 사람처럼, 혹은 십자가에 매달린 사람처럼 그는 강하고, 굳세고, 강건하게 느껴졌다. 그리고 그것이 세상을 원활하게 하는 계산인 양 그는 반복하여 말했다. 「자신을 희생하는 사람은 훌륭하다.」 그다음 그는 부엌 문을 밀었다.

85

〈어둠 속에선 아무도 다른 사람을 볼 수 없다〉
1918년 11월 3일, 4일, 5일의 사건들

후게나우가 예언했던 바가 실제로 실현되어 갔다. 사람들은 어떤 것들을 체험했다. 그것도 11월 3일과 4일에.

11월 2일 아침에 제지 공장 노동자들의 작은 시위가 있었다. 그런 경우 언제나 그렇듯이 사람들은 시청 앞으로 나갔다. 그러나 이번에는 정말 특별한 이유도 없는데 유리창들이 깨졌다. 소령은 자기가 아직 마음대로 쓸 수 있는 중대 절반을 소집했고, 시위자들은 흩어졌다. 그럼에도 불구하고 그것은 외견상의 평온에 불과했다. 도시엔 소문들이 난무했다. 전선이 붕괴되었음을 알았다. 그러나 휴전 회담에 대해선 아무것도 알 수 없었다. 흉흉한 기운이 감돌았다.

이렇게 낮이 지났다. 저녁에 서쪽에서 붉은빛이 보였다. 트리에르가 도처에서 불타고 있는 것이라고들 했다. 이제 공산주의자에게 신문을 팔지 않은 것을 유감으로 생각하는 후게나우가 호외를 인쇄시키려고 하였다. 그러나 두 사람의 노동자는 찾을 수가 없었다. 밤에 형무소 근처에서 총성이 있었다. 사람들은 그것이 죄수들을 탈옥시키려는 신호였으리라고 수군거렸다. 나중에 그것은 간수 한 명이 잘못 알고 공포를 쏘았던 것이라고 공고되었다. 그러나 아무도 믿지 않았다.

쌀쌀하고 안개가 짙은 겨울 날씨 속에서 아침이 시작되었다. 이미 일곱 시에 시 의회가 불기 없고 불도 거의 밝히지 않은, 널빤지를 댄 회의실에 모였다. 시민의 무장이 요구되었지만 그것은 노동자들을 자극시키는 조처로 여겨질 수 있다는 반대가 커졌으므로 보위대의 설치가 결정되었다. 그것은 시민에게나 노동자에게나 전부 해당되어야 한다고 했다. 하지만 사령부와 어려운 점이 있었다. 왜냐하면 무기를 군수품 창고에서 조달해야 했기 때문이다. 그러나 — 거의 소령의 머리 위로 — 무기가 운반되었다. 물론 합법적인 요청을 할 시기는 아니었다. 다만 시장의 주도하에 소집 위원들이 선출

되어 무기 분배의 책임을 맡았을 뿐이다. 오전에 이미 무기를 사용할 수 있다고 인정되는 모든 주민에게 무기들이 교부되었다. 그렇게까지 되었으므로 지구 사령관은 군대와 보위대의 협력을 더 이상 거절할 수 없었다. 보초의 배치가 사령부에서 있게 되었다.

에슈와 후게나우도 당연히 자원했다. 에슈는 — 무엇보다도 소령 가까이에 있고자 애썼으므로 시내 근무를 신청했다. 그는 밤 근무로 정해졌다. 한편 후게나우는 오후에 다리 옆에서 보초를 서야 했다.

◆

후게나우는 다리의 돌난간 위에 앉아 있었다. 11월의 안개 속에서 얼어 버릴 지경이었다. 장전된 무기가 옆에 기대어 있었다. 난간의 돌 사이에 풀이 자라고 있었으므로 후게나우는 그것을 뽑는 데 열중했다. 또한 아주 오래된 회반죽 조각을 돌 사이에서 뜯어낼 수 있었고 그것을 물속으로 던져 버렸다. 그는 너무 지루했고 일 전부가 무의미하게 느껴졌다. 최근에 구입한 겨울 외투의 치켜올려진 칼라가 거칠게 목과 턱을 스쳤으나 조금도 따뜻하지 않았다. 지루함에서 그는 용변을 보았다. 그러나 그것도 끝나고 다시 그곳에 앉았다. 여기서 앉아 있다니 어리석은 일이다. 소매에 바보 같은 초록 띠를 매고 있다니. 게다가 춥다. 그는 사창가에 가서는 안 될까 생각했다. 소령의 사창가 폐쇄는 조금도 소용이 없었다. 이젠 비밀 영업을 하고 있었다.

매음굴의 늙은 여자들은 불을 때고 있어도 되니까 그곳은 아주 따뜻할 것이다. 그런 생각을 마음에 그리고 있는데, 바로 그때 마르그리트가 나타난다. 후게나우는 기뻤다. 「너로구나.」 그가 말했다. 「여기서 뭘 하고 있니…… 떠나 버린 줄 알았다…… 내가 준 1마르크를 가지고 뭘 했지?」

마르그리트는 대답하지 않았다.

후게나우는 사창가에 가고 싶었다. 「난 네가 필요하지 않아…… 넌 아직 열네 살도 안 됐지…… 거 봐, 넌 집에 돌아왔잖아.」

그럼에도 불구하고 그는 아이를 무릎 위에 앉혔다. 좀 따뜻해졌다. 잠시 후 그는 물었다. 「따뜻한 바지를 입었니?」 아이가 그렇다고 하자 그는 만족했다. 그들은 서로 부둥켜안고 앉아 있었다. 시청의 시계 소리가 안개를 뚫고 들려왔다. 다섯 시군. 그런데도 벌써 이렇게 어둡다니.

「얼마 안 가서,」 후게나우가 말했다. 「또 한 해가 올 거다.」

제2의 시계가 네 번에 이어 다섯 번째 종을 쳤다. 그는 점점 슬퍼졌다. 이 모든 것이 무엇 때문이람? 여기서 할 일이 대체 무엇이지? 들판 저 건너엔 에슈의 집이 있다. 후게나우는 그쪽 방향으로 큰 곡선을 그리며 침을 뱉었다. 그러나 그때 격렬한 공포가 그를 엄습했다. 인쇄실 문을 열어 둔 채 나온 것이다. 오늘 약탈이 일어나면 그들은 그의 기계를 때려 부술 것이다.

「내려가라.」 그는 거칠게 마르그리트에게 말했다. 아이가 망설이자 그는 따귀를 한 대 갈겼다. 그는 재빨리 주머니를 뒤져서 인쇄소의 열쇠를 찾았다. 직접 집으로 가야 할까, 아니면 마르그리트를 시켜 에슈 부인에게 열쇠를 보내야 할까?

이미 그는 의무를 버리고 집으로 갈 태세를 취했다. 그때 그는 움찔했다. 이제 정말로 공포가 골수에 사무쳐 왔기 때문이다. 저 위 숲 가장자리가 날카롭게 번쩍 빛나더니 바로 다음 순간 섬뜩한 폭음이 따랐던 것이다. 그곳엔 박격포 부대의 병영이 있음을, 그리고 어떤 멍청이가 탄약을 폭발시켰음에 틀림없음을 금방 깨달았다. 하지만 그는 벌써 본능적으로 바닥에 엎드려 있었고, 계속되는 폭발을 기대하며 계속 엎드린 채로 있을 만큼 영리했다. 정말로 짧은 간격을 두고 두 번의 격렬한 폭음이 이어졌다. 그리고 소음이 산발적인 연속 폭음으로 바뀌었다.

후게나우는 주의 깊게 돌 난간 위를 살펴보았다. 창고들의 폐허가 된 담장들이 안으로부터 붉게 그을며 빛나고 병영의 지붕이 타오르는 것이 보였다. 「자, 이제 시작이군.」 그는 혼잣말을 했다. 일어섰다. 새 겨울 외투를 털었다. 그다음 그는 두리번거리며 마르그리트를 찾았다. 아이를 몇 번 휘파람으로 불러 보았다. 그러나 아이는 달아나 버리고 없었다. 집에 가 있기를. 그는 생각할 시간이 거의 없었다. 왜냐하면 그때 한 떼의 사람들이 병영에서 달려 내려오고 있었기 때문이었다. 막대기, 돌멩이, 심지어 무기까지 손에 들고 있었다. 후게나우는 놀랐다. 마르그리트가 그 옆에서 달려오고 있었던 것이다.

감옥으로 갈 것이다. 명백한 일이었다. 후게나우는 불현듯 그것을 이해했다. 그는 자기가 마치 명령이 몇 초 만에 정확히 수행되는 것을 보는 참모 총장처럼 느껴졌다. 「용감한 사람들.」 무엇인가가 그의 내부에서 말했다. 그리고 자신이 그들과 한패라는 것이 당연하게 여겨졌다.

질풍 같은 걸음으로 고래고래 소리를 지르며 그들은 형무소에 이르렀다. 문이 잠겨 있었다. 돌멩이 우박이 후두두 쏟아졌다. 그다음 직접 공격이 이어졌다. 후게나우가 첫 번째 널빤지를 개머리판으로 갈겼다. 한 사람이 쇠 지렛대를 가져왔다. 오래 작업할 필요가 없었다. 곧 돌파구가 만들어졌다. 문을 열어젖히고 무리들이 마당으로 밀려갔다. 마당엔 아무도 없었다. 직원들이 어딘가에 숨어 있을 것이다. 자, 그들을, 사내들을, 연기를 피워서 굴에서 몰아내야 할 것이다 — 감방들로부터 거친 함성이 울려왔다. 「만세, 만세, 와, 와, 만세!」

◆

첫 번째 폭음이 일어났을 때 에슈는 부엌에 있었다. 단숨에 그는 창옆으로 달려갔다. 그러나 두 번째 폭음으로 흔들린 창이 창틀까지 합해 마주 덜컹거리자 그는 되돌아섰다. 공습인가? 아내가 유리 조각들 사이에서 무릎을 꿇고 주기도문을 웅얼거리고 있었다. 순간 그는 놀라 입을 떡 벌렸다. 그녀는 일생 동안 기도를 해본 적이 없는 여자였다! 그다음 그는 그녀를 잡아 일으켰다. 「지하실로 가시오, 비행기요.」 그러나 계단에서 이미 그는 탄약 창고의 화염을 보았고 거기서 나오는 연발 폭음을 들었다. 그래, 시작했군. 그러나 그다음 〈소령이!〉 하고 소리치고는 순식간에 훌쩍거리는 부인을 — 떠나지 말라고 애원하는 소리가 아직 그를 따라왔다 — 방으로 밀어 넣고, 무기를 들고, 계단을 달려 내려갔다.

거리는 소리 지르는 사람들로 가득했다. 광장에서 트럼펫

신호가 울렸다. 에슈는 거리를 헐떡이며 올라갔다. 그의 뒤에서 마구를 얹은 한 쌍의 말이 달려왔다. 그들이 소방의 임무를 띠고 달려오는 것임을 알았다. 약간의 질서가 아직은 온전하게 남아 있다는 것이 그에게 위안이 되었다. 소화기가 이미 광장에 있었다. 사람들은 그것을 가져다 놓긴 했지만 인력이 부족했다. 나팔수가 발판 위로 올라가서 거듭 소집 신호를 불고 있었다. 당장은 겨우 여섯 명밖에 없었다. 광장의 다른 편에서 중대가 달려왔다. 중대장은 중대를 소방 임무에 배치할 만큼 분별이 있는 사람이었다. 그들이 덜거덕거리며 소화기를 들고 갔다.

시청 문이 전부 열려 있었다. 아무도 찾을 수 없었다. 사령부도 비어 있었다. 그것은 에슈에게 위안이 되었다. 그럼 그들은 노인을 적어도 여기서는 금방 찾아낼 수 없을 것이다. 하지만 그는 어디 있단 말인가? 에슈가 밖으로 나왔을 때, 이윽고 군인 하나가 오고 있었다. 에슈는 사령관을 보았느냐고 소리쳐 물었다. 예, 사령관님은 마지막으로 보위대를 비상 소집했습니다. 병영이나 형무소에 있을 겁니다…… 그리로 돌격했다더군요.

그럼 형무소로 가자! 에슈는 무겁고 딱딱한 걸음을 옮겼다.

◆

사람들이 감옥 건물로 밀려 들어가고 있을 때 후게나우는 마당에 서 있었다. 성공이었다. 의심할 여지 없이 성공이었다. 후게나우는 아이로니컬한 표정을 지었다. 이제 그는 그런 표정을 상당히 잘 지을 수 있게 되었던 것이다. 소령이 자기가 여기 있음을 보고 놀랄 것이 싫지는 않았다. 에슈도 마찬가지다. 탁월하고 찬란한 성공이었음은 의심할 여지가 없다. 그런데도 후게나우는 기분이 좋지 않았다. 다음 일은? 그는 마당을 바라보았다. 타오르는 병영이 아름다운 빛을 던지고 있었다. 그러나 결국 그것은 전례 없는 어떤 특별한 것은 아니었다. 마당도 그가 상상한 것과 조금도 다르지 않았다. 그리고 여기 있는 무리들에게도 그는 그걸로 충분했다.

갑자기 귀를 찢는 듯한 비명 소리! 그들이 경비병 하나가 있음을 알아차리고 그를 마당으로 끌어냈던 것이다. 후게나우가 다가갔을 때 남자는 큰대자로 땅 위에 누워 있었다. 다만 한쪽 다리가 경련을 일으키며 리드미컬하게 높이 허공을 차고 있었다. 두 여자가 그 위로 몸을 던졌다. 그리고 쇠몽둥이를 든 사내가 징 박은 구두창으로 그의 한 손을 딛고 서서 고문당하는 사람의 뼈 위에다 쇠몽둥이를 휙휙 내지르고 있었다. 후게나우는 토할 것 같았다. 배와 심장에 공포를 안고 총을 어깨에 둘러메고 시내로 달려 돌아왔다.

그러나 도시는 타오르는 병영의 불빛 속에서 몹시도 밝았다. 지붕이 뾰족뾰족했다. 집들의 검은 윤곽이 시청과 교회의 탑들 위로 우뚝 솟아 있었다. 그곳에서 다섯 시 반을 치는 소리가 들렸다. 이 인간들의 거주지 위에 아직도 깊은 평화가 나부낀다는 듯이 무심한 소리였다. 시계의 낯익은 울림, 집들의 낯익은 모습, 모든 평화로움이 아직 거기 있었다. 반면 화염이 충천해 있는 주위가 후게나우의 헐떡이는 불안을 인간과 가까이 있고 싶다는 억제할 수 없는 동경으로 화하게 했다. 그는 들판을 가로질러 달려갔다. 때때로 숨을 돌리려 멈추어 서기도 하면서. 그때 그는 훈제실에서 풍겨 오는 냄새를 맡았다. 그리고 다시금 인쇄소의 문이 잠겨 있지 않다는 점과 이제 범죄자들과 침입자들이 감옥에서 몰려 나오리라는 점이 뇌리를 스쳤다. 두 배로 불안하여, 두 배로 긴장하여, 그는 계속 집으로 가려고 애를 썼다.

◆

한나 벤틀링은 고열 속에서 침대에 누워 있었다. 처음 케셀 박사는 매일 밤 열어 놓았던 창에 책임을 돌리려 했으나 나중에는 그것이 스페인 독감임을 인정하지 않을 수 없었다.

폭발이 일어나 유리창이 방으로 와르르 쏟아졌을 때 한나는 조금도 놀라지 않았다. 창문을 닫아 놓게 한 사람은 그녀가 아니었다. 그렇게 강요당했던 것이다. 그리고 하인리히가 격자의 설치를 빠뜨렸기에 이제 침입자가 올라올 것이 당연했다. 거의 만족스럽게 그녀는 단언했다. 「아래로부터의 습격이야.」 그리고 이제 무슨 일이 계속될지 기다렸다. 그러나 쾅쾅거리는 소리가 더욱 심해졌으므로 그녀는 정신을 차리고 침대에서 일어났다. 아들에게 가야 함을 문득 깨달았던 것이다.

그녀는 침대 기둥에 몸을 단단히 유지하고 생각을 모아 보려 했다. 아이는 부엌에 있었다. 그렇다, 그녀는 아이에게 전염될까 봐 소년을 아래층으로 내려 보냈음을 기억했다. 그녀는 아래로 내려가야 한다.

날카로운 바람이 방을 통과했다. 집 전체를 통과했다. 모든 유리창과 문이 문틀로부터 내동댕이쳐져 있었다. 그리고

992

2층의 건물 전면 유리창이 전부 으깨져 있었다. 계곡으로부터 높이 위치한 이곳에 기압이 특히 강하게 작용했기 때문이다. 바로 다음의 폭음이 벽돌 천장의 반을 와르르 무너뜨렸다. 중앙 난방이 아니었다면 집은 불길을 피할 수 없었을 것이다. 어쨌든 한나는 냉기를 깨닫지 못했다. 그녀는 와그르르 무너지는 소리도 거의 깨닫지 못했다. 무슨 일이 벌어졌는지 이해하지도 못했고 이해하려고도 하지 않았다. 드레스 룸에서 만난, 비명을 지르는 하녀의 곁을 지나 그녀는 부엌으로 서둘러 갔다.

부엌에서야 문득 날씨가 추워졌음이 틀림없다는 생각이 들었다. 왜냐하면 그곳이 쾌적하게 느껴졌기 때문이다. 이곳 아래층 창문들은 상하지 않았다. 한구석에 요리사가 앉아, 울부짖으며 떨고 있는 소년을 품에 안고 있었다. 고양이가 평화롭게 아궁이 앞에 누워 있었다. 이상하게 타는 냄새도 코에서 사라졌다. 깨끗하고 따뜻한 냄새가 났다. 구원되었다는 느낌이 들었다. 그러자 그녀는 자기가 얼떨결에 침대 덮개를 같이 들고 왔음을 발견했다. 그녀는 담요로 몸을 감싸고 가장 먼 부엌 구석에 가서 앉았다. 아이에게 전염되지 않도록 주의해야 한다. 그녀는 아이가 자신에게 오겠다는 것을 물리쳤다. 하녀가 그녀를 따라왔다. 그러자 정원사도 부인과 함께 건너왔다. 「병영이 타고 있습니다…… 저기.」 정원사가 창문을 가리켰다. 그러나 여자들은 감히 가보려 하지 않고 자기 자리에 그냥 있었다. 한나는 완전히 제정신을 차렸다고 느꼈다. 그녀는 말했다. 「우린 기다려야 해요.」 그리고 더욱 단단히 담요로 몸을 쌌다. 갑자기 무슨 이유에서인지 전깃

불이 꺼졌다. 하녀가 다시 비명을 질렀다. 한나는 어둠 속에다 대고 다시 말했다. 「기다려야 해요…….」 그다음 그녀는 다시 몽롱해졌다. 소년이 요리사의 품에서 잠이 들었다. 하녀와 정원사의 부인이 석탄 상자 위에 앉아 있었다. 정원사는 아궁이에 기대고 있었다. 창문이 여전히 덜거덕거렸다. 때때로 밖으로 벽돌 덩어리가 무너져 내렸다. 그들은 어둠 속에 앉아 밝게 빛나는 창문을 바라보았다. 꼼짝도 않고 응시했다. 그들은 점점 더 꼼짝하지 않았다.

◆

　감옥으로 내려가는 길에서 에슈는 걸음을 재촉했다. 무기가 어깨 앞으로 미끄러져 내려왔다. 그는 마치 돌진하는 군인처럼 그것을 손으로 잡았다. 중간쯤이었을까, 그는 내려오는 무리의 함성을 들었다. 그는 덤불 속으로 몸을 던져 그들이 지나가기를 기다렸다. 약 2백 명가량의 사람들이었다. 온갖 종류의 무뢰한들. 그 가운데는 죄수들도 있었다. 죄수들은 회색 옷으로 알아볼 수 있었다. 몇몇 사람은 「라마르세예즈」를, 어떤 사람들은 「인터내셔널가」를 부르려고 했다. 어느 상사가 계속 소리쳤다. 「4열 종대로.」 그러나 아무도 주의를 기울이지 않았다. 대열 선두에서 인형 하나가 행군자들의 머리 위에서 흔들거리고 있었다. 기둥에, 일종의 교수대에, 도구와 천을 쑤셔 넣은 어느 간수의 군복이 매달려 있었다 ── 그들은 그 목적을 위하여 아마도 간수를 벌거벗겼을 것이다 ──. 그 꼭두각시는 가슴에 하얀 표찰을 붙이고 있었다. 타오르는 병참부의 번쩍이는 빛으로 에슈는 〈사령관〉이

994

라는 단어를 읽을 수 있었다. 심지어 그들은 어린아이도 데리고 있었다. 아이는 어느 사내의 어깨 위에 앉아 있었다. 자그마한 소녀로 마르그리트를 연상시켰다. 그러나 에슈는 이제 주의를 기울이지 않았다. 그는 행렬이 지나가기를 기다렸다. 그리고 있을지도 모를 후위 대열을 피하기 위해 도로 옆의 초원 위를 계속 달렸다.

자동차의 헤드라이트가 그의 앞에 나타났다. 에슈는 피가 얼어붙는 듯했다. 소령일 수밖에 없다! 소령, 그는 어쩔 수 없이 폭도들의 품속으로 달려갈 것이다. 그를 막아야 한다! 어떠한 일이 있어도 기필코 그를 막아야만 한다! 에슈는 비탈을 미끄러져 내려가 크게 소리를 지르며 길 한가운데 서서 손짓을 했다. 그러나 사람들은 그를 알아차리지 못했다. 혹은 알아차리려고 하지 않았다. 그가 옆으로 뛰어 비키지 않았다면 그는 차에 치었을 것이다. 실제로 그것은 소령의 차였다. 소령 옆에 세 사람의 군인이 있었다. 그중 한 사람은 디딤대 위에 있었다. 에슈는 무기력하게 차의 뒤를 바라보았다. 그리고 온 힘을 다해 자동차를 쫓아서 달렸다. 경악에 가득 찬 불안 속에서 달렸다. 매초 무시무시한 것을 보아야 할 것을 각오하고. 벌써 저 앞에서 몇 발의 총성이 났다. 쿵 하는 폭발음 같은 소리가, 비명이, 시끄러운 소음이 따랐다. 에슈는 다시 비탈 위로 뛰어 올라갔다.

첫 번째 건물들 앞에 무리들이 있었다. 그 지역은 여전히 화염이 충천했다. 덤불 뒤에서 엄호물을 찾으며 에슈는 첫 번째 정원 울타리에 이르렀다. 그리고 이제 울타리의 보호를 받으며 접근할 수 있었다. 자동차가 전복되어 길 비탈 저쪽에서 불이 붙어 있었다. 눈으로 보건대, 운전병이 사람들의 무리를 보고 혹은 돌멩이에 맞아 운전 능력을 상실하고 좌초한 것 같았다. 나무 앞에서 그는 두개골이 박살난 채 반쯤 웅크리고 있었다. 아직 그는 목을 글그렁거리고 있었다. 한편, 군인 한 사람은 큰대자로 길 위에 누워 있었다. 그에 반해 다른 한 사람, 아마 전복할 때 무사하게 뛰쳐나온 듯싶은 하사관은 광란의 폭도들에게 둘러싸여 있었다. 주먹질과 몽둥이질 아래에서 그가 약하게 애원하는 몸짓을 했고 무슨 말을 했다. 그것은 소음 속에서 알아들을 수 없었다. 그다음 그 역시 쓰러졌다. 에슈는 이 무리들에게 총을 발사해야 할 것인가를 숙고했다. 그러나 그 순간 보닛에서 푸른 불꽃이 번뜩였다. 「차가 폭발한다!」 군중들이 뒤로 물러섰다. 그리고 조용히 폭발을 기다렸다. 그러나 아무 일도 일어나지 않았다. 자동차는 오직 조용히 계속 타오르고 있을 뿐이었다. 곧 외침소리가 들렸다. 「사령부로!」 「시청으로!」 그리고 군중들은 계속 시내로 구르듯 나아갔다.

그런데, 소령은 어디 있을까? 문득 에슈는 알아차렸다. 자동차 밑에. 그렇다면 살아 있는 몸뚱어리가 구워질 판이었다. 불안에 쫓긴 에슈는 판자를 뛰어넘어 자동차로 달려가 차체를 흔들었다. 혼자서는 그것을 들어올릴 수 없음을 깨닫자 메마른 흐느낌이 그를 엄습했다. 그는 절망하여 타오르는 자동차 앞에 서 있었다. 새로운 시도를 해보자 그의 무기력한 두 손이 화상을 입었다. 그때 한 남자가 달려왔다. 세 번째 군인이었다. 그는 비탈 너머로 튕겨져 초원 위에 떨어졌기 때문에 다치지 않았던 것이다. 두 번째 시도에서야 비로소 그들은 자동차 한쪽을 들어올릴 수 있었다. 에슈가 밑으로 기어들어가 등으로 차를 받쳤다. 군인이 소령을 끌어내었다. 오오 하느님, 감사합니다! 그러나 아직 일이 끝난 것은 아니었다. 말하자면, 가능한 한 빨리 위험한 자동차로부터 도망쳐야 하는 것이다. 그리하여 그들은 의식 없는 소령을 비탈 위로 끌어올려, 초원 위의 관목 뒤에 눕혔다.

에슈는 소령 옆에 무릎을 꿇고 그의 얼굴을 응시했다. 평화로운 얼굴이었다. 호흡은 규칙적이었다. 좀 약했지만. 심장도 마찬가지로 평온하게 뛰고 있었다. 에슈는 소령의 외투와 상의를 찢어 젖혀 보았다. 약간의 그을음과 찰과상을 제외하면 아무런 외상도 발견되지 않았다. 군인이 그 옆에 서 있었다. 「다른 사람들도 있습니다……..」 에슈는 힘들게 일어났다. 알지 못할 피로. 사지가 아팠다. 그럼에도 불구하고 그는 다시 한 번 우뚝 일어났다. 그리고 그들은 부상당한 하사관을 안전한 곳으로 운반하고 불행한 군인과 운전병의 시체를 언덕 위에 눕혔다.

그런 일이 끝나고 에슈는 소령 옆의 풀 속에 몸을 던졌다. 「잠시 쉬겠소…… 난 더 할 수가 없소.」 그는 너무도 지쳐서 도시의 지붕들 너머 빠른 불길이 하늘로 타오르는 것을 거의 주목하지 않았다. 그때 군인이 소리쳤다. 「녀석들이 시청에 불을 질렀군!」

◆

병원은 뒤죽박죽이었다.

처음엔 모두들 일어날 수 없는 사람들을 염두에 두지 않고 정원으로 도망쳤다. 아무도 그들의 비탄에 신경 쓰지 않았다.

질서를 재수립하기 위해서는 쿨렌베크의 권위가 전적으로 필요했다. 그는 손수 가장 심한 중환자들을 1층으로 날랐다. 그는 사람들을 어린아이를 나르듯이 팔로 안아서 날랐다. 그의 목소리가 복도를 쩌렁쩌렁 울렸다. 그는 누구에게나 욕을 했다. 심지어 플루르쉬츠와 마틸데 간호사에게조차도. 야비한 욕설을 퍼부었다. 명령이 즉각 수행되지 않았을 때 말이다. 카를라 간호사는 달아나 버려 보이지 않았다.

마침내 상황이 제 궤도를 찾았다. 침대들이 이 황폐한 위층으로부터 운반되었다. 사람들이 점점 서로를 다시 찾았다. 몇 사람이 없었다. 그들은 정원이나 혹은 나아가 숲이라든가 혹은 어떤 다른 곳에 있었다.

플루르쉬츠와 보조원 하나가 그들을 찾아 나섰다. 정원 밖에서 발견된 최초의 사람들 중 하나가 괴디케였다. 그는 아주 멀리 가 있지는 않았다. 그는 자기가 조망대로 선택한 산비탈 위에 앉아서 두 지팡이를 하늘을 향해 뻗치고 있었다.

그가 환호하고 있었다고 생각할 수도 있었을 것이다.

그리고 사실, 그들이 가까이 갈 때 그가 웃는 소리가 들렸다. 사람들 전부가 벌써 몇 달을 고대해 왔던 그 짐승의 포효 같은 웃음소리.

그는 자기를 부르는 두 사람을 조금도 아랑곳하지 않았다. 그들이 다가가 그를 데려가려고 하자 그는 위협하며 지팡이를 휘저었다.

플루르쉬츠는 좀 당황했다. 「아니, 괴디케, 가야지요……」

괴디케가 지팡이로 저 위의 불꽃을 가리키며 황홀하게 으르렁댔다. 「최후의 심판이다…… 죽은 자들 가운데서 부활했도다…… 죽은 자들 가운데서 부활했도다…… 부활하지 않은 자는 지옥으로 가라…… 악마가 너희 모두를 데려간다…… 이제 너희 모두를 악마가 데려간다…….」

어떻게 해야 할지! 하지만 그들이 잠시 그를 쳐다보고 있노라니 보조원에게 적당한 생각이 떠올랐다. 「루트비히, 식사 시간입니다. 뼈대에서 내려와요.」

괴디케가 입을 다물었다. 그는 불신하는 눈초리로 머리털 사이에서 내다보았다. 그러나 결국 절룩거리며 그들과 함께 갔다.

◆

숨을 헐떡이고 전율하며 후게나우는 정원을 가로질러 인쇄소에 도착했다. 처음 순간 그는 무엇이 자기를 이리 오게 했는지 알지 못했다. 그리고 깨달았다. 인쇄 기계! 그는 들어갔다. 어두운 방은 밖의 불빛으로 깜박거리며 밝았고 일요일처럼 쾌적한 질서 속에 놓여 있었다. 후게나우는 무기를 다리 사이에 놓고 기계 앞에 앉았다. 그는 실망했다. 기계는 그가 노력한 값어치가 없었다. 차갑고 무감동하게 거기 있을 뿐이었다. 게다가 불쾌하게 느껴지는 불안한 그림자를 던지고 있었다. 그 범법자의 무리가 정말 이리로 와서 기계를 때려 부순다 해도 그건 이 돼지 같은 기계에겐 자업자득일 것이다. 정말 아름답고 사랑스러운 기계이지만……. 그는 기계 위에 손을 얹었다. 쇠가 그렇게 차갑게 느껴지는 것에 화가 났다. 빌어먹을, 무엇이 그를 그렇게 화나게 하는가? 후게나우는 어깨를 으쓱하고는 마당을 쳐다보고, 그너머 일요일에 예배가 벌어지던 창고를 바라보았다. 에슈는 다음 일요일에도 다시 설교를 할 것인가? 성스러운 종교의 적을 증오하라. 목사 나부랭이. 텅 빈 헛간. 그건 그들의 일이다……. 하지만 그 때문에 어떤 사람이 잃어버려야 했던 것은 무엇이지! 그놈의 뼈를 박살내어야 할 것이다. 그놈은 걱정이 없다……. 일요일에 설교하는 것. 지금 그는 저 위에서 제 마누라 곁에 앉아 있겠지. 서로를 위로하며. 한데 어떤 사람은 여기서 돼지 같은 기계와 함께 앉아 있어야 한다.

다시 그는 자기가 온 이유를 잊는다. 그는 총을 기계에 기대 놓는다. 마당에서 그는 쿵쿵 냄새를 맡는다. 다시 훈제 냄새, 그 냄새가 그를 후려갈긴다. 오늘은 저녁이 없을 것이다……. 아니, 저 위에는 뭔가 있으리라. 그 에슈 놈을 그 여자는 굶어 죽게 내버려 두진 않을 테니.

그는 위층 복도에 서자 놀란다. 그의 방으로 가는 문이 돌쩌귀로부터 들어 올려져 있다. 뭔가 맞지 않는다. 게다가 문은 닫혀 있다. 가까스로 그는 문을 열어젖힐 수 있다. 방 안의 광경은 더욱 황폐하다. 거울이 세면대 위에 걸려 있지 않고 산산조각난 그릇들 위에 있다. 황무지. 이해할 수 없이 그리고 불안하게 뼛조각들이 기억난다. 후게나우는 소파 위에 앉는다. 그는 사건을 납득하고 싶다. 그러나 그는 숙고하려 하지 않는다……. 누군가 와서 그에게 설명을 하며 진정시켜 주어야 할 것이다……. 그의 머리를 쓰다듬으며.

어쨌든 에슈 부인을 불러 손해 상황을 보여 주어야 한다는 생각이 퍼뜩 떠오른다……. 그렇지 않으면 결국 그녀는 그에게 책임을 덮어씌울 것이다……. 자신이 저지르지 않은 손해를 배상할 생각은 추호도 없다. 그러나 그가 그녀를 막 부르려고 할 때 그가 오는 소리를 들은 그녀가 방으로 달려온다. 「내 남편은 어디 있지요?」

잘 아는 얼굴을 바라보자 넓고 기쁘고 일렁이는 안도감이 후게나우에게 밀려온다. 그는 그녀에게 친절하게 진심 어린 미소를 보낸다. 「에슈 어머니…….」 그는 그녀에게 예의의 빛을 발한다……. 이제 다 잘되리라. 그녀는 나를 침대로 데려가야 할 것이다…….

그러나 그녀는 그를 전혀 보는 것 같지 않았다. 「내 남편은 어디 있지요?」 어리석은 여자는 그를 방해했다. 이 여자는 지금 에슈에게서 뭘 원한다는 거야? 그자가 여기 없다니 정말 좋은 일이군……. 그는 거칠게 대답했다. 「그가 어딜 쏘다니는지 내가 어찌 알겠습니까. 식사하러 돌아오겠지요.」

아마 그녀는 조금도 듣지 않은 듯 보였다. 왜냐하면 그녀가 그에게 다가와 그의 어깨를 움켜잡았기 때문이다. 그녀는 똑바로 그에게 소리쳤다. 「그가 가버렸어요, 총을 들고 가버렸어요…… 총 쏘는 소리가 들렸어요.」

희망이 솟아올랐다. 에슈가 사살당했다. 그런데 왜 이 여자는 이렇게 비탄스러운 어조인가? 왜 이 여자는 이렇게 삑삑거리는가? 그는 그녀에게서 평온을 얻으려 했다. 그런데 그 대신 자기가 그녀를 진정시켜야 한다니, 그것도 에슈란 사내 때문에! 그녀가 여전히 애원했다. 「그는 어디 있지요?」 그리고 여전히 그의 어깨를 놓아주지 않았다. 당황하기도 하고 화가 나기도 해서 그는 우는 아이를 달래듯이 그녀의 살진 팔죽지를 토닥거렸다. 심지어 그녀에게 어떤 위로를 해주고 싶었다. 그는 팔을 이리저리 쓰다듬었다. 그러나 그의 입은 불친절한 말을 내뱉었다. 「뭘 그렇게 에슈를 그리워하십니까? 그 후원자에게 벌써 물리지 않았나요? ……제가 여기 당신 옆에 있는데…….」 그가 그런 말을 하는 동안 자신이 비로소 그녀에게 좀 야비한 짓을 요구하고 있음을 깨달았다……. 그녀가 그에게 빚진 어떤 것에 대한 보상으로서, 그때 그녀도 일이 어떻게 되어 가는지를 감지했다. 「후게나우 씨, 오오 맙소사, 후게나우 씨…….」 그러나 이미 거의 모르는 사이에, 그의 헐떡이는 돌진 아래에서 그녀는 거의 반항하지 못하게 되었다. 형리를 스스로 돕는 사형수처럼 그녀는 그의 바지를 열었다. 그리고 넓게 벌린, 높이 들어올린 허벅다리 사이로 그가 키스도 없이 그녀와 함께 소파로 넘어졌다.

나중에 그녀의 첫 마디는 〈내 남편을 구해 줘요!〉였다. 후게나우에겐 상관없는 일이었다. 이제 그자는 자기가 원하는 대로 살아도 된다. 그러나 다음 순간 그녀가 째지는 비명을 내질렀다. 창문이 갑자기 핏빛으로 밝아졌다. 주황빛 집속탄도가 올라왔다. 시청이 타오르고 있었다. 그녀가 바닥에 쓰러졌다. 기형적인 덩어리……. 그녀, 그녀에게 모든 책임이 있었다. 「성모 마리아님, 제가 저지른 짓, 제가 저지른 짓이 무엇입니까…….」 그녀가 그에게 기어 왔다. 「그를 구해 줘요, 그를 구해 줘요…….」 후게나우는 창으로 다가갔다. 그는 불쾌했다. 이제 여기서도 시작이로군. 그는 밖에서도 충분했었다. 너무 충분했었다. 한데 이 여자는 내게 무엇을 원하는가?

결국 책임은 에슈에게 있다……. 그자가 소령과 함께 저기서 구이가 될 테면 되라지. 성자들은 언제나 구워져서 죽으니까. 그리고 지금 또 약탈이 있을 거다……. 그는 다시 인쇄소를 잠그는 것을 잊고 있었다……. 그는 그것을 좋은 태도로 나가는 계기로 삼았다. 「그를 찾아보겠습니다.」만약 지금 에슈를 만난다면, 그는 나가면서 생각한다. 그를 계단 아래로 차버리리라.

그러나 인쇄실은 여전히 모든 것이 질서 정연했다. 총이 그곳에 기대어져 있었고 기계는 불쾌한 그림자를 던지고 있었다. 붉고, 검고, 노랗고, 주황빛으로 시청의 집속탄도가 하늘로 쏘아 올려졌다. 그동안 저 위 병영과 병참부에서는 여전히 더러운 갈색 연기를 내뿜고 있었다. 과일나무들이 빈 가지를 딱딱하게 내뻗치고 있었다. 후게나우는 이런 연극을 바라보며 갑자기 당연한 것임을 알았다……. 모든 것이 정당했다. 기계도 다시 그의 마음에 들었다……. 모든 것이 정당했다. 질서적이었다. 그는 자신과, 그리고 명료한 객관성으로 되돌아갔다……. 이제 종지부만 찍으면 된다. 그러면 모든 것이 다 좋았다!

그는 소리 없이 다시 올라가 황폐한 부엌을 엿보고는 찬장으로 살금살금 다가가 빵 한 조각을 큼지막하게 베어 왔다. 그 밖에는 아무것도 발견할 수 없었기에 그는 인쇄소로 돌아가 편안하게 몸을 앉히고 내뻗은 다리 사이에 총을 놓고 천천히 먹기 시작했다……. 약탈자들하고는 어떤 식으로든 끝장을 봐야 하는 것이다.

◆

에슈와 병사는 소령 옆에서 무릎을 꿇고 있었다. 그들은 그의 의식을 돌아오게 하려고 그의 가슴과 손을 축축한 풀로 문질렀다. 마침내 그가 눈을 떴을 때 그들은 그의 팔과 다리를 움직여 보았다. 아무것도 부러지지 않은 듯이 보였다. 그러나 그는 부르는 소리에 대답하지 않고 몸을 주욱 편 채 누워 있었다. 오직 그의 두 손만이 쉬지 않고 젖은 땅을 움켜쥐었다간 땅을 파며 흙덩이를 찾고는 부수어 버렸다.

그를 진작 데려가야 했음이 분명했다. 시내에서 도움을 청해 오는 일은 불가능했다. 그렇다면 그들 둘이서 그렇게 해야 한다. 부상당한 하사관은 그사이에 다시 몸을 일으켜 앉을 수 있었다. 그렇다면 그는 잠시 혼자 두어도 될 것이다. 그리하여 그들은 우선 소령을 들판 너머 에슈의 집으로 데려가기로 결정했다. 길로 가는 것은 너무 위험할 것이었다.

그들이 어떻게 그를 잡는 것이 가장 좋을까 막 상의하고 있을 때, 소령이 말을 하려는 듯이 보였다. 손가락 사이에 흙을 한 줌 쥐고 그가 손을 올렸다. 그의 입술이 열리며 비쭉거렸다. 그러나 손은 자꾸 다시 내려앉았고 아무 목소리도 들을 수 없었다. 에슈는 아주 가까이 소령의 입에 귀를 대고 기다렸다. 마침내 그는 알아들었다. 「말하고 넘어졌어…… 가벼운 장애물이었는데도 넘어졌어…… 왼쪽 앞발이 부러졌어…… 내가 그것을 직접 쏘아 죽이겠어…… 불명예는 총알 한 방으로 근절…….」 그다음 소리가 더욱 분명해졌다. 그는 동의를 구하려는 것 같았다. 「……총알 한 방으로, 기사답지 못한 무

1004

기로가 아니라……」 ─「뭐라고 해요?」 병사가 물었다. 에슈가 나지막이 대답했다. 「자기가 말에서 떨어졌다고 생각하나 보오…… 자 이제 갑시다…… 제기랄, 이렇게 밝지만 않아도…… 어쨌든 총은 들고 갑시다.」

소령이 다시 눈을 감았다. 그들은 그를 신중하게 들어 올렸다. 그리고 종종 쉬면서, 그리고 자리를 바꾸면서, 그를 비에 젖어 질컥질컥한 들판 위로 끌고 갔다. 들판의 땅이 무겁고 끈적끈적하게 신발에 달라붙었다. 소령이 한 번 눈을 떠 도시의 화염을 바라보고는 에슈를 그윽히 응시하며 명령했다. 「가스…… 화염 방사기…… 진화하시오.」 그다음 그는 다시 혼수 상태에 빠졌다.

그의 집에 이르러 에슈는 병사와 작별했다. 그는 동료에게 빨리 돌아가고 싶다고 했다. 나는 나중에 따라가겠소. 그리고 소령님을 위로 옮기는 데 도와줄 사람을 발견할 수 있을 것이오. 그리하여 그들은 그를 우선 정자 앞의 벤치 위에 눕혀 놓았다. 그러나 병사가 멀어지자 에슈는 조용히 집으로 들어가 총을 복도의 벽에 기대어 놓고 지하실 층계로 향한 벼락닫이 문을 열었다. 그리고 소령을 어깨로 짊어지고 그를 안으로 운반했다. 주의 깊게 지하실 층계를 내려갔다. 아래에서 그는 용의주도하게 거친 모포로 덮어 놓았던 감자 무더기 위에 그를 눕혔다. 그는 더러운 벽에 고정된 석유 등잔을 밝히고 지하실 통풍창을 널빤지와 헝겊 조각으로 틀어막아 빛이 밖으로 새어 나가지 않게 했다. 마지막으로 그는 갈겨 쓴 쪽지를 소령의 펼쳐진 손 사이에 꽂아 두었다. 「소령님! 당신은 자동차 사고로 의식을 잃었습니다. 곧 돌아오겠습니

다. 존경을 표하며, 에슈.」 그는 다시 한 번 램프를 쳐다보고
기름이 충분한지 살펴보았다. 어쩌면 그는 오랫동안 돌아오
지 못할지도 모른다. 지하실 문까지 계단은 세 개였다. 에슈
는 문을 열기 전, 다시 한 번 돌아서서 거의 망설이며 둥그스
름한 천장을 바라보고 그 안에서 꼼짝도 않고 길게 누워 있
는 남자를 바라보았다. 그을린 등잔 냄새가 없었더라면 차
가운 묘지라고 생각할 수도 있으리라.

그는 천천히 올라갔다. 복도에서 그는 위쪽에 귀를 기울였
다. 아무 움직임이 없었다……. 그래, 아내는 진정되었나 보
군. 이제 도시 앞의 부상자가 더 중요하다. 그는 총을 메고
거리로 나섰다.

그러나 그의 생각은 지하실에 누워 있는 사람에게 있었다.
그의 머리맡엔 석유 등잔이 있다. 빛이 꺼질 때, 구원자는 가까
이에 있다. 시간이 헤아려지기 시작하려면 빛이 꺼져야 한다.

◆

방금 빵을 다 먹은 후게나우는 이제 어떻게 더 식량을 구
할 수 있을지 숙고하고 있었다. 그때 그는 바깥의 예리한 불
빛 속에서 어떤 사람이 정원에 있는 것을 보았다. 그는 총을
잡았다. 그러나 그때 그가 다름 아닌 에슈이며, 그 에슈가 일
종의 자루를 등에 지고 있음을 금방 알아차렸다. 그렇다면
심지어 목사님께서도 약탈자들 사이에 끼셨나보군! 이상할
것은 없어. 이제 곧 확인될 거고. 그는 호기심을 가지고 그
사람이 짐을 지고 가까이 오기를 기다렸다. 에슈의 걸음이
느리고 무겁게 터벅터벅 마당을 통과했다. 그가 창 앞에 나

타나기까지는 오래 걸렸다. 그다음 후게나우는 거의 숨을 죽였다. 에슈가 사람을 끌고 오잖아! 에슈가 소령을 이리로 끌고 오는데! 오해의 여지가 없었다. 에슈가 끌고 오는 것은 소령이었다. 후게나우는 발끝 걸음으로 살금살금 문으로 다가가 열린 문 틈새로 머리를 들이밀었다. 의심할 여지 없이 소령이었다. 그리고 그는 에슈가 짐을 지고 지하실 구멍으로 사라지는 것을 보았다.

후게나우는 극도로 긴장했다. 일이 어떻게 전개될 것인가. 에슈가 다시 나타나 거리로 나서자 그때 후게나우도 총을 어깨에 지고 적당한 거리를 두고 그를 따랐다.

시청으로 향하는 거리가 눈부신 빛으로 가득했다. 십자로에 선 건물들이 날카롭고 섬광 같은 짙은 그늘을 던지고 있었다. 아무도 보이지 않았다. 모두들 광장으로 달려가고 없었다. 그곳에서 어두운 아우성이 건너 울려왔다. 후게나우는 이 황량한 골목에서 누구나 마음대로 약탈할 수 있음을 생각하지 않을 수 없었다. 설사 그가 어떤 집으로 침입하여 원하는 것을 들고 나온다 하여도 아무도 막지 않을 것이다. 분명, 어느 가게는 이미 한바탕 털렸을 것이다. 〈더 좋은 사냥감〉이라는 표현이 그에게 떠올랐다. 에슈는 다음 모퉁이를 돌고 있었다. 그렇다면 저자는 시청으로 가는 게 아니군, 저 거짓 성스러운 악당은. 두 사내가 달려 지나갔다. 후게나우는 덤벼들 태세를 하고 총을 손에 쥐었다. 옆 골목에서 남자 하나가 몹시 흔들거리며 왔다. 그는 자전거를 타고 있었다. 그는 왼손으로 떨리는 핸들을 잡고 오른손은 부러진 것처럼 흔들흔들 내려뜨리고 있었다. 후게나우는 혐오감을 느끼며 박살나고 으깨어진 얼굴을 보았다. 그 얼굴에서 아직 눈 하나가 시선 없이 허공을 응시하고 있었다. 다만 저세상으로 가져갈 것이기나 한 듯이 자기 자전거를 붙잡으려 노력하며 그 부상자는 비틀거리며 지나갔다. 개머리판으로 얼굴을 갈겨버릴까, 후게나우는 혼잣말을 하며 총을 더 세게 움켜잡았다. 개 한 마리가 어느 문에서 빠져나와 부상자와 떨어진 피의 냄새를 맡고 그것을 핥았다. 에슈는 이제 보이지 않았다. 후게나우는 걸음을 빨리했다. 바로 다음 사거리에 이르렀을 때 다시 앞에서 총이 번쩍이는 것을 알아차렸다. 그는 그를 더 빨리 따라갔다. 에슈는 똑바로 가고 있었다. 오른쪽도 왼쪽도 보지 않았다. 심지어 불타고 있는 시청도 그의 주의를 끌지 않는 것 같았다. 이제 그의 걸음은 포도 위를 걷는 것과는 다른 소리가 났다. 이곳은 포장이 되어 있지 않았기 때문이다. 그때 그는 도시의 벽을 따라 나 있는 어느 골목으로 접어들었다. 후게나우는 앞으로 나아갔다. 그는 이제 약 20보가량 에슈 뒤에 떨어져 있었다. 에슈는 편안하게 전진하고 있었다. 개머리판으로 쳐 죽일까? 아냐, 그것은 무의미해. 오히려 종지부가 찍혀야 해. 마치 조명처럼 압도적인 생각이었다. 그는 총을 내린다. 탱고를 출 때같이 고양이처럼 몇 번 살금 뛰어오르며 총검이 에슈의 뼈 굵은 등 뒤로 달려간다. 에슈는 그대로 걸어간다. 살인자는 크게 놀란다. 에슈는 몇 걸음 더 조용히 걸어가다가 소리 없이 앞으로 푹 고꾸라진다.

후게나우는 쓰러진 사람 옆에 서 있다. 그의 발이 두꺼운 진창 속 마차 자국 위에 놓여 있는 팔을 건드려 본다. 밟아버릴까? 이 자가 죽은 것은 의심할 여지가 없다. 후게나우는 그에게 감사했다. 모든 것이 잘되었다! 그는 웅크리고 앉아 옆쪽으로 돌아간 수염투성이의 얼굴을 보았다. 그가 두려워했던 조소하는 표정이 발견되지 않았으므로 그는 만족해서 호의적으로, 거의 상냥스럽게 시체의 어깨를 툭툭 쳤다.

모든 것이 다 잘되었다.

그는 총을 바꾸었다. 피로 얼룩진 총은 죽은 자의 옆에 내려놓았다. 이렇게 아름다운 날 그렇게 신중한 태도는 쓸모없는 것이리라. 하지만 그는 질서 있는 태도를 좋아했다. 그다음 그는 집으로 돌아가기 시작했다. 도시의 벽이 시청으로부터 오는 불빛으로 환하게 밝혀져 있었다. 나무들이 그 그림자를 도시의 벽 위에 또렷이 그리고 있었다. 마지막 주황빛 집속탄도가 시청의 지붕 위로 발사되었다. 후게나우는 동트는 하늘로 승천하는, 콜마의 그림에 있던 남자를 생각하지 않을 수 없었다. 그는 그에게 오른손을 흔들어 주고 싶었다. 그만큼 가볍고 즐거운 기분이었다. 시청의 탑이 와르르 무너지며 불빛이 갈색의 붉은빛으로 쇠잔해 갔다.

◆

절반이 내려앉은 〈장미의 집〉은 여전히 불빛도 소리도 없이 위에서 불어오는 밤바람 속에 서 있었다.

부엌은 아무것도 변하지 않았다. 굳어 버린 듯 꿈쩍도 않고 그 여섯 사람은 그곳에서 기다리고 있었다. 여전히 움직이지 않고 앉아 있었다. 기다림의 철조망 속에 얽매이고 붙잡힌 듯 이전보다 더 꿈쩍도 않는 것 같았다. 그들은 잠자고 있지도 깨어 있지도 않았다. 또한 이런 상태가 얼마나 오래 계속될지도 몰랐다. 소년만이 졸고 있었다. 한나의 어깨에서 담요가 미끄러져 내려갔다. 한나는 춥지 않았다. 갑자기 그녀가 정적 속에서 말했다. 「기다려야 해요.」 그러나 다른 사람들은 전혀 들은 것 같지 않았다. 그러나 그들은 노려보았다. 허공을, 밖에서 들려오는 목소리를. 그리고 한나의 귀에 자꾸 〈아래로부터의 습격〉이라는 소리가 들려왔다. 그것과 결부시킬 수 있는 의미는 없었다. 의미 없는 말, 의미 없는 소리에 불과했다. 그러나 그녀는 귀 기울여 들었다. 저 밖에서 부르짖은 말이 그 의미 없는 말이 아닌가 하고. 수돗물이 단조롭게 떨어졌다. 여섯 사람 중 누구도 움직이지 않았다. 아마 다른 사람들도 침입자의 외침을 들은 것 같았다. 왜냐하면 커다란 사회적 차이에도 불구하고, 서로 고립된 채 묶여 있지 않음에도 불구하고, 그들은 모두 하나의 전체가 되었기 때문이다. 그들 모두를 마법의 사슬이 휘감고 있었다. 그들 자신이 하나의 고리를 이루는 사슬이. 그 사슬은 심하게 상하지 않고는 꿰뚫어질 수 없는 것이었다. 이러한 마법으로부터, 그러한 공동의 최면 상태로부터, 한나에게 침입의 부르짖음이 더욱 또렷해짐을 이해할 수 있을 것이다. 그 소리는 그녀의 육체적인 귀로는 거의 들리지 않을 정도로 분명한 것이었다. 고함 소리는 공동으로 귀 기울이는 힘에 의하여 운반되는 듯이 다가왔다. 그 소리는 그 힘의, 힘없는 힘의, 단순한 응접과 경청의 힘의 조류 위에 떠 있었다. 그 외침은 몹시도 강했다. 목소리가 점점 커지며 밖에서 부는 바람 소리 같았다. 개가 정원에서 끼깅거리다가 몇 번인가 컹컹 짖었다. 그다음 개도 조용해진다. 그녀는 다만 목소리만을 듣는다.

목소리가 그녀에게 명령했다. 한나야 일어나라. 그녀는 일어
난다. 다른 사람들은 눈치 채지 못한 것 같다. 그녀가 문을
열고 방을 떠나도 알아차리지 못하는 것 같다. 그녀는 맨발
로 걸어간다. 그러나 그녀는 깨닫지 못한다. 그녀의 맨발이
콘크리트 길 위를 걸어간다. 복도였다. 맨발이 다섯 개의 돌
계단 위를 걸어간다. 리놀륨 위를 걸어간다. 서재였다. 쪽매
널마루와 양탄자 위를 걸어간다. 홀이었다. 아주 건조한 야
자 섬유 매트 위를, 벽돌의 파편 위를, 정원 길의 포도 위를
걸어간다. 이러한 일직선의 걸어감, 거의 한걸음이라 부를
수 있으리라. 속에서 길을 아는 것은 발뿐이다. 눈은 목적만
을 알 뿐이다. 그녀가 문을 나섰을 때 그녀 또한 그것을 본
다, 목적을 본다! 아주 길어진 포도의 끝에, 그 아주 긴 다리
의 끝에, 저기 정원 울타리 위의 중간쯤에 걸려 있는 침입자,
저기 다리 난간을 오르고 있는 사내, 잿빛 죄수복을 입은 사
내, 그가 회색 돌덩이처럼 거기 매달려 있다. 그러나 움직이
지 않는다. 앞으로 팔을 내밀고 그녀는 다리를 걷게 한다. 침
대 담요가 떨어진다. 잠옷은 바람 속의 구름이다. 그렇게 그
녀가 움직이지 않는 남자에게 걸어간다. 그러나 부엌에 있는
사람들이 이제 그녀가 나간 것을 알아차렸기 때문일까. 아니
면 마법적인 사슬을 그녀가 끌어갔기 때문일까. 정원사가 따
라온다. 하녀가 따라온다. 요리사가 따라온다. 정원사 부인
이 따라온다. 약하긴 하지만 목소리를 합하여 그들은 여주
인을 부른다.

　유령 같은 옷을 입은 하얀 여인이 이끄는 이 이상한 행진
은 아마도 침입자의 머리카락을 곤두서게 했을 것이며, 들린

다리를 거의 다시 흔들 수가 없을 정도로 그를 마비시켰을 것이다. 그리고 그가 그것을 위에서 내려다보았다면, 그는 잠시 더 유령의 모습을 뚫어지게 바라보고는 거기서 도망쳐 어둠 속으로 사라졌을 것이다.

어쨌든 한나는 자기 길을 계속 걸어갔다. 그리고 그녀가 울타리에 이르렀을 때 그녀는 마치 창의 격자 사이에 손을 넣듯이 울타리 사이로 손을 넣었다. 마치 이별하는 사람에게 손짓을 하려는 것 같았다. 시내로부터 화염이 밝게 비쳐 왔다. 그러나 폭발은 잠잠했고, 철도는 파괴되었다. 심지어 이제는 바람도 잠잠했다. 그녀는 잠자면서 울타리에서 쓰러졌다. 정원사와 요리사가 그녀를 집으로 운반했다. 사람들은 부엌 옆의 식당 방에 침대를 마련해 주었다.

(부엌 옆 식당 방에서 다음 날 한나 벤틀링은 심한 폐렴으로 사망했다.)

◆

후게나우는 집으로 나아갔다. 어느 집 앞에서 아이가 울면서 서 있었다. 분명 세 살도 되지 않았으리라. 마르그리트는 어디 있을까? 그는 생각했다. 그는 아이를 들어 올려 광장으로부터 빛을 발해 오는 아름다운 화기를 보여 주며 아이가 웃을 때까지 불꽃의 쉭쉭 소리와 건물의 와지끈 소리를 흉내 내었다. 스스스스 스스스스쉿 쉬쉬쉬쉬 와지끈. 그다음 그는 아이를 집 안으로 데리고 가서 이런 때에 어린아이를 감시하지 않고 길 위에 버려 두어선 안 된다고 설교했다.

집에 이르자 그는 바로 에슈가 했던 대로 무기를 복도의 벽에 기대어 놓고 벼락닫이 문을 열고 소령에게 내려갔다.

　소령은 에슈가 나간 후에도 위치를 바꾸지 않았다. 그는 여전히 감자 무더기 위에 누워 쪽지를 손가락 사이에 끼고 있었다. 그러나 그의 푸른 눈은 열린 채 지하실 램프의 불빛을 응시하고 있었다. 그는 후게나우가 들어와도 시선 한 번 돌리지 않았다. 후게나우는 속삭여 보았다. 그러나 소령이 조금도 움직이지 않는 것에 기분이 상했다. 분명 어린애 같은 티격태격을 오래 계속할 시간은 아니었다. 그는 보통 때 감자 고르는 데 사용되었던 걸상을 끌어당겼다. 그리고 의연하게 절을 하면서 소령의 맞은편에 앉았다. 「소령님, 네, 저는 소령님이 저를 보지 않으려는 이유가 있음을 이해합니다. 그러나 결국 그것은 옛날 이야기입니다. 또한 상황이 결과적으로 제가 정당했음을 입증했습니다. 소령님이 저를 전혀 그릇된 조명으로 보셨다는 것을 언급하지 않고 그냥 지나가고 싶지는 않습니다. 소령님, 잊지 마십시오. 제가 저열한 간계의 희생물이었음을. 사람은 죽은 사람의 나쁜 점을 뒤에서 이러쿵저러쿵해서는 안 되겠지요. 하지만 소령님은 그 목사가 처음 나를 만났을 때부터 보여 준 과소평가를 생각해 주십시오. 그것은 결코 감사할 일이 아니었습니다! 소령님은 제가 소령님의 명예를 위해 주선했던 모든 연회에 대해서 인정하는 말씀을 하셨더랬지요. 언제나 그랬다면 소령님께 감사하겠습니다. 하지만 그렇지 않으면, 몸에서 세 걸음, 서로가 거리를 지켜야지요. 그러나 저는 부당하게 굴고 싶지는 않습니다. 언젠가 소령님은 아주 자발적으로 제게 손을 주신 일이 있기 때문입지요. 우리가 철혈 재상 비스마르크를 축하했을 때였습니다. 보십시오, 소령님, 저는 소령님의 친절을 모두 잘 기억하고 있지 않습니까. 하지만 그 당시에도 소령님은 입가에 아이로니컬한 표정을 지으셨습니다. 제가 그것을 얼마나 증오하는지 아신다면. 그 에슈가 그런 표정으로 비웃었을 때 말입니다! 제가 저를 표현해도 된다면, 전 언제나 따돌림을 당했다고 할 수 있습니다. 왜 그랬을까요? 다만 제가 원래 그런 곳에 속했던 사람이 아니라는 이유에서입지요…… 소위 타향인, 에슈가 즐겨 말하던 바대로 하면 흘러 들어온 뜨내기라고요. 하지만 그것이 저를 조롱하거나 퇴짜 놓을 이유는 아니었습니다. 저더러 살을 빼야 한다고 했습니다. 그것도 그자의 표현입니다. 제가 살을 빼야 하는 이유는 그 목사 나리가 살이 쪄서 소령님 앞에서 거구를 자랑할 수 있기 위해서입니다. 전 잘 알고 있었습니다. 소령님은 그것이 어떤 사람을 병들게 했음을 확인하실 수 있을 겁니다. 또한 소령님이 저를 〈나쁘다〉라고 풍자하신 것, 오 그래요, 그것을 저는 아주 잘 이해했습니다. 소령님은 기억하실 수 있으실 겝니다. 온 저녁 내내 소령님이 악에 대해 말씀하셨던 것을. 그런 말을 들은 사람이 결국 정말로 악하게 되리라는 건 놀라운 일이 아닙니다. 저 역시 인정합니다. 사실 그렇게 보였음을. 그리고 소령님이 오늘은 저를 착취자 또는 살인자라고 부르실지도 모르겠습니다. 그럼에도 불구하고 그건 외면상의 것일 뿐입니다. 이른바 정확하게 표현할 수는 없습니다만 사실은 모두 다릅니다. 그리고 소령님께선 어쩌면 사실이 어떤 것인지 전혀 알고 싶지 않으실지도 모르고요. 그래요, 소령님은 당시 사랑에 대해서도 많은 말씀을 하셨지요. 그 이후 에슈가 언제나 사랑에 대해 허튼소리를 지 껄이게 되었고요. 그의 허튼소리는 대체로 구토제였습니다. 그러나 사람이 언제나 사랑 이야기를 언제나 입에 담고 있으 려면 적어도 다른 사람을 이해하려 해야 할 것입니다. 제발, 소령님, 저는 물론 제가 그것을 요구할 수 없음을 잘 압니다. 그리고 소령님 같은 위치에 있는 사람은, 저 같은 사람, 흔히 있는 탈영병에게 그런 감정을 품는다는 걸 결코 참고 용납하 지 못하시겠지요. 비록 그 에슈가 저보다 더 위대한, 더 훌륭 한 사람은 아니었다고 외람되게나마 말씀드리고 싶어도 말 입니다……. 소령님이 제 뜻을 잘 이해하셨는지 모르겠습니 다. 하지만 참아 주시기를 부탁드립니다…….」

안경알을 닦으며 그는 소령을 응시했다. 소령은 여전히 소 리도 움직임도 없었다. 「제가 소령님을 이 지하실에 가둬 두 고 억지로 제 말을 듣게 하려 한다고 생각지 않으시기를 간 청합니다. 바깥은 끔찍합니다. 소령님이 나가시면 소령님께 선 가로등에 매달릴 것입니다. 소령님 자신이 내일 그것을 확신할 수 있을 것입니다. 제발 저를 믿어 주십시오…….」

이렇게 후게나우는 살아 있는, 움직이지 않는 인형에게 말 을 했다. 마침내 그는 소령이 그의 말을 듣지 않았음을 깨닫 게 되었다. 그러나 그는 여전히 그것을 믿고 싶지 않았다. 「용서하십시오. 소령님은 지치셨는데 전 연설을 하다니. 뭔 가 먹을 것을 가져오겠습니다.」 서둘러서 그는 돌진하듯 올 라갔다. 에슈 부인이 부엌 의자에 웅크리고 앉아 발작적으 로 흐느끼고 있었다. 그가 들어가자 그녀가 벌떡 일어섰다. 「내 남편은?」

「그는 잘 있습니다. 곧 돌아올 겁니다. 먹을 것이 있습니까? 부상자를 위해 먹을 것이 필요합니다.」

「내 남편이 다쳤나요?」

「아닙니다! 그는 곧 돌아올 거라고 말씀드렸지 않습니까. 뭔가 먹을 수 있는 것을 주십시오. 오믈렛을 만들 수 있겠지요. 아니, 그건 너무 오래 걸려…….」

그는 거실로 걸어갔다. 탁자 위에 소시지가 있었다. 그는 그녀에게 물어보지 않고 그것을 집어 두 조각의 빵 사이에 넣었다. 에슈 부인이 그를 따라 들어와 불안에 사로잡혀 날카롭게 소리 질렀다. 「그냥 둬요, 그건 내 남편 거예요.」

후게나우는 죽은 사람에게서 아무것도 빼앗아서는 안 되리라는 불편한 느낌이 들었다. 어쩌면 소령에게도, 그가 죽은 자의 음식을 먹는다면, 불행을 가져다줄지도 몰랐다. 그 밖에도 소시지는 아무튼 그에게 적당한 음식이 아니리라. 그는 순간 곰곰이 생각했다. 「좋습니다. 하지만 우유는 있겠지요…… 언제나 당신은 집에 우유를 두니까요.」

네, 우유는 있어요. 그는 주둥이 달린 컵에 우유를 가득 채워 조심스레 아래로 가져갔다.

「소령님, 우유입니다. 신선하고 좋은 우유입니다.」 그는 쾌활한 목소리로 소리쳤다.

소령은 움직이지 않았다. 분명 우유도 적당한 것이 아니었다. 후게나우는 짜증이 났다. 그에게 그 사랑스러운 포도주를 가져다주어야 한단 말인가? 그것은 그를 정신이 나게 하고 힘이 솟게 할 것이다……. 그는 너무 허약한 듯이 보이니까……. 그럼, 지금 어쨌든 한번 시도해 봅시다! 후게나우는 몸을 구부리고 노인의 머리를 들었다. 노인은 의지도 힘도 없이 하는 대로 두었다. 심지어 후게나우가 컵 주둥이를 입에 갖다 대자 공순하게 입술을 벌리기까지 했다. 소령이 천천히 흘러 들어오는 우유를 받아 꿀꺽 삼켰을 때 후게나우는 기뻤다. 그는 두 번째의 우유를 가져오기 위해 위로 달려 올라갔다. 문에서 뒤돌아보자 소령이 그가 나가는 곳을 보려고 고개를 돌리는 것이 보였다. 그래서 그는 친절하게 고개를 끄덕여 주며 손짓을 했다.「곧 돌아오겠습니다.」그가 다시 내려왔을 때 소령은 여전히 지하실 문을 쳐다보며 미소를 지었다. 정확히 말해 웃어 보였다. 그러나 그는 몇 방울 더 마셨을 뿐이었다. 그는 후게나우의 손가락을 잡고 졸고 있었다.

소령의 주먹 속에 손가락을 잡힌 채 후게나우는 그곳에 앉아 있었다. 소령이 여전히 몸 위에 그대로 둔 쪽지를 읽은 다음 그 증거 조각을 끼워 놓았다. 물론 그는 그것이 필요하지 않을 것이다. 그는 궁지에 빠져 있으니. 하여간 에슈가 그에게 소령을 넘겨주었다고 대답할 것이다. 아무튼, 두 겹으로 박음질을 하면 그만큼 튼튼한 법이다. 때때로 그는 손가락을 빼려고 조심스러운 시도를 했다. 그러나 그때 소령이 눈을 뜨고 미소 같은 것을 지으면서 손가락을 놓으려 하지 않았다. 그리고 다시 잠이 들었다. 걸상은 족할 만큼 딱딱하고 불편했다. 그렇게 그들은 남은 밤을 보냈다.

◆

아침 녘이 되어서야 후게나우는 손을 빼낼 수 있었다. 온

밤을 걸상에서 웅크리고 지새운다는 것은 결코 쉬운 일이 아니었다.

그는 거리로 나갔다. 아직 어두웠다. 도시는 조용한 것 같았다. 그는 광장으로 건너갔다. 기초까지 타버린 시청이 연기를 무럭무럭 내뿜고 있었다. 군대와 소방대가 보초를 세워두었다. 광장의 두 건물도 불의 공격을 받았었다. 가재도구들이 그 옆에 뒤죽박죽 쌓여 있었다. 그렇다면 언제 새로이 달아오르는 이글거리는 불을 진화시키기 위하여 소화기가 다시 가동되었단 말인가. 후게나우는 죄수복을 입은 사람들도 소화 작업을 돕고 열심히 청소 작업을 했다는 걸 생각해냈다. 그는 자기처럼 초록 띠를 두른 어느 남자에게 대체 여기서 무슨 사건이 있었느냐고 물었다. 나는 다른 쪽에서 작업을 했었습니다. 남자가 기꺼이 설명했다. 네, 정말 시청이 무너지는 바람에 모든 것이 끝장났습니다. 그리하여 그들은 친구든 적이든, 상당히 당황하여 화염의 아궁이 주위에 둘러서서 이웃 건물들을 보호하는 작업을 해야 했습니다. 몇 녀석이 건물로 침입하려는 시도를 했지만 여자들의 고함 소리에, 심지어 약탈자들 자신의 동료들까지 그들을 덮쳤습니다. 물론 그때 몇 사람이 두개골을 난타당했지만 그것으로 끝났습니다. 그 이후 아무도 약탈을 생각하지 않았습니다. 부상자들은 곧바로 병원으로 보냈습니다. 더 지체할 수 없었습니다. 그들의 신음은 같이 들을 수 없을 정도였으니까요. 물론 사람들은 즉시 트리에르로 전화를 했습니다. 그러나 그곳에도 물론 소용돌이가 있었습니다. 그래서 모든 것이 지나 버린 지금에야 군인들을 태운 자동차 두 대가 왔답니다. 그 밖에 사령관이 행방불명이라던데요…….

그 사람은 염려할 필요 없습니다. 후게나우가 말했다. 바로 내가 보호하고 있으니까요. 분명 소령은 나쁜 상황에 있었습니다. 정말 나는 구조 메달을 받을 자격이 있을 것입니다. 그 노인은 지금 잘 보호받고 있으니까요. 말씀드린 대로 구조되어 있답니다.

그는 경례를 하며 모자에 손가락을 올렸다. 그리고 돌아서서 병원을 향해 나갔다. 동이 트고 있었다.

쿨렌베크는 쉽게 찾을 수 없었다. 그러나 곧 그가 와서 후게나우를 보았다. 그가 후게나우에게 소리쳤다. 「뭘 원하시오, 광대 아저씨?」

후게나우가 아주 모욕을 당한 듯한 표정을 지었다. 「군의 소령님, 에슈 씨와 제가 심하게 부상당한 지구 사령관님을 어젯밤 우리 집에 숨겨 놓아야 했었음을 보고합니다…… 그를 즉시 데려오도록 해주시겠습니까.」

쿨렌베크가 문으로 달려갔다. 「플루르쉬츠 박사.」 그가 복도에다 대고 쩌렁 울리게 외쳤다. 플루르쉬츠가 왔다. 「자동차를 대기하게. 차는 여기 있겠지? 그럼 경비병 두 사람과 신문사로 가게…… 알겠나…….」 그러곤 후게나우에게 퉁명스레 말했다. 「선생도 같이 가시오.」 그다음 그는 누그러진 듯 보였다. 심지어 그는 후게나우에게 손을 내밀며 말하기까지 했다. 「그를 받아들이다니, 용감한 일이었소…….」

그들이 지하실에 왔을 때 소령은 여전히 감자 무더기 위에서 평화롭게 잠들어 있었다. 그리고 졸면서 밖으로 운반되었다. 그사이 후게나우는 편집실로 달려 올라갔다. 현금이 많지는 않았다. 단지 약간의 현금과 우표뿐이었다. 그는 쾰른의 은행에 이체하지 않은 것인 한 남은 돈을 모두 몸에 지니고 다녔다. 우표를 남겨 놓은 것은 유감이었을 것이다……. 아직 무슨 일이 앞으로 일어날지 알 수 없는데……. 어쩌면 또 약탈을 당할지도 모른다! 그가 돌아왔을 때 소령은 이미 차에 실려 있었다. 몇 사람이 자동차 주위에 모여 무슨 일이냐고 물었다. 그러나 플루르쉬츠는 즉시 떠날 준비를 했다. 후게나우는 머리를 얻어맞은 것 같았다. 자기도 없이 소령을 데려가려고 하다니! 그리고 문득 그 자신은 어떠한 경우에도 그곳에 머물러서는 안 됨을 깨달았다. 그는 에슈가 운반되어 올 때 그곳에 있고 싶은 마음이 추호도 없었다.

「곧 가겠습니다, 군의 소령님.」 그가 외쳤다. 「곧!」

「아니? 당신도 같이 가시겠소, 후게나우 씨?」

「물론이오, 나는 사건 전말의 기록을 작성해야 하니까요……잠깐만, 제발.」

그가 구르듯 위로 달려갔다. 에슈 부인은 이제 부엌에서 무릎을 꿇고 기도하고 있었다. 후게나우가 문가에 나타나자 그녀는 무릎을 꿇은 채 올려다보았다. 그러나 그는 그녀의 호소를 듣지 않고 자기 방으로 뛰어 건너가 소지품을 꾸렸다 ─ 그리 많지 않았다 ─. 손에 닿는 대로 천 가방에 몰아넣고 자물쇠를 잠그기 위하여 그 위에 앉았다. 그다음 그는 황급히 돌아갔다. 「갑시다.」 그가 운전수에게 명령하자 그들은 출발했다.

병원 문 앞에 쿨렌베크가 서 있었다. 손에 시계를 들고. 「자, 무슨 일인 것 같소?」

제일 먼저 내려선 플루르쉬츠가 좀 흥분한 눈으로 소령을 건너다보았다. 「뇌진탕인 것 같습니다…… 좀 나쁜 상태인 듯싶고요…….」

쿨렌베크가 말했다. 「아무튼 여긴 글자 그대로 정신 병원이니까…… 병원 역시 자신을 그렇게 생각하고 있고…… 두고 봅시다…….」

차를 타고 오는 동안 벌써 희끄무레해진 아침 하늘을 멍하게 바라보고 있던 소령은 이제 완전히 깨어 있었다. 그를 자동차에서 들어 올리려 하자 그는 가만히 있지 않고 이리저리 몸을 뒤틀었다. 무언가를 찾는 것이 분명했다. 쿨렌베크가 나가서 그의 위로 몸을 굽혔다. 「어쩌시려고 이러십니까, 소령님?」

그때 소령이 완전히 거칠어졌다. 그가 쿨렌베크를 알아보았을 수도 있고 알아보지 못했을 수도 있다. 어쨌든 그는 그의 수염을 붙잡고 심술궂게 흔들어 대었다. 그리고 이를 드러내었다. 아주 힘을 들여서야 그를 제어시킬 수 있었다. 그러나 후게나우가 들것에 다가오자 그는 곧 조용해졌고 평화로워졌다. 그가 다시 후게나우의 손가락을 잡았으므로 후게나우는 들것 옆에서 따라 걸어가야 했다. 그는 후게나우가 아주 가까이 그의 곁에 있는 한에서 검진을 하도록 내버려 두었다.

그 밖에도 쿨렌베크는 검진을 아주 빨리 끝냈다. 「무의미해.」 그가 말했다. 「주사를 놓은 다음 금방 보내야겠는걸…… 어쨌든 우리는 물러납시다…… 가능한 한 빨리 쾰른으로 보내고…… 하지만 어떻게? ……난 이곳의 누구라도 빠지면 일을 해낼 수가 없는데. 철수 명령이 언제라도 떨어질 수 있으니…….」

후게나우가 자원했다. 「내가 소령님을 쾰른으로 운반할 수 있을 것 같습니다…… 이렇게 표현해도 된다면, 지원 간호 보조원의 자격으로…… 여러분들은 소령님이 나의 간호에 만족하고 있음을 보시고 있지 않습니까.」

쿨렌베크가 생각했다. 「오후 기차로? ……안 되지. 그건 지금 몹시도 불확실하니…….」

플루르쉬츠가 제안을 했다. 「오늘 쾰른으로 가는 짐차가 있을 겁니다…… 그것을 좀 주선해 줄 수는 없을까요?」

「오늘날엔 뭐든지 되지.」쿨렌베크가 말했다.

「그럼 제가 쾰른으로 가도록 명령해 주십시오.」후게나우가 말했다.

이렇게 하여, 후게나우는 정식 군대 서류를 구비하여, 소매에는 마틸데 간호사에게서 억지로 얻은 적십자 완장을 두르고, 소령을 자신의 공식적인 보호하에 두고 쾰른으로 데려갔다. 사람들이 들것을 짐차 위에 올렸다. 후게나우는 그 옆에서 자신의 천 가방 위에 앉아 있었다. 소령은 그의 손을 잡고 더 이상 놓아주려 하지 않았다. 나중에 후게나우도 피곤함에 짓눌렸다. 그는 할 수 있는 한 들것 옆에 누워서, 가방을 머리맡에 밀어 두고 나란히 쉬면서, 손에 손을 잡고 두 친구처럼 잠을 잤다. 그렇게 그들은 쾰른으로 갔다.

후게나우는 소령을 명령대로 병원에 인도하고 침착하게 그의 침대 옆에서 주사가 새로운 발작의 위험을 쫓아 버릴 때까지 기다렸다. 그다음 그는 빠져나올 수 있었다. 그러나 그는 병원 당국으로부터 고향 콜마로의 군사 여행 증명서를 얻어 냈다. 다음 날 아침 그는 은행에서 「쿠르트리에르셰 보테」의 잔금을 찾은 다음 대낮에 즉시 길을 떠났다. 그의 전쟁 오디세이, 아름다운 휴가 기간은 끝이 났다. 11월 5일이었다.

86
베를린의 구세군 소녀 이야기(16)

병자보다 더 즐거울 수 있는 사람은 누구일까? 아무도 그를 억지로 생활의 투쟁 전선에 있도록 하지 않는다. 심지어 그는 자유로이 죽을 수 있기까지 하다. 그는 세월이 그에게 짐 지운 사건들로부터 귀납적인 결론을 도출하여 그 결론에 따라 자신의 태도를 정리하도록 강요되지 않는다. 그는 자신의 사유 속에 고치를 틀고 죽치고 있어도 된다. 그의 지(知)의 자율성 속에 고치를 짓고 연역적으로, 신학적으로 사유해도 되는 것이다. 그의 믿음을 사유해도 되는 사람보다 더 기쁠 수 있는 사람은 누구일까! 때때로 나는 혼자서 외출을 한다. 나는 손을 주머니에 꽂고 천천히 걸어가며, 지나가는 사람들의 얼굴을 쳐다본다. 유한한 얼굴들이다. 그러나 종종, 정말은 언제나, 그 뒤에서 무한성을 발견할 수 있다. 그 것은 말하자면 나의 연역적인 모험*Eskapaden*이다. 보통 이런 배회는 그리 멀리 나아가지 않는다 ─ 오직 한 번만 나는 쇠네베르크까지 갔었다. 그러나 지쳐서 돌아왔다 ─. 이런 배회 중에 내가 한 번도 마리를 만나지 않았다는 것, 스치고 지나간 얼굴들 사이에서 그녀의 얼굴이 한 번도 출현하지 않았다는 것, 그녀가 내게서 아주 사라져 버렸다는 것, 그것은 나를 거의 실망시키지 않았다. 왜냐하면 그녀는 언제나 타처의 선교에 파견될 각오를 하고 있었기 때문이다. 아마 그런 일이 일어났을 것이다. 이제 나는 그녀가 없어도 즐겁다.

날이 짧아졌다. 전기 값이 비싼 데다가 자신의 자율성 속에 고치를 틀고 앉아 있는 사람은 어쨌든 그런 빛이 없어도 지낼 수 있기에, 나의 밤은 길다. 누헴이 종종 나의 곁에 앉아 있다. 어둠 속에서 앉아 있지만 말은 거의 없다. 그는 마리를 생각할 것이다. 그러나 그는 결코 그녀에 대해 말하지 않았다.

한번은 그가 말했다. 「이젠 전쟁이 끝나겠지요.」

「그렇겠지.」 내가 말했다.

「이젠 혁명이 있겠지요.」 그가 계속 말했다.

나는 그를 한 대 먹여 주고 싶었다. 「그럼 종교는 말살될 거야.」

나는 그가 어둠 속에서 희미하게 웃는 소리를 들었다. 「그 말이 당신의 책 속에 있습니까?」

「헤겔은 말하지. 신은 그를 모르는 사람과 자신을 동일화시켰다, 그를 죽이기 위하여, 그것이 무한한 사랑이다. 그런 말을 헤겔이 하고 있지…… 그러면 절대 종교가 도래할 것이라고.」

다시 그가, 어둠 속에 있는 희미한 그림자가 웃었다. 「율법은 남아 있습니다.」 그가 말했다.

그의 고집은 요지부동이었다. 내가 말했다. 「그럼, 그렇지, 자네가 영원한 유대인임을 나도 아네.」

그가 나지막이 말했다. 「이제 우리는 예루살렘으로 갈 것입니다.」

어쨌든 나는 너무 말을 많이 했으므로 그것으로 끝냈다.

87

배의 넓은 용골이, 결코 정박하지 않는 말 없는 배의 용골이,
무거운 항적을 안개의 파도에 묻는다.
파도가 기슭 없이 매끄러운 수면 위를 무한히 부서지며 멀어진다.
오, 잠의 바다, 무(無) 속에 있는 우리의 주위를 찰싹이는 바다!
오, 눈먼 화물로 가득 찬 꿈, 벌거벗은 원천의 꿈들,
오, 꿈, 너를 찾아 저 배를 추적하는 꿈,
오 희망! 기슭 없는 수면에서 말 없이 찰싹이는 희망,
오, 두려움! 율법을 통해 더욱 두렵게 보복받는 희망,
어떤 꿈도 다른 이의 꿈과 만나지 않았다.
우리가 장차 변용하여 지고한 인물이 되기를,
은총의 밝고 숭고한 단계 위에서 우리 서로가 가까워지기를,
우리 서로를 죽이지 않고 우리 서로가 가까워지기를,
그런 우리의 희망을 숨 쉬는 너의 깊은 숨결이
밤을 감싸더라도, 고독했다, 밤은.

88

가치들의 붕괴(10): 에필로그

모든 것이 잘되었다.

합법적인 군사 여행 증명서를 구비한 후게나우는 공짜로 그의 고향 콜마로 돌아갔다.

그는 살인을 했던가? 그는 혁명적 행위를 완수했던가? 그런 것들을 그는 심사숙고할 필요도 없었고 그렇게 하지도 않았다. 그러나 그렇게 했다면 다만 이렇게 말할 수 있으리라. 그의 행동 방식은 이성적이었다고. 지방 유지들 모두가, 결국 그도 거기에 끼는 것이 당연한데, 다르게 행동하지는 않았으리라고. 이성과 비이성 사이, 현실과 비현실 사이의 경계는 확고한 것이기 때문이다. 기껏해야 후게나우는 그가 전쟁이나 혁명의 시대 조류 속에 있지 않았더라면 — 그렇다면 유감이었을 것이다 — 그가 그런 행위를 단념했으리라는 점을 인정했으리라. 그리고 사려 깊게 덧붙였으리라. 「모든 것은 때가 있는 법이니.」 그러나 그렇게까지 되지는 않았다. 왜냐하면 그는 결코 그 행위를 생각하지 않았고 또한 생각하지도 않을 사람이기 때문이다.

후게나우는 그 행위를 생각하지 않았다. 오히려 그는 그의 행동 방식을 비합리성의 발현이라고 말할 수 있을 만큼 충족시켰던, 비합리성을 의식하지 않았다. 결코 그 사내는 자신의 침묵하는 행위의 본질을 이루는 비합리성 같은 것에 대해서는 알지 못한다. 그는 자기가 몸을 맡겼던 〈아래로부터의 습격〉에 대해서는 아무것도 모른다. 그는 그것에 대해 아무것도 알 수가 없다. 왜냐하면 그는 생의 순간마다 어느 한 가치 체계 내에 있는 것인데, 그 가치 체계가 봉사하는 목적은 현세와 관련된 경험적인 생을 담당하는 모든 비합리성을 은폐하고 억제하는 것 외에는 없기 때문이다. 의식뿐만 아니라 비합리성 역시, 칸트식으로 말해 보면, 모든 범주를 수반하는 차량이다. 그것은 모든 생의 충동, 의지, 감정과 더불어 사유의 절대성과 나란히 달려가는 생의 절대성이다. 가치 체계 자체만 비합리적인 행위인 가치 정립의 자발적 행위가 담당하는 것은 아니다. 모든 가치 체계의 뒤에 있는 세계 감정 역시 그 근원에서, 그리고 그 존재에서 모든 합리적 명증성으로부터 멀리 있다. 인식에 적합하도록 그럴듯하게 만드는 강력한 기재, 사실들의 주위에 수립된 기재는 바로 인간적 행위가 움직이고 있는, 윤리적으로 그럴듯하게 하는 강력한 기재와 동일한 기능을 한다. 여기 펼쳐져 놓인 이성적인 것의 다리, 그것이 봉사하는 유일한 목적은 현세적인 현존재를 그 피할 수 없는 비합리성으로부터, 그 〈악〉으로부터 지고한 〈이성적〉 의미와 진정 형이상학적인 가치로 인도하는 것이다. 그 연역적 구조에서 인간은 세계와 사물, 그리고 자신의 행위에 마땅한 위치를 할당할 수 있으며, 그의 시선이 미혹되거나 상실되지 않도록 자기 자신을 재발견할 수 있다. 그런 상황에서 후게나우가 자신의 비합리성에 대해 아무것도 알지 못했음은 하등 놀라운 일이 아니다.

모든 가치 체계는 비합리적인 노력에서 발현한다. 비합리적이며, 윤리적으로 부당한 세계 이해를 절대적으로 합리적인 것으로 변형시키는 일, 즉 〈형태화〉의 진정하고 철저한 과제가 모든 초개인적 가치 체계에 대하여 윤리적 목적이 된다. 그리고 모든 가치 체계는 이러한 사명에서 실패한다. 왜냐하면 합리적인 것의 방법은 언제나 접근의 방법이기 때문이다. 그것은 언제나 더 작은 원 속에서 비합리적인 것에 다다르려 하지만 결코 다다르지 못하는 포위의 방법이다. 그것이 내적 감정의 비합리성으로 등장하는지, 혹은 생과 체험의 무의식성에서 등장하는지, 혹은 세계 소여(所與)와 무한히 다양한 세계 형상들의 비합리성으로서 등장하는지는 중요하지 않다. 합리성이 할 수 있는 것은 다만 원자화뿐이다. 사람들은 말한다. 「감정이 없는 인간은 인간이 아니다.」 그렇다면 그 말 속에는 해결하기 어려운 비합리적 존재가 있다는 인식이 숨어 있는 것이다. 어떤 가치 체계 없이도 존재할 수 있는 잔재가. 그리고 그것에 의해 합리성은 진실로 파멸을 초래하는 자율성으로부터, 〈초합리성〉으로부터 보호되는 것이다. 〈초합리성〉은 체계에서 볼 때 비합리성보다 자칫하면 더 절망적이며 더 〈악〉하며 더 〈죄악적〉이다. 그것은 순수한 이성이고, 변증법적이며 연역적인 이성이며, 자율적으로 되어 버린 이성이다. 그것은 가형(可形)적인 비합리성과는 반대로 어떤 형태화도 용인하지 않는 이성이며, 그 경직성 속에서 자신의 논리성을 지양하고 논리적 무한성의 경계에 부딪치는 이성이다. 자율적으로 되어 버린 이성은 철저히 악하며 체계의 논리성을 지양하고, 결과적으로 자기 자신을 지양한다. 그것은 체계의 붕괴와 체계의 궁극적인 분산을 도래시키는 이성이다.

모든 가치 체계에는 도정(道程)이 존재하며, 그 도정의 최

대치를 이루는 것은 합리성과 비합리성의 상호 삼투이다. 여기서 포화된 균형 상태가 존재하게 된다. 여기서 양쪽의 악이 작용하지 못하게, 보이지 않게, 무해하게 된다. 절정의 시대이자 완전한 양식의 시대! 왜냐하면 한 시대의 양식은 거의 이러한 상호 삼투 속에서 정의될 수 있기 때문이다. 비록 합리성이 많은 구멍을 통하여 생으로 침투했을지라도, 절정기에 있을 때는 합리성이 생과 중심의 가치 의지에 달려 있다. 그리고 체계의 많은 관 속에 비합리성이 흐르고 있을지라도, 비합리성은 말하자면 운하가 파여 있어 그 아주 섬세한 지류에서도 중심 가치 의지에 봉사하고 그 자극이 된다. 비합리성 자체와 합리성 자체, 그들 양자는 무양식적이다. 보다 정확히 말해 탈양식적이다. 전자는 자연의 양식의 자유 속에, 후자는 수학의 양식의 자유 속에 있다. 그러나 그것들의 결합 속에서, 상호 간의 제어 속에서, 그렇게 억제된, 비합리성의 합리적 생 속에서, 가치 체계의 진정한 양식이라고 지칭할 수 있는 저 현상이 발생하게 된다.

그러나 이런 균형 상태는 지속적이지 않다. 언제나 통과 단계일 뿐이다. 사실들의 논리는 합리성을 초합리성으로 몰아가며, 초합리성을 무한성의 경계로 몰아간다. 논리가 가치 붕괴의 과정을 준비하며 전체 체계의 부분 구성체로의 해체를 준비한다. 그리고 이러한 과정의 종국에는 석방된 자율적 이성과 석방된 자율적·비합리적 생이 병존한다. 물론 이성은 또한 부분 체계들에도 침투한다. 그렇다, 이성은 부분 체계들을 독자적·자율적 전개로 이끌며, 독자적 무한성으로 이끈다. 그러나 부분 체계들 내의 이성의 전개 범위는 그때 그때의 사실 영역에 의하여 제한된다. 이리하여 특수한 상인적 사유 또는 특수한 영역에 군사적 사유가 존재하게 된다. 그들 각자는 철저한, 타협 없는 절대성을 추구하며, 그들 각자가 마땅한 그럴듯함의 도식을 형성한다. 그들 각각이 그의 〈신학〉 즉 〈사적(私的) 신학〉을 형성한다. 그렇게 부를 수 있다면 말이다. 바로 이와 같은 정도에서 군사적 또는 상업적 신학이 효력을 발생하여 즉물적이며 축소된 오르가논을 수립한다. 바로 이와 같은 정도에서 부분 영역들 내부에는 비합리성들이 연관되어 있다. 왜냐하면 부분 영역들 역시 자아와 전체 체계의 반영이기 때문이며, 부분 영역들 역시 균형 상태에 있거나 균형 상태를 추구하기 때문이다. 따라서 그러한 균형점을 내다보며 군사적 또는 상인적 생활 양식을 언급할 수 있을 것이다. 그러나 체계가 작아지면 작아질수록 체계의 윤리적 확대 능력이 작아진다. 그것의 윤리적 의지가 작아지며 악에 대하여, 초합리성에 대하여 자기 내부에서 아직도 작용하는 비합리성에 대하여 더 무뎌지고 무관심해지며, 관련된 힘의 수가 더 작아진다. 그러나 그럴수록 그 힘들에 대하여 무관심한 체계, 그것을 개인의 〈사적 요건〉으로 간주하는 힘들의 수는 더욱 커지는 것이다. 전체 체계의 분쇄가 진전될수록, 세계의 이성이 해방될수록, 비합리성은 더욱 가시적으로 더욱 활동적으로 된다. 종교의 전체 체계는 그것이 파악한 세계를 합리적으로 만들며, 이성의 해방은 마찬가지로 모든 비합리성의 침묵을 풀어놓는다.

가치 붕괴에 있어 최종적 해체 단위는 인간 개인이다. 이 개인이 상위 체계에 적게 관여할수록, 그리하여 자신의 경험적 자율성이 많아질수록 — 이것이 또한 르네상스의 유산이며, 거기서 이미 제시되어 있는 개인주의의 유산이다 — 그의 〈사적 신학〉은 점점 좁아지고 빈약해지며 자신의 아주 협소한 개별 영역 바깥에 있는 어떤 가치들을 파악할 수 없게 되어 간다. 협소하기 짝이 없는 가치의 원 밖에서 일어나는 일은 소화되지 않은 채, 형성되지 않은 채, 다시 말해 도그마적으로 받아들여질 수밖에 없는 것이다. 저 공허하고 도그마적인 인습들의 유희가, 또한 속물적 인간의 본질에 전형적인 (누구도 후게나우를 이렇게 특징짓는 것을 거부할 수 없으리라), 가장 협소한 차원의 초합리성의 유희가 발생한다. 비합리성에 사로잡혀 있는 활동과 초합리성, 허깨비처럼 죽어 있는 공전(空轉) 속에서 여전히 비합리성에 봉사하고 있는 초합리성이 모순 없이 병존하고 상호 영향을 주는 일이 발생한다. 그들 양자는 무양식적이며 무제약적으로 어떤 가치도 형성할 수 없는 괴리 속에 결합되어 있다. 모든 가치의 결속에서 해방되어, 개별적 가치의 유일한 담당자가 되어 버린 인간, 그 형이상학적으로 〈배척당한〉 — 배척당한, 왜냐하면 결속이 개체로 해체되고 분산되었기에 — 인간은 탈가치적이며 탈양식적이며, 또한 비합리성에 의해서만 규정될 수 있다.

탈가치적 인간인 후게나우는 아무튼 상업 체계의 일원이었다. 그는 지사들에서 좋은 명성을 누렸던 사내였으며 성실하고 사려 깊은 상인이었다. 그는 그의 상인적 의무에 언제나 완전하게, 그렇다, 가장 철저하게 복종했었다. 그가 에슈를 죽였던 것은 상인적 의무의 영역에 속하는 일은 아니었을지라도, 또한 그 관례와 모순되는 것은 아니었다. 그것은 일종의 휴가 중의 일이었기 때문이다. 상인적 가치 체계 역시 제거되고 오직 개인적 가치 체계만이 남아 있던 시기에 행해진 일이었던 것이다. 이에 반해 후게나우가 돌아간 상인적 윤리의 방향에서 보이는 행동은, 평화 조약이 체결된 후 마르크화 평가 절하를 고려하여, 게르트루데 에슈 부인에게 다음과 같은 편지를 보낸 일이었다.

사모님께,

사모님이 무사하시기를 희망하오며 다음과 같은 소식을 전해 드릴 수 있게 되어 기쁘게 생각하는 바입니다. 1918년 5월 14일자 계약 문서에 의거하여 본인이 「쿠르트리에르 셰 보테」지 주식의 90퍼센트의 소유주임을 친절하게 상기시켜 드리고 싶습니다. 규정에 따라 덧붙여 알려 드릴 바는, 그 90퍼센트 중에서 삼분의 일, 다시 말해 30퍼센트는 그곳에 계신 여러 신사들의 소유라는 점입니다. 따라서 제가 알지 못하거나 저의 뜻이 없는 한 운영이 되어서는 안 되며, 그 밖의 어떤 일이 행해져서도 안 됩니다. 또한 저는 사모님과 다른 동료들이 범할 만약의 위반 행위로 인하여 야기된 모든 결과와 손해에 대해서는 전적으로 당신들에게 책임을 지우겠습니다. 그럼에도 불구하고 사모님과 존경하옵는 다른 동료 신사분들이 운영을 하셔야겠다면, 저는 무엇보다도 신속한 계산서와 저의 그룹의 몫인 이익 배당의 60퍼센트(계약서의 3항)의 대체를 요망하오며, 모든 앞으로의 행보를 저에게 유보해 주시기를 정중히 부탁드리는 바입니다.

사모님도 잘 아시는 저의 충성심으로 또한 확실히 해둘 것이 있습니다. 전쟁의 종식이라는 불가항력적 사건으로 말미암아 저와 저의 그룹을 위한 사업에 총 1만 3,400마르크 — 그중 8,000마르크가 고 아우구스트 에슈 씨의 상속인인 부인께 마땅히 돌아가야 합니다 — 의 두 번의 잔여 불입액을 기일 내에 지불할 수 없었다는 점입니다. 물론 제가 충심으로 지적해 드릴 것이 있습니다. 상기시켜 드리자면, 사모님은 신문 경영자인 저에게 적당한 유예 기간을 설정한 금액 청구서를 등기로 우송하는 일을 잊고 계십니다. 따라서 사모님이 경고장을 발송하는 경우에 한해서만, 저는 사모님에게 법적인 연체 이자까지 합한 지불을 해야 할 채무를 지니게 되는 것입니다. 우리의 법적인 처지를 원활히 하기 위해서는 말입니다.

그러나 저는 제가 대단히 존경하던 친구 고 아우구스트 에슈 씨의 존경하옵는 부인과 법정에서 어떤 논란을 벌이는 일은 피하고 싶습니다. 비록 그곳이 점령지가 되었기에 프랑스 국민인 저에게는 거의 어려움이 없을 것이고, 더욱이 제가 정확한 끝맺음을 좋아하는 사람이기는 하지만 말입니다. 그렇기에 저는 우리의 당시 사업을 취소하자는 정중한 제안을 하는 바입니다. 그렇게 하는 것이 사모님에게는 모든 것의 법적 처지를 고려해 볼 때 이점이 될 것입니다.

이러한 계약 파기는 제가 사모님에게 저와 저의 그룹에 속한 주식의 60퍼센트를 되파는 것으로 가장 간단하게 이루어질 수 있습니다. 저는 특히 이를 받아들일 수 있을 만한 조건으로 행할 태세가 되어 있습니다. 즉 저는 약정 없이,

중간 매매를 유보하고, 그 주식을 당시 원가의 절반으로, 프랑 평균 환시세로 바꾸어 제공하겠습니다. 총 매매가는 1만 3,400마르크였으므로 프랑으로 바꾸면 1만 6,000프랑입니다. 따라서 저는 당신에게 특기한 대로 8,000프랑을, 말로써 표기하면

일금 팔천 프랑

을 받고 주식을 드리겠습니다. 여기서 특히 강조하고 싶은 바는, 제가 저의 지출이나 사적으로 사업을 위해 행했던 저의 투자, 여러 달 동안의 저의 노동력의 희생 등을 산입하지 않았다는 점입니다. 그로 인해 사업이 제가 인수했던 시점보다 더 가치 있게 되었는데도 말입니다. 이처럼 제가 특히 겸손하고 타당한 자세와 요구를 취하는 마음가짐은 사모님으로 하여금 편안하게 결정하시도록, 그리고 원활한 해결을 보도록 하자는 데서 연유하는 것입니다. 사모님이 이 총액을 현금으로 지니고 계시지 않으실 경우, 그 액수는 부동산을 저당 잡힘으로써 쉽사리 조달될 수 있는 것이니만큼 더욱 원활한 해결이 될 것입니다.

마지막으로 외람되나마 지적해 드릴 점이 있습니다. 사모님이 다시 매입한 60퍼센트의 주와 사모님에게 남아 있던 10퍼센트의 주로써 사모님은 70퍼센트의 압도적인 다수권을 확고히 입수하는 것이며, 그것으로 다른 신사들의 소수 집단을 매끄럽게 벽에다 눌러 버릴 수 있게 됩니다. 그렇게 되면 사모님이 빠른 시일 내에 다시 번창하는 사업의

유일한 소유주가 되시리라고 저는 믿습니다. 아울러, 언급하려고 하진 않았지만, 제게 큰 만족을 준 바 있었던 광고업은 정말로 금광임을 지적하겠습니다. 그와 관련하여 저는 앞으로도 충고와 도움을 기꺼이 드리겠음을 말씀드립니다.

이러한 모든 정황을 살펴보시면 사모님은 제가 저 자신의 이익을 경시하는 제안을 하고 있음을 잘 아실 것입니다. 이런 제안을 하는 이유는 여기서 제가 신문사를 경영하는 것이 어렵기 때문입니다. 확신컨대 다른 구매인들이라면 정말 그 이상을 요구할 것입니다. 그것은 사모님에게 결코 유쾌한 일이 아니겠지요. 그 때문에 저는 사모님의 동의하는 회답이 적어도 14일 내에 도착하기를 바랍니다. 그렇지 않을 때 저는 이 일을 제 변호사에게 의뢰하겠습니다.

사모님이 저의 호의적이고 타협적인 제안을 존중하시리라는, 그리하여 일이 완전하게 결말지을 수 있으리라는 확신에서, 우리 지방의 사업 상황은 상당히 만족할 만하며, 저는 일을 아주 잘하고 있음을 다시 한 번 알려드리도록 허락해 주십시오.

재배하옵고
빌헬름 후게나우
(앙드레 위그노 상회)
등기

이것은 약탈적이고 추악한 행동이었다. 그러나 후게나우는 그렇게 느끼지 않았다. 그것은 그의 사적 신학에도 상업

가치 체계의 신학에도 위배되는 것이 아니었으니까. 또한 그것은 후게나우의 동료 시민에게도 추악한 짓으로 여겨지진 않았으리라. 왜냐하면 그것은 상업적으로나 법적으로 반박할 수 없는 편지였기 때문이다. 심지어 에슈 부인까지도 그런 합법성을 하나의 운명으로서 느끼며, 이를테면 공산주의자들 측에 압류당하는 것보다는 그 운명에 더 기꺼이 순종했던 것이다. 후게나우는 물론 나중에 이 요구의 과도한 절제를 유감으로 생각했다 — 원가의 절반이라니! —. 그러나 활을 너무 과도히 잡아당기면 절대로 안 되는 법이다. 8,000프랑이 실제로 지불되었을 때, 그것은 콜마의 사업에 대한 환영할 만한 투자로 이용되었다. 그리고 그 이상의 것이기도 했다. 그것은 전쟁 사건의 최종적인 액화였고, 최종적인 귀향이었다. 어쩌면, 어쩌면에 불과할지라도, 그것은 어떤 고통스러운 일이었을 것이다. 왜냐하면 이제 모든 휴가적인 것이 결정적으로 사라져 버렸기 때문이다. 인간의 생과 그 무의미성의 과정에서 일반적으로 보고할 만한 가치가 발견될 수 있는 한, 이제 후게나우의 생에서는 그런 것이 존재하지 않게 된 것이다. 그는 아버지의 사업을 인수했고, 선조가 보는 의미에서, 견실하고 이익에 신중하게 그것을 계속 운영해 갔다. 그리고 독신자의 생활은 부르주아 상인에게는 무용한 것이므로, 또 그의 존재를 출현시킨 그의 집안의 전통 역시 그가 마땅한 여인과 결혼하길, 한편으론 그녀에게서 아이를 얻고, 다른 한편으로는 지참금을 이용하여 사업을 공고히 하기 위하여, 결혼하길 요구했으므로, 그는 그렇게 하기에 필수적인 걸음을 내딛기 시작했다. 그사이 프랑화가 절하되기 시작한 반면 독일인들은 금마르크[44]를 실시했다. 따라서 그가 시선을 라인 강 오른쪽 지방으로 돌렸음은 당연한 일일 뿐 더 이상 주목할 가치가 있는 일은 아니다. 그리하여 그는 마침내 상당한 자금을 마음대로 할 수 있는 신붓감을 나사우에서 찾아내었고, 그 지역은 신교 지역인 관계상, 어떤 자유 사상가가 사랑과 재산의 이점으로 말미암아 개종할 수 있었던 것도 전혀 놀랄 일이 못 되었다. 신부와 그녀의 가족이 그런 것을 중히 여길 만큼 충분히 어리석은 사람들이었으므로, 그는 개신교 신앙을 위하여 그들의 편에 들어섰다. 이제 그의 동료 시민의 어떤 사람 혹은 다른 사람이 그런 발걸음에 고개를 젓는다 해도, 자유 사상가 후게나우는 그런 종류의 형식성의 무의미성을 지적한 셈이다. 마찬가지로 그는 그의 그런 견해를 강화하기 위하여, 개신교 신앙의 일원임에도 불구하고 가톨릭당이 1926년에 공산주의자들과 선거 동맹을 체결했을 때 가톨릭 당에 투표했다. 그리고 엘자스인들은 대부분의 알레만인들처럼 종종 변덕스럽기에, 또 그들 중 많은 사람들의 정신 역시 조금 이상하기에, 그들은 후게나우의 탈선에 대하여 그리 오랫동안 놀라지 않았다. 그리고 그의 탈선 역시 정말은 전혀 탈선이 아니었다. 왜냐하면 커피 자루와 직물들 사이에서, 수면과 식사 사이에서, 사업과 카드 놀이 사이에서 후게나우는 평화롭게 살아갔기 때문이다. 그는 가장이 되었다. 그의 탄력 있고 둥실둥실한 몸집은 아치 모양이 되었고 시간과 더불어 약간 부드러워졌다. 또한 그의 딱딱한 걸음걸이도 세월이 흐름에 따라 눈에 띄게 갈짓자 걸

44 독일의 1차 세계 대전 이후 개혁한 화폐 단위.

음이 되었다. 그는 고객들에게 정중했고, 그의 부하 직원에게는 모범적인 의욕을 지닌 엄격한 상사였다. 그는 아침 일찍 일어났고, 휴가를 좋아하지 않았으며, 그의 기쁨은 인색했고, 유미적 향락은 전혀 존재하지 않거나 경멸되었다. 그가 맡은 책임은 그에게 일요일에 부인과 아이들과 함께 산책을 나갈 시간을 거의 허락하지 않았다. 하물며 박물관을 방문할 시간이 있었겠는가? 어쨌건 그는 그림들이 못마땅했다. 그는 도시의 유지로 상승하였으며, 다시 의무의 오솔길을 걸어갔다. 그의 생은 그의 육체적 조상이 2백 년 동안 영위했던 것이며, 그의 얼굴 역시 그들의 얼굴이었다. 후게나우의 일가, 그들 모두는 똑같이 보였다. 두 뺨 사이의 비대하고 포만하며 진지한 표정. 그들 중 누구에게선가 냉소적이고 아이로니컬한 표정이 새겨지리라는 것도 전혀 짐작 못 할 일은 아니었다. 그렇지만 그것이 피의 혼합에 의한 것인지 자연의 단순한 장난인지, 혹은 손자 대에서의 완성을 시사하며 그를 조상 모두와 구분시키는 어떤 것인지는 결정하기 어려운 일이며, 또한 누구도, 그중에서도 후게나우가 제일, 그것에 어떤 가치도 전혀 부여하지 않는 세부 사항에 불과하다. 왜냐하면 그는 많은 것에 무관심했기 때문이다. 그가 전쟁 사건을 회고한다 하여도 그 사건들은 점점 더 응축되어 마침내는 8,000프랑이라는 숫자 이외에는 남지 않았고, 거기서 전쟁 사건들이 상징화되었으며, 아울러 수확으로서 산입되었다. 당시 그가 체험했던 모든 것은 상인 후게나우에게 윤곽으로 화했고, 그 이후 그가 관계했던 프랑스 지폐의 부드러운 빛깔 속으로 미끄러져 들어갔다. 몽상적인 은빛 잠의 은회색 안개가 사건 위로 드리워지며 점점 불명료해졌고, 마치 검게 그을린 유리가 앞에 있는 듯 어두워졌고, 마침내는 그가 그런 생을 살았던 것인지 혹은 이야기로 들었던 것인지 모를 정도가 되었다.

아마도 여기서 주장할 수 있는 바는 이 모든 몽롱화와 망각이 다만 체념의 자세를, 단지 부르주아의 가치 체계, 엘자스에서 콜마에서 승리한 프랑스 총검의 보호하에 다시 수립된 가치 체계에 의해 규정된 체념의 자세를 표현할 뿐이리라는 것이다. 반면 지방 자체는 좌우에서 경험했던 몇백 년 동안의 불의를 잊지 않고, 정확한 경계 지역으로서 혁명적 정신으로 가득 차 있었고, 후게나우 같은 사람에게서도 역시 온갖 반란적인 것이 법석을 떨고 있었다. 어쨌든 자유롭게된 비합리적 힘들이 어떤 구가치 체계에 순종하지 않으려 한다는 것, 또 그것들은 강제하에 처하면서, 사회에 대해서나 개인에 대해서나 필연적으로 소멸의 상황을 야기하지 않을 수 없다는 것이 주장될 수 있으리라. 여기서 가치 붕괴 속에서 자유로워진 비합리적 힘들의 운명에 대한 의문이 일어난다. 그 힘들은 사실 개개 가치 영역의 투쟁 속에서의 투쟁 수단에 불과한가? 그 힘들은 사실 살인에 불과한가? 가치 붕괴와 최종 해체 단위까지 나아갔을 때 그것들은 개인에 대한 개인의 투쟁, 만인에 대한 만인의 투쟁이 되어야 하는가? 혹은 후게나우의 경우에 한정시켜서, 후게나우가 돌아갔던 상업 가치 체계와 같은 어떤 부분 가치 체계가 총검과 경찰의 곤봉의 보호 없이도 비합리적인 노력을 다시 하나의 오르가논으로 합일시킬 수 있을 정도로, 동시에 자유로워진 가치

의지에 목적을 제시할 수 있을 정도로, 충분히 강한 결속력을 지닐 수 있게 되는 것인가?

인식론적으로는 물론 허용될 수 없는 물음이다. 왜냐하면 이 문제는 비합리성의 본질에 대한 진술을 유발하며, 〈힘들〉이라는 말로써 메커니즘적인 성찰을 유발하고, 의인적이며 주의주의적인 형이상학을 유발하기 때문이다. 요약하여 비합리적인 것이 그 이념에 의거해 볼 때 자신과 모순에 처하는 해석을 유발하기 때문이다. 이유는 침묵적이고 비합리적인 생이 바로 합리적 〈가치 형성〉을 위하여 원료를 부여하는 생이지만, 그러나 그 생은 미형성된 비합리성이라는 원초적 상황 속에서는 오직 그 익명적 현존재의 확립을 허용할 뿐, 그를 넘어서 어떤 이론화를 허용하지는 않기 때문이다. 상위 총체 체계, 말하자면 종교적 체계는 이러한 사실을 완전히 의식하고 있다. 교회는 다만 하나의 가치 체계, 자기 자신의 가치 체계밖에 알지 못한다. 교회는 자신의 플라톤적 근원에 따라 오직 하나의 진리만을, 오직 하나의 로고스만을 알기 때문이다. 철저히 합리적으로 설정되었기에 교회는 논리 외적인 것을 참지 못하며, 원래부터 비합리성과 그 가설적 〈속성들〉에 인식론적 실존 정당성을 부인할 뿐만 아니라 윤리적인 실존 정당성을 부인하는 관계를 취하고 있다. 비합리성은 야수성 자체가 되는 것이다. 비합리성에 대해 진술된 모든 것은 그것이 거기 존재하며 악의 범주에 포함되어야 한다는 단언에 제한되어 있다. 이러한 관점하에서 비합리성이 문제 일반으로 주목되는 한, 그것은 다만 신이 창조한 세계에서 어떻게 악의 실존이 가능한가에 대한 물음에 그치며, 비합리성 일반의, 말하자면 체계 형성 능력이 논의되는 경우는 다만 악의 현상 형식이 어떻게 가능한가에 대해서만이다. 분명 교회가 결코 무시하지 않았던, 결코 무시할 수 없었던 이러한 문제는 존재한다. 악의 실존은 언제나 투쟁 교회*ecclesia militans*의 전제에 속했다. 가치 붕괴의 과정이 그러한 실존을 끊임없이 공시하는 것이라면 필연적으로 교회는 언제나 새로이 이런 경우에 대한 책임을 악에게 전가해 왔다. 바꿔 말하면, 붕괴의 근원이 있는 초합리성을 그 고유의 존립에서 배제하고 그것을 악의 범주로, 따라서 비합리의 범주로 지정하는 것이다. 그러나 한편 교회는 모든 개개 인간과 똑같이 〈정립의 정립〉에 대해 알고 있기에, 그렇다, 교회는 모든 현상의 경험 가능성의 조건이 〈가치〉의 범주로 규정됨을 개개인보다 더 잘 알고 있을 것이기에, 그러나 다른 한편 교회 자신의 가치 구조를 유일하게 타당한 것으로 간주하지 않을 수는 없기에, 교회는 비합리적인 악에 어떤 체계 형성적 원동력을 부속시키지는 않겠지만, 그러나 모방의 현상 형식은 부속시킬 것이며, 악에서 언제나 교회 자신의 현상 형식의 모방만을 볼 것이고, 교회는 악에 합리적 사유가 있다고 치지는 않더라도 사유의 공허한 모방 형식, 〈진리 상실적〉 사유(악을 선의 결핍으로 보는), 인습의 공허하고 초합리적이며 도그마적인 유희, 비합리성에 오도된 〈궤변〉이 있다고 칠 것이다. 오로지 비합리성에만 봉사하며 윤리적 의지를 도덕의 공허한 지껄임으로 화하게 하는 궤변이. 그러나 그 마지막 작용 속에서 총체 체계로 확대되면서, 속물성의 악은 적그리스도의 거대한 외연으로 고양된다. 악이 세계 내에서 완전하게 수립될수록 그리스도가 적그리스도를 통하여 체험하는 모방은 더욱 완전해지며, 단지 총체 체계일 수밖에 없는 적그리스도의 가치 체계는 더욱 위협적으로 된다. 왜냐하면 교회의 체계 역시 총체 체계이며 악 자체는 분리될 수 없고 동질적이기 때문이다. 악은 자신이 대립하고 모방하는 진리처럼 분리될 수 없이 동질적이다. 이러한 총체 체계 옆에서 부분 체계들이 퇴락한다는 것, 가톨리시즘이 가치 붕괴의 가장 현저한 표출인 프로테스탄트적 사유에 대해 가치 붕괴 과정이라는 현상하에서의 특수한 의미를 부여하고 그것을 지배적인 사상, 숙명적이며 비합리적인 전개의 으뜸 사상으로 고양한다는 것, 교회가 프로테스탄티즘에서 모든 부분 가치 체계들에서처럼 단지 참된 가치 체계의 왜곡상을, 단지 적그리스도의 위협적인 총체 체계를 준비하는 전(前) 단계를 본다는 것, 이러한 평가는 특수한 교회적 입장과 상응할 뿐만 아니라 객관적 사실에서도 기초가 튼튼한 지주를 가진다. 프로테스탄티즘이 모든 다른 부분 체계에 보여 준 진기한 친화력에서 객관적 사실의 예를 보자. 자본주의 체계이든, 국가주의 체계이든, 혹은 어떤 다른 부분 체계이든, 그것은 언제든지 프로테스탄티즘과 공통되는 〈혁명적〉 반교회적 분모 위에 놓일 수 있다. 즉 교회 체계에서 보면, 그것은 모든 이단의 비합리적 가치 적대적 원동력들이 눈에 드러나게 되는 범죄성이라는 분모 위에 놓여 있는 것이다. 그리고 교회가 종종 외적인 양보를 하고 또 보다 작은 악을 보다 큰 악보다 선호하면서, 이를테면 국가주의적인 입장을 지닌 이런저런 부분 운동을 보다 급진적이고 순전히 혁명적인 분산에 대항하는 보수주의 입장으로서 관용한다 하더라도, 교회가 언제나 비합리적 힘들의 운명에 대한 기본 문제를 결정하는 것은 단지 가장 커다란 국면 하에서만이다. 그리스도인가 혹은 반그리스도인가의 국면이 그것이다. 즉 교회의 품안으로 회귀하든지 상호 투쟁의 안전한 가치 분산의 세계로 몰락하든지의 양자택일인 것이다.

똑같은 영상이든 왜곡된 영상이든 관계없이, 가치 체계로서의 부분 가치 체계는 총체 체계의 구조를 모방한다. 총체 체계의 인식들이 원칙적이고 형식적인 한, 그것들은 비교적 작은 연합에서 반복되거나 확증되어야 한다. 이에 반해 내용적인 편차는 필연적으로, 왜냐하면 어떤 체계도 자신을 〈악〉하다고 특징지을 수 없으므로, 비합리성의 평가에 있을 수밖에 없다. 모든 부분 체계는 그 논리적 발생에 따라, 그 논리적 근거에 따라, 혁명적이다. 예를 들어 국가주의적 부분 체계가, 독자적인 논리적 절대화를 추종하면서, 그 중점에 신격화된 국민 국가가 있는 하나의 오르가논을 수립한다면, 모든 가치들이 국가 사상과 관련되면서, 개인과 그의 정신적 자유가 국가 권력에 종속되면서, 혁명적·반자본주의적 입장이 도입될 뿐만 아니라, 또한 훨씬 더 강제적으로, 반종교적·반교회적 방향, 즉 분명히 그리고 엄격하게 절대적으로 혁명적인 가치 붕괴로 향하는 방향으로 나아가고, 그다음 또한 자기 자신의 체계의 지양을 시사하는 방향으로 나아갈 것이다. 말하자면 부분 체계가 가치 분산의 과정에서 자기 자신의 존립을 확고히 하고자 한다면, 이러한 목적으로 치달아 가는 자기 자신의 이성을 저지하고자 한다면, 부분 체계는 비합리적 수단으로의 도피를 취해야 하는 것이다. 여기서 독특한 이의성(二意性)이, 인식론적으로 말하면 모든 부분 체계에 부착해 있는 불순함이 발생한다. 진행하는 가치 붕괴에 대항하여 총체 체계의 역할을 떠맡으며 비합리적인 것을 반란적이고 범죄적이라고 평가하면서, 부분 체계는 비합리적인 것과 그 익명적 악의 덩어리로부터 〈선〉하고 합리적인 힘들의 덩어리를 도출해야 한다. 그것은 그 힘들의 도움을 받아 두려움의 대상인 계속되는 붕괴를 저지하고 자신의 존립에 대한 합법성을 제출하기 위해서이다. 모든 부분 혁명은, 그리고 이러한 의미에서 모든 부분 체계는 〈부분 혁명〉이며, 비합리적 선험성에, 감정 가치의 중요성에 기초를 두고, 완전 혁명의 급진적 이성에 대항하여 얻어진 〈비합리적 정신〉의 존엄성에 기초를 두고 있다. 모든 부분 체계는 〈미형성된〉 비합리적 잔재를 명백히 인정하여야 한다. 소위 이성의 흐름 속의 유보로서 인정하고 자기 자신을 가치 붕괴 과정의 정점에 고정시켜야 한다.

◆

왜냐하면 혁명들은 악의 악에 대한 항거이기 때문이다. 비합리성의 합리성에 대한 항거이기 때문이다. 해방된 이성의 옷을 입은 비합리성의 합리적 제도, 자기 존립의 정립을 위하여 자족적으로 자기에 내재하는 비합리적 감정 가치에 기초를 둔 제도에 대한 항거이기 때문이다. 혁명들은 비현실과 현실 사이의, 폭력과 폭력 사이의 투쟁이다. 혁명이 등장해야 하는 때는 초합리성의 해방이 비합리성의 혁명을 초래했을 때, 가치 체계의 분쇄가 최종적·개별적 가치 단위에까지 치달아 가고, 모든 비합리성이 자율적으로 고독하게 된 개인의 절대적 가치 자유 속에서 발현할 때이다. 그것은 비합리적인 것의 발현이며, 자율적인 것의 발현이고, 생의 발현이다. 고독하고 탈가치적인 인간은 그의 도구이다. 그리고 온갖 현세의 불안과 고독이 우선 지상에서 버림받은 자들에게 엄습한다면, 말하자면 기아에 맡겨진 프롤레타리아에게, 연속 속사에 맡겨진 참호 속의 군인에게 엄습한다면, 만약 이들 진정한 단어의 의미에서 〈배척당한 자〉들이 가치 자유에 이르는 최초의 사람들이 되어야 한다면, 그들은 또한 요란하게 서로 부딪는 쇠처럼 비합리적인 것의 침묵 위로 울려 퍼지는 살인의 부르짖음을 알아듣는 최초의 사람들인 것이다. 언제나 가치 연대성이 작은 인간이 해체되고 있는 보다 큰 연대성을 지닌 인간을 제거하며, 언제나 가장 불행한 사람이었던 그가 가치 붕괴의 과정에서 형리의 역할을 맡고, 심판의 팡파르가 울려 퍼지는 날이 되면 마침내 탈가치적 인간은 자기 자신을 심판했던 세계의 형리가 될 것이다.

◆

후게나우는 살인을 저질렀으나 나중에는 그것을 망각했다. 그것을 더 이상 생각지 않았다. 반면 그는 모든 개개 상인적 수단을, 결과적으로 그가 성공했던(에슈 부인에게 쓴 편지를 보라!) 수단을 충실하게 기억에 간직하고 있었다. 그것은 자명한 일이었다. 생에 남아 있는 것은 오직 그때그때의 가치 체계에 적합한 저 행위뿐인 것이다. 그러나 후게나우는 상인적 체계로 다시 돌아갔다. 바로 그 때문에 그가 비록 번창하는 부친의 사업의 상속자인데도 불구하고 적당한 상황하에서는 성실한 상인이 되었듯이 성실한 혁명가가 될 수 있었으리라고 주장할 수 있는 것이다. 왜냐하면 혁명 담당자로서의 프롤레타리아적 인간은 〈혁명가〉가 아니기 때문이다. 그는 자신이 혁명가라고 생각하지만 그런 사람은 전혀 존재하지 않는다 ─ 황제 암살자 다미엔의 능지처참에 환호를 보냈던 군중과 35년 후 루이 16세를 단두대로 몰았던 군중 사이에는 차이가 없다 ─. 그는 단순히 보다 큰 사건의 지수(指數)에 불과하며 유럽 정신 자체의 지수에 불과하다. 개개 인간이 그의 속물적 생과 함께 어떤 구(舊) 부분 가치 체계에 여전히 머물러 있다 하더라도, 그가 후게나우처럼 상업 체계에 상륙하여 있다 하더라도, 그가 혁명 준비 활동이나 결정적인 혁명에 가담한다 하더라도, 바로 실증주의적인 가치 해체의 정신이 전 서구 세계 위를 덮고 있는 것이다. 그 정신의 가시적 표출은 결코 프롤레타리아적·러시아적 유물론에 한정되는 것이 아니다. 오히려 이 유물론은 서구 철학이 ─ 철학이라는 명칭이 아직도 주장될 수 있다면 ─ 해체된 실증주의적 사유의 유희 방식에 불과하다. 그렇다, 심지어 재화 분배의 문제조차 뒷전에 물러서게 된다. 비록 미국의 노동 방식과 공산주의적 노동 방식 사이의 구별 역시 사라지기는 하지만 말이다. 그 문제는 점점 일의적으로 하나의 공통 지점, 하나의 목적을 추구하는 이데올로기의 통일성 앞에서 뒷전으로 물러서게 된다. 하나의 목적, 그 목적에 이런 정치적 특징들이 부여되는가 저런 정치적 특징들이 부여

되는가는 중요하지 않다. 왜냐하면 그 목적의 전체적 중요성
은 — 근본 목적에 합당하게 — 유일하게 다만 그것이 풀려
놓인 비합리성의 조류들을 재결합시킬 수 있는 총체 체계가
될 수 있다는 점에 있기 때문이다. 따라서 어떤 〈비합리적인〉
혁명의 전(前) 단계가 생명력이 있는지 없는지도 중요하지
않다. 왜냐하면 그것은 자기가 결과적으로 흘러 들어가야
할 〈합리적〉이며 결정적인 혁명에 하등의 영향을 끼치지 못
하기 때문이다. 이에 반해 혁명의 전 단계가 — 모든 메커니
즘적 고찰을 넘어서 — 부분 형성체로서 전체 구성체 내에
서 필연적으로 인정되지 않은 채 머물러 있어야 한다는 점을
제시할 수는 있다. 비합리적 힘들이 작용하고 있다는 것, 그
리고 그 힘들은 본질에 적합하게 어느 새로운 가치 오르가논
내에서의 결합으로 치달아 간다는 것, 그리고 교회의 입장에
서 보면 다름 아닌 반그리스도의 총체 체계가 될 수 있는 어
떤 총체 체계로 치달아 간다는 것이 그것이다. 여기서 종속
적 징후라든가 공산주의자들의 반플라톤적 열정, 혹은 마르
크스주의자나 부르주아적 자유 사상가 협회의 계몽적 선전,
혹은 교회에는 아무리 죄악적이라 하더라도 단숨에 반그리
스도의 악으로서 불릴 수 있기에는 너무도 사소하고 너무도
동정받아 마땅한 무신론, 이런 것들이 중요한 것은 아니다.
왜냐하면 유럽 정신, 즉 직접성과 실증주의의 〈이단적〉 정신
이 중요한 것이기 때문이다. 따라서 이런 가장 보편적인 의
미에서 볼 때 프로테스탄트적 이데올로기가 피히테를 거쳐
국가주의 혁명으로 침투했는가, 아니면(더 분명하게) 헤겔을
거쳐 마르크스주의 혁명으로 침투했는가는 별로 중요하지

않은 일이기까지 하다. 비록 교회가 증오하는 본능, 이단자를 증오하는 틀림없는 본능으로, 아직 가장 먼 파생체 속에 있는 프로테스탄티즘을 감지하고, 바로 그 때문에 공산주의를 — 그것의 원시 그리스도교적 원칙은 즉각 받아들일 수 있을 터인데도 — 보통은 이해되지 않는 비타협적 자세로 박해한다고 할지라도, 공산주의의 구체적 현상 형식은 아직 반그리스도의 구체화가 아니라 전 단계에 불과하다. 그리고 칸트주의의 저 프로테스탄트적 신학이 여기서 엄격한 법칙 해석과 고착된 존재론 및 반박할 수 없는 윤리학, 나아가 올바른 신학의 모든 성분을 갖추고, 그 전체성 속에서 가시적인 교회를 제시하면서, 올바른 〈마르크스주의〉 신학으로 전개된다 할지라도, 그리고 그러한 교회가 의식적으로 반교회로서 자리를 잡고 기계를 제기(祭器)로 고양시키고 엔지니어와 데마고그를 그들의 사제로 설정한다고 하더라도, 그것은 아직 총체 체계 그 자체는 아니며 아직 적그리스도는 아닌 것이다. 그러나 그것은 그리로 향하는 길이며, 그리스도교적 플라톤주의적 세계상의 시사인 것이다! 분명히 그리고 누구에게보다 바로 가톨리시즘에 더욱 분명히 이미 이 모든 교주주의에서, 그 마르크스주의적 반교회와 그 비교적이며 엄격한 국가 사상의 구조에서, 어떤 정신의 윤곽, 마르크시즘을 훨씬 능가하고 모든 국가의 신격화를 훨씬 능가하는 어떤 형식을 취하든지 간에 모든 혁명적인 것을 자기 뒤에 멀리 내버려 두기 때문에 마르크스주의적 길도 마치 우회로처럼 보일 정도인 정신의 윤곽이 두드러져 보이게 된다. 그것은 교회 없는 〈교회 그 자체〉의 윤곽이다. 〈자연 과학 그 자체〉의 탈

실체적 존재론이다. 탈교조적 〈윤리 그 자체〉이다. 요약하여 그럴듯함의 지점을 무한히 밀어냄으로써 얻어져야 하는, 논리적이며 냉정한 최후의 추상, 프로테스탄트적 정신의 전체적 철저성을 출현시키는 추상의 오르가논이다. 그것은 세속적인 소여(所與)를 긍정하고 가혹한 의무의 고행을 긍정하는 실증주의적 이중 긍정이다. 이미 루터와 전(全) 르네상스의 특성이었으며, 또한 그 본래적이며 필연적인 이념을 충족하면서, 사유와 존재의 새로운 통일성을, 윤리적·실질적 무한성의 새로운 통일성을 추구하는 이중 긍정인 것이다. 저 통일성이 바로 모든 신학의 본질을 이루고, 비록 사유를 세계에서 부정하려는 시도가 있게 된다 하더라도 그 통일성은 존속해야만 하는 것이다. 그러나 이 통일성은 또한 〈참으로 여김〉의 과학적 그럴듯함의 지점이 〈신앙〉의 그럴듯함의 지점과 일치하고 이중 진리가 다시 일의적인 진리로 될 때 존속될 수 있는 것이다. 왜냐하면 그러한 그럴듯함으로 이끄는 무한한 물음 사슬의 종국에 있는 것은 순수 행위이며 순수 의무 오르가논의 이념, 합리적이며 신으로부터 자유로운 신앙의 이념이기 때문이다. 그 냉혹한 법칙성 속에 〈종교 그 자체〉라는 내용을 비워 버린 형식이 있는 것이다. 어쩌면 심지어 〈신비주의 그 자체〉의 합리적 직접성이 있을지도 모른다. 그것의 말 없는, 금욕적이며 무장식적 종교성이 엄격성에 순종하는, 오로지 엄격성에만 순종하며 참된 프로테스탄트적 혁명의 최종 목적을 시사하는 〈신비주의 그 자체〉가. 잔혹한 절대성의 억양 없는 진공을 시사하는. 추상적 신의 정신이 군림하는, 신 자체가 아니라 신의 정신이, 그럼에도 불구하고 신 자체가 군림하는 절대성. 슬픔에 가득 차 꿈도 없고 범할 수도 없는 침묵의 불안 속에 군림하는 신. 바로 순수 로고스인 침묵.

이러한 유럽 정신의 상황에 후게나우는 거의 참여하지 않았다. 그러나 지배적인 불안에는 참여했을 것이다. 왜냐하면 인간 내부의 비합리성은 세계의 비합리성을 느끼기 때문이다. 세계의 불안이 말하자면 합리적 불안이라 하더라도, 종종 사업적인 불안에 불과하다 하더라도, 그것은 이성의 해방을 통해 발생한 것이다. 모든 개개 가치 영역 내에서 무한성을 추구하고 이러한 초합리적 무한성의 경계에서 자기 자신을 지양하며 비합리적인 것으로 더 이상 파악될 수 없는 것으로 변화시키는 이성의 해방. 돈과 기술은 억제할 수 없는 것이 되었다. 화폐 가치는 동요한다. 인간이 비합리적인 것에 대해 아무리 많은 설명을 손에 들고 있다 하더라도, 유한한 것이 무한한 것을 따를 수는 없으며, 어떤 이성적 수단도 무한성의 비합리적 불안을 다시 이성적이며 지배할 수 있는 것으로 귀순시킬 수는 없다. 마치 무한성이 자주적이며 구체적인 생으로 깨어난 듯하다. 하강과 상승의 사이에 있는 시간에, 죽음과 생식의 마법적 시간에, 아득한 지평에 빛나는 절대자에 의해 담당되고 채택되는 것 같다. 후게나우가 밝아오는 하늘의 빛으로부터 눈을 돌려 버리고, 그런 가능성에 대해 아무것도 알고자 하지 않았다 하더라도, 그는 세계 위를 불어 가며 세계로 하여금 강직 경련을 일으키게 하고 세계의 사물들로부터 그 의미를 빼앗는 차가운 입김을 느꼈다. 후게나우가 매일 아침 신문에 실린 세계의 사건들을 뒤쫓는다 하더라도, 거기에는 모든 신문 독자가 느끼는 불쾌감이 동반되어 있다. 그들은 소식을 열망하고 사실에 잔뜩 굶주려 있다. 특히 삽화로 장식된 사실에 굶주려 있다. 동시에 그들은 날마다 새로이 사실의 덩어리들이 침묵하게 된 세계와 침묵하게 된 영혼의 공허를 충족시킬 수 있기를 희망하는 것이다. 그들은 신문을 읽는다. 거기에는 매일 아침 고독을 향해 눈뜨는 인간의 불안이 있다. 왜냐하면 옛날 공동체의 언어는 그들에게는 들리지 않으며, 새로운 언어는 들을 수 없기 때문이다. 그들이 정치적 장치, 공공 제도, 혹은 법 제도의 장치들을 예리하게 질책하며 이해력과 명료한 시선을 지닌 척하더라도, 나아가 그들이 자신들의 견해를 세월이 흐름에 따라 서로 교환한다 하더라도, 그들은 언어를 상실하고 아직은 없음과 이제는 아님 사이에 있는 것이다. 그들은 이제 어떤 말도 믿지 않으며, 형상들을 통해 증명되는 것을 보고 싶어 한다. 그들 자신도 자신의 언어의 적합성을 믿을 수 없는 것이다. 종국과 시작 사이에 선 그들이 아는 바는 오직 사실의 논의가 끊임이 없다는 것, 법은 침해될 수 없다는 것뿐이다. 어떠한 영혼도, 그가 타락하였건, 악하건, 속물적이건, 가장 값싼 도그마에 빠져 있건 간에, 그러한 통찰과 그러한 불안을 피할 수 없는 것이다. 고독에 놀라고 습격당한 아이처럼, 죽기 시작해야 했던 피조물의 불안에 사로잡힌 인간은 유한한 여울을, 그의 생이며 그의 확신이어야 하는 여울을 추구해야 한다. 그는 아무 데서도 의지할 것을 발견하지 못한다. 그가 언제나 다시 부분 체계에서 구원받으려 한다 해도 아무 소용이 없는 일이다. 그가 그렇게 하는 이유가 낡은 낭만주의적 형식을 고수함으로써 불안으로부터 보호되기를 기대하기 때문이든지, 또는 어느 부분 혁명에서 잘 알고 있는 고향처럼 친숙한 것이 오직 아주 서서히, 말하자면 고통 없이 무정한 낯섦으로 진행해 가기를 희망하기 때문이든지 간에, 그는 원조물을 발견하지는 못한다. 왜냐하면 그것은 그가 길을 잘못 들었던 거짓 공동체에의 도취이기 때문이며, 그가 추적하려던 보다 깊고 은밀한 결합은 실마리를 재빨리 잡으려는 손에서 풀려 버리기 때문이다. 그 실망의 결과로 금전 및 상업 체계로 도피한다 하더라도 그가 실망에서 헤어 나오는 것은 아니다. 바로 이러한 가장 진정한 속물적 시민성의 존재 형식이 다른 모든 부분 체계보다 더 저항력이 있는 것이다. 그 이유는 그 형식이 세계 내의 확고한 통일성을 약속하기 때문이다. 인간이 불안에서 탈출하기 위해 필요로 하는 통일성을 — 2마르크는 1마르크보다 많고 8,000프랑이라는 총액은 대단히 많은 1프랑으로 구성되어 있다. 하나의 전체이며, 세계의 계산이 떠오르는 하나의 합리적 오르가논이다 —. 그러나 아무리 화폐 가치가 동요해도 부르주아가 기꺼이 믿고 싶어 하는 이러한 저항력조차도 사라져 가고, 비합리성은 어디에서고 더 이상 제한될 수 없게 되며, 세계의 어떤 형상도 합리적 세로 덧셈 이상의 것을 나타낼 수 없게 된다. 도시의 유지로 상승한 상인 빌헬름 후게나우가 생의 모든 것에서 우선 가격과 금전상의 이익을 물어보는 버릇이 있는 사람이라 하더라도, 그럼에도 불구하고 아이로니컬한 표정으로 혹은 던지는 듯한 손짓으로 기이하게도 그 유래에 대해 하등의 정당성을 부여할 수 없는 어떤 것을 없애 보려 할 수 있으며, 문득 당황하여 〈돈이란 무엇인가〉라고 물어볼 수도 있는 것이다. 그러나 그 와중에도 날카로운 의심으로 한 고객의 흠을 잡은 다음, 그에게서 거침 없이 신용을 뺏아 버리는 일도 있을 수 있다. 이유는 단순히 그 남자가 돌연 마음에 들게 되지 않았기 때문일 수도, 혹은 그의 냉소적인 표정, 아니면 입가의 표정이 거슬렸기 때문일 수도 있다. 그런 조처가 자비로운 것으로 판명되든지, 무자비한 것으로 판명되든지 간에, 그리하여 게으른 고객이 적시에 매장되든지 신용 있는 고객이 경쟁자의 품안으로 내몰렸든지 간에, 그것은 모든 실천적 결과를 무시하고 볼 때, 급작스럽고 어쩌면 번쩍이는 방법이었을 것이다. 말하자면 단락(短絡)하에 일어났던 방법으로, 실업계에서는 어쨌든 통례적이지 않은 방법이며, 분명 비합리적인 방법이었던 것이다. 특히 그 방법에 연하여, 후게나우 주위에는 알아차릴 수 없이 하나의 심연이, 침묵의 죽은 지대가, 그를 다른 모든 도시의 시민들과 분리시키는 침묵의 죽은 지대가 엿보인다는 점이다. 그것은 물론 아득한 예감과 같은 것에 불과했다. 그러나 그것은 농축되었고 거의 파악할 수 있게 되었다. 후게나우가 여러 사람들 사이에, 극장에, 젊은 이들이 춤추는 술집에 혹은 프랑스 승리의 국경일이 축하되는 연회에 있게 되자마자 말이다. 그때 아마도 스스로가 언젠가 시장석에 오르게 될 수도 있을 그는 조용히 다른 명사들 사이에서 꽃으로 장식된 탁자에 앉아 진지하고 공허한 소년의 눈길로 두터운 안경알을 통해 춤추는 사람들을 바라볼 수 있었다. 그리고 아직은 춤의 즐거움을 포기하도록 정해진 연배에 있지는 않다 할지라도, 자신이 이전엔 경쾌하게 춤을 추었음을 옆 사람에게 소곤거릴 때에도(이 말을 안 한 적이 없었다), 그는 자신의 기억을 거의 믿지 않았다. 왜냐하면 그가 그런 식의 애국적인 회합에 머무르든지 혹은 자전거 경주자의 스타트에 입회하기 위하여 일요일에 장남과 함께 스트라스부르의 가로수 길로 나가든지 간에, 이런저런 사회적 행사가 열릴 때 단지 본보기로서 시범을 보여 주기 위해 등장할 때면 그는 어쩔 수 없이 기이한 불쾌감 속에 빠져들었기 때문이다. 사물들은 기이하고 불쾌하게 눈에 띄지 않게 뒤죽박죽이 되어 버렸고 마땅히 어떤 불가분의 개념이 부여되어야 할 저 축제 행사의 개최가 어떤 불안스러운 비통일성을 띠기 시작했다. 누군가 더 잘 알고 있는 사람의 의사에 반하여 장식, 깃발, 화환을 이용하여 누르고 묶어서 부자연스러운 통일성을 띠기 시작한 어떤 것. 후게나우가 그렇게 옆길로 빠진 생각에 놀라 움츠러들지 않았더라면 의심할 여지없이 그는 구체적 기체(基體)와 상응하는 개념이나 이름은 존재하지 않음을 발견했을 것이다. 분명 그는 기체가 눈에 보이는 상징, 사건의 통일성과 세계의 응집을 보증하는 상징이어야 함에도 불구하고 숨어 있음을 발견했을 것이다. 상징, 그것의 실존은 필연적이다. 왜냐하면 그렇지 않다면 모든 가시적인 것은 차고 투명한 재의 구조, 이름 부를 수 없고, 무게 없고, 메마른 구조가 되어 버릴 것이기 때문이다. 그리고 후게나우는 우연적으로 함께 날려 묻어 오는 것의 저주, 사물과 사물의 관계 위를 덮고 있는 저주를 감지했을 것이며, 그리하여 마찬가지로 우연적이지도 자의적이지도 않은 어떤 종류의 정렬도 생각할 수 없음을 감지했을 것이다. 저 자전거 선수들은 공통된 운동복과 공통된 클럽의 표지를 통해 결합되지 않았다면 당장 사방의 바람 속으로 흩날려 사라지지 않을까? 후게나우가 그런 질문을 제기한 것은 아니었다. 왜냐하면 그것은 어느 정도 당연하게 그의 사적 신학이라고 지칭될 수 있는 어떤 것이 파악할 수 있는 범위를 넘어서는 물음이었기 때문이다. 그러나 제기되지 않은 문제가, 그가 종속했던 모든 경우의 불가시성보다 그를 덜 분노케 한 것은 아니었다. 그리고 이런 분노는 예를 들어 그가 집에 돌아왔을 때 자기 아이에게 안겼던 동기 없는 따귀에서처럼 폭발될 수 있는 것이었다. 그런 식으로 그는 긴장을 풀면서 말짱한 현실로 되돌아오곤 했다. 그러면서 헤겔의 인식을 확증하는 것이었다. 「진정 자유로운 의지는 이론적·실천적 정신의 통일성이다.」 기분이 좋아진 그는 시내로 들어왔고, 막 사람들이 몰려 나오고 있는 여러 교회 옆을 지났다. 유쾌하게 콧노래를 부르며 앞으로 전진했다. 또한 지팡이로 박자를 맞추었다. 그리고 종종 누군가 그에게 인사를 하면 그 역시 인사를 하며 〈안녕〉이라고 말했다.

모든 것에 중요한 것은 자유와의 관계이기 때문에 심지어 가장 협소한 신학, 그 사정(射程)거리가 경험적 자아의 가장 보잘것없는 행위를 규명하는 신학조차도, 따라서 후게나우 같은 사람의 사적 신학조차도, 여전히 자유에 봉사하며, 자유는 바로 그러한 신학 자체에 대하여 진정한 연역의 중심이고, 진정 신비로운 연역의 중심이다(그리고 이것이 후게나우에게 적용되는 것은 적어도 그날 이후이다. 왜냐하면 새벽녘에 참호를 떠나 외견상으로는 비합리적으로, 그러나 그럼에도 불구하고 아주 합리적으로 자유에 봉사하며 행동했기 때문이다. 그리하여 그때 이후 그가 추구했던 모든 것, 그리고 그의 생에서 아직 추구하고 있는 모든 것은 그 최초의 엄숙한 휴일을 맞는 행동의 반복으로 나타난다). 그렇다, 자유는 마치 거의 어느 특수하고 숭고한 범주처럼 모든 합리적인 것과 비합리적인 것 위에 감돌고 있다. 마치 목적처럼, 근원처럼, 절대적인 것처럼. 절대자와 더불어 빛나지만, 그럼에도 불구하고 그 빛을 능가하는 자유. 갈라진 하늘의 불의 골짜기에서 비치는 최후의 온화한 빛살. 결코 비합리적인 것은 합리적인 것과 결합할 수 없으리라. 결코 합리성은 다시 생생한 감정의 조화 속에서 용해될 수 없으리라. 그것들은 둘 다 어떤 상위의 경외로운 존재, 지고한 현실인 동시에 가장 깊은 비현실인 존재에 관여하지는 않으리라. 세계의 전체성과 그 형상은 현실과 비현실이 그렇게 집결하고서야 비로소 생겨날 것인데도, 자유의 이념은 바로 자유 속에서 인류의 영원한 갱생을 정당화시킨다. 왜냐하면 자유로의 길은 지상에서 도달할 수 없이 언제나 새로운 걸음을 내딛어야 하기 때문이다. 오, 자유를 향한 고통스러운 의무여! 인식의 혁명, 절대자에 대한 절대자의 항거를 정당화시키는 인식의 두렵고 영원히 반복되는 혁명. 이성에 대항한 생의 항거. 이성의 변호, 외견상 자기 자신을 배반하는, 합리성의 절대자에 대항하여 비합리성의 절대자를 풀어놓은 이성의 변호. 변호, 왜냐하면 거기서 또한 석방된 비합리적 힘들이 다시 하나의 가치 체계로 응축되는 최후의 보증이 주어져 있기 때문에. 어떤 가치 체계도 자유에 순종하지 않는 것은 없을 것이다. 아무리 작은 가치 체계도 자유를 추종한다. 심지어 가장 세속적인 고독과 자율성에 귀속된 인간이라 할지라도 살인의 자유보다 더 먼 자유에 이르지는 못한다. 감옥의 자유, 최상의 경우에야 탈영병의 자유에 이를까. 심지어 가치 상실적 인간인 그가 모든 지상적인 것의 강제를 부담하기까지 하는 것이다. 영원의 숨결에 몸 바친 사람, 그에게는 고독한 밤에 자유의 십이궁(十二宮)이 한 번도 미광을 발하지 않았던 적은 없는 것이다. 누구나 자기의 꿈을 실현해야 한다. 악한 동시에 선하게. 그리고 그는 그렇게 한다. 자신의 생의 어둠과 몽롱함 속에서 자유를 나누어 가지려고. 그리하여 후게나우는 때때로 그가 지옥이나 암흑의 골짜기에 앉아 있는 듯한 느낌이, 그리고 마치 고독의 끈처럼 그가 서 있는 곳 둘레에 놓여 있는 냉혹한 지대를 바라보고 있는 듯한 느낌이 들었다. 그리하여 그는 그러한 울타리 속에서 기어 나와 그 밖에 있는 자유와 고독에 참여하고픈 거대한 동경을 지니고 있었고, 그는 자유와 고독이 존재함을, 마치 그 혼자에게 나타나는 광경을 예감하듯이, 어디에서부터인가 어렴풋이 예감하고 있었던 것이다. 그것은 가장 깊은 공통성, 저 가장 깊은 고독이 화하여 마침내 이루어지게 될 가장 깊은 공통성을 알고 있는 것과 같았다. 그러나 그것은 무딘 표상 이상으로 나아갈 수는 없었다. 저 밖에선 혹시 형제답고 진실한 공존이 허락되리라는 표상, 혹은 죽음의 위협이나 폭력, 또는 적어도 따귀를 때림으로써 다른 사람으로 하여금 그를 받아들이길 강요하고, 그가 말로는 표현할 수 없었지만 그의 더 나은 진리의 말을 듣기를 강요해도 되리라는 표상. 그 이유는 그가 태도에서나 생활 영위 방식에서 저들 다른 사람과 거의 구별될 수 없었다 할지라도, 그의 인생의 마차가 더욱 안전하게 그가 이미 젊은 시절부터 있었고 지금도 결코 떠날 생각이 없는 궤도 위를 굴러간다 할지라도, 또한 그것이 아주 육체적인, 그렇다, 죽음을 향해 굴러가는 살덩어리와 같은 생이었다고 할지라도, 그럼에도 불구하고 그것은 어떤 관계에서 볼 때는 보다 숭고하고 경쾌한 것으로 여겨졌기 때문이다. 왜냐하면 그는 언제나 배척받고 고독하게 느꼈지만 그럼에도 불구하고 그것으로 괴로워하지 않았으니까. 세계와 분리되어, 그러나 세계 속에서, 그는 사람들이 언제나 더욱더 먼 곳으로, 더욱 동경받는 곳으로 향하는 것처럼 생각했었다. 그러나 그는 결코 그 거리를 측정해 보려 하지는 않았다. 그리고 그 점에서도 그는 조금도 여타의 필멸의 존재와 구별되지 않았으니, 바로 그들 누구나 인간의 생이 순환 궤도처럼 점점 더 높은 수준으로 올라가는 길을 통과하기에 불충분함을 잘 알고 있었기 때문이다. 그 길 위에선 과거의 것과 몰락하는 것이 지고한 목적이 되어 다시 부활하지만, 그것은 결국 걸음걸음마다 먼 안개 속으로 가라앉아 버린다. 닫힌 고리와 완성의 무한한 노정. 찬란한 현실성. 거기서 사물들은 붕괴하여 극단으로까지, 세계의 경계로까지 밀려 나가며, 여기서 모든 분리된 것이 다시 하나가 되며, 여기서 거리가 다시 지양되고, 비합리적인 것이 가시적인 형태를 취하며, 여기서 공포는 동경으로 화하지 않고, 동경은 공포로 화하지 않으며, 여기서 자아의 자유가 다시 신의 플라톤적 자유로 흘러 들어간다. 닫힌 고리와 완성의 무한한 노정, 그곳을 갈 수 있는 사람은 그의 본질을 실현한 사람이다. 누구도 도달할 수는 없지만.

누구도 도달할 수 없다! 후게나우가 상업 체계가 아니라 혁명 체계에 상륙했었다 하더라도, 그의 편력에서 완성의 노정은 여전히 막혀 있었을 것이다. 왜냐하면 살인은 여전히 살인이며, 악은 여전히 악이기 때문이다. 개개인과 그의 비합리적 충동으로 규정된 가치 영역의 속물성, 즉 모든 가치 붕괴의 이러한 최종의 산물은 여전히 절대적 타락의 지점, 말하자면 여전히 불변하는 절대적 영점(零點)인 것이다. 이 영점은 모든 가치 척도와 모든 가치 체계에 있어 그 상호적 상대성에도 불구하고 공통되며 공통되어야 한다. 왜냐하면 그 이념과 그 논리적 본질성에서 〈가능한 경험의 조건〉에 종속하지 않을 가치 체계는 수립될 수 없기 때문이다. 모든 체계에 공통적인 논리적 구조의, 그리고 로고스에 관계하는 선험적 불변성의 경험적 음영. 거의 동일한 논리적 필연성의 유출로서 나타나는 바는 하나의 가치 체계로부터 새로운 영점으로의 이행이 가치 원자화에 순응해야 한다는 것, 그 이행이 한 세대를 능가해야 한다는 것이다. 구 가치 체계나 새로운 가치 체계와 어떤 관계도 없이, 바로 이러한 관계 상실 속에서, 이러한 남의 고통에 대한 광기에 가까울 정도의 무관심 속에서, 이러한 가장 철저한 가치 상실 속에서, 혁명의 시기에 모든 인간이 내맡겨진 잔혹한 무시에 대해 윤리적인, 따라서 사적(史的)인 합법성을 전달하고 있는 세대를 능가해야 한다는 것이다. 그리고 아마도 그렇게 되어야 할 것이다. 왜냐하면 그런 절대적 침묵의 세대만이 절대자의 조망과 자유의 터져 나오는 불빛을 견딜 능력이 있기 때문이다. 광휘, 그것은 가장 깊은 암흑 위에서, 오직 가장 깊은 암흑 위에서만 번뜩인다. 그것의 지상에서의 반영은 어두운 연못 속의 영상과 같다. 그 침묵의 지상에서의 반향은 살인하는 쇠 기구의 철커덕 소리이지만, 그럼에도 불구하고 꿰뚫을 수 없는 침묵의 음향이다. 인간과 인간 사이에 꽝꽝히 울리는 침묵의 벽처럼 우뚝 솟은, 그리하여 인간의 목소리는 건너갈 수도 건너올 수도 없는 침묵의 음향. 인간은 전율하지 않을 수 없다. 절대자를 향해 파열하는 이성의 무서운 거울, 무서운 메아리! 이성의 가혹성은 지상에서 강요와 침묵의 폭력으로 반영된다. 이성의 신적인 목적의 합리적 직접성은 인간으로 하여금 너무도 폭압적으로 침묵의 복종을 강요했던 비합리성의 직접성이 된다. 이성의 무한한 물음 연쇄는 비합리성의 단일 고리가 된다. 비합리성은 이제 묻지 않는다. 다만 행동을 할 뿐이다. 공동체를 분쇄하면서. 그 공동체는 이제 존재하지 않는다. 왜냐하면 힘은 없으나 악한 의지에 가득 차 자기 자신마저도 피에 빠지고 독가스에 질식하기 때문이다. 오, 얼마나 고독한 죽음은 신의 고독을 지상에서 반영하고 있는가! 석방된 이성의 공포 속으로 내쫓기어, 이성을 이해하지 못하고 이성에 봉사하도록 명령받은 인간, 상위 사건의 포로, 그 비합리성의 포로. 인간은 사악한 마법 속에서 수단과 결과 사이의 관련성을 꿰뚫치 못하는 미개인과 같다. 인간은 그의 비합리성과 초합리성의 와중에서 빠져나올 수 없는 범죄자와 같다. 과거의 것은 그에게 있어 되부를 수 없이 사라진다. 되찾을 수 없이 미래의 것이 그를 피한다. 기계들의 꽝음은 그에게 목적으로의 길을 가리켜 주지 않는다. 도달할 수 없이, 가없이, 무한성의 안개 속에서 절대자의 검은 횃불을 들고 있는 목적의 길을. 죽음과 출산의 공포스러운 시간들! 말소된 세대가 담당하고 감수했던 공포스러운 시간들. 그 자신의 논리를 통해 치달아 가고 있는 무한성에 대해선 아무것도 아는 바 없는 세대, 배움도 없이 도움도 없이 의미도 없이 그들은 냉혹한 태풍에 몸을 맡기고 있다. 그들은 생존할 수 있기 위해서 망각해야 한다. 그들은 모른다. 자기들이 죽은 이유를. 그들의 길은 아하스베르의 길이며, 그들의 의무는 아하스베르의 의무이며 그들의 자유는 쫓기는 자의 자유이다. 그들의 목적은 망각이다. 잃어버린 세대! 악 그 자체처럼 존재하지 않으며, 무차별성의 수렁 속에서 얼굴도 역사도 없고, 시간 속에서 자신을 잃어버리도록 저주받은 세대, 절대 역사로 고양될 시대인데도 역사를 상실한 세대! 개개 인간이 아무리 혁명의 사건들에 가담했다 할지라도, 그가 이제 반동적으로 잔존하는 형식을 고수하든 말든, 모든 보수주의가 행했듯이 미적인 것을 윤리적인 것으로 받아들이든 아니든, 혹은 그가 떨어져 나와 이기적인 지식의 수동성 속에 머물러 있든 아니든, 혹은 자기의 비합리적 충동에 따라 그가 혁명의 파괴적 작업을 행했든 아니든 간에.

그는 운명적으로 비윤리적이며, 시대로부터 배척되어 있고, 시간으로부터도 배척되어 있다.

그러나 결코, 어디에서든 절대로, 시대의 정신은 저 최후인 동시에 최초의 불타오름 — 그것은 혁명이다 — 만큼 강하지도 않고, 진정으로 윤리적이지도 역사적이지도 않다. 혁명, 자기 지양의 행위, 자기 개혁의 행위, 붕괴하는 가치 체계의 최종인 동시에 가장 위대한 행위, 새로운 가치 체계의 최초의 행위, 절대적 영점의 순간이자 파토스 속에서 급진적으로 역사를 형성하는 시대 지양의 순간!

고독을 의지하고 자신의 기억으로부터 도망쳐 나온 인간의 불안은 너무도 크다. 그는 억압받은 자이며 배척당한 자이다. 가장 깊은 피조물의 불안 속으로, 폭력을 감수하고 폭력을 행한 자의 불안 속으로 내던져진 자. 압도적인 고독 속으로 내던져진 자. 그가 자살할 것을, 사건의 냉혹한 법칙성에서 빠져나올 것을, 생각하지 않을 수 없을 정도로 그의 도피와 그의 절망과 그의 마비는 커질 수가 있는 것이다. 어둠으로부터 발현하려 하는 심판의 목소리에 대한 공포에서 그에게는 두 배로 강하게 가볍고 온화하게 그의 손을 잡아 주며 명령하고 길을 지시해 줄 영도자에 대한 동경이 눈을 뜬다. 누구의 후계자도 아닌 영도자, 닫힌 고리의 인적미답의 노정 위를 앞서 걸어 점점 높아지는 수준 위로 올라서며 점점 밝아지는 곳으로 접근해 올라가는 영도자를. 집을 새로이 세울 사람, 죽은 자들로부터 다시 살아난 자가 될 사람, 그 자신이 죽은 자의 무리에서 부활한 사람인 영도자. 구원자. 자신의 행위 속에서 이 시대의 이해할 수 없는 사건에 의미를 부여하며 새로이 시대를 계산할 수 있도록 할 사람을. 이것은 동경이다. 그러나 영도자가 온다 하더라도 바라던 기적은 오지 않으리라. 그의 생은 지상에서의 일상일 것이며, 믿음이 〈진리로 간주함〉 속에, 〈진리로 간주함〉이 언제나 합리적인 종교의 믿음 속에 잠겨 있는 것과 마찬가지로 구원자는 가장 눈에 띄지 않는 옷을 입고 거닐 것이다. 어쩌면 지금 거리를 가로지르는 통행인이 그 사람일지도 모른다. 왜냐하면 그가 거니는 곳은 어디서나, 대도시의 혼잡 속이든 뜨락의 저녁 노을 속이든, 그의 길은 시온의 길이며 우리 모두의 길이기 때문이다. 그의 길은 비합리적인 것의 악과 초합리적인 것의 악 사이의 여울을 찾는 길이다. 그의 자유는 의무의 고통스러운 자유이며, 과거에 일어난 일에 대한 희생이며 속죄이다. 그의 길은 시험의 길이며, 엄격성에 순종하는 길이다. 그리고 그의 고독은 어린아이의 외로움이다. 아버지에게서 버림받았기에 목적이 도달할 수 없는 곳으로 사라져 버린 아들의 외로움이다. 그럼에도 불구하고, 지도자를 알고 싶은 희망은 자신이 알고 있는 바이며, 은총의 예감은 분명 은총이다. 그리고 언젠가 절대자가 지상에서 지도자의 가시적인 생으로 실현되리라는 우리의 희망이 아무리 헛되다 하더라도, 우리의 목적은 영원히 접근해 갈 수 있는 것이며, 메시아에 가까워지리라는 희망은 파괴될 수 없는 것이고, 가치의 탄생은 영원히 회귀하는 것이다. 그리고 우리가 언제나 증대하는 추상의 침묵에 둘러싸여 있다 할지라도 인간은 가장 차가운 강제에 구속하게 되며, 무(無) 속으로 내던져진다. 내던져진 자아. 절대성의 입김, 그것이 세계 위를 휩쓴다. 진리의 예감과 감지로부터 장엄하고 휴일 같은 안식감이 자라나며, 그 안식감과 더불어 우리는 모두가 영혼의 근저에 작은 불꽃을 지니고 있음을, 통일성은 상실될 수 없음을, 비천한 인간 피조물의 형제애는 상실될 수 없음을 안다. 상실될 수 없이, 상실되지 않고, 피조물들의 가장 깊은 불안으로부터 빛나는 통일성. 모든 빛이 밝혀지고 모든 살아 있는 자의 정화(淨化)가 시작되는 통일성. 상징의 상징. 거울의 거울. 암흑 속으로 잠기는 존재로부터 떠오르며, 광기와 꿈의 상실로부터 용솟음치는, 모르는 자로부터 쟁취하여 다시 찾은 어머니의 삶 같은, 선물받은 삶 같은, 상징의 원형. 자아를 말살하고 그 경계를 돌파하면서, 시간과 거리를 지양하면서, 비합리적인 것이 봉기하는 가운데, 냉혹한 태풍 속에서, 돌진해 들어오는 질풍 속에서, 모든 문이 활짝 열린다. 감옥의 기초가 흔들린다. 세계의 가장 깊은 어둠으로부터, 우리의 가장 혹독하고 짙은 암흑으로부터, 도움을 잃은 자에게 외침 소리가 들린다. 과거의 것을 모든 미래의 것과 연결시키는 목소리가, 고독을 모든 고독과 연결시키는 목소리가 울린다. 그것은 공포와 심판의 목소리가 아니다. 수줍은 듯 로고스의 침묵 속에서 울리는 목소리. 그러나 바로 그 침묵이 목소리를 운반하여 비존재자의 소음 위로 들어 올린다. 그것은 인간의 목소리이며 민중의 목소리이다. 위안과 희망의 목소리이다. 직접적인 선의 목소리이다. 「너희들 괴로워 말라! 우리가 아직 모두 여기 함께 있으니!」

1928~1931년

빈에서

몽유병자들: 가치 붕괴 시대의 인간상

〈박학한 시인Poeta doctus〉, 20세기 독일의 문학사가 발터 옌스Walter Jens는 헤르만 브로흐Hermann Broch를 그렇게 부른다. 그 이름에 걸맞게 브로흐는 서구 문학에서 〈고전 작가〉의 대우와 인정을 받지만 그러나 읽히기보다는 인용되는 작가였다. 그러던 그가 소설의 사회 비판적 함의를 중시하던 연구자들에 의해 재조명되기 시작하면서 1970년대 중반에는 〈브로흐 연구의 봄〉이 이야기되기에 이른다. 아울러 이 무렵부터 전집이 문고판으로 재간행됨으로써 일반 독자들로의 통로가 보다 넓어지게 된다.

브로흐는 한국의 독자에게도 완전히 낯선 이름은 아니다. 이미 1971년 『베르질의 죽음』(강두식 역, 을유문화사. 1984년에는 범한사에서 김주연 역의 『베르길리우스의 죽음』으로도 출판됨)이 소개된 바 있다. 이 소설을 브로흐의 대표작으로 보는 사람도 많지만 그를 〈무관심한 인정의 상아탑〉에서 끌어내는 데 결정적인 역할을 한 것은 바로 『몽유병자들』이다. 뿐만 아니라 〈이 3부작 소설의 정신적 폭은 그 후에도 능가

하지 못했으며, 세계를 구상적인 사건으로 변화시키고 형상화시키는 데 이미 이 첫 작품에서 정점에 달하고 있다. 헤르만 브로흐는 그의 인식 총화를 『몽유병자들』에 집결시켰다〉(로테W. Rothe)는 평을 듣기도 한다. 그리고 이 소설은 1970년대까지 12개 국어 이상으로 번역되었다.

이 3부작 소설의 출발점은 현실 인식이다. 역사적으로 보아 1815년 빈 회의 이후 비교적 오랜 안정을 누렸던 시민 사회로서의 유럽은 이제 제1차 세계 대전이라는 비극적인 파국을 이어받으며 20세기로 돌입하는데, 이 세기 전환기의 많은 지식인들은 자신들의 상황을 붕괴, 혹은 위기로서 진단하며 해명을 모색하게 된다. 브로흐 역시 당대를 지반이 상실되고 분열된 세계, 국민·경제·국가·사회 등 여러 가치 체계들이 단독 가치를 주장하고 나서며 이를 조정할 수 있는 보다 높은 가치의 심급(審級), 즉 절대 가치를 상실한 세계로 체험한다. 그는 여기서 〈우리는 무엇을 해야 하는가?〉 하고 묻는다. 그의 관심은 우선 철학으로 향하지만 철저히 〈과학성〉을 지향하는 당대의 실증주의는 자체가 이미 절대성의 상실을 나타내는 징후에 불과하고, 세계에 잔재하는 형이상학적 문제, 가치 붕괴의 문제를 증명할 수 있는 토대는 오로지 〈비합리적인 것〉, 〈문학적인 것〉에서 찾을 수 있으리라는 판단에 다다른다.

〈문학은 언제나 인식의 초조(焦燥)였다. 더욱이 아주 정당한 초조였다.〉 게다가 〈청중으로 얻으려고 하는 사람은 철학을 통한 길보다 짧고 더 직접적인 길을 택해야 했다.〉 왜냐하면 〈윤리적 영향은 대부분 계몽적 행위에서 찾아질 수 있는

데, 이를 위해서 문학 작품은 학문보다 훨씬 나은 수단〉이기 때문이다.

현실 인식과 윤리적 영향의 효과적인 통로로서의 문학. 이러한 문학의 소임과 가능성은 문학 일반이 충족시킬 수 있는 건 아니다. 허영과 거짓의 문학(브로흐는 이런 문학을 키치kitsch라 부른다), 현실과의 관계를 회피하는 문학이 존재한다.

〈내가 추구하려는 것, 또한 『몽유병자들』에서 비로소 제시하려는 것은…… 바로 심리학적 소설이 아닌 《인식론적》 소설, 다시 말해 심리적 동기 부여를 훨씬 지나 인식론적 기본 태도와 진정한 가치 논리, 가치의 신빙성으로까지 소급하게 될 소설이다…… 만약 이것이 성공한다면…… 문학적인 것의 새로운 형식에 대해 언급할 수 있으리라.〉

이 새로운 문학 형식을 브로흐는 〈박물 소설polyhistorischer Roman〉이라 부른다. 세계의 총체성, 특히 인물들의 삶의 총체성을 묘사할 수 있는, 모든 문학적 표현 수단의 총체 형식으로서의 소설, 그것은 모험이긴 하지만 〈시대가 그럴 수 있도록 성숙했으므로〉 이러한 모험은 가능하며 당위이기도 하다는 것이다. 그리하여 〈낡은 가치 전통들이 무력해짐에 따라 생이 몽상적 요소들로 부식되는〉 과정, 〈몽상적 요소의 자유화〉 과정, 〈낡은 가치 태도들의 매몰〉 과정은 소설이 전개되면서 첫 번째 소설의 가능한 한 부담 없는 형식에서, 두 번째 소설의 일견 무계획적이고 우연적인 진행을 거쳐, 세 번째 소설에 이르면 파격적인 형식 해체를 겪게 된다. 주된 후게나우의 이야기 외에도 여러 개별적인 이야기와 논문이 삽입되고 신문 기사가 그대로 보이는가 하면 내용에 따라 시와 드라마의 형식이 차용되기도 한다. 가치 붕괴가 미적 형식에도 반영되는 것이다.

이 3부작 소설이 다루는 구체적인 시대 현실은 빌헬름 제국이다. 1888년 빌헬름 2세가 독일 황제로 즉위하여 1918년 제국이 종말을 고하기까지의 빌헬름 시대는 제국주의의 절정기이자 제1차 세계 대전으로 인한 몰락을 향해 움직여 가고 있던 시대이다. 1871년 프로이센을 주축으로 통일이 달성된 이후 독일의 군소 국가들이 사라짐에 따라 산업은 급속히 발전하고 세기 전환기에는 IG 염색 공업 주식회사 및 AEG(일반 전기 회사) 같은 독점 재벌이 형성되기 시작한다. 근대적인 산업은 대기업으로 집중되었으며 은행 제도가 중요한 경제요인이 되었고 소기업과 수공업자들은 대다수 파산했다. 대규모 파업들이 일어나기 시작한 것도 이 무렵의 일이다. 그러나 자유주의자들에서 범독일주의자들에 이르기까지 모든 정당과 집단은 이른바 사회주의 — 그것이 구체적으로 무엇과 연관되든지 간에 — 에 대해 공포를 느꼈고, 비록 1890년 사회주의자법이 폐지되기는 했지만 사회주의자들은 끊임없이 탄압당한다. 『몽유병자들』은 이런 빌헬름 시대의 각 현실 요소들 간의 관계를 그야말로 〈다층적으로〉 제시하고 있다.

물론 소설 현실이 꼭 실제 역사 현실과 일치하지는 않는다. 예를 들어 독일 중공업체의 재정 지원을 받은 알베르트 후겐베르크Albert Hugenberg의 〈출판 제국〉은 바이마르 공화국의 일이다. 후겐베르크 콘체른은 여러 가지 신문과 잡지,

독자적인 정보 중개소, 인쇄소, 지방의 출판을 위한 독자적인 인쇄 시설을 보유하고 대량 출판으로 그들의 이데올로기(반유대주의, 반민주주의, 반지성주의)에 동조할 태세가 되어 있는 작가들을 지원했다. 또한 〈무한한 가능성의 나라〉 아메리카에 대한 동경은 1920년대 중반 〈신즉물주의〉의 특징 가운데 하나이다. 그런데 이러한 실제 역사 현실과 소설 현실의 불일치는 브로흐 소설의 출발점인 현실 인식을 더욱 확인시켜 주는 면도 있다. 왜냐하면 이 소설이 써질 당시, 바이마르 공화국이 위기에 처하고 나치가 권력을 장악하기 바로 전 시대의 긴장 상황을 진단하기 위해선 바이마르 공화국이 구조적으로 불안한 출범을 했다는 인식이 당연하며, 그 규명은 〈유럽 구가치 태도들의 최종 단계〉인 빌헬름 시대로 소급해야 가능할 터이기 때문이다.

첫 번째 소설은 빌헬름 2세가 즉위한 해인 1888년 베를린을 무대로 한 파제노Pasenow의 이야기이다. 오스트리아 사람인 브로흐에게는 마찬가지로 낯선 런던이나 파리가 아닌 베를린을 소설 배경으로 택한 이유는 〈아마도 낡은 가치 태도를 위협하는 산업 혁명을 새로이 전개시키는 원동력들이 분기하는 대도시에서 가장 명확히 드러났기 때문〉(헤르트 Herd)일 것이다. 또한 주 인물을 융커 계급 출신의 귀족이자 프로이센의 장교를 택한 이유도 구가치 태도를 고수하는 방어적 낭만주의가 귀족 계급과 관계 있음을 보여 주기 위해서라고 할 수 있다. 브로흐의 의미에서 낭만주의란 바로 사멸한 가치 형식을 고수하는 것이다. 이때 사멸한 가치 형식은 제복, 즉 군복이라는 상징으로 나타난다. 제복은 그것을 착용한 사람의 안전을 지켜 주는 케이스이며, 〈제2의 피부〉처럼 카오스의 삶과 격리시켜 준다. 하지만 요아힘 폰 파제노가 처음부터 제복을 그렇게 생각한 것은 아니어서 사관학교에 입학하기 전에는 〈철십자 훈장 같은 것에 무관심〉했고 맏아들은 가계를 잇는 반면 다른 아들은 장교가 되도록 정해진 관습을 〈우스꽝스럽다〉고 여겼다. 그렇지만 장교 교육을 받으면서 그는 제복을 〈자연스러운 것〉으로 받아들이게 되고 〈자기 시대의 진정한 생활 형식과 자기 생의 안전을 충족시킨다는 의식〉을 갖게 되기에 이른다.

제복으로 상징되는 구가치를 절대화하는 낭만주의자에게 제복으로 보호되지 않는 세계는 카오스이다. 그는 세계가 질서와 무질서로 양분되어 있다고 느낀다. 그에게 질서는 전통적 가치, 시골, 자신의 장원과 관련되며 무질서는 도시, 일반 시민의 생과 관련된다. 파제노가 무질서의 세계를 체험하는 것은 에두아르트 폰 베르트란트와 루체나를 통해서이다. 베르트란트는 귀족 장교 출신으로 사업계에 발을 들여놓음으로써 일반 시민의 세계로 가버린 인물이다. 그는 낭만주의자들의 성격 특징을 〈감정의 타성〉으로 비판하는 〈합리적 인간의 전형〉(벨치히Welzig)이다. 하지만 생에 미학적인 태도를 취함으로써 현실과 소원해지고 결국 자살로 끝을 맺는(두 번째 소설) 〈낭만주의적 이념에 전염〉(뤼첼러Lützeler)된 인물로서 작가 자신의 말로 하면 〈전 소설의 진정한 주인공〉이다. 파제노는 이 베르트란트를 〈보호자〉로서 필요로 하고 또 그에게 끌려가는 것을 느끼면서도 두려워하고, 자신과는 다른 세계로 가버린 〈배반자〉로 느끼며 불신감, 심지어는 적대감을 품는다.

이런 양립 감정은 루체나에게도 해당된다. 루체나는 술집 여급으로 대도시의 어둠, 그 카오스를 대표하는데 요아힘은 그녀와 함께 있을 때면 모든 것을 잊을 수 있지만 동시에 카오스적인 일반 시민의 세계로 찢겨 내려감을 의식한다. 낭만주의자는 질서와 안정의 세계를 동경하고 혼돈과 무질서, 불안의 세계로부터의 도피를 꾀한다. 결국 요아힘은 군대라는 〈고향〉이 〈서커스〉처럼 우스꽝스러워지자 장원이라는 〈고향〉으로 돌아가고, 루체나와의 감각적인, 그러나 진정한 사랑을 엘리자베트와의 인습적인 결혼으로 대치시킨다. 이처럼 〈신분에 맞는〉 결혼이라는 관습으로 후퇴하는 것은 결과적으로 요아힘의 사회적 고립을 의미하며, 그 고립은 프로이센의 군사적 교육의 소신이자 그러한 교육의 혜택을 받을 수 있었던 사회적 계급인 귀족의 고립이기도 하다. 따라서 3부작 첫 번째 소설에서는 아직 국가에서 권력의 위치에 있기는 하나 이미 시대의 문제를 인식하고 해결할 수 없는 사회 계층의 〈잔존과 시대에의 부적합성〉(슈타이네케Steinecke)이 제시된다.

두 번째 소설에서는 프로이센의 귀족 세계로부터 소시민의 세계로 무대가 변한다. 시대의 징후, 즉 정치적·경제적 불안이 훨씬 강하게 인식되는 것이다. 주 인물인 에슈Esch는 작가의 코멘트에 따르면 〈외면적으로는 이미 상업화되어 다가오는 즉물주의의 생활 양식에 접근해 있지만 내면적으로는 아직 전통적인 가치 태도에 사로잡혀〉 있는 소시민이다. 그에게는 명예니 제복이니 관습이니 하는 따위의 낡은 가치들이 하등의 의미가 없다. 에슈는 요아힘보다 세계의 비합리성과 무정부적 혼란을 더욱 강하게 체험한다. 그는 자신의 회계에 아무 잘못이 없는데도 해고를 당한다. 에슈는 사회적인 상승을 원하므로 기존 질서에 찬성하며 노동조합에 가입하지 않는다. 뿐만 아니라 그를 해고한 넨트비히의 비위를 고발하는 대신 더 좋은 일자리를 얻을 기회로 삼는다. 이러한 윤리적 딜레마를 에슈는 종교적인 사유로서 극복해 보려 하지만 구원과 희생에 대한 상념에 빠질 뿐이다.

노동조합의 일을 보는 가이링은 노동자의 사회적 상황을 실제적으로 개선해 보고자 노력하는 사람이다. 그는 노동조합의 이해를 무시하지 않고도 자기가 무익하다고 판단한 스트라이크를 저지하기 위해 경찰의 힘을 빌려 해산시키는 동시에 이를 선전으로 변화시킬 줄 아는 〈실용적 이상주의〉(뤼첼러)를 보인다. 그러나 그는 집회에 같이 있었다는 이유로 경찰에 체포되고 에슈는 이것을 〈순교자〉의 〈희생〉으로 파악한다. 〈성급한 태도의 인간〉인 그는 희생의 책임을 대기업가 베르트란트에게 전가하고 그를 증오와 복수의 대상으로 삼는다. 에슈의 복수 계획을 들은 가이링은 어리석은 짓 말라고 충고하는데, 그런 가이링의 태도에서 에슈는 모든 것이 〈무엇이 검고 무엇이 흰지〉 모를 정도로 〈뒤죽박죽〉되었다고 느낀다. 어쨌든 이 모든 혼란이 베르트란트 탓이라고 생각한 에슈는 그를 살해할 목적으로 베르트란트의 별장으로 찾아간다. 자유를 동경하며 폭력으로 세계를 변화시킬 수 있다고 믿는 일종의 무정부주의자 에슈와 베르트란트의 만남은 꿈의 형식으로 묘사되는데, 여기서 몽유와 각성을 연결시켜

볼 수 있다. 왜냐하면 에슈는 베르트란트와의 대화에서 자기가 시도하는 구원은 죽음을 통해서가 아니라 새로운 삶을 통해서 가능하다는 확신을 얻기 때문이다. 그러나 그것은 몽유병자의 각성이며 신비주의적인 구원관에서 벗어나지 않는다. 그리하여 에슈는 새 시대의 새로운 아이를 기대하며 결혼하지만 헨트엔 어머니는 불임으로 드러난다. 그의 태도는 작가의 말대로 〈불임의 신비주의〉일 뿐이다. 에슈의 자유에 대한 동경은 미국에 대한 환상으로도 나타난다. 그가 회계 일을 그만두고 새로 관여하게 된 여자 레슬링 경기가 실패하고 미국에서의 〈새로운 생활〉도 이루어지지 않은 채 불임의 헨트엔 어머니와 그의 고향 룩셈부르크에서 회계사로 정착한다는 결말은 결국 신비주의적 구원관 역시 시대에 적합하지 않은 것임을 제시해 주는 것이다.

제3부에서도 에슈는 무능력한 사람과 억압받는 사람 편에 서 있기는 하다. 그는 작은 지방지의 발행인으로서 전쟁의 참혹함에 반대하고 검열과 투쟁한다. 그러나 신비주의적인 희생관과 구원관은 여전하다. 이제 미국이라는 이상향 대신에 성서식의 〈약속의 땅〉이 등장한다. 그런 에슈를 후게나우Huguenau는 〈공산주의자〉라고 고발하면서 혁명의 와중에 칼로 살해한다. 이 〈등 뒤의 비수〉 이론은 독일이 제1차 세계 대전에서 패망한 이유가 군부의 잘못이 아니라 국내 사회주의자의 음모 때문이라는, 히틀러의 국내 반대 세력에 대한 탄압 수단이었다. 그런데 이 〈등 뒤의 비수〉를 브로흐의 소설은 사회주의자가 아닌 부르주아 사업가의 짓으로 제시함으로써 나치 선동의 실상을 인식시키려는 노력을 보여 준

다고 하겠다.

세 번째 소설에서는 앞의 두 소설에서 보여 준 붕괴 상황이 이제 외부 세계에까지 첨예하게 드러난다. 전쟁 마지막 해이자 군부 와해의 해인 1918년 〈가치와 무관한〉 후게나우가 〈시대에 적합한 아들〉로 등장한다. 그는 절대적으로 철저하고 과격하게 〈부자가 되라〉는 표어를 관철하려는 〈부르주아 사업가〉의 전형이다. 이 철저한 경제 원칙에의 추종은 낡은 도덕적 가치와는 완전히 무관하며, 자신의 행동에 어떤 죄의식도 느끼지 않는다. 탈영조차 이기주의적인 동기에서이지 반전(反戰) 의식에서가 아니다. 오히려 전쟁은 부(富)를 창출할 기회가 되느니만치 전적으로 전쟁에 동의한다. 그는 전쟁으로 소시민적 상인의 의무에서 해방되어 부르주아 사업가의 꿈을 아무 방해 없이 추구할 기회를 얻는 것이다. 이렇게 전쟁은 가치 붕괴의 정점이자 전환점이기도 하다. 또한 후게나우는 사회주의자가 정치적으로 우세하다고 판단되자 그들과 결탁하는 기회주의자이기도 하다. 신앙에서도 후게나우의 태도는 마찬가지이다. 평화 조약이 체결되고 고향에 정주하게 되었을 때 재산의 이익 때문에 그는 신교를 지지한다. 이처럼 〈전쟁은 전쟁〉, 〈사업은 사업〉, 〈예술을 위한 예술〉 등 한 사물의 척도가 바로 자기 자신이며, 따라서 개개 영역을 서로 포괄할 수 있는 가치 체계가 결여되어 있는 태도를 브로흐는 〈즉물주의〉라 부른다. 서로의 관계를 상실해 버린 인간은 고독하다. 그래서 한나 벤틀링은 〈전쟁은 원인이 아니야, 그건 이차적인 거야. 고독이 일차적인 거야. 고독이 병의 핵심이야〉라고 말하고 야레츠키는 대용물을 찾는다. 「제

1074

게 어떤 다른 것, 어떤 새로운 마취제, 이를테면 모르핀이나 애국주의, 공산주의, 혹은 인간을 잔뜩 취하게 할 어떤 다른 것을 주십시오.」

각 영역이 서로의 관련성을 상실하고 개인이 전적으로 고독해진 상황, 전적으로 인간 사이의 관계가 상실된 상황, 그들 사이에 무관심만이 지배하는 상황을 브로흐는 영점 상황 Nullpunkt이라고 부른다. 이런 영점 상황의 인간들은 전체 사건을 통찰하지 못하고 단지 미친 것으로, 악몽으로 느낄 뿐, 자신의 윤리와는 접맥시킬 수 없다. 〈남의 고통에 대한 무관심? 가까운 감옥의 뜰에서 한 사람이 기요틴 아래에 놓여 있거나 기둥에서 교살당하고 있을 때에도, 시민들을 편히 잠들게 할 수 있는 저 무관심? 수천의 사람들이 가시 달린 철사에 매달려 있더라도, 집에 고이 있는 누구도 불안하게 만들지 않으려면, 저 무관심이 제곱될 필요가 있겠지!〉 그런 무관심 속에서 그들은 〈전쟁의 이데올로기를 《이해》하며 저항 없이 받아들이고 시인할 수〉 있게 된다. 윤리적 무관심이 정치적 무관심을 낳는다는 인식이다. 또한 그들은 다른 사람, 이를테면 편집자, 선동가들의 판단을 도그마적으로 받아들일 수 있게 된다. 마치 나치의 선동을 받아들이듯.

이 세 번째 소설에는 〈가치 붕괴〉에 대한 부설이 삽입되어 있다. 이에 대해 작가는 이렇게 말한다. 〈소설의 사건이 《가치 붕괴》를 중심으로 휘감기며, 여러 소설들의 다양한 의식 수준과 묘사 수준은, 순수 서정성에서 순수 인식성에 이르기까지, 정확한 대조점을 이루면서 앞 1, 2부의 모티브를 채택할 뿐만 아니라, 가치 붕괴 속에서 고독해지고 세계 불안에 사로잡힌 인간들의 주제를 변화시키게 되는데, 이는 다가오는 에토스의 예감을 강력하게 총괄하여 조명하기 위해서이다.」

그는 우선 기존의 부분 가치 체계를 재투시하고 모든 가치 체계의 공통분모를 찾아보려는 시도를 하면서 중세의 가치 체계를 모델로 끌어내 보인다. 중세의 유일한 절대 가치는 신앙에의 봉사로 신앙이야말로 개별 가치들을 포괄할 수 있는 것이다. 물론 브로흐는 그런 모델이 〈회고적 감상〉의 소산이 아닌 〈현실 모델〉임을 밝힌다. 그렇다고 한다면 중세의 윤리적 중심점이었던 신을 떠나 버림으로써 통일성은 이미 상실했지만(〈이제는 아님Nicht mehr〉) 아직은 새로운 통일성을 발견한 것도 아닌(〈아직은 아님Noch nicht〉) 불안한 상황에서 우리가 지향해야 할 바는 제시되어 있는가? 그는 〈도그마에서 해방된 윤리 자체〉라든가 〈신을 배제한 합리적인 신앙의 이념〉을 이야기하지만 이 부분에서 작가의 추상성과 관념성을 극명하게 내보임으로써 독자에 대한 호소력과 대중성을 확보하기 어렵게 된다. 하지만 이 점에 대한 판단은 우리 독자의 몫이다. 또한 괴디케의 〈자아의 새로운 구축〉으로 상징되는 새로운 통일적 가치 체계 수립의 가능성에 대한 판단도 독자의 몫으로 보인다. 그렇기는 하지만 영점 상황의 인간들을 위로하면서 〈괴로워 말라! 우리가 아직 모두 함께 여기 있으니〉라는 사도 바울의 말로 암시한 새로운 윤리, 여기서 헤세가 읽어낸 〈새로운 인간성에의…… 싹〉을 눈여겨볼 필요는 있으리라. 그 암시가 아무리 역사의 추진력을 제대로 보지 못하는 이상주의자의 희망처럼 보이더라도. 어쩌

면 나 혼자가 아닌 우리임을 인식하는 것이야말로 기존의 이
념과 신념이 모조리 허물어지는 이 시대에 가장 절실한 요구
일지도 모른다.

김경연

헤르만 브로흐 연보

1886년 출생 11월 1일 오스트리아 빈에서 섬유 기업가인 요제프 브로흐 Joseph Broch(1851. 1. 12~1933. 10. 14)와 그의 아내 요하나Johanna (1863. 7. 15~1942. 10. 28) 사이에서 맏아들로 태어나다. 올뮈츠에서 출생한 아버지는 유대계 브로흐 가의 열네 자녀 가운데 막내아들로서 자수성가한 인물이고, 어머니 역시 유대계로서 빈의 대상인이자 오래된 명문 슈나벨Schnabel 가문의 딸이었다. 브로흐는 유대교의 관습에 따라 세례를 받는다.

1889년 3세 남동생 프리드리히Friedrich가 태어났다. 브로흐는 부모, 특히 어머니가 동생을 편애한다고 생각했기 때문에 심리적으로 경쟁 의식을 느꼈고 그로 인해 그의 유년 시절에서 동생이 차지하는 역할은 상당히 크다. 『몽유병자들*Die Schlafwandler*』의 파제노 노인처럼 정신적인 일에 대한 관심은 별로 없이 사업상의 성공에만 몰두했던 아버지와는 달리 대부르주아적 교육을 받은 어머니는 아들들에게 예술적 소양을 길러 주고자 노력하여 헤르만에게 음악에 대한 관심을 갖게 했지만 결정적인 문제에서는 아버지의 의향에 굴복하여 아들들의 교육은 전적으로 아버지의 계획에 따라 이루어졌다.

1892년 6세 브로흐 가족은 곤차가 가세 7번지에 20개의 방이 있는 〈최고급〉 저택으로 이사하다. 브로흐는 1938년 망명할 때까지, 빈에 있을 때면 이 집에서 지냈다.

1884년 8세   빈 제1지구의 보통국민학교에 입학하다. 탁월한 학생으로 그릴파르처Grillparzer와 호프만스탈Hofmannsthal을 배출한 명문 인문계 고등학교인 빈 아카데미 김나지움에 가고 싶어 했지만 아버지는 아들을 섬유 공업가로 키우려 했기에 이들 부자 사이에 최초의 갈등이 나타난다.

1898년 12세   브로흐는 자기 뜻을 굽히고 아버지 뜻에 따라 빈 제1지구에 있는 국립 실업 고등학교에 입학하다. 자연 과학 과목에 관심을 가졌고 프랑스어를 제1외국어로 선택하다. 이 시절 그의 교양에 영향을 준 것이 무엇인지에 대해서 브로흐 자신은 별로 거론하지 않았지만, 간접적으로 음악과 연극에 대한 관심을 알아볼 수 있다. 그가 좋아하던 작가 가운데 한 사람은 대중 작가 카를 마이Karl May였고 그가 문학을 접할 수 있던 아버지의 서재는 별로 풍부한 편이 못 되었다.

1903년 17세   7월 고등학교 졸업 시험Matura을 치르고 고등학생 시절 싹튼 수학에 대한 커다란 관심을 충족시키는 동시에 아버지의 희망에 부응하고자 공과 대학에서 보험 수학을 공부하는 한편, 빈의 방직 학교에 등록하지만 아버지의 권유에 따라 수학 공부를 포기하고 엘자스의 뮐하우젠에 있는 섬유 공학 전문 대학으로 바꿔 섬유 공학 공부를 계속하다.

1906년 20세   섬유 공학사의 자격을 획득하다. 엘자스의 한 섬유 산업체와 협력, 면화 혼합 기계를 발명하여 유럽 5개국 특허를 얻고 약 1년간 테스도르프에 있는 아버지의 공장과 보헤미아의 공장들에서 실습하면서 경험을 쌓다.

1907년 21세   9월 초 아들에게 만족한 아버지의 동의를 얻어 미합중국으로 2개월간 사업상 여행을 떠나다. 남부의 면화 지대를 방문하고 애틀랜타에서 열린 국제면화회의에 참석한다. 아버지의 희망에 따라 군대에 지원, 해가 끝나갈 무렵 차그렙에서 사관 후보생으로 근무하다가 소위가 된다. 소위 시절에 겪은 많은 경험이 『몽유병자들』의 요아힘 폰 파제노의 체험 세계에 반영된다.

1909년 23세 10월 27일 건강 때문에 군 복무를 중단하고 테스도르프에 있는 아버지의 방직 공장에 무보수 공장장으로 취임하다. 10월 프란치스카 폰 로터만Franziska von Rothermann과 약혼하고 12월 결혼하다. 인종, 신분, 종교, 나이 등의 문제로 양가는 그들의 결혼을 탐탁치 않게 여긴다. 브로흐는 프란치스카 부모의 요구대로 가톨릭으로 개종하고 약혼하게 된다. 테스도르프 공장 지대에 거처를 정하고 결혼 생활을 시작하지만 아내의 지참금을 공장 확장에 써버리고 자신은 아버지로부터 용돈 정도만 타낼 수 있었기에(1915년이 되어서야 정식 급료가 지불됨) 경제적인 문제로 갈등이 일어난다. 이 시절의 비망록을 읽어 보면 구체적인 문학에의 접근은 놀라울 정도로 사소했고 주로 예술과 문학의 일반적인 문제에 대해 이론적 관심이 컸음을 알 수 있다. 이때 브로흐의 미학은 몰락의 시대에 살고 있다는 문화 비관주의적 견해를 바탕으로 장식의 개념에서 출발하여 예술 현상에 접근하고 오토 바이닝거Otto Weininger의 영향을 받아 예술과 성을 연관지으려는 생명주의적 예술관이 눈에 띄며 쇼펜하우어를 통해 플라톤을 수용하는 양상을 보인다.

1910년 24세 외아들 헤르만 프리드리히Hermann Friedrich가 태어나다. 이 무렵 칸트를 읽기 시작하며 정규 대학 수업을 받으려는 오래된 욕구를 충족시키기 위하여 빈 대학에서 물리학, 철학, 심리학을 청강한다. 낮에는 공장 일을 해야 했기 때문에 대학을 위해서는 시간을 내기 어려웠던 그는 주로 밤에 공부한다. 당시 다른 유럽 국가에서처럼 실증주의가 지배하던 빈 대학의 분위기로 철학 연구에 대한 회의가 점차 커지자(《실증주의적인 것은 철저히 반(反)철학적이다》) 마침내 대학에 등을 돌리고 문학으로 돌아서게 된다.

1912년 26세 당시 빈 문학계의 중심 인물이었던 프란츠 블라이Franz Blei와 알게 되어 빈 문학계에 발을 들여놓게 된다. 문학인들이 모이는 카페에 출입하게 되고 그가 존경을 표하는 카를 크라우스Karl Kraus를 비롯하여 폴가Polgar, 무질Musil, 베르펠Werfel 같은 여러 문학인, 예술가들과 친교를 맺기 시작한다. 이 시절의 시대 체험은 「1913년의 노래들Cantos 1913」에 담기는데 나중에 〈가치 붕괴〉에서 역사철학적으로 논해지는 파국적 국면들이 이미 예견되어 있다. 『브레너*Brenner*』지에 발표한 「체계적 미학 소고Notizen zu einer systematischen Ästhetik」에는 칸트의 영향이 두드러지며 초기 기록 중 브로흐의 미학적 견해를 살펴보는 데 가장 중요한 논문이다.

1913년 27세　「1913년의 노래들」을 쓰다. 『브레너』지에 「예술의 속물성, 사실성, 관념성Philistrosität, Realismus, Idealismus der Kunst」을 발표하다. 그 밖에 시학론적 서정시 「수학적 신비Mathematisches Mysterium」, 카를 크라우스에 관한 논문, 초기 기록 가운데 브로흐의 철학관을 알아보는 데 중요한 논문 「윤리학Ethik」 등이 나오다.

1914년 28세　제1차 세계 대전이 발발하다.

1915년 29세　6월 다시 군대에 지원하나 부적격 판정을 받다.

1916년 30세　빈 근처 레스도르프에서 군사 병원을 경영하다. 이 시절의 경험이 『몽유병자들』 3부의 의사들, 야레츠키와 괴디케의 이야기들로 나타난다. 테스도르프 방직 공장의 이사가 되고 공장을 현대화시키다. 이 공장에는 800명에서 1,000명의 노동자가 작업했다. 전쟁으로 판매가 위축되자 야채 건조 공장을 건립하려 했으나 중단되고 대신 연필 공장을 세워 잘 가동되었으나 1921년 불타 버리고 만다.

1917년 31세　프란츠 블라이가 창건한 문화지 『주마*Summa*』에 논문 「졸라의 편견Zolas Vorurteil」과 첫 번째 단편소설 「방법론적 소설Eine methodo-logische Novelle」을 발표하다.

1918년 32세　오스트리아 노동 위원회의 조정국과 국립 노동청에서 실업 투쟁을 위하여 활동하다. 관심이 더욱 확대되어 정치적 논문들을 발표하기 시작한다. 『주마』에 「정신과학의 개념에 대하여Zum Begriff der Geisteswissenschaften」(이 논문에서 후설Husserl이 언급된다), 「역사적 현실의 구성. 역사 인식의 이론적 토대에 대한 방법론적 고찰Konst-rucktion der historischen wirklichkeit. Methodologische erwägungen der theoretischen Grundlagen der Geschichtserkenntnis」 발표. 『주마』지 창간호의 광고에 따르면 브로흐는 이때 〈가치 붕괴〉에

관한 철학 책을 쓸 계획이 있었고 실제 방대한 양의 연구 초안들이 남아 있다. 『주마』지의 발행이 중단되고 프란츠 블라이가 『구제*Rettung*』지를 창간하자 브로흐는 여기에 논문을 발표하게 된다.

1919년 33세　『평화*Friden*』지에 정치 에세이 「민주주의 의회 체제로서의 입헌 독재Konstitutionelle Diktatur als demokratisches Rätesystem」를 발표하였다.

1920년 34세　예술 비평가 폴가에 대해 논문을 발표하다.

1922년 36세　7월 「프라하 신문Prager Presse」에 철학 소론 「〈혁명〉 개념의 인식론적 중요성과 헤겔 변증법의 재생Die erkenntnistheoretische Bedeutung des Begriffes 'Revolution' und die wiederbelebung der Hegelschen Dialektik」을 발표하다. 쇼펜하우어, 칸트, 후설에 이어 헤겔에 이르는 브로흐의 사상 과정이 잘 드러난다. 프란치스카 폰 로터만과 이혼하다. 그동안 성격 차이로 갈등이 있었지만 이혼의 가장 결정적인 계기는 브로흐가 문단에 참여하면서 알게 된 에아 폰 알레슈Ea von Allesch(에마 루돌프Emma Rudolf)와 열정적인 관계에 들어갔기 때문이다. 예술사, 음악, 심리학에 관심을 가진 에아와의 관계는 1927년경까지 계속된다. 둘 사이의 관계는 갈등이 없진 않았지만 브로흐가 기업인으로서의 생활을 청산하고 문학에 전념하는 데 에아가 큰 영향을 주게 된다. 이후 『몽유병자들』이 나오기까지 여러 신문, 잡지에 발표된 약 30여 편의 당대 문학 평론 외에 큰 연구 논문들은 발표되지 않는다.

1927년 41세　가족의 반대에도 불구하고 아버지의 공장들을 처분하다. 공장의 처분을 망설인 것은 1920년대 초 가족 재산을 확장한 데서 드러난다. 하지만 당시 세계적인 공황의 여파로 경영이 어려워짐에 따라 8만 달러에 전 소유물을 처분하고 만다. 부모, 동생에게 각각 2만 달러가 분배되었으나 자신의 몫은 이혼한 아내와 아들의 부양 책임 때문에 거의 없게 된다. 전업 작가로서 여러운 재정 상황을 타개할 수 있기를 희망하면서 『몽유병자들』의 초고를 쓰기 시작한다.

1929년 43세　노벨레 형식의 〈파제노〉본이 확장되고 〈에슈〉의 중요 부분, 〈후게나우〉의 핵심부가 나타난다. 평생 동안 우정을 맺게 된 프랑크 티스Frank Thiess와 알게 되다. 티스는 원고의 일부를 키펜호이어 출판사의 장편소설 현상의 조건에 맞게 고쳐 보라고 제안하다. 그는 현상 응모작의 심사위원 가운데 한 사람이었다. 브로흐는 〈에슈〉의 원고를 보내지만 응모 기간이 지났기 때문에 고려의 대상이 되지 못한다. 연말에 3부작 원형*Ur-Trilogie*을 피셔 출판사에 보냈으나 1930년 3월 거절당한다.

1930년 44세   피셔 출판사에서 거절당한 후 라인 출판사와 접촉하다. 라인 출판사는 1929년 제임스 조이스의 『율리시즈*Ulysses*』를 번역, 출판하였고 1930년 중반 조이스의 소설을 처음으로 읽고 깊은 감명을 받은 브로흐는 조이스를 출판한 출판사에서 자기 소설을 출판하는 것을 기쁘게 생각한다. 브로흐의 소설 원형을 받아들인 라인 출판사의 다니엘 브로디Daniel Brody와의 사이에는 곧 지속적인 우정이 시작되었다. 11월 4일 〈파제노〉의 개작을 끝내고 〈에슈〉의 개작을 계속 진행하다. 이 개작에는 조이스의 소설 기법을 엿볼 수 있다.

1931년 45세   연초에 〈파제노〉를, 연말에 〈에슈〉를 출판하다. 〈후게나우〉의 개작을 진행하다. 이 개작은 브로흐가 그동안 읽은 도스 파소스Dos Passos 기법의 영향을 받아 병행되는 이야기들을 삽입하는 방식으로 이루어진다. 특히 〈가치 붕괴〉의 에세이들은 출판인의 의사에는 반대되는 것이었지만 브로흐가 소설 형식의 실험을 의식시키기 위해 관철시킨 부분이다. 그사이에 브로흐의 발행인은 영국의 부부 작가 에드윈과 윌라 뮈어Edwin & Willa Muir와 접촉하여 3부작 1, 2부의 영역(英譯)이 시작된다.

1932년 46세   〈후게나우〉를 출판하다. 이 세 번째 소설이 독일에서 출판된 직후 영국의 세커 출판사와 미국의 리틀 앤드 브라운 출판사에서 영역본이 동시에 출판된다(이후 1970년대까지 12개 국어 이상으로 번역되었음). 『몽유병자들』은 거부의 목소리도 없진 않았지만 문학계에서 상당한 성공을 거둔다. 그러나 브로흐가 바라던 경제적 도움은 이루어지지 못한다. 토마스 만과 헤르만 헤세는 긍정적인 반응을 보였고 특히 헤세가 당시 구상 중이던 『유리알 유희*Glasperlenspiel*』는 형식 면에서 〈후게나우〉와 멀지 않다. 『몽유병자들』의 상업적인 실패는 브로흐의 재정적 상황을 첨예화시켰을뿐더러 그가 문학적 시대 분석으로 의도했던 인식 효과를 차단하는 결과가 되어 브로흐는 문학의 존재 정당성에 대한 회의에 이르게 된다. 『몽유병자들』의 영향력을 키우는 데 기여하기 위하여 강연 여행을 시도하는데 특히 1933년에는 부다페스트까지 가게 된다. 4월 22일 빈 국민대학에서 〈제임스 조이스와 현대 James Joyce und die Gegenwart〉를 강연한다. 8월 5일 『문학세계 Literarische Welt』에 「플라톤적 이념이 없는 삶Leben ohne platonische Idee」을 발표한다. 이 논문은 〈가치 붕괴〉에서 제시된 세계관 아래 브로흐의 미학에서 아주 중요한 플라톤적 이념이라는 개념을 그의 철학적 자세의 핵심 개념으로 발전시키고 있다. 나중에 산악 소설Bergroman 의 첫 번째 구상으로 볼 수 있는 초고들이 나오다. 또한 12월의 편지들을 읽어 보면 이때는 필스만 소설Filsmannroman을 쓰는 중이었다. 원래 브로흐는 이 소재를 드라마 형식과 소설 형식으로 동시에 발표할 계획이었다. 브로흐 자신이 입회 신청을 한 것은 아니었지만 펜클럽의 회원이 되었고 그에 따라 슈테판 츠바이크, 야콥, 바서만, 엘리아스 카네티 같은 작가들을 알게 된다.

1933년 47세 2월 18일 빈 국민대학에서 〈소설의 세계상Das Weltbild des Romans〉을 강연하다. 7월에 「쾰른 신문Kölnische Zeitung」에 「사유적 인식과 문학적 인식Denkerische und dichterische Erkenntnis」을, 8월에 『노이에 룬트샤우Neue Rundschau』에 「예술의 가치 체계 내에서의 악Das Böse im Wert-system der Kunst」을 발표하다. 「포스 신문 Ossische Zeitung」에 약 3주간 연재된 『미지의 크기Die unbekannte Grooße』가 피셔 출판사에서 나오다. 『몽유병자들』에서 다루어진 모티브들을 전통적인 소설 형식으로 새로 잡아낸 이 작은 소설은 『몽유병자들』보다 큰 성공을 거두었고 1935년 역시 뮈어 부부의 번역으로 런던과 뉴욕에서 출판된다. 필스만 소설은 희곡 형식의 「조가Die Totenklage」 (나중에 〈저들은 자기 행동을 모르니까denn sie wissen nicht, was sie tun〉 로 제목이 바뀌어 공연됨) 때문에 작업이 보류된다. 『12궁(宮)Tierkreis』 이야기 가운데 나중 『죄없는 사람들Die Schuldlosen』에 〈탕자Verlorener

Sohn〉라는 제목으로 수록된 「귀향Die Heimkehr」(『노이에 룬트샤우』), 「해면Der Meeresspiegel」(『세계와 언어 *Welt und Wort*』)을 비롯한 다섯 편의 이야기를 발표하다. 하지만 〈이런 식의 비의적 책이 독자를 얻을 가망은 거의 없다〉는 판단으로 이 소설 계획은 중단된다. 연말에는 그가 〈종교서〉라고 부른 소설(산악 소설)에 집중한다. 10월 「베를린 증권 신문Berliner Börsen-Courier」에 〈새로운 종교 문학Neue religiöse Dichtung〉이라는 제목으로 발표된 소론에서 이 종교 소설의 원래 의도를 읽을 수 있다.

1934년 ⁴⁸세 3월 15일 취리히 극장에서 〈저들은 자기 행동을 모르니까〉라는 제목으로 초연된 드라마가 성공을 거두다. 소설 『미지의 크기』가 시나리오 「미지의 X」로 각색되었으나 영화화되지는 않다. 4월 18일 실증주의 정신을 신랄하게 비판한 〈정신과 시대 정신Geist und Zeitgeist〉을 강연하다. 이 때문에 중단했던 산악 소설을 계속하는 대신 경제적인 이유로 앞에 말한 시나리오와 희극 「그것은 날조, 또는 라보르데 남작의 사업Aus der Luft Gegriffen oder Die Geschäfte des Baron Laborde」, 「모든 게 다 옛날 그대로Es bleibt alles Alten」를 완성하였으나 공연되지도, 출판되지도 않았다. 이 두 희극물은 아들과의 합작으로 브로흐 작품사에서는 별로 중요하지 않다. 아널드 쇤베르크 Arnold Schönberg에게 바친 논문 「음악에서의 비합리적 인식Irrationale Erkenntnis in der Musik」이 발표되다. 10월 부친 사망 후 동생이 브로흐를 유산 상속에서 제외하는 데 성공하여 가족 간의 불화가 다시 일어나다. 같은 시기에 종교 소설의 작업으로 돌아가다. 빈을 떠나 빈 근처 바덴에 있던 가족의 집에 머문다.

1935년 ⁴⁹세 3월 페란트Ferand 부부의 초대로 락센부르크로 이사하였으나 9월 중순 다시 뫼저른으로 이사한다. 종교 소설에 몰두하다. 아침 8시부터 밤 2시까지 작업을 계속하면서 10월에는 이미 첫 번째 원고를 완성하는 데 이른다. 오순절에 『베르길의 죽음*Der Tod der Vergil*』의 원형이라 할 수 있는 「베르길의 귀향Die Heimkehr des Vergil」이 빈 방송으로 낭독되다. 『파트모스*Patmos*』라는 제목의 시집에 12편의 시가 수록되다.

1936년 50세   7월 뫼저른을 떠나 티롤에 잠시 머무르다가 가이링거 Geiringer 부부의 초대로 알트아우스제로 가다. 거기서 프랑크 티스, 게오르크 자이코Georg Saiko 등 친구들을 다시 만난다. 산악 소설에 열중하는 바람에 전에 비해 다른 계획들을 행할 시간이 거의 없었다. 연말 『몽유병자들』의 분석적 구조와 대응되는 종합적 작품으로 의도했던 산악 소설이 〈너무 합리성에 붙들려 있다〉는 인식에 이르러 소설 쓰기에 실패하고 빈으로 돌아온다. 이때의 두 번째 원고는 첫 번째 원고의 4분의 3 정도를 개작하는 데 이른다.

1937년 51세   다시 알트아우스제로 돌아가 산악 소설 두 번째 원고를 계속 쓰다.

1938년 52세   3월 13일 알트아우스제에 있는 친구 가이링거 부부의 집에서 게슈타포에게 체포되다. 그는 자유주의 작가로 블랙리스트에 올라 있었다. 다행히 이미 1937년 독일 발전에 대한 답변으로 구상했던 「국제연맹론Völkerbundsabhandlung」이 발표되지 않아서 구체적인 물증이 없었고 편지와 원고들은 알트아우스제의 친구들더러 없애버리라고 시켰기 때문에 3월 31일 석방되다. 갇혀 있는 동안 방송으로 내보낸 소설을 확장시킬 구상을 하다. 이 소설의 주제는 개인적 상황의 비유로서 다소 우연히 선택된 것이었는데 그만 필생의 주제가 되고 만다. 브로흐는 원래 프랑스로 망명할 의사가 있었지만 여행 증명서를 구하기 어려웠고 새로운 체포의 위협이 있다고 판단되었기에 영국의 비자를 얻게 되자 7월 비행기로 런던을 향해 떠난다. 런던에서 스티븐 허드슨Stephen Hudson(나중에 『베르길의 죽음』이 그에게 바쳐진다) 집에 잠시 머무른 다음 뮈어 부부를 찾아 스코틀랜드로 간다. 토마스 만과 알베르트 아인슈타인Albert Einstein의 도움으로 미국 비자를 얻어 10월 중순 뉴욕에 도착한다.

1939년 53세   여러 친구들 집을 전전하며 『베르길의 죽음』을 계속 써나가다. 미주 독일 문화 자유 추진 위원회에 협력하고 위원장 후베르투스 프린츠 추 뢰벤슈타인Hubertus Prinz zu Löwenstein과 친교를 맺다. 6월 6일 프라자 호텔에서 열린 토마스 만의 64회 생일 축하연에서 나중 『베르길의 죽음』을 영어로 번역한 진 슈타르 운터마이어Jean Starr Untermeyer와 알게 되다. 빅토르 폴처Viktor Polzer와 함께 점령지 프랑스에서 망명 온 작가들을 구제하기 위한 후원 활동에 참여하다. 8~9월 프린스턴의 아인슈타인 집에 머무르다. 캔비Canby의 노력으로 『베르길의 죽음』을 완성하고 산악 소설을 쓸 수 있도록 구겐하임 재단에서 보조를 받게 되다. 에리히 칼러Erich Kahler와 알게 되고 프린스턴에 있는 그의 집으로 이사하다.

1940년 54세   미국에 도착한 슈테판 츠바이크에게 『베르길의 죽음』의 세 번째 원고를 읽으라고 보내다. 츠바이크는 경탄을 표시하면서도 번역의 가능성에 대해서는 회의적이었다. 하지만 이미 번역된 부분을 보여 주자 생각을 바꾸었다. 이 세 번째 원고는 나중에 역시 미국으로 이민 온 페란트 부인에게 맡겨 두었는데 네 번째 원고가 나오자 브로흐가 없애 달라고 청했기 때문에 지금은 남아 있지 않다.

1941년 55세   『베르길의 죽음』의 집필에 대해 미국 문학 예술 진흥원에서 기념품을 수여하다. 군중 심리학massenpsychologie 연구에 착수하다.

1942년 56세   이해 5월부터 1944년 12월까지 프린스턴 대학 여론 조사 연구소의 하들리 캔트릴Hadley Cantril 밑에서 독립 조교로 근무하다. 여기서 록펠러 재단의 보조를 받아 군중 심리학(군중 광기론)을 연구하다. 이후에도 브로흐의 작업은 학문과 문학으로 나뉜다.

1944년 58세   버트런드 러셀Bertrand Russel과 해나 아렌트Hannah Arendt를 알게 되다. 아렌트의 도움으로 군중 심리학의 연구를 끝내기 위하여 볼링겐 재단에서 연구비를 받게 되다. 여름 『베르길의 죽음』의 결정본이 나오고 12월, 영역판의 인쇄가 시작되다.

1945년 59세   2월 『베르길의 죽음』의 독어판 인쇄가 시작되는데 이 인쇄과정에서 계속 다시 손질이 가해지는 바람에 이 소설의 출판을 맡은 뉴욕 판테온 출판사의 발행인 쿠르트 볼프Kurt Wolff의 강력한 저지를 받다. 이렇게 하여 문학사상 유례가 없이 원본과 번역본이 동시에 출판되기에 이른다. 이 소설은 놀라울 정도의 문학적 성공을 거두어 수많은 논평이 나오고 그 가치를 인정받게 되지만 경제적인 도움으로 연결되지는 않는다. 전쟁이 끝나자 그동안 중단되었던 유럽과의 연락이 재개되어 심지어는 하루 25통의 답장을 써야 하는 일이 벌어져 작업에 많은 방해를 받게 된다. 자기 작업이 미완성에 그칠지도 모른다는 공포에도 불구하고 답장을 안 쓸 수가 없던 브로흐에게 이에 대한 한탄이 경제적 어려움에 대한 한탄과 함께 만년의 주된 모티프가 된다.

1946년 60세 경제적인 이유로 「신화 시대의 양식The Style of the Mythical Age」을 비롯한 청탁 논문들을 쓰다.

1947년 61세 볼링겐 재단의 보조로 호프만스탈 연구를 시작하다. 이 재단 발행의 호프만스탈 선집 서문으로 계획되었으나 거의 책 한 권 분량의 계획이 된다. 브로흐는 호프만스탈에게 회의적이었지만 이것은 세기 초의 정신사의 섭렵이자 청년기와의 작별의 의미를 지니는 중요한 연구가 된다.

1948년 62세 1월 15일 국제 연맹의 교육 문제에 관한 회의에 참석하고 다음 날 연설을 해달라는 요청을 받다. 영어 번역자 운터마이어 집에 깜박 잊고 놓고 온 연설 대본을 찾으러 가다 계단에서 굴러 떨어지는 사고를 당하여 프린스턴 병원에 1년 넘게 입원한다. 볼링겐 재단의 보조로 호프만스탈 연구를 진행하다. 1930년대부터 알고 지낸 부르크뮐러Burgmüller의 중재로 뮌헨 출판사 발행인 빌리 바이스만Willi Weismann에게서 그의 초기 소설들을 엮어 책으로 만들어 보자는 제안이 들어오게 되고 그에 동의하여 『몽유병자들』 3부와 유사한 구조를 지닌 소설을 구상, 개작한 『죄없는 사람들』을 6월부터 이듬해 1949년 9월에 걸쳐 놀라운 집중력으로 완성한다. 연말 브로흐의 재정 상황을 보면 그가 받는 연구비로는 〈주거비로 쓰든지 식비로 쓰든지 둘 중 하나이지 양쪽 다 할 수는 없을〉 참담한 지경에 빠진다.

1949년 63세 3월 병원에서 퇴원하다. 칼러의 집 층계를 오르내리기가 어려워 친구 J. 헤르만 바이간트Hermann J. Weigand의 초대를 받아들이고 뉴헤이븐으로 이사한다. 바이간트의 중재로 예일 대학 세이브

룩 칼리지에서 3개월간 〈주재 시인Poet in Residence〉으로 있게 된다. 산악 소설을 완성하기 위하여 크노프 출판사로부터 고료를 선불받았으므로 『죄없는 사람들』이 끝나자 곧바로 산악 소설 집필로 들어가다. 그러나 슈테판 츠바이크가 유럽에서 가져온 두 번째 원고를 끝내는 대신 그동안 변화된 예술적 의도에 따라 처음부터 새로 쓰기 시작한다. 이 세 번째 원고는 범위 면에서 두 번째 원고에 못 미치며, 『유혹자Der Versucher』는 편집자 펠릭스 슈퇴싱거Felix Stössinger가 이 산악 소설 세 가지 원고를 서로 혼합하여 편집하여 세 원고 사이의 양식상의 차이가 보이지 않게 된 소설이다. 작가 자신이 이 산악 소설의 제목으로 생각한 것은 〈데메테르Demeter〉였다. 아주 만년인 이즈음에야 명성이 높아지는 조짐이 나타나게 되어 빈 대학의 명예 박사로 추대되고 빈 문학상 후보자로 추천되며 1950년에는, 그의 죽음으로 실현되지는 못했지만, 노벨 문학상 후보자로 거론되기도 한다. 12월 5일 저명한 예술 비평가의 미망인이자 이미 1937년 빈에 있을 때부터 알고 지냈고 1942년 뉴욕에서 다시 만나게 된 안네마리 마이어그래페Annemarie Meier-Graefe와 재혼하다. 그러나 얼마 후 비자와 상속 문제로 부인이 미국을 떠나 있게 되어 브로흐의 생활은 별로 달라지지 않는다.

1950년 64세　예일 대학 독문학과의 〈명예 교수〉가 되다. 호프만스탈 연구 논문을 끝내고 『죄없는 사람들』을 출판하다. 산악 소설의 세 번째 개작을 진행하면서 이전의 군중 심리학 연구를 포함하게 될 정치적 저서의 집필을 시작하다. 겨울 학기에 〈키치 문제에 관한 몇 가지 소견Einige Bemerkungen zun Problem des Kitsches〉을 강의하다.

1951년 65세　연초에 과로로 인한 심장 발작이 일어나 병원에 잠시 입원, 5월 30일 아침 6시경 세상을 뜨다. 3일 후 조각가 페터 리프만peter Lipmann이 데드마스크를 떠낸다. 브로흐가 원한 대로 화장하여 코네티컷 킬링워스에 재로 묻히다. 1953~1961년 취리히의 라인 출판사에서 10권으로 전집이 나오고 1974~1981년 독일 주어캄프 출판사에서 13권의 주석판 전집이 발행된다.

열린책들 세계문학 062 **몽유병자들** 하

옮긴이 김경연 1956년 서울에서 태어났다. 서울대학교 독어독문학과를 졸업하고 동 대학원에서 독일 문학으로 박사 학위를 받았으며, 프랑크푸르트 대학에서 아동·청소년 환상 문학 이론으로 박사 후 연구를 했다. 현재 아동·청소년 문학 평론가 및 번역가로 활동하고 있다. 주요 논문으로는 「헤르만 브로흐의 『몽유병자들』 연구」, 「헤르만 브로흐의 문학 이론: 키치Kitsch론을 중심으로」, 「여성 해방의 시각에서 본 박완서의 작품 세계」, 「세상에의 침묵 혹은 절연에의 아름다운 변명」 등이 있으며, 번역한 책으로는 페터 뷔르거의 『미학 이론과 문예학 방법론』(1987), 『포스트모더니즘의 도전』(1992), 『괴테가 한 아이와 주고받은 편지』(1994), 『그림동화』(1995), 『붓다』(1997), 『셰익스피어』(1998), 하인리히 만의 『앙리4세의 청춘』(2000) 등 다수가 있다.

지은이 헤르만 브로흐 **옮긴이** 김경연 **발행인** 홍예빈·홍유진
발행처 주식회사 열린책들 **주소** 경기도 파주시 문발로 253 파주출판도시
전화 031-955-4000 **팩스** 031-955-4004 **홈페이지** www.openbooks.co.kr
Copyright (C) 김경연, 2007, *Printed in Korea.*
ISBN 978-89-329-0979-0 04850 ISBN 978-89-329-1499-2 (세트)
발행일 2007년 12월 30일 초판 1쇄 2009년 11월 30일 세계문학판 1쇄 2024년 2월 20일 세계문학판 3쇄

이 도서의 국립중앙도서관 출판예정도서목록(CIP)은 서지정보유통지원시스템 홈페이지(http://seoji.nl.go.kr)와 국가자료공동목록시스템(http://www.nl.go.kr/kolisnet)에서 이용하실 수 있습니다.(CIP제어번호:CIP2009003387)

열린책들 세계문학
Open Books World Literature

001 죄와 벌 전2권
표도르 도스토옙스키 장편소설 | 홍대화 옮김 | 각 408, 512면

죄와 벌의 심리 과정을 따라가며 혁명 사상의 실제적 문제를 제시하는 명작

- 고려대학교 선정 〈교양 명저 60선〉
- 미국 대학 위원회 선정 SAT 추천 도서

003 최초의 인간
알베르 카뮈 장편소설 | 김화영 옮김 | 392면

20세기 문학의 정점을 이룬 알베르 카뮈 최후의 육성

- 1957년 노벨 문학상 수상 작가

004 소설 전2권
제임스 미치너 장편소설 | 윤희기 옮김 | 각 280, 368면

〈소설이란 무엇인가〉라는 주제를 작가, 편집자, 비평가, 독자의 입장에서 풀어 나간 작품

- 〈이달의 청소년도서〉 선정
- 한국 간행물 윤리 위원회 선정 〈청소년 권장 도서〉

006 개를 데리고 다니는 부인
안똔 체호프 소설선집 | 오종우 옮김 | 368면

삶의 진실과 인간의 참모습을 웃음과 울음으로 드러내는 위대한 작품

- 1993년 서울대학교 선정 〈동서 고전 200선〉
- 2002년 노벨 연구소가 선정한 〈세계문학 100선〉

007 우주 만화
이탈로 칼비노 단편집 | 김운찬 옮김 | 424면

25편 단편 속 신비로운 존재 〈크프우프크〉를 통해 환상적으로 창조된 우스꽝스러운 우주

008 댈러웨이 부인
버지니아 울프 장편소설 | 최애리 옮김 | 296면

난해한 〈의식의 흐름〉 기법과 〈내적 독백〉을 시도한 영국 모더니즘 소설의 고전

- 2005년 『타임』지 선정 〈100대 영문 소설〉, 〈20세기 100선〉
- 2009년 『뉴스위크』 선정 〈세계 100대 명저〉

009 어머니
막심 고리끼 장편소설 | 최윤락 옮김 | 544면

혁명의 교과서이자 인간다운 삶의 권리를 일깨우는 영원한 고전

- 1912년 그리보예도프상
- 2006년 이고르 수히흐 교수 〈러시아 문학 20세기의 책 20권〉
- 서울대학교 권장 도서 100선

010 변신
프란츠 카프카 중단편집 | 홍성광 옮김 | 464면

어디에도 안주하지 못하는 인간의 모습을 초현실적으로 그려 낸 카프카의 주옥같은 단편들

- 서울대학교 권장 도서 100선

011 전도서에 바치는 장미
로저 젤라즈니 중단편집 | 김상훈 옮김 | 432면

신화와 SF의 융합, 흥미롭고 지적인 중단편 소설집

012 대위의 딸
알렉산드르 뿌쉬낀 장편소설 | 석영중 옮김 | 240면

역사적 대사건을 가정 소설과 연애 소설의 형식에 녹여 내어 조망한 산문 예술의 정점

- 2000년 한국 백상 출판 문화상 번역상

013 바다의 침묵
베르코르 소설선집 | 이상해 옮김 | 256면

전쟁과 이데올로기에 가려진 인간성에 대하여 고찰한 레지스탕스 문학의 백미

014 원수들, 사랑 이야기
아이작 싱어 장편소설 | 김진준 옮김 | 320면

유대인 학살에서 살아남은 네 남녀의 사랑과 상처를 그린 소설

- 1978년 노벨 문학상 수상 작가

015 백치 전2권
표도르 도스토옙스키 장편소설 | 김근식 옮김 | 각 504, 528면

백치 미쉬낀을 통해 구현하는 완전한 아름다움과 순수한 인간의 형상

- 피터 박스올 〈죽기 전에 읽어야 할 1001권의 책〉

017 1984년
조지 오웰 장편소설 | 박경서 옮김 | 392면

감시하고 통제하는 전체주의의 권력 앞에 무력해지는 인간의 삶

- 2009년 『뉴스위크』 선정 〈세계 100대 명저〉
- 『타임』지가 뽑은 〈20세기 100선〉

019 이상한 나라의 앨리스
루이스 캐럴 환상동화 | 머빈 피크 그림 | 최용준 옮김 | 336면

시공을 초월하며 상상력과 호기심의 한계를 허무는 루이스 캐럴의 환상 동화

- 2003년 BBC 〈영국인들이 가장 사랑하는 소설 100편〉
- 2004년 〈한국 문인이 선호하는 세계 명작 소설 100선〉

228 두이노의 비가

라이너 마리아 릴케 시선집 | 손재준 옮김 | 504면

삶 속에서 죽음을 노래한 시인 릴케의 대표 시집 중 엄선한 170여 편의 주요 작품을 소개한 시 선집

- 동아일보 선정 〈세계를 움직인 100권의 책〉
- 고려대학교 선정 〈교양 명저 60선〉

229 페스트

알베르 카뮈 장편소설 | 최윤주 옮김 | 432면

죽음 앞에 선 인간의 고뇌와 역할에 대한 진지한 성찰이 담긴 〈제2차 세계 대전 이후 최대의 걸작〉

- 1957년 노벨 문학상 수상 작가
- 서울대학교 선정 권장 도서 100선
- 국립중앙도서관 선정 청소년 권장 도서 50선

230 여인의 초상 전2권

헨리 제임스 장편소설 | 정상준 옮김 | 각 520, 544면

자유로운 이상을 가진 한 여인의 이야기. 헨리 제임스의 심리적 사실주의를 대표하는 걸작

- 2004년 〈한국 문인이 선호하는 세계 명작 소설 100선〉
- 미국 대학 위원회 선정 SAT 추천 도서
- 서울대학교 선정 〈동서 고전 200선〉

232 성

프란츠 카프카 장편소설 | 이재황 옮김 | 560면

독일인이 뽑은 20세기 최고의 작가 카프카의 3대 장편소설 중 하나

- 2002년 노벨 연구소가 선정한 〈세계 문학 100선〉
- 피터 박스올 〈죽기 전에 읽어야 할 1001권의 책〉

233 차라투스트라는 이렇게 말했다

프리드리히 니체 산문시 | 김인순 옮김 | 464면

니체 철학의 가장 중심적인 사상들을 생동하는 문학적 언어로 녹여 낸 작품

- 국립중앙도서관 선정 고전 100선
- 동아일보 선정 〈세계를 움직이는 100권의 책〉

234 노래의 책

하인리히 하이네 시집 | 이재영 옮김 | 384면

독일을 대표하는 서정 시인이자 혁명적 저널리스트인 하이네의 시집. 실패한 사랑의 슬픔과 인습의 굴레에서 벗어나고자 했던 고아한 시성(詩聖)의 노래

235 변신 이야기

오비디우스 서사시 | 이종인 옮김 | 632면

라틴 문학의 전성기를 대표하는 시인 오비디우스가 그리스 로마 신화를 응집한 역작

- 2002년 노벨 연구소가 선정한 〈세계문학 100선〉
- 서울대학교 권장 도서 100선
- 연세대학교 권장 도서 200선

236 안나 까레니나 전2권

레프 똘스또이 장편소설 | 이명현 옮김 | 각 800, 736면

사랑과 결혼, 가정 등 일상적인 소재를 통해 당대 러시아의 혼란한 사회상과 개인의 내면을 생생하게 묘사한, 똘스또이의 모든 고민을 집대성한 대표작

- 『가디언』 선정 역대 최고의 소설 100선
- 서울대학교 권장 도서 100선

238 이반 일리치의 죽음·광인의 수기

레프 똘스또이 장편소설 | 석영중 · 정지원 옮김 | 232면

죽음 앞에 선 인간 실존에 대한 똘스또이의 깊은 성찰이 담긴 걸작

- 시카고 대학 그레이트 북스
- 피터 박스올 〈죽기 전에 읽어야 할 1001권의 책〉

239 수레바퀴 아래서

헤르만 헤세 장편소설 | 강명순 옮김 | 232면

모순적인 교육 제도에 짓눌린 안타까운 청춘의 이야기. 헤세의 사춘기 시절 체험이 담긴 자전적 성장 소설

- 1946년 노벨 문학상 수상 작가
- 서울대학교 선정 동서 고전 200선

240 피터 팬

J. M. 배리 장편소설 | 최용준 옮김 | 272면

영원히 어른이 되고 싶지 않은 소년 피터팬. 신비의 섬 네버랜드에서 펼쳐지는 짜릿한 대모험

- 『가디언』 선정 〈모두가 읽어야 할 소설 1000선〉

241 정글 북

러디어드 키플링 중단편집 | 오숙은 옮김 | 272면

늑대 품에서 자란 소년 모글리. 대지가 살아 숨 쉬는 일곱 개의 빛나는 중단편들

- 1907년 노벨 문학상 수상 작가
- BBC 선정 아동 고전 소설

242 한여름 밤의 꿈

윌리엄 셰익스피어 희곡 | 박우수 옮김 | 160면

셰익스피어의 대표 낭만 희극. 꿈과 현실을 넘나드는 한바탕의 마법 같은 이야기

- 미국 대학 위원회 선정 SAT 추천 도서

243 좁은 문

앙드레 지드 | 김화영 옮김 | 264면

지상보다 천상의 행복을 사랑한 여인과, 그 여인을 사랑한 한 남자의 이야기. 현대 프랑스 문학의 거장 앙드레 지드의 대표작

- 1947년 노벨 문학상 수상 작가
- 2003년 국립중앙도서관 선정 〈고전 100선〉